프란츠 카프카
Franz Kafka

1883년 7월 3일 부유한 유대인 상인의 아들로 프라하에서 태어났다. 1901년부터 1906년까지 프라하에서 독문학과 법학을 공부했고, 1906년 법학 박사학위를 받았다. 그 후 프라하 지방법원에서 법률가 수습 생활을 했고, 1908년부터 1917년까지 이탈리아계 일반보험회사에서, 그 후 노동자재해보험공사에서 일했다. 1917년 폐결핵에 걸려 1922년 직업을 그만둬야 했다. 카프카는 스스로를 오해받는 고독한 외톨이로 느꼈다. 막스 브로트와 프란츠 베르펠이 그의 친구였으며, 막스 브로트의 소개로 카프카의 교유 관계가 넓어졌다. 1910년에서 1912년 여름 동안 카프카는 이탈리아, 프랑스, 독일, 헝가리, 스위스를 여행했다. 그는 결핵에 걸리기 전에도 자주 요양원을 찾아다니며 요양 생활을 했다. 1914년과 1917년 두 차례 약혼했다가 다시 파혼하고, 1919년 율리 보리체크와도 약혼 후 이듬해 파혼했다. 1920년부터 1922년까지 밀레나 예센스카에 대한 짝사랑으로 괴로워했으며, 1923년부터는 베를린과 빈에서 자유 문필가로서 도라 디아만트와 함께 살았다. 1924년 6월 3일 마지막으로 빈 인근 키어링 요양원에서 지내다가 후두결핵으로 사망했다. 카프카가 불태우라고 유언을 남겼던 유고 작품은 그의 뜻에 반해 친구 막스 브로트에 의해 사후에 차례로 출판되었다.

"Liebster Max, meine letzte Bitte: Alles, was sich in meinem Nachlass an Tagebüchern, Manuskripten, Briefen, fremden und eignen, Gezeichnetem und so weiter findet, restlos und ungelesen zu verbrennen, ebenso alles Geschriebene oder Gezeichnete."

"친애하는 막스, 마지막 부탁이네. 내 유품에서 일기, 원고, 편지, 다른 사람이 가진 것, 내가 가진 것, 스케치 등 발견되는 것은 읽지 말고 남김없이 불태워 줘."
—프란츠 카프카

프란츠 카프카
#Franz Kafka

디 에센셜
The essential

9

홍성광

민음사

실종자	7
시골길의 아이들	451
사기꾼의 가면 벗기기	457
결심	461
독신남의 불행	463
상인	464
멍하니 바깥 바라보기	468
전차 승객	469
원피스	471
거절	473
경마 기수를 위한 생각	475
불행하다는 것	477
사냥꾼 그라쿠스	485
꿈	495
자칼과 아랍인	499

차례

신임 변호사	508
열한 명의 아들들	511
형제 살해	520
포세이돈	524
포기해라!	527
비유에 관하여	528
유형지에서	530
단식 광대	583
가수 요제피네, 또는 쥐들의 종족	600
편지들	635
카프카 연보	755

실종자

『성』,『소송』과 함께 프란츠 카프카의 미완성 장편 소설 중 하나인『실종자』는 1911년부터 1914년 사이에 집필되어, 1927년 카프카의 친구이자 편집자인 막스 브로트에 의해 사후 출간된 장편 소설이다. 초판본에서 이 소설은 막스 브로트에 의해『아메리카』라는 제목으로 출간되었다. 카프카 생전인 1913년에 이미『실종자』의 1장인「화부」가 출간된 바 있다. 카프카는 열다섯 살 때 이미 소설을 쓴 적 있는데, 그중 일부는 미국을 배경으로 하고 있다. 그렇다면『실종자』의 착상은 김나지움에 다닐 때인 1898년 무렵이 된다. 1911년 말에 이르러 카프카는『실종자』의 주제를 다시 다루기 시작해 1912년 후반기에 7장까지 완성한다. 그러면서『변신』집필을 잠시 중단하나 1913년 초, 카프카는 마침내 소설을 일단 미완성 상태로 제쳐 둔다. 카프카는『실종자』에서 카를이 하녀를 임신시킨다는 모티프를 프랭클린의 자서전에서 가져온 것으로 보인다. 카프카는 그 책을 좋아해 즐겨 낭독하곤 했다. 흑인을 교수형에 처하고 카를을 사회적으로 강등시키는 형태로 혐오스러운 소수자를 제거하는 소재는 아르투어 홀리처의『아메리카의 오늘과 내일』에서 채택한 것으로 보인다. 찰스 디킨스의『데이비드 커퍼필드』와도 유사점을 찾을 수 있다. 트렁크 사건, 하찮은 사건들, 시골 별장에서 벌어진 일, 불결한 가옥, 표현 방식의 모방…… 특히 살아남기 위해 비정한 사회에 순응할 수밖에 없는 주인공 카를에 대해 카프카는 '데이비드 커퍼필드와 올리버 트위스트의 먼 친척'이라고 언급하기도 했다.『실종자』에서 카를은 항상 끝까지 도상에, 말하자면 '다시 길 위에' 있고, 방향은 동쪽 뉴욕에서 서쪽 산으로, 즉 '서쪽으로 간다.' 작품이 미완성인 채로 있었듯이 주인공 역시 목적지에 도달하지 못하고 늘 도중에 있는 것이다. 1911-14년 집필, 1927년 출간.

실종자

1 화부

2 외삼촌

3 뉴욕 근교의 별장

4 람세스로 가는 행군길

5 옥시덴털 호텔에서

6 로빈슨 사건

7 그곳은 교외의 외진 거리가 분명했다

8 로빈슨이 소리쳤다. "일어나! 일어나라고!"

1 화부

열일곱 살의 카를 로스만은 가난한 부모에 의해 미국으로 보내졌다. 그를 유혹한 하녀가 아이를 낳아서였다. 그를 태운 배가 속력을 늦추고 뉴욕항에 들어섰다. 그때 그가 이미 오래전부터 바라보던 자유의 여신상이 더욱 강렬해지는 햇살을 받으며 갑자기 떠오르는 것처럼 보였다. 검을 든 여신의 팔은 언제 그랬냐는 듯 치켜 올라갔고, 자유로운 공기가 신상을 휘감았다.

"엄청 높구나!" 혼잣말하며 그 자리를 떠날 생각이 전혀 없었던 그는 옆을 지나가는 짐꾼의 수가 점점 더 불어나면서 배의 난간까지 조금씩 밀려났다.

그가 항해하는 동안 얼핏 알게 된 젊은이가 한마디 하면서 지나갔다. "이봐요, 아직 내릴 생각이 없어요?"
"아니, 준비는 됐습니다." 카를은 그를 보고 빙그레 웃으며 말했다. 카를은 힘이 센 것을 뻐기려고 트렁크를 어깨 위로 번쩍 들어 올렸다. 하지만 젊은이가 지팡이를 가볍게 흔들며 다른 사람들과 함께 멀어져 가는 모습을 물끄러미 바라보는 순간 우산을 아래쪽 선실에 두고 왔음을 깨닫고 깜짝 놀랐다. 그는 그리 달가워하는 것 같지 않은 그 젊은이에게 트렁크를 잠시 맡아 달라고 급히 부탁하고는 돌아올 때 올바른 길을 찾기 위해 주변을 쓱 훑어보고 서둘러 내려갔다. 아래로 내려가 보니 질러갈 수 있는 통로는 유감스럽게도 처음으로 폐쇄되어 있었는데 이는 전체 승객이 배에서 내리는 문제와 관련 있는 듯했다. 그래서 무수히 많은 조그만 공간들을 통과하고, 잇달아 자꾸 나오는 짧은 계단을 지나 계속 굽어지는 복도를 통과하고, 책상 하나만 덩그러니 놓인 빈방을 지나 힘겹게 길을 찾아가다가 그만 길을 잃어버리고 말았다. 이 길을 고작 한두 번, 그것도 여러 사람과 항상 어울려 다녀서였다. 오가는 사람 하나 보이지 않고 머리 위에서는 수많은 사람의 신발 소리만 끊임없이 들려왔기에 그는 어찌할 바를 몰랐다. 멀리서 이미 작동을 멈춘 엔진이 마지막으로 돌아가는 소리가 숨결처럼 들려왔다. 그는 이것저것 따질 것 없이 우왕좌왕 헤매다가 앞을 가로막는 작은 문 하나를 두드리기 시작했다.

"열려 있어요." 안에서 외치는 소리가 들렸다.

카를은 안도의 한숨을 쉬며 문을 열었다. "왜 그리 미친 듯이 문을 두드리는 거요?" 거구의 남자가 카를은 거의 거들떠보지도 않고 물었다. 어딘가에 있는 채광창을 통해 배의 윗부분을 지나온 흐릿한 빛이 초라한 선실에 떨어지고 있었다. 선실에는 침대며 옷장이며 안락의자가 다닥다닥 놓여 있었고, 바로 그 옆에 남자가 마치 헛간에 갇힌 것처럼 서 있었다. "길을 잃어서요." 카를이 말했다. "항해 중엔 잘 몰랐는데 배가 무척 크네요." "그렇소, 맞는 말이오." 남자는 약간 자랑스러운 듯 말하며 작은 트렁크의 자물쇠를 계속 눌러 댔다. "찰칵." 자물쇠가 걸리는 소리를 들으려고 자꾸만 트렁크를 두 손으로 누르고 있었다. "좌우간 이리 좀 들어오시오." 남자가 계속 말했다. "그렇게 밖에 서 있지 말고요!" "방해되지 않을까요?" 카를이 물어보았다. "원, 무슨 방해가 되겠소!" "독일인인가요?" 카를은 미국으로 새로 이주하는 사람들이 특히 아일랜드인들에게 위험한 일을 많이 당한다는 말을 들었기 때문에 확실히 알아 두려 했다. "그럼요, 그렇고말고요." 남자가 말했다. 카를은 계속 머뭇거렸다. 그때 남자가 무심결에 문 손잡이를 잡아당겨 문이 홱 닫히는 바람에 카를은 남자 쪽으로 딸려 갔다. "누가 복도에서 들여다보는 것을 좋아하지 않거든요." 남자는 이렇게 말하며 다시 트렁크를 만지작거렸다.

"누구나 지나가면서 안을 들여다보거든요. 누가 그 꼴을 참겠어요!" "그런데 복도는 텅 비어 있던데요." 카를은 침대 기둥에 몸을 바짝 붙인 채 불편한 자세로 말했다. "그래요, 지금은 그렇지요." 남자가 말했다. '지금이 중요한데.' 카를은 생각했다. '이자와는 대화가 쉽지 않구나.' "침대에 좀 눕지 그래요. 당신 자리가 더 널찍하니까." 남자가 말했다. 카를은 재주껏 기어들면서 침대로 뛰어오르려는 첫 시도가 뜻대로 되지 않자 큰소리로 웃었다. 하지만 침대에 들어가자마자 외쳤다. "아차, 트렁크를 깜빡했네!" "어디에 뒀는데요?" "갑판 위에요. 아는 사람이 봐주고 있어요. 이름이 뭐였더라?" 그러고는 어머니가 여행을 떠나는 아들을 위해 상의 안감에 달아 준 비밀 호주머니에서 명함 한 장을 꺼냈다. "부터바움, 프란츠 부터바움이요." "꼭 필요한 트렁크인가요?" "물론이지요." "그렇다면 왜 그걸 낯선 사람에게 맡겼지요?" "깜빡 잊고 우산을 아래에 두고 오는 바람에 찾으러 가는 길이었어요. 트렁크를 끌고 갈 순 없었죠. 그러다가 길을 잃고 헤매게 되었어요." "혼자 여행하는 거요? 동행하는 사람은 없고요?" "네, 혼자입니다." '이 남자라면 혹시 믿고 의지할 수 있을지도 모르겠어.' 카를의 머릿속에 이런 생각이 얼핏 스쳤다. '당장 어디 가서 더 나은 친구를 얻겠나.' "그럼 이제 트렁크마저 잃어버린 셈이군. 우산은 말할 것도 없고요."

그러고서 남자는 이제 카를의 일에 약간 관심이 생긴다는 듯 안락의자에 앉았다. "하지만 트렁크를 아직 잃어버린 것 같지는 않아요." "믿는 자에게 복이 있나니." 남자는 말하면서 짧고 더부룩한 짙은 색 머리를 벅벅 긁어 댔다. "배 위의 풍속은 항구마다 다르거든요. 함부르크에서는 부터바움이 당신 트렁크를 지켜 주었을지 모르지만 여기서는 십중팔구 둘 다 감쪽같이 사라졌을 거요." "그렇다면 당장 위에 올라가 찾아봐야겠는데요." 카를은 말하면서 어떻게 하면 이곳을 빠져나갈 수 있을지 둘러보았다. "그냥 있으라니까요." 남자는 말하면서 한 손으로 카를의 가슴을 거칠게 밀쳐 도로 침대에 밀어 넣었다. "왜 이러세요?" 카를은 화를 내며 물었다. "그래 봐야 쓸데없는 일이거든요." 남자가 말했다. "조금 있다가 나도 갈 거요. 그때 같이 가도록 해요. 그자가 트렁크를 갖고 달아났다면 아무 소용 없는 일이고, 트렁크를 두고 갔다면 배가 완전히 비고 나서 찾아보는 게 더 나을 거요. 우산도 마찬가지고요." "배의 내부를 속속들이 잘 아시나요?" 카를은 미심쩍은 듯이 물었다. 예전 같으면 배가 텅 비어야 물건을 찾기가 제일 쉬울 거라고 믿었을 텐데 그런 생각도 이젠 긴가민가했다. "난 배의 화부(火夫)거든요." 남자가 말했다. "화부라고요!" 카를은 전혀 예상 밖이라는 듯 기뻐 소리치고는 팔꿈치를 고이고 남자를 물끄러미 쳐다보았다. "내가 슬로바키아인들과 같이 밤을 보낸 선실 바로 앞에 미닫이창이 하나 달렸는데 그 창으로 기관실 내부를 들여다볼 수 있었어요." "그래요, 난 그곳에서 일했소." 화부가 말했다. "나는 늘 기술에 무척 관심이 많았어요." 카를은 자신만의 생각에 잠기며 말했다. "그리고 내가 미국에 건너오지 않았더라면 나중에 틀림없이 기술자가 되었을 겁니다." "그럼 무엇 때문에 미국에 건너와야 했지요?" "아, 뭐라고 해야 할까!" 카를은 말하면서 손을 흔들며 모든 이야기를 끊어 버렸다. 그러면서 카를은 말 못 할 사정이 있으니 그냥 넘어가 달라고 부탁하는 듯 미소 지으며 화부를 쳐다보았다. "필경 무슨 곡절이 있은 모양이군요." 화부가 말했다. 그런데 그 사연을 들려 달라는 건지 그만두라는 건지 아리송했다. "이제 나도 화부가 될 수 있을지도 몰라요." 카를이 말했다. "부모님은 내가 뭐가 되든 개의치 않아요." "내 자리가 비게 되는데." 화부가 이렇게 말하고는 그런 사실을 충분히 의식하며 두 손을 바지 주머니에 넣고서 주름 잡힌 회색빛 가죽 바지에 든 두 다리를 침대 위로 올려 쭉 뻗었다. 카를은 벽 쪽으로 좀 더 움직일 수밖에 없었다. "배를 안 탈 건가요?" "물론이오, 우린 오늘 보란 듯이 떠날 거요." "대체 왜요? 배가 마음에 들지 않나요?" "아, 이런저런 사정들이 있어서요. 마음에 들고 안 들고의 여부로 일이 항상 결정되는 것은 아니지요. 아닌 게 아니라 당신 말이 맞아요. 이곳 생활이 마음에 안 들기도 해요. 정말 화부가 될 생각은 아니겠지만 그런 만큼 마음만 먹으면 아주 쉽게 될 수 있을 거요. 그러니 제발 그러지 말라고 충고하는 거요. 유럽에서 대학 공부를 하려고 했다면 이곳에선 왜 그럴 생각을 하지 않는 거요? 정말이지 미국 대학들은 유럽 대학들과는 비교할 수 없을 정도로 좋거든요." "그럴지도 모르죠." 카를이 말했다. "하지만 난 대학 다닐 돈이 땡전 한 푼 없는걸요. 어떤 사람이 쓴 글을 읽어 보니 낮에는 가게에서 일하고 밤에는 공부해 박사가 된 후 시장이 된 사람도 있더군요. 그러려면 보통 인내심으로는 어림도 없겠지요? 내게는 그런 것이 부족할 것 같습니다. 게다가 난 학교 다닐 때 공부를 특출나게 잘한 학생도 아니었고, 학교를 그만두는 것을 사실 쉽게 생각했어요. 그런데 이곳 학교들은 좀 더 엄격할지도 몰라요. 난 영어는 거의 할 줄 모르거든요. 어쨌거나 미국 사람들은 외국인들에게 편견이 무척 심하다고 하던데요." "벌써 그런 것도 알아냈어요? 뭐, 그럼 잘된 일이군요. 그렇다면 당신은 내 동지인 셈이오. 보시다시피 우린 함부르크-아메리카 라인 소속의 독일 배를 타고 있어요. 그런데 여기에 왜 순전히 독일 사람만 있지 않을까요? 일등 기관사가 왜 루마니아 사람인 건가요? 이름이 슈발이지요. 믿을 수 없는 일이지요. 이 망할 놈이 독일 배에서 우리 등골을 빼먹고 있단 말입니다! 내가……." — 그는 숨이 답답한지 손으로 부채질을 했다 — "불평을 위한 불평을 한다고 생각지 말아요. 난 당신이 아무 영향력 없는 가난한 풋내기에 불과하다는 걸 알아요. 하지만 이건 너무 고약한 일이지요!" 그런 다음 그는 주먹으로 책상을 여러 번 내리쳤고, 그러면서도 주먹에서 눈을 떼지 않았다. "난 지금까지 숱한 배를 타 봤어요." — 그러면서 스무 개쯤 되는 배 이름을 마치 한 단어인 것처럼 줄줄 외자 카를의 머릿속은 완전히 혼란스러워졌다 — "그리고 난 특출났고, 칭찬받았으며, 선장의 구미에 맞는 일꾼이었어요. 심지어 같은 상선을 몇 년간 타기도 했지요." — 그는 그때가 인생의 최고 정점이었다는 듯 벌떡 일어났다 — "그런데 이놈의 배에서는 모든 일이 획일적으로 이루어지고 도무지 위트라는 게 통하지 않아 난 여기서 아무짝에도 쓸모없게 되었소. 나는 슈발에게 사사건건 방해되는 게으름뱅이지요. 당장 쫓겨나도 싼데 봐줘서 꼬박꼬박 급료나마 받고 있어요. 내 말 알아듣겠어요? 난 아니란 말이오." "그런 걸 참고 견뎌서는 안 되죠." 카를이 흥분해서 말했다. 배의 불안정한 바닥에 있는 그는 미지의 대륙 연안에 와 있다는 느낌을 거의 잊다시피 했다. 여기 화부의 침대 위가 마치 고향 같은 기분이 들었다. "선장을 찾아가 본 적은 있나요? 그를 찾아가서 당신 권리를 주장해 봤나요?" "아, 가요, 차라리 나가는 게 좋겠소. 당신 같은 사람과 같이 있고 싶지 않아요. 내 말은 듣지도 않고 내게 충고나 하고 있군요. 대체 어떻게 선장을 찾아간단 말이오!" 화부는 피곤한 기색으로 다시 자리에 앉더니 두 손으로 얼굴을 감쌌다.

'이자에겐 더 나은 충고를 할 수 없겠군.' 카를은 혼자 중얼거렸다. 그리고 여기서 충고하다 바보 취급을 당하느니 차라리 트렁크를 가지러 가는 편이 더 낫겠다고 생각했다. 아버지가 트렁크를 그에게 영원히 물려주면서 농담 삼아 물었다. "이걸 얼마나 오랫동안 가지고 있겠느냐?" 그런데 이 소중한 트렁크를 정말로 잃어버리게 생겼다. 그나마 유일한 위안은 아버지가 지금 상황을 알려야 알 수 없다는 사실이었다. 선박 회사에서 말해 줄 수 있는 거라곤 그가 뉴욕까지 배를 타고 갔다는 사실뿐이었다. 하지만 가슴 아픈 일은 트렁크 속의 여러 물건을 카를이 거의 사용해 보지도 못했다는 사실이다. 이를테면 진작부터 셔츠를 갈아입어야 했는데도 말이다. 엉뚱한 곳에 돈을 아낀 셈이었다. 새로 인생을 출발하려는 마당에, 깨끗한 옷을 입고 등장해야 할 순간에 지저분한 셔츠를 입고 나타나야 할 판이었다. 그것만 아니면 트렁크를 잃어버린 것은 그리 고약하지 않았을지도 모른다. 더구나 그가 입은 양복이 트렁크에 든 것보다 더 낫기 때문이었다. 사실 그것은 여행을 떠나기 직전에 어머니가 수선해 준 비상용 양복에 불과했다. 지금 생각해 보니 어머니가 특별 음식으로 챙겨 넣어 준 베로나산 소시지도 트렁크에 하나 들어 있었다. 항해 중에는 딱히 식욕이 없었거니와 삼등 선실에 제공되는 수프로도 그럭저럭 충분했기 때문에 아주 조금만 입에 댄 게 다였다. 만약 지금 그 소시지가 수중에 있으면 화부에게 바치면 좋을 텐데 하는 생각이 간절했다. 이런 사람들은 약간의 호의만 베풀어도 금방 환심을 살 수 있기 때문이다. 카를은 이런 사실을 아버지한테 들어서 알고 있었다. 아버지는 사업상 관계가 있는 말단 직원들에게 시가를 나누어 주어 환심을 샀다. 지금 카를이 줄 수 있는 것이라곤 돈뿐이었는데 혹시 트렁크를 잃어버릴 경우를 대비해 그것에는 당분간 손대고 싶지 않았다. 그는 다시 트렁크 생각으로 되돌아왔다. 항해 중에는 거의 눈도 붙이지 못하고 지켜본 트렁크인데 이렇게 허무하게 잃어버릴 줄 알았다면 뭐 하려고 눈에 불을 켜고 감시했는지 정말 알다가도 모를 일이었다. 그는 왼쪽으로 두 칸 건너에서 자던 키 작은 슬로바키아인을 기억에 떠올렸다. 카를은 그가 자기 트렁크에 눈독을 들이지나 않을까 하는 의구심을 닷새 동안이나 줄곧 거두지 않았다. 이 슬로바키아인은 카를의 기력이 떨어져서 마침내 잠시 꾸벅꾸벅 졸기를 호시탐탐 기다렸을 것이다. 그가 낮 동안에 늘 갖고 놀거나 연습하던 긴 막대기를 가지고 트렁크를 자기 쪽으로 끌어당기기 위해서 말이다. 이 슬로바키아인은 낮에 아주 천진난만하게 보였지만 밤이 되면 간혹 잠자리에서 벌떡 일어나 카를의 트렁크를 애처로운 눈초리로 쳐다보았다. 카를은 이런 사실을 아주 분명히 알아차릴 수 있었다. 이민을 떠나는 마당에 마음이 불안해서인지 선박 규정상 금지되어 있는데도 무슨 말인지 알 수 없는 이주공사의 안내 책자를 해독하려고 가끔 불을 켜는 사람이 꼭 있었다. 가까이서 불을 켜는 사람이 있으면 약간이나마 꾸벅꾸벅 졸 수 있었지만 불이 멀리 있거나 어두우면 카를은 두 눈을 부릅뜨고 있어야 했다. 이렇게 애쓰는 바람에 카를은 거의 기진맥진할 지경이었는데 이제 그것이 완전히 허사가 될 판이었다. 이 부터바움 녀석, 언젠가 어디서든 만나기만 해 봐라!

바로 그때 지금까지의 완전한 정적을 뚫고 바깥 아주 멀리서 아이들 발소리 같은 것이 짧고도 조그맣게 들려왔다. 점점 가까이 다가오더니 더 크게 들렸다. 알고 보니 남자들이 조용히 행진하는 소리였다. 통로가 좁아 당연히 일렬로 걸어가는 게 분명했다. 무기들이 쩔그럭거리는 듯한 소리가 들려왔다. 트렁크와 슬로바키아인에 대한 온갖 근심에서 해방되어 잠을 청하려고 침대에서 몸을 쭉 뻗으려던 카를은 화들짝 놀라 화부를 밀치며 그의 주의를 환기하려고 했다. 행렬의 선두가 바로 문 앞까지 온 것 같아서였다. "배의 음악대지요." 화부가 말했다. "위에서 연주를 마치고 이제 악기를 집어넣으러 가는 길입니다. 이제 일이 다 끝난 모양이니 가도 좋겠네요. 갑시다!" 그는 카를의 손을 붙들고 마지막 순간 침대 위 벽에서 액자에 넣은 성모 마리아 그림을 떼어 윗옷 안주머니에 쑤셔 넣고는 트렁크를 들고 카를과 함께 서둘러 선실을 빠져나왔다.

"이제 사무실에 가서 높은 분들한테 내 의견을 말할 겁니다. 승객들이 다 내렸으니 배려할 필요가 없겠지요." 화부는 이 말을 여러 가지 방식으로 거듭 이야기했고, 걸어가면서 통로를 가로지르는 쥐의 옆구리를 걷어차 짓이기려 했는데 때마침 도달한 구멍 속으로 처넣어 준 격이 되었다. 그는 동작이 느렸고, 다리가 길지만 너무 무거웠기 때문이다.

두 사람은 주방의 한쪽을 통과했다. 아가씨 몇 명이 지저분한 앞치마를 두르고 — 더러운 물을 일부러 앞치마에 튕기며 — 커다란 통에 든 식기를 씻고 있었다.

화부는 리네라는 아가씨를 불러 팔로 허리를 감싸 안고 한참을 갔는데, 그녀는 줄곧 교태를 부리며 화부의 팔에 몸을 밀착시켰다. "지금 급료를 준다는데 같이 가지 않겠어?" 그가 물었다. "내가 왜 힘들게 가야 해요? 차라리 내게 그 돈을 갖다줘요." 그녀는 대답하면서 그의 팔에서 빠져나와 달아났다. "멋진 꼬마는 대체 어디서 데려왔어요?" 그녀가 소리쳤으나 대답을 들을 생각은 없는 듯했다. 잠시 일손을 멈춘 소녀들이 깔깔대는 소리가 들려왔다.

그들은 상단에 작은 박공이 있는 문에 이를 때까지 계속 걸었다. 금박 입힌 조그만 여인상들이 박공을 받치고 있었다. 배의 시설치고는 꽤 호화스러워 보였다. 카를은 항해 중에는 일등석, 이등석 승객들만 드나들 수 있었던 이곳에 한 번도 와 본 적이 없음을 알았다. 지금은 배의 대청소를 하기 전이라 칸막이 문을 없애 버렸다. 실제로 둘은 가는 길에 빗자루를 어깨에 메고 화부에게 인사하는 남자 몇 명과 이미 마주쳤다. 카를은 자신이 있던 삼등 선실에서는 물론 경험해 보지 못한 번잡한 모습에 놀랐다. 통로들을 따라 전선이 이어져 있었고, 작은 종소리가 잇달아 들렸다.

화부는 정중하게 문을 두드렸다. 안에서 "들어오세요!"라는 소리가 들리자 그는 겁내지 말고

어서 들어오라고 카를에게 손짓하며 재촉했다. 카를도 따라 들어갔지만 문가에 서 있었다. 방에 있는 세 개의 창 앞에서 출렁이는 바닷물을 바라보았다. 흥겹게 물결치는 파도를 보니 마치 지난 닷새 동안 줄곧 바다를 보지 못한 것처럼 가슴이 두근거렸다. 커다란 배들이 서로 엇갈려 지나갔고, 무게가 허락하는 만큼만 출렁이는 물결에 몸을 맡기고 있었다. 눈을 가늘게 뜨고 바라보면 이 배들은 순전히 제 무게 때문에 흔들리는 것 같았다. 돛대 위에는 가늘고 긴 깃발들이 달려 있었다. 그것들이 배가 달리는 바람에 팽팽해진 채 이리저리 펄럭였다. 군함에서 나는 것이 분명한 예포 소리가 울렸다. 안전하게 미끄러지듯 달리면서도 수평을 이루지는 않는 배의 물결이 그 근처를 지나는 군함의 강철 선체에 반사되어 반짝이는 포신들을 어르는 듯했다. 적어도 이 문에서 보기엔 멀리 떨어진 소형 선박과 보트들은 큰 배들 사이로 떼 지어 지나다녔다. 하지만 이 모든 광경 저편에는 고층 빌딩의 수십만 개의 창문을 통해 카를을 바라보는 뉴욕이 있었다. 그렇다, 이 방에 있으면 자신이 어디에 있는지 알 수 있었다.

둥근 탁자에 신사 세 명이 앉아 있었다. 그중 한 명은 푸른색 선원 제복을 입은 고급 선원이었고, 다른 두 명은 검은색의 미국식 제복을 입은 항만청 공무원들이었다. 고급 선원은 손에 펜을 들고 탁자에 높이 쌓인 여러 가지 서류들을 대충 훑어보고 나서 다른 두 사람에게 넘겨주었다. 그러면 그 둘은 그것을 읽기도 하고 어떤 부분을 발췌해 적기도 했다. 잇새로 거의 쉴 새 없이 조그만 소리를 내는 사람이 동료에게 무언가를 받아 적게 하지 않을 때는 서류를 받아 가방에 넣기도 했다.

창가의 책상에는 체구가 작은 사람이 문을 등지고 앉아 있었다. 그는 자기 앞의 머리 높이에 있는 튼튼한 책꽂이에 줄지어 꽂힌 커다란 장부들을 꼼꼼히 살폈다. 그의 옆에 열려 있는 금고가 놓였는데 적어도 얼핏 보기에는 속이 빈 것 같았다.

두 번째 창문은 앞을 가리는 게 없어 바깥 풍경을 내다보기 가장 좋았다. 하지만 세 번째 창문 근처에는 두 신사가 조그마한 목소리로 대화를 나누며 서 있었다. 창문 옆에 몸을 기댄 사람은 선원 제복을 입고서 단검 손잡이를 만지작거리고 있었다. 그와 대화를 나누는 사람은 창을 향해 서 있었고, 가끔 몸을 움직일 때면 맞은편 사람의 가슴에 주렁주렁 달린 훈장들의 일부가 눈에 들어왔다. 사복 차림인 남자는 가느다란 대나무 막대기를 지녔는데 두 손으로 허리를 짚어서 마치 단검처럼 삐져나와 있었다.

카를은 모든 것을 일일이 살펴볼 시간이 그리 많지 않았다. 이내 사환 한 명이 다가와 여기는 당신 같은 사람이 올 곳이 아니라는 눈초리로 화부에게 용건을 물었기 때문이다. 화부는 물어본 사람과 마찬가지로 나지막한 목소리로 회계 주임과 이야기하고 싶다고 대답했다. 사환은 손사래를 치며 부탁을 거절했지만, 그래도 둥근 탁자를 피해 커다란 원을 그리며 장부를 든 사람을 향해 발끝으로 살금살금 걸어갔다. 남자는 사환의 말을 듣고 표정이 굳어졌는데 — 그 모습이 또렷이 보였다 — 결국엔 자신과 면담하려는 남자 쪽으로 고개를 돌렸다. 그러고는 화부를 향해, 그리고 확실히 해 두기 위해 사환을 향해서도 단호한 거절의 표시로 손을 내저었다. 그러자 사환이 화부에게 돌아와 무슨 비밀을 털어놓는 듯한 투로 말했다. "당장 방에서 나가 주시오!"

이런 답을 들은 화부는 참담한 심정을 말없이 하소연할 자기 심장이라도 되는 듯이 카를을 내려다보았다. 카를은 더는 생각할 것도 없이 그 자리를 벗어나 방을 가로질러 달리다가 심지어 고급 선원이 앉은 안락의자에 가볍게 몸을 스치기도 했다. 사환은 해충이라도 쫓듯 그를 붙잡으려고 두 팔을 벌린 채 허리를 굽히고 같이 달렸다. 그러나 카를은 회계 주임의 탁자에 먼저 도착해 사환이 끌고 가려고 할 때를 대비해 탁자를 꽉 붙잡았다.

당연히 방 전체가 금세 활기를 띠었다. 탁자에 앉아 있던 고급 선원이 벌떡 일어났고, 항만청 공무원들은 조용히 주의 깊게 지켜보았으며, 창가의 두 신사는 나란히 걸어왔다. 사환은 높은 사람들이 관심을 보이는 마당에 더 이상 자신이 있을 곳이 아니라고 생각해 뒤로 물러났다. 문가의 화부는 자신의 도움이 필요해질 순간을 잔뜩 긴장한 얼굴로 기다리고 있었다. 마침내 회계 주임이 안락의자에 앉은 채 오른쪽으로 크게 몸을 돌렸다.

 카를은 이 사람들이 보는 앞에서 조금도 개의치 않고 비밀 호주머니를 뒤져 여권을 꺼내더니 자기소개를 하는 대신 탁자 위에 펼쳐 놓았다. 회계 주임은 그 여권을 별것 아닌 것으로 여기는 모양이었다. 그가 두 손가락으로 여권을 톡 쳐서 옆으로 제쳐 놓았기 때문에 카를은 이런 식으로 형식적인 절차가 처리된 데 만족한 듯 여권을 도로 주머니에 집어넣고 말했다.

 "이런 말씀을 드리기 송구스럽지만 제 생각으로는 화부 양반이 부당한 일을 당한 것 같습니다. 이 배의 슈발이라는 자가 괴롭히고 있답니다. 지금까지 화부는 일일이 이름을 댈 수 있는 숱한 배를 타면서 모두 만족스러울 정도로 일해 왔습니다. 그는 부지런하며 자신이 하는 일에 긍지를 품고 있습니다. 이를테면 이 배의 근무는 상선을 탈 때처럼 일이 지나치게 힘들지도 않은데 왜 그에 알맞은 대우를 받지 못하는지 사실 이해되지 않습니다. 그가 승진을 못 하고 제대로 인정받지 못하는 것이 단지 중상모략 때문인지도 모릅니다. 그렇지 않으면 틀림없이 충분히 인정받을 겁니다. 나는 일반적인 문제만 말씀드렸을 뿐입니다. 구체적인 불만 사항은 그가 직접 이야기할 겁니다." 카를은 이 방의 모든 사람을 상대로 이야기했다. 실제로 모두가 귀담아듣고 있었고, 회계 주임이 딱히 정의로운 사람은 아닐지라도 이 모든 사람 중 한 명쯤은 정의로울 가능성이 있다고 생각했기 때문이다. 게다가 카를은 약삭빠르게도 바로 조금 전에야 화부를 알게 되었다는 사실은 비밀에 부쳤다. 아닌 게 아니라 지금 이 자리에서 처음 본 대나무 막대기를 든 신사가 얼굴을 붉히며 당황해하지 않았더라면 훨씬 더 잘 말했을지도 모른다.

"구구절절 옳은 말입니다." 화부는 누가 묻기 전에, 즉 누구도 아직 눈길을 주기 전에 말했다. 카를의 마음속에 방금 떠오른 생각이었지만 화부가 이처럼 섣불리 한 말이 큰 실수였을지도 모른다. 아무튼 훈장을 단 신사가 선장이 아니었다면, 그가 화부의 말을 한번 들어 보자고 생각하지 않았더라면 말이다. 그는 손을 뻗으며 화부에게 소리쳤다. "이쪽으로 오시오!" 그는 일을 분명하게 매듭짓기 위해 단호한 목소리로 말했다. 이제 모든 것은 화부의 태도에 달려 있었다. 카를은 그의 주장이 옳다고 믿어 의심치 않았기 때문이다.

다행히 화부가 지금까지 산전수전을 다 겪었다는
사실이 이 기회에 밝혀졌다. 그는 더없이 차분하게
조그만 트렁크에서 손에 잡히는 대로 한 다발의 서류와
수첩을 꺼내더니 회계 주임의 존재는 완전히 무시하는
게 당연하다는 듯 그걸 가지고 선장한테 가서 창문턱
위에 자신의 증거품들을 늘어놓았다. 회계 주임은
일부러 거기까지 가는 수고를 할 수밖에 없었다. 그는
사정을 설명하기 위해 말했다. "이 사람은 불평불만이
많기로 소문난 자입니다. 기관실보다 경리실에 있을 때가
더 많습니다. 그는 슈발을, 이 차분한 슈발을 완전히
절망 상태로 몰아넣었어요. 제 말 좀 들어 보십시오!"
회계 주임은 화부 쪽으로 고개를 돌렸다. "당신은 정말
성가시도록 집요하기 짝이 없군요. 경리실에서 쫓겨난
게 벌써 몇 번째가요? 당신의 요구가 하도 터무니없고
부당하니 그래도 싸지요! 밖으로 쫓겨났다가 경리실로
달려든 게 몇 번짼가 말이오! 슈발이 직속상관이니 부하
직원으로서 그와 원만하게 지내야 한다고 몇 번이나
좋은 말로 타일렀나요! 그런데 선장이 계시는 이곳까지
달려와서 창피한 줄도 모르고 성가시게 하는 것도 모자라,
감히 겁도 없이 처음 보는 이 조무래기를 데리고 다니며
당신의 시시껄렁한 고발 내용을 달달 외우는 대리인으로
삼다니요!"

카를은 뛰쳐나가고 싶은 충동을 억지로 꾹 참았다. 하지만 선장도 가만히 있지 않고 입을 열었다. "이 사람 말도 한번 들어 봅시다. 어쨌거나 슈발은 내가 보기에 점점 너무 멋대로 나가더군. 그렇다고 당신을 위해 이런 말을 하는 건 아니오." 뒤에 한 말은 화부에게 한 말이었다. 물론 선장이 당장 화부 편을 들 수는 없는 노릇이지만 모든 일이 잘되어 가는 것처럼 보였다. 화부는 그간 있었던 일을 설명하면서 처음에는 화를 억누르고 슈발을 말할 때 꼭 '씨' 자를 붙였다. 카를은 자리를 비운 회계 주임의 책상에 앉아 기쁜 마음으로 우편물 저울을 순전히 재미 삼아 자꾸 눌러 보았다. — 슈발 씨는 부당하다! 슈발 씨는 외국인만 우대한다! 슈발 씨는 화부를 기관실에서 내쫓고, 그에게 화장실 청소를 시켰다! 그게 어디 화부가 할 일인가! — 얼핏 보기에는 슈발 씨가 제법 유능한 것처럼 보일지 모르지만 한번은 그의 능력마저 도마 위에 오른 적이 있었다. 화부의 서투른 표현 방식이 불리하게 작용하지 않도록 카를은 이 대목에서 선장이 제 동료인 양 다정스러운 눈빛으로 쳐다보았다. 어쨌든 화부가 말을 많이 하기는 했으나 사람들의 마음을 확실히 움직일 수는 없었다. 선장은 이번에 화부의 말을 끝까지 들어 보자고 단호한 눈빛으로 여전히 앞을 바라보고 있었지만 다른 사람들은 더 이상 참을 수 없었다. 그리고 얼마 안 가 화부의 목소리가 더 이상 이 공간을 무제한으로 지배할 수 없게 되었는데 이는 여러 가지로 우려스러운 일이었다.

맨 처음에 사복 차림의 신사가 대나무 막대기를 움직이더니 나지막한 소리이긴 하지만 마룻바닥을 톡톡 두드렸다. 그러자 당연히 다른 신사들이 그쪽으로 가끔 눈길을 보내곤 했다. 시간에 쫓기는 게 분명해 보이는 항만청 공무원들은 다시 서류를 집어 들고 다소 멍한 표정이긴 하나 대충 훑어보기 시작했다. 고급 선원은 탁자를 다시 자기 쪽으로 바짝 끌어당겼다. 회계 주임은 게임에서 이겼다고 생각하고 반어적인 의미로 깊은 탄식을 했다. 거기에 있는 사람들이 다 딴 데 마음을 빼앗기고 있는 것 같았지만 사환만은 그렇지 않은 듯했다. 힘센 사람들 밑에서 시달리는 불쌍한 남자의 고통에 공감하는 그는 무언가를 설명하려는 듯 카를에게 진지하게 고개를 끄덕였다.

그러는 동안 창밖에서는 항구의 생활이 계속되었다. 산더미처럼 통을 싣고도 분명 굴러떨어지지 않게 교묘하게 쌓은 납작한 화물선 한 척이 옆을 지나가면서 방 안에 짙은 그림자를 드리웠다. 조그만 모터보트들은 키 옆에 반듯이 선 남자가 두 손으로 조종하는 대로 요란한 소리를 내며 일직선으로 쏜살같이 달렸다. 시간이 있으면 카를이 자세히 볼 수 있었을 텐데. 특이하게 생긴 부유물들이 출렁이는 물결 속을 이리저리 저절로 떠다니다가 곧 다시 물을 뒤집어쓰더니 놀라서 보고 있는 사람의 눈앞에서 가라앉았다. 원양 기선의 보트들은 선원들이 열심히 노를 젓는 가운데 앞으로 나아갔고, 그 안에는 승객들이 가득 차 있었다. 비좁은 데 억지로 쑤셔 넣어진 그들은 기대에 부풀어 가만히 앉아 있었다. 그래도 몇몇은 바뀌는 경치를 따라가며 계속 고개를 돌릴 수는 있었다. 끝없는 움직임과 어떤 불안감이 의지할 데 없는 사람들과 그들의 행위에 불안한 요소를 전달하고 있었다!

그런데 모든 상황이 어서 빨리, 알아듣기 쉽게, 아주 정확히 말하도록 촉구했다. 하지만 화부는 무엇을 하고 있는가? 그는 물론 땀을 흘리며 열심히 말했고, 진작부터 손이 떨려 창턱 위의 서류들을 더 이상 쥐고 있을 수 없었다. 머릿속에서는 슈발에 대한 불만 사항이 온 사방에서 밀려들었는데, 그의 생각으로는 그중 한 가지만으로도 슈발을 완전히 매장하기에 충분할 것 같았다. 그러나 선장에게 제시할 수 있는 것이라곤 모두 뒤죽박죽 섞였다가 솟아오른 한 가지 슬픈 모습뿐이었다. 대나무 막대기를 지닌 신사는 이미 오래전부터 천장을 쳐다보며 나지막이 휘파람을 불었고, 항만청 공무원들은 탁자 옆에 고급 선원을 붙들고 다시는 놓아주지 않겠다는 표정을 짓고 있었다. 회계 주임은 선장의 침착한 태도를 보고 중간에 끼어드는 것을 분명 자제하는 모습이었다. 사환은 부동자세를 하고 이제나저제나 화부와 관련해 선장의 명령이 떨어지기를 기다렸다.

이러니 카를은 더 이상 수수방관하고 있을 수 없었다. 그는 사람들이 무리 지어 있는 곳으로 천천히 다가가면서 어떻게 하면 일을 되도록 요령 있게 처리할까 재빨리 생각해 보았다. 사실 절체절명의 순간이었다. 조금만 더 어물거리다간 두 사람은 아주 보기 좋게 사무실에서 쫓겨날 수 있었다. 선장은 좋은 사람인 듯했고, 뿐만 아니라 카를이 생각하기에는 선장으로서 공정한 모습을 보일 어떤 특별한 이유가 있는 것 같았다. 하지만 그렇다 해도 그가 아무렇게나 다루어도 되는 악기는 아니었다. 그런데 화부는 물론 극도로 격분한 감정에서 선장을 바로 그런 식으로 대했다.

그래서 카를은 화부에게 말했다. "더 간단하게 말씀드려야 해요, 더 분명하게요. 지금처럼 이야기해서는 선장님이 알아주지 않습니다. 당신이 말하기만 하면 그자가 누구인지 곧바로 알 정도로 선장님께서 모든 기관사와 사환의 이름이나, 심지어 세례명까지 기억하고 계실까요? 불만 사항을 마음속으로 정리한 다음 가장 중요한 내용을 먼저 말하고, 나머지 사항들은 중요한 순서대로 말하세요. 그러면 아마 대부분은 더 이상 언급할

필요조차 없을 겁니다. 나한테는 내내 아주 명료하게
설명했잖아요!" 미국에서는 트렁크를 훔치는 자가 있으니
가끔 거짓말해도 되겠지 하고 카를은 마음속으로
변명했다.

    하지만 내 조언이 도움이 되었으면 좋으련만! 이미
너무 늦어 버린 게 아닐까? 화부는 귀에 익은 목소리가
들리자마자 즉시 말을 그치기는 했으나 모욕당한
사나이의 명예, 끔찍한 기억, 현재 처한 극단적인 곤경
때문에 눈물이 완전히 앞을 가려 카를을 제대로 알아볼
수조차 없었다. 지금 갑자기 어떻게 말투를 바꾸어야
한다는 말인가? 카를은 입 다문 화부 앞에서 침묵하며 이
상황을 곰곰이 들여다보았다. 카를이 생각하기에 화부는
조금도 인정받지 못한 채 하고 싶은 말을 벌써 다 한 것도
같았고, 달리 보면 아직 아무 말도 하지 않은 것 같기도
한데 그렇다고 자기 말을 다 들어 달라고 요구할 수도 없는
노릇이었기 때문이다. 이런 순간 그래도 유일한 지지자인
카를이 와서 좋은 가르침을 주려고 하지만 그 대신 모든
것이 글렀음을 그에게 보여 준 셈이다.

    "창밖을 내다보는 대신 좀 더 일찍 왔어야 하는데."
카를은 혼잣말하며 화부 앞에서 고개를 떨구고 모든
희망이 다 끝났다는 표시로 바지의 솔기를 양손으로 톡톡
두드렸다.

하지만 화부는 이를 오해하고 카를이 몰래 자신을 비난하고 있다고 받아들였다. 그래서 그를 설득하여 비난을 그만두게 하려는 좋은 의도로 화부는 자기 행위를 정당화하기 위해 이제 카를과 말다툼을 벌이기 시작했다. 다만 둥근 탁자에 둘러앉은 신사들은 두 사람이 쓸데없는 소동을 피워 자기들 일이 방해받은 것에 분노했다. 회계 주임도 선장이 이처럼 참고 있는 것을 점점 알 수 없다는 듯 당장이라도 화가 폭발할 기세였다. 사환도 이제는 완전히 신사들 편에 붙어 화부를 거친 눈초리로 쏘아보았다. 더구나 선장이 가끔 정다운 눈초리로 쳐다보곤 하는 대나무 막대기를 지닌 신사는 마침내 화부에 대한 관심이 완전히 사라져서 정말이지 그에게 혐오감을 느끼는 듯 작은 수첩 하나를 꺼내 들었다. 그리고 분명 완전히 다른 일에 몰두하는 것 같았지만 그래도 시선만은 수첩과 카를 사이를 이리저리 오갔다.

"난 알아요, 정말 알고 있다니까요." 카를이 말했다. 그는 자신한테 돌아오는 화부의 공세를 막아 내려 애쓰면서 말다툼 중에도 가끔 다정한 미소를 지어 보였다. "당신 말이 옳아요, 옳다고요. 그 점은 추호도 의심하지 않아요." 카를은 얻어맞을까 겁나서 두 손을 휘두르는 그를 꽉 붙잡고 싶었다. 물론 더 하고 싶었던 것은 한쪽 구석으로 밀고 가서 다른 사람들이 들어서는 안 될 말 몇 마디를 나직이 속삭여 그를 진정시키는 일이었다. 하지만 화부는 길길이 날뛰었다. 더구나 카를은 이제 화부가 어쩔 수 없는 경우 절망한 나머지 이 자리의 일곱 남자를 힘으로 제압할지도 모른다는 생각까지 하면서 일종의 위안을 얻기 시작했다. 물론 책상 위에는 한눈에 알 수 있듯이 전기 배선에 많은 단추가 달린 장식대가 놓여 있었다. 한 손으로 단추를 살짝 누르기만 하면 통로에 적대적인 사람들로 가득 찬 배 전체를 발칵 뒤집어 놓을 수 있었다.

하지만 그토록 무관심한 태도를 보이던 대나무 막대기를 든 신사가 그 순간 카를한테 다가와 그리 크지는 않지만 화부의 온갖 외침에도 또렷이 들리는 목소리로 물었다. "대체 이름이 뭔가요?" 바로 이 순간 마치 신사의 이 말을 기다렸다는 듯 문을 두드리는 소리가 들렸다. 사환이 선장 쪽을 쳐다보자 선장은 고개를 끄덕였다. 사환이 가서 문을 열었다. 문밖에는 낡은 예복을 입은 중키의 남자가 서 있었고, 외모로 보아 기계 일에 적합하지 않게 생겼는데 바로 슈발이었다. 그러자 다들 만족한 눈빛을 보였고, 선장도 예외는 아니었다. 카를이 그런 사실을 알아채지 못했다고 하더라도 화부의 행동을 보고 분명 이를 알아차렸을 것이다. 화부는 놀랍게도 양팔에 힘줄이 불거져 나오도록 두 주먹을 불끈 쥐었는데 마치 불끈 쥔 주먹이 자신에게 가장 중요한 것이고, 이를 위해서는 목숨마저 바칠 용의가 있다는 듯한 태도였다.
그를 똑바로 지탱해 주는 힘을 포함해 모든 힘이 지금
거기에 담겨 있었다.

    이처럼 그곳엔 예복 차림의 적이 자유롭고 활기찬
모습으로 와 있었다. 옆구리엔 화부의 급여 지급표와
업무 보고서로 보이는 장부를 하나 끼고 있었다. 그리고
두려워하는 기색도 없이 무엇보다 한 사람 한 사람의
기분을 알아보려는 듯 차례대로 사람들의 눈치를 살폈다.
여기 일곱 사람은 모두 그의 친구이기도 했다. 선장이 조금
전에는 그를 못마땅하게 여기는 말을 하거나, 또는 단지
거짓으로 그런 태도를 보였을지도 모르지만 화부에게
괴롭힘을 당한 지금은 슈발을 조금도 비난할 생각이 없어
보였다. 화부 같은 남자는 아무리 혹독하게 다루어도
무방할 것이다. 그리고 슈발에게 비난할 것이 있다면
시간이 지나도 화부의 불손한 태도를 꺾지 못한 탓에
그가 오늘처럼 감히 선장 앞에 달려들게 하는 불상사를
빚었다는 점이었다.

    그런데 슈발과 화부를 대질시키면 상급 법정에서 얻을
만한 성과를 사람들 앞에서 거둘지도 몰랐다. 설령 슈발이
스스로를 기만하고 시치미를 뗀다고 하더라도 절대로
끝까지 버티지는 못할 것이 분명했기 때문이다. 그가
나쁜 사람이라는 사실을 신사들에게 부각하려면 나쁜

짓거리를 조금만 드러내도 충분할지도 몰랐다. 카를은 그렇게 해 보려고 머리를 굴렸다. 그는 벌써 신사들 한 사람 한 사람의 명석한 두뇌, 약점과 변덕스러운 기분 같은 것을 대충 파악하고 있었다. 그리고 이런 점에서 보면 헛되이 시간을 보낸 것은 아니었다. 화부가 제 역할을 좀 더 잘 처신했더라면 좋았을 텐데! 하지만 그는 싸울 능력이 전혀 없어 보였다. 사람들이 그에게 슈발을 끌어다 줬더라면 녀석의 밉살스러운 머리통을 주먹으로 박살 낼 수 있었을 텐데. 지금은 몇 걸음 다가가는 것조차 화부에게는 거의 불가능할 지경이었다. 슈발이 자발적으로는 아니더라도 선장의 부름을 받아 결국은 모습을 드러낼 거라는 사실은 어린애라도 알 만한 일이었는데 카를은 그처럼 쉽게 예견할 일을 왜 미처 예상하지 못했을까? 이곳으로 오는 도중에 왜 화부와 자세한 싸움 계획을 상의하지 않았을까? 그러는 대신 그들은 아무 준비 없이 무턱대고 문을 열고 들어오지 않았던가! 물론 일이 아주 잘 풀려 반대 심문이 필요할 때 화부가 뭐라고 의견을 표명하거나 "네." 또는 "아니오."라고 말할 수 있을 것인가? 그는 두 다리를 가지런히 벌리고 무릎은 후들거리면서 머리는 약간 쳐든 채 서 있었다. 그리고 마치 공기를 거르는 허파가 몸 안에 없는 것처럼 벌린 입으로 공기가 들락날락했다.

카를은 힘이 솟고 머리가 맑아진 느낌이었다. 고향에

있을 때는 이런 적이 아마 한 번도 없었을지도 모른다. 그가 낯선 땅에 와서 지체 높은 양반들 앞에서 선을 위해 싸우는 모습과 비록 승리를 거두지는 못했을지라도 최후의 승리를 쟁취하기 위해 만반의 준비를 갖추는 모습을 부모님이 볼 수 있으면 좋으련만! 그렇다면 부모님은 아들에 대한 생각을 바꾸지 않겠는가? 아들을 당신들 사이에 앉히고 칭찬해 주실까? 한번, 부모님께 그토록 공손한 그의 눈을 한번 들여다보실까? 불확실한 질문이고, 이런 질문을 하기에는 턱없이 부적절한 순간이리라!

"제가 이곳에 온 것은 무언가 부정직한 일을 저질렀다고 화부가 저에게 죄를 뒤집어씌울 거라는 생각이 들어서입니다. 주방의 한 아가씨가 이곳으로 오는 그를 봤다고 일러 주더군요. 선장님과 다른 모든 여러분에게 말씀드리겠습니다. 어떤 고발이 있더라도 전 자신에 관한 서류를 근거로, 필요하다면 문밖에 서 있는 편견에 치우치지 않고 아무 영향력이 없는 증인들의 진술을 통해 반박할 용의가 있습니다." 슈발은 말했다. 물론 한 남자의 명쾌한 발언이었고, 듣고 있는 사람들의 표정 변화를 보면 오랜만에 다시 처음으로 인간다운 소리를 들었다는 반응 같았다. 물론 그들은 이 멋진 말에도 여러 허점이 있다는 것을 깨닫지 못했다. 그가 제일 먼저 생각해 낸 객관적인 말이 무엇 때문에 '부정직'이라는 단어였을까? 그의 민족적 편견 대신에 여기서 부정직하다고 뒤집어씌웠다는 죄가 제기되어야 했는가? 주방의 아가씨가 사무실로 가는 화부를 보았는데 슈발이 금방 눈치챘다고? 그가 예리하게 낌새를 알아챈 분별력은 죄의식 때문이 아니었을까? 그래서 서둘러 증인들을 데리고 와서 그들에게 아무런 편견과 영향력이 없다고 둘러대는 게 아닐까? 사기, 다름 아닌 사기에 지나지 않으리라! 그런데 신사들은 이를 참아내고, 더욱이 이를 올바른 행동이라고 인정한다고? 무엇 때문에 그는 아가씨의 말을 듣고 이곳에 올 때까지 의심할 여지 없이 그토록 많은 시간을 그냥 흘려보냈단 말인가? 그렇지만 화부가 신사들을 지치게 만들어 무엇보다도 두려워한 그들의 명석한 판단력을 점차 잃게 하는 것 외에 다른 어떤 목적이 있었겠는가. 확실히 그는 문밖에서 오랫동안 기다리다가 그 신사의 대수롭지 않은 질문으로 미루어 화부가 끝났다고 생각한 순간 문을 두드린 것이 아니었을까?

    모든 것이 명백했고, 슈발은 본의 아니게 그런 모습을 드러냈지만 신사들에게는 달리, 보다 알기 쉽게 진상을 보여 줘야 했다. 그들을 흔들어 깨울 필요가 있었다. 그러니 카를, 빨리, 적어도 지금 시간을 활용해야 해! 증인들이 나타나 모든 걸 휩쓸어 버리기 전에 말이야.

하지만 바로 그때 선장이 슈발을 손짓으로 제지했고, 그러자 슈발은 즉시 — 그에 관한 일이 잠시 뒤로 미뤄진 것 같았으므로 — 옆으로 물러나 금방 그의 편에 가담한 사환과 나직이 담소를 나누기 시작했다. 그러면서 그는 카를과 화부를 곁눈질하고, 무척 확신에 찬 손동작을 하기도 했다. 슈발은 이런 식으로 곧이어 할 말을 연습하는 것 같았다.

"야코프 씨, 이 젊은이에게 뭔가 물어보려고 하지 않았나요?" 선장은 주위가 조용한 가운데 대나무 막대기를 지닌 신사에게 물었다.

"물론이지요." 신사는 관심을 가져 줘 고맙다는 표시로 가볍게 몸을 숙이며 말했다. 그러고는 카를에게 또 한 번 물었다. "대체 이름이 뭔가요?"

카를은 이처럼 뜻밖에 끼어들어 집요하게 묻는 남자의 관심사를 신속히 처리하면 중요한 문제의 해결에 유리할 걸로 생각하고 평소 하던 대로 여권을 꺼내 보여 주며 자기소개를 하는 대신 짧게 대답했다. "카를 로스만입니다."

"아니 뭐라고." 야코프라고 불린 신사는 이렇게 말하고는 도저히 믿기지 않는다는 듯 우선 빙그레 미소 지으며 뒤로 물러섰다. 선장, 회계 주임과 고급 선원, 심지어 사환마저도 카를이라는 이름을 듣더니 분명 적이 놀란 모습을 보였다. 그러나 항만청 공무원들과 슈발만은 아무렇지 않다는 태도를 나타냈다.

"아니 뭐라고." 야코프 씨는 똑같은 말을 되풀이하더니 다소 뻣뻣한 걸음걸이로 카를에게 다가갔다. "그렇다면 내가 네 외삼촌 야코프고, 넌 사랑하는 내 조카로구나. 어쩐지 아까부터 내내 이상한 예감이 들더라니까!" 야코프는 선장 쪽을 보고 말한 다음 카를을 부둥켜안고 입을 맞추었고, 카를은 그가 하는 대로 가만있었다.

"성함이 어떻게 되시는데요?" 그가 자신을 놓아주었다고 느낀 후 카를은 매우 공손하지만 무척 냉담한 어조로 물었다. 그러면서 이 새로운 사태가 화부에게 미칠 파장을 가늠하느라 애썼다. 우선은 슈발이 이 일로 득을 볼 것 같지는 않았다.

"이보게, 젊은이, 그대가 행운을 얻은 것을 알아야 해." 카를의 질문으로 야코프 씨의 품위가 손상당했다고 생각한 선장이 말했다. 아닌 게 아니라 야코프 씨는 흥분한 기색을 다른 사람들에게 보이지 않으려고 창 쪽으로 돌아서서 손수건으로 얼굴을 가볍게 건드리고 있었다. "그대에게 외삼촌이라고 밝힌 이분은 에드워드 야코프 상원 의원이시네. 이제부터는 그대가 지금까지 예상했던 것과는 딴판으로 찬란한 인생 항로가 기다리고 있을 걸세. 첫 순간부터 일이 잘되어 나가는 만큼 그 점을 염두에 두고 마음을 차분히 먹도록 하게."

"물론 미국에 야코프라는 외삼촌이 계세요." 카를이 선장 쪽으로 몸을 돌리고 말했다. "하지만 제가 제대로 이해했다면 야코프는 그냥 상원 의원님의 성일 뿐인데요."

"그렇다네." 선장은 위엄 있게 말했다.

"제 어머니의 남자 형제인 야코프 외삼촌은 세례명이 야코프입니다. 반면에 외삼촌의 성은 어머니의 친정 성과 마찬가지로 벤델마이어라야 할 겁니다."

"여러분!" 창가에서 흥분을 가라앉히고 활발한 표정으로 돌아온 상원 의원은 카를이 설명한 것과 관련해 큰 소리로 외쳤다. 항만청 공무원들 말고는 다들 웃음을 터뜨렸는데, 몇몇은 감동한 듯이 웃었지만 또 몇몇은 왜 웃는지 속마음을 알 수 없었다. '내 말이 그렇게 우스웠나, 전혀 그렇지 않은데.' 카를이 생각했다.

"여러분!" 상원 의원이 같은 말을 되풀이했다. "여러분과 나는 뜻하지 않게 사사로운 집안일에 관여하게 되었습니다. 그런데 내막을 잘 아는 사람은 선장님뿐이라고 생각되니 여러분에게 자세한 설명을 하지 않을 수 없군요." 선장님이라는 말이 나오자 두 사람은 서로 고개를 숙였다.

"이제 단어 하나하나를 정말 주의해서 들어야겠어."

카를이 혼자 중얼거렸다. 그리고 곁눈질로 화부의 안색에 생기가 돌아오기 시작했음을 알아차리고 기뻤다.

"나는 아주 오래전부터 미국에 체류하고 있는 관계로 — 여기서 물론 체류라는 단어는 철두철미 미국 시민이 된 그에게는 부적합한 말이었다 — 유럽의 친척과 완전히 관계를 끊고 산 지 아주 오래되었습니다. 그 이유는 여러 가지가 있는데 첫째로는 이 자리에서 이를 밝히기 곤란하고, 둘째로는 그 이야기를 하면 사실 내가 그 대가를 톡톡히 치르게 될지도 모릅니다. 더구나 혹시 내 사랑하는 조카에게 그 이유를 이야기할 수밖에 없는 순간이 올까 두렵습니다. 그렇게 되면 유감스럽게도 그의 부모와 그분들 친척 이야기를 솔직히 다 털어놓아야 할 겁니다."

'이분은 내 외삼촌이 틀림없어.' 카를은 혼잣말하며 그의 말에 귀 기울였다. '어쩌면 이름을 바꿨을지도 몰라.'

"그런데 내 조카는 그의 부모님에 의해 — 사실에 꼭 들어맞는 표현을 쓴다면 — 막무가내로 쫓겨나고 말았지요. 화를 돋우는 고양이를 문밖으로 내쫓듯이 말입니다. 이렇게 벌을 받았으니 난 조카가 한 일을 미화하고 싶은 생각은 추호도 없습니다. 그가 저지른 과실이란 것을 그냥 그렇게 과실이라고 부르는 것만으로도 이미 그 안에 충분히 용서를 담고 있는 그런 일이거든요."

'듣기 좋은 말인데.' 카를이 생각했다. '하지만 아무에게나 막 얘기하면 안 되는데. 게다가 무슨 일이 일어났는지 알 턱이 없을 텐데. 대체 무슨 수로 알겠어?'

"말하자면 그는······." 외삼촌은 허리를 약간 굽혀 자기 앞에 받쳐 놓은 대나무 막대기에 몸을 의지한 채 말을 계속했다. 이런 자세로 그는 평소 같으면 필시 따르기 마련인 쓸데없는 엄숙한 격식을 차리지 않는 데 성공했다. "이를테면 내 조카는 하녀한테 유혹당했지요. 요한나 브루머라는 서른다섯 살쯤 되는 사람한테 말입니다. 난 '유혹당했다'라는 말로 조카의 마음을 상하게 할 생각은 전혀 없습니다만 달리 꼭 들어맞는 말을 찾기가 어렵군요."

이미 외삼촌한테 꽤 가까이 다가간 카를은 몸을 돌려 그곳에 있는 사람들의 얼굴에서 이 이야기가 어떤 인상을 주었는지 읽어 내려 했다. 아무도 웃는 사람은 없었고, 다들 참을성 있고 진지하게 경청하고 있었다. 마침내 처음으로 웃을 좋은 기회를 맞이했지만 사람들은 상원 의원의 조카를 비웃지 않았다. 오히려 거의 눈에 띄지는 않았지만 화부가 카를을 보고 빙그레 미소 지었다고 할 수 있었다. 하지만 이 반응은 첫째 새로운 삶의 징조로 기뻐할 만한 일이었고, 둘째 용서해 줄 만한 일이었다. 지금 이처럼 공공연히 알려져 버린 이 일을 카를은 선실에서는 특별히 비밀로 해 두고 싶었기 때문이다.

"그리고 이 브루머라는 하녀는……." 외삼촌은 말을 계속 이어 갔다 "내 조카의 아이를 낳았는데, 야코프라는 세례명을 받은 건강한 사내아이였지요. 변변치 않은 나를 생각해서 지은 세례명이 틀림없지요. 별로 대수롭지 않은 이야기를 하다가 미국에 외삼촌이 있다고 조카가 말한 모양인데 하녀는 그 이야기에 큰 감명을 받은 듯합니다. 말하자면 나로서는 퍽 다행스러운 일이지요. 그의 부모는 양육비 부담이나 그 외에 자신들에게까지 추문이 번지는 것을 피하려고 — 강조해서 말하자면 나는 그쪽의 법이나 부모가 처한 다른 상황은 알지 못합니다 — 그러니까 양육비 부담과 추문을 피하려고 내 조카이자 당신들의 아들인 이 젊은이를 미국에 보내 버렸기 때문입니다. 보시다시피 제대로 채비를 갖추지도 않고 무책임하게 말입니다. 하녀가 내게 보낸 편지는 오랫동안 이리저리 헤매다가 그제에서야 내 손에 들어왔습니다. 편지에서 사건의 전모와 아울러 조카의 인상착의와 배 이름까지 빈틈없이 알려 주었더군요. 그러지 않았더라면 이 아이는 기적이 일어나지 않는 한 아무도 의지할 데 없는 미국 뉴욕항의 뒷골목에서 금방 타락해 버렸을지도 모릅니다. 내가 일부러 여러분을 즐겁게 해 줄 요량이라면 편지의 몇 구절을 낭독해 줄 수도 있을 겁니다." — 그러면서 그는 자잘한 글씨로 쓴 커다란 편지지 두 장을 주머니에서 꺼내더니 흔들어 보였다 — "편지에는 비록 선의에서 나온 교활함이긴 해도 약간 단순한 교활함과 아이 아버지에 대한 애정이 담뿍 담겨 있기에 확실히 감명을 줄 겁니다. 그러나 난 사건을 해명하는 데 필요한 이상으로 여러분을 즐겁게 해 주고 싶지 않고, 어쩌면 아직 남아 있을지도 모르는 조카의 감정을 상하게 하고 싶지도 않습니다. 조카가 마음이 동할 때 이미 그를 기다리고 있는 방에서 조용히 편지를 읽고 가르침을 받으면 되겠지요."

그러나 카를은 하녀에 대한 아무런 감정도 없었다. 점차 희미해져 가는 과거의 어수선한 기억 속에서 그녀는 부엌의 찬장 옆에 앉아 그 널빤지 위에 팔꿈치를 괴고 있었다. 카를이 아버지가 마실 물컵을 가지러 가거나 어머니의 심부름으로 부엌에 가끔 들를 때면 그녀는 그를 물끄러미 쳐다보았다. 간혹 그녀는 찬장 옆에서 이상한 자세로 편지를 쓰다가 카를의 얼굴을 보고 영감을 얻기도 했다. 때때로 손으로 두 눈을 가리고 있기도 했지만 아무도 그녀에게 말을 걸지 않았다. 때때로 그녀는 부엌 옆 자신의 좁은 방에서 나무 십자가 앞에 무릎을 꿇고 기도하기도 했다. 그럴 때 카를은 옆을 지나가다가 약간 열린 문틈으로 그런 그녀의 모습을 보고 그저 수줍어할 뿐이었다. 어떤 때는 부엌에서 미친 듯이 이리저리 돌아다니다가 카를이 그 앞을 막아서면 마녀처럼 웃으면서 뒤로 흠칫 물러나기도 했다. 때로는 카를이 부엌에 들어서면 부엌문을 닫고 카를이 비키라고 요구할 때까지 문의 손잡이를 계속 잡고 있기도 했다. 때로는 그가 별로 좋아하지도 않는 물건들을 가지고 와서 말없이 손에 꼭 쥐여 주기도 했다. 한번은 그녀가 "카를!" 하고 부르더니 뜻밖의 호칭에 놀라워하는 그를 자신의 작은 방으로 데려가 인상을 찡그리고 한숨을 쉬면서 문을 잠가 버렸다. 그녀는 목을 조르듯이 그의 목에 팔을 감고 자기 옷을 벗겨 달라고 부탁하면서 실은 그의 옷을 벗겨 자신의 침대에 눕혔다. 이제부터 세상이 끝날 때까지 아무에게도 맡기지 않고, 자신이 직접 그를 어루만지며 돌봐 주겠다는 태세였다.

"카를, 오 내 사랑, 카를!" 하고 그녀는 그를 바라보며 그가 자기 소유물임을 확인하려는 듯 외쳤다. 반면에 카를은 그녀를 외면하면서 그녀가 그를 위해 손수 몇 겹으로 따뜻하게 덮어 준 이불 속에서 언짢은 기분으로 누워 있었다. 그런 다음 그녀도 그의 옆에 누워 그가 무언가 은밀하게 속삭여 주기를 기대했지만 그는 그녀에게 아무 말도 해 줄 수 없었다. 그러자 그녀는 진심인지 거짓인지는 몰라도 화를 내더니 그를 흔들면서 그의 가슴에 귀를 대고는 심장의 고동 소리에 귀를 기울이다가 자기 심장 박동에도 귀 기울여 보라며 가슴을 내밀었다.

그래도 카를이 응하지 않으니까 자신의 벌거벗은 배를 몸에 갖다 대고 손을 그의 사타구니 사이에 집어넣으려 해서 카를은 너무 역겨워 머리와 목을 베개 밖으로 내밀며 흔들었다. 그러고서 그녀는 자기 배를 그의 몸에 몇 번이나 비벼 댔다 — 그에게는 그녀가 몸의 일부인 것처럼 생각되었고, 그래서 그가 어디에도 의지할 데가 없다는 섬뜩한 기분에 사로잡혔는지도 모른다. 다시 와 달라는 그녀의 간절한 소망을 수없이 들은 후에 그는 마침내 자신의 침대로 울면서 돌아갔다. 이것이 이야기의 전부였지만 외삼촌은 이를 마치 대단한 사건이라도 되는 양 떠들어 댔다. 그리고 하녀가 카를의 외삼촌 생각이 떠올라 카를이 미국에 간다는 소식을 알린 것이다. 그녀 때문에 일이 잘 풀린 셈이니 그는 어쩌면 또 한 번 그녀에게 은혜를 갚아야 할지도 모른다.

"자 그러면……," 상원 의원이 소리쳤다. "내가 너의 외삼촌인지 아닌지 어디 들어 보자꾸나."

"제 외삼촌이 맞습니다."

카를이 말하면서 그의 손에 입맞춤하자 그쪽에서도 카를의 이마에 입맞춤했다. "외삼촌을 뵙게 돼 반갑습니다. 하지만 제 부모님이 외삼촌을 나쁘게만 말하는 건 아닙니다. 그것 말고도 외삼촌 말씀에는 몇 가지 잘못된 점이 있습니다. 말하자면 사실 외삼촌께서 모든 내용을 다 전달받은 것은 아니란 뜻입니다. 하지만 여기 계시니까 저쪽 일을 제대로 판단할 수 없는 것도 무리는 아닙니다. 게다가 여러분에게는 그다지 중요하지도 않은 세세한 내용에 대해 약간 부정확한 정보를 갖고 있다고 하더라도 특별히 해로울 건 없다고 생각됩니다."

"잘 말해 주었구나." 상원 의원은 이렇게 말하더니 눈에 띄게 관심을 보이는 선장 앞으로 카를을 데리고 가서 물었다. "제가 훌륭한 조카를 두지 않았나요?"

"제가 운이 좋습니다." 선장은 군대 훈련을 받은 사람만이 할 수 있는 인사를 하며 말했다. "상원 의원님, 의원님의 조카를 알게 되어서 말입니다. 이런 상봉의 장소를 마련할 수 있었던 것은 우리 배로서는 특별한 영광입니다. 하지만 삼등 선실에서 항해하느라 여러 가지 불편한 점이 많았을 겁니다. 하긴 어떤 분이 탔는지 대체 누가 알 수 있겠습니까. 그래도 우리는 삼등 선실에서 항해하는 사람들이 되도록 편안하게 여행할 수 있도록, 예컨대 다른 미국 해운 회사들보다 훨씬 더 편안하게 여행할 수 있도록 만전을 기하고 있습니다. 그러나 삼등 선실에 머물면서 즐거운 여행이 되도록 하는 데는 물론 여전히 성공하지 못하고 있습니다."

"저는 아무렇지 않았어요." 카를이 말했다.

"아무렇지 않았다고!" 상원 의원이 큰 소리로 웃으며

따라 말했다.

"단지 트렁크를 잃어버리지 않았나 염려될 뿐입니다." 카를은 지금까지 일어난 모든 일과 앞으로 처리해야 할 일을 떠올리며 주위를 둘러보았고, 그러면서 모든 사람이 아까 있던 자리에서 말없이 존경과 놀라움의 시선을 보내는 것을 알아보았다. 자기만족에 빠진 근엄한 얼굴들로 판단하건대 항만청 공무원들만은 이처럼 부적절한 때에 온 것을 유감으로 생각하는 것 같았다. 보아하니 그들에게는 지금 눈앞에 놓인 회중시계가 이 방에서 일어난 일과 앞으로 일어날 어떤 일보다도 더 중요한 듯했다.

선장에 이어 관심을 표명한 첫 번째 사람은 이상하게도 바로 화부였다. "진심으로 축하드립니다." 그는 이렇게 말하고 카를과 악수했다. 그럼으로써 그도 나름대로 인정한다는 뜻을 표현하려는 것 같았다. 그러고서 상원 의원에게도 같은 말을 하려고 몸을 돌리려는데 상원 의원은 화부의 권리를 넘어선다는 듯 뒤로 물러섰다. 그러자 화부도 즉시 단념했다.

하지만 다른 사람들은 이제 어떻게 하면 좋을지를 깨닫고 즉각 카를과 상원 의원을 둘러싸고 수선을 피웠다. 심지어 슈발까지 카를에게 축하 인사를 하자 그는 이를 순순히 받아들이고 고마움을 표시했다. 다시 조용해진

가운데 마지막으로 항만청 공무원들이 다가와서 영어로 두어 마디의 말을 했는데 이는 우스꽝스러운 인상을 주었다.

상원 의원은 즐거움을 만끽하기 위해 별로 대수롭지 않은 순간을 자신과 다른 사람들의 기억에 떠올리고 싶은 기분이었다. 물론 다들 그의 생각을 참아 주었을 뿐 아니라 흥미롭게 받아 주었다. 그는 하녀의 편지에서 언급된 카를의 가장 두드러진 특징을 혹시 필요할 때 당장 써먹기 위해 수첩에 기입해 두었다는 사실을 환기했다. 그래서 그는 화부가 뭐라고 참을 수 없게 마구 떠드는 동안 순전히 자기 쪽으로 사람들의 관심을 돌리기 위해 수첩을 꺼내 들고, 물론 탐정의 시각에서 보면 별로 맞는다고 할 수 없는 하녀의 관찰 내용을 장난 삼아 카를의 외모와 연결해 보려고 했다. "이렇게 해서 조카를 찾게 되었지요!" 그는 또 한 번 축하받으려는 어조로 말을 끝맺었다.

"이제 화부는 어떻게 되는 거지요?" 카를은 외삼촌이 이야기를 막 끝마치자 물었다. 그는 위치가 달라졌으니 자기 생각을 모두 떳떳이 밝힐 수 있으리라 생각했다.

"화부는 마땅히 받아야 할 일을 받게 되겠지." 상원 의원이 말했다. "선장님이 알아서 잘 판단하겠지. 화부 얘기는 이제 충분하고, 진력이 날 정도야. 이에 대해 여기 계신 모든 분은 내 견해에 전폭적으로 찬성하실 겁니다."

"그렇지만 정의의 문제에서는 찬성 여부는 중요하지 않습니다." 카를이 말했다. 외삼촌과 선장의 사이에 선 그는 혹 이 위치에 영향받았는지는 몰라도 자신이 결정권을 쥐고 있다고 생각했다.

그럼에도 화부는 자신에 대해 더는 희망을 품지 않는 것 같았다. 두 손을 절반쯤 바지 허리띠에 대고 있었는데 그가 흥분한 몸짓을 하자 허리띠와 함께 셔츠의 줄무늬가 드러나 보였다. 그는 그런 것에 조금도 개의치 않았다. 그는 분한 마음을 전부 털어놓았다. 사람들이 그가 몸에 걸친 초라한 옷가지를 보고 말았으니 다음엔 그를 쫓아낼지도 몰랐다. 그는 이곳에서 가장 지위가 낮은 두 사람인 사환과 슈발이 자신에게 마지막 호의를 베풀 것으로 생각했다. 그러면 슈발은 마음의 안정을 얻어 회계 주임이 앞서 말한 대로 더 이상 절망에 빠지는 일도 없을 것이다. 선장은 순전히 루마니아인만을 쓸 것이고, 그러면 사방에서 루마니아어가 들릴 것이다. 아마 그렇게 되면 모든 일이 한결 순조롭게 진행될 것이다. 화부가 경리실에 들어가 떠들어 대는 일도 없을 테니까. 그가 마지막으로 떠든 내용만이 사람들의 기억에 남아 꽤 즐거운 이야깃거리가 될지도 모른다. 아무튼 상원 의원이 명백히 말했듯이 그가 떠든 것이 조카를 알아보게 하는 간접적인 계기가 되었기 때문이다. 그런데 이 조카는 이전부터 몇 번이고 화부를 도와주려 했고, 그 때문에 자기 신분이 드러나도록 그가 기여한 일에 대해 이미 넘치도록 충분히 감사의 뜻을 표했다. 이제 화부는 도와 달라고 카를에게 무언가를 요구할 생각이 전혀 없었다. 게다가 비록 상원 의원의 조카라고 해도 그렇다고 카를이 선장은 아니었다. 하지만 선장의 입에서 결국 좋지 않은 말이 나올지도 모른다. — 자기 생각이 이러한 만큼 화부도 카를 쪽을 쳐다보려고 하지 않았지만 유감스럽게도 적들로 둘러싸인 이 방에서 편히 시선을 둘 곳이 없었다.

"실상을 제대로 파악해야지." 상원 의원이 조카에게 말했다. "어쩌면 정의가 중요한 문제일지 모르지만 이와 동시에 규율 문제도 중요하단다. 이 두 가지 문제, 특히 규율 문제는 이곳에서 선장님의 재량에 속하거든."

"그야 그렇지요." 화부가 중얼거리며 말했다. 그 말을 듣고 뜻을 알아차린 사람은 의아스럽다는 듯이 미소를 지었다.

"게다가 뉴욕항에 도착하자마자 업무가 산더미처럼 쌓일 게 분명한 선장을 벌써 너무 방해한 셈이니 지금이 바로 우리가 배를 떠날 순간이다. 별로 중요하지 않은 일에 쓸데없이 개입해서 두 기관사 간의 사소한 싸움을 큰 사건으로 만들 필요가 있겠느냐. 얘야, 아무튼 난 너의 행동 방식을 완전히 이해하고 있다. 바로 그 때문에 너를 속히 여기서 데려가는 것이 옳다고 생각한다."

"당장 두 분을 위해 보트 한 척을 띄우라 하겠습니다." 선장이 말했다. 그냥 겸손하게 이렇게 말했을 뿐이었는데, 이에 대해 외삼촌이 가타부타 조금도 이의를 달지 않는 것을 보고 카를은 적이 놀라움을 금치 못했다. 회계 주임은 황급히 책상으로 달려가서 전화로 선장의 명령을 갑판장에게 알렸다.

'시간이 촉박해.' 카를은 혼자 생각했다. '하지만 어쩔 수 없이 모든 사람의 기분을 상하게 할 수밖에 없어. 외삼촌이 나를 어렵게 찾아냈는데 막상 그를 버리고 갈 수도 없는 노릇이야. 선장은 예의 바르기는 하지만 그게 다야. 규율이 문제 되면 예의 바름은 온데간데없어져. 그리고 외삼촌은 확실히 선장의 마음을 읽고 말한 거야. 슈발과는 말을 나누고 싶지 않아. 그에게 손을 내민 것조차 후회막급이야. 여기에 있는 다른 모든 사람은 허섭스레기에 불과해.'

그는 이런 생각을 하며 천천히 화부에게 다가가서 그의 오른손을 허리띠에서 잡아 빼고는 장난치듯 만지작거렸다.

"왜 아무 말도 안 하죠?" 그가 물었다. "왜 모든 걸 감수하려는 건가요?"

화부는 하고 싶은 말을 찾는 듯 이맛살을 찌푸릴

뿐이었다. 그러고는 카를과 자신의 손을 내려다보았다.

"이 배에서 오직 당신에게만 부당한 일이 일어났어요. 그건 내가 확실히 알아요." 그리고 카를은 제 손가락을 화부의 손가락 사이에 넣었다 뺐다 했다. 화부는 눈을 반짝이며 주위를 둘러보았다. 자신에게 어떤 환희가 들이닥치는 것을 나쁘게 생각할 사람은 아무도 없을 거라는 듯이.

"스스로를 방어해야 해요. '네' 또는 '아니오'라고 분명히 말해야 해요. 안 그러면 사람들이 진실을 알 수 없어요. 내 말을 따르겠다고 약속해요. 여러 가지 이유로 내가 당신을 더는 도울 수 없을 것 같아서 그래요." 카를은 화부의 손에 입을 맞추고는 결국 울음을 터뜨렸다. 그리고 갈라지고 거의 생기 잃은 화부의 손을 마치 포기해야 하는 보물이라도 되는 양 자신의 뺨에 갖다 댔다. ― 하지만 그때 상원 의원 외삼촌이 어느새 옆에 다가와서 아주 미세하게 느껴지긴 했지만 억지로 그를 끌고 가 버렸다. "화부한테 홀린 모양이구나." 외삼촌은 이렇게 말하고 카를의 머리 너머 선장 쪽을 의미심장한 눈빛으로 바라보았다. "네가 버림받은 기분이었겠지. 그때 화부를 알게 되어 지금 그에게 고마워하고 있는 게야. 참으로 기특한 생각이야. 하지만 내 입장도 생각해서 지나친 행동을 삼가고 네 처지도 깨닫길 바란다."

문밖이 시끄러워지고 사람들이 외치는 소리가 들렸다. 누군가 세게 문에 부딪히는 소리까지 들렸다. 약간 거칠어 보이는 선원 한 명이 앞치마를 두르고 들어왔다. "밖에 사람들이 몰려왔습니다." 그는 이렇게 소리치며 아직 자신이 군중에게 둘러싸여 있는 것처럼 팔꿈치로 한 번 밀치는 동작을 했다. 마침내 정신을 차리고 선장한테 인사를 하려다가 앞치마를 두른 것을 알아채고 아래로 잡아당겨 땅바닥에 내동댕이치며 소리쳤다. "정말 역겨운 일입니다, 그자들이 내게 앞치마를 둘러 놓았어요." 그러고서 그는 발뒤꿈치를 모으고 경례했다. 누군가 웃으려고 했지만 선장은 근엄한 어조로 말했다. "기분들이 퍽 좋은 모양인데 밖에 있는 자들은 대체 누군가?" "제 증인들입니다." 슈발이 앞으로 나오며 말했다. "이들의 부적절한 행동을 부디 용서해 주시길 간청드립니다. 뱃사람들이란 항해를 마치면 가끔 미친 듯이 날뛰기도 하니까요." "저들을 당장 안으로 들어오라고 하게!" 선장은 이렇게 명령하고는 즉시 상원 의원 쪽으로 몸을 돌리고 친절하지만 서둘러 말했다. "존경하는 상원 의원님, 조카분과 함께 이 선원을 따라가 보트에 오르십시오! 상원 의원님을 직접 뵙게 되어 얼마나 즐겁고 얼마나 영광스러운 일인지 모르겠습니다. 우리 미국의 함대 현황에 대해 못다 나눈 이야기를 의원님과 계속할 기회가 조만간 다시 오기를 바랄 뿐입니다. 그때도 오늘처럼 즐거운 방식으로 얘기를 끝내게 되기를 바랍니다." "당분간은 이 조카 하나로도 충분할 겁니다." 외삼촌은 껄껄 웃으며 말했다. "그러면 베풀어 주신 호의에 대단히 감사하다는 제 말을 받아 주시고, 부디 안녕히 계십시오. 좌우간 우리가 다음번에……." — 그는 카를을 꼭 껴안았다 — "유럽을 여행할 때는 선장님과 더 오랜 시간 함께할 수 있겠지요." "그럴 수 있으면 진심으로 기쁠 것입니다." 선장이 말했다. 두 신사는 악수를 나누었고, 카를은 그저 아무 말 없이 건성으로 선장에게 손을 내밀 수밖에 없었다. 선장은 이미 열다섯 명쯤 되는 사람들을 상대해야 했기 때문이다. 그들은 슈발의 인솔하에 약간 당황하는 기색이기는 하지만 시끄러운 소리를 내며 들어왔다. 선원이 앞장서도 되겠느냐고 상원 의원에게 양해를 구한 뒤 나갈 수 있도록 사람들을 헤치고 길을 터 주어서 상원 의원과 카를은 고개 숙여 인사하는 사람들 사이를 손쉽게 빠져나갈 수 있었다. 게다가 선량한 이들은 슈발과 화부의 싸움을 선장 앞에서도 그치지 않는 우스꽝스러운 오락거리쯤으로 여기는 듯했다. 카를은 주방의 리네도 그들 사이에 끼어 있는 것을 알아챘다. 선원이 내던진 앞치마를 두른 그녀는 카를을 보고 유쾌하게 눈짓했다. 그 앞치마가 그녀 것이기 때문이었다.

두 사람이 선원의 뒤를 따라 사무실을 나와 좁은 통로로 접어든 뒤 몇 걸음 걸어가니 작은 문이 나왔다. 그 문을 열자 이미 그들을 위해 준비된 보트로 이어지는 짧은 계단이 나왔다. 안내자가 단숨에 보트에 풀쩍 뛰어오르자 그곳 선원들이 벌떡 일어나 경례를 했다. 조심해서 내려가라고 상원 의원이 주의를 주는 순간 아직 계단 맨 위에 있던 카를은 격한 울음을 터뜨렸다. 그러자 상원 의원은 오른손을 카를의 턱 밑에 대고 왼손으로는 그를 꼭 껴안고서 쓰다듬어 주었다. 이런 자세로 계단을 한 칸 한 칸 천천히 내려가 이들은 꼭 껴안은 채 보트에 올라탔다. 보트에서 상원 의원은 카를을 위해 자기 맞은편에 좋은 자리를 마련해 주었다. 상원 의원이 손짓하자 선원들은 보트를 배에서 밀어내더니 곧장 열심히 노를 젓기 시작했다. 배에서 몇 미터 떨어지자 카를은 뜻밖에도 자신들이 경리실 쪽 창문들이 있는 배의 측면에 있다는 사실을 알아챘다. 세 개의 모든 창문 앞을 슈발의 증인들이 차지하고 서서 정겹게 인사하며 손을 흔들었다. 외삼촌도 답례의 인사를 보냈다. 어떤 선원은 멈추지 않고 한결같은 자세로 노를 저으며 손으로 입맞춤을 보내는 재주를 부리기도 했다. 화부의 모습은 더 이상 없는 것 같았다. 외삼촌과 무릎이 거의 맞닿은 채 외삼촌의 눈을 빤히 들여다보면서 카를은 이 남자가 과연 화부를 대신해 줄 수 있을지 의심이 들었다. 외삼촌은 그의 시선을 피해 보트를 흔들리게 하는 물결을 내려다보았다.

2 외삼촌

    카를은 외삼촌의 집에 와서 곧 새로운 환경에 익숙해졌다. 외삼촌은 모든 사소한 일에도 그를 친절하게 대해 주었고, 그래서 카를은 처음 겪는 외국 생활이 얼마나 쓰라린지를 안 좋은 경험을 통해 새삼 깨우칠 필요가 없었다.
    카를의 방은 어느 건물의 7층에 있었다. 그 아래로 다섯 층은 외삼촌의 사업체가 차지했다. 지하에도 세 층이 더 있었다. 두 개의 창과 발코니 문을 통해 방으로 스며드는 아침 햇살에 카를은 작은 침실에서 이곳으로 들어올 때마다 번번이 경탄하곤 했다. 만약 가난한 소년 이민자로 이 나라에 상륙했더라면 그는 어디에서 살아야 했을까? 그렇다, 외삼촌의 이민법 지식에 따르자면 미국 입국 허가조차 받지 못하고 본국으로 송환되었을지도 모른다. 그에게 더 이상 고향이 없다는 것은 아랑곳하지 않고 말이다. 여기서는 연민 따위는 기대할 수 없기 때문이다. 이러한 점과 관련해 카를이 미국에 대해 읽었던 내용은 전적으로 옳았다. 여기서는 행운을 얻은 이들만이 주변의 걱정 없는 사람들 틈에서 진정한 행복을 누리는 것처럼 보였다.

    좁은 발코니가 방 앞에 무척 길게 늘어서 있었다. 그러나 카를의 고향에서는 가장 높은 전망대가 되었을지도 모르는 것이 여기서는 두 줄로 반듯이 나뉜 건물들 사이에서 흡사 먼 곳으로 도망치는 것처럼 뻗어 있는 거리에 대한 전망 이상을 허락하지 않았다. 멀리에는 자욱한 안개 속에서 대성당의 모습이 우뚝 솟아 있었다. 또 아침저녁으로, 그리고 밤의 꿈결 속에서 이 거리는 교통이 점점 더 붐볐다. 위에서 보면 교통은 일그러진 사람들 형상과 각종 차량의 지붕이 늘 새로이 뒤섞여서 나타났다. 또한 거리에는 소음과 먼지와 냄새가 새로 다양하고 더 격렬하게 섞였다. 이 모든 것을 강렬한 빛이 뚫고 들어가 포착해 냈고, 그 빛은 많은 물체에 의해 흩어져 멀리 나아갔다가 다시 열성적으로 모여들었다. 이 거리 위에서 모든 걸 뒤덮고 있는 유리창 하나가 매 순간 온 힘을 다해 번번이 때려 부서지는 것처럼, 그 빛은 현혹된 눈에 물체처럼 보였다.

    외삼촌은 매사에 조심스러운 사람이었기에 카를에게

당분간은 사소한 일에 조금도 관여하지 말라고 진지하게 충고했다.

　무슨 일이든 잘 검토하고 살펴봐야겠지만 그렇다고 그 일에 사로잡혀서는 안 되고, 유럽인이 미국에 처음 온 며칠은 출생과 견줄 만하다는 것이다. 비록 저세상에서 인간 세상으로 들어올 때보다 더 빨리 이곳 생활에 익숙해진다 해도 카를이 쓸데없는 두려움을 느끼지 않기 위해서는 최초의 판단은 늘 기반이 약하다는 것과 그로 인해 앞으로의 모든 판단을 혼란에 빠트리지 않도록 유념해야 한다. 그 판단의 도움으로 이곳에서 계속 살아가려고 할 테니 말이다. 외삼촌은 새로 온 사람들을 안다고 했다. 예컨대 그들은 이런 좋은 원칙에 따라 행동하는 대신 며칠 동안 발코니에 서서 길 잃은 양처럼 거리를 내려다보았다. 그러면 당연히 혼란스러울 것이다! 유람객이라면 뉴욕의 바쁜 일상을 홀로 무료하게 들여다봐도 무방하고, 조건부로는 이를 권할 수 있을지도 모르겠다. 그러나 이곳에 계속 머무를 사람이 아무 일 없이 그러고 있으면 아마 파멸을 맞을지도 모른다. 과장된 표현일지라도 이 경우에는 차분히 그 단어를 사용할 수 있다. 외삼촌은 매일 한 번, 더욱이 시간을 정하지 않고 아무 때나 카를을 찾았다. 그때 카를이 발코니에 나가 있는 것을 보면 늘 화가 나서 이맛살을 찌푸렸다. 카를은 그 사실을 곧 알아차렸다. 그래서 발코니에 서서 거리를 내다보는 즐거움을 되도록 삼갔다.

그렇다고 그것이 카를의 유일한 즐거움은 아니었다. 방에는 그의 아버지가 몇 년 전부터 가지고 싶어 한 최고 등급의 미국식 책상이 놓여 있었다. 아버지가 어떻게든 싼 가격에 구매하기 위해 극히 다양한 경매장을 찾아다녔으나 넉넉지 못한 주머니 사정으로 일찍이 성공하지 못했을 물건이었다. 물론 이 책상은 유럽의 경매장에서 나돌고 있는 소위 미국식 책상과는 비교할 수 없었다. 예컨대 장식대에는 100개나 되는 극히 다양한 크기의 서랍이 갖추어져 있어서 심지어 노조 위원장조차 서류 하나하나를 넣을 적합한 장소를 찾을 수 있었을 것이다. 그 외에도 한쪽에는 조절기가 있어서 손잡이를 돌리면 마음대로, 또 필요에 따라 서랍의 위치를 극히 다양하게 변경하거나 재설치할 수 있었다. 얇은 측면 벽이 천천히 내려와서 새로 생겨나는 서랍 바닥이나 서랍 천장을 이루었다. 손잡이를 돌리면 장식장은 완전히 다른 모양이 되었다. 모든 것은 손잡이를 천천히 돌리느냐 또는 무척 빨리 돌리느냐에 달려 있었다. 그것은 최신 발명품이었다. 그런데 카를은 그것을 보고 예수 탄생극을 아주 생생하게 떠올렸다. 고향의 크리스마스 대목장에서 아이들은 그것을 보고 눈을 동그랗게 뜨고 놀라워했다. 겨울옷으로 몸을 감싸고 가끔 그 앞에 서서 카를도 노인이 손잡이를 돌리는 행위를 탄생극의 효과, 멈칫하면서 등장하는 성삼왕 장면, 별들의 반짝임, 성스러운 마구간에 갇힌 삶과 끊임없이 비교했다. 그리고 뒤에 선 어머니에게는 이 모든 일이 충분히 제대로 보이지 않을 것처럼 생각되었기 때문에 늘 어머니가 등 뒤에 붙어 있다고 느껴질 때까지 자기 쪽으로 끌어당겼다. 그러면서 눈에 잘 띄지 않는 현상들을 크게 소리치며 어머니에게 가리켰다. 아마 어린 토끼 한 마리가 앞쪽 풀밭에서 번갈아 가며 뒷다리로 서곤 하다가 다시 달릴 준비를 했을 것이고, 급기야 어머니는 아들의 입을 막으며 이전의 무심한 태도로 돌아갔을 것이다.

물론 그 책상이 그런 일들을 회상하도록 만들어지지는 않았다. 그러나 발명의 역사에는 카를의 회상에서 보는 것과 유사한 불명료한 연관성이 아마 존재할 것이다. 외삼촌은 카를과는 달리 이 책상에 전혀 동의하지 않았다. 다만 카를을 위해 적당한 책상을 사 주려고 했을 뿐이다. 그런데 그러한 책상은 모두 이 새로운 장치와 함께 제공되었고, 그 장점은 큰 비용을 들이지 않고 낡은 책상에 설치할 수 있다는 데 있었다. 아무튼 외삼촌은 카를에게 되도록 조절기를 사용하지 말라고 충고하기를 소홀히 하지 않았다. 충고의 효과를 높이기 위해 외삼촌은 기계 장치란 매우 민감하고, 쉽게 망가지며, 수리비가 아주 많이 든다고 주장했다. 그러한 지적이 단지 핑계에 불과하다는 것을 간파하기란 어렵지 않았다. 다른 한편으로 조절기는 고정하기가 매우 쉽다는 것도 말해 줘야 하는데 외삼촌은 그 말은 하지 않았다.

처음 며칠간 카를과 외삼촌은 곧잘 대화를 나누었다. 카를은 고향에 있을 때 많이는 아니었지만 즐겨 피아노를 쳤다고 이야기하기도 했다. 물론 즐겨 쳤다고 해 봐야 어머니가 가르쳐 준 초보 지식만으로 할 수 있는 정도였다. 카를은 이런 이야기가 피아노를 사 달라는 부탁이 된다는 것쯤은 잘 알고 있었다. 하지만 주변 사정을 충분히 살펴본 결과 외삼촌은 돈을 전혀 절약할 필요가 없다는 것을 알았다. 그럼에도 이 부탁이 즉시 이루어지지는 않았다. 그러나 일주일쯤 후 외삼촌은 거의 마지못해 알려 준다는 식으로 피아노가 방금 도착했으니 별일 없으면 들여놓을 때 지켜봐 주면 좋겠다고 말했다. 그것은 물론 쉬운 일이었지만 그렇다고 운반하는 일 그 자체보다 훨씬 더 수월하지는 않았다. 외삼촌 집에는 가구 운반용 엘리베이터가 있었기 때문이다. 이 엘리베이터는 가구용 운반차가 들어갈 만큼 공간이 넉넉했고, 피아노도 이 엘리베이터를 통해 카를의 방으로 운반되었다. 카를은 사실 피아노와 운반 인부들과 같은 엘리베이터를 타도 되었지만, 그 옆의 승객용 엘리베이터가 비었으므로 그것을 이용하기로 했다. 그는 지렛대를 이용해 계속 다른 엘리베이터와 같은 높이를 유지했고, 이제 자기 것이 된 멋진 악기를 유리 벽을 통해 꼼짝하지 않고 바라보았다.

카를은 피아노를 자기 방에 들여놓은 뒤 처음으로 소리를 내 보고 기쁨을 주체할 수 없었다. 그래서 계속 연주하는 대신 벌떡 일어나 약간 떨어져서는 두 손으로 허리를 짚고 놀라서 멍하니 피아노를 바라보았다. 방의 음향 효과도 훌륭했다. 처음에는 철제 건물에 산다는 게 좀 불편했으나 이 음향 효과는 그 불편함을 완전히 없애는 데 도움이 되었다. 사실 이 건물은 밖에서 보면 철이 많이 들어간 것 같았지만 실내에서는 철제 건축 자재가 전혀 보이지 않았고, 더없이 완벽한 안락함을 어떻게든 방해했을지 모르는 사소한 설비도 지적할 수 없었다. 카를은 처음에 자신의 피아노 연주에 큰 기대를 걸었고, 적어도 잠들기 전에 이 피아노 연주를 통해 미국 생활에 직접 영향을 미칠 가능성에 대해 생각하는 것을 부끄러워하지 않았다. 그런데 그가 소음으로 가득 찬 공기 속으로 열린 창문 앞에서 고향의 옛 군가를 연주했을 때 물론 그 소리는 기묘하게 울렸다. 밤에 병사들이 막사에 누워 어두컴컴한 연병장을 내다보며 창문에서 창문으로 서로 부르는 군가였다. 하지만 그는 그런 다음

거리를 바라보았다. 거리는 변함없이 그대로였고, 순환
작용을 하는 모든 힘을 알지 않고는 그 자체로 멈출 수
없는 큰 순환의 작은 일부에 지나지 않았다. 외삼촌은
피아노 연주를 참아 주었고, 그에 대해 가타부타 뭐라고
하지 않았다. 특히 주의를 주지 않아도 카를이 아주
가끔만 피아노 연주를 즐겼기 때문이다. 심지어 외삼촌은
카를에게 미국 행진곡은 물론 국가의 악보도 가져다줬다.
하지만 어느 날 조금도 농담이 섞이지 않은 어조로
카를에게 바이올린도, 또는 프렌치 호른도 배우고 싶은지
물어보았는데, 이는 그가 단순히 음악을 좋아해서라고는
설명하기 어려운 일이었다.

물론 영어를 배우는 일이 카를의 으뜸가는 가장
중요한 과제였다. 상과 대학의 젊은 교수가 아침 7시면
카를의 방에 나타나서 그가 이미 책상에 앉아 공책을
보는 것이나 암기하면서 방 안을 오가는 것을 지켜보았다.
카를은 영어를 되도록 빨리 습득해야 한다는 것을 잘
알았다. 게다가 빠른 숙달이 외삼촌에게 큰 기쁨을 줄
절호의 기회가 된다는 것도 잘 알고 있었다. 사실 처음에는
외삼촌과 영어로 대화를 나눌 때 만나고 헤어질 때의
인사말을 쓰는 정도에 불과했다. 그러다가 이내 점점
대화의 대부분을 거의 영어로 진행할 수 있게 되었다.
그럼으로써 이와 동시에 좀 더 친밀한 화제들이 등장하기

시작했다. 어느 날 밤 카를이 대화재를 묘사한 최초의 미국 시를 암송하자 외삼촌은 만족해서 매우 진지한 표정을 지었다. 그때 그들은 둘 다 카를의 방 창가에 서 있었다. 외삼촌은 어느덧 빛을 잃고 어둑어둑해지기 시작하는 창밖을 내다보고 있었다. 카를이 옆에 반듯이 서서 시선을 고정하고 어려운 시를 읊는 동안 외삼촌은 시구절에 공감하며 손으로 천천히 박자를 맞추었다.

    카를의 영어 실력이 늘수록 외삼촌은 더욱 그를 지인들과의 모임에 데려가고 싶어 했다. 그리고 그런 모임에는 만약의 경우를 대비해 당분간 영어 선생이 카를 곁에 항상 같이 있도록 했다. 어느 날 오전 카를이 처음 소개받은 지인은 날씬하고 젊으며 믿을 수 없을 만치 유연한 사람이었다. 외삼촌은 특별한 겉치레 말을 늘어놓으며 그를 카를의 방으로 데려왔다. 부모의 관점에서 볼 때 성공하지 못한 백만장자의 많은 아들 중 한 명이 분명했다. 보통 사람이라면 이 젊은이의 삶을 보고 단 하루라도 고통 없이는 따라갈 수 없을 정도의 삶을 살았다. 그리고 이런 사실을 알거나 예감하는 것처럼, 그리고 자기 세력 범위 안에 있는 사람만 만나기라도 하는 양 그의 입술과 눈에는 그 자신, 상대방, 그리고 전 세계에 통용되는 것처럼 보였던 행복의 미소가 끊임없이 감돌았다.

이 젊은이 마크 씨와는 승마 학교에서든 야외에서든 새벽 5시 30분에 같이 말을 타는 문제가 논의되었는데 외삼촌은 이에 대해 전폭적인 찬성을 나타냈다. 처음에 카를은 승낙하기를 망설였다. 지금껏 말을 타 본 적이 없는 데다 그 전에 먼저 승마를 약간 배우고 싶어서였다. 하지만 외삼촌과 마크는 그를 열심히 설득하면서 승마가 단순한 오락이자 건전한 운동이지 결코 예술이 아니라고 설명했다. 그래서 결국 그렇게 하자고 약속했다. 하지만 카를은 4시 30분에 벌써 침대에서 일어나야 했고, 그러기가 매우 귀찮을 때도 가끔 있었다. 낮 동안 계속 신경을 곤두세우고 있어야 해서 과잉 수면증에 시달렸기 때문이다. 그러나 욕실에서는 그 아쉬운 마음도 곧 사라져 버렸다. 욕조 위쪽 전체에 길이와 폭을 따라 샤워기가 설치되어 있었다. 고향의 동급생 중 아무리 부자라 하더라도 누가 이런 욕조를 갖고 있겠는가. 그것도 전용 욕실을 말이다. 이제 카를은 드러누워 있었다. 그는 이 욕조에서 두 팔을 뻗을 수 있었다. 미지근한 물, 뜨거운 물, 다시 미지근한 물, 마지막에는 차가운 물을 몸의 일부 또는 전신에 마음대로 끼얹을 수 있었다. 그는 부족한 잠을 약간 계속 즐기는 것처럼 거기에 누워 있었고, 눈을 감은 채 얼굴 위로 흘러내리며 똑똑 떨어지는 마지막 몇 방울을 맞는 것을 특히 좋아했다.

차체가 높은 외삼촌의 차에서 내리니 승마 학교에는 이미 영어 선생이 그를 기다리고 있었다. 반면에 마크는 예외 없이 늦게서야 왔다. 하지만 그는 아무 걱정 없이 늦을 수 있었다. 왜냐하면 그가 도착한 후에야 비로소 활기찬 승마가 본격적으로 시작되었기 때문이다. 그가 입장하면 말들이 선잠을 자다가 뒷다리로 일어서지 않았는가? 채찍 소리가 공간에 더 크게 울려 퍼지지 않았는가? 갑자기 주위 회랑에 몇몇 사람들, 관중, 말 사육사, 승마 교습생, 또는 그 외 온갖 사람들이 나타나지 않았는가? 그러나 카를은 마크가 도착하기 전 시간을 활용하여 비록 극히 초보적이긴 하지만 약간의 승마 예행 연습을 했다. 그곳에는 장신인 남자가 있었다. 팔을 조금만 들어도 가장 키 큰 말의 등에 닿았다. 그가 카를에게 항상 십오 분 정도 말타기를 지도해 주었다. 그것으로 카를의 말타기가 대단한 성공을 거둔 것은 아니었다. 카를은 탄성과 관련된 많은 영어 표현을 계속 습득할 수 있었다. 그래서 말타기 연습 중에 늘 문기둥에 대체로 졸리는 표정으로 기대선 영어 선생한테 숨 가쁘게 탄성을 발했다. 그러나 마크가 오면 승마에 대한 거의 모든 불만이 눈 녹듯 사라졌다. 이제 장신의 남자는 보냈다. 여전히 어두컴컴한 승마 연습장에는 이내 내달리는 말의 발굽 소리밖에 들리지 않았다. 그리고 카를에게 명령을 내리는 마크의 들어 올린 팔 이외에 다른 것은 거의 보이지 않았다. 삼십 분가량 잠을 자는 것 같은 오락이 있은 다음 동작이 멈춰진다. 마크는 급히 서두르며 카를에게 작별 인사를 한다. 카를의 승마가 특히 만족스러웠을 때는 가끔 그의 뺨을 살짝 치기도 했다. 그러고는 사라졌는데 어찌나 서두르는지 카를과 함께 문을 통과해 나가는 일도 없었다. 이어서 카를은 영어 선생을 함께 차에 태웠다. 그들은 영어 수업을 위해 대체로 에움길로 달렸다. 외삼촌 집에서 곧장 승마 학교로 이어지는 번잡한 큰 도로를 이용하면 너무 많은 시간을 허비할지도 모르기 때문이다. 아닌 게 아니라 적어도 이 영어 선생을 동반하는 일은 곧 그만두었다. 특히 마크와의 영어 의사소통이 매우 간단했으므로 쓸데없이 승마 학교에 데리고 다니면서 피곤한 남자를 힘들게 하는 데 미안한 마음이 든 카를이 외삼촌에게 영어 선생을 이 의무에서 면제해 달라고 부탁했기 때문이다. 약간 생각한 끝에 외삼촌은 이 요청도 들어주었다.

    카를은 외삼촌의 사업체를 잠깐만이라도 보여 달라고 번번이 간청했다. 그러나 비교적 상당한 시일이 흐른 후에야 외삼촌은 그럴 결심을 했다. 그것은 일종의 중개업 겸 운송업이었다. 카를의 기억으로는 유럽에서 아직 전혀 찾아볼 수 없던 업종이었다. 즉 중개업을 본령으로 했는데, 가령 상품을 생산자로부터 소비자에게 또는 혹은 상인에게 중개하는 것이 아니라 모든 상품과 원료가 대규모 공장 카르텔을 위해 또는 그들 사이에 중개되도록 했다. 따라서 구매, 저장, 운송 및 판매라는 광범위한 영역을 포괄하는, 또 고객과 정확하고 끊임없는 전화와 전보 연락을 유지해야 하는 사업이었다. 이 전신실은 작은 규모가 아니었고, 카를이 한때 그곳에서 잘 알려진 동급생의 손에 이끌려 가 보았던 고향의 전신국보다 더 컸다. 전화실을 들여다보니 전화 부스의 문이 열렸다 닫히고 하는 시끄러운 소리에 정신이 어지러울 지경이었다. 외삼촌은 그중 가장 가까운 문을 열었다. 번쩍이는 전등 불빛 아래에서 문소리에는 아랑곳하지 않고 머리에 낀 강철 띠에 달린 수화기로 귀를 누르는 직원이 보였다. 오른팔은 유달리 무거운 듯 작은 탁자 위에 놓여 있었고, 연필을 쥔 손가락만이 대단히 고르고 빠른 속도로 움직였다. 직원이 송화기에 대고 하는 말은 매우 간결했다. 가끔 그는 심지어 상대방에게 무언가 이의를 제기하고, 좀 더 정확하게 질문하려는 듯 보였다. 하지만 자신의 의도를 실행하기 전에 어떤 말을 듣고는 눈을 내리깔고 기록할 수밖에 없었다. 외삼촌이 카를에게 조용히 설명했듯이 직원은 말을 할 필요가 없었다. 왜냐하면 이 남자가 받은 동일한 보고를 다른 두 명의 직원이 동시에 수신한 다음 오류를 되도록 제거하기 위해 그 내용을 비교했기 때문이다. 외삼촌과 카를이 문밖으로 나오는 순간 한 인턴이 미끄러지듯 들어와 그동안 작성된 서류를 들고 나갔다. 넓은 방 한가운데는 사람들이 끊임없이 오고가고 있었다. 인사하는 사람은 아무도 없었다. 서로 인사를 나누지 않도록 정해져 있어서였다. 모두 앞서가는 사람의 발걸음을 따랐고, 바닥을 보면서 되도록 빨리 앞으로 나아가려고 했다. 또는 손에 들고 있어 급히 발걸음을 옮길 때 나풀거리는 서류에 적힌 단어나 숫자를 하나씩 흘낏 쳐다볼 뿐이었다.

"외삼촌께서는 정말 큰 성공을 거두셨군요." 카를은 언젠가 사업장의 어느 통로를 걸으면서 말했다. 각 부서를 슬쩍 보고 지나간다 해도 사업체 전부를 다 둘러보려면 며칠이 걸릴 것이다.

"이 모든 것을 삼십 년 전에 내가 직접 설치했다는 것을 넌 알아야 한다. 당시 나는 항구 지역에 작은 가게를 하나 가지고 있었어. 그곳에서 하루에 다섯 상자의 짐을 풀면 대단한 것이어서 나는 신이 나 휘파람을 불며 집에 돌아갔지. 지금은 항구에서 세 번째로 큰 창고를 가지고 있단다. 옛날 그 가게는 우리 65조 화물 운송인들의 식당 겸 장비 보관실로 쓰고 있지."

"정말이지 거의 기적 같은 일이네요." 카를이 말했다.

"이곳에서는 모든 발전이 눈부시게 빨리 일어나고

있단다." 외삼촌은 카를의 말을 끊고 말했다.

하루는 카를이 평소처럼 혼자 식사할 생각이었는데 외삼촌이 식사 직전에 와서 거래처 사람 두 명과 함께 식사하기로 했으니 자기처럼 검은 예복을 입고 같이 가자고 했다. 카를이 옆방에서 옷을 갈아입는 동안 외삼촌은 책상에 앉아 카를이 방금 끝낸 영어 과제를 살펴보았다. 그는 손으로 탁자를 치면서 큰 소리로 외쳤다. "정말 잘했어!"

카를이 이런 칭찬을 듣자 옷 입는 동작이 의심할 여지 없이 더 잘 이루어졌다. 그런데 그는 실제로도 이미 영어에 꽤 자신이 붙었다.

이곳에 도착한 첫날 밤부터 여전히 기억하고 있는 외삼촌의 식당에 들어서니 키 크고 뚱뚱한 두 신사가 인사를 하려고 자리에서 일어섰다. 한 사람은 그린 씨이고 다른 사람은 폴런더 씨라는 것이 식탁 중 대화에서 밝혀졌다. 다시 말해 외삼촌은 이런저런 지인들에 대해서는 거의 한마디도 하지 않고 필요한 것이나 흥미로운 것을 관찰을 통해 알아내도록 카를에게 맡겨 놓았다. 식사 중에는 친숙한 사업 문제 이야기만 오고 갔다. 그것이 카를에게는 상업 용어와 관련해 좋은 공부가 되었다. 카를은 무엇보다 제대로 배불리 먹어야 하는 아이처럼 방해받지 않고 조용히 식사에 몰두할 수 있었다.

그런 다음 그린 씨는 카를을 향해 고개를 숙이고는 누가
보더라도 되도록 명확하게 영어를 말하려고 노력하면서
카를에게 미국에 대한 전반적인 첫인상을 물었다.
카를은 주위가 쥐 죽은 듯 조용한 가운데 외삼촌을 몇 번
곁눈질하며 꽤 상세하게 대답했고, 감사의 표시로 약간
뉴욕식 말투를 사용해 좋은 인상을 주려고 했다. 어떤
표현을 했을 때 심지어 세 신사 모두 웃음을 터뜨리기도
했다. 그래서 카를은 큰 실수를 한 것은 아닌지 지레
염려했다. 그렇지만 아니었다. 폴런더 씨가 설명했듯이
그는 심지어 매우 잘된 표현을 했다. 이 폴런더 씨는
대체로 카를에게 특별한 호감을 느낀 것 같았다. 그리고
외삼촌과 그린 씨가 다시 사업 이야기로 되돌아간 동안
폴런더 씨는 카를의 의자를 자기 쪽으로 가까이 당기게
하면서 먼저 그의 이름, 출신, 그리고 그의 여행에 대해
여러 가지를 꼬치꼬치 캐물었다. 그런 다음 카를이 다시
푹 쉴 수 있도록 웃기도 하고 기침도 하면서 서둘러 자신과
딸 이야기를 들려주었다. 그는 딸과 함께 뉴욕 근교의 작은
농장에 사는데 은행원이라 직업상 낮에는 종일 뉴욕에
붙잡혀 있어야 하므로 밤에만 그곳에서 지낼 수 있었다.
또한 카를은 그 농장을 방문해 달라는 진심에서 우러나온
초대를 받기도 했다. 카를과 같은 금방 온 풋내기 미국인은
뉴욕을 벗어나 가끔 휴양할 필요가 있다는 것이다. 카를은

이 초대를 허락해 달라고 즉시 외삼촌에게 요청했다.
그러자 외삼촌은 겉으로 이 요청을 흔쾌히 허락했으나
카를과 폴런더 씨의 기대와는 달리 특정한 날짜를
말하거나 구체적으로 검토하게 하지도 않았다.

    그러나 다음 날 카를은 벌써 외삼촌의 사무실로
오라는 호출을 받았다. 외삼촌은 이 건물에만 열 군데의
사무실이 있었다. 그곳에는 외삼촌과 폴런더 씨가
별말 없이 안락의자에 앉아 있었다. "폴런더 씨가……."
외삼촌이 입을 열었다. 어스름한 황혼 녘이라 외삼촌을 잘
알아볼 수 없었다. "어제 우리가 논의한 대로 폴런더 씨가
너를 별장으로 데려가려고 오셨다." "그게 오늘일 줄은
몰랐어요." 카를이 대답했다. "아니면 이미 준비해 뒀을
텐데요." "준비되지 않았다면 다음으로 방문을 연기하는
것이 혹시 더 좋을지도 모르겠구나." 외삼촌이 말했다.
"준비는 무슨요!" 폴런더 씨가 소리쳤다. "젊은이는 항상
준비되어 있는걸요." "조카 때문은 아닙니다." 외삼촌이
손님을 향해 고개를 돌리고 말했다. "그러나 아무튼 자기
방에 올라갔다 와야 할 겁니다. 그러면 좀 지체될지도
모르지요." "그럴 시간은 충분합니다." 폴런더 씨가
말했다. "연기하는 문제도 미리 생각해 봤습니다. 그리고
그 전에 일도 끝냈습니다." "알다시피 너의 방문은 많은
폐를 끼친단다." 외삼촌이 말했다. "죄송합니다." 카를이

말했다. "하지만 즉시 다시 돌아오겠습니다." 그리고 그는
뛰어 올라가려고 했다. "너무 서둘지는 말게." 폴런더
씨가 말했다. "조금도 폐가 되지 않아. 오히려 방문해
주겠다니 무척 기쁜걸." "내일 승마 수업은 쉬어야겠구나.
이미 못 간다고 했느냐?" "아니오." 카를이 말했다. 그가
손꼽아 기다린 이 방문이 부담스러워지기 시작했다.
"미처 생각하지 못해서요." "그런데도 갈 생각이냐?"
외삼촌은 계속 물어보았다. 친절한 사람인 폴런더 씨가
도움을 주었다. "가는 길에 승마 학교에 들러 일을 처리해
두겠습니다." "그러면 되겠군요." 외삼촌이 말했다. "하지만
마크가 널 기다리고 있을 거야." "그는 저를 기다리지 않을
겁니다." 카를이 말했다. "하지만 물론 그곳에 오겠지요."
"그럼 어쩌겠다는 거지?" 외삼촌은 카를의 대답이 조금도
타당하지 않다고 말했다. 폴런더 씨가 다시 결정적인 말을
했다. "하지만 클라라가……." 그녀는 폴런더 씨의 딸이었다.
"기다리고 있을 겁니다. 오늘 밤에 말입니다. 마크보다
아마 우리 딸한테 우선권이 있겠지요?" "물론이지요."
외삼촌이 말했다. "그러면 네 방에 빨리 갔다 와라." 그리고
그는 무의식중에 그러는 것처럼 안락의자의 팔걸이를
여러 차례 툭툭 쳤다. 카를이 이미 문가에 다다랐을
때 외삼촌이 그를 불러세우고 물었다. "내일 아침 영어
시간까지 다시 여기로 올 수 있겠지?" "그런데!" 폴런더

씨가 안락의자에서 놀라 소리치며 뚱뚱한 몸이 허락하는 한 몸을 돌렸다. "그러면 내일 하루쯤이라도 밖에 있으면 안 되는 건가요? 그러면 모레 아침에 다시 데리러 올까요?" "그건 안 됩니다." 외삼촌이 대꾸했다. "공부를 그렇게 엉망으로 만들 수는 없어요. 나중에 그 자체로 규율된 직업 생활을 하게 되면 꽤 오랫동안이라도 그가 그토록 친절하고 명예로운 초대를 받아들이는 것을 기꺼이 허락할 겁니다." '이런 모순이 다 있단 말인가!' 카를은 생각했다. 폴런더 씨는 서운한 표정을 지었다. "하지만 하룻저녁과 밤 동안으로는 빠듯할 것 같은데요." "제 생각도 그랬습니다." 외삼촌이 말했다. "수중에 들어온 것은 잡아채야지요." 폴런더 씨는 이렇게 말하며 다시 웃었다. "그러니까 난 기다리고 있겠네!" 그는 카를을 향해 소리쳤다. 외삼촌이 더 이상 아무 말도 하지 않자 카를은 서둘러 떠났다. 그는 곧 여행 준비를 마치고 돌아와 사무실에 아직 남아 있는 폴런더 씨를 만났다. 외삼촌은 자리를 뜨고 없었다. 폴런더 씨는 무척 행복한 듯 카를의 두 손을 잡고 흔들었다. 카를이 이제 함께 간다는 것을 할 수 있는 한 강하게 확인하려는 것 같았다. 카를은 급히 서두른 나머지 얼굴이 아직 발갛게 상기되어 있었다. 그 역시 폴런더 씨의 손을 잡고 흔들었다. 그는 근거리 여행을 할 수 있어서 기뻤다. "제가 떠나는 것에 대해 외삼촌이 화내지 않았나요?" "아,

그렇지 않네! 그는 이 모든 걸 그다지 심각하게 여기지
않았어. 그로서는 자네 교육이 마음에 걸려서 그러지." "외삼촌이 조금 전의 일을 그다지 심각하게 여기지
않는다고 직접 말했나요?" "오, 그래." 폴런더 씨가 길게
끌면서 말해 거짓말은 하지 못한다는 것을 증명했다.
"선생님은 외삼촌의 친구분이신데 제가 방문하는 것을
달가워하지 않다니 참으로 이상하네요." 폴런더 씨도
솔직히 인정하지는 않았지만 그에 대한 어떤 설명도
찾아낼 수 없었다. 두 사람은 폴런더 씨의 차를 타고
따뜻한 저녁 거리를 지나가면서 즉시 화제를 다른 데로
돌리긴 했어도 꽤 오랫동안 그 문제를 곰곰이 생각했다.

두 사람은 바짝 붙어 앉았다. 폴런더 씨는 이야기하는
동안 카를의 손을 잡고 있었다. 카를은 차를 오래
타는 것을 견딜 수 없다는 듯, 또 이야기를 나눔으로써
실제보다 더 빨리 도착할 수 있다는 듯 클라라에 대해
많은 이야기를 듣고 싶어 했다. 그는 아직 뉴욕의 밤거리를
차로 달려 본 적이 없었으나 인도와 차도 너머로 매 순간
방향을 바꾸면서 소음이 회오리바람 속을 뒤쫓아 오는
것 같았다. 그것은 인간이 내는 소리가 아니라 어떤
생소한 요소처럼 생각되었다. 카를은 폴런더 씨의 말을
정확히 알아들으려고 노력하는 한편 오직 폴런더 씨의
검은색 조끼에만 신경을 썼다. 조끼 위에는 비스듬하게

금빛 목걸이가 조용히 달려 있었다. 거리에는 관객들이 공연에 늦을까 봐 걱정되어 종종걸음으로, 또 서두르는 티가 역력한 차를 타고 극장으로 몰려들었다. 두 사람은 점이지대를 지나 교외로 진입했다. 그들이 탄 자동차는 그곳에서 기마 경관들에 의해 번번이 옆길로 가라는 지시를 받았다. 파업 중인 금속 노동자들이 대로를 점거해서 교차로는 꼭 필요한 차량만 통행이 허용되었기 때문이다. 그런 다음 자동차는 둔중한 메아리가 울려 퍼지는 좀 더 어두운 골목길을 빠져나와 광장 비슷한 큰 거리를 통과했다. 도로 양쪽의 보도는 끝이 보이지 않을 만큼 멀리까지 짧은 보폭으로 조금씩 움직이는 군중으로 가득 메워져 있었다. 군중의 노랫소리는 단 한 사람이 내는 노랫소리보다 더 통일되어 있었다.

    그러나 텅 비워진 차도 여기저기에는 가만히 서 있는 기마 경관, 깃발을 든 사람, 길 위에서 글씨가 적힌 플래카드를 든 사람, 동료와 전령들에 둘러싸인 노조 지도자, 그리고 미처 빠져나가지 못한 전차 한 대가 보였다. 텅 빈 전차는 불이 꺼진 채 멈춰 선 반면 운전사와 차장은 플랫폼에 우두커니 앉아 있었다. 얼마 안 되는 호기심 많은 무리는 시위대와 멀찌감치 떨어져 서 있었다. 그들은 사태의 진상을 제대로 알지 못하면서도 그 자리를 떠나지 않았다. 그러나 카를은 폴런더 씨가 자기 어깨에 걸쳐 놓은 팔에 흐뭇한 기분으로 기대어 있었다. 곧 담장에 둘러싸이고 개들이 지켜 주는 불 밝혀진 별장의 환대받는 손님이 되리라는 확신에 말할 수 없이 기뻤다. 졸음이 몰려들기 시작해서 폴런더 씨의 말을 더 이상 온전히 이해하지 못하거나 최소한 띄엄띄엄 알아들을 수밖에 없었지만, 카를은 폴런더 씨가 졸음을 눈치챘는지 잠시 확인하기 위해 이따금 정신을 차리고 눈을 비비기도 했다. 어떻게든 폴런더 씨가 그런 사실을 눈치채게 하고 싶지 않았기 때문이다.

3 뉴욕 근교의 별장

 "이제 다 왔네." 카를이 마침 정신없이 멍한 상태로 있을 때 폴런더 씨가 말했다. 자동차는 어떤 별장 앞에 서 있었다. 뉴욕 근교 부호들의 별장 양식으로 지어진 저택은 단순히 한 가족이 이용하는 별장치고는 필요 이상으로 넓고 높았다. 아래층에만 불이 켜져서 몇 층 건물인지 전혀 감이 오지 않았다. 앞쪽에는 밤나무가 살랑거리는 소리가 났다. 격자문은 이미 열려 있었고, 나무들 사이로 건물의 옥외 계단으로 통하는 짧은 길이 나 있었다. 피곤해서인지 차에서 내린 카를은 오는 데 꽤 오랜 시간이 걸렸다는 생각이 들었다. 밤나무 가로수 길의 어둠 속에서 한 소녀의 목소리가 바로 가까이에 들렸다. "드디어 야코프 씨가 오셨군요."

 "제 이름은 로스만이라고 합니다." 카를은 말하면서 이제 윤곽이 드러난 한 소녀가 내민 손을 잡았다. "야코프 씨의 조카이고, 이름은 카를 로스만이다." 폴런더 씨가 설명하면서 말해 주었다. "그렇다고 해도 여기 와 주신 데 대한 우리의 기쁨은 변함없는걸요." 소녀는 이름에는 별로 개의치 않고 말했다.

 카를은 폴런더 씨와 소녀 사이에 서서 집으로 걸어가며 물었다. "클라라 양이시죠?" "네." 그녀가 말했다. 그리고 이미 건물 쪽에서 얼굴을 약간 알아볼 수 있게 해 주는 빛이 카를 쪽으로 기울인 그녀의 얼굴에 비쳤다. "그런데 여기 어두운 곳에서는 자기소개를 하고 싶지 않아요." '그렇다면 창살 앞에서 우리를 기다리고 있었단 말인가?' 걸으면서 점차 잠에서 깨어난 카를은 생각했다. "오늘 밤엔 손님이 한 분 더 오셨어요." 클라라가 말했다. "그럴 리가!" 폴런더 씨가 화난 듯 소리쳤다. "그린 씨예요." 클라라가 말했다. "그분은 언제 오셨나요?" 카를이 어떤 예감이 오는 듯 물었다. "조금 전에요. 두 분이 도착하기 전에 그분의 차 소리가 들리지 않았나요?" 카를은 폴런더 씨가 이 일을 어떻게 판단하는지 보려고 고개를 들어 바라봤지만 그는 바지 주머니에 손을 넣고 조금 더 세게 땅을 쿵쿵 밟으면서 걸어갈 뿐이었다. "뉴욕 근교에 살아 봤자 아무 소용 없어. 자꾸만 찾아오는 사람이 있어서 말이야. 더 멀리 이사 가야겠어. 집에 오는 데 늦은 저녁이 될 때까지 한참 걸린다 해도 말이야."

그들은 옥외 계단에 멈춰 섰다. "하지만 그린 씨는 조금 전에 오신걸요." 클라라가 말했다. 클라라는 아버지 말에 분명 전폭적으로 동의하는 듯 보였으나 주제넘게도 아버지를 진정시키려고 했다. "하필이면 오늘 같은 밤에 올 게 뭐야?" 폴런더 씨가 말했다. 느슨해진 무거운 살이 되어 쉽사리 크게 움직인 부푼 아랫입술 위로 분노한 그의 말이 굴러 나왔다. "그러게 말이에요!" 클라라가 말했다. "아마 곧 돌아가시겠지요." 카를이 말했다. 그리고 어제까지만 해도 전혀 몰랐던 사람들의 말에 동조하는 자신을 발견하고 깜짝 놀랐다. "아니에요." 클라라가 말했다. "아빠를 위한 큰 사업 용건이 있는 거예요. 아마 의논하는 데 시간이 걸릴 거예요. 이미 나한테 농담 삼아 위협까지 한 걸요. 예의 바른 여주인이 되려면 아침까지 귀 기울여 들어야 한다면서요." "그럼 또 그 얘기로군. 하룻밤 묵고 가겠군!" 폴런더 씨는 그로써 결국 최악의 상황에 도달한 것처럼 소리쳤다. "정말이지." 이렇게 말한 그는 새로운 생각이 떠올랐는지 좀 더 친절해졌다. "정말이지, 로스만 군. 자네를 다시 차에 태워 외삼촌한테 데려다주고 싶네. 오늘 저녁은 애당초부터 방해받았어. 외삼촌이 다음에 언제 다시 자네를 우리한테 넘겨줄지 누가 알겠나. 하지만 오늘 자네를 다시 데려다준다면 다음번엔 우리 청을 거절할 수 없을 거네." 그리고 그는 이미 이 계획을 실행에

옮기기 위해 카를의 손을 잡았다. 그러나 카를은 꼼짝하지
않았다. 클라라는 적어도 자신과 카를은 그린 씨가 있다고
해서 조금도 방해받지 않을 테니 이곳에 있게 해 달라고
아버지에게 부탁했다. 결국 폴런더 씨도 자기 결정이 아주
확고한 것은 아님을 알아챘다. 게다가 — 아마도 이것이
가장 결정적일지도 모른다 — 갑자기 그린 씨가 꼭대기
층계참에서 정원을 향해 외치는 소리가 들렸다. "여러분,
대체 어디 계신가요?" "가고 있습니다." 폴런더 씨는
말하면서 옥외 계단 쪽으로 접어들었다. 이제 불빛 속에서
서로를 찬찬히 살핀 카를과 클라라는 그의 뒤를 따라갔다.
'이 여자는 입술이 빨갛구나.' 카를은 혼자 생각했다.
그리고 폴런더 씨의 입술을 떠올리고는 딸의 입술이
참으로 아름답게 변했다고 생각했다. "저녁 식사 후에……."
그녀가 입을 열었다. "만약 괜찮으시다면 최소한 이 그린
씨에게서 벗어나기 위해 곧장 제 방으로 가요. 아빠는
분명 그와 시간을 보낼 거예요. 그때 저를 위해 피아노를
쳐 주시면 좋겠어요. 아빠가 그러시는데 피아노를 잘
치신다면서요. 하지만 아쉽게도 저는 악기 연주에는
영 재주가 없어요. 음악은 무척 좋아하지만 피아노에는
손을 대지 않아요." 카를은 폴런더 씨와도 함께 어울리고
싶었지만 클라라의 제안에 전적으로 동의했다. 그린 씨의
육중한 체구가 — 카를은 이미 폴런더의 몸집에 익숙해져

있었다 — 그들이 계단을 오르는데 그들 앞에 서서히
모습을 드러냈다. 그러자 오늘 밤 어떻게든 이 남자를
꾀어 폴런더 씨를 떼어 내겠다는 카를의 모든 희망은 물론
물거품이 되었다.

그린 씨는 많은 것을 만회해야겠다는 듯 그들을 몹시
급하게 맞이했으며, 폴런더 씨의 팔을 잡고 카를과
클라라를 앞세워 식당으로 밀고 갔다. 식당은 특히 싱싱한
줄무늬 잎사귀를 지닌 반쯤 일어선 식탁 위의 꽃들 덕분에
축제 분위기가 물씬했다. 그래서 훼방꾼인 그린 씨의
존재가 곱절로 유감스러웠다. 다른 사람들이 자리에 앉을
때까지 식탁 옆에서 기다린 카를은 정원으로 통하는
대형 유리문이 계속 열려 있는 것을 보고 기뻐했다. 강한
꽃향기가 정자 안으로 들어오듯 풍겨 왔기 때문이다.
바로 그때 그린 씨가 숨을 헐떡이며 유리문을 닫으려고
다가갔다. 그는 맨 아래 빗장으로 몸을 숙였다가 제일 위
빗장을 향해 몸을 쭉 폈다. 모든 행동이 청년처럼 너무
민첩해서 급히 달려온 하인은 더 이상 할 일이 없었다.
식탁에서 그린 씨가 뱉은 첫마디는 카를이 외삼촌의 방문
허가를 받았다는 사실에 놀라움을 표하는 말이었다. 그는
수프가 가득 담긴 수저를 입에 가져갈 때마다 오른쪽의
클라라와 왼쪽의 폴런더 씨에게 자기가 왜 그렇게
놀라는지 설명했다. 또 외삼촌이 카를을 어떻게 지켜

주고 있는지, 그리고 외삼촌의 카를에 대한 사랑이 너무 커서 차마 외삼촌의 사랑이라고 부를 수 없을 정도라고 설명했다.

'이 사람은 여기서 쓸데없는 개입에 그치지 않고 나와 외삼촌 사이에도 끼어드는구나.' 카를은 이런 생각이 들자 금빛 수프를 한 모금도 삼킬 수 없었다. 그러고서 자신이 얼마나 성가시게 느끼는지 눈치채지 못하도록 잠자코 수프를 쏟아붓기 시작했다. 식사는 마치 고생스러운 일처럼 천천히 진행되었다. 그린 씨와 기껏해야 클라라만이 활기차고 가끔 짧은 웃음을 터뜨릴 기회를 발견했다. 그린 씨가 사업 이야기를 꺼내자 폴런더 씨는 서너 번 담소에 끌려들었을 뿐이었다. 하지만 그러한 대화에서 곧 물러났고, 그린 씨가 잠시 후 다시 예기치 않게 대화에 끌어들여 그를 깜짝 놀라게 했다. 아무튼 그린 씨가 역점을 두고 한 이야기는 — 무언가가 임박한 것처럼 귀 기울이고 있던 카를은 구운 고기가 눈앞에 있으며, 지금은 저녁 식사 중이라고 클라라로부터 주의를 받아야 했다 — 이처럼 불시에 방문할 의도는 애당초부터 없었다는 것이다. 비록 특별히 긴급한 논의 사항이 있긴 해도 적어도 가장 중요한 일은 오늘 시내에서 상담이 끝났고, 좀 더 부차적인 일은 내일이나 추후로 미룰 수 있었기 때문이다. 사실 업무를 마치기 훨씬 전에 폴런더 씨한테 갔는데 만날 수 없어서 오늘 밤은 집에 들어가지 않는다고 전화하고 이곳으로 올 수밖에 없었다는 것이다. "그렇다면 제가 용서를 구해야겠군요." 카를이 큰 소리로 말했다. 그리고 누군가가 대답할 시간을 갖기 전에 "폴런더 씨가 오늘 가게를 일찍 떠난 책임이 저한테 있으니 저로서는 무척 송구스러운 마음입니다."라고 덧붙였다. 폴런더 씨는 얼굴 대부분을 냅킨으로 가리고 있었다. 반면에 클라라는 카를에게 미소 지어 보였지만 동정의 미소가 아니라 어떻게든 그에게 영향을 미치려는 미소였다. "용서를 빌 필요는 없네." 비둘기 고기를 날카로운 칼질로 자르던 그린 씨가 말했다. "완전히 그 반대야. 혼자 집에서 저녁 식사를 하는 대신에 같이 기분 좋게 저녁 시간을 보내게 되어 기쁘네. 집에서는 나이 든 가정부가 시중을 드는데 너무 늙어서 문에서 식탁까지 가는 것도 힘들어하지. 그녀가 이 거리를 오는 것을 관찰하려면 나는 오랫동안 안락의자에 기대어 있을 수 있어. 얼마 전에야 나는 하인이 음식을 식당 문까지 나르도록 했다네. 내가 이해하는 한에서는 문에서 내 식탁까지 옮기는 일은 그녀가 맡고 있다네." "어머, 세상에나." 클라라가 소리쳤다. "참으로 충직한 하녀로군요!" "그래요, 이 세상에는 아직 충직함이 있어요." 그린 씨가 말했다. 그리고 카를이 음식을 한 입 입에 넣자 카를이 우연히 알아차렸듯 혀가 음식을 날렵하게 움켜잡았다. 그는 거의 기분이 나빠져서 자리에서 일어섰다. 그러자 폴런더 씨와 클라라는 거의 동시에 그의 손을 잡았다. "그대로 앉아 계셔요." 클라라가 말했다. 카를이 다시 자리에 앉자 그녀가 그의 귀에 대고 말했다. "우리는 좀 있다 같이 나갈 거예요. 조금만 참으세요." 그린 씨는 그동안 조용히 식사에 몰두하고 있었다. 자신이 카를의 기분을 상하게 했을 때 그를 달래는 것이 폴런더와 클라라의 당연한 임무이기라도 하듯이 말이다.

그린 씨가 모든 코스의 요리를 특히 꼼꼼히 음미했기 때문에 식사 시간이 길어졌다. 그는 새로운 코스의 음식이 나올 때마다 마치 기다렸다는 듯이 날름날름 지치지도 않고 받아먹었다. 실제로 자기 집 늙은 가정부로부터 얻지 못한 것을 철저히 보상받으려는 듯 보였다. 때때로 클라라 양의 살림 솜씨를 칭찬했는데 분명 그녀에게 아부하는 말이었다. 반면에 카를은 그린 씨가 그녀를 공격하기라도 하듯 그를 막으려고 했다. 그러나 그린 씨는 그녀에게 하는 말에 그치지 않고 접시에서 눈을 떼지 않으며 자꾸만 카를의 눈에 띄는 식욕 부진을 아쉬워했다. 폴런더 씨는 주인으로서 카를이 식사하도록 북돋워 줘야 했음에도 오히려 카를의 식욕을 옹호했다. 사실 저녁 식사 내내 시달린 강박을 너무 민감하게 느낀 카를은 보통 때 같으면 그냥 양해하고 넘어갔을 폴런더 씨의 이 말을 불친절한 것으로 해석했다. 그래서 어떤 때는 분위기에 전혀 맞지 않게 성급히 마구 먹는가 하면, 그다음에는 다시 질린 듯 나이프와 포크를 내려놓고 오랫동안 혼자 꼼작 않는 불미스러운 사태가 벌어졌다. 그러다 보니 음식을 건네주는 하인이 종종 어찌할 바를 몰라 했다.

"자네가 도무지 식사를 하지 않아 클라라가 얼마나 속상했는지 내일 상원 의원님께 말씀드리겠네." 그린 씨는 말하면서 나이프와 포크를 다루는 방식으로 자기 말이 그냥 농담일 뿐임을 알게 했다. "아가씨가 얼마나 슬퍼하는지 보게나." 그는 계속 말하며 클라라의 턱 밑을 쥐었다. 그녀는 그가 그렇게 해도 가만히 내버려 두고 두 눈을 감았다. "이봐요, 아가씨." 그는 이렇게 외치고 몸을 뒤로 기대고는 시뻘겋게 달아오른 얼굴로 배불리 먹은 사람답게 힘차게 웃었다. 카를은 폴런더 씨의 거동을 설명하려고 했지만 허사였다. 폴런더 씨는 접시 앞에 앉아 그곳에서 뭔가 정말 중요한 일이 일어나고 있는 듯 카를을 유심히 지켜보았다. 그는 카를이 앉은 안락의자를 더 가까이 끌어당기지 않았다. 그가 일단 말했을 때는 모두를 향해 하는 말이었다. 하지만 카를에게 딱히 특별한 말을 하지는 않았다. 반면에 뉴욕의 늙은 총각인 약삭빠른

그린 씨가 명백한 의도를 가지고 클라라를 건드리는 것을
참았다. 그리고 폴런더의 손님인 카를을 모욕하거나
적어도 아이 취급한 것, 그리고 포식한 김에 힘이 나서
주제넘은 행동을 하는 것을 꾹 참고 있었다.

    식사가 끝난 뒤 — 그린 씨는 다른 사람들의 전반적인
분위기를 알아차리고 맨 먼저 일어섰고, 그러자 다른
사람들도 따라 일어섰다 — 카를은 혼자 떨어져 테라스로
통하는 가느다란 흰색 창살로 나뉜 커다란 창 중 하나로
다가갔다. 가까이 가서 보고 그것이 창이 아니라 문인
줄을 알았다. 폴런더 씨와 딸 클라라가 처음 그린에
대해 느꼈던 혐오, 그때 카를에게 생겼던 왠지 까닭 모를
혐오는 어느덧 씻은 듯 사라져 버렸다. 이제 그들은 그린과
함께 서서 그에게 고개를 끄덕였다. 그린 씨가 손에 쥔
굵은 시가는 폴런더 씨한테서 받은 선물이었다. 고향의
아버지는 그런 굵은 시가도 실제로 있다고 이야기하곤
했지만 아마 눈으로 직접 본 일은 결코 없었을 것이다. 시가
연기가 넓은 방에 퍼져 있어 그가 직접 밟아 보지 않았을
구석구석까지 그 영향력을 행사했다. 그는 멀찍이 떨어져
있는데도 연기 때문에 코가 간지러웠다. 그곳에서 그저
한번 슬쩍 둘러보았을 뿐이지만 그린 씨의 그런 행동은
파렴치하게 생각되었다. 이제 그는 외삼촌이 이 방문
허락을 그토록 오랫동안 거절한 이유를 대략 알 것 같았다.

외삼촌은 폴런더 씨의 유약한 성격을 잘 알았기 때문이다. 정확히 예측한 것은 아닐지라도 그런 까닭에 카를이 이 방문에서 모욕당할 가능성이 있다고 보았다. 그는 미국 소녀가 훨씬 더 아름다울 거라고 상상한 것은 아니지만 그녀 역시 마음에 들지 않았다. 그린 씨가 달갑지 않은 행위를 한 이후 아름다워진 그녀의 얼굴, 특히 무척 동요된 눈빛을 보고 카를은 깜짝 놀랐다. 카를은 그녀의 치마처럼 몸에 꼭 끼는 치마를 지금껏 본 적이 없었다. 노란빛을 띤 부드럽고 질긴 옷감의 작은 주름들은 강한 탄력을 보여 주었다. 그렇지만 카를에게 그녀는 전혀 안중에도 없었다. 아무튼 그가 손잡이에 손을 대서 문을 열고 차에 올라탈 수 있었다면, 혹은 운전기사가 이미 잠들어 혼자 산책 삼아 뉴욕을 향해 걸을 수 있었다면 그녀의 방으로 안내되는 일을 극구 피하고 싶었을 것이다. 그의 마음이 쏠리는 보름달이 뜬 맑은 밤은 누구에게나 자유롭게 열려 있었고, 바깥에서 혹시 두려움을 느끼는 것은 카를에게 무의미해 보였다. 그는 아침에 어떤 식으로 외삼촌을 깜짝 놀라게 할지 마음속으로 상상해 보았다. — 그러자 이 넓은 방에서 처음으로 편안한 기분을 느꼈다 — 걸어서 가면 아침이 되기 전에 집에 도착하기 힘들 것이다. 그는 아직 외삼촌의 침실에 가 본 적이 없었고, 어디에 있는지도 몰랐다. 하지만 물어볼 생각이었다. 그런 다음

문을 두드리고, "들어오세요!"라는 의례적인 말에 따라 침실로 들어가서 잠옷 차림의 외삼촌을 깜짝 놀라게 할 생각이었다. 지금까지 그는 언제나 단정한 복장에 단추를 채우고 있는 외삼촌밖에 모르는데 침대에 반듯이 앉아 놀란 눈을 문 쪽으로 향하고 있을 것이다. 이는 그 자체로 보면 아직 대단한 일이 아닐지도 몰랐다. 그러나 그것이 어떤 결과를 초래할지 곰곰이 생각해 보기만 하면 된다. 아마 처음으로 외삼촌과 함께, 즉 외삼촌은 침대에서, 카를은 안락의자에 앉아 아침 식사를 할 것이다. 둘 사이의 조그만 탁자 위에 아침 식사를 놓고 말이다. 아마도 둘은 앞으로도 계속 함께 아침 식사를 하게 될 것이다. 아마 그들은 앞으로 이런 식의 아침 식사를 거의 피하기 어려울 테고, 그 결과 지금까지처럼 낮에 단 한 번 만나는 것 이상으로 더 자주 만나게 될 것이다. 그렇게 되면 자연히 좀 더 허심탄회하게 대화를 나눌 수 있을 것이다. 그가 오늘 외삼촌에게 다소 불손했다면, 또는 좀 더 적절하게 말해 고집스러운 태도를 보였다면 이는 결국 이러한 허심탄회한 대화가 부족해서였다. 그리고 오늘 여기서 밤을 보내야 할지라도 — 아쉽게도 그가 여기 창가에 서서 혼자 대화를 나누어야 하는 신세가 되긴 했지만 — 아마 이 불행한 방문은 외삼촌과의 관계를 호전시키는 전환점이 될 것이다. 아마 외삼촌 역시 오늘 밤

침실에서 비슷한 생각을 하고 있을지도 모른다.

그는 조금 안심이 되어서 돌아섰다. 클라라가 그의 앞에 서서 말했다. "우리 집이 전혀 마음에 들지 않나요? 여기서 좀 편한 기분을 느끼고 싶지 않으세요? 자, 이리 오세요, 마지막 시도를 해보겠어요."

그녀는 넓은 방을 가로질러 그를 문 앞까지 안내했다. 두 신사는 높은 컵에 거품이 잘 이는 음료를 채우고 옆 테이블에 앉아 있었다. 카를로서는 알지 못했으나 꼭 맛보고 싶은 음료였다. 그린 씨는 한쪽 팔꿈치를 탁자 위에 괴고 있었다. 얼굴 전체가 폴런더 씨에게 가능한 한 바짝 밀착되어 있었다. 폴런더 씨를 모르는 사람이 본다면 여기서 거래 논의가 아니라 범죄 모의라도 한다고 생각했을 것이다. 폴런더 씨가 다정한 시선으로 문까지 카를을 따라온 반면, 자기도 모르게 상대의 시선을 따르곤 하는 게 보통인데 그린 씨는 전혀 돌아보려고 하지 않았다. 그린 씨의 이런 태도에는 그 나름의 확신이 담긴 것 같았다. 카를은 카를대로, 그린은 그린대로 각자 자기 능력으로 그럭저럭 살아가려고 해야 할 것이다. 그들 사이에 필연적인 사회적 연결은 시간이 지남에 따라 어느 한쪽의 승리 또는 파멸을 통해 확립될 것이다.

'그가 그렇게 생각한다면······.' 카를은 혼자 생각했다. '그는 멍청이야. 나는 정말로 그에게 아무것도 바라지 않아.

그러니 그도 나를 가만히 내버려 두면 좋겠어.'

그는 복도에 발을 딛자마자 혹시 무례한 행동을 하지 않았을까 하는 생각이 들었다. 눈을 그린 씨에게 고정한 채 클라라에 의해 흡사 방 밖으로 끌려 나오다시피 했기 때문이다. 이제 그는 더욱 자진해 그녀 옆에서 나란히 걸었다. 복도를 지나가는 동안 스무 걸음 간격으로 화려한 제복 차림의 하인이 샹들리에를 들고 서 있었다. 그것을 보았을 때 카를은 처음에 자기 눈을 믿을 수 없었다. 하인들은 촛대의 굵은 손잡이를 양손으로 감싸고 있었다.

"전기 배선을 새로 하고 있는데 전선은 아직 식당에만 깔렸어요." 클라라가 설명했다. "우리는 이 집을 산 지 얼마 되지 않았어요. 틀에 박힌 건축 양식으로 지어진 낡은 집을 고칠 수 있는 한 완전히 개축했어요."

"그러니까 미국에도 오래된 집들이 있군요." 카를이 말했다.

"물론이에요." 클라라는 웃으며 말하고 그를 계속 끌고 갔다. "미국에 관해 색다른 개념을 가지고 계시네요."

"나를 웃음거리로 만들지 마세요." 그가 화를 내며 말했다. 잘 생각해 보면 사실 그는 이미 유럽과 미국을 알고 있었으나 그녀는 미국만 알았다.

복도를 다 지나서 클라라는 손을 약간 뻗어 문을 밀어젖히고는 걸음을 멈추지 않고 말했다. "여기서 주무실 거예요."

 카를은 당연히 방을 곧바로 보고 싶었다. 그러나 클라라는 그럴 시간은 있으니 먼저 함께 가야 한다고 참을성 없이 거의 울부짖듯이 설명했다. 그들은 복도를 조금 이리저리 오갔다. 마침내 카를은 모든 일을 클라라가 하는 대로 따를 필요가 없다고 생각해 몸을 뿌리치고 방으로 들어갔다. 창문 밖이 놀라울 만치 어두운 것은 나무 꼭대기가 크게 흔들리는 것으로 설명되었다. 새소리가 들렸다. 방 안은 아직 달빛이 닿지 않아 거의 아무것도 식별할 수 없었다. 카를은 외삼촌한테서 선물받은 회중전등을 가져오지 않은 것을 후회했다. 이 집에서는 회중전등이 없어서는 안 되는 필수품이었고, 그런 횃불이 몇 개만 있었다면 하인들을 잠자러 보낼 수 있었을 것이다. 그는 창틀에 앉아 밖을 내다보며 귀를 기울였다. 방해받은 새 한 마리가 고목의 잎사귀를 뚫고 지나가는 것 같았다. 뉴욕 교외선 열차의 기적 소리가 시골 어딘가에서 울려왔다. 그 외에는 조용했다.

 그러나 정적은 오래가지 않았다. 클라라가 황급히 들어왔기 때문이다. 눈에 띄게 화가 난 클라라는 소리치며 치마를 찰싹하고 내리쳤다. "뭐 하시는 거예요?" 카를은 클라라가 더 공손해질 때까지 대답하고 싶지 않았다. 하지만 그녀는 성큼성큼 그에게 다가와 소리쳤다. "그럼 함께 가시겠어요, 안 가시겠어요?" 그러면서 일부러인지 아니면 흥분해서인지 그의 가슴을 밀쳐 창틀에서 미끄러지는 바람에 그는 마지막 순간에 두 발이 방바닥에 닿지 않았더라면 창밖으로 추락했을지도 모른다.

"하마터면 떨어질 뻔했어요." 그는 비난하는 투로 말했다.

"그런 일이 일어나지 않아서 유감이네요. 왜 그렇게 무례하세요! 한 번 더 밀어뜨릴 거예요."

그리고 그녀는 정말로 그를 껴안고서 운동으로 단련된 몸으로 거의 창가까지 들고 갔다. 처음에 아연실색한 그는 몸에 힘을 주는 것을 깜박했다. 그러나 창가에 가서야 정신을 차리고 허리를 비틀어 뿌리치고는 그녀를 꽉 안았다.

"아야, 아프단 말이에요." 그녀는 즉시 말했다.

그러나 이제 카를은 그녀를 더 이상 놓아줘서는 안 된다고 생각했다. 그는 그녀가 원하는 대로 걸을 수 있도록 자유를 주었지만 따라다니며 놓아주지 않았다. 그녀는 몸이 꼭 끼는 치마를 입어서 꽉 껴안고 있기가 무척 쉬웠다.

"날 놓아줘요." 그녀는 뜨거워진 얼굴을 그의 얼굴에 바짝 대고 속삭이며 말했다. 너무 가까이 있어서 그는 그녀를 보려고 눈을 부릅떠야 했다. "놓아주세요. 무언가 좋은 걸 드릴게요." '왜 이리 아파하는 걸까.'라고 카를은 생각했다. '그리 아프지 않을 텐데. 세게 누르지도 않는데 말이야.' 그래도 그는 아직 그녀를 놓아주지 않았다.

    그러나 정신을 놓고 잠자코 서 있는가 싶었는데 갑자기 그녀가 그의 몸에 다시 힘을 주는 것을 느꼈다. 그녀는 그에게서 간신히 몸을 빼내고 손목을 잘 이용해 그를 붙잡고는 이상한 싸움 기술의 발 자세로 그의 다리를 가로막고서 크게 숨을 고르며 앞쪽 벽으로 그를 밀었다. 그러나 거기에는 긴 소파가 있었다. 그녀는 카를을 그 위에 눕히고 너무 몸을 숙이지 않고 말했다.

"이제 움직일 수 있으면 움직여 보라고."

"고양이, 미친 고양이." 카를은 분노와 수치심이 뒤섞인 상태에서 소리쳤다.

"너 정신 나갔구나, 이 미친 고양이야!"

"말조심해!" 하면서 그녀가 한쪽 손을 카를의 목에 갖다 대고 너무 세게 목을 조르기 시작해 카를은 숨을 헐떡이는 것 외에는 아무것도 할 수 없었다. 다른 한 손은 그의 뺨에 대고 시험 삼아 만져 보다가 다시 허공으로 끌어당겼다. 그러기를 반복하면서 그녀는 언제라도 카를의 따귀를 갈길 수 있었다.

"숙녀에게 그따위 태도를 보인 벌로 호되게 따귀를 때려 집에 보내면 어떻겠어?" 그녀가 물었다. "좋은 추억은 아닐지 몰라도 앞으로 인생 행로에 유익할 거야. 너는 내 마음을 아프게 했어. 너는 그런대로 봐줄 만한 귀여운 소년이야. 네가 주짓수를 배웠더라면 아마 나를 흠씬 패 줬을 거야. 그럼에도, 그럼에도 이처럼 주저앉아 있는 네 뺨을 마구 갈겨 주고 싶어. 그러면 아마 후회하겠지. 하지만 만약 하려고 한다면 거의 내 의지와는 상관없이 때릴 거라는 걸 알아 둬. 그러면 물론 따귀 한 대로는 만족하지 않고 뺨이 부어오를 때까지 양쪽 뺨을 마구 때릴 거야. 넌 혹시 신사일지도 몰라. — 나는 거의 그렇게 믿고 싶어 — 그리고 뺨을 얻어맞고는 계속 살고 싶지 않아서 너 자신을 세상에서 지워 버릴 거야. 하지만 그렇게 나를 반대한 이유가 뭐야? 혹시 내가 마음에 들지 않는 거니? 내 방에 올 가치가 없는 거야? 조심하라고! 하마터면 나도 모르게 네 얼굴을 때릴 뻔했어. 오늘 그 같은 사태를 모면하려면 결국 좀 더 고상하게 행동하도록 해. 난 네가 반항할 수 있는 외삼촌이 아니야. 그건 그렇고 내 말을 명심하도록 해. 뺨을 때리지 않고 놓아준다고 해서 너의 현 상황과 실제로 뺨을 맞는 것이 명예의 관점에서 볼 때 같다고 생각해서는 안 돼. 만약 그렇게 생각한다면 정말로 때려 주고 싶어. 이 모든 이야기를 들려주면 마크가 뭐라고 할까?"

마크에 대한 기억을 떠올리며 클라라는 카를을 놓아주었고, 흐릿한 생각 속에서 마크는 그에게 해방자처럼 생각되었다. 그는 잠시 클라라의 손이 목에 닿는 것을 느끼고 약간 몸을 돌린 다음 가만히 누워 있었다.

클라라가 일어나라고 했지만 그는 대꾸하지 않고 움직이지 않았다. 클라라가 어딘가에 촛불을 켜니 방이 밝아졌다. 천장에 푸른색 지그재그 무늬가 나타났다. 하지만 카를은 클라라가 눕힌 그대로 소파 쿠션에 머리를 댄 채 손가락 하나 까딱하지 않고 누워 있었다. 클라라는 방 안을 돌아다녔다. 치마에서 다리 사이로 바스락거리는 소리가 났다. 그러다가 아마 창가에 한참 동안 멈춰 서 있었던 모양이다.

"반항은 그만둔 거야?" 그녀가 묻는 소리가 들렸다.

카를은 폴런더 씨가 오늘 밤을 위해 마련해 준 이 방에서 마음의 안정을 얻기 힘들다고 느꼈다. 그곳에서 이 소녀는 돌아다니다가 멈추어 서서는 말을 건넸다. 그는 이루 말할 수 없을 만치 그녀에게 싫증이 났다. 유일한 소원은 빨리 자고 여길 떠나는 것이었다. 그는 더 이상 침대에 들어갈 생각이 나지 않았다. 그냥 여기 긴 소파에 누워 있고 싶었다. 그는 그녀가 떠나기만을 애타게 기다렸다. 그녀를 뒤따라 문으로 달려가 문을 걸어 잠근 다음 다시 긴 소파에 몸을 던지기 위해서였다. 그는 사지를 쭉 뻗고 하품하고 싶은 욕구가 일었지만 클라라 앞에서는 그러고 싶지 않았다. 그래서 이렇게 누워 위를 응시하다 보니 얼굴이 점점 더 움직이지 않는 것을 느꼈다. 주위를 돌아다니는 파리 한 마리가 눈앞에 어른거렸으나 그는 그것이 무엇인지 제대로 알지 못했다.

클라라는 다시 다가와서 그의 시선 방향으로 몸을 숙였다. 자제하지 않았더라면 그는 벌써 그녀를 쳐다볼 수밖에 없었을 것이다.

"이제 가 봐야겠어." 그녀가 말했다. "아마 나중에 나한테 오고 싶을 거야. 내 방으로 통하는 문은 복도 이편에서 이 문부터 세면 네 번째야. 그러니 세 개의 문을 더 지나면 그때 나오는 문이 내 방문이야. 나는 홀에는 더 이상 내려가지 않고 내 방에 있을 거야. 하지만 또 너 때문에 정말 피곤해졌어. 널 기다리진 않겠지만 오고 싶으면 와. 날 위해 피아노 연주를 해 주겠다고 약속한 거 잊지 마. 하지만 내가 너를 완전히 지치게 해서 더 이상 꼼짝할 수 없다면 여기 남아서 푹 잠이나 자. 당분간은 아버지께 우리가 다툰 일에 대해 아무 말도 하지 않을 거야. 네가 걱정할까 봐 하는 말이야." 그런 다음 그녀는 피곤할 법도 한데 두 걸음 풀쩍 뛰더니 방을 뛰쳐나갔다.

카를은 즉시 똑바로 앉았고, 이렇게 누워 있는 것은 이미 견딜 수 없게 되었다. 약간 몸을 움직이기 위해 그는 문으로 가서 복도를 내다보았다. 하지만 거기에는 칠흑

같은 어둠이 있었다! 문을 닫고, 빗장을 지르고, 촛불이 밝혀진 탁자 곁에 다시 서자 기분이 좋아졌다. 그는 더 이상 이 집에 머무르지 않고 폴런더 씨한테 내려가 클라라가 자신을 어떻게 대했는지 — 자신의 패배를 인정하는 문제는 그에게 중요하지 않았다 — 솔직히 이야기하고 충분한 근거를 제시해 차를 타거나 걸어서 집에 가게 해 달라고 해야겠다고 마음먹었다. 폴런더 씨가 이처럼 즉시 집으로 돌아가는 데 반대한다면 적어도 하인에게 가장 가까운 호텔로 안내를 부탁할 생각이었다.

    카를이 계획했던 이런 식으로 보통 친절한 주인은 대하지 않는 법이지만 클라라처럼 손님을 대하는 것은 더더욱 드문 일이었다. 그녀는 폴런더 씨에게 그 드잡이에 대해 당분간은 아무 말 하지 않기로 한 약속을 친절한 행위로 간주했지만 그건 벌받을 터무니없는 일이었다. 그러니까 카를이 레슬링 경기에 초대받았는데 거의 일평생 레슬링 기술을 배우며 살아온 어떤 소녀에 의해 내던져졌다면 얼마나 수치스러웠을까? 심지어 그녀는 마크에게 레슨까지 받았다. 그녀는 그에게 모두 다 이야기했을 것이다. 그자는 통찰력 있는 사람임이 분명했다. 카를은 비록 자세한 내용을 알아볼 기회는 없었지만 그러한 사실을 알고 있었다. 그러나 마크가 자신을 가르치면 클라라보다 훨씬 더 크게 발전하리란

것도 알고 있었다. 그런 다음 어느 날 다시 이곳으로 올 것이다. 십중팔구 초대받지 않고서 말이다. 당연히 먼저 지형을 조사해 둔다. 지형을 잘 아는 것이 클라라의 큰 장점이었다. 그런 다음 클라라를 붙잡아 오늘 자신을 내동댕이친 바로 그 긴 소파에서 먼지가 날리도록 두들겨 패 줄 것이다.

이제 넓은 홀로 돌아가는 길을 찾는 일만 남았다. 처음에 얼떨결에 모자를 홀의 엉뚱한 곳에 놓아둔 것 같았다. 물론 그는 촛불을 가져가려고 했다. 하지만 촛불을 밝히고도 가는 길을 알아내기가 쉽지 않았다. 예컨대 그는 이 방이 홀과 같은 층에 있는지도 몰랐다. 클라라가 이곳으로 계속 끌고 와서 그는 주변을 둘러볼 겨를이 없었다. 그린 씨와 촛대들 든 하인들도 그에게 생각할 거리를 주었기 때문이다. 요컨대 그는 그들이 계단을 하나나 두 개를 지나쳤는지, 아니면 전혀 통과하지 않았는지조차 알지 못했다. 전망으로 미루어 보건대 방은 꽤 높은 곳에 있었다. 그러므로 그는 계단을 올라왔을 것으로 상상하려고 했다. 그러나 이미 현관으로 가면서 사람들은 계단을 올라야 했다. 그러니 건물의 이쪽도 높지 않을 리가 있겠는가? 그러나 적어도 복도에 나가면 어딘가에 불빛이 보이든가, 아니면 멀리서 희미하게나마 사람 목소리가 들리면 좋겠는데!

외삼촌이 선물한 회중시계는 11시를 가리키고 있었다. 그는 촛불을 들고 복도로 나갔다. 문을 활짝 열어 두었다. 모자 찾는 일이 헛수고가 되는 경우를 대비해서 최소한 자기 방을, 그리고 극도의 비상사태가 벌어졌을 때는 클라라의 방문을 다시 찾아가기 위해서였다. 문이 저절로 닫히지 않도록 안전을 기하기 위해 안락의자로 문을 막았다. 복도에서 — 그는 물론 클라라의 문에서 왼쪽으로 걸어갔다 — 카를을 향해 외풍이 불어와 좋지 않은 상황이었다. 바람이 촛불을 쉽게 끌 수 있어서 손으로 불꽃을 가려야 했고, 게다가 꺼져 가는 불꽃이 다시 살아나도록 자주 걸음을 멈춰야 했다. 그래서 빨리 앞으로 나아가지 못했고, 길은 두 배나 길어 보였다. 카를은 문이 전혀 없는 기다란 벽 구간을 이미 지났다. 그 뒤에 무엇이 있는지 상상할 수 없었다. 그다음에 다시 문이 나란히 나왔다. 그는 몇몇 문을 열려고 했지만 잠겨 있었고, 방 안에는 사람이 살지 않는 것이 분명했다. 유례없는 공간 낭비였다. 카를은 외삼촌이 보여 주겠다고 약속한 뉴욕 동부를 떠올렸다. 작은 방 하나에 여러 가족이 살며, 한 가족의 집이 방 한구석에 불과하고, 아이들은 부모 주위에 무리 지어 모여 있다고 했다. 그런데 이곳에는 많은 방이 비어 있었고, 그래서 문을 두드리면 공허한 소리만 날 뿐이었다. 카를이 생각하기에 폴런더 씨는 나쁜 친구들에게 미혹되고 딸에게 홀딱 빠져 형편없이 망가진 것처럼 보였다. 외삼촌은 확실히 그를 올바로 판단했다. 사람에 대한 카를의 판단에 영향을 미치지 않겠다는 외삼촌의 원칙만이 이 방문과 복도에서 헤매는 것에 대한 책임이 있었다. 카를은 내일 당장 외삼촌에게 말할 생각이었다. 외삼촌은 그의 원칙에 따라 폴런더 씨에 대한 조카의 판단을 기꺼이, 또 차분히 경청할 것이기 때문이다. 게다가 외삼촌에게서 카를의 마음에 들지 않는 유일한 것이 어쩌면 이 원칙이었을 테고, 마음에 들지 않는 이 점조차도 반드시 그런 것은 아니었다.

갑자기 복도의 한쪽 벽이 끝나고, 그 대신 얼음처럼 차가운 대리석 난간이 나타났다. 카를은 촛불을 곁에 놓고 조심스럽게 몸을 숙였다. 어두운 공허가 그를 향해 밀려왔다. 이것이 건물의 중앙 홀이라면 — 촛불에 아치형 천장의 일부가 희미하게 보였다 — 왜 이 홀을 통해 들어오지 않았을까? 이 크고 깊은 공간의 용도는 무엇이었을까? 이 위에 있으니 마치 교회의 회랑에 서 있는 기분이었다. 카를은 내일까지 이 집에 머물 수 없다는 것이 거의 아쉬운 느낌이었다. 폴런더 씨가 낮에 건물 곳곳을 돌아다니며 안내하고 그에게 모든 걸 알려 주었으면 좋았을 텐데.

그건 그렇고 난간은 길지 않았다. 곧 닫힌 복도가

다시 나타났다. 갑자기 복도를 돌다가 카를은 벽에 아주 세게 부딪쳤다. 그러나 계속 조심해서 촛불을 꽉 붙잡은 덕택에 다행히 촛불을 떨어뜨려 꺼뜨리지 않을 수 있었다. 아무리 가도 복도는 끝이 없었고, 어디서도 밖을 내다볼 창문이 보이지 않았다. 위아래로 아무것도 움직이는 것이 없었다. 그래서 카를은 이미 같은 원을 계속 빙빙 돌고 있다는 생각이 들었다. 어쩌다가 자기 방의 열린 문을 다시 찾을 수 있기를 기대했으나 문도 난간도 다시 나타나지 않았다. 이때까지 카를은 큰 소리로 외치는 것을 꾹 참고 있었다. 이렇게 한밤중에 남의 집에서 소음을 내고 싶지 않아서였다. 이제 그는 불이 켜지지 않은 이 집에서 소리치는 것이 그릇된 일이 아님을 알아차렸다. 그래서 복도 양쪽을 향해 큰 소리로 "여보세요!"라고 외치려 했다. 바로 그 순간 자신이 온 방향에서 작은 불빛 하나가 다가오는 것이 보였다. 이제야 그는 곧게 뻗은 복도의 길이를 가늠할 수 있었다. 이 집은 별장이 아니라 성채였다. 카를은 이 구원의 불빛을 보고 너무 기쁜 나머지 조심하던 태도를 잊고 불빛을 향해 달려갔다. 몇 번 뛰자마자 촛불이 벌써 꺼져 버렸다. 촛불이 더 이상 필요하지 않았기 때문에 그는 그것에는 아랑곳하지 않았다. 그에게 올바른 길을 알려 줄 늙은 하인이 등불을 들고 그를 향해 다가왔다.

"누구십니까?" 하인은 이렇게 묻고 카를의 얼굴에

등불을 들이댔다. 그럼으로써 동시에 자기 얼굴도 비추었다. 그의 얼굴은 덥수룩한 흰 턱수염 때문에 다소 딱딱해 보였다. 수염이 가슴 위에서 비단 같은 고리 모양을 이루고 있었다. '이런 수염을 기를 수 있는 것으로 보아 충직한 하인이 틀림없다.'라고 카를은 생각했다. 그는 꼼짝하지 않고 수염의 길이와 폭을 살폈다. 그러다가 자신이 관찰당한다는 사실에는 아랑곳하지 않았다. 그는 자신이 폴런더 씨의 손님이며 자기 방에서 식당으로 가려고 하는데 길을 찾지 못하는 중이라고 즉시 대답했다.

하인은 "아, 그렇군요." 하면서 "우리는 아직 전등을 도입하지 않았습니다."라고 말했다.

"알고 있습니다." 카를이 말했다.

"내 등불로 촛불에 불을 붙이지 않겠습니까?" 하인이 물었다.

"그러시죠." 카를은 말하고 불을 붙였다.

"여기 복도는 이처럼 바람이 새어 들어와서 촛불이 쉽게 꺼집니다. 그래서 등불을 들고 다닙니다." 하인이 말했다.

"네, 등불이 훨씬 더 실용적이겠네요." 카를이 말했다.

"당신 옷에도 이미 촛농이 잔뜩 떨어졌어요." 하인은 말하면서 카를의 양복에 촛불을 비추었다.

"이런 줄 전혀 몰랐어요!" 카를이 소리쳤다. 외삼촌이 그에게 가장 잘 어울린다고 말한 검정색 양복이라 카를은 매우 난처하게 되었다고 생각했다. 이제 생각해 보니 클라라와의 드잡이도 양복에 도움이 되지 않았던 것 같다. 친절하게도 하인은 되도록 서둘러 양복을 깨끗이 닦아 주었다. 카를은 하인 앞에서 계속 몸을 돌리면서 여기저기 얼룩진 곳을 보여 줬고 하인은 공손히 얼룩을 제거했다.

"여긴 왜 이렇게 외풍이 부는 거죠?" 카를은 벌써 계속 걸어가면서 물었다.

"아직 해야 할 공사가 많아서요." 하인이 대답했다. "사실 개축 공사를 이미 시작했지만 일이 매우 느리게 진행되고 있어요. 혹 아실지 모르겠는데 건축 인부들이 지금 파업 중입니다. 그런 공사를 하다 보면 화나는 일이 많습니다. 지금 갈라진 커다란 틈이 몇 군데 생겼는데 아무도 벽 공사를 해 주지 않아요. 그래서 전체에 틈새 바람이 불고 있어요. 귀를 솜으로 완전히 틀어막지 않으면 견딜 수 없을 정도지요."

"그럼 더 큰 소리로 말해야 할까요?" 카를이 물었다.

"아니요, 목소리가 또렷하시니까요." 하인이 말했다. "그런데 공사 이야기로 돌아가자면, 특히 예배당 근처는 외풍을 도저히 견딜 수 없어요. 그 예배당은 나중에 나머지 건물과 반드시 차단해야 할 겁니다."

"그렇다면 이 복도를 지나갈 때 나오는 난간이

예배당으로 통하나요?"

"네."

"나도 그렇게 생각했어요." 카를이 말했다.

"예배당은 무척 볼만해요." 하인이 말했다. "그게 없었다면 마크 씨는 이 집을 사지 않았을 겁니다."

"마크 씨라고요?" 카를이 물었다. "폴런더 씨 집인 줄 알았는데요?"

"물론 그렇기는 합니다." 하인이 말했다. "하지만 이 집을 살 때 마크 씨가 결정적인 역할을 했어요. 마크 씨를 모르세요?"

"알고말고요." 카를이 말했다. "그런데 그는 폴런더 씨와 어떤 관계인가요?"

"따님의 약혼자입니다." 하인이 말했다.

"그건 물론 몰랐어요." 카를은 말하면서 멈추어 섰다.

"그것이 그리 놀랄 일인가요?" 하인이 물었다.

"그냥 알아 두려고 하는 겁니다. 그런 관계를 모르면 아주 큰 실수를 할 수도 있으니까요." 카를이 대답했다.

"당신에게 그 이야기를 하지 않은 것이 의아할 따름입니다." 하인이 말했다.

"네, 정말 그렇군요." 카를이 부끄러워하며 말했다.

"아마 알고 있다고 생각한 모양이지요." 하인이 말했다. "최근 소식이 아니니까요. 이제 다 왔습니다." 그가 문을 열었다. 문을 열자 그 뒤에 계단이 보였다. 계단은 그들이 도착했을 때와 똑같이 환히 불 밝혀진 식당의 뒷문으로 곧장 이어져 있었다.

식당에서 폴런더 씨와 그린 씨의 목소리가 이미 약 두 시간 전에 그랬던 것처럼 변함없이 들려왔다. 카를이 식당에 들어가기 전에 하인이 말했다. "원하신다면 여기서 기다렸다가 방으로 안내해 드리겠습니다. 아무튼 첫날 밤이라 이곳 길을 알기 어렵거든요."

"내 방으로 돌아가지 않을 겁니다." 카를은 이렇게 말했고, 이 말을 하면서 왜 슬퍼지는지 알 수 없었다.

"그렇게 하시는 것도 그리 나쁘지 않을 겁니다." 하인은 약간 우월한 입장에서 미소 띤 표정으로 말하며 그의 팔을 가볍게 두드렸다. 아마 하인은 카를이 밤새도록 식당에서 두 신사와 담소하며 술을 마시겠다는 뜻으로 그의 말을 해석한 듯했다. 카를은 지금 어떤 고백도 하고 싶지 않았다. 그리고 이 집의 다른 하인들보다 더 마음에 든 그 하인이 뉴욕으로 가는 길의 방향을 알려 줄 수 있겠다는 생각에 이렇게 말했다. "여기서 기다려 주시겠다면 확실히 큰 친절을 베푸는 겁니다. 그 친절을 감사하는 마음으로 받아들이겠습니다. 아무튼 잠시 후에 나와서 앞으로 어떻게 할지 말씀드리지요. 당신의 도움이 더 필요할 것 같습니다."

"좋습니다." 하인이 말했다. 그는 등불을 바닥에 내려놓고 낮은 받침대 위에 앉았다. 받침대 위가 빈 것은 아마 개축과도 관련이 있을 듯싶었다. "그럼 저는 여기서 기다릴게요. 촛불은 제게 맡겨도 됩니다." 카를이 타오르는 촛불을 들고 넓은 방으로 들어가려 하자 하인이 말했다.

"이런, 내 정신 좀 봐." 카를은 이렇게 말하고 촛불을 하인에게 건넸다. 하인은 단지 고개를 끄덕일 뿐이었다. 일부러 그랬는지, 아니면 손으로 수염을 쓰다듬고 있어서였는지는 알 수 없었다.

카를이 문을 열자 크게 삐걱거리는 소리가 났다. 카를의 잘못이 아니었다. 문이 단 한 개의 유리판으로 되어 있어서였다. 문을 급히 열 때 손잡이를 그냥 꽉 잡고 있으면 유리판이 거의 휘어지다시피 했다. 카를은 아주 조용히 들어가고 싶었으므로 깜짝 놀라 문을 놓아 버렸다. 뒤에서 하인이 받침대를 내려와 조심스럽게 조금도 소리 나지 않게 문을 닫는 것을 그는 뒤돌아보지 않고도 알아차렸다.

"방해해서 죄송합니다." 그는 놀라서 눈을 동그랗게 뜨고 자기를 바라보는 두 신사에게 말했다. 그러면서 이와 동시에 모자를 빨리 찾으려고 넓은 방을 쭉 둘러보았다. 그러나 모자는 어디에도 보이지 않았다. 식탁은 완전히 치워져 있었다. 아마 모자는 곤혹스럽게도 주방으로 옮겨졌을 것이다.

"클라라는 어디 갔지?" 폴런더 씨가 물었다. 그는 방해받은 것이 싫지 않은 눈치였다. 즉시 안락의자에서 자세를 고쳐 앉고 카를을 정면으로 바라보았기 때문이다. 그린 씨는 무관심한 태도를 보이며 크기나 두께 면에서 같은 종류의 것에서 초대형인 지갑을 꺼냈다. 그는 많은 주머니를 뒤지며 어떤 물건을 찾는 듯 보였다. 찾는 동안 마침 손에 잡힌 다른 서류들도 읽었다.

"부탁이 하나 있는데 오해는 하지 마시길 바랍니다." 카를이 말했다. 그는 폴런더 씨에게 급히 다가가 옆에 가까이 있으려고 안락의자 팔걸이에 손을 얹었다. "무슨 부탁인가?" 폴런더 씨가 카를을 뚫어지게 바라보며 물었다. "당연히 들어줘야지." 그리고 폴런더 씨는 카를을 팔로 감싸고 다리 사이로 카를을 끌어당겼다. 카를은 이를 기꺼이 감내했다. 보통 그런 대우를 받기에는 자신이 다 컸다고 느꼈지만 말이다. 그러나 부탁을 입 밖에 내어 말하기는 물론 더 어려워졌다.

"이 집에 온 기분이 어떤가?" 폴런더 씨가 물었다. "도시를 빠져나와 시골에 오면 해방되는 기분인데 그렇지 않은가? 보통은……." 그러면서 카를에 의해 약간 가려지긴 했지만 분명히 그린 씨를 흘끗 쳐다보았다. "보통 저는 밤마다 자꾸만 그런 느낌이 들어요."

이 말을 듣고 카를은 '이 사람은 큰 집, 끝없는 복도, 예배당, 빈방, 사방의 어둠에 대해 아무것도 모르는 듯이 말하는구나.'라고 생각했다.

"그런데……." 폴런더 씨가 말했다. "부탁이 있다네!" 그러면서 우두커니 서 있는 카를을 다정하게 흔들었다.

"부탁드립니다." 카를이 말했다. 아무리 목소리를 낮추어도 옆에 앉은 그린 씨가 모든 말을 듣지 못하게 할 수는 없었다. 그것은 폴런더 씨에게 어쩌면 모욕으로 비칠지도 모르는 부탁이었다. 카를은 그것을 그린 씨에게 어떻게든 감추고 싶었다.

"부탁드립니다, 지금 오늘 밤에라도 집에 돌아가게 해 주세요."

가장 하기 어려운 말을 하고 나자 다른 모든 말이 술술 따라 나왔다. 그는 조금도 거짓말을 하지 않고, 전에는 전혀 생각하지 않았던 말을 했다. "무슨 일이 있어도 집에 가고 싶습니다. 다시 이곳에 꼭 올 겁니다. 폴런더 씨, 선생님이 계시는 곳에 저도 함께 있고 싶기 때문입니다. 오늘만은 이곳에 머물 수 없습니다. 아시다시피 외삼촌은 이번 방문을 쾌히 허락하지 않으셨어요. 그럴 만한 이유가 충분히 있어서 그러셨겠지요. 그분이 하는 모든 일에 그렇듯이 말입니다. 그런데 저는 외삼촌의 더 나은 통찰을 무시하고 억지로 허락을 받아 냈습니다. 저에 대한

애정을 남용한 것이지요. 외삼촌이 이 방문을 얼마나
우려하셨는지는 지금 별문제입니다. 폴런더 씨, 이 우려에
외삼촌이 선생님 기분을 상하게 하는 요소는 아무것도
없습니다. 그 점은 확실히 알고 있습니다. 선생님은
외삼촌의 가장 친한 친구, 둘도 없는 친구십니다. 외삼촌의
우정 면에서 선생님과 비교할 사람은 아무도 없습니다.
이는 제 불순종에 대한 유일한 변명이기도 합니다.
하지만 충분한 변명은 아닙니다. 선생님은 외삼촌과 저
사이의 관계를 정확히 통찰하지 못할지도 모릅니다.
그래서 가장 명백한 점만 말씀드리려고 합니다. 영어
공부가 끝나지 않고 상업 실무를 충분히 익히지 못한
저는 외삼촌의 호의에 전적으로 의존하고 있습니다. 물론
혈족으로서 그런 호의를 누려도 되겠지요. 제가 지금
벌써 어떻게든 밥벌이를 제대로 할 수 있다고 — 그럴
리가 전혀 없지만 — 생각해서는 안 됩니다. 그러기에는
제 교육이 아쉽게도 너무 비실용적이었습니다. 저는 평균
수준의 학생으로 유럽의 김나지움을 사 년간 다녔습니다.
돈벌이에는 아무 도움이 되지 않는 학교입니다. 학교의
커리큘럼이 매우 낙후했기 때문이지요. 제가 배운 것을
말씀드리면 웃으실지도 모릅니다. 공부를 계속해서
김나지움을 마치고 대학교에 진학하면 모든 것이 어떻게든
균형을 이룰지도 모릅니다. 결국에는 무언가를 시작하게

하고, 돈벌이할 결심을 하게 하는 교양도 제대로 갖출 것입니다. 그러나 저는 아쉽게도 이와 연관된 공부에서 이탈했습니다. 가끔 저는 아무것도 아는 게 없다는 생각이 듭니다. 결국 제가 아는 모든 지식조차 미국인이 볼 때는 너무 부족할지도 모릅니다. 지금 고향에서는 최근 들어 현대어와 상업 과목도 가르치는 혁신 김나지움이 여기저기서 설립되고 있습니다. 제가 초등학교를 졸업했을 때는 그런 것이 아직 없었지요. 아버지는 저에게 영어를 가르치려고 했습니다. 하지만 첫째로 당시에는 어떤 불행이 닥쳐올지, 영어를 어떻게 사용할지 예감할 수 없었고, 둘째로 김나지움을 위해 많은 공부를 해야 해서 다른 일에는 특별히 많은 시간을 할애할 수 없었습니다. 이 모든 걸 언급하는 것은 제가 외삼촌에게 얼마나 의존하고 있으며, 그 결과 외삼촌에게 얼마나 책무를 지고 있는지 보여 드리기 위해서입니다. 그런 상황에서 외삼촌의 뜻에 반한다고 여겨지는 것은 아무리 사소한 일이라도 해서는 안 된다는 것을 인정하시겠지요. 따라서 외삼촌에게 저지른 실수를 절반이라도 만회하기 위해서는 당장 집으로 돌아갈 수밖에 없습니다."

카를이 장황하게 이야기를 늘어놓는 동안 폴런더 씨는 주의 깊게 경청하고 있었다. 특히 외삼촌이 언급될 때마다 눈에 띄지는 않으나 카를을 꼭 껴안고 몇 번 진지한 표정을 지으며 기대에 찬 듯 계속 서류 가방을 만지작거리는 그린 씨를 바라보았다. 그러나 말하면서 외삼촌에 대한 자신의 입장을 또렷이 인식할수록 카를은 점점 더 불안해졌고, 자기도 모르게 폴런더의 팔에서 빠져나오려고 했다. 이곳에서는 모든 게 갑갑하게 느껴졌다. 유리문을 지나서 계단을 내려가 가로수 길을 거쳐 국도를 지나 교외를 통과하고 큰 도로로 나가서 외삼촌 집에 이르는 길은 무언가 엄밀하게 함께 속한 것으로 느껴졌다. 그것은 텅 빈 채로 매끄럽게 그를 위해 준비되었고, 강한 목소리로 그를 갈망하고 있었다. 폴런더 씨의 호의와 그린 씨의 혐오가 희미해졌다. 그의 바람이라곤 연기 자욱한 이 방을 나가 작별 허락을 받는 것뿐이었다. 그는 폴런더 씨에 대해서는 마음을 닫고 그린 씨에 대해서는 싸울 준비가 되어 있다고 느꼈다. 그렇지만 주위 분위기로 막연한 공포에 사로잡혔고, 그 충격에 눈이 흐려졌다.

그는 한 걸음 물러서서 폴런더 씨와 그린 씨로부터 같은 거리에 서 있었다.

"무슨 하실 말씀 없습니까?" 폴런더 씨는 이렇게 물으면서 애원하듯 그린 씨의 손을 잡았다.

"무슨 말을 해야 할지 모르겠어요." 마침내 주머니에서 편지를 꺼내 탁자 위에 올려놓은 그린 씨가 말했다.

"외삼촌한테 돌아가고 싶어 하는 것은 참으로 칭찬할 만한 일입니다. 인간의 선견지명에 따르면 그 일로 외삼촌에게 특별한 기쁨을 줄 것으로 생각됩니다. 그가 불순종으로 외삼촌을 이미 너무 화나게 했을 수도 있습니다. 그렇다면 물론 이곳에 머물러 있는 것이 더 나을지도 모릅니다. 확실한 말을 하기란 사실 어렵습니다. 우리 두 사람은 외삼촌의 친구이고, 나의 우정과 폴런더 씨의 우정 사이에 순위를 가늠하기란 힘든 일입니다. 그런데 우리는 외삼촌의 마음속을 들여다볼 수 없습니다. 특히 이곳의 우리와 뉴욕을 갈라놓는 수 킬로미터를 들여다볼 수는 없지요."

"부탁입니다, 그린 씨." 카를은 말하면서 자제하며 그린 씨에게 다가갔다. "말씀을 듣고 보니 제가 즉시 돌아가는 것이 최선이라고 생각하시는 것 같군요."

"그런 말은 전혀 하지 않았네." 그린 씨는 이렇게 말하고 두 손가락으로 그 가장자리를 만지작거리며 편지를 보는 데 몰두했다. 그는 폴런더 씨의 질문을 받고 대답했지 카를과는 아무 볼일이 없음을 암시하려는 것 같았다.

그러는 사이 폴런더 씨는 카를에게 다가가서 그를 그린 씨로부터 큰 창문으로 살며시 끌고 갔다. "친애하는 로스만 군." 그는 카를의 귀에 몸을 숙이며 말했다. 그리고 마음의 준비를 위해 손수건으로 얼굴을 훔치고, 멈춰 서서 코를 풀었다. "자네의 뜻에 반해 자네를 여기에 붙잡아 두려고 한다고는 생각하지 않겠지. 말도 안 되는 소리네. 자동차를 내줄 수는 없어. 여기에서 멀리 떨어진 공용 차고에 차가 주차되어 있거든. 이곳은 모든 것이 개축 중이라 개인용 차고를 만들 시간이 없었어. 운전사는 여기가 아닌 차고 근처에서 잠을 자네. 어딘지는 나도 정말 모르고. 게다가 그는 지금 집에 있어야 할 의무가 없어. 일찍 제 시각에 이곳으로 차를 몰고 오기만 하면 되거든. 그렇다고 이 모든 일이 자네가 당장 집으로 돌아가는 데 방해가 되지는 않을 거네. 굳이 가겠다면 가장 가까운 도시 철도 역까지 즉시 바래다주겠네. 물론 역이 너무 멀어서 일찍 내 차를 타고 갈 때보다 더 일찍 집에 도착하지는 못할 거야. 우리는 7시면 벌써 출발하네."

"폴런더 씨, 전 차라리 도시 철도를 타고 싶어요." 카를이 말했다. "도시 철도는 전혀 생각지 못했어요. 일찍 승용차를 타고 갈 때보다 도시 철도로 가면 더 일찍 집에 도착한다고 직접 말씀하셨잖아요."

"하지만 아주 작은 차이라네."

"그렇지만, 그렇지만 폴런더 씨……." 카를이 말했다. "물론 오늘 이와 같은 행동을 했는데도 이후에 저를 초대해 주신다면 베풀어 주신 친절을 생각해서 언제든지 기꺼이 찾아뵙겠습니다. 오늘은 조금이라도 빨리 외삼촌을 뵙는 게 대단히 중요합니다. 그 이유는 다음번에 아마 더 잘 설명드릴 수 있을 겁니다." 그리고 이미 가도록 허가받은 것처럼 다음과 같이 덧붙였다. "하지만 절대 저와 동행해서는 안 됩니다. 전혀 그럴 필요가 없습니다. 밖에 있는 하인이 저를 역까지 기꺼이 바래다줄 겁니다. 이제 모자만 찾으면 됩니다." 이 마지막 말을 하면서 그는 혹시 마지막으로 모자를 찾을까 싶어 벌써 급히 방 안을 이리저리 돌아다녔다.

"내가 모자 문제를 해결해 줘도 될까?" 그린 씨가 주머니에서 모자를 꺼내며 말했다. "혹시 잘 맞을지도 모르겠네."

어리둥절한 카를은 걸음을 멈추고 말했다. "선생님 모자를 빼앗지 않을 겁니다. 저는 머리를 가리지 않고도 아주 잘 걸을 수 있어요. 전혀 그럴 필요 없습니다."

"내 모자가 아니네. 그냥 가져가게나!"

"그럼 고맙습니다." 카를은 이곳에서 지체하지 않기 위해 이렇게 말하면서 모자를 받아 들었다. 모자를 써 보니 너무 잘 맞아서 처음엔 웃음을 터뜨렸다. 그는 다시 모자를 손에 들고 살펴보았다. 그러나 자신이 찾던 특별한 점은 발견할 수 없었다. 완전히 새로운 모자였기 때문이다. "너무 잘 맞는데요!" 그가 말했다.

"그래, 잘 맞는구나!" 그린 씨가 외치며 탁자 위를 쳤다.

카를은 하인을 불러오기 위해 이미 문 쪽으로 다가갔다. 풍성한 식사와 충분한 휴식을 취한 그린 씨는 자리에서 일어나 기지개를 켜면서 가슴을 세게 두드렸다. 그리고 충고인지 명령인지 애매한 어조로 말했다. "떠나기 전에 클라라한테 작별 인사를 해야 하네."

"그래야지." 폴런더 씨도 말을 거들며 자리에서 일어났다. 목소리에서 그의 말이 진심에서 우러나온 것이 아님을 알 수 있었다. 그는 양손을 살며시 바지 솔기에 대고 상의 단추를 채웠다 풀었다 했다. 그의 상의는 현재 유행에 따라 매우 짧아서 허리에 닿을까 말까 할 정도였다. 이러한 점은 폴런더 씨 같은 뚱뚱한 사람들에게는 어울리지 않았다. 아닌 게 아니라 그린 씨 옆에 서 있으니 폴런더 씨의 경우는 건강한 뚱보가 아니라는 명백한 인상을 주었다. 등은 전체적으로 약간 굽었고, 배는 물렁물렁하고 지탱할 수 없어서 마치 부담스러운 짐 같았다. 얼굴은 창백해서 고통에 시달리는 듯 보였다. 반면에 이쪽에 서 있는 그린 씨는 폴런더 씨보다 조금 더 뚱뚱했다. 하지만 균형 잡힌 옹골찬 비만이었다. 두 발은 군인처럼 붙였고, 곧추세운 머리는 앞뒤로 흔들리고 있었다. 그는 거구의 체조 선수, 체조 선구자처럼 보였다.

"그러니 먼저 클라라 양을 만나러 가게나." 그린 씨가 계속 말했다. "그 일은 확실히 자네에게 즐거움을 줄 테고, 내 일정과도 잘 맞을 거네. 말하자면 자네가 이곳을 떠나기 전에 자네에게 해 줄 흥미로운 얘기가 있네. 필경 자네의 귀가에 결정적인 얘기일 수 있어. 안타깝게도 나는 자정 전에는 아무것도 누설하지 말라는 상부의 지시에 매여 있어. 그 일 자체가 내게 성가시다는 것을 상상할 수 있겠지. 그 일이 나의 밤 휴식을 방해하기 때문이야. 하지만 나는 지시받은 명령을 따르네. 지금 11시 15분이야. 그러니 아직은 폴런더 씨와 끝까지 논의할 수 있어. 이때 자네가 이 자리에 있으면 방해만 될 뿐이야. 자네는 클라라 양과 잠시 즐거운 시간을 보낼 수 있겠지. 정각 12시가 되면 이곳으로 오게나. 그때 필요한 얘기를 들려주겠네."

카를은 사실상 폴런더 씨에 대한 최소한의 예의와 감사를 요구받고 있었다. 더군다나 지금까지 무관심한 태도를 보이던 거친 남자가 들고나온 요구였다. 폴런더 씨로서는 말과 표정으로 되도록 자제하는 상황에서 카를이 이 요구를 거절할 수 있었을까? 그리고 자정이 되어야 들을 수 있다는 흥미로운 얘기는 무엇이란 말인가? 지금 귀가가 사십오 분쯤 늦어지게 생겼으니 최소한 그 시간만큼 서둘러야 한다. 그렇지 않다면 그에게는 별 흥미가 없다. 그러나 가장 큰 의혹은 그의

적인 클라라에게 갈 수 있느냐 하는 문제였다. 외삼촌이
문진으로 선물한 철제 쇠붙이라도 가지고 있었더라면!
클라라의 방은 상당히 위험한 동굴일지도 모른다. 그런데
이곳에서 클라라의 뜻을 조금이라도 거역하는 일은
절대 불가능했다. 그녀는 폴런더의 딸인 데다 조금 전에
듣기로는 심지어 마크의 신부였기 때문이다. 그런 만큼
그녀는 그에게 조금이라도 다르게 행동해야 했을 것이다.
그러면 그녀의 관계를 생각해 공공연히 그녀를 칭찬했을
텐데. 그는 이 모든 걸 여전히 곰곰이 생각하고 있었다.
하지만 그는 사람들이 그런 숙고를 요구하지 않는다는
것을 진작 눈치챘다. 그린이 문을 열더니 받침대에서
뛰어내린 하인에게 "이 젊은이를 클라라 양에게 안내해
주게."라고 말했기 때문이다.

하인은 거의 뛰다시피 하면서 노쇠한 몸으로
끙끙거리며 클라라의 방으로 가는 특히 짧은 길로 카를을
끌고 갔다. '명령이 이런 식으로 수행되는구나.'라고 카를은
생각했다. 자기 방을 지나가는데 문이 여전히 열려 있어서
카를은 마음을 진정시킬 목적으로 잠시 들어가려고 했다.
하지만 하인이 허락하지 않았다.

"안 됩니다, 클라라 아가씨한테 가셔야 해요." 하인이
말했다. "직접 들으셨잖아요."

카를은 "잠시만 들어가 있을 겁니다."라고 말했다.

그리고 기분 전환을 위해 긴 소파에 누워 잠시 쉴
생각이었다. 좀 더 빨리 자정이 되었으면 해서였다.

"저의 명령 수행을 힘들게 하지 마십시오."라고 하인이
말했다.

'내가 클라라 아가씨한테 가야 하는 것을 처벌이라고
생각하는 모양이구나.' 카를은 그렇게 생각했다. 그는 몇
걸음을 옮겼지만 반항심에서 다시 멈춰 섰다.

"이리 오세요, 나리." 하인이 말했다. "어차피 이곳에
오셨으니까요. 밤중에 떠나려고 하신다면서요. 모든 일이
뜻대로 되는 것은 아닙니다. 거의 불가능할 거라고 아까
말했잖아요."

"그래요, 떠날 생각이고, 또한 떠날 겁니다." 카를이
말했다. "지금 클라라 양에게 작별 인사를 하려는
것뿐입니다."

"그런가요?" 하인이 말했다. 카를은 하인의 얼굴에서
그가 자기 말을 하나도 믿지 않는다는 것을 알 수 있었다.
"그럼 왜 작별 인사 하러 가기를 망설입니까? 자, 갑시다."

"복도에 있는 사람이 누군가요?" 클라라의 목소리가
울려 퍼졌다. 근처 문에서 몸을 앞으로 숙이고 있는 모습이
보였다. 붉은 갓이 달린 대형 탁상용 스탠드를 들고 있었다.
하인이 급히 그녀 쪽으로 다가가서 보고했다. 카를은
천천히 그의 뒤를 따라갔다.

"늦게 오셨네요." 클라라가 말했다.

카를은 곧바로 대답하지 않고 하인에게 나지막이 말했다. 하지만 이미 그의 본성을 알고 있었으므로 엄격한 명령조로 말했다. "바로 이 문 앞에서 나를 기다려 주세요!"

"이미 막 자려던 참이었어요." 클라라는 이렇게 말하고 스탠드를 탁자 위에 올려놓았다. 아래층 식당에서 그랬듯이 하인은 여기서도 다시 조심스럽게 바깥에서 문을 닫았다. "벌써 11시 30분이 지났어요."

"11시 30분이 지났다고요?" 카를은 이 숫자에 깜짝 놀란 것처럼 묻는 듯이 되풀이했다. "그럼 바로 작별 인사를 해야겠군요." 카를이 말했다. "12시 정각에 아래 식당에 가 있어야 하거든요."

"무슨 급한 볼일이 있는 모양이네요!" 클라라는 무심코 헐렁한 잠옷의 주름을 펴며 말했다. 그녀는 상기된 얼굴로 줄곧 미소 지었다. 카를은 클라라와 다시 다툴 위험이 없겠다는 생각이 들었다. "어제는 아빠가, 오늘은 본인이 약속한 대로 피아노 좀 쳐 주시면 안 될까요?"

"하지만 이미 너무 늦지 않았나요?" 카를이 물었다. 그는 그녀의 마음에 들고 싶었다. 그녀가 어떻게든 폴런더의 모임이나 마크의 모임에 들어가기라도 한 것처럼 아까와는 완전히 딴판이었기 때문이다.

"네, 벌써 늦었네요." 그녀는 음악에 대한 열망을
어느새 잃어버린 것 같았다. "이렇게 늦은 시각엔 어떤
소리도 집 전체에 울리게 되죠. 당신이 연주하면 위층
다락방에서 잠자던 하인들이 다 깰 거예요."

"그럼 연주는 하지 않겠어요. 언젠가 꼭 다시 왔으면
합니다. 그런데 특별히 힘든 일이 아니라면 외삼촌을
한번 찾아와 주세요. 그런 기회에 제 방도 구경해 보세요.
저한테 멋진 피아노가 있어요. 외삼촌이 선물해 주신
겁니다. 그때 괜찮으시다면 제가 아는 모든 곡을 연주해
드리겠습니다. 아쉽게도 곡목은 많지 않습니다. 그 곡들은
또한 거장들한테서만 들을 수 있는 그리 큰 악기에는 전혀
적합하지 않습니다. 그러나 미리 방문을 알려 주시면 이
즐거움도 누릴 수 있을 겁니다. 삼촌이 다음번에 저를 위해
유명한 선생님을 모시고 싶어 하기 때문입니다. — 제가
이것을 얼마나 손꼽아 기다리는지 상상할 수 있을
겁니다 — 물론 피아노 레슨 중에 저를 방문해 주면
그분이 연주한다는 말입니다. 솔직히 말해 연주하기에는
이미 너무 늦은 시각이라 기쁩니다. 아직 제대로 연주할
수 없기 때문입니다. 얼마나 못 치는지 알면 놀랄 겁니다.
이미 취침 시간이 되었으니 이만 물러가겠습니다."
클라라가 그를 다정하게 바라보며 싸운 일에 대해서는
아무것도 마음에 담아 두지 않는 것 같아서 그는 그녀에게

손을 내미는 동안 미소 지으며 이렇게 덧붙였다. "우리 고향에서는 '안녕히 주무시고 달콤한 꿈 꾸세요.'라고 말하곤 합니다."

"잠깐만요." 그녀는 그의 손을 잡지 않고 말했다. "연주하는 게 좋겠어요." 그러고서 피아노 옆 작은 문으로 사라졌다.

'대체 무슨 일이지?' 카를이 생각했다. '오래 기다릴 수는 없어. 그녀가 아무리 좋더라도.' 복도 문에서 문 두드리는 소리가 났다. 하인은 감히 문을 활짝 열지 못하고 작은 틈새로 속삭이듯 말했다. "죄송합니다. 방금 호출을 받아서 더 이상 기다릴 수 없습니다."

"가 보세요." 이제 혼자 식당으로 가는 길을 찾아갈 용기가 생긴 카를이 말했다. "등불은 그냥 문 앞에 놓아두세요. 그건 그렇고 지금 몇 시죠?"

"곧 11시 45분이 됩니다." 하인이 말했다.

"시간이 몹시 더디게 가는군요!" 카를이 말했다. 하인은 이미 문을 닫으려고 했다. 그때 카를은 아직 팁을 주지 않았다는 사실을 떠올리고 바지 주머니에서 1실링을 꺼냈다 — 그는 이제 미국 풍습에 따라 짤랑거리는 동전은 바지 주머니에, 지폐는 조끼 주머니에 넣고 다녔다 — 그리고 "좋은 서비스에 감사드립니다."라는 말과 함께 하인에게 동전을 건네주었다.

하인을 보내지 말았어야 했는데, 누가 도시 철도 역까지 데려다주지 하는 생각이 카를에게 들었을 때 어느새 클라라가 양손으로 머리를 매만지며 다시 들어왔다. 글쎄, 폴룬더 씨가 아마 다른 하인을 불러 주겠지. 어쩌면 그 하인이 식당으로 불려 갔을지도 몰라. 그다음에 나를 도와줄 수 있을 거야.

"그러니 연주를 좀 부탁할게요. 이곳에서는 거의 음악을 듣지 못하니 기회를 놓치고 싶지 않아요."

"그러면 지금이 절호의 기회로군요." 카를은 더 이상 깊이 생각하지 않고 말하고는 즉시 피아노 앞에 가서 앉았다.

"악보가 필요하세요?" 클라라가 물었다.

"괜찮아요, 전 악보를 완벽하게 읽을 줄도 몰라요." 카를은 이렇게 대답하고 이미 연주하고 있었다. 카를이 잘 알고 있었듯이 그것은 특히 외국인이 이해하도록 하기 위해서는 좀 느리게 연주해야 하는 소곡이었다. 하지만 가장 고약한 행진 속도로 아무렇게나 연주했다. 연주가 끝나자 크게 혼잡하던 것처럼 방해받은 집 안의 정적이 다시 원래 대로 돌아왔다. 두 사람은 넋이 나간 듯 자리에 앉아 꼼짝하지 않았다.

"아주 좋았어요." 클라라가 말했다. 하지만 연주가 끝난 후 카를의 비위를 맞추는 말이 되었을 인사치레는 없었다.

"몇 시인가요?" 그가 물었다.

"11시 45분이에요."

"그럼 아직 시간이 조금 남았네요."라고 말하며 그가 속으로 생각했다. '이것이냐 저것이냐 둘 중 하나다. 칠 수 있는 열 곡 모두 연주할 필요는 없겠지. 하지만 한 곡은 되도록 잘 연주할 수 있겠지.' 그리고 그는 좋아하는 군가를 연주하기 시작했다. 너무 느리게 연주하는 바람에 방해받은 경청 욕구가 다음 악보를 향해 손을 뻗었으나 카를은 자제하면서 그냥 힘들게 연주를 이어 갔다. 사실상 그는 노래마다 필요한 키를 눈으로 먼저 찾아야만 했다. 하지만 그것 말고도 마음속에 슬픔이 솟구치는 것이 느껴졌다. 그 슬픔은 노래의 끝 저 너머에서 다른 끝을 찾았으나 그것을 발견할 수 없었다. "정말 안 되겠어요." 노래가 끝난 뒤 카를은 눈물을 흘리며 클라라를 바라보았다.

그때 옆방에서 큰 박수 소리가 들려왔다. "또 누군가가 듣고 있어요!" 카를은 정신이 번쩍 든 듯 외쳤다.

"마크예요." 클라라가 나직이 말했다. 그리고 벌써 마크가 "카를 로스만, 카를 로스만!" 하고 외치는 소리가 들렸다.

카를은 두 발로 피아노 의자를 훌쩍 뛰어넘어 문을

열었다. 천개가 달린 큰 침대에 반쯤 누운 마크가 보였다.
이불이 다리 위로 느슨하게 걸쳐져 있었다. 푸른색 비단
천개는 유일하게 약간은 동화 같은 화려함을 선사했다.
그것 말고 무거운 목재로 네모나게 만들어진 침대는
수수한 편이었다. 조그만 테이블에는 촛불만 한 자루 타고
있었다. 그러나 침대 시트와 마크의 셔츠가 너무 하얘서 그
위에 비치는 불빛이 반사되어 눈부실 만큼 환히 빛났다.
비단 천개도 가장자리 부분은 완전히 팽팽하게 펴지지
않아 가볍게 물결치듯 빛나고 있었다. 그러나 마크의 바로
뒤는 침대와 모든 것이 완전한 어둠 속에 잠겨 있었다.
클라라는 침대 기둥에 몸을 기대어 마크만 주시했다.

"안녕하세요." 마크가 카를에게 손을 내밀며 말했다.
"피아노를 꽤 잘 치는군요. 지금까지 당신의 승마 솜씨밖에
몰랐는데요."

"이것도 저것도 시원치 않습니다." 카를이 말했다.
"당신이 듣고 있다는 걸 알았더라면 절대 연주하지 않았을
겁니다. 하지만 당신 아가씨가." 그는 말을 멈추었다.
마크와 클라라가 이미 같이 잔 것 같으므로 '신부'라고
말해야 하는데 그렇게 말하기를 주저했다.

"그러리라 예상했어요." 마크가 말했다. "그러니까
클라라가 당신을 뉴욕에서 이곳으로 꾀어내야 했겠지요.
그러지 않았더라면 나는 당신의 연주를 결코 들을 수

없었을 겁니다. 다분히 초보 티가 났어요. 당신이 연습한 아주 초보자용인 이 노래에서조차 몇 군데 실수가 있었어요. 그러나 여하튼 무척 기뻤어요. 내가 다른 사람의 어떤 연주도 업신여기지 않는다는 것을 별개로 한다면 말입니다. 그러나 여기 앉아서 잠시 우리 곁에 머물지 않겠어요? 클라라, 이분에게 안락의자를 하나 내드리도록 해요."

"괜찮은데요." 카를이 멈칫하며 말했다. "여기에 머무르고 싶긴 해도 그럴 수 없어요. 이 집에 이렇게 지낼 만한 방이 있다는 걸 너무 늦게 알았어요."

"난 전부 이런 식으로 개조하고 있어요." 마크가 말했다.

이때 12시를 알리는 종소리가 하나의 소리가 다른 소리를 간섭하면서 연달아 빠르게 울려 퍼졌다. 카를은 종소리의 큰 파동을 뺨에 느꼈다. 이 마을에 이런 종이 있다니!

"절호의 기회다." 카를은 이렇게 말하면서 마크와 클라라에게 양손을 내밀기만 하고 악수는 하지 않은 채 복도로 달려 나갔다. 그곳에서 그는 등불을 발견하지 못했다. 그리고 하인에게 너무 일찍 팁을 준 것을 후회했다.

그는 벽을 더듬으며 자기 방의 열린 문으로 가려고 했지만 채 절반도 가지 못했을 때 그린 씨가 촛불을 높이

들고 비틀거리며 급히 다가오는 것이 보였다. 촛불을 들고 있던 손에는 편지 한 통이 들려 있었다.

"로스만 군, 대체 왜 오지 않나? 왜 날 기다리게 하지? 클라라 양한테서 뭐 하고 있었나?"

'질문이 많군!' 카를은 생각했다. '이젠 나를 벽에 밀어붙이는구나.' 실제로 그는 벽에 등을 기댄 카를의 바로 앞에 서 있었다. 그린은 이 복도에서 우스꽝스러울 만치 키가 커 보였다. 카를은 그가 혹시 선량한 폴런더 씨를 먹어 치우지 않았는지 농담 삼아 스스로에게 의문을 제기했다.

"자넨 정말 신뢰할 수 없는 사람이군. 12시에 내려오겠다고 약속해 놓고 그 대신 클라라 양의 방문 근처를 몰래 돌아다니고 있어. 반면에 나는 자정에 흥미로운 일이 일어날 거라고 약속했어. 그래서 거기 있다가 벌써 온 거야."

그러면서 그는 카를에게 편지를 건네주었다. 봉투에는 "카를 로스만에게, 어디서 만나든 자정에 그에게 직접 전해 줄 것."이라고 적혀 있었다.

"잘 생각해 보면……." 카를이 편지를 여는 동안 그린 씨가 말했다. "내가 자네 때문에 뉴욕에서 이곳까지 찾아온 것만도 인정할 만하네. 그러니 복도에서 자네를 뒤쫓아 다니지 않게 해 주게."

"외삼촌한테서 왔어요!" 카를은 편지를 들여다본 즉시 말했다. "그럴 줄 알았어요." 그는 그린 씨를 향해 말했다.

"자네가 예상했든 아니든 나와는 아무 상관없네. 어서 읽어 보게." 그는 이렇게 말하고 카를에게 촛불을 내밀었다.

카를은 촛불에 의지해 편지를 읽어 내려갔다.

사랑하는 조카에게!
아쉽게도 우리가 함께 지낸 너무 짧은 동안 이미 알았겠지만 나는 철두철미한 원칙주의자란다. 그것은 내 주변 사람들뿐 아니라 내게도 매우 못마땅하고 슬픈 일이다. 하지만 오늘의 내가 존재하는 것은 모두 나의 원칙 덕분이다. 나 자신을 완전히 부인하라고 그 누구도 내게 요구해서는 안 된다. 너도 그래서는 안 돼, 사랑하는 조카야. 내가 나 자신에 대한 전면적인 공격을 허용하고 싶은 생각이 들 때 네가 바로 첫 번째 순서라고 할지라도 말이다. 그럴 경우에는 지금 종이를 잡고 편지를 쓰고 있는 이 두 손으로 너를 붙잡아 높이 들어 올릴지도 모른다. 그러나 당분간은 그런 일이 일어날 기미가 전혀 보이지 않으니 오늘 같은 돌발 사건이 일어난 이상 너를 무조건 우리 집에서 내쫓지 않을 수 없구나. 그리고 나를 직접 찾아오거나 편지나 중개인을 통해 나와 연락하려고 하지 않기를 간절히 부탁한다. 너는 오늘 밤 내 뜻을 거슬러 우리 집에서 나가기로 결심했어. 그렇다면 네 평생 그 결단을 꼭 지키도록 해라. 그래야만 남자다운 결단이라 할 수 있지. 나는 이 소식의 전달자로 내 절친인 그린 씨를 선택했다. 그는 틀림없이 너에게 관대한 말을 해 줄 것이다. 나로서는 사실 그런 말이 선뜻 생각나지 않는다. 그는 영향력 있는 사람이니 나를 위해서라도 조언과 행동으로 너의 독립적인 첫걸음을 지원해 줄 것이다. 이제 이 편지의 말미에 가서 다시 내게 불가해한 것 같은 우리의 이별을 이해하기 위해 거듭 새로 말하지 않을 수 없구나. 카를, 네 가족한테는 아무런 좋은 일도 일어나지 않는구나. 만약 그린 씨가 깜박 잊고 네 트렁크와 우산을 넘겨주지 않으면 그것을 상기시켜 드리렴. 네 앞날의 행복을 빌며.

                         너의 외삼촌 야코프로부터

"다 읽었나?" 그린 씨가 물었다.
"네." 카를이 말했다. "트렁크와 우산은 가져오셨나요?" 카를이 물었다.
"여기 있네." 그때까지 왼손에 들고 등 뒤에 숨기고 있던 낡은 여행용 가방을 카를의 옆 바닥에 내려놓았다.
"우산은요?" 카를이 물었다.
"모두 여기에 있어." 그린은 이렇게 말하면서 바지

주머니에 걸고 있던 우산을 꺼냈다. "함부르크-미국 항로의 일등 기관사인 슈발이라는 사람이 가져온 물건이다. 배에서 발견했다고 주장하더군. 기회가 되면 그에게 감사 인사를 전하게."

"이제 최소한 예전 물건을 되찾았네요." 카를이 우산을 트렁크 위에 올려놓으며 말했다.

"하지만 앞으로 그 물건들에 좀 더 주의해야 한다고 상원 의원께서 당부하셨네." 그린 씨가 이렇게 말한 다음 분명 개인적 호기심에서 물었다. "이 기묘한 트렁크는 뭔가?"

"고향에서 군인들이 입대할 때 가져가는 가방입니다." 카를이 대답했다. "아버지의 오래된 군용 가방입니다. 무척 실용적이죠." 그는 미소 지으며 덧붙였다. "아무 곳에나 방치하지 않는다면 말입니다."

"결국 자넨 충분히 교훈을 얻은 셈이야." 그린 씨가 말했다. "미국에 혹시 또 다른 외삼촌이 계신 것은 아니겠지. 여기 샌프란시스코행 삼등석 차표를 주겠네. 자네를 위해 이 여행을 결정했네. 첫째로 동부에서는 일자리를 잡을 기회가 훨씬 많고, 둘째로 여기서는 자네가 염두에 둘 만한 모든 일에 외삼촌이 끼어들어 영향력을 행사할 테니 서로 만나는 일을 절대로 피해야 하네. 샌프란시스코에서는 전혀 방해받지 않고 일할 수 있어.

차분한 마음으로 맨 밑바닥부터 시작해서 차근차근 한 단계씩 올라가도록 해 보게."

카를은 이 말에서 아무런 악의도 간파할 수 없었다. 저녁 내내 그린이 간직하고 있던 나쁜 소식이 카를에게 전해진 것이다. 이제부터 그린 씨는 다른 누구보다도 더 털어놓고 이야기할 수 있는 위험하지 않은 사람으로 여겨졌다. 아무리 훌륭한 사람이라도 이런 비밀스럽고 고통스러운 결심을 전해 줄 사자로 선정되면 자기 잘못이 없어도 그 비밀을 혼자만 아는 한 수상쩍게 보일 수밖에 없다. "저는 즉시 이 집을 떠나겠습니다." 카를은 경험 많은 남자의 확인을 기대하면서 말했다. "저는 외삼촌의 조카로서만 초대받았으니까요. 이방인으로서는 여기서 아무 일도 할 게 없기 때문입니다. 아무쪼록 나가는 길을 알려 주시겠습니까? 그런 다음 가장 가까운 여관으로 가는 길을 안내해 주시겠습니까?"

"너무 성급하군." 그린 씨가 말했다. "그리고 적잖이 번거로운 부탁을 하는군."

그린 씨가 곧바로 성큼성큼 걷는 것을 보고 카를은 멈추어 섰다. 서두르는 모습이 수상쩍었다. 카를은 그린 씨의 상의 하단을 움켜잡았으며 문득 사태의 진상을 깨닫고 말했다. "한 가지 더 설명해 주셔야 할 게 있습니다. 선생님께서 제게 전달해야 하는 편지

봉투에는 저를 어디서 만나든 자정에 전하라고 적혀 있을 뿐입니다. 그렇다면 제가 11시 40분에 이곳을 떠나려고 했을 때 왜 이 편지를 증거로 끌어 대고 저를 이곳에 붙잡아 두었습니까? 그 점에서 선생님은 자신의 임무를 넘어섰습니다."

카를의 발언이 쓸데없는 것임을 강조하는 의미에서 그린 씨는 대답하기 전에 먼저 손동작을 한 다음 말했다. "봉투에 내가 자네 때문에 죽도록 쫓아다녀야 한다고 쓰여 있나? 혹시 편지 내용도 봉투 겉면을 그렇게 해석하도록 되어 있나? 내가 자네를 붙잡아 두지 않았더라면 자정에 국도에서 편지를 자네에게 넘겨주어야 했을지도 몰라."

"아니요." 카를은 확고하게 말했다. "반드시 그런 것은 아닙니다. 봉투에는 '자정 이후에 건네줄 것.'이라고 적혀 있었어요. 선생님께서 너무 피곤하셨다면 결코 제 뒤를 따라올 수 없었을 겁니다. 또는 이미 자정에 외삼촌 집에 도착했을지도 모릅니다. 물론 폴런더 씨는 그러지 못할 거라고 했지만 말입니다. 또는 제가 너무 돌아가고 싶어 했으니 선생님 차로 저를 외삼촌 집에 데려다주는 것이 선생님의 의무였을지도 모릅니다. 그 문제가 갑자기 더 이상 거론되지 않고 있지만요. 자정이 최종 시점이라고 봉투 겉면에 분명히 쓰여 있지 않았나요? 제가 그 시한을 지키지 못한 건 선생님 탓입니다."

카를은 날카로운 눈빛으로 그린 씨를 바라보았다. 그러면서 그린의 마음속에서 이러한 폭로에 대한 부끄러움과 자신의 의도가 성공한 데 대한 기쁨이 싸우고 있음을 알아차렸다. 마침내 그린은 정신을 차리고서 이미 오랫동안 침묵하고 있던 카를의 말에 끼어드는 듯한 어조로 "더 이상 말하지 말게!"라고 말하며 작은 문을 열어젖히고는 트렁크와 우산을 다시 집어 든 카를을 밖으로 밀쳐 냈다.

카를은 어안이 벙벙한 표정으로 바깥에 서 있었다. 집에 증축된 난간 없는 계단이 그의 눈앞에 아래로 이어져 있었다. 그는 그냥 계단을 내려가서 약간 오른쪽으로 돌아 국도로 통하는 가로수 길을 향하는 수밖에 없었다. 달빛이 환히 비추어 길을 잃을 염려는 없었다. 아래쪽 정원에서는 사슬이 풀린 개들이 어둠 속에서 나무들 주위를 뛰어다니며 자꾸만 짖어 대는 소리가 들렸다. 그 밖에 사위가 조용하므로 개들이 크게 뛰어올랐다가 풀밭에 부딪히는 소리가 아주 또렷하게 들렸다.

카를은 개들한테 성가신 일을 당하지 않고 무사히 정원을 빠져나왔다. 그는 뉴욕이 어느 방향인지 확실하게 가늠할 수 없었다. 차로 이곳까지 오는 동안 지금 도움이 될 만한 세부적인 일에 너무 주의를 기울이지 않았다. 마침내 그는 기다려 주는 사람이 아무도 없고, 심지어 자기를 확실하게 기다려 주는 사람이 한 명도 없으니 꼭 뉴욕으로 갈 필요는 없다고 스스로에게 말했다. 그래서 되는대로 방향을 정하고 무작정 걷기 시작했다.

4 람세스로 가는 행군길

카를은 한동안 걷다 어느 조그마한 여관에 들어갔다. 원래 뉴욕 운수교통회사의 어느 작은 종착역에 불과해 숙소로는 거의 사용하지 않는 곳이었다. 하지만 카를은 즉각 돈을 아끼기 시작해야 한다고 생각했으므로 가장 저렴한 침대를 요구했다. 그의 요구에 상응하여 주인은 그가 마치 종업원인 양 눈짓으로 계단을 가리켰다. 그곳에서는 머리가 헝클어진 노파가 잠을 방해받아 화난 표정으로 그를 맞이했다. 노파는 그의 말을 제대로 귀담아듣지 않고 조용히 걸으라고 계속 잔소리하며 그를 어떤 방으로 안내했다. 문을 닫으면서 쉿! 하는 경고의 말도 잊지 않았다.

처음에 카를은 커튼을 쳤는지 아니면 방에 아예 창문이 없는지 제대로 알 수 없었다. 그만큼 방이 어두웠다. 마침내 작은 채광창을 발견하고 커튼을 걷어

올렸다. 그러자 빛이 약간 들어왔다. 방에는 침대가 두 개였는데 이미 둘 다 누군가가 차지하고 있었다. 카를은 두 젊은이가 깊은 잠에 빠져 누워 있는 것을 보았다. 특히 그들은 이해할 수 없는 이유로 옷을 입은 채 자고 있었기 때문에 좀 수상쩍어 보였다. 한 명은 심지어 장화까지 신고 있었다.

카를이 커튼을 걷어 올리자 한 명이 팔과 다리를 살짝 들었다. 카를은 걱정을 하면서도 그 광경에 혼자 킥킥거리며 웃었다.

방에는 긴 소파도 안락의자도, 잠을 잘 만한 다른 침대도 없었다. 그건 그렇다고 쳐도 도저히 잠을 잘 수 없다는 것을 이내 깨달았다. 겨우 다시 찾은 트렁크와 수중에 지닌 돈을 위험에 방치할 수 없어서였다. 그렇다고 이곳에서 나가려고도 하지 않았다. 노파와 주인 옆을 지나 금방 다시 나갈 용기가 없었기 때문이다. 혹시라도 시골길보다는 이곳이 더 안전할지 몰랐다. 흐릿한 불빛 속에서 물론 방 전체에 짐이 하나도 없다는 것이 눈에 띄었다. 어쩌면 또 십중팔구 두 젊은이는 여관 종업원일지도 몰랐다. 손님 때문에 곧 일어나야 해서 옷을 입은 채 자고 있지 않을까. 그러므로 이들과 함께 자는 것은 물론 특별히 명예로운 일은 아니지만 그런 만큼 덜 위험했다. 그러나 조금이라도 의심할 여지가 있는 한 아무튼 자리에 누워 잠을 청할 수는 없었다.

침대 밑에는 작은 성냥과 함께 양초 한 자루가 있었다. 카를은 살금살금 걸어가서 그 초를 가져왔다. 그는 주저하지 않고 촛불을 켰다. 방은 주인의 지시에 따라 두 젊은이뿐 아니라 자신의 방이기도 했기 때문이다. 두 사람은 밤의 절반 동안 이미 잠을 즐기는 중이고, 침대를 점유했으니 자신과는 비교할 수 없는 이점을 누리고 있었다. 그는 주저하지 않고 불을 켰다. 그 외에는 물론 조심해서 걷고 물건을 다루면서 그들을 깨우지 않도록 갖은 노력을 다했다.

우선 그는 트렁크를 점검해서 어떤 물건이 들었는지 한번 살펴보려고 했다. 이미 자기 소지품에 대한 기억이 희미했다. 가장 귀중한 물건은 이미 잃어버렸을지도 모르는 일이다. 슈발이 무언가에 손을 대면 손상되지 않은 상태로 되돌아올 희망이 희박하기 때문이다. 그러나 물론 외삼촌으로부터 큰 팁을 기대할 수 있었다. 반면에 다른 한편으로는 분실된 물건이 있으면 트렁크 감시인 부터바움 씨에게 이야기할 수 있었다.

카를은 트렁크를 열어 보고 깜짝 놀랐다. 항해하는 동안 트렁크를 정리하고 다시 정리하는 데 얼마나 많은 공을 들였던가! 그런데 지금 보니 모든 것이 뒤죽박죽으로 마구 쑤셔 넣어져 있어서 자물쇠를 열자마자 뚜껑이 저절로 튀어 올랐다.

그러나 곧바로 카를은 이렇게 뒤죽박죽이 된 사정을 알고 안도의 한숨을 쉬었다. 항해 중에 입었던 양복을 당연히 더 이상 트렁크에 넣을 걸로 생각하지 않았다가 나중에 쑤셔 넣었기 때문이다. 분실한 물건은 하나도 없었다. 상의의 비밀 호주머니에는 여권뿐 아니라 집에서 가져온 돈도 들어 있었다. 그러니 휴대하고 있는 돈을 더하면 당분간은 지내기에 넉넉한 편이었다. 도착했을 때 입고 있던 옷가지도 들었고 말끔히 세탁되어 다림질까지 되어 있었다. 그는 또한 시계와 돈을 안전한 비밀 호주머니에 즉시 집어넣었다. 베로나산 소시지가 없어지지 않고 모든 물건에 냄새를 옮기고 있다는 것이 유일하게 아쉬운 점이었다. 그것을 없애지 못하면 카를은 몇 달 동안 이 냄새를 달고 돌아다녀야 할 판이었다.

제일 바닥에 있는 물건 몇 개를 — 포켓판 성경, 편지지, 부모님 사진 등 — 꺼내다가 그가 쓰고 있던 차양 없는 모자가 트렁크 안으로 떨어졌다. 옛날 물건 중에서 그는 그것이 여행용 모자로 쓰라고 어머니가 주신 차양 없는 모자임을 곧바로 알아챘다. 그렇지만 그는 조심하느라 선상에서 이 모자를 쓰지 않았다. 미국에서는 중절모자 대신 차양 없는 모자를 쓴다고 알아서였다. 미국에 도착하기 전부터 벌써 테 없는 모자를 써서 낡게 만들고 싶지 않았다. 그런데 말할 것도 없이 그린 씨는 카를의 희생으로 자신이 즐기는 데 그 모자를 이용했다. 혹시 외삼촌이 그런 지시도 내렸을까? 그리고 무심코 격렬한 동작으로 트렁크 뚜껑에 손을 대자 그것이 시끄러운 소리를 내며 찰카닥 닫혔다.

이제 더 이상 어쩔 수 없어서인지 자고 있던 두 젊은이가 깨어났다. 먼저 한 사람이 기지개를 켜고 하품을 하자 다른 한 사람이 곧 그를 따라 했다. 그때 트렁크에 든 거의 모든 내용물이 탁자 위에 쏟아졌다. 그들이 도둑이었다면 다가와서 고르기만 하면 되었다. 이러한 가능성을 피할 뿐 아니라 또한 곧바로 상황을 명확히 하기 위해 카를은 촛불을 손에 들고 침대로 가서 자신이 무슨 권리로 여기에 있는지 설명했다. 그들은 이러한 설명을 전혀 예상하지 못한 것 같았다. 말을 하기에는 아직 잠이 너무 덜 깨서 아무런 놀란 기색 없이 그를 그냥 바라볼 뿐이었다. 두 사람 모두 아주 젊은 사람들이었다. 그러나 힘든 노동과 고된 생활로 광대뼈가 일찍 튀어나왔고 턱수염이 덥수룩하게 자랐다. 머리는 이미 오랫동안 자르지 않은 머리칼이 헝클어져 있었다. 그들은 아직 잠이 덜 깼는지 움푹 들어간 눈을 손가락 마디로 비비면서 꾹 누르고 있었다.

카를은 순간 그들의 약점을 이용하려고 이렇게

말했다. "내 이름은 카를 로스만이고 독일인입니다. 같은 방을 쓰니까 당신들도 이름과 국적을 말해 주세요. 나는 너무 늦게 왔고 잘 생각이 전혀 없으니 침대를 요구하지 않겠다는 점을 즉각 밝히겠습니다. 그건 그렇고 내 멋진 옷을 언짢게 생각할 필요가 없습니다. 나는 완전 빈털터리에다 아무런 전망도 없는 사람입니다."

두 사람 중 키가 더 작은 사람 — 장화를 신고 자던 사람이었다 — 은 이 모든 것에 전혀 관심이 없으며 지금은 그런 이야기를 할 때가 아니라는 것을 팔과 다리, 표정으로 암시하고는 드러누워 곧 잠이 들었다. 피부색이 검은 다른 남자도 다시 드러누웠지만 잠들기 전에 아무렇게나 손을 뻗으며 말했다. "저 사람 이름은 로빈슨으로 아일랜드인이고, 내 이름은 들라마르슈로 프랑스인이요. 이제 쉬게 해 주시오."

이 말을 하는 즉시 그는 카를의 촛불을 훅 불어 끄고 베개 위에 도로 쓰러졌다.

카를은 '당분간 위험은 피할 수 있겠군.'이라고 혼자 생각하며 탁자로 돌아왔다. 그들이 졸음을 핑계 대는 것이 아니라면 모든 일이 잘되었다. 마음에 걸리는 것은 한 사람이 아일랜드인이라는 사실뿐이었다. 확실한 기억은 나지 않았으나 고향에서 전에 무슨 책을 읽었는데 미국에 가면 아일랜드인을 조심하라는 내용이었다. 외삼촌 집에 있는 동안 아일랜드인이 위험하다는 문제를 확실히 알아볼 절호의 기회가 있었을 텐데 그곳에서 언제까지나 좋은 대우를 받을 것으로 생각하고 그 문제를 완전히 소홀히 했다. 이제 그는 적어도 다시 켜 놓은 촛불로 이 아일랜드인을 좀 더 자세히 살펴보려고 했다. 바로 이 사람 얼굴이 프랑스인보다 좀 더 봐줄 만했다. 심지어 아직 통통한 뺨의 흔적이 있었고, 카를이 약간 떨어져 발끝으로 서서 보니 자면서도 빙긋이 미소 짓고 있었다.

이 모든 일에도 불구하고 잠을 자지 않기로 단단히 마음먹은 카를은 방에 하나뿐인 의자에 앉아 당분간 트렁크 정리를 뒤로 미루었다. 아마 밤새도록 짐 정리를 해야 할 것 같아서였다. 그는 내용을 읽지는 않으면서 성경책을 이리저리 뒤적였다. 그런 다음 부모님 사진을 집어 들었다. 키가 작은 아버지는 반듯이 서 있고 어머니는 그 앞 안락의자에 약간 허리를 구부리고 앉은 사진이었다. 아버지는 한 손은 안락의자 팔걸이에, 다른 손은 옆의 작은 탁자에 펼쳐진 그림책 위에 주먹을 쥔 채 올려놓았다. 카를이 부모님과 함께 찍은 다른 사진도 있었다. 아버지와 어머니가 그를 날카롭게 주시하는 반면 그는 사진사의 주문에 따라 사진기를 쳐다보아야 했다. 그러나 그는 이 사진을 이번 여행에 가져오지 않았다.

카를은 앞에 놓인 사진을 더 자세히 응시하면서

다양한 측면에서 아버지의 시선을 포착하려 했다. 그러나 촛불의 위치를 다양하게 바꾸면서 살펴보아도 아버지는 생생하게 살아나지 않았다. 수평으로 자란 억센 콧수염은 실물과 전혀 닮지 않았다. 잘 찍은 사진이 아니었다. 반면에 어머니는 더 잘 찍혔다. 마치 고통스러운 일을 당하는데 억지 미소를 짓는 것처럼 입언저리가 비틀려 있었다. 카를은 이 사진을 보는 사람이면 누구에게나 그런 사람이 금방 눈에 띌 거라고 생각했다. 그래서 다음 순간에는 다시 이 인상이 주는 선명함이 너무 강렬하고, 심지어 거의 불합리하다고 생각되었다. 사진 한 장을 보고 찍힌 사람의 숨겨진 감정을 어떻게 그토록 단단히 확신할 수 있단 말인가! 그는 잠시 사진에서 눈을 뗐다. 다시 시선을 돌렸을 때 안락의자 팔걸이에서 앞쪽으로 쑥 늘어뜨려 입맞춤할 만큼 가까이 있는 어머니의 손이 눈에 들어왔다. 그는 부모님께 편지를 쓰는 것이 좋지 않을까 생각했다. 실제로 부모님 두 분 다(그리고 아버지는 헤어질 때 함부르크에서 매우 엄하게) 그것을 요구했기 때문이다. 어느 끔찍한 날 저녁 어머니가 창가에서 미국으로 가라고 통고하셨을 때 물론 그는 당시에 절대 편지를 쓰지 않겠다고 단단히 맹세했다. 하지만 경험 없는 소년의 맹세가 여기 새로운 환경에서 무슨 소용이 있겠는가! 마찬가지로 당시에 그는 미국에 도착한 지 두 달 후면 미국

민병대 장군이 될 것이라고 맹세할 수 있었을지도 모른다. 그런데 실제로는 뉴욕 근처 여관의 다락방에서 부랑자 둘과 합숙하고 있는 처지였다. 게다가 이곳이 실제로 자신에게 제격임을 인정할 수밖에 없었다. 그는 미소 지으며 부모님의 얼굴을 찬찬히 들여다보았다. 그러면 부모님이 여전히 아들 소식을 듣고 싶어 하는지 알 수 있다는 듯이 말이다.

사진을 들여다보는 중에 그는 너무 피곤해서 밤새 눈뜨고 있기 어려울 것임을 곧 깨달았다. 사진이 손에서 미끄러져 떨어졌다. 얼굴을 사진에 갖다 대자 뺨에 닿은 서늘한 촉감이 기분 좋았다. 그래서 유쾌한 느낌으로 잠들었다.

누군가 겨드랑이 밑을 간질이는 바람에 그는 일찍 깨었다. 이런 짓궂은 장난을 한 사람은 프랑스인이었다. 그러나 아일랜드인도 벌써 카를의 탁자 앞에 서 있었다. 두 사람은 간밤에 카를이 그들에게 보여 준 것에 못지않은 관심을 가지고 그를 바라보았다. 카를은 그들이 일어났으나 자신이 잠에서 깨지 않은 것을 이상하게 생각하지 않았다. 그들이 어떤 나쁜 의도가 있어서 특히 조용히 행동한 것은 아니었다. 그는 깊이 잠들었고, 게다가 그들에게 옷을 입거나 세수하는 것은 별로 힘이 많이 드는 일이 아니었다.

이제 그들은 정식으로 격식을 갖춰 서로 인사했다. 알고 보니 두 사람은 기계공이었다. 뉴욕에서 이미 오랫동안 일자리를 구하지 못해 그들은 상당히 의기소침해 있었다. 로빈슨은 이를 증명하기 위해 상의를 열어 보였는데 셔츠가 보이지 않았다. 상의 뒤쪽에 고정한 느슨하게 달린 칼라를 통해 그런 사실을 알 수 있었다. 그들은 뉴욕에서 이틀 거리에 있는 버터포드라는 작은 마을로 갈 생각이었다. 그곳에 일자리가 있을 것 같아서였다. 그들은 카를이 같이 가는 데 반대하지 않았다. 그리고 첫째로 가끔 트렁크를 들어 주겠다, 둘째로 자신들이 일자리를 얻으면 그에게 수습 일을 알선해 주겠다고 약속했다. 일자리가 있기만 하면 그런 일은 쉬울 거라고 했다. 카를이 찬성하자 그들은 친절을 베푸는 척하면서 일자리를 구하는 데 방해될 수 있으니 멋진 옷을 벗으라고 충고했다. 바로 이 여관에서 한 노파가 헌 옷 장사를 하고 있으니 옷을 처분할 좋은 기회라는 것이다. 카를이 아직 결정을 내리지 못하고 망설이는데 그들은 카를을 도와 옷을 벗겨서 가지고 나갔다. 잠이 덜 깬 상태로 혼자 남은 카를은 낡은 여행복을 천천히 입으면서 옷을 팔아 버린 것을 자책했다. 수습 일을 얻는 데는 불리하겠지만 더 나은 일자리를 얻는 데는 유리했을 텐데. 그는 두 사람을 다시 부르기 위해 문을 열었는데 벌써 그들과 맞닥뜨렸다. 그들이 옷을 판 돈 0.5달러를 탁자 위에 올려놓았다. 그러면서 옷을 팔아서 자신들도 이득을, 그것도 엄청나게 큰 이득을 올리지 않았다고는 믿을 수 없을 정도로 즐거운 표정을 지었다.

그런데 그런 이야기를 할 시간이 없었다. 노파가 밤처럼 졸린 표정으로 들어와서 새로 손님들이 들어오니 방을 정돈해야 한다고 설명하며 세 사람 모두 복도로 몰아냈기 때문이다. 하지만 물론 말도 안 되는 일이었다. 노파는 심술궂은 생각으로 그랬을 뿐이다. 트렁크를 정리하려던 카를은 노파가 하는 일을 지켜보고 있어야 했다. 그녀는 그의 물건을 양손으로 움켜쥐고 마치 동물을 얌전히 굴도록 다루듯 힘껏 가방에 던져 넣었다. 두 기계공은 치마를 잡아당기고 등을 두드리면서 그녀를 성가시게 했다. 하지만 카를을 도울 의도로 그랬다면 완전히 잘못한 셈이었다. 노파는 트렁크를 찰카닥 소리 나게 닫고는 카를의 손에 손잡이를 쥐여 주었다. 그리고 기계공들을 떨쳐 낸 뒤 자기 말을 따르지 않으면 커피를 주지 않겠다고 엄포를 놓으며 세 사람 모두 밖으로 쫓아냈다. 노파는 카를이 본래 기계공이 아니었다는 사실을 완전히 잊어버린 게 분명했다. 세 사람을 한패처럼 취급했기 때문이다. 하기야 기계공들이 카를의 옷을 그녀에게 팔았으니 어떤 공통점을 드러내 보인 셈이었다.

복도에서 그들은 한참을 이리저리 왔다 갔다 해야 했다. 특히 카를과 팔짱을 낀 프랑스인은 계속 욕설을 퍼부으며 주인이 나오지 않으면 때려눕히겠다고 위협했다. 주먹을 움켜쥐고 미친 듯이 비벼 댄 것은 그 준비인 것 같았다. 마침내 순진해 보이는 작은 소년이 나왔다. 그는 프랑스인에게 커피포트를 건네주다가 흠씬 얻어맞고 뻗어 버렸다. 유감스럽게도 커피포트를 한 개만 가져왔는데 유리잔이 또 하나 필요하다는 것을 소년에게 이해시킬 수 없었다. 그래서 계속해서 한 사람만 마실 수 있었고, 다른 두 명은 그 앞에 서서 기다렸다. 카를은 마시고 싶지 않았지만 다른 두 사람의 기분을 상하게 하고 싶지 않아서 자기 차례가 되자 커피포트를 입술에 대고 그냥 서 있었다.

여관을 떠나면서 아일랜드인은 커피포트를 석조 타일 위에 내던졌다. 그들은 아무에게도 눈에 띄지 않게 집을 나와 노란빛을 띤 짙은 아침 안개 속으로 들어갔다. 그들은 대체로 조용히 길가를 나란히 걸었다. 카를은 트렁크를 들어야 했고, 다른 두 사람은 아마 그가 부탁해야 겨우 교대해 줄지도 모른다. 때때로 자동차가 안개 속에서 질주해 왔다. 세 사람은 눈에 띄는 거대한 자동차가 나타나면 그쪽으로 고개를 돌렸다. 그런 자동차는 구조가 너무 눈길을 끌고 보이는 시간이 너무 짧아 탑승한 승객이 있는지 확인할 시간도 없었다. 조금 지나자 뉴욕으로

생필품을 운반하는 차량 행렬이 시작되었다. 다섯 줄을
이루어 도로 전체를 차지하고 끊임없이 달려와서 아무도
길을 건널 수 없을 정도였다. 이따금 도로는 광장으로
넓어지기도 했다. 광장 중앙에는 경찰관이 모든 걸
훑어볼 수 있게 탑처럼 생긴 높은 대 위를 오가며 작은
막대기로 간선 도로의 교통과 옆 골목에서 이곳으로
들어오는 교통을 정리하고 있었다. 다음 광장과 다음
경찰관이 있는 곳까지는 감독하는 사람이 없었다. 말없이
주의를 기울이는 마부와 운전사들에 의해 자발적으로
그럭저럭 질서가 유지되었다. 카를이 가장 많이 놀란
것은 전반적으로 평온한 분위기였다. 태평스러운
도축될 동물들의 울음소리가 없었더라면 말발굽
소리와 미끄럼 방지용 노면에서 나는 시끄러운 소리밖에
들리지 않았을지도 모른다. 물론 차량의 운행 속도가
항상 똑같지는 않았다. 몇몇 광장에서는 측면에서 너무
몰려드는 바람에 크게 재배치해야 할 때 행렬 전체가
정체되어 조금씩 움직일 뿐이었다. 그러다가 잠시 무척
빨리 질주하다 마치 단 하나의 브레이크에 의해 제어되듯
모든 것이 다시 진정되는 일도 발생했다. 이때 도로에서는
조금도 먼지가 일지 않았다. 모든 것이 더없이 맑은
공기 속에서 움직였다. 이곳에는 카를의 고향에서처럼
보행자가 없었고, 시장 아낙네들이 도시를 돌아다니지도

않았다. 하지만 가끔 크고 납작한 차량이 나타났다. 차 위에는 등에 바구니를 멘 스무 명 남짓한 여자들, 그러니까 보건대 시장 아낙네들이 서서 목을 쭉 빼고는 교통 상황을 살피면서 좀 더 빨리 달리기를 고대했다. 또 비슷한 차량들이 보였는데 그 위에는 몇몇 남자들이 호주머니에 손을 넣은 채 이리저리 돌아다녔다. 여러 가지 문구가 적힌 차량 중 하나에서 카를은 다음과 같은 글을 읽고 나지막한 함성을 질렀다. "야코프 운수 회사에서 항만 노동자를 모집함." 마침 차가 아주 천천히 움직였다. 자동차 발판에 선 작고 구부정한 체구의 활기찬 남자가 세 방랑자에게 차에 타라고 권했다. 카를은 외삼촌이 차 안에 있다가 볼지도 모른다고 생각해서 두 기계공 뒤로 몸을 피했다. 그는 두 사람이 탑승을 거부해서 기뻤다. 그러면서 그들이 거만한 표정을 지어 약간 기분이 상하긴 했지만 말이다. 외삼촌 회사에서 근무하기에 그들 능력이 너무 뛰어나다고는 절대 생각할 필요가 없었다. 물론 분명히 말하진 않았지만 그는 그들에게 즉각 이 사실을 이해시켰다. 그러자 들라마르슈는 카를에게 알지도 못하는 일에 제발 참견하지 말라고 요청했다. 이런 식으로 직원을 채용하는 것은 수치스러운 사기이고, 야코프 회사는 미국 전역에서 악명이 높다는 것이다. 카를은 아무런 대답도 하지 않았다. 하지만 이때부터 아일랜드인을 더 신뢰했고, 그래서 트렁크를 잠시 들어 달라고 부탁하기도 했다. 카를이 여러 번 반복해서 부탁하자 그는 그렇게 했다. 그런데 트렁크가 너무 무겁다고 자꾸 불평을 늘어놓았다. 그의 의도가 드러났다. 베로나산 소시지 무게만큼 트렁크를 가볍게 하기 위해서였다. 아마 이미 호텔에서 그것에 눈독을 들였을 것이다. 카를은 트렁크를 열고 소시지를 꺼내는 수밖에 없었다. 프랑스인은 그것을 집어 들고 단검처럼 생긴 나이프로 잘라서 거의 혼자 다 먹어 치웠다. 로빈슨은 가끔만 한 조각 얻어먹었다. 반면에 카를은 이미 자기 몫을 미리 챙긴 것처럼 아무것도 얻지 못했다. 트렁크를 다시 길에 버려두지 않으려면 자신이 들고 가야 했다. 한 조각 달라고 애걸하기에는 너무 치사하게 생각되었으나 속에서는 분노가 치밀어 올랐다.

안개는 이미 말끔히 걷혔다. 멀리 높은 산맥이 반짝이며 물결치는 산봉우리와 함께 더 멀리 햇빛이 비치는 아지랑이 속으로 이어졌다. 길가에는 제대로 경작하지 않은 밭이 펼쳐졌고, 그 주변에는 탁 트인 교외에서 짙은 연기를 내뿜는 대형 공장들이 서 있었다. 졸속으로 세운 임대 아파트 단지에는 수많은 창문이 극히 다양한 움직임과 조명 속에서 떨리고 있었다. 작고 빈약한 발코니마다 여자와 아이들이 갖가지 일을 하고 있었다.

그 주위에는 그들을 숨겼다가 드러내기도 하는 걸고 널어 놓은 천과 빨래들이 아침 바람에 펄럭이며 힘차게 부풀어 올랐다. 집들에서 시선을 돌리면 하늘 높이 날아가는 종달새와 그 아래로 차를 타고 가는 사람들 머리 위에서 그리 멀지 않은 곳에 제비가 보였다.

카를은 이 많은 것을 보고 고향을 생각했다. 뉴욕을 떠나 내륙으로 들어가는 것이 잘하는 일인지 알 수 없었다. 뉴욕에는 바다가 있으니 언제든지 고향으로 돌아갈 가능성이 있었다. 그래서 걸음을 멈추고 두 동료에게 뉴욕에 머물고 싶다고 말했다. 들라마르슈가 앞으로 계속 내몰려고 하자 그는 내몰리지 않으려고 하면서 자기 일에 대해 스스로 결정할 권리가 있다고 말했다. 아일랜드인은 일단 중재한답시고 버터포드가 뉴욕보다 훨씬 아름답다고 설명해야 했다. 두 사람은 카를이 다시 계속 가도록 애걸복걸해야 했다. 그는 스스로에게 말했다. 고향에 돌아갈 가능성이 희박해지는 곳으로 가는 것이 혹시 더 낫지 않을까. 그렇지 않았다면 그는 가지 않았을 것이다. 쓸데없는 일에 방해받지 않을 테니 그곳에서는 확실히 일을 더 잘하고 승진도 할 것이다.

이제 두 사람을 끌고 간 것은 바로 카를이었다. 카를이 열성을 보이자 그들은 너무 기쁜 나머지 부탁하지도 않았는데 교대로 트렁크를 들어 주었다. 그러나 카를은 그들이 무엇 때문에 이처럼 기뻐하는지 도무지 이해할 수 없었다. 그들은 오르막길에 이르렀다. 그가 가끔 걸음을 멈추고 뒤돌아보니 뉴욕과 그 항구의 파노라마가 점점 더 넓게 펼쳐졌다. 뉴욕과 브루클린을 잇는 다리가 이스트강 위에 연약하게 걸려 있었다. 눈을 가늘게 뜨고 보면 다리가 떨리고 있었다. 다리는 차가 전혀 다니지 않는 것처럼 보였고, 그 아래에 생명이 없는 매끈한 물의 띠가 펼쳐져 있었다. 두 거대 도시의 모든 것이 공허하게 쓸모없이 세워져 있는 것 같았다. 집들은 큰 집과 작은 집의 차이가 거의 없었다. 거리의 보이지 않는 깊은 곳에서는 아마 그 나름대로 삶이 계속될 것이다. 그러나 그 위 하늘에는 옅은 안개밖에 보이지 않았다. 안개는 움직이지 않았지만 힘들이지 않고 쫓아 버릴 수 있을 것 같았다. 세계에서 가장 큰 항구조차 조용히 쉬고 있었다. 아마 조금 전 가까이서 본 광경에 대한 기억의 영향 때문인지 가끔 근거리를 운행하는 배 한 척이 보인다고 생각했다. 그러나 오랫동안 배의 자취를 따라갈 수 없었다. 눈에서 저만치 벗어나 더 이상 보이지 않았기 때문이다.

하지만 들라마르슈와 로빈슨은 분명 카를보다 훨씬 더 많은 것을 보았다. 그들은 손을 뻗어 오른쪽과 왼쪽을 가리켰고, 광장과 공원 이름을 말하며 둥근 아치 모양을 만들어 보였다. 그들은 카를이 뉴욕에 온 지 두 달이 넘었는데도 거리 하나 외에는 뉴욕을 거의 본 적이 없다는 사실을 납득할 수 없었다. 그리고 버터포드에서 돈을 충분히 벌면 함께 뉴욕에 가서 볼만한 모든 것, 특히 천국으로 갈 때까지 입에 올리는 장소를 보여 주겠다고 그에게 약속했다. 그 말에 이어 로빈슨은 입을 크게 벌려 노래 부르기 시작했고, 들라마르슈는 손뼉 치며 반주했다. 카를이 고향에 있을 때부터 오페라 곡으로 알던 노래였다. 이곳에서 영어 가사로 부르니 그때보다 훨씬 더 마음에 들었다. 그래서 모두가 참가하는 야외 소공연이 벌어졌다. 이를테면 이 곡에 맞춰 즐겁게 대화하고 있는 저 아래 도시만이 그에 대해 아무것도 모르는 것 같았다.

    한번은 카를이 야코프 운수 회사가 어디 있는지 물어보았다. 그 즉시 그는 들라마르슈와 로빈슨이 뻗은 집게손가락이 같은 지점, 아마 몇 킬로미터 떨어진 지점을 가리키는 것을 보았다. 그러고 나서 그들이 계속 걸어가고 있을 때 카를은 이르면 언제쯤 한밑천 잡아 뉴욕으로 돌아갈 수 있을지 물었다. 들라마르슈는 버터포드에는 일손이 부족하고 임금이 높으니 한 달이면 충분할 거라고 말했다. 물론 동지로서 그들 사이에 우발적으로 발생하는 수입 차이가 균등해지도록 돈을 공동 금고에 넣을 거라고 했다. 카를은 수습생으로서 숙련공보다 당연히 수입이 적을 테지만 공동 금고가 마음에 들지 않았다. 게다가 로빈슨이 언급하기를 버터포드에 일자리가 없으면 당연히 계속 가서 농장 노동자로 일하거나 캘리포니아의 금 세광소에 갈 거라고 했다. 로빈슨의 상세한 설명에 따르면 그가 가장 좋아하는 계획이 그것이었다.

"지금 금 세광소에 가려고 한다면 왜 기계공이 되었지요?" 이 같은 불확실한 먼 여정의 필요성에 대해 듣고 싶지 않았던 카를이 물었다.

"내가 왜 기계공이 되었냐고?" 로빈슨이 말했다. "어머니 아들이 굶주리기 위해 기계공이 된 것은 절대 아니야. 금 세광소에서 돈을 잘 벌기 위해서지."

"한때는 그랬지." 들라마르슈가 말했다.

"지금도 그래." 로빈슨은 그 일로 부자가 된 지금도 그곳에 사는 많은 지인 이야기를 했다. 그들은 물론 더 이상 손가락 하나 까딱하지 않지만 옛 우정을 생각해서 자신과 당연히 자기 동료들도 부자가 되도록 도와줄 거라고 했다.

"우리는 버터포드에서 억지로라도 일자리를 얻을 거야." 들라마르슈가 말했다. 그는 카를의 속마음을 말해 주었지만 자신감 있는 어투는 아니었다.

그들은 낮 동안 딱 한 번 어떤 음식점에서 걸음을 멈추고 그 앞 야외 철제 테이블에 앉아 고기를 먹었다. 카를이 생각하기에 거의 날고기나 다름없었다.

포크와 나이프로 자를 수 없어서 찢어야만 했다. 빵은 원통형이었고, 빵마다 긴 나이프가 꽂혀 있었다. 이 식사에는 톡 쏘는 맛이 나는 검은 액체가 함께 제공되었다. 그러나 들라마르슈와 로빈슨은 이 음료수를 맛있어했다. 그들은 가끔 여러 가지 소원이 이루어지기를 빌며 유리잔을 들고 서로 부딪치기도 했다. 그러면서 잠시 잔과 잔을 맞대고 높이 들고 있었다. 옆 테이블에는 석회 묻은 작업복을 입은 노동자들이 앉아 다들 같은 액체를 마시고 있었다. 옆을 지나가는 많은 차량이 테이블 위로 뿌연 먼지를 뿌렸다. 커다란 신문이 사람들에게 차례차례 건네졌다. 사람들은 흥분해서 건설 노동자들의 파업 이야기를 주고받았다. 마크라는 이름이 입에 자주 오르내렸다. 카를은 마크가 누구인지 물어보았다. 그리고 그가 자신이 아는 마크의 아버지이자 뉴욕에서 가장 큰 건설업자라는 사실을 알게 되었다. 파업은 그에게 수백만 달러의 손실을 입혔고, 어쩌면 사업상의 입지도 위협했을지 모른다. 카를은 제대로 알지도 못하고 악의를 품은 사람들의 이 같은 험담을 한마디도 믿지 않았다.

그건 그렇고 음식값을 어떻게 낼지가 자못 의심스러웠다. 그래서 식사하면서도 카를은 마음이 편치 않았다. 각자 자기 몫을 내는 게 당연하다. 하지만 들라마르슈뿐 아니라 로빈슨도 마지막 숙박비를 내느라

가진 돈을 다 써 버렸다는 말을 간혹 흘리곤 했다. 시계, 반지, 또는 그 밖의 다른 팔 만한 물건이 두 사람 중 누구에게도 보이지 않았다. 그렇다고 카를은 자기 옷을 팔아서 얼마쯤 챙기지 않았느냐고 그들을 다그칠 수도 없었다. 하지만 놀라운 것은 들라마르슈도 로빈슨도 음식값에 대해 아무런 걱정도 하지 않는다는 점이었다. 오히려 테이블 사이를 도도하게 무거운 걸음걸이로 돌아다니는 웨이트리스와 되도록 자주 접촉하려고 시도할 만큼 기분이 좋았다. 그녀의 머리카락이 이마와 뺨에 약간 느슨하게 흘러내려 있었다. 그녀는 손을 얼굴로 가져가 자꾸만 머리카락을 쓸어 넘겼다. 그녀에게 아마 처음으로 친절한 말을 기대했던 순간 마침내 그녀는 테이블로 다가와 양손을 테이블 위에 올려놓고 "누가 계산할 건가요?"라고 물었다. 들라마르슈와 로빈슨이 카를을 가리킬 때만큼 재빨리 손을 치켜올린 적이 없었다.

카를은 이미 예상한 만큼 그에 대해 깜짝 놀라지는 않았다. 결정적인 순간이 닥치기 전에 이 문제를 명확히 상의하는 편이 더 적절했을 것이다. 그렇긴 해도 동료들로부터 혜택을 기대했던 터라 몇 가지 사소한 비용을 자신이 치르는 것을 그다지 난처하게 생각하지는 않았다. 곤혹스러운 일은 먼저 비밀 호주머니에서 돈을 꺼내야 한다는 점뿐이었다. 그의 원래 의도는 마지막 곤경을 위해 돈을 비축하는 거였고, 그러므로 당분간 동료들과 어느 정도 동렬에 서는 것이었다.

카를이 이 돈으로 얻게 될 이득, 무엇보다도 돈이 있다는 사실을 동료들에게 숨겨서 얻게 될 이득은, 그들 입장에서 보면 그들은 어릴 때부터 미국에 있었고, 돈벌이에 대해 충분한 지식과 경험이 있었으며, 결국 현재보다 더 나은 생활 조건에 익숙해져 있지 않았다는 점으로 충분히 상쇄되고도 남는 것이었다. 카를이 돈과 관련해 가지고 있던 이러한 종래의 의도가 이 음식값 지불로 인해 방해받지는 않았다. 결국 4분의 1달러 정도는 선뜻 내놓을 수 있었으므로 테이블 위에 25센트 동전을 올려놓고, 이것이 유일한 재산이며 버터포드로 같이 가기 위해 내놓을 용의가 있다고 선언했다.

도보 여행에는 이 정도 액수의 돈으로도 아주 충분했다. 그러나 이제 그는 잔돈이 충분한지 알지 못했다. 게다가 접은 지폐와 마찬가지로 이 돈은 비밀 호주머니 깊숙한 곳 어딘가에 들어 있었다. 사실 무언가를 찾는 가장 좋은 방법은 전체 내용물을 테이블 위에 쏟아붓는 것이었다. 게다가 동료들에게 이 비밀 호주머니의 존재에 대해 전혀 알릴 필요가 없었다. 동료들이 카를이 어떻게 돈을 마련해 지불할지보다 여전히 웨이트리스에게 더 관심이 있는 것 같아서 다행스러웠다. 들라마르슈는 웨이트리스에게 계산서를 달라고 요청하여 자신과 로빈슨 사이로 웨이트리스를 유인했다. 그녀는 한 손을 온전히 한 사람 또는 다른 사람의 얼굴에 대고 그를 밀어냄으로써만 그들의 집요한 짓거리를 막을 수 있었다. 그사이 카를은 애써 얼굴이 벌게진 채 한 손으로 탁자 아래에 돈을 모았다. 다른 손으로는 비밀 호주머니에서 동전을 하나씩 찾아 끄집어냈다. 마침내 그는 아직 미국 돈을 정확히 몰랐지만 적어도 동전 개수로 짐작건대 충분한 금액이 되었다고 생각하고 테이블 위에 올려놓았다. 돈 소리에 둘은 즉시 장난질을 그만두었다. 거의 1달러에 가까운 액수가 테이블에 놓인 것으로 드러나자 카를은 화가 났고, 다른 두 사람은 놀라워했다. 그 돈이면 버터포드까지 편안하게 기차를 타고 가기에 충분한 액수였다. 그러나 왜 그런 사실을 미리 말하지 않았는지 아무도 묻지 않았다. 그러나 카를은 무척 당혹스러웠다. 음식값을 치른 뒤 카를은 천천히 그 돈을 주머니에 다시 집어넣었다. 들라마르슈는 웨이트리스에게 줄 팁이라면서 동전 하나를 카를의 손에서 빼앗았다. 그는 웨이트리스를 끌어당겨 껴안고는 다른 한편으로 돈을 건넸다.

 카를은 계속 걸어가면서 그들이 돈을 언급하지 않는 것에 고마워했다. 자신의 전 재산을 고백할 생각까지 잠시 했지만 적당한 기회가 없어서 그러지는 않았다. 저녁 무렵 그들은 좀 더 시골 같은 비옥한 어느 지역에 도착했다. 주위 사방에는 완만한 언덕 위에 자리한 초록빛을 띤 구획되지 않은 들판이 보였고, 부호의 별장들이 도로와 접해 있었다. 몇 시간 동안 정원의 금빛 격자 울타리 사이를 걸었고, 유유히 흐르는 같은 강을 여러 차례 건넜다. 일행은 저 위에 높이 걸린 구름다리 위에서 나는 요란한 기차 소리를 여러 번 들었다.

해가 멀리 숲 가장자리로 막 지고 있었다. 일행은 강행군에 지친 몸의 피로를 풀려고 언덕 위의 몇 그루 안 되는 나무들 가운데에 있는 풀밭에 주저앉았다. 들라마르슈와 로빈슨은 그곳에 드러누워 사지를 쭉 뻗었다. 카를은 반듯이 앉아 몇 미터 아래에 뻗은 도로를 바라보았다. 낮 동안 그랬던 것처럼 자동차들이 꼬리에 꼬리를 물고 달리고 있었다. 마치 자동차가 정확한 숫자로 멀리서 끊임없이 보내지고, 또 다른 먼 곳에서 같은 숫자만큼 기다리는 것 같았다. 이른 아침부터 온종일 카를은 자동차가 멈추는 것도, 승객이 내리는 것도 보지 못했다.

로빈슨은 다들 꽤 피곤할 테니 여기서 밤을 보내자고 제안했다. 그러면 더 일찍 행군할 수 있고, 완전히 어두워지기 전에 더 적당하고 나은 위치의 야영지를 찾을 것 같지 않았기 때문이다. 들라마르슈는 그 말에 동의했다.

카를은 호텔에서 세 사람이 묵을 만큼 충분한 돈이 있다고 말할 수밖에 없다고 생각했다. 들라마르슈는 아직 돈이 필요할 데가 있을 테니 잘 보관해 두어야 한다고 말했다. 그는 그들이 카를의 돈을 이미 계산에 넣고 있다는 사실을 조금도 숨기지 않았다. 첫 번째 제안이 받아들여지자 로빈슨은 자기 전에 내일을 위한 체력 보강을 위해 알찬 식사를 하는 게 좋겠다, 그러니 한 명이 국도 바로 근처 '호텔 옥시덴털'이라는 간판이 번쩍이는 호텔에서 셋이 먹을 음식을 가져오는 게 좋겠다고 설명했다. 선뜻 나서는 사람이 없었으므로 막내인 카를이 주저 없이 그 일을 하겠다고 나섰다. 그리고 베이컨, 빵, 맥주를 주문받은 후 호텔 쪽으로 건너갔다.

  카를이 들어간 호텔의 첫 번째 홀이 시끄럽게 떠드는 사람들로 가득 차 있는 걸로 봐서 근처에 대도시가 있을 것이 분명했다. 하나의 세로 벽과 두 개의 측면 벽을 따라 쭉 이어진 뷔페 테이블에서 가슴에 흰 앞치마를 두른 많은 종업원이 줄곧 뛰어다니고 있었지만 성미 급한 손님들을 만족시킬 수 없었다. 사방에서 욕지거리와 주먹으로 테이블을 두드리는 소리가 들렸다. 카를에게 주의를 기울이는 사람은 아무도 없었다. 홀 자체에도 시중을 드는 사람이 없었다. 세 명이 앉은 옆 테이블에 가려져 보이지 않는 아주 작은 테이블에 앉은 손님들은 뷔페 테이블에서 원하는 음식을 모두 가져왔다. 테이블마다 기름, 식초 또는 그와 같은 것이 담긴 큰 병이 있었다. 사람들은 뷔페 테이블에서 가져온 모든 음식을 먹기 전에 이 병에 든 것을 뿌렸다. 카를이 일단 뷔페 테이블에 가려면 많은 테이블 사이를 뚫고 가야 했는데 특히 대량 주문이 있을 때 뷔페 테이블에서 어려운 문제가 생길 것 같았다. 물론 그러다 보면 아무리 조심해도 손님들에게 성가시게 폐를 끼칠 수밖에 없었다. 한번은 어떤 손님이 테이블로 밀치는 바람에 하마터면 카를이 넘어질 뻔했는데도 손님들은 이 모든 것을 무감각한 듯 참고 견뎠다. 그가 죄송하다고 말했지만 사람들에게 이해되지 않은 것이 분명했다. 게다가 그 역시 사람들이 그에게 소리친 말을 조금도 이해하지 못했다.

뷔페 테이블에서 그는 간신히 비어 있는 작은 공간 하나를 발견했다. 옆 손님들이 팔꿈치를 괴고 있어 오랫동안 시야가 가려져 보이지 않은 곳이었다. 팔꿈치를 괴고 주먹을 관자놀이에 대는 것은 이곳 풍습인 듯했다. 카를은 라틴어 교수 크룸팔 박사가 바로 이런 자세를 싫어했다는 사실을, 그리고 그가 늘 살금살금 불시에 다가와서 갑자기 자를 꺼내 들고 장난 삼아 쿡 찔러 팔꿈치를 책상에서 떨어지게 한 일을 떠올리지 않을 수 없었다.

카를은 밀치고 나아가 뷔페 테이블에 바짝 붙어
서 있었다. 줄을 서자마자 그의 뒤에 테이블이 하나
놓였다. 그곳에 자리 잡은 손님 한 사람이 이야기하던
중에 몸을 약간 뒤로 젖히다가 큰 모자로 카를의 등을
심하게 건드렸다. 굼뜬 두 이웃이 만족해서 떠난 뒤에도
종업원으로부터 무언가를 얻으리라는 희망은 거의 없었다.
카를은 몇 번이나 테이블 너머로 어떤 종업원의 앞치마를
붙잡았다. 하지만 그때마다 그는 얼굴을 찌푸리고
뿌리쳤다. 그들은 그저 달리고 또 달릴 뿐이어서 누구도
그들을 제지할 수 없었다. 적어도 카를의 근처에 먹고
마실 적당한 음식물이 있었다면 그것을 집어 들어 가격을
물어보고 돈을 내려놓은 뒤 기쁜 마음으로 그 자리를
떴을 것이다. 하지만 눈앞에는 청어처럼 생긴 생선이 담긴
접시들만 놓여 있었고, 가장자리에는 생선의 검은 비늘이
금빛으로 반짝였다. 그 생선은 매우 비쌀 수 있으므로
아마 누구도 만족시키지 못할 것이다. 그 외에 럼주가 든
작은 통은 손에 닿았지만 동료들에게 럼주를 가져가고
싶지는 않았다. 아무튼 그들은 이미 기회 있을 때마다
가장 농축된 술만 찾는 것처럼 보였는데 그 점에서 그는
아직 그들을 지지하고 싶지 않았다.

그래서 카를이 할 수 있는 일이라곤 다른 장소를
찾아서 처음부터 다시 시도하는 수뿐이었다. 하지만

이미 시간이 많이 흐른 뒤였다. 증기 때문에 시선을 집중하고 봐야 바늘을 겨우 알아볼 수 있었던 홀의 다른 편에 있는 시계는 이미 9시를 지나 있었다. 그런데 다른 뷔페 테이블은 아까의 다소 후미진 장소보다 더 많은 사람으로 붐볐다. 게다가 시간이 흐를수록 홀은 더욱 가득 찼다. 손님들이 큰 소리로 인사하며 정면 출입문을 통해 꾸역꾸역 들어왔다. 몇몇 군데에서는 손님들이 제멋대로 뷔페 테이블을 치우고 높은 단 위에 앉아 건배를 외쳤다. 그곳은 홀 전체를 내려다볼 수 있는 가장 좋은 자리였다.

카를은 사람들 숲을 헤치며 계속 나아갔다. 그러나 무언가를 손에 넣겠다는 본래 희망은 이제 더 이상 사라지고 없었다. 그는 현지 사정을 알지 못하는 자신이 이런 심부름을 떠맡은 것을 자책했다. 동료들의 질책은 지극히 당연할 것이고, 심지어 그가 돈을 아끼기 위해 아무것도 가져오지 않았다고 생각할지도 모른다. 지금 그가 서 있는 곳 주위의 식탁에서는 근사한 노란 감자를 곁들인 따뜻한 생선 요리를 먹고 있었다. 그들이 어떻게 이런 음식을 손에 넣었는지 카를로서는 이해할 수 없었다.

그때 몇 걸음 앞에서 호텔 직원으로 보이는 중년 여성이 손님과 웃으며 이야기하는 모습이 보였다. 그러면서 줄곧 머리핀을 매만지며 머리 손질을 하고 있었다. 카를은 즉시 이 여자한테 주문해야겠다고 결심했다. 사람들이 온통 소란을 떨고 분주하게 움직이는 홀에서 그녀가 유일한 여성으로서 예외적인 존재였기 때문이다. 또한 그가 첫마디를 건네자마자 바쁘다며 달아나지 않을 유일한 호텔 직원이라는 단순한 이유 때문이었다. 하지만 정반대의 일이 벌어졌다. 카를은 아직 말을 걸지도 않았고 기회를 엿보고 있을 뿐이었다. 사람들이 대화 도중에 가끔 곁눈질하듯 그녀는 카를을 바라보더니 이야기를 중단하고 친절하게 또 문법대로의 명료한 영어로 무엇을 찾고 있는지 물었다.

"그렇습니다. 그런데 여기서는 아무것도 구할 수 없네요." 카를이 말했다.

"그럼 날 따라오세요." 그녀는 이렇게 말하고 지인과 헤어졌다. 상대방은 모자를 벗고 인사했는데 이곳에서는 믿기지 않은 공손한 인사처럼 여겨졌다. 그녀는 카를의 손을 잡고 뷔페 테이블로 가서 한 손님을 옆으로 밀어냈다. 그녀는 치켜올리는 문을 열고 높은 단 뒤의 통로를 가로질러 갔다. 거기서는 지칠 줄 모르고 뛰어다니는 종업원들을 조심해야 했다. 벽과 같은 색깔의 벽지를 바른 두 번째 비밀 문을 열자 커다랗고 시원한 식품 저장실이 나왔다. 카를은 '이러니 메커니즘을 알아야 해.'라고 혼자 생각했다.

"자, 무엇을 원하세요?" 그녀는 이렇게 묻고는 시중 들

준비를 하며 카를 쪽으로 허리를 구부렸다. 매우 뚱뚱해서 살이 출렁거렸다. 하지만 얼굴은, 물론 몸과 비교하자면, 거의 섬세한 형태를 지니고 있었다. 카를은 선반과 탁자에 정성스레 진열된 음식을 보며 특히 이 영향력 있는 여성에게 더 저렴하게 구매할 수 있을 것 같아서 더 고급 저녁 식사를 주문하고 싶은 유혹을 느꼈다. 하지만 적절한 메뉴가 떠오르지 않아 결국 원래대로 베이컨, 빵, 맥주만 주문했다.

"더 필요한 건 없어요?" 여자가 물었다.

"아니, 이걸로 됐어요." 카를이 말했다. "세 사람이 먹을 거니까요."

그녀가 다른 두 사람에 대해 묻자 카를은 동료들에 관해 짧게 몇 마디 이야기해 주었다. 그녀가 약간 캐물어 줘서 그는 기뻤다.

"하지만 이건 죄수들을 위한 음식이에요." 여자는 카를이 분명 또 다른 주문을 할 것으로 기대하며 말했다. 그러나 카를은 그녀가 돈을 받지 않고 거저 줄지도 몰라 잠자코 있었다. "금방 준비할게요." 여자가 말했다. 그녀는 뚱뚱한 몸인데도 놀랄 만치 민첩하게 테이블로 갔다. 그녀는 톱날 모양의 길고 가는 나이프로 살코기가 듬뿍 붙은 베이컨을 큼직하게 자르고, 선반에서 빵 한 덩이를 꺼내고, 바닥에서 맥주 세 병을 집어 든 다음 이 모든 것을 가벼운 밀짚 바구니에 담아 카를에게 건네주었다. 그러는 동안 카를을 이곳으로 데려온 이유를 설명해 주었다. 바깥의 뷔페 테이블에서는 식품이 금방 소비되지만 증기와 많은 증발로 인해 항상 신선도를 잃기 때문이었다. 하지만 밖에 있는 사람들에게는 그것으로 모든 것이 충분하다고 했다. 카를은 더 이상 아무 말도 하지 않았다. 자신이 무슨 자격으로 이런 훌륭한 대접을 받는지 몰랐기 때문이다. 그는 동료들을 생각했다. 그들이 아무리 미국을 잘 안다고 해도 이 식품 저장실까지 들어오진 못했을 테니 뷔페 테이블 위의 상한 음식물로 만족해야만 했을 것이다. 여기서는 홀에서 나는 시끄러운 소리가 전혀 들리지 않았다. 이 물품 창고를 충분히 시원하게 유지하려면 벽이 무척 두꺼울 것이 분명했다. 카를은 이미 밀짚 바구니를 잠시 손에 들고 있었지만 계산할 생각은 하지 않고 꼼짝하지도 않았다. 여자가 바깥 테이블에 있던 것과 비슷한 병을 바구니에 넣으려고 했을 때야 몸을 떨며 고마움을 표시했다.

"아직 먼 길을 걸어가야 하나요?" 여자가 물었다.

"버터포드까지요." 카를이 대답했다.

"아직 무척 머네요." 여자가 말했다.

"하루 거리지요." 카를이 말했다.

"더 이상 가지는 않고요?" 여자가 물었다.

"아, 그렇습니다." 카를이 말했다.

여자가 테이블 위의 물건 몇 개를 제자리로 옮겼다. 종업원이 들어와서 무언가를 찾는 듯 이리저리 둘러보았다. 여자가 파슬리를 조금 뿌린 정어리가 수북이 담긴 큰 접시를 가리키자 이 접시를 들고 홀로 나갔다.

"왜 야외에서 밤을 묵으려고 해요?" 여자가 물었다. "여기에 잘 공간이 충분해요. 우리 호텔에서 주무세요."

어젯밤에 제대로 잠을 자지 못해서 이 제안은 카를에게 매우 유혹적으로 들렸다.

"그곳에 내 짐이 있거든요." 그는 망설이며 말했으나 헛된 욕심이 전혀 없는 것은 아니었다.

"가져오면 되잖아요." 여자가 말했다. "그건 장애물이 아니에요."

"하지만 동료들이 있는걸요!" 카를이 말했다. 그리고 그들이 말할 것도 없이 장애물임을 단번에 깨달았다.

"물론 그들 역시 이곳에 묵어도 돼요." 여자가 말했다. "그냥 와요! 너무 사양하지 말고요."

"내 동료들은 착실한 사람들이긴 하지만 깔끔하지 않아서요." 카를이 말했다.

"홀에 있는 더러운 것을 보지 못했나요?" 여자가 이렇게 묻고 얼굴을 찌푸렸다. "사실 우리 호텔에 아주 고약한 사람도 와요. 그러니 곧바로 침대 세 개를 준비하겠어요. 물론 호텔 방이 꽉 차서 다락방에다가요. 나도 다락방으로 옮겼지만 어쨌든 야외보다는 낫겠지요."

"동료들을 데려올 수 없어요." 카를이 말했다. 그는 두 사람이 이 고급 호텔의 복도에서 어떤 소란을 피울지 상상해 보았다. 로빈슨은 죄다 엉망으로 만들 것이고, 들라마르슈는 틀림없이 이 여자조차 성가시게 할 것이다.

"왜 안 된다는지 모르겠네요." 여자가 말했다. "정 그렇다면 동료들은 밖에 두고 그냥 혼자 오세요."

"안 돼요, 그건 안 돼요." 카를이 말했다. "그들은 내 동료들입니다. 나는 그들 곁에 있어야 해요."

"고집이 세군요." 여자는 이렇게 말하고 그에게서 시선을 돌렸다. "당신에게 호의를 품고 어떻게든 도와주려고 하는데 당신은 온 힘을 다해 저항하고 있어요."

카를은 이 모든 것을 이해했지만 빠져나올 방도를 알지 못해 이렇게 말했을 뿐이다. "친절히 도와주셔서 대단히 감사드립니다."

그런 다음 아직 물건값을 치르지 않은 것이 생각나 얼마인지 물어보았다.

"밀짚 바구니를 돌려줄 때 계산하세요." 여자가 말했다. "늦어도 내일 아침까지는 돌려주셔야 해요."

"알겠습니다." 카를이 말했다. 여자는 곧장 야외로

통하는 문을 열었다. 그가 허리 숙여 인사하며 나가는 동안 이렇게 말했다. "안녕히 주무세요. 하지만 잘못 행동하고 있어요." 그가 이미 몇 걸음 떨어졌을 때 그녀는 또 한 번 뒤에서 소리쳤다. "내일 아침에 봐요!"

밖으로 나오자 다시 홀에서 소음이 들려왔다. 약해지지 않은 소리였다. 이제 관악 오케스트라의 음도 섞여 있었다. 그는 홀을 통과하지 않아도 되어서 기뻤다. 호텔은 이제 5층 전체에 조명이 켜져 호텔 앞 거리 일대가 밝아졌다. 밖에는 띄엄띄엄 보이긴 했지만 여전히 차들이 달리고 있었다. 차들은 멀리서부터 점점 커지며 낮보다 더 빠른 속도로 달려왔다. 헤드라이트의 하얀 불빛으로 거리 바닥을 훑으면서 희미한 불빛으로 호텔의 조명 구역을 가로질러 불빛을 반짝이며 저 멀리 어둠 속으로 급히 내달렸다.

카를은 동료들이 이미 깊은 잠에 빠져 있는 것을 발견했다. 하지만 그 역시 너무 오래 바깥에 머물렀다. 그는 바구니에서 발견한 종이 위에 가져온 것을 맛있게 펴서 모든 것이 준비되었을 때 비로소 동료들을 깨우려고 했다. 그때 그는 트렁크가 완전히 열리고 내용물이 절반쯤 주위의 풀밭에 이리저리 흩어져 있는 것을 발견하고 깜짝 놀랐다. 그는 트렁크의 자물쇠를 채우고 열쇠는 호주머니에 넣고 갔다.

"일어나라고!" 그가 외쳤다. "당신들이 잠든 사이에 도둑이 들었어요."

"뭐가 잘못되었나?" 들라마르슈가 물었다. 로빈슨은 아직 완전히 잠이 깨지도 않은 상태에서 벌써 맥주병에 손을 내밀었다.

"모르겠어요." 카를이 외쳤다. "하지만 트렁크가 열려 있어요. 잠을 자면서 트렁크를 열어 두는 것은 부주의한 일이죠."

들라마르슈와 로빈슨은 소리 내어 웃었다. 들라마르슈가 말했다. "다음에는 그렇게 오래 자리를 비우면 안 돼. 호텔이 엎어지면 코 닿을 거리에 있는데 거기까지 갔다 오는 데 세 시간이나 걸렸어. 우린 배가 고파서 트렁크 안에 먹을 게 있을 것으로 생각했지. 그래서 자물쇠가 열릴 때까지 간지럽혔지. 하여튼 안에는 아무것도 없었어. 조용히 다시 집어넣으면 돼."

"그래요." 카를이 말했다. 그는 빠르게 비워지는 바구니를 바라보며 로빈슨이 마실 때 내는 독특한 소리에 귀를 기울였다. 그는 맥주를 먼저 목구멍에 잔뜩 들이부은 다음 일종의 휘파람 소리를 내면서 입 안으로 되돌렸다가 다시 깊은 곳으로 꿀꺽 삼켰다.

"벌써 다 먹었어요?" 두 사람이 잠시 숨을 돌리자 그가 물었다.

"이미 호텔에서 먹고 오지 않았나?" 카를이 자기 몫을 요구한다고 생각한 들라마르슈가 물었다.

"더 먹고 싶으면 빨리 먹어요." 카를이 트렁크 쪽으로 가면서 말했다.

"저 친구 변덕스러운 것 같은데." 들라마르슈가 로빈슨에게 말했다.

"난 변덕스럽지 않아요." 카를이 말했다. "하지만 내가 없는 동안 트렁크를 열고 물건을 끄집어내는 것이 옳은 일인가요? 동료들끼리 여러 가지를 참아야 한다는 것은 알아요. 나도 그럴 거라고 각오는 했어요. 하지만 이건 너무 지나칩니다. 나는 버터포드에 가지 않고 호텔에 가서 자야겠어요. 빨리들 먹어요, 바구니를 돌려줘야 하니까요."

"이보게, 로빈슨, 저 말하는 것 좀 들어 봐." 들라마르슈가 말했다. "그게 고상한 표현법이라는 거야. 영락없는 독일인이야. 처음에 자넨 그를 조심하라고 했지. 하지만 나는 어리석게도 그를 데려왔어. 저 친구를 완전히 믿고 말이야. 하루 종일 우린 그를 끌고 다니느라 적어도 반나절을 허비했어. 이제 — 저기 호텔에서 누군가에게 유혹당해서 — 그가 헤어지자고 하고 있어. 깨끗이 헤어지자는 거야. 그런데 그릇된 독일인이라서 이 일을 솔직하게 하지 못하고 트렁크로 구실을 찾고 있지. 게다가 뻔뻔스러운 독일인이라서 우리가 트렁크로 약간 장난을 쳤다고 해서 우리의 명예를 모욕하고 우리를 도둑이라고 부르고 있어."

카를은 짐을 챙기면서 뒤도 돌아보지 않고 말했다. "계속 그렇게 떠들면 내가 떠나기 더 쉬워져요. 난 동지애가 뭔지 잘 알아요. 나도 유럽에 친구들이 있었어요. 내가 그들에게 잘못 행동했다거나 비열하게 행동했다고 누구도 나를 비난할 수 없어요. 물론 지금은 연락이 끊겼지만 언젠가 유럽으로 되돌아가게 된다면 모두 나를 반갑게 맞아 주고 친구로 인정해 줄 거예요. 그리고 당신, 들라마르슈, 그리고 당신, 로빈슨, 당신들이 나를 친절하게 받아주고, 나에게 버터포드에서 수습생으로 일할 기회를 알아봐 주겠다는데 내가 당신들을 배신하려는 건 아닙니다. 그런 사실을 숨기려는 게 결코 아닙니다. 하지만 그건 다른 문제입니다. 당신들은 빈털터리지요. 그렇다고 내가 보기에 조금도 굴욕감을 느끼지 않아요. 하지만 얼마 안 되는 내 것을 시샘하고, 그 이유로 나를 업신여기려고 합니다. 나는 그것을 견딜 수 없어요. 그리고 내 트렁크를 부숴 열어 놓고도 한마디 사과도 하지 않고, 오히려 나를 모욕하고 나아가 우리 민족을 모욕하고 있어요. 그 일로 내가 당신들 곁에 머무를 가능성도 완전히 앗아 가 버렸어요. 그건 그렇고 이 모든 것은 사실 당신을 두고 하는 말이 아닙니다, 로빈슨. 나는 당신이 들라마르슈에게 너무 의존한다는 점에서만 당신의 성격에 반대합니다."

"이제 알겠어." 들라마르슈는 카를에게 다가가서 그의 주의를 환기하려는 듯 살짝 밀면서 말했다. "이제 네 정체를 알겠어. 하루 종일 넌 내 뒤를 따라다니며 내 윗옷을 붙잡고 내 모든 움직임을 흉내 내면서 그 외에는 쥐새끼처럼 가만히 있었어. 하지만 호텔에서 어떤 뒷배가 생겼는지 이제 큰소리치고 있어. 넌 조금 약삭빠른 사람이야. 우리가 이 일을 조용히 참고 넘길지는 나도 아직은 모르겠어. 낮 동안 우리를 지켜보며 모방한 것에 대한 수업료를 요구할지 말이야. 이봐, 로빈슨, 듣자 하니 우리가 이 친구 것을 부러워한다는군. 버터포드에서 하루만 일해도 — 캘리포니아는 말할 것도 없고 — 우리는 네가 보여 준 것, 그리고 당신이 윗옷 안감에 또 숨겨 두었을지도 모르는 것의 열 배 이상을 벌 수 있어. 그러니 아가리 놀리는 것을 항상 조심하란 말이야!"

카를은 트렁크에서 몸을 일으키고 아직 잠이 덜 깼으나 맥주를 마시고 약간 기운을 차린 로빈슨이 다가오는 것을 보았다. "여기 더 오래 있다가는 또 다른 깜짝 놀랄 일이 생길지도 모르겠어요. 나를 때리고 싶을 것 같네요." 그가 말했다.

"모든 인내심에는 끝이 있거든." 로빈슨이 말했다.

"잠자코 있는 게 나을 거요, 로빈슨." 카를이 들라마르슈에게서 눈을 떼지 않고 말했다. "속으로는 내 말에 동의하지만 겉으로는 들라마르슈 편을 들고 있어요!"

"그 친구를 매수할 생각인가?" 들라마르슈가 물었다.

"그럴 생각은 없어요." 카를이 말했다. "나는 떠나게 되어 기뻐요. 당신들과 더 이상 관계하고 싶지 않아요. 단 한 가지 해 둘 말이 있어요. 당신은 내가 돈이 있으면서 숨긴다고 비난했어요. 그것이 사실이라고 해도 겨우 몇 시간 전에 알게 된 사람들한테 그러는 것이 옳은 행동이 아닐까요? 지금 당신들 태도로 그런 행동 방식이 옳다는 것이 입증되지 않았나요?"

들라마르슈는 로빈슨이 꼼짝하지 않고 있는데도 "잠자코 있어."라고 말했다. 그러고서 카를에게 물었다. "넌 뻔뻔스러울 정도로 솔직한 사람이니 우리가 이처럼 편안하게 함께 서 있는 마당에 이 솔직함을 더 발휘해서 무슨 이유로 호텔에 가려고 하는지 털어놓는 게 어떨까?" 카를은 트렁크를 넘어 한 발짝 물러나야 했다. 그만큼 들라마르슈가 그에게 가까이 다가왔다. 그러나 들라마르슈는 이에 아랑곳하지 않고 트렁크를 옆으로 밀어내고 한 발짝 앞으로 다가섰다. 그러면서 잔디밭에 놓여 있던 흰 민소매 셔츠에 발을 올려놓고 질문을 되풀이했다.

 마치 그에 대답이라도 하듯 거리에서 강한 빛을 발하는 회중전등을 든 남자가 이들 쪽으로 올라왔다. 호텔 종업원이었다. 그는 카를을 보자마자 이렇게 말했다. "거의 삼십 분 동안 당신을 찾고 있었어요. 이미 도로 양쪽의 경사면을 샅샅이 뒤졌어요. 주방장이 빌려준 밀짚 바구니가 급히 필요하답니다."

 "여기에 있어요." 카를이 흥분한 나머지 불확실한 목소리로 말했다. 들라마르슈와 로빈슨은 지체 높은 낯선 사람들 앞에서 늘 그러듯 겉보기에 겸손한 태도로 옆으로 비켜섰다. 종업원는 바구니를 받아 들고 말했다. "주방장님이 물어보라고 그러십니다. 잘 생각해 보셨는지, 그리고 혹시 호텔에 묵으실 의향이 있는지 말입니다. 다른 두 분도 모시고 온다며 환영할 겁니다. 침대는 이미 준비되어 있습니다. 오늘 밤은 따뜻하지만 여기 경사지에서 자는 것은 결코 안전하지 않습니다. 가끔 뱀이 나오기도 하거든요."

 "주방장이 그처럼 친절하니 초대를 수락하겠습니다." 카를은 이렇게 말하고 동료들의 말을 기다렸다. 하지만 로빈슨은 멍하니 서 있었고, 들라마르슈는 양손을 바지 주머니에 넣은 채 별을 바라보았다. 분명 두 사람은 카를이 주저 없이 그들을 데려갈 것으로 믿었다.

"오시겠다면 호텔로 모시고 짐을 운반해 드리라는 지시를 받았습니다." 종업원이 말했다.

"그럼 잠깐 기다려 주세요." 카를은 이렇게 말하며 허리를 굽혀 아직 주위에 흩어져 있는 몇 가지 물건을 트렁크에 넣었다.

갑자기 그는 몸을 일으켰다. 트렁크 제일 위쪽에 있던 사진이 사라져 어디에서도 찾을 수 없었다. 모든 것이 완벽한데 사진만 보이지 않았다. "사진을 찾을 수 없어요." 그는 들라마르슈에게 애원하듯 말했다.

"무슨 사진인데?" 그가 물었다.

"부모님 사진 말입니다." 카를이 말했다.

들라마르슈는 "우린 사진을 보지 못했는데."라고 말했다.

"사진은 없었는데요, 로스만 씨." 로빈슨도 옆에서 거들었다.

"그럴 리 없는데." 카를이 말했다. 카를이 도움의 눈빛을 보이자 종업원이 좀 더 가까이 다가왔다. "맨 위에 있었는데 지금 보이지 않아요. 당신들이 트렁크로 장난치지 말았어야 하는데!"

"틀림없어. 트렁크에 사진은 없었어." 들라마르슈가 말했다.

"그 사진은 트렁크에 있는 다른 어떤 것보다 나에게

소중해요." 카를은 풀밭을 돌아다니며 찾고 있던 종업원에게 말했다. "말하자면 그것은 다른 것과 대체할 수 없는 물건입니다. 다시는 구할 수 없거든요." 종업원이 가망 없는 찾기를 포기하자 카를은 또 이렇게 말했다. "내가 지닌 부모님의 유일한 사진이었어요."

그러자 종업원이 다짜고짜 큰 소리로 말했다. "혹시 이분들의 주머니를 살펴보면 어떨까요."

"네, 당장 사진을 찾아야겠어요." 카를이 대답했다. "하지만 호주머니를 조사하기 전에 말하건대 자진해서 사진을 내놓는 사람에게는 트렁크를 통째로 넘겨주겠어요." 잠시 침묵이 흐른 후 카를은 종업원에게 말했다. "그러니 내 동료들은 분명 호주머니 조사를 원합니다. 하지만 지금이라도 호주머니에서 사진을 발견한 사람에게는 트렁크를 통째로 주겠다고 약속합니다. 그게 제가 할 수 있는 전부입니다."

종업원은 로빈슨보다 더 다루기 어려워 보인 들라마르슈를 즉각 조사하기 시작했다. 그러면서 로빈슨은 카를에게 맡겼다. 그는 카를에게 두 사람을 동시에 조사해야 한다고 주의를 환기시켰다. 그러지 않으면 안 보는 사이에 한 사람이 사진을 치워 버릴 수 있으니 말이다. 카를은 처음에 로빈슨의 주머니에 손을 넣는 즉시 자신의 넥타이를 발견했다. 하지만 그것을 집어 들지 않고 종업원에게 소리쳤다. "들라마르슈에게서 무엇을 찾든 전부 그에게 주세요. 내가 원하는 것은 사진뿐이에요, 사진만요."

안주머니를 뒤지던 카를의 손이 로빈슨의 뜨겁고 살진 가슴에 닿았다. 그는 자신이 동료들에게 크게 부당한 일을 저지르고 있다는 생각이 들었다. 그래서 되도록 빨리 서둘렀다. 하여튼 모든 일은 헛수고로 끝났다. 로빈슨에게서도 들라마르슈에게서도 사진이 나오지 않았다.

"아무 소용 없어요." 종업원이 말했다.

"아마 사진을 조각내 던져 버렸을 거요." 카를이 말했다. "나는 그들을 친구로 생각했지만 그들은 내게 몰래 손해를 끼치려고만 했어요. 사실 로빈슨은 사진이 나에게 그토록 소중한지 전혀 생각지 못했을 것이고, 들라마르슈는 더더욱 그랬을 겁니다." 카를의 눈앞에는 회중전등으로 작은 동그라미를 그리는 종업원만 보였고, 들라마르슈도 로빈슨을 포함해 그 외의 모든 것은 깊은 어둠 속에 있었다.

물론 두 사람을 호텔로 데려가는 것은 더 이상 말할 필요도 없었다. 종업원이 트렁크를 어깨에 메고 카를은 밀짚 바구니를 들고 떠났다. 카를이 생각에 잠겨 가던 길을 중단하고 멈춰 서서 어둠 속을 향해 외쳤을 때는 이미 거리에 내려와 있었다. "다시 한번 말하겠어요. 당신들 중 한 명이 사진을 아직 갖고 있어서 호텔로 가져다준다면 여전히 트렁크를 주겠어요. 그리고 맹세컨대 신고하지 않을 겁니다." 그러나 대답이라고 할 만한 것이 들리지 않았다. 다만 중간에 끊긴 한마디 말만 들릴 뿐이었다. 로빈슨이 소리쳐 부르기 시작했으나 들라마르슈가 즉시 그의 입을 막은 것이 분명했다. 위에서 혹시 마음을 바꿀지도 모른다고 생각하고 카를은 한참 동안 기다렸다. 그는 약간의 간격을 두고 두 번 소리쳤다. "나 아직 여기 있어요!" 그러나 아무 소리도 들리지 않았다. 우연히 떨어졌는지, 혹시 실수로 던졌는지는 몰라도 단 한 번 돌멩이 하나가 경사면에 굴러떨어졌을 뿐이다.

5 옥시덴털 호텔에서

호텔에서 카를은 곧장 사무실 같은 곳으로 안내되었다. 그곳에서 장부를 손에 든 주방장이 젊은 타이피스트에게 편지를 구술하고 있었다. 극히 정확한 구술이었다. 절제되고 탄력적인 자판 두드리는 소리에 뒤이어 가끔 벽시계의 재깍거리는 소리가 들려왔다. 벽시계는 이미 거의 11시 30분을 가리켰다.

"그만 됐어요!" 주방장이 이렇게 말하고 장부를 탁 닫았다. 타이피스트는 벌떡 일어나서 타자기 위에 나무 뚜껑을 덮었다. 그녀는 이 기계적인 작업을 하면서 카를에게서 시선을 떼지 않았다. 아직 여학생처럼 보였다. 앞치마는 매우 정성스레 다림질되었는데, 예컨대 어깨 부분에 주름이 잡혔고 꽤 높이 올린 머리 모양을 하고 있었다. 이러한 세부 사항을 본 다음 그 진지한 얼굴을 보면 사람들은 약간 놀랐다. 그녀는 먼저 주방장을 향해,

그다음에 카를을 향해 인사한 후 자리를 떴다. 카를은 자기도 모르게 묻는 듯한 시선으로 주방장을 바라보았다.

"이렇게 와 줘서 반가워요." 주방장이 말했다. "그런데 동료들은요?"

"그들은 데려오지 않았어요." 카를이 말했다.

"그들은 아침 일찍 행군하겠네요." 주방장이 스스로에게 그 문제를 설명하려는 듯 말했다.

'그녀가 나도 같이 행군한다고 생각하지 않을까?' 카를은 속으로 이렇게 묻고는 의심을 없애기 위해 "우린 다투고 헤어졌어요."라고 말했다.

주방장은 이를 기분 좋은 소식으로 받아들이는 듯했다. "그럼 자유로운가요?" 그녀가 물었다.

"네, 자유롭습니다." 카를이 말했다. 그에게는 그보다 더 무가치한 일은 없는 것 같았다.

"저기, 이 호텔에서 일하고 싶지 않아요?" 주방장이 물었다.

"그러고 싶지만 할 줄 아는 게 별로 없어서요. 예컨대 타자기도 칠 줄 모르거든요."

"그게 가장 중요한 것은 아니에요." 주방장이 말했다. "당분간은 극히 사소한 일만 맡을 거예요. 그런 다음에는 근면과 주의로 승진하도록 노력해야 할 거예요. 아무튼 이렇게 세상을 떠돌아다니는 대신 어딘가에 정착하는 게 더 낫고 더 적합할 걸로 생각해요. 당신은 떠돌아다니는 게 적성에 맞지 않는 것 같아요."

'외삼촌도 이 모든 것에 동의하실 거야.' 카를은 혼자 생각하며 동의하듯 고개를 끄덕였다. 동시에 사람들이 이렇게 걱정해 주는데 아직 자기소개를 하지 않았다는 생각이 떠올랐다. "죄송합니다. 아직 내 소개를 하지 않았군요. 내 이름은 카를 로스만입니다."

"독일인이네요, 그렇죠?"

"네. 미국에 온 지 아직 얼마 되지 않았어요." 카를이 말했다.

"어디 출신이에요?"

"보헤미아의 프라하 출신입니다." 카를이 말했다.

"그것 보세요." 주방장은 영어 억양이 강한 독일어로 외치며 양팔을 높이 쳐들었다. "그럼 같은 동포네요. 내 이름은 그레테 미첼바흐이고 빈 출신이에요. 그리고 프라하를 아주 잘 알아요. 바츨라프 광장의 황금 거위장(Goldene Gans)에서 반년 동안 일한 적이 있거든요. 한번 생각해 보세요."

"그게 언제였나요?" 카를이 물었다.

"아주 오래전 일이에요."

"옛날 황금 거위장은 이 년 전에 헐렸어요." 카를이 말했다.

"네, 물론이지요." 주방장이 옛 추억에 잠겨 말했다.

그러나 갑자기 활기를 되찾은 그녀는 카를의 손을 잡고 외쳤다. "이제 내 동포라는 것이 밝혀졌으니 어떤 일이 있어도 이곳을 떠나서는 안 돼요. 나한테 그러면 안 된다고요. 이를테면 엘리베이터 보이가 되고 싶지 않아요? 네라고만 하면 돼요. 조금만 돌아다녀 봤다면 그런 일자리를 얻는 게 그리 쉽지 않다는 걸 알 거예요. 첫출발로는 생각할 수 있는 최고예요. 당신은 온갖 손님과 만나고, 사람들은 항상 당신을 바라보며 간단한 일을 시키지요. 요컨대 매일 좀 더 나은 일을 할 기회가 주어져요. 그 외의 모든 것은 내가 보살펴 줄게요."

"엘리베이터 보이가 되고 싶어요." 카를이 잠시 뜸을 들이다가 말했다. 김나지움을 오 년 다닌 걸 고려하면 이런 일자리를 두고 망설인다는 건 터무니 없는 일이다. 오히려 여기 미국에서는 김나지움을 오 년 다닌 것이 부끄러운 일일지도 모른다. 아무튼 엘리베이터 보이는 항상 카를의 마음에 들었다. 그들은 호텔의 장식품처럼 생각되었다.

"언어 능력이 필요하지 않나요?" 그가 또 물었다.

"당신은 독일어와 멋진 영어를 할 줄 압니다. 그걸로 충분해요."

"미국에서 영어를 배운 지 두 달 반밖에 안 됐어요." 카를이 말했다. 그는 자신의 유일한 장점을 숨겨서는 안 된다고 생각했다. "그 정도면 충분해요." 주방장이 말했다. "내가 영어에 얼마나 어려움을 겪었는지를 생각하면 말이에요. 하지만 삼십 년 전의 일이지요. 바로 어제 그 이야기를 했어요. 어제가 내 쉰 번째 생일이었거든요." 그러면서 그녀는 미소 지으며 카를의 표정에서 쉰이란 나이의 위엄이 어떤 인상을 불러일으켰는지 읽어 내려고 했다.

"그럼 행운을 빕니다." 카를이 말했다.

"그건 언제든 필요한 말이죠." 그녀는 이렇게 말하고 카를과 악수를 나누었다. 그녀는 독일어로 말할 때 떠오른 고향의 옛 말투를 듣고 다시 반쯤 슬퍼졌다.

"하지만 당신을 이곳에 붙잡아 두겠어요." 그녀가 외쳤다. "무척 피곤해 보이네요. 낮에 모든 것을 훨씬 더 잘 논의할 수 있을 거예요. 동포를 만난 기쁨에 정신이 멍해졌어요. 이리 오세요, 당신 방으로 안내할게요."

"또 한 가지 부탁이 있습니다, 주방장님." 카를은 탁자 위 전화기를 바라보면서 말했다. "어쩌면 내일 이른 시각에 옛 동료들이 사진을 한 장 가져다줄지도 모릅니다. 꼭 필요한 사진입니다. 부탁입니다만 수위에게 전화해서 그들을 나한테 보내거나 나를 그들이 있는 곳으로 데려다주시겠어요?"

"알겠어요." 주방장이 말했다. "하지만 그가 사진을

받아 오면 충분하지 않을까요? 어떤 사진인지 물어봐도 될까요?"

"부모님 사진입니다." 카를이 말했다. "아니요, 내가 그들과 직접 이야기해야 합니다." 주방장은 더 이상 아무 말 하지 않고 수위실에 전화를 걸어 카를의 방 번호를 536호실로 알려 주며 적절한 명령을 내렸다.

그런 다음 그들은 입구의 맞은편 문을 통해 작은 복도로 나갔다. 어린 엘리베이터 보이가 엘리베이터 난간에 기대어 잠들어 있었다.

"우리가 직접 이용할 수 있어요." 주방장이 나지막이 말하며 카를을 엘리베이터 안으로 들여보냈다. "열 시간에서 열두 시간의 근무는 이런 소년에게는 사실 좀 많은 편이에요." 그녀는 위로 올라가는 동안 말했다. "하지만 그게 미국의 독특한 점이지요. 예컨대 이 어린 소년도 육 개월 전에야 부모님과 함께 이곳에 왔어요. 이탈리아인이에요. 이제 그는 그 일을 견뎌 내기 어려워 보여요. 벌써 얼굴에 살이 빠지고, 근무 중에 잠이 들어요. 본디 하겠다는 의욕은 있는데 말이에요. 하지만 여기나 미국의 다른 곳에서 반년만 근무하면 뭐든 쉽게 견딜 수 있어요. 오 년 후면 강한 남자가 될 거예요. 그런 예를 들라면 몇 시간 동안이나 이야기할 수 있어요. 그렇다고 당신을 염두에 둔 것은 아니에요. 당신은 힘찬 소년이기 때문이에요. 열일곱 살 아닌가요?"

"다음 달이면 열여섯 살이 됩니다." 카를이 대답했다.

"이제 겨우 열여섯 살이라고요?" 주방장이 말했다. "그러니 용기를 내요!"

그녀는 카를을 위층으로 데리고 갔다. 다락방이라서 벽이 경사져 있었다. 그 외에 백열등이 두 개 달려 있어 매우 살기 좋아 보였다.

"시설에 놀라지 말아요." 주방장이 말했다. "말하자면 호텔 방이 아니라 방 세 개짜리인 내 아파트 방이에요. 그러니 내게는 조금도 방해되지 않을 거예요. 연결문을 잠가 둘 테니 아무런 지장이 없을 거예요. 내일이면 신입 호텔 직원으로서 물론 자신만의 조그만 방을 갖게 될 거예요. 동료들과 같이 왔으면 공동 숙소에 잠자리를 마련해 줬을 거예요. 그런데 혼자 왔으니 소파에서 자야 하더라도 이곳이 더 잘 어울릴 거예요. 힘을 내서 근무할 수 있도록 잘 자요. 내일은 아직 그리 힘들지 않을 거예요."

"친절에 거듭 감사드립니다."

"잠깐만요," 그녀는 밖으로 나가다 걸음을 멈추고 말했다. "조금 있다가 깨울 거예요." 그리고 그녀는 방 한쪽으로 다가가서 문을 두드리며 "테레제!" 하고 외쳤다.

"네, 주방장님." 타이피스트의 작은 목소리가 들렸다.

"나를 일찍 깨우러 올 때는 복도 건너편으로 와야 해.

이 방에는 손님이 자고 있어. 그는 파김치가 되어 있거든.”
주방장은 이 말을 하는 동안 카를을 향해 미소 지었다.
“알겠어?”

"네, 주방장님.”

“그럼, 잘 자요!”

“안녕히 주무세요!”

“말하자면 나는…….” 주방장이 설명을 덧붙였다.
“몇 년 전부터 이상하게 잠을 잘 자지 못해요. 지금 나는
내 위치에 만족할 수 있고, 사실 걱정할 필요가 없어요.
그러나 이 불면증을 유발하는 것은 이전에 했던 걱정들의
결과가 분명해요. 새벽 3시에 잠이 들면 기쁠 거예요.
하지만 벌써 5시에, 늦어도 5시 30분에는 직장에 가
있어야 해서 나를 깨우게 해야 해요. 그것도 지금보다
더 신경과민이 되지 않도록 특히 조심스럽게 깨우도록
해야 해요. 그때 나를 깨우는 사람이 테레제예요. 하지만
이제 당신은 사실 이미 모든 걸 알고 있어요. 그리고 나는
도저히 떠날 수 없어요. 잘 자요!” 그녀는 몸이 무거운데도
거의 쏜살같이 방에서 나갔다.

카를은 하루 종일 무척 힘들게 움직였으므로
잠들기를 손꼽아 기다렸다. 그리고 방해받지 않는
장시간의 수면을 위해 이보다 더 아늑한 환경을 바랄
수 없었다. 이 방은 침실이라기보다는 오히려 거실에

가까웠다. 더 정확히 말하자면 주방장의 응접실이었다.
오늘 밤 카를을 위해 특별히 세면대를 가져다 놓았다.
그럼에도 카를은 침입자처럼 느껴지지 않고, 그런
만큼 더 잘 보살핌을 받는 느낌이었다. 그의 트렁크는
제대로 세워져 있었고, 아마 지금까지 이보다 더 안전한
적이 없었을 것이다. 많은 서랍이 달린 낮은 장롱에는
그물눈이 성긴 모직 덮개가 덮여 있었다. 액자와 유리장
아래 액자에는 여러 사진이 끼워져 있었다. 카를은 방을
둘러보다가 그 자리에 멈춰 서서 사진들을 바라보았다.
대체로 오래된 사진들이었고, 대부분 소녀들을 찍었다.
소녀들은 유행에 뒤진 불편한 옷을 입고서 작지만 높다란
모자를 단정치 못하게 쓰고 있었다. 오른손을 양산에 얹고
바라보는 사람 쪽을 향했지만 시선은 피하고 있었다. 남자
사진 중에서 특히 한 젊은 병사의 모습이 눈에 띄었다.
그는 조그만 탁자 위에 군모를 놓고 부동자세로 서 있었다.
검은 머리카락은 흐트러져 있었다. 얼굴에 의기양양한
웃음이 가득했지만 억누르고 있었다. 군복 단추는 사진
찍은 뒤 금박을 입혔다. 이 사진들은 모두 유럽에서 찍은
것으로 보였다. 뒷면을 보면 정확한 사실을 알겠지만
카를은 뒷면에 손대려고 하지 않았다. 여기 있는 이
사진들처럼 그는 부모님 사진을 미래의 자기 방에 진열해
두고 싶었다.

그는 옆방의 여자 때문에 되도록 소리가 안 나게
온몸을 깨끗이 씻은 뒤 단잠을 미리 맛보면서 곧바로
긴 소파에 사지를 쭉 뻗고 누웠다. 그때 희미하게 문
두드리는 소리가 들렸다. 어떤 문인지 바로 알 수 없었고,
그냥 우연히 나는 소음일지도 몰랐다. 그 소리가 바로
되풀이되지는 않았다. 카를이 어느새 거의 잠이 들었을
때 그 소리가 다시 들렸다. 하지만 이제 그것이 문
두드리는 소리이고 타이피스트의 문에서 나는 소리라는
것은 의심할 여지가 없었다. 카를은 발끝으로 문을 향해
달려가서, 그럼에도 옆방 사람이 잠들어 있다면 아무도
깨울 수 없을 만큼 나지막한 소리로 "무슨 일인가요?"라고
물었다. 그러자 곧 나지막한 소리로 대답이 돌아왔다.
"문을 열어 주시겠어요? 열쇠는 그쪽에 꽂혀 있어요."
"잠깐만요. 먼저 옷부터 입어야겠어요." 카를이 말했다.

잠시 쉬었다가 대답이 들려왔다. "그럴 필요 없어요.
문을 열고 침대에 들어가 누우세요. 잠시 기다릴게요."

"알았어요." 카를은 이렇게 말하고 시키는 대로 했다.
단지 전등을 켰을 뿐이었다. "난 이미 누웠어요." 그는 좀
더 큰 소리로 말했다. 바로 그때 작은 타이피스트가 어두운
방에서 나왔다. 아래쪽 사무실에 있을 때와 똑같은 옷을
입고 있었다. 아마 밤새 잠잘 생각을 하지 않은 모양이다.

"거듭 죄송해요." 그녀는 이렇게 말하고 카를의

침대 앞에 몸을 조금 숙인 채 말했다. "이 일을 누설하지 마세요, 제발요. 오래 방해하지 않겠어요. 무척 피곤하실 테니까요."

"그리 흉하지는 않지만, 그래도 옷을 입었더라면 더 좋았을 텐데요." 카를이 말했다. 그는 잠옷을 입지 않았으므로 목까지 덮으려면 몸을 쭉 뻗고 누워 있어야 했다.

"잠깐만 있을게요." 그녀가 안락의자를 향해 손을 뻗으며 말했다. "긴 소파에 앉아도 될까요?"

카를은 고개를 끄덕였다. 그녀가 긴 소파에 너무 가까이 앉아서 그녀를 쳐다보기 위해 카를은 벽 쪽으로 몸을 움직여야 했다. 그녀의 둥근 얼굴은 균형 잡혀 있었다. 이마만 특이하게 튀어나왔다. 어쩌면 그리 어울리지 않는 머리 모양 때문일 수도 있었다. 옷은 매우 깨끗하고 꼼꼼히 손질되어 있었다. 왼손에 손수건을 쥐고 있었다.

"여기 오래 계실 건가요?" 그녀가 물었다.

"아직 확정된 것은 아니지만 여기 있을 것 같아요." 카를이 대답했다.

"그러는 게 좋을 것 같아요." 그녀는 손수건으로 얼굴을 훔치며 말했다. "여긴 너무 외로워요."

"이상하네요." 카를이 말했다. "주방장이 당신한테

무척 친절한데요. 당신을 전혀 직원처럼 대하지 않던데요. 친척인 줄 알았어요."

"오, 아니에요. 내 이름은 테레제 베르히톨트이고 포메른 출신이에요." 그녀가 말했다.

카를도 자기소개를 했다. 그가 이름을 말하자 그녀는 약간 낯설게 느껴진 듯 처음으로 그를 빤히 쳐다보았다. 두 사람은 잠시 침묵했다. 그런 다음 그녀가 말했다. "나를 배은망덕하다고 생각해서는 안 돼요. 주방장님이 안 계신다면 내 사정이 훨씬 더 나쁠지도 몰라요. 나는 전에 호텔의 주방 하녀로 일했는데 힘든 일을 하지 못해 해고될 위기에 처해 있었어요. 이곳에서는 요구가 많거든요. 한 달 전에는 주방 하녀 한 사람이 과로로 실신해 이 주간 병원에 입원하기도 했어요. 나는 몸이 별로 튼튼하지 못해 전에 많은 고통을 겪어야 했어요. 그 결과 발육이 약간 지체되었어요. 벌써 열여덟 살인데 아마 그렇게 보이지 않을 거예요. 하지만 이제는 좀 더 튼튼해졌어요."

"이곳 근무가 무척 힘든 모양이네요." 카를이 말했다. "조금 전에 보니 아래층에서 엘리베이터 보이가 선 채로 졸고 있더군요."

"그래도 엘리베이터 보이들의 사정이 제일 나아요." 그녀가 말했다. "그들은 팁으로 꽤 많은 돈을 벌어요. 그리고 주방 사람들보다 일하기가 훨씬 편해요. 하지만

나는 언젠가 행운을 잡았어요. 주방장님에게 연회를
위해 냅킨 접을 하녀가 필요했거든요. 주방장님이 우리
주방 하녀들이 있는 곳으로 내려왔어요. 그곳에는 약 쉰
명의 하녀가 있어요. 내가 마침 일을 거들었는데 무척
만족해했어요. 내가 냅킨 접는 일을 무척 잘했거든요.
그래서 그때부터 주방장님은 나를 가까이 두고 점차 비서
일을 가르쳐 줬어요. 그러면서 아주 많은 일을 배웠어요."

"타자 칠 게 그렇게 많아요?" 카를이 물었다.

"네, 굉장히 많아요." 그녀는 말했다. "아마 상상도
못 할 거예요. 내가 오늘 11시 30분까지 일한 것을
보셨잖아요. 오늘이 특별한 날은 아니에요. 하지만 나는
줄곧 타자만 치는 것은 아니고 시내에서 할 일도 많아요."

"도시 이름이 뭔가요?" 카를이 물었다.

"모르세요?" 그녀는 람세스라고 대답했다.

"큰 도시인가요?" 카를이 물었다.

"아주 커요." 그녀가 대답했다. "난 거기 가는 게
싫어요. 그런데 벌써 졸린 거 아닌가요?"

"아니, 아닙니다. 당신이 온 이유를 아직 도무지
모르겠는데요." 카를이 말했다.

"대화 상대가 없어서요. 나는 엄살이 심한 여자가
아니에요. 내 말을 들어 주는 사람이 아무도 없을
때 누군가 내 말을 들어 주면 행복하거든요. 아까

아래쪽 홀에서 당신을 봤어요. 주방장님을 모시러
가는 길이었는데 주방장님이 당신을 식품 저장실로
데려가더군요."

"정말 끔찍한 홀이었어요." 카를이 말했다.

"이젠 더 이상 그런 생각이 안 들어요." 그녀가
대답했다. "하지만 주방장님이 어머니만큼이나 내게
친근하게 대해 주시는 분이라고 말하고 싶었을 뿐이에요.
하지만 허심탄회하게 말하기에는 우리의 지위 차이가 너무
커요. 예전에는 주방 하녀 중에 좋은 친구들이 있었지만
오래전에 이곳을 떠났어요. 새로 온 소녀들은 거의 알지
못해요. 이따금 이런 생각이 들기도 해요. 지금 하는 일이
전에 하던 일보다 더 힘들고 전에 하던 일만큼 잘하지도
못하는데 주방장님은 나를 불쌍히 여겨 이 자리에 그대로
두시는 게 아닌가 하고요. 말인즉 비서가 되려면 사실 학교
교육을 더 많이 받았어야 해요. 이런 말을 하면 죄스럽지만
가끔은 미쳐 버릴까 두려워요. 원 세상에." 그녀는 갑자기
훨씬 더 빨리 말하고는 카를이 담요 아래에 손을 넣고
있어서 그의 어깨를 향해 슬쩍 손을 뻗었다. "하지만 이
얘기를 주방장님에게 한마디도 하면 안 돼요. 그럼 난 정말
큰일 나요. 내 일로 성가시게 하는 것 외에 또 고통을 안겨
드린다면 정말 큰 잘못일 거예요."

"당연히 아무 말도 하지 않을게요." 카를이 대답했다.

"그럼 됐어요." 그녀가 말했다. "계속 이곳에 계세요. 당신이 계시면 기쁠 거예요. 괜찮다면 같이 힘을 합칠 수도 있을 거예요. 처음 본 순간부터 당신에 대한 신뢰가 생겼어요. 그렇지만 — 나는 이런 못된 생각을 했지 뭐예요 — 주방장이 나 대신 당신을 비서로 앉히고 나를 내쫓을까 봐 겁이 났어요. 당신이 아래쪽 사무실에 있는 동안 나는 오랫동안 혼자 앉아 있었어요. 그때 비로소 생각을 고쳐먹고 당신이 내 일을 떠맡는 것이 더 좋지 않을까 생각했어요. 확실히 당신이 나보다 이해가 빠를 테니까요. 시내에서 하는 일이 당신 마음에 들지 않는다면 그 일은 내가 할 수도 있어요. 하지만 안 그러면 주방에서 내가 확실히 훨씬 더 쓰임새가 있을 거예요. 특히 몸도 이제 조금 더 튼튼해졌으니까요."

"그 일은 이미 결정된 문제입니다." 카를이 말했다. "나는 엘리베이터 보이로 일하고 당신은 계속 비서로 일하도록요. 하지만 주방장님께 당신의 계획을 조금이라도 암시한다면 나 역시 당신이 오늘 내게 한 말을 죄다 털어놓을 겁니다. 미안한 일이지만요."

이 말에 테레제는 너무 흥분해서 침대 옆으로 몸을 던지고 얼굴을 침대 시트에 파묻고는 훌쩍였다.

"난 아무 말도 하지 않겠어요." 카를이 말했다. "하지만 당신도 아무 말도 해선 안 됩니다."

이제 그는 더 이상 완전히 이불 속에 숨어 있을 수 없었다. 그녀의 팔을 약간 쓰다듬으며 그녀에게 무슨 말을 해 줄 수 있을지 적절한 말을 찾지 못했다. 이곳 생활이 쓰라리다는 생각만 했을 뿐이었다. 마침내 그녀는 적어도 우는 것은 부끄러운 일이라고 생각할 만큼 마음이 진정되었다. 그녀는 카를을 고마워하는 마음으로 바라보면서 내일 늦게까지 자라고 말했다. 그리고 시간이 되면 8시경에 깨우러 오겠다고 약속했다.

"참으로 눈치 있게 깨우는 재주가 있군요." 카를이 말했다.

"네, 몇 가지 할 줄 아는 일이 있어요." 그녀는 작별 인사로 그의 이불을 손으로 부드럽게 쓰다듬고 자기 방으로 달려갔다.

다음 날 주방장이 람세스 구경을 위해 하루를 쉬어도 좋다고 했지만 카를은 즉시 근무를 시작해야 한다고 고집했다. 그러나 앞으로 구경할 기회는 또 있을 테니 지금 제일 중요한 것은 일을 시작하는 것이라고 솔직하게 설명했다.

유럽에서 다른 목적으로 시작한 일은 아무 보람이 없어 이미 그만두었고, 적어도 더 유능한 젊은이라면 당연한 이치로 더 수준 높은 일자리를 맡을 나이에 자신은 엘리베이터 보이로 시작하는 것이기 때문이었다.

엘리베이터 보이로 시작하는 것은 전적으로 옳지만
급히 서둘러야 하는 것 역시 마찬가지로 옳았다. 이런
상황에서는 도시 구경이 전혀 즐겁지 않을 것이라고
했다. 그는 테레제가 촉구한 지름길을 택할 결심조차
할 수 없었다. 열심히 일하지 않으면 결국 들라마르슈와
로빈슨처럼 될지도 모른다는 생각이 그의 눈앞에 자꾸
맴돌았다.

    카를은 호텔 재봉사한테 가서 엘리베이터 보이 제복을
입어 보았다. 금색 단추와 금색 끈이 달려 겉보기에는 매우
화려했지만 카를은 옷을 입으면서 약간 소름이 돋았다.
특히 상의 겨드랑이 부분이 차갑고 딱딱한 데다 먼저 이
옷을 입었던 엘리베이터 보이들이 흘린 땀으로 다 마르지
않은 채 젖어 있어서였다. 또한 카를의 몸에 맞게 특히
가슴 언저리를 넓혀야 했다. 현재 열 벌 중 당분간이라도
카를이 입을 만한 옷이 없었기 때문이다. 이를 위해
바느질 작업이 필요했다. 그는 인도받은 제복을 두 번이나
작업장으로 돌려보냈다. 재봉사가 무척 곤혹스러워하는
것 같았다. 그렇지만 모든 일이 채 오 분도 안 돼
처리되었다. 카를은 몸에 딱 맞는 바지와 꽉 끼는 상의를
입은 엘리베이터 보이의 모습으로 작업실에서 나왔다.
그렇지만 재봉사는 상의가 꽉 끼지 않을 거라고 장담했다.
그는 여전히 숨 쉴 수 있는지 확인해 보려고 자꾸만 숨쉬기

연습을 하고 싶은 유혹을 느꼈다.

그런 다음 그는 자신에게 지시를 내릴 지배인에게 인사하러 갔다. 이미 사십 대로 보이는 그는 코가 크고 호리호리한 잘생긴 남자였다. 그는 대화를 나눌 시간이 조금도 없었다. 종을 울려 엘리베이터 보이 한 명을 불러 주었을 뿐이다. 공교롭게도 카를이 어제 본 바로 그 보이였다. 종업원은 그를 세례명인 자코모라고만 불렀는데 영어 발음으로는 알아들을 수 없어서 카를은 나중에야 그 이름을 알게 되었다. 이 소년은 엘리베이터 근무에 필요한 사항을 카를에게 알려 주는 임무를 받았다. 하지만 그가 너무 수줍어하고 또 서두르는 바람에 카를은 몇 가지 일마저도 제대로 배울 수 없었다. 사실 알려 줄 만한 것도 별로 없었다. 보아하니 자코모는 카를 때문에 엘리베이터 근무를 그만두어야 했고, 그 대신 객실 담당 하녀를 돕는 일을 맡게 되었다. 그 때문에 그는 확실히 기분이 상해 있었다. 하지만 그가 털어놓지 않은 특정 경험에 따르면 이러한 사실은 그에게 불명예스러운 일로 여겨졌다. 엘리베이터 보이란 단순히 버튼을 눌러 작동시키는 한에서만 엘리베이터의 기계 장치와 관계 있다는 사실에 카를은 무엇보다 실망했다. 반면에 동력 장치의 수리는 오로지 호텔의 기계공이 담당했다. 그래서 예컨대 자코모는 반년 동안 엘리베이터 근무를 했음에도 지하실의 동력 장치도 엘리베이터 내부의 기계 장치도 눈으로 직접 본 적이 없었다. 그가 분명히 입 밖에 내어 말했듯이 그랬다면 무척 기뻤을 것이라고 했다. 요컨대 그 일은 단조로운 업무였다. 낮과 밤을 교대로 열두 시간 근무하기 때문에 너무 힘들어서 자코모의 말에 따르면 몇 분씩이라도 선 채로 잘 수 없으면 도저히 견디지 못한다고 했다. 이에 대해 카를은 아무 말도 하지 않았다. 그러나 바로 이 기술 때문에 자코모가 일자리를 잃었다고 파악했다.

카를이 맡기로 한 엘리베이터는 몇 개의 최상층만 운행했다. 그래서 극히 까탈스러운 부유층 사람들을 상대하지 않아도 되는 것은 카를에게 퍽 다행스러운 일이었다. 물론 여기서는 다른 곳에서만큼 많이 배울 수는 없었으나 시작으로는 좋은 편이었다.

첫 주가 지나자 벌써 카를은 자신이 근무를 완벽히 감당할 수 있다는 것을 알았다. 그의 엘리베이터 놋쇠는 가장 잘 닦여 있었다. 다른 서른 대의 엘리베이터는 그것과 비교할 수 없었다. 같은 엘리베이터에서 근무하는 소년이 그와 비슷하게 부지런했더라면, 그리고 자신의 소홀함이 카를의 부지런함에 의해 메워진다고 느끼지 않았더라면 그 놋쇠는 더욱 번쩍거렸을 것이다. 미국에서 태어난 그의 이름은 리넬이었다. 검은 눈동자에 매끈하고 약간 움푹 들어간 뺨을 가진 허영기 있는 소년이었다. 우아한 사복 정장 한 벌을 가지고 있었는데 비번 날 저녁이면 그 옷에 살짝 향수를 뿌리고 시내로 서둘러 갔다. 가끔 집안일로 자리를 비워야 한다면서 저녁에 자기 대신 근무해 달라고 카를에게 부탁하기도 했다. 그의 모습이 그러한 모든 핑계와 어울리지 않는다는 사실에는 별로 신경 쓰지 않았다. 그럼에도 카를은 그를 좋아했다. 그리고 리넬이 외출 전 저녁에 사복 차림으로 그의 앞 엘리베이터 옆에 멈춰 서서 장갑을 손가락에 끼는 동안 미안하다고 말한 뒤 복도를 통과해 떠나가는 것을 좋아했다. 아무튼 카를은 이러한 대리 근무로 그의 호감을 사려고 했다. 처음에는 좀 더 나이 많은 동료에 대해 그렇게 하는 것이 당연한 일로 여겨졌다. 그렇다고 계속 그런 식으로 굳어져서는 안 되었다. 계속 엘리베이터를 타고 오르내리는 일은 물론 충분히 피곤한 일인 데다가 저녁 시간에는 거의 쉴 틈이 없었기 때문이다.

곧 카를은 또한 엘리베이터 보이에게 요구되는 깊이 머리 숙여 하는 짧은 인사법을 배웠다. 팁은 재빨리 받아 챙겼다. 그것은 그의 조끼 호주머니 속으로 사라졌다. 그의 표정으로 액수가 많은지 적은지는 아무도 알 수 없었으리라. 숙녀들 앞에서는 덤으로 약간 정중한 태도를 보이며 문을 열고 그들 뒤에서 천천히 엘리베이터에 훌쩍 올라탔다. 그녀들은 스커트며 모자, 장신구가 신경 쓰여 남자들보다 더 머뭇거리곤 하기 때문이다. 운행 중에는 승객에게 등을 돌리고 문 바로 옆에 섰다. 그곳이 가장 눈에 띄지 않아서였다. 그리고 엘리베이터 문의 손잡이를 잡고 있었다. 도착하는 순간 재빨리, 가령 깜짝 놀라지 않도록 문을 옆으로 밀치기 위해서였다. 운행 중에 누군가 사소한 정보를 얻기 위해 어깨를 두드리는 경우가 아주 가끔 있었다. 그는 마치 기다렸다는 듯이 재빨리 몸을 돌리고 큰 소리로 대답했다. 엘리베이터 대수가 무척 많았지만 특히 연극이 끝났을 때나 특정 급행 열차가 도착한 뒤에는 승객들로 붐볐다. 그럴 때는 손님이 위층에서 내리자마자 다시 급히 아래로 내려와 기다리는 손님들을 태워야 했다. 그는 또한 엘리베이터 내부를 관통하는 와이어 로프를 당겨서 보통 때보다 속도를 높일 수 있다는 것도 알았다. 물론 이는 엘리베이터 규칙상 금지되어 있었고, 또한 위험하기도 했다. 카를은 승객과 함께 탈 때는 절대 그런 일을 하지 않았다. 하지만 승객을 위에서 내려 주고 아래에서 다른 승객이 기다릴 때는 망설이지 않고 선원처럼 힘차게 박자에 맞추어 와이어 로프를 잡아당겼다. 그런데 그는 다른 엘리베이터 보이들도 그런다는 것을 알았다. 그는 다른 소년들에게 승객을 빼앗기고 싶지 않았다. 이런 곳에 흔히 있는 일이듯 이 호텔에는 비교적 장기간 투숙하는 손님들이 몇 명 있었다. 이들은 카를을 엘리베이터 보이로 알아본다는 표시로 가끔 미소를 지어 보였다. 카를은 이러한 친절함을 진지한 얼굴로 그러나 흔쾌히 받아들였다. 가끔 승객이 덜 붐빌 때는 특별한 사소한 부탁을 들어주기도 했다. 예컨대 잊고 온 자질구레한 물건을 가지러 다시 방에 가기 귀찮아하는 손님의 부탁 같은 것 말이다. 이때는 그런 순간에 자신에게 특히 친숙한 엘리베이터를 타고 혼자 급히 올라가서 자신이 본 적이 없는 대체로 진기한 물건들이 주위에 놓여 있거나 옷걸이에 걸린 낯선 방에 들어갔다. 낯선 비누, 향수, 구강 세척수 특유의 냄새가 느껴졌다. 그는 보통 제대로 알려 주지 않았어도 조금도 지체하지 않고 찾은 물건을 가지고 다시 급히 되돌아 나왔다. 그는 좀 더 큰 용무를 맡지 못해 가끔 유감스럽게 생각했다. 그런 일은 자전거나 심지어 오토바이를 타고 용무를 수행하는 하인이나 심부름 소년이 맡았다. 다만 객실에서 식당이나 도박장으로 심부름을 가는 경우 가끔 기회가 좋을 때면 카를이 그 일을 맡을 수 있었다.

열두 시간의 근무가 끝난 후 사흘간은 저녁 6시에, 그다음 사흘간은 아침 6시에 퇴근하면 카를은 너무 피곤해서 아무에게도 신경 쓰지 않고 곧장 잠자리에 들었다. 침대는 엘리베이터 보이들의 숙소에 있었다.

주방장의 영향력은 그가 첫날 저녁에 생각했던 것만큼
그다지 크지 않은 모양이었다. 그녀는 카를이 혼자 쓸 작은
방을 마련해 주려고 애를 썼고, 아마 성공할 수 있었을지도
모른다. 하지만 그는 이 일이 무척 어렵다는 것과 주방장이
자신의 상관인 무척 바쁜 지배인과 이 일 때문에 통화하는
것을 보고 자기 방을 얻는 것을 포기했다. 그는 스스로
일해서 얻지 않은 특권으로 다른 소년들의 부러움을
사고 싶지 않다고 말하면서 주방장에게 자신의 포기가
진심임을 설득했다.

    물론 이 숙소는 조용한 침실이 아니었다. 소년들은
각자 열두 시간의 자유 시간을 식사, 수면, 오락, 부업에
다양하게 활용했기 때문에 줄곧 아주 많은 움직임이
있었다. 어떤 소년들은 자면서 아무 소리도 들리지
않도록 귀 위까지 이불을 뒤집어썼다. 그러다가 잠이
깬 어떤 사람은 다른 소년들의 시끄러운 잡담에 너무
격분해서 고함을 지르는 바람에 잠자던 다른 선량한
사람들도 도저히 견딜 수 없을 정도였다. 거의 모든 소년이
제 파이프를 가지고 있어서 그것으로 일종의 사치를
부렸다. 카를도 파이프를 하나 마련해 곧 그것에 취미를
붙였다. 그러나 근무 중에는 담배를 피워서는 안 되었다.
그 결과 침실에서는 누구든 딱히 잠을 자지 않는 한
담배를 피워 댔다. 그래서 침대마다 연기가 피어올라 방

안에 연기가 자욱했다. 밤에는 침실 한쪽 끝에만 불을 켜도록 한다는 원칙에 대다수가 찬성했음에도 이를 관철하기는 불가능했다. 이 제안이 실행된다면 자고 싶은 사람은 침실 절반의 — 침대가 마흔 개나 있는 대형 침실이었다 — 어둠 속에서 조용히 잘 수 있었다. 반면에 나머지 사람들은 불이 켜진 곳에서 주사위 놀이나 카드놀이를 하고, 불이 필요한 그 외의 온갖 일을 처리할 수 있었을 것이다. 불이 켜진 절반 쪽에 침대가 있는 사람이 자러 가고 싶을 때는 어둠 속의 빈 침대에 누울 수 있었을 것이다. 빈 침대가 항상 충분했고, 이처럼 다른 사람이 자기 침대를 잠시 이용하는 데 반대하지 않았기 때문이다. 그러나 이러한 규칙이 지켜진 밤은 없었다. 예컨대 어둠을 이용하여 잠을 조금 자고 난 두 사람은 번번이 서로를 발견하고 그들 침대 사이에 놓인 판자 위에서 카드놀이를 하고 싶은 기분이 들었다. 물론 그들은 적절한 전등을 켰다. 그러면 잠자는 사람들이 전등 쪽을 향해 누워 있는 경우 날카로운 불빛이 그들을 갑자기 잠에서 깨웠다. 그들은 한동안 이리저리 뒤척이다 결국 어쩔 수 없이 역시 깨어난 옆 사람과 새로 불을 켜고 카드놀이를 해야 했다.

그러면 모두 파이프로 다시 담배를 피웠다. 물론 어떤 일이 있어도 잠을 자겠다는 이들도 몇 명 있었다. 카를은 보통 그중 하나였다. 이런 자들은 머리를 베개 위에 얹는 대신 머리를 베개로 덮거나 베개에 파묻는다.
그러나 옆 사람이 근무 전에 시내에서 약간 즐거움을
추구하기 위해 한밤중에 일어나기도 한다. 그는 침대
머리맡에 달린 세면대에서 시끄럽게 물을 튀기며 몸을
씻는다. 그리고 덜커덩거리는 소리를 내며 부츠를 신을 뿐
아니라 그 안에 더 잘 넣기 위해 쾅쾅 발을 구른다. 거의
모든 소년이 미국형임에도 너무 꽉 끼는 부츠를 가지고
있었다. 그런 다음 마지막으로 옷차림에 사소한 어떤 것이
빠졌다면서 잠자는 사람의 베개를 들어 올린다. 그 아래는
이미 오래전에 깨어나 그에게 달려들려고 대기하고 있다.
그러나 그들은 대개 스포츠맨이고, 운동 연습을 할 기회를
놓치고 싶어 하지 않는 젊고 대개 힘찬 청년들이다. 그리고
장담하건대 한밤중에 자다가 큰 소리에 잠이 깨어 벌떡
일어나 보면 침대 옆 바닥에 두 명이 격투 자세로 서 있는
것을 볼 수 있다. 주위의 모든 침대에서는 현란한 불빛
속에서 셔츠와 바지를 입은 전문가들이 반듯이 서서
지켜보고 있다. 한번은 권투 시합이 있던 밤에 선수 한
명이 자고 있는 카를 위에 넘어진 일이 있었다. 카를이
눈을 떠서 제일 먼저 본 것은 소년의 코에서 흐르는 피였다.
어떤 조치도 취하기 전에 피가 이불 위로 흘러넘쳤다.
카를은 다른 사람들의 대화에 참여하고 싶은 강한
유혹을 받기도 했지만 가끔 몇 시간이라도 잠을 자려고

애쓰다가 거의 열두 시간 전부를 흘려보내기도 했다.
다른 소년들은 모두 자신보다 앞선 삶을 살고 있다는
생각이 자꾸만 들었다. 그러니 더 열심히 일하고 어느 정도
단념하면서 메워 나가야 할 것 같았다. 그러므로 주로 일
때문에 그에게는 수면이 매우 중요한 문제였다. 그렇지만
주방장에게도 테레제에게도 침실 상황을 하소연하지
않았다. 첫째, 대체로 모든 소년이 힘들게 고통을 당하면서
그 문제를 심각하게 불평하지 않았고, 둘째, 침실 내
고충은 엘리베이터 보이로서 주방장으로부터 감사히
부여받은 임무의 필수적인 부분이었기 때문이다.

일주일에 한 번 교대 근무를 할 때면 스물네 시간의
자유 시간이 있었다. 그는 그 시간을 주방장을 한두 번
방문하고, 테레제의 빠듯한 자유 시간을 기다렸다가 한쪽
구석이나 한쪽 복도 어딘가에서, 드물게는 그녀의 방에서
잠시 대화를 나누는 데 일부를 활용했다. 가끔 그녀가
시내에서 볼일을 볼 때 따라가기도 했다. 모두 아주 급히
처리해야만 하는 일이었다. 그럴 때 카를은 그녀의 가방을
들었고, 그들은 가장 가까운 지하철역으로 거의 뛰다시피
달려갔다. 열차가 아무런 저항 없이 휩쓸려 가듯 탑승
시간은 순식간에 지나갔다. 그들은 서둘러 지하철에서
내렸고, 너무 느리다고 여겨진 엘리베이터를 기다리는
대신 계단을 쿵쾅거리며 올라갔다. 그러면 도로가 방사선

모양으로 갈라진 큰 광장이 나타났다. 그곳은 사방에서 일직선으로 밀려드는 차량으로 무척 번잡했다. 그러나 카를과 테레제는 바짝 붙어 다양한 사무실, 세탁소, 창고와 업소로 서둘러 달려갔다. 전화로 처리하기 쉽지 않고, 게다가 특별히 책임지지 않아도 되는 주문이나 불만을 처리해야 하는 곳들이었다. 테레제는 카를의 도움을 무시할 수 없을뿐더러 오히려 많은 일을 무척 신속히 처리할 수 있다는 것을 곧 깨달았다. 그와 함께 가면 예전처럼 지나치게 바쁜 사업가들이 자기 이야기에 귀 기울이기를 기다릴 필요가 없었다. 그는 책상 옆으로 다가가서 말을 들어 줄 때까지 손가락뼈로 책상 위를 두드렸고, 그녀는 사람들의 장벽 너머로 100명의 목소리 중 쉽게 알아들을 수 있게 약간 튀는 영어로 외쳤다. 그는 망설임 없이 사람들에게 다가갔다. 그들은 거만하게 아주 긴 사무실의 제일 안쪽에 물러나 있는 것을 좋아했다. 그가 그렇게 한 것은 건방져서가 아니었다. 그는 어떤 저항이든 존중했지만 자신에게 권리를 부여하는 안전한 위치에 있다고 느꼈다. 호텔 옥시덴털은 비웃어서는 안 되는 고객이었다. 요컨대 테레제는 비즈니스 경험에도 불구하고 도움이 필요했다.

"둘이 항상 같이 와야겠어요." 테레제는 일이 특히 잘 처리되었을 때는 가끔 이렇게 말하며 행복하게 웃곤 했다.

카를이 람세스에 한 달 반을 머무르는 동안 테레제의 방에 꽤 오래 몇 시간 이상 있은 적은 단 세 번뿐이었다. 물론 주방장의 여느 방보다도 작았다. 그 방에 있는 몇 가지 안 되는 물건은 대체로 창문 주변에만 놓여 있었다. 그러나 카를은 공동 침실의 경험을 통해 자신만의 비교적 조용한 방의 가치를 이미 이해하고 있었다. 그가 대놓고 말하지는 않았어도 테레제는 자기 방이 얼마나 그의 마음에 드는지 알아차렸다. 그녀는 그에게 비밀이 없었다. 그리고 그때 첫날 밤 그를 찾아온 이후 그에게 비밀을 갖기는 불가능했을 것이다. 그녀는 사생아였다. 건축 현장 감독이었던 아버지는 모녀를 포메른에서 데려왔다. 하지만 그것으로 의무를 다한 것처럼, 또는 그가 상륙지에서 맞이한 일에 지친 여자와 약한 아이와는 다른 사람들을 기대했던 것처럼 그들이 도착한 직후 이렇다 할 설명 없이 캐나다로 이주해 버렸다. 그리고 뒤에 남은 모녀는 그에게서 편지도 그 밖의 소식도 받지 못했다. 이 일은 어떤 점에서는 놀라운 일이라고 할 수도 없었다. 어머니와 딸은 뉴욕 동부의 집단 거주 구역에 들어가서 찾을 수 없었기 때문이다.

한번은 테레제가 어머니의 죽음에 관해 이야기했다. 카를은 창가 그녀의 옆에 서서 거리를 내다보고 있었다. 어느 겨울날 저녁, 당시 다섯 살쯤 된 그녀는 어머니와 함께 각자 보따리를 들고 잠잘 곳을 찾아 거리를 헤맸다.
눈보라가 치는 날이라 앞으로 나아가기 쉽지 않던 날
어머니는 처음에 테레제의 손을 잡고 이끌다가 손이
마비되자 뒤돌아보지도 않고 테레제를 놓아 버렸다. 이제
테레제는 스스로 어머니의 치마를 꽉 붙잡으려고 애써야
했다. 이따금 테레제는 비틀거렸고, 심지어 넘어지기도
했다. 하지만 어머니는 정신이 나간 듯 멈추지 않았다.
그리고 곧게 뻗은 긴 뉴욕 거리에 불어치는 눈보라라니!
카를은 아직 뉴욕의 겨울을 겪어 본 적이 없었다.
빙글빙글 돌며 소용돌이치는 바람을 맞으며 걷다 보면
잠시도 눈을 뜰 수 없다. 계속 얼굴에 바람이 흩날린다.
달려도 앞으로 나아가지 못한다. 절망적인 상황이다.
이때 물론 아이는 어른보다 유리한 점이 있다. 아이는
바람 밑에서 달리고, 아직 무슨 일에든 약간의 기쁨을
가지고 있다. 그래서 당시 테레제는 어머니를 완전히
이해할 수는 없었다. 그날 저녁 테레제가 어머니에게 좀
더 현명하게 행동했더라면 — 그녀는 아직 어린아이에
불과했다 — 어머니가 그처럼 참담한 죽음을 맞이하지
않았을 것이라고 굳게 확신하고 있었다. 어머니는 그때
벌써 이틀 동안 일을 하지 못했다. 이미 동전 한 닢마저
남아 있지 않았다. 그날 하루 종일 한 입도 먹지 않고
바깥에서 보냈다. 아마 미신 때문이겠지만 그들은 감히

버리지 못한 쓸데없는 누더기만 보따리 안에 잔뜩 끌고 다녔다. 어머니는 다음 날 아침 어느 공사장에서 일할 가망이 있었다. 하지만 이 좋은 기회를 이용할 수 없는 이유를 테레제에게 어떻게 설명하면 좋을지 하루 종일 두려워했다. 무척 피곤하다고 느꼈고, 이미 아침에 길에서 많은 피를 토해 행인들을 놀라게 했기 때문이다. 어딘가 따뜻한 곳에서 푹 쉬고 싶은 생각뿐이었다. 그런데 바로 그날 저녁에는 마땅한 장소를 구하는 것이 불가능했다.

    모녀는 현관 복도에서 수위한테 아직 쫓겨나지 않은 곳에서 아무튼 궂은 날씨를 피해 약간 휴식을 취할 수 있을 것 같았다. 그들은 좁고 차디찬 복도를 급히 지나 높은 층을 오르고 좁은 테라스 주위를 돌아다니며 아무 문이나 두드렸다. 처음에는 감히 아무에게도 말을 걸려고 하지 않았다. 그러다가 다가오는 사람이면 누구에게나 부탁했다. 어머니는 가쁜 숨을 몰아쉬며 조용한 계단에 한두 번 쪼그리고 앉았다. 그녀는 거의 저항하다시피 하는 테레제를 끌어당기고 아플 만큼 입술을 누르며 입맞춤했다. 이것이 마지막 입맞춤인 것을 알면 아무리 하찮은 미물이라도 알아채지 못할 정도로 눈이 멀 수 있다고는 생각되지 않는다. 그들이 지나간 몇몇 방은 문들이 열려 있어 숨 막힐 듯한 공기를 내보냈다. 마치 불이라도 난 것처럼 연기 자욱한 방에서 문틀에 선

누군가의 형체가 모습을 드러냈다. 그자는 말없이 서
있음으로써 또는 짧은 말로 그 방에 묵게 해 줄 수 없음을
나타내 보였다.

지금 돌이켜 보면 테레제가 보기에 어머니는 처음
몇 시간 동안만 진지하게 쉴 만한 장소를 찾았던 듯하다.
가령 자정이 지나고부터 어머니는 더 이상 아무에게도
말을 걸지 않았기 때문이다. 어머니는 잠시 쉬기는 했지만
동이 틀 때까지 멈추지 않고 바삐 돌아다니긴 했다.
대문이나 현관문이 잠기지 않은 집들에는 매번 활기가
있었고, 발걸음을 옮기는 곳마다 사람과 맞닥뜨렸다. 물론
어머니가 부리나케 움직이긴 했지만 달렸다기보다는
할 수 있는 한 노력한 데 불과했다. 실제로는 어찌 보면
그냥 살금살금 걸어 다닌 것일 수도 있었다. 테레제는
자정부터 새벽 5시까지 스무 집에 들어갔는지, 아니면
두 집에 머물렀는지, 아니면 단 한 집에 있었는지도 알지
못했다. 이 집들의 복도는 공간을 최대한 활용하기 위해
빈틈없는 계획에 따라 만들어졌지만 방향을 쉽게 찾는
것은 고려하지 않았다. 모녀는 몇 번이나 같은 복도를
지나갔는지 모른다! 테레제는 그들이 줄곧 찾아다닌
집 대문을 다시 떠났음을 어렴풋이 기억했다. 하지만
이와 마찬가지로 둘이 골목에서 곧장 돌아서서 다시 이
집으로 돌진한 것처럼 생각되기도 했다. 때로는 어머니

손에 이끌려, 때로는 어머니를 꽉 붙잡고 간단한 위로의 말 한마디 없이 끌려가는 것은 어린아이에게는 물론 이해하기 어려운 고통이었다. 이 모든 일은 당시 아이의 좁은 소견으로는 어머니가 자기한테서 도망치려고 한다는 것을 말해 줄 뿐이었다. 그래서 테레제는 어머니가 손을 잡고 있어도 안전을 위해 다른 손으로 어머니의 치마를 더 꽉 붙잡았다. 그리고 일정한 간격을 두고 큰 소리로 울부짖었다. 그녀는 그들 앞에서 계단을 쿵쾅거리며 올라가는 사람들, 아직 보이지 않으나 그들 뒤 계단에서 도는 지점 뒤에서 올라오는 사람들, 문 앞 통로에서 다투며 서로를 방으로 밀어 넣는 사람들 사이에 버려지고 싶지 않았다. 술에 취한 사람들이 둔탁한 목소리로 노래 부르며 건물 안을 이리저리 돌아다니고 있었다. 다행히 어머니는 테레제를 데리고 그렇게 한 덩어리를 이루는 사람들 사이로 용케 빠져나갔다. 늦은 밤, 더 이상 남에게 신경 쓰지 않고 아무도 자기 권리를 무조건 주장하지 않는 밤늦은 시각이라 확실히 그들은 적어도 사업가들이 임대한 싸구려 숙소에는 들어갈 수 있었을 것이다. 모녀는 그러한 숙소를 몇 개 지나쳤다. 테레제는 그것을 이해하지 못했다. 어머니는 더 이상 쉬려고 하지 않았다. 멋진 겨울날이 시작되는 아침 두 사람은 집 벽에 기대어 그곳에서 조금 잠을 자거나 어쩌면 그냥 눈을 뜨고 주변을 둘러보았을지도 모른다. 테레제가 보따리를 잃어버린 사실이 드러났다. 어머니는 부주의한 벌로 테레제를 때리기 시작했다. 그러나 테레제는 때리는 소리를 듣지도 못했고 때리는 것을 느끼지도 못했다. 그런 다음 그들은 다시 활기를 띠는 골목들을 계속 지나갔다. 어머니는 벽에 가까이 붙어서 걸었다. 다리를 건널 때는 난간의 서리를 손으로 살짝 스치면서 지나갔다. 마침내 그들은 어머니가 그날 아침에 가기로 한 바로 그 공사장에 도달했다. 테레제는 그때 그 일을 받아들였지만 지금은 이해할 수 없었다. 어머니는 테레제에게 기다리라고도 가라고도 말하지 않았다. 테레제는 이를 기다리라는 명령으로 받아들였다. 그것이 그녀가 가장 원하는 바였기 때문이다. 그래서 테레제는 벽돌 더미에 앉아 어머니가 보따리를 풀고 색색의 천 조각을 꺼내 밤새도록 쓰고 있던 두건에 두르는 모습을 지켜보았다. 테레제는 너무 피곤해서 어머니를 도울 생각조차 하지 못했다. 보통은 공사장 임시 사무실에 먼저 신고부터 해야 하지만 누구에게도 묻지 않고 어머니는 자신에게 주어진 일을 이미 아는 양 사다리를 타고 올라갔다. 테레제는 그 점을 이상하게 생각했다. 보통 잡일하는 여자들은 아래에서 석회를 소화하거나 나르고 벽돌을 건네주는 등 간단한 일을 했기 때문이다. 그래서 테레제는 오늘은 어머니가 보수가 더 나은 일을 하려나 보다 생각하면서 졸린 눈으로 미소 지으며 어머니 쪽을 쳐다보았다.

건축물은 겨우 1층까지만 올라가서 아직 높지 않았다. 그렇지만 물론 목재는 아직 연결되지 않았어도 건물을 더 높이는 데 필요한 비계 기둥은 이미 푸른 하늘을 향해 솟아 있었다. 위에서 어머니는 벽돌을 쌓고 있는 벽돌공들을 교묘하게 우회했는데 왜 그런지 몰라도 그들은 어머니에게 해명을 요구하지 않았다. 어머니는 난간 역할을 하는 판자벽을 연약한 손으로 조심스럽게 붙잡고 있었다. 테레제는 아래에서 비몽사몽간에 어머니의 솜씨를 놀란 눈으로 바라보면서 어머니의 다정한 눈길을 받았다고 생각했다. 이제 어머니는 그곳에서 벽돌이 조금 쌓인 곳으로 왔다. 그 앞에는 난간과 아마도 길 역시 끝난 듯싶었다. 하지만 어머니는 난간을 붙잡지 않고 벽돌 더미를 향해 나아갔다. 숙달된 솜씨로도 어쩔 수 없는 듯 어머니는 벽돌 더미를 넘어뜨리면서 그 너머로 추락했다. 많은 벽돌이 그녀 뒤에서 굴러떨어졌다. 그러다가 마침내 한참 후에 무거운 판자가 우지끈하고 떨어지며 그녀를 덮쳤다. 어머니에 대한 테레제의 마지막 기억은 포메른에서 가져온 격자무늬 치마를 입고 다리를 쭉 뻗은 채 누워 있는 모습이었다. 어머니 위에 놓인 거친 판자가 어머니를 거의 덮고 있었다. 사방에서 사람들이 달려왔고, 높은

곳에서 어떤 남자가 화를 내며 아래를 향해 뭐라고
소리치고 있었다.

테레제가 이야기를 마쳤을 때는 늦은 시각이었다.
평소와는 달리 이야기를 길게 늘어놓았다. 하늘을 향해
우뚝 솟은 비계 기둥을 묘사할 때처럼 바로 그다지
중요하지 않은 부분에서 그녀는 눈물을 흘리며 잠시
이야기를 멈춰야 했다. 십 년이 지난 지금 그녀는 그때
일어난 시시콜콜한 일까지 아주 정확히 다 기억하고
있었다. 반쯤 완성된 1층에 있던 어머니의 모습이 어머니
생애의 마지막 기억이었는데 친구인 카를에게 도저히
충분할 만큼 명료하게 전달할 수 없어 이야기를 마친 후
또 한 번 그 이야기로 돌아가려고 했다. 하지만 말이 막혀
양손을 얼굴에 대고 더 이상 말하지 않았다.

테레제의 방에서 좀 더 즐거운 시간도 있었다. 카를은
그녀의 방을 처음 찾아갔을 때 상업 통신 교본이 놓인
것을 보고 부탁해서 그 책을 빌려 왔다. 이와 동시에
카를이 책에 수록된 연습 문제를 풀고 소소한 업무에
필요한 만큼 이미 책을 철저히 공부한 테레제에게
점검받는 것이 좋겠다는 논의가 있었다. 이제 카를은
귀를 솜으로 틀어막고 아래 공동 침실의 자기 침대에서
기분 전환을 위해 가능한 모든 자세로 밤새도록 누워서
책을 읽고 연습 문제의 답을 만년필로 공책에 서투르게

적어 넣었다. 이 만년필은 주방장을 위해 재고품 목록을 매우 실용적으로 작성하고 깔끔하게 완성한 보상으로 선물받았다. 그는 다른 소년들에 관해 항상 영어로 사소한 조언을 해 주면서 그들의 방해를 대개 좋은 방향으로 돌릴 수 있었다. 그러면 결국 그들은 싫증을 내고 그를 가만히 내버려 두었다. 그는 종종 다른 소년들이 지금 상황에 완전히 만족하는 것을 놀랍게 생각했다. 엘리베이터 보이는 스무 살이 넘으면 그만두어야 했다. 그런데 그것이 일시적인 직업임을 전혀 느끼지 못하고, 장래의 직업을 결정할 필요성을 깨닫지 못했다. 그들은 카를의 예가 있음에도 기껏해야 침대에서 침대까지 더러운 스크랩으로 전달되는 탐정 소설 외에는 아무것도 읽지 않았다. 그 소설은 지저분한 천 조각에 싸여 전달되었다.

두 사람이 만날 때는 테레제가 번거로울 만치 지나치게 세세하게 고쳐 주었다. 그 결과 견해 차이를 좁힐 수 없는 경우도 생겼다. 카를은 제 위대한 뉴욕의 교수를 증인으로 끌어들였다. 그러나 테레제는 이를 엘리베이터 보이의 문법에 관한 견해만큼이나 대단치 않게 여겼다. 테레제는 그의 손에서 만년필을 빼앗아 자신이 틀렸다고 확신하는 부분에 줄을 그어 지웠다. 대체로 카를이 테레제보다 더 높은 권위를 지니지 않았음에도 그런 의심스러운 경우 꼼꼼한 성격인 카를은 테레제가 그은 선에 다시 줄을 그어 지웠다. 물론 가끔 주방장이 와서 아직 증명되지 않았는데도 항상 테레제에게 유리한 판정을 내렸다. 테레제가 그녀의 비서였기 때문이다. 하지만 이와 동시에 그녀는 전반적인 화해 분위기를 조성했다. 차를 끓여 오고 비스킷을 내어놓기도 했기 때문이다. 그러면 카를은 유럽 이야기를 할 수밖에 없었다. 주방장이 자꾸만 질문하고 놀라워하면서 여러 번 이야기를 끊곤 했다. 그럼으로써 그녀는 비교적 단기간에 그곳에서 얼마나 많은 것이 송두리째 바뀌었는지, 자신이 떠나온 이후로 얼마나 많은 것이 달라졌는지, 또 계속 달라지고 있는지를 카를이 깨닫게 했다.

카를이 람세스에 온 지 한 달쯤 되었을 때였다. 어느 날 저녁 리넬이 말하기를 들라마르슈라는 남자가 호텔 앞에서 말을 걸며 카를에 대해 꼬치꼬치 캐물었다고 한다. 리넬은 아무것도 숨길 이유가 없어서 카를은 엘리베이터 보이로 일하고 있으며, 주방장의 보호 덕분에 완전히 다른 일자리를 얻을 전망이 있다고 사실대로 이야기해 주었다고 했다. 카를은 리넬이 얼마나 신중하게 들라마르슈를 대했는지 알아차렸다. 심지어 들라마르슈는 이날 저녁 식사에 리넬을 초대했다.

"난 들라마르슈와 더 이상 아무 관계도 없어. 그 친구를 조심하는 게 좋아!" 카를이 말했다.

"내가?" 리넬은 이렇게 말하고 기지개를 켜고는 급히 자리를 떴다. 그는 호텔에서 가장 귀엽게 생긴 소년이었다. 누가 퍼트렸는지는 몰라도 호텔에 비교적 장기간 투숙한 어느 귀부인이 엘리베이터 안에서 그에게 입맞춤했다는 소문이 소년들 사이에서 돌고 있었다. 이 소문을 아는 사람에게는 자의식이 강한 그 귀부인이 차분하고 경쾌한 발걸음으로 부드러운 망사를 쓰고 코르셋으로 허리를 꽉 조인 채 자기 옆을 지나가는 것이 무척 매력적으로 보였다. 외모로 보아서는 그러한 행동을 하리라고 조금도 예상할 수 없었다. 그녀는 2층에 투숙하고 있었다. 리넬의 엘리베이터는 그녀가 타는 엘리베이터가 아니었다. 하지만 물론 다른 엘리베이터들이 현재 가득 차 있으면 손님이 다른 엘리베이터에 탑승하는 것을 금지할 수 없었다. 그래서 이 여성은 가끔 카를과 리넬의 엘리베이터를 이용했다. 실제로는 항상 리넬이 근무할 때만 탔다. 우연의 일치일 수도 있었지만 아무도 그렇게 생각하지 않았다. 두 사람을 태운 엘리베이터가 출발하면 전체 엘리베이터 보이들 사이에서 힘겹게 억누른 동요가 일었다. 심지어 지배인이 그 일에 개입하는 사태까지 벌어졌다.

귀부인이 원인이든 소문이 원인이든 아무튼 리넬은 변했고, 훨씬 더 자신감이 생겼으며, 놋쇠 닦는 일은 전적으로 카를에게 맡겼다. 카를은 이미 이에 대해 철저히 따지겠다고 기회를 엿보고 있었다. 그리고 리넬은 숙소에 더 이상 모습을 보이지 않았다. 누구도 엘리베이터 보이 공동체를 이처럼 완전히 벗어난 적이 없었다. 일반적으로 엘리베이터 보이들은 최소한 근무 문제에서는 모두 엄격하게 뭉쳤고, 호텔 경영진이 인정하는 조직을 가지고 있었기 때문이다.

카를은 이 모든 것을 마음에 새기고 들라마르슈도 생각하며 그 외에 평소처럼 근무를 수행했다. 자정 무렵 그는 약간 기분 전환을 할 수 있었다. 조그만 선물로 종종 그를 놀라게 했던 테레제가 큰 사과와 초콜릿 하나를 가져왔기 때문이다. 두 사람은 대화를 약간 나누었다. 엘리베이터 운행으로 대화가 끊기긴 했지만 그것에 거의 방해받지 않았다. 들라마르슈에 대한 이야기도 나왔다. 카를은 자신이 얼마 전부터 그를 위험한 사람이라고 생각한 것이 테레제의 영향을 받아서임을 알아챘다.

물론 테레제는 카를의 말을 듣고서 들라마르슈를 그런 사람으로 보았던 것이다. 그렇지만 카를은 기본적으로 그를 불행으로 인해 타락한 낙오자로 간주했다. 카를은 그와 사이좋게 지낼 수 있다고 생각했다. 그러나 테레제는 강력하게 반박하고 장황하게 말하며 들라마르슈와 더 이상 한마디도 하지 않겠다고 약속할 것을 카를에게 요구했다. 카를은 약속을 하는 대신 이미 자정이 한참 지났으니 자러 가라고 테레제를 거듭 재촉했다. 말을 듣지 않자 그는 자기 근무지를 떠나 테레제를 그녀 방으로 데려다주겠다고 구슬렸다. 마침내 그녀가 가려 하자 카를이 말했다. "왜 그렇게 쓸데없는 걱정을 하는 거야, 테레제? 그럼 잠을 더 잘 잘 수 있도록 기꺼이 약속하지. 불가피한 경우에만 들라마르슈와 말을 섞겠다고 말이야."

그런 다음 많은 승객이 몰려왔다. 옆 엘리베이터 보이가 무언가 다른 도움을 위해 활용되었기 때문이다. 카를은 두 대의 엘리베이터를 관리해야 했다. 무질서에 대해 이야기하는 손님이 있었고, 숙녀를 동반한 신사가 서둘러 움직이라고 심지어 막대기로 카를을 건드리기도 했다. 굳이 필요가 없는 경고였다. 엘리베이터에 보이가 안 보이면 곧장 카를의 엘리베이터로 가면 될 텐데 손님들은 그러지 않고 옆 엘리베이터에 가서 손잡이를 잡고 서 있거나 그 안에 들어가기도 했다. 이런 행위는 근무 규정의 더없이 엄격한 조항에 따라 엘리베이터 보이들이 어떻게든 막아야 하는 일이었다. 그래서 카를은 몹시 피곤하게 이리저리 뛰어다녀야 했다. 그렇지만 의무를 충실히 이행한다고 느끼지는 못했다. 게다가 새벽 3시쯤 약간 친분이 있던 짐꾼 노인이 카를에게 어떻게든 도와 달라고 부탁했는데 하필이면 두 대의 엘리베이터 앞에 손님들이

서 있어서 도저히 그럴 수 없었다. 그리고 곧장 성큼성큼 걸어가서 한 그룹을 선택하기로 결정하려면 침착한 마음가짐이 필요했다. 그래서 다른 소년이 다시 근무에 돌아왔을 때 기뻤다. 그리고 그의 잘못은 아닐지라도 오래 자리를 비운 것에 대해 그를 향해 몇 마디 비난의 말을 퍼부었다.

새벽 4시가 넘어서야 휴식이 약간 주어졌다. 카를에게는 휴식이 이미 절실히 필요했다. 그는 무거운 몸으로 엘리베이터 옆 난간에 기대어 천천히 사과를 먹었다. 처음 베어 물자 벌써 사과에서 강렬한 향내가 흘러나왔다. 식료품 저장실의 큰 창문으로 둘러싸인 채광구를 내려다보았다. 창 뒤에 매달린 바나나 덩어리들이 어둠 속에서 희미하게 빛나고 있었다.

6 로빈슨 사건

그때 누군가가 그의 어깨를 두드렸다. 당연히 손님이라고 생각한 카를은 아주 급히 사과를 주머니에 넣고 그 남자를 보자마자 서둘러 엘리베이터로 갔다.

"안녕하세요, 로스만 씨." 남자가 말했다. "접니다. 로빈슨입니다."

"많이 변했군요!" 카를은 이렇게 말하고 고개를 흔들었다.

"네, 잘 지내고 있습니다." 로빈슨은 이렇게 말하고 자기 옷을 내려다보았다. 꽤 고급 천으로 만들었으나 뒤죽박죽으로 섞여서 무척 초라해 보였다. 가장 눈에 띄는 것은 분명 처음 입은 것으로 보이는 흰색 양복 조끼였다. 조끼에 검은색 테두리를 두른 작은 호주머니가 네 개 달려 있었다. 로빈슨은 가슴을 앞으로 내밀어 그것에 주목하게 했다.

"비싼 옷을 입었군요." 카를이 말했다. 그 순간 나쁜 두 친구가 팔아 치운 자신의 멋지고 수수한 옷이 생각났다. 그 옷이라면 리넬 옆에 당당히 설 수 있을 텐데.

"네, 거의 매일 옷을 사고 있어요. 이 조끼는 어떤가요?" 로빈슨이 물었다.

"아주 좋은데요." 카를이 말했다.

"하지만 진짜 호주머니가 아니고 그냥 그렇게 보이도록 만들어 놓았어요" 로빈슨은 이렇게 말하고 카를이 직접 확인하도록 카를의 손을 잡았다. 그러나 카를은 뒤로 물러섰다. 로빈슨의 입에서 참을 수 없는 브랜디 냄새가 났기 때문이다.

"또 많이 마셨군요." 카를이 이미 다시 난간에 기대어 서서 말했다.

"아니, 많이 마시진 않았어요." 로빈슨은 이렇게 말하고 이전의 만족해하던 모습과 모순되게 덧붙였다. "세상에 그 외에 무슨 낙이 있겠어요." 엘리베이터 운행 때문에 대화가 중단되었다. 카를이 다시 아래층으로 내려오자마자 호텔 의사를 불러오라는 전화가 왔다. 8층에 있는 한 여성이 실신했으니 호텔 전속 의사를 불러오라는 것이었다. 가는 도중에 카를은 로빈슨이 그사이에 가 버렸으면 하고 몰래 바랐다. 그와 함께 있는 것을 보이고 싶지 않아서였다. 또 테레제가 주의를 준 것을 생각해 들라마르슈에 관한 이야기라면 아무것도 듣고 싶지 않아서였다. 그러나 로빈슨은 만취한 사람의 뻣뻣한 자세로 아직 기다리고 있었다. 바로 그때 검은색 프록코트 차림에 실크 모자를 쓴 호텔 고위 직원이 옆을 지나갔다. 다행히 그는 로빈슨에게 특별히 신경을 쓰는 것 같지 않았다.

"로스만, 우리한테 한번 와 주지 않겠나? 우린 지금 아주 멋진 시간을 보내고 있어요." 로빈슨은 이렇게 말하고 카를을 유혹하듯 바라보았다.

"당신이 나를 초대하는 건가요, 아니면 들라마르슈가 초대하는 건가요?" 카를이 물었다.

"나와 들라마르슈지요. 우리는 그 점에 의견 일치를 보았어요." 로빈슨이 말했다.

"그럼 당신에게 말하겠소. 부탁하건대 들라마르슈에게도 같은 말을 전해 줘요. 우리의 결별은 그 자체로는 분명하지 않았을지도 모르지만 최종적인 결별이오. 당신들 두 사람은 어느 누구보다 더 내 마음을 아프게 했어요. 혹시 나를 계속 괴롭힐 작정인가요?"

"우린 당신의 동료라고요." 로빈슨이 말했다. 그는 술에 취해 역겨운 눈물을 흘렸다. "들라마르슈가 전해 달라더군. 이전에 행한 모든 일에 대해 변상하고 싶다고 말이오. 이제 우리는 근사한 여가수 브루넬다와 함께 살고 있어요." 이어서 그는 카를이 제때 쉿 소리를 내며 말리지 않았다면 고음으로 노래를 부를 참이었다. "조용히 해요, 당장요, 여기가 어딘지 모르나요!"

"로스만!" 노래를 부르려다가 제지당한 로빈슨이 말했다. "나는 당신의 동료라고요. 당신이 원하는 바를 말해 줘요. 당신이 여기서 이렇게 멋진 자리를 얻었으니 내게 돈 좀 꾸어 줄 수 있겠어요?"

"그 돈을 그냥 술 마시는 데 다시 써 버리고 말겠지." 카를이 말했다. "더구나 당신 호주머니에 브랜디 한 병이 보이는데 내가 없는 동안 마신 게 분명하군요. 처음엔 지금보다 정신이 멀쩡해 보였으니까요."

"길을 떠날 때 힘을 내기 위해서였어요." 로빈슨이 변명조로 말했다.

"난 당신을 더 힘이 나게 하고 싶지 않아요." 카를이 말했다.

"그런데 돈은요!" 로빈슨이 눈을 치켜뜨고 말했다.

"돈을 받아 오라고 들라마르슈한테서 지시받은 모양이군요. 좋아요, 돈을 주겠어요. 그런데 다만 조건이 있어요. 당장 이곳을 떠나서 다시는 날 찾아오지 말아요. 나한테 할 말이 있으면 편지를 써요. 호텔 옥시덴털, 엘리베이터 보이, 카를 로스만이라고 주소를 쓰면 충분해요. 하지만 다시 한번 말하지만 다시는 날 찾아오지 마세요. 나는 지금 근무 중이라 방문객을 받을 시간이 없어요. 그러면 이 조건으로 돈을 받을 거요?" 카를은 이렇게 묻고는 오늘 밤 팁을 희생하기로 결심하고 조끼 호주머니에 손을 넣었다. 로빈슨은 이 물음에 가쁜 숨을 몰아쉬며 그저 고개를 끄덕일 뿐이었다. 카를은 이 표시를 어떻게 해석해야 할지 몰라 또 한 번 물었다. "그러겠다는 거요, 말겠다는 거요?"

그러자 로빈슨은 카를에게 가까이 오라고 손짓했다. 그리고 벌써 누가 보더라도 분명히 몸을 뒤트는 동작을 하며 속삭였다. "로스만, 나 지금 속이 무척 안 좋아."

"제기랄." 카를의 입에서 불쑥 욕이 새어 나왔다. 그리고 양손으로 로빈슨을 난간 쪽으로 끌고 갔다. 이미 로빈슨은 난간 저 밑으로 토해 내고 있었다. 구역질이 잠시 멈추자 그는 어찌할 바 몰라 카를을 마구 쓰다듬었다. "당신은 정말 착한 청년이오." 그런 다음 이렇게 말하기도 했다. "이미 끝났어요." 그러나 아직 한참 동안 구역질이 멈추지 않았다. 또는 이렇게 말하기도 했다. "개자식들, 저들이 나한테 도대체 뭘 따라 준 거야!" 카를은 불안과 혐오감 때문에 더 이상 그의 곁에 있지 못하고 이리저리 거닐기 시작했다. 엘리베이터 옆 구석에 로빈슨이 약간 숨어 있었지만 누군가가 그를 발견할지도 모른다. 가령 자기 쪽으로 뛰어오는 호텔 직원에게 불만을 제기하기 위해 기다리고 있는 신경질적인 돈 많은 어떤 손님이라든지 — 그럴 경우 그 직원은 화가 나서 호텔 전체에 앙갚음을 한다 — 또는 계속 교대 근무하는 호텔 경비원 중 한 명이 지나가는 경우 말이다. 경영진 외에는 아무도 그 경비원을 알지 못한다. 우리는 단순히 근시라서 그럴지도 모르는데 캐묻는 듯한 눈초리를 하는 사람은 모두 경비원이라고 추측한다. 그리고 아래층에서 밤새 식당 영업을 하는 누군가가 식료품 저장실에 들어가는 경우 채광구에서 끔찍한 토사물을 발견하고 깜짝 놀랄 것이다. 그는 카를에게 전화해 위쪽에서 도대체 무슨 일이 일어났는지 문의할 것이다. 그러면 카를이 로빈슨의 존재를 부인할 수 있을까? 설사 카를이 그렇게 한다고 할지라도 어리석은 로빈슨이 절망적인 상황에서 온갖 변명을 하는 대신 카를을 증인으로 끌어들이지는 않을까? 그러면 카를은 당장 해고당하지 않겠는가? 이 호텔의 무시무시한 종업원 위계에서 가장 낮고 가장 무용한 직원인 엘리베이터 보이의 친구가 호텔을 더럽히고 손님들을 깜짝 놀라게 하거나 아예 쫓아버린 미증유의 사태가 벌어졌으니 말이다. 그뿐 아니라 근무 시간 중에 친구의 방문을 받은 엘리베이터 보이를 계속 용납할 수 있을까? 또한 그러한 엘리베이터 보이 자신이 술꾼이라든가 못된 녀석처럼 보이지는 않을까? 지금 로빈슨의 예에서 보듯 그가 호텔 저장실에서 식료품을 꺼내 친구들이 꼼꼼하고 깨끗하게 관리되는 이 호텔의 임의의 한 곳으로 그러한 음식물을 몰래 빼돌릴 때까지 장기간 그들에게 진탕 먹였을 거라는 추측을 충분히 할 수 있기 때문이다. 그리고 그러한 소년이 식료품만 훔쳤을 거라고 볼 수 있겠는가? 익히 아는 바와 같이 손님들의 부주의로 어디서나 진열장이 열려 있고, 귀중품이 테이블 위에 흩어져 있고, 작은 보석 상자가 열린 채로 있으며, 열쇠가 아무 데나 마구 내던져져 있어 훔칠 가능성이 정말이지 무수히 많으니 말이다.

바로 그때 카를은 멀리서 손님들이 지하 술집에서 올라오는 것을 보았다. 막 공연이 끝난 것이다. 카를은 자신의 엘리베이터 옆에 섰다. 로빈슨 쪽으로는 감히 고개를 돌리지 못했다. 눈에 들어올지 모를 상황이 두려워서다. 거기서 아무런 소리도, 심지어 신음도 들리지 않았으나 별로 안심이 되지 않았다. 그는 손님들과 함께 오르내렸으나 넋 나간 상태를 완전히 숨길 수는 없었다. 아래로 내려갈 때면 곤혹스러운 놀라운 상황과 마주할 각오를 했다.

마침내 카를은 로빈슨을 다시 바라볼 시간이 생겼다. 그는 구석에서 몸을 아주 작게 웅크린 채 얼굴을 무릎에 대고 있었다. 둥글고 딱딱한 모자는 이마에서 저만치 밀려나 있었다.

"이제 어서 돌아가야지요." 카를이 나지막이 또 단호하게 말했다. "여기 돈이 있어요. 빨리 서두르면 가장 짧은 길을 알려 줄 수 있어요."

"나는 떠날 수 없을 거요." 로빈슨은 이렇게 말하고 작은 손수건으로 이마를 훔쳤다. "여기서 죽을 거요. 내 속이 얼마나 불편한지 상상도 못 하겠지. 들라마르슈는 고급 술집에 갈 때 어디든 나를 데리고 다니지만 난 이런 새침 떼는 것을 견디지 못한다고 날마다 들라마르슈에게 말한다고요."

"여기에 이렇게 있으면 안 돼요." 카를이 말했다. "지금 어디에 있는지 생각해 보세요. 여기에 있다가 들키면 당신은 처벌받고, 나는 잘릴 겁니다. 그걸 바라나요?"

그러자 로빈슨이 말했다. "난 떠날 수 없어요. 차라리 저 아래로 뛰어내리겠어요." 그는 난간 쇠막대 사이의 채광구를 가리켰다. "여기 이렇게 앉아 있으면 아직 견딜 만하지만 일어설 수 없어요. 당신이 없는 동안 아무리 노력해도 일어날 수 없었어요."

"그러면 차를 부를 테니 병원에 가도록 해요." 카를은 이렇게 말하며 로빈슨의 다리를 살짝 흔들었다. 다리가 완전히 무감각해져 금방이라도 무너질 것 같았다. 그러나 로빈슨은 병원이라는 단어를 듣자마자 끔찍한 생각을 떠올린 듯 큰 소리로 울기 시작했다. 그는 카를에게 두 손을 내밀며 자비를 애걸했다.

"조용히 하세요." 카를은 그의 손을 탁 쳐 버리고는 자신이 밤에 대신 근무를 서 준 엘리베이터 소년에게 달려갔다. 잠시 일을 잘 맡아 달라고 부탁하고 급히 로빈슨에게 돌아왔다. 그는 여전히 훌쩍거리고 있는 남자를 힘껏 일으켜 세우고 귓속말했다. "로빈슨, 내가 당신을 돌봐 주길 원한다면 지금 아주 짧은 거리라도 똑바로 서서 걷도록 노력해 봐요. 내 침대로 데려다줄게요. 몸이 좋아질 때까지 거기서 지내도 돼요. 놀랄 정도로 빨리 회복할 겁니다. 하지만 지금 여기서는 현명하게 행동하세요. 복도 곳곳에 사람들이 있고, 내 침대는 숙소에 있으니까요. 당신이 조금이라도 사람들 관심을 끌면 내가 더 이상 해 줄 수 있는 일이 없어요. 그리고 눈을 뜨고 있어야 해요. 당신을 위독한 환자처럼 데려갈 수는 없으니까요."

"당신이 옳다고 생각하는 것은 뭐든지 하지요. 하지만 혼자서는 나를 데려갈 수 없을 거요. 리넬을 불러오면 안 될까요?" 로빈슨이 말했다.

"리넬은 여기 없어요." 카를이 말했다.

"아, 그렇군요." 로빈슨이 말했다. "리넬은 들라마르슈와 함께 있어요. 실은 두 사람이 당신을 데려오라고 나를 보낸 거요. 이미 모든 게 헷갈려요."
카를은 로빈슨의 이 말과 다른 알아들을 수 없는
혼잣말을 틈타 그를 앞으로 밀어붙였다. 그리하여 다행히
함께 한쪽 구석까지 가는 데 성공했다. 거기서부터 다소
어둑어둑한 복도가 엘리베이터 보이 침실로 이어졌다.
바로 그때 한 엘리베이터 보이가 그들을 향해 전속력으로
달려와 옆을 지나쳤다. 그들은 지금까지 위험하지 않은
사람들과 맞닥뜨렸을 뿐이었다. 즉 4시부터 5시까지가
가장 조용한 시간이었기 때문이다. 그래서 카를은 지금
로빈슨을 옮기지 않으면 새벽이나 사람들이 붐비기
시작하는 아침에는 그럴 엄두조차 낼 수 없으리라는 것을
잘 알았다.

    공동 침실의 반대편 끝에서는 큰 싸움질이나 다른
행사가 진행 중이었다. 율동적인 박수, 흥분한 발소리,
운동 경기할 때 나는 환호가 들렸다. 문 옆쪽 홀 절반
부분의 침대에서 소란에도 아랑곳하지 않고 자는
사람들은 몇 명 안 되었다. 대부분이 등을 대고 누워
허공을 응시하고 있었다. 이따금 어떤 사람이 옷을 입은
채로 또는 옷을 벗은 채로 침대에서 뛰쳐나왔다. 홀의 다른
쪽 끝에서 무슨 일이 벌어지는지 살펴보기 위해서였다.
그래서 카를은 그새 걷는 데 약간 익숙해진 로빈슨을
사람들 눈에 별로 띄지 않게 리넬의 침대로 데려왔다.

그 침대가 문과 아주 가까운 데다 다행히 아직 비어 있어서였다. 반면에 멀리서 보니 자기 침대에서는 전혀 모르는 낯선 소년이 조용히 자고 있었다. 로빈슨은 침대 위에 있다는 것을 거의 느끼지 못하고 곧장 잠들었다. 한쪽 다리는 침대 밖으로 삐져나와 흔들거리고 있었다. 카를은 이불을 얼굴 위로 끌어당겨 덮어 주었다. 적어도 한동안은 걱정할 필요가 없겠다고 생각했다. 로빈슨이 아침 6시 전에는 확실히 깨어나지 않을 것이고, 그때까지는 자신이 이곳에 다시 올 것이기 때문이다. 그러면 아마 리넬과 함께 로빈슨을 다른 곳으로 옮길 방법을 찾을 테니 말이다. 상급 기관에 의한 숙소 검열은 특별한 경우에만 행해졌다. 흔히 하던 일반적인 검열은 엘리베이터 보이들에 의해 이미 수년 전에 폐지되었으므로 그 점에 관해서도 두려워할 게 없었다.

카를이 다시 엘리베이터에 도착했을 때 자기 담당 엘리베이터뿐 아니라 그 옆 엘리베이터도 마침 위로 올라가는 것이 보였다. 그는 어찌 된 영문인지 초조하게 기다렸다. 그의 엘리베이터가 조금 일찍 내려왔다. 그리고 조금 전에 복도를 뛰어간 소년이 엘리베이터에서 내렸다.

"이봐, 어디 갔다 왔어, 로스만?" 그가 물었다. "왜 딴 데 갔지? 왜 신고하지 않고 갔어?"

"하지만 잠시 나 대신에 근무해 달라고 부탁했어."

카를은 옆 엘리베이터에서 내려 막 다가오고 있던 소년을 가리키며 대답했다. "나도 손님이 가장 붐빌 때 두 시간 동안 대신 근무해 주었거든."

"모두 아주 좋은 일이야." 소년이 말했다. "하지만 그것으로는 충분하지 않아. 근무 중 잠깐이라도 자리를 비우면 지배인 사무실에 보고해야 한다는 사실을 몰라? 그때 쓰라고 전화기가 있는 거야. 내가 기꺼이 대리 근무를 해 줬을 거야. 하지만 너도 알다시피 그게 그리 쉽지 않잖아. 마침 양쪽 엘리베이터 앞에 4시 30분 도착 급행 열차에서 새로 온 손님들이 있었어. 그렇지만 내 손님을 기다리게 하고 먼저 네 엘리베이터를 타고 올라갈 수 없었어. 그래서 일단 내 엘리베이터를 타고 올라간 거야!"

"그래서?" 두 소년이 침묵하고 있어서 카를이 긴장한 목소리로 물었다.

"그런데 말이야……." 옆 엘리베이터의 소년이 말했다. "마침 지배인이 옆을 지나가다가 네 엘리베이터 앞 손님들이 이용하지 못하고 있는 것을 보고 화가 나서 즉시 달려온 나에게 네가 어디 처박혀 있느냐고 묻더군. 나는 모르겠다고 했지. 네가 어디 간다고 말해 주지 않았으니 말이야. 그래서 바로 숙소에 전화를 걸어 즉시 다른 소년을 보내라고 했지."

"복도에서 너를 만났지." 카를의 대리인이 말하자

카를은 고개를 끄덕였다.

"물론이지." 다른 소년이 단언했다. "네가 나에게 대리 근무를 부탁하고 갔다고 즉시 그에게 말했어. 하지만 그가 그런 변명을 귀담아들을까? 너는 아직 그를 잘 모르는 모양이군. 그리고 우리는 너를 즉시 사무실로 보내라는 전갈을 받았어. 그러니 지체하지 말고 달려가는 게 좋을 거야. 아마 너를 용서해 줄 거야. 근무지를 벗어난 것은 사실 이 분밖에 안 되니까. 나한테 대신 근무를 부탁했다고 그냥 차분히 이야기하면 될 거야. 네가 나 대신 근무했다는 말은 안 하는 게 좋아. 충고하자면 나한테는 아무 일도 일어나지 않아. 난 허가받았거든. 하지만 그런 일에 관해 왈가왈부하고 아무 관련 없는 이 문제에 엮는 것은 좋지 않아."

"근무지 이탈은 이번이 처음이었어." 카를이 말했다.

"일이란 언제나 그런 거야. 다만 사람들이 그 말을 믿지 않을 뿐이지." 소년은 그렇게 말하고 사람들이 다가오자 자기 엘리베이터로 달려갔다.

열네 살쯤 된 소년으로 분명 카를을 동정하고 있던 대리인이 말했다. "이미 그런 일로 용서받은 경우가 많았어. 보통 다른 일을 맡게 되지. 내가 알기론 그런 일로 해고된 사람은 한 명밖에 없어. 좋은 핑곗거리를 잘 생각해 봐. 갑자기 몸이 안 좋아졌다고는 절대 하지 마. 그러면 비웃음을 받을 거야. 이렇게 말하는 게 더 좋아. 어떤 손님으로부터 다른 손님한테 전해 달라는 급한 부탁을 받았다고 말하는 거야. 그리고 첫 번째 손님이 누군지는 더 이상 모르겠다고 하고, 두 번째 손님은 찾을 수 없었다고 말하는 거야."

"글쎄, 그런대로 괜찮아 보이네." 카를이 말했다. 하지만 그가 들은 말로 예상컨대 좋은 결과가 나오리라고는 더 이상 믿지 않았다. 설령 직무 태만을 용서받는다 해도 로빈슨은 숙소에서 여전히 과실의 산증인으로 누워 있었다. 지배인의 악랄한 성질로 볼 때 피상적인 조사로 끝내지 않을 테니 결국 로빈슨의 존재가 발각되리라는 것은 너무나 명약관화한 일이었다. 낯선 사람을 숙소에 데려가서는 안 된다는 명시적인 규정은 아마 없을지도 모른다. 하지만 금지 규정이 없는 까닭은 그런 일이 일어나리라고 생각할 수 없었기 때문이다.

카를이 사무실에 들어섰을 때 지배인은 커피를 들고 앉아 한 모금 마셨다. 그런 다음 함께 있던 호텔 수위장이 넘겨준 것이 분명한 명세서를 다시 바라보았다. 그는 키가 큰 사내였다. 장식이 많은 풍성한 제복 — 겨드랑이 위와 팔 아래에 금색 사슬과 리본이 감겨 있었다 — 으로 인해 어깨가 실제보다 더 넓어 보였다. 헝가리인들의 수염처럼 끝이 뾰족하게 뻗은 멋진 검은색 콧수염은 머리를 아무리

빨리 돌려도 움직이지 않았다. 그 외에 그 남자는 옷 무게 때문에 몸을 움직이기 힘들어서 체중을 적절히 분배하기 위해 두 다리를 옆쪽으로 괸 채 몸을 지탱하는 수밖에 없었다.

카를은 이 호텔에서 익숙해진 대로 거리낌 없이 서둘러 그곳으로 들어갔다. 일반인에게 예의를 의미하는 느린 동작과 신중한 태도는 엘리베이터 보이의 경우에는 게으름으로 여겨졌기 때문이다. 게다가 그는 들어서자마자 죄책감을 드러낼 필요도 없었다. 지배인은 열리는 문을 힐끗 쳐다보더니 카를에게 더 이상 신경 쓰지 않고 곧 커피와 서류 읽기로 되돌아갔다. 그러나 수위장은 카를이 한자리에 있는 것에 방해받는다고 느낀 모양이었다. 아마도 어떤 비밀 보고를 하거나 탄원하러 왔는지도 몰랐다. 어쨌든 그는 매 순간 고약한 표정으로 고개를 뻣뻣하게 기울이고 카를을 쳐다보았다. 그러다가 분명 의도한 대로 카를과 시선을 마주치면 다시 지배인에게 고개를 돌렸다. 하지만 카를이 일단 발을 들여놓은 이상 이 문제와 관련해 지배인의 지시를 받지 않고 다시 사무실을 나간다면 좋게 보이지 않을 듯싶었다. 그러나 그는 계속 명세서를 보면서 그사이에 케이크를 한 조각 먹었다. 읽기를 멈추지 않고 가끔 케이크에 묻은 설탕을 털어냈다. 한번은 명세서 한 장이 바닥에 떨어졌다. 그런데 수위는 그것을 주워 올릴 시도조차 하지 않았다. 그는 자신이 그 일을 하지 않으리라는 것을 알았고, 또 그럴 필요도 없었다. 카를이 이미 그곳으로 몸을 움직여서 지배인에게 종이를 건네주었기 때문이다. 그는 그것이 마치 저절로 바닥에서 날아오른 듯 손을 움직여 그것을 받았다. 이 사소한 봉사는 아무 소용이 없었다. 그다음에도 수위가 사악한 눈빛을 거두지 않았기 때문이다.

그럼에도 카를은 전보다 한결 침착해졌다. 지배인이 그의 문제를 그다지 중요하지 않게 본다는 사실이 좋은 징조로 여겨질 수 있었다. 충분히 이해할 수 있는 일이었다. 물론 엘리베이터 보이란 하찮은 존재이므로 무슨 일이든 제멋대로 해서는 안 된다. 그런데 바로 하찮은 존재란 사실 때문에 그는 크게 어긋나는 일을 행할 수도 없다. 사실 지배인도 젊은 시절 엘리베이터 보이였다. ― 그것은 이 세대 엘리베이터 보이들의 자랑거리였다 ― 엘리베이터 보이 조직을 처음으로 만든 사람도 바로 그였다. 그 역시 언젠가 허락 없이 근무지 이탈을 한 적이 있었다. 그렇지만 물론 그 일을 떠올려 보라고 지금 그에게 강요할 사람은 아무도 없었다. 전직 엘리베이터 보이로서 이따금 관대히 보아 넘기지 않는 엄격함으로 이 자리를 확고히 지키는 것을 의무로 여긴다는 사실을 무시해서도 안 되었다. 하지만 카를은 이제 시간이 흘러가는 것에도 희망을 걸었다. 사무실 시계는 이미 5시 15분을 가리켰다. 리넬은 당장이라도 돌아올 수 있었다. 어쩌면 이미 와 있을지도 몰랐다. 로빈슨이 돌아오지 않았다는 사실을 알아차렸을 테니 말이다. 그건 그렇고 지금 카를에게 떠올랐듯이 들라마르슈와 리넬은 옥시덴털 호텔에서 멀리 떨어진 곳에 있을 수 없었다. 아니면 로빈슨 역시 그토록 참담한 상태에서 이곳으로 오는 길을 찾지 못했을 것이다. 리넬이 침대에서 자는 로빈슨을 봤다면, 그럴 수밖에 없겠지만, 모든 일이 잘된 셈이었다. 리넬은 실무적인 사람이라서 특히 자신의 이해관계가 걸린 경우라면 로빈슨을 어떻게든 즉시 호텔에서 내보낼 것이다. 그사이 로빈슨이 기운을 좀 차렸다면, 게다가 들라마르슈가 그를 맞이하기 위해 호텔 앞에서 기다리고 있었다면 그만큼 내보내기가 좀 더 쉬웠을 것이다. 한편 로빈슨이 일단 떠나고 나면 카를은 훨씬 더 침착하게 지배인을 대할 수 있을 것이다. 그리고 이번에는 비록 심한 질책이기는 하더라도 어쩌면 그 정도로 빠져나갈 수 있을지도 모른다. 그런 다음 그는 주방장에게 진상을 얘기해도 좋을지 테레제와 상의할 것이다. 그로서는 아무 지장이 없을 것으로 보았다. 그리고 그것이 가능하다면 특별한 피해 없이 문제는 일단락되는 셈이다.

 카를은 그런 사려 깊은 생각을 하면서 다소 마음을

진정시키고, 그날 밤 들어온 팁을 눈에 띄지 않게 검산하기 시작했다. 그의 느낌에 특히 많아 보였기 때문이다. 그때 "잠깐만 더 기다려 주세요, 페오도르."라는 말과 함께 지배인이 명세서를 탁자 위에 올려놓고 벌떡 일어서더니 카를을 향해 너무 큰 소리로 고함을 쳐서 카를은 깜짝 놀라 처음에는 단지 그의 크고 시커먼 입 속만 쳐다보았을 뿐이다.

"자네는 허가 없이 근무지를 떠났어. 그게 무슨 뜻인지 아나? 해고라는 뜻이야. 어떤 변명도 듣고 싶지 않아. 꾸며 낸 핑계는 혼자 간직하는 게 좋아. 자네가 그곳에 없었다는 사실만으로도 완전히 충분하거든. 만약 그 일을 한 번 눈감아 주고 용서해 주면 다음번에는 엘리베이터 보이 마흔 명 모두가 근무 중에 도망칠지도 몰라. 그러면 5000명이나 되는 내 손님들이 계단만 이용해야 할 거야."

카를은 잠자코 있었다. 수위가 좀 더 가까이 다가와서 약간 구겨진 카를의 조그만 상의를 밑으로 조금 끌어당겼다. 의심할 여지 없이 카를의 양복이 조금 흐트러진 것에 지배인이 특히 주의를 기울이도록 하기 위해서였다.

"혹시 갑자기 몸이 안 좋아지기라도 했나?" 지배인이 교활하게 물었다.

카를은 찬찬히 살피듯 그를 바라보며 "아니요."라고

대답했다.

"그럼 아프지도 않았다는 말인가?" 지배인이 더욱 크게 소리쳤다. "그럼 엄청난 거짓말을 지어 냈겠군. 무슨 변명을 대겠나? 말해 보게."

"전화로 허락받아야 하는 줄 몰랐어요." 카를이 말했다.

"물론 근사한 핑계군." 이렇게 말한 지배인은 카를의 상의 칼라를 잡고 그를 거의 공중에 띄우다시피 한 채 벽에 붙어 있는 엘리베이터 보이의 근무 규정 앞으로 데려갔다. 수위도 그들 뒤에서 벽 쪽으로 걸어갔다. "이걸 좀 읽어 보게!" 지배인이 한 구절을 가리키며 말했다. 카를은 그냥 눈으로 읽어 보라는 소리로 알아들었다. 하지만 지배인은 "큰 소리로!"라고 명령했다.

큰 소리로 읽는 대신 카를은 지배인을 좀 더 진정시킬 요량으로 이렇게 말했다. "저도 그 구절을 잘 알고, 근무 규정도 받아서 꼼꼼히 읽었습니다. 하지만 굳이 필요하지 않은 그런 규정은 잊어버리는 법입니다. 저는 근무한 지 두 달이나 되었지만 결코 자리를 떠난 적이 없습니다."

"그 대신 자네는 지금 그 자리에서 쫓겨날 거야!" 지배인이 말했다. 그런 다음 탁자로 가서 계속 읽으려는 듯 명세서를 다시 집어 들었다. 하지만 쓸모없는 누더기 조각이라도 되는 듯 그것으로 탁자 위를 쳤다. 그는 이마와 뺨이 불그레해져 방 안을 이리저리 돌아다녔다. "저런 녀석 때문에 이게 필요하다고! 야간 근무 중에 이런 소동을 벌이다니!" 그는 두서너 번 내뱉듯이 말했다. "이 친구가 엘리베이터에서 달아났을 때 누가 위로 올라가려고 했는지 압니까?" 그는 수위 쪽을 향해 말했다. 그리고 그는 한 사람의 이름을 들먹였다. 모든 손님을 다 알고 평가할 수 있었던 수위는 그 이름을 듣더니 소스라치게 놀랐다. 그래서 수위는 카를이 달아나고 없는 엘리베이터 곁에서 그 이름을 지닌 손님이 한동안 헛되이 기다려야만 했던 사실을 확증하기라도 하는 듯 재빨리 카를을 쳐다보았다.

"끔찍한 일입니다!" 자신을 슬픈 눈으로 쳐다보는 카를을 향해 수위는 이렇게 말하고 무한한 불안감에 사로잡혀 천천히 머리를 흔들었다. 그리고 이제 자신도 이 당혹스러운 짓거리에 대한 대가를 치러야만 할 것으로 생각했다.

"그것 말고도 난 이미 너를 알고 있어." 수위는 이렇게 말하고 두껍고 큼직한 집게손가락을 쭉 내뻗었다. "보이 중에서 원칙적으로 인사하지 않는 녀석은 너뿐이야. 뭐가 그리 잘났다고! 수위실 옆을 지나는 자는 누구든 나한테 인사해야 해. 다른 수위들한테는 마음대로 해도 되지만 나한테는 인사해야 해. 사실 내가 가끔은 신경 쓰지 않는 척도 하지만 넌 참으로 무신경한 녀석이야. 나는 누가 나한테 인사하는지 인사하지 않는지 정확히 알고 있어, 이 버릇없는 녀석아!" 그런 다음 그는 카를에게서 얼굴을 돌리고 몸을 꼿꼿이 세운 채 지배인을 향해 걸어갔다. 그러나 그는 수위의 말에 의견을 제시하는 대신 아침 식사를 끝낸 뒤 하인이 방금 방으로 가져온 조간신문을 훑어보았다.

"수위장님." 카를이 말했다. 그는 지배인이 부주의한 틈을 타 최소한 수위와의 문제는 정리해 둘 생각이었다. 수위의 비난은 무해할 수 있지만 그의 적대감은 피해를 줄 수 있다고 파악했기 때문이다. "저는 확실히 인사하고 있습니다. 저는 미국에 온 지 아직 얼마 되지 않았습니다. 그리고 유럽에서 왔습니다. 아시다시피 거기서는 필요한 것보다 인사를 훨씬 더 많이 합니다. 물론 그런 버릇을 아직 완전히 고칠 수 없었습니다. 두 달 전 저는 뉴욕에서 우연히 상류 사회와 교류했습니다. 그때 기회 있을 때마다 지나친 예의범절을 그만두라는 충고를 받았습니다. 그런데 다른 사람도 아닌 당신한테 인사하지 않았다니요! 저는 매일 서너 번씩 인사했어요. 하지만 물론 볼 때마다 인사하지는 않았어요. 날마다 백 번도 넘게 당신 옆을 지나가니까요."

"너는 매번 나한테 인사해야 해. 매번, 예외 없이. 나와 대화하는 내내 모자를 손에 들고 있어야 해. 너는 나를

'수위장님'이라고 불러야지 '당신'이라고 불러선 안 돼. 그리고 이 모든 것을 그때마다 매번 해야 해."

"매번이라고요?" 카를은 나직이 질문하듯 되물었다. 그는 이곳에 머무는 내내 이미 첫날 아침부터 수위한테 계속 비난에 찬 엄한 눈초리를 받은 것을 지금 떠올렸다. 보이 일에 아직 제대로 적응하지 못한 첫날 그는 이 수위에게 너무 대담하게 단도직입적으로 장황하고 간절하게 꼬치꼬치 캐물었다. 두 남자가 혹시 자신에 대해 묻지 않았는지, 가령 어떤 사진을 남기지 않았는지를 말이다.

"이제 그런 행동이 어떤 결과를 낳는지 알겠지?" 다시 카를 바로 곁으로 돌아온 수위가 말했다. 그는 지배인이 마치 복수의 대리인이라도 되는 양 아직 명세서를 읽고 있는 쪽을 가리켰다. "다음 일자리에서는 수위한테 인사하는 법을 터득하게 될 거야. 어쩌면 형편없는 싸구려 술집에서 일하게 될지도 모르지만 말이야."

카를은 보이 자리를 잃었다는 사실을 알아차렸다. 지배인이 이미 말했고, 수위장이 기정사실로 되풀이해서 말했기 때문이다. 그리고 엘리베이터 보이 한 명을 위해 호텔 경영진의 해고 확인 같은 것은 필요하지 않기 때문이다. 그 일은 자신이 생각한 것 이상으로 빨리 진행되었다. 말하자면 그는 두 달 동안 되도록 착실히,

그리고 다른 많은 소년보다 더 열심히 근무했기 때문이다.
하지만 그러한 사실은 유럽에서든 아메리카에서든
결정적인 순간에는 어느 대륙에서나 분명 고려 대상이
되지 않고, 처음 분노하는 순간 우리 입에서 판단이 새어
나오는 것과 마찬가지로 결정된다. 어쩌면 그가 즉시 작별
인사를 하고 떠나는 게 가장 좋았을지도 모른다. 주방장과
테레제는 아마 아직 자고 있을 것이다. 최소한 직접 만나서
작별하며 자기 행동에 대한 실망과 슬픔을 그들에게 안겨
주지 않기 위해 편지로 작별 인사를 하는 편이 좋을지도
모른다. 그는 재빨리 짐을 꾸리고 조용히 남몰래 떠날
수 있을 것이다. 그러나 그가 하루라도 더 머무른다면
물론 약간의 수면이 필요할 것이다. 그래서 그의 문제가
추문으로 부풀려져서 사방에서 비난이 쏟아질 것이다.
그러면 테레제가 눈물을 흘리고, 심지어 주방장마저
눈물을 흘리는 견딜 수 없는 광경이 펼쳐지고, 아마
결국에는 처벌받게 될지도 모른다. 다른 한편으로 그는
여기서 두 적과 마주하고 있으며, 그가 무슨 말을 하든
어느 한쪽이 아니면 다른 쪽에 의해 비난받고 나쁜 쪽으로
해석되리라는 사실이 마음을 혼란스럽게 했다. 그래서
침묵을 지켰고, 잠시 방에 감도는 정적을 즐겼다. 지배인은
여전히 신문을 읽었고, 수위장은 탁자 위에 흩어진 그의
명세서를 쪽수에 따라 정리하고 있었다. 이 일은 근시가

분명한 그에게 무척 힘들어 보였다.

　　마침내 지배인은 하품하며 신문을 내려놓더니 카를 쪽을 힐끗 쳐다보고는 그가 아직 있는지 확인했다. 그런 다음 탁상 전화기의 단추를 눌렀다. "여보세요!"라고 여러 번 외쳤지만 아무런 응답이 없었다. "아무도 받지 않아요." 그가 수위에게 말했다. 전화 거는 것에 특별한 관심을 가지고 지켜보던 — 카를에게는 그렇게 보였다 — 수위장이 말했다. "벌써 5시 45분입니다. 확실히 그녀는 벌써 일어났을 겁니다. 좀 더 세게 울리게 해 보세요." 그 순간 더 이상 조치를 하지 않았는데도 전화 응답 신호가 왔다. "지배인 이즈배리입니다." 지배인이 말했다. "안녕하세요, 주방장님. 제가 주무시는 걸 깨운 건 아니겠죠? 대단히 죄송합니다. 네, 네, 벌써 5시 45분입니다. 놀라게 해서 정말 죄송합니다. 주무시는 동안 전화기를 꺼 놓고 싶으시겠죠. 아니, 아니요, 사실 저로서는 용서를 구할 면목도 없습니다. 제가 말씀드리고자 하는 문제가 특히 사소한 일이라서 말입니다. 하지만 물론 저는 시간이 있으니 괜찮습니다. 상관없으시다면 전화기를 놓지 않고 있겠습니다."

　　"잠옷 차림으로 전화받으러 달려온 모양입니다." 지배인이 내내 긴장한 표정으로 전화통에 몸을 구부린 수위장한테 미소를 흘리며 말했다. "내가 그만 깨워 버렸군요. 평소에는 옆에서 타자기를 치는 여자아이가 깨우지요. 오늘은 예외적으로 그 일을 소홀히 한 모양이군요. 깜짝 놀라게 해서 미안한 생각이 듭니다. 어차피 그녀는 신경이 예민해요."

"왜 그녀가 계속 말을 하지 않는 거지요?"

"그 소녀에게 무슨 일이 일어났는지 보러 갔겠지요." 전화가 다시 울렸고 지배인은 벌써 수화기를 귀에 대고 대답했다. "이제 정신을 차릴 겁니다." 그는 전화기에 대고 계속 말했다. "당신은 무슨 일이 일어나든 놀라서는 안 됩니다. 당신은 사실 철저한 회복이 필요하거든요. 네, 그럼 사소한 일이지만 물어볼 게 있어요. 엘리베이터 보이가 한 명 있는데요, 이름은……." 그는 묻는 듯이 카를 쪽을 돌아보았다. 그러자 잔뜩 주의하고 있던 카를이 즉시 이름을 말하며 그를 거들었다. "그러니까 이름은 카를 로스만입니다. 제가 올바로 기억한다면 당신이 그에게 약간 관심을 보인 걸로 아는데요. 그런데 유감스럽게도 그는 당신의 친절에 제대로 보답하지 못했어요. 허가 없이 근무지를 이탈하는 바람에 지금으로서는 아직 그 전모를 다 파악할 수 없는 심각한 불편을 초래했어요. 그래서 방금 해고했습니다. 당신이 이 문제를 비극적으로 받아들이지 않기를 바랍니다. 뭐라고 말씀하셨죠? 해고, 네, 해고했습니다. 하지만 그가 근무지를 이탈했다고 말했잖아요. 안 됩니다, 당신 말을 따를 수 없습니다, 친애하는 주방장님. 제 권위와 관계되는 문제입니다. 많은 것이 위험에 처했어요. 저런 애 하나 때문에 내 조직 전체가 망해요. 엘리베이터 보이들은 악마 보듯 조심해야 해요. 아니, 아니, 당신 마음에 드는 것이 항상 저에게 중요하긴 하지만 이 경우에는 당신에게 호의를 베풀 수 없습니다. 그리고 이 모든 일에도 불구하고 그를 이곳에 남겨 둔다면, 제 울화통을 터지게 하는 일입니다만, 그것은 당신 때문입니다. 그래요, 당신 때문입니다, 주방장님, 그는 이곳에 그대로 남을 수 없습니다. 당신은 관심을 보입니다만 그는 전혀 그럴 자격이 없습니다. 나는 그뿐 아니라 당신도 잘 알기 때문에 이 일로 당신이 무척 실망할 것으로 생각됩니다. 어떻게든 당신이 그 실망을 면하게 하고 싶습니다. 고집불통인 소년이 제 서너 걸음 앞에 서 있습니다만 탁 터놓고 말씀드리겠습니다. 그는 해고입니다, 아니, 아니, 주방장님, 그는 완전히 해고입니다. 아니, 아니, 다른 일로 옮겨지지 않을 겁니다. 그는 전혀 쓸모가 없습니다. 그것 말고 그에 대한 다른 불평도 돕니다. 예컨대 수위장, 그러니까 페오도르, 네, 페오도르는 이 소년의 무례함과 뻔뻔스러움에 대해 불평합니다. 뭐라고요, 그것으로 충분하지 않다고요? 그래요, 친애하는 주방장님, 당신은 이 소년 때문에 당신 성격을 부정하고 계십니다. 아니, 저를 그렇게 몰아 대시면 안 됩니다."

이 순간 수위가 고개를 숙이고 지배인의 귀에 뭐라고 속삭였다. 지배인은 처음에 놀란 표정으로 그를 쳐다보다가 수화기에 대고 재빨리 말했다. 그래서 카를은 처음에 무슨 말인지 전혀 알아듣지 못해 발끝으로 두 걸음 더 가까이 다가갔다.

"친애하는 주방장님." 그의 말은 이랬다. "솔직히 말씀드리자면 저는 당신이 그렇게 사람을 볼 줄 모르는 분이라고는 생각하지 않았습니다. 방금 당신이 끔찍이도 아끼는 소년에 대해 무언가를 알게 되었습니다. 이 이야기를 들으면 생각이 완전히 달라질 겁니다. 이런 이야기를 해야만 되다니 무척 송구스럽습니다. 그러니까 당신이 품행이 방정하다고 말하는 이 훌륭한 소년은 근무가 없는 날에는 시내로 달려갔다가 아침이 되어서야 돌아옵니다. 네, 네, 주방장님, 그건 목격자들에 의해 입증된 사실입니다. 네, 흠잡을 데 없는 목격자들에 의해서요. 그런데 그가 이런 유흥비를 어디서 조달하는지 혹시 저에게 말씀해 주실 수 있겠습니까? 그리고 그가 어떻게 이런 일을 계속할 수 있는지도요? 이런 형편에 그가 근무를 똑바로 서겠습니까? 그리고 시내에서 무슨 짓을 하고 다니는지 이야기해 보라고 말씀하고 싶으시겠죠? 하지만 저는 당장이라도 소년을 내쫓을 생각입니다.

그리고 이 일을 이곳에서 떠돌아다니는 녀석들을 얼마나 조심해야 하는지에 대한 경고로 생각해 주세요."

"하지만, 지배인님!" 이제 카를이 큰 소리로 외쳤다. 그는 사람들이 큰 착오를 저지른 것 같아서 마음이 한결 홀가분해졌다. 그래서 어쩌면 모든 일이 의외로 좋아질 가능성도 있었다. "틀림없이 뭔가를 혼동하는 모양입니다. 수위장님이 제가 매일 밤 외출한다고 말한 것 같습니다. 그러나 전혀 사실이 아닙니다. 저는 외출은커녕 매일 밤 숙소에 있습니다. 모든 소년이 그것을 확인해 줄 겁니다. 자지 않을 때는 상업 통신을 배우고 있습니다만 침실에서는 단 하룻밤도 나간 적이 없습니다. 그건 증명하기 쉬워요. 수위장은 저를 다른 사람과 혼동하는 것이 분명합니다. 이제 그가 왜 제가 그에게 인사하지 않는다고 생각하는지도 알 것 같습니다."

"당장 입 닥치지 못해?" 수위장이 소리쳤다. 다른 사람 같으면 손가락 하나 까딱했을 텐데 그는 주먹을 휘둘렀다. "내가 너를 다른 사람과 혼동하다니! 그래, 만약 그렇다면 난 더 이상 수위장 자리에 있을 수 없어. 제 말 좀 들어 보세요, 이즈배리 씨. 내가 사람들을 혼동한다면 더 이상 수위장 자리에 있을 수 없어요. 삼십 년간 근무하면서 물론 아직 한 번도 혼동한 적이 없어요. 그 시절부터 함께 일한 수백 명의 지배인들이 확인해 줄 겁니다. 그런데 너를 만나고 내가 혼동하기 시작했다니, 이 형편없는 녀석아. 눈에 띄는 뺀들뺀들한 낯짝을 가진 너를 어떻게 혼동한단 말이야! 넌 매일 밤 나 몰래 시내에 달려갔을지도 몰라. 네 얼굴만 봐도 완전히 날건달인 걸 알 수 있어."

"그만하시오, 페오도르!" 지배인이 말했다. 주방장과 그의 전화 통화가 갑자기 끊긴 것 같았다. "문제는 아주 간단합니다. 그의 밤놀이는 일차적으로 전혀 문제 될 게 없어요. 어쩌면 그는 해고당하기 전에 밤일에 대한 큰 조사를 야기하고 싶을 수도 있습니다. 그도 그러길 원할지도 모릅니다. 자칫하다간 엘리베이터 보이 마흔 명을 모두 불러 증인으로 심문하게 될지도 모릅니다. 당연히 모두 그를 다른 사람과 혼동했을 겁니다. 그러니 점차 전 직원이 증언을 위해 불려 나와야 하겠지요. 호텔은 당연히 한동안 영업을 중단해야 할 거고요. 마침내 쫓겨난다 해도 그는 적어도 재미는 보았을 겁니다. 그러니 차라리 그러지 않는 편이 좋습니다. 그는 주방장, 이 선량한 여자를 이미 바보로 만들었는데, 그것으로 충분한 셈입니다. 더 이상 아무 말도 듣고 싶지 않아요. 자네는 직무 태만으로 당장 해고야. 오늘까지의 임금을 지급하도록 경리계에 지시하겠어. 그건 그렇고 이건 자네의 행동에도 불구하고 — 우리끼리 하는 이야기지만 — 주방장과의 관계를 고려하여 자네에게 주는 하나의 선물이야."

전화가 걸려 오는 바람에 지배인은 지시문에 바로 서명하지 못했다. "엘리베이터 보이들이 오늘 나를 성가시게 하네!" 그는 첫마디를 듣고 외쳤다. "전례 없는 이야기인데!" 그는 잠시 후 소리쳤다. 그는 전화기에서 호텔 수위 쪽으로 고개를 돌리고 말했다. "부탁인데, 페오도르, 이 친구를 잠깐 붙잡아 주시오. 아직 더 할 이야기가 있어요." 그리고 전화기에 대고 명령했다. "당장 이곳으로 올라와."

이제 수위장은 적어도 감정을 마음껏 분출할 수 있었다. 이야기하면서 그러려고는 하지 않았다. 그는 카를의 팔뚝을 꽉 붙잡았다. 그러나 결국 견딜 만한 정도로 차분히 잡지 않고 가끔 느슨하게 풀어 주었다가 점점 힘을 주어 더 세게 잡았다. 체력이 좋아서 이 일을 결코 그만둘 것 같지 않았다. 그래서 카를은 눈앞이 캄캄해졌다. 그러나 그는 카를을 붙잡고 있을 뿐 아니라 동시에 넘어뜨리라는 명령을 받은 듯이 행동했다. 또한 이따금 카를을 공중에 들어 올리고 흔들기도 했다. 그러면서 자꾸만 반쯤 묻는 듯이 지배인에게 말했다. "내가 지금 그를 단지 혼동하는 게 아닌지요, 내가 지금 그를 단지 혼동하는 게 아닌지요."

엘리베이터 보이 중 서열이 가장 높은 베스라는

소년이 들어와서 수위장의 주의를 약간 끌었을 때
카를은 구원받은 느낌이었다. 뚱보인 그는 늘 화가 나서
씩씩거리곤 했다. 카를은 너무 기진맥진해서 놀랍게도
소년의 뒤에 슬며시 따라 들어오는 테레제를 보고
미처 인사도 하지 못했다. 그녀는 창백한 얼굴에 옷을
아무렇게나 입고 머리에 느슨하게 핀을 꽂고 있었다.
그녀는 순식간에 카를에게 다가가 속삭였다. "주방장님이
이 일을 이미 알고 계시나요?"

"지배인이 그분께 전화했어요." 카를이 대답했다.

"그럼 괜찮아요, 그럼 괜찮아요." 그녀는 활기찬
눈으로 재빨리 말했다.

"그렇지 않아요." 카를이 말했다. "그들이 나에게
얼마나 반감이 있는지 모릅니다. 나는 이곳을 떠나야 해요.
주방장도 이미 그걸 확신하고 있어요. 제발, 여기 있지 말고
위로 올라가요. 나중에 작별 인사하러 갈게요."

"하지만 로스만, 대체 무슨 생각으로 이러는 거예요?
원하면 얼마든지 우리와 함께 있을 수 있어요. 지배인은
주방장이 원하는 건 뭐든지 다 해 주거든요. 그는 그녀를
사랑해요. 얼마 전에 그런 사실을 알았어요. 그러니 그냥
가만히 있어요."

"제발, 테레제, 지금은 나가 줘요. 당신이 여기 있으면
나 자신을 잘 방어할 수 없어요. 그리고 나에 대해 허위

진술이 행해지기 때문에 나 자신을 꼼꼼하게 방어해야 해요. 내가 더 정신을 차리고 더 잘 방어할수록 여기에 머무를 희망이 커집니다. 그러니, 테레제." 안타깝게도 그는 갑작스러운 고통 때문에 이렇게 나직이 덧붙이지 않을 수 없었다. "이 수위장이 나를 놓아주면 좋을 텐데! 그가 내 적인 줄 전혀 몰랐어요. 하지만 그는 줄곧 나를 밀고 당기고 있어요!" '왜 내가 이런 말을 하지!' 그는 동시에 이렇게 생각했다. '어떤 여자도 이런 말을 차분히 들어 줄 수 없을 텐데.' 실제로 테레제는 카를이 자유로운 손으로 그녀를 제지할 수 없는 틈을 타서 수위장을 향해 말했다. "수위장님, 제발 로스만을 당장 놓아주세요. 당신은 그를 고통스럽게 하고 있어요. 곧 주방장님이 직접 오실 거예요. 그러면 그가 모든 면에서 부당한 일을 당하고 있음을 알게 될 거예요. 그를 놓아주세요. 그를 괴롭히는 일이 대체 뭐가 즐겁다고 그러세요!" 심지어 그녀는 수위장의 손을 잡기까지 했다. "명령입니다, 아가씨, 명령입니다." 수위장은 이렇게 말하고 자유로운 손으로 테레제를 다정하게 자기 쪽으로 끌어당겼다. 그러면서 이제 다른 손으로는 심지어 카를을 힘껏 눌렀다. 그는 카를에게 고통만 주려는 게 아니라 손아귀에 든 이 팔을 가지고 아직 이루지 못한 어떤 특별한 목적이 있기라도 한 것 같았다.

한참 후에야 테레제는 수위장의 포옹에서 벗어났다. 그녀가 여전히 베스의 장황한 이야기를 듣고 있는 지배인에게 카를을 변호하는 말을 하려고 할 때 주방장이 빠른 걸음으로 들어왔다.

"아, 다행이야!" 테레제가 소리쳤다. 그리고 잠시 방 안에는 이 소리 외에 아무 말도 들리지 않았다. 즉시 지배인이 벌떡 일어나 베스를 옆으로 밀쳐 냈다.

"직접 오시다니요, 주방장님? 이 하찮은 일 때문에요? 전화 통화 후 짐작은 할 수 있었지만 실제로 오실 줄은 몰랐어요. 그리고 당신이 돌봐 주는 소년의 문제가 점점 더 고약해지고 있어요. 그를 정말 해고하지는 않을 테지만 그 대신 가둬 놓아야겠어요. 직접 들어 보세요." 그러고는 베스를 손짓으로 불렀다.

"먼저 로스만과 몇 마디 나누고 싶어요." 주방장은 이렇게 말하고 지배인이 권하는 대로 안락의자에 가서 앉았다.

"카를, 이쪽으로 좀 더 가까이 오세요." 그런 다음에 그녀가 말했다. 카를은 그 말을 따랐다. 아니 오히려 수위장에 의해 좀 더 가까이 끌려갔다. "좀 놓아주세요!" 주방장이 화를 내며 말했다. "강도 살인범이 아니잖아요!" 수위장은 실제로 그를 놓아주었다. 하지만 그 전에 또 한 번 너무 세게 누르며 힘을 쓰는 바람에 그의 눈에 눈물이 비쳤다.

"카를." 주방장은 이렇게 말하고서 차분히 팔짱을 끼고 머리를 기울인 채 카를을 바라보았다. — 그것은 전혀 심문하는 것 같지 않았다 — "무엇보다 나는 아직 당신을 전적으로 신뢰하고 있다는 것을 말하고 싶어요. 지배인도 공정한 사람이에요. 내가 보증할 수 있어요. 우리 둘 다 기본적으로 당신이 이곳에 그대로 있었으면 해요." 그러면서 그녀는 자기 말을 가로막지 말라고 부탁하려는 듯 지배인을 흘끗 쳐다보았다. 또한 그러한 일은 일어나지 않았다. "그러니 지금까지 여기서 혹시 들었을지도 모르는 말은 잊어버리세요. 무엇보다도 수위장님한테서 혹시 들었을지도 모르는 말을 특별히 심각하게 받아들일 필요가 없어요. 흥분을 잘하는 남자인데 그건 직무상 이상하지 않아요. 하지만 처자식도 있으니 자기 외에 의지할 데 없는 소년을 쓸데없이 괴롭혀서는 안 되고, 그 외의 세상이 이미 충분히 보살펴 주고 있다는 것쯤은 알아요."

방 안은 정적이 흘렀다. 수위장은 설명을 요구하듯 지배인을 쳐다보았고, 지배인은 주방장을 바라보며 고개를 저었다. 엘리베이터 보이 베스는 지배인의 등 뒤에서 별 의미 없이 입을 비죽이며 웃었다. 테레제는 기쁨과 슬픔에 속으로 울음을 삼키며 다른 사람한테 흐느낌이 들리지 않게 하려고 애썼다.

그러나 카를은 나쁜 표시로 파악될 수 있음에도 분명 자기 시선을 갈망하고 있는 주방장을 쳐다보지 않고 발밑의 바닥을 바라보았다. 팔이 온통 욱신거렸다. 셔츠는 피멍에 꽉 달라붙어 있었다. 사실 그는 상의를 벗고 상황을 살펴보아야 했을지도 모른다. 주방장의 말은 물론 매우 친절한 뜻을 담고 있었다. 하지만 불행히도 바로 주방장의 행동을 보건대 그는 친절을 받을 자격이 없고, 두 달 동안 주방장의 혜택을 부당하게 누렸으며, 그러니 수위장의 손아귀에 들어갈 만하다는 사실이 백일하에 드러나야 하는 것처럼 여겨졌다.

"내가 이렇게 말하는 것은……." 주방장이 계속해서 말했다. "당신이 혹시 그 외에 했을지도 모르는 일에 대해 이제 흔들림 없이 답하도록 하기 위해서예요. 내가 당신을 잘 안다고 생각했거든요."

"그사이에 저는 의사를 불러도 될까요? 이러다가 피를 흘리다 죽을 수도 있겠어요." 엘리베이터 보이 베스가 갑자기 매우 공손하게, 하지만 매우 성가시게 끼어들었다.

"가 봐." 지배인이 이렇게 말하자 베스는 즉시 달아났다. 그런 다음 지배인이 주방장에게 말했다. "실상은 이렇습니다. 수위장이 장난 삼아 소년을 붙잡고 있는 게 아니었어요. 말하자면 아래층 엘리베이터 보이 공동 침실의 침대에서 전혀 낯선 남자가 발견되었습니다.
술에 많이 취한 그는 정성스레 이불을 덮고 있었지요.
물론 소년들은 그를 깨워 밖으로 내보내려고 했습니다.
그러나 남자는 소동을 벌이기 시작하며 공동 침실이
카를 로스만의 것이고, 자신은 그가 이곳으로 데려온
손님이라며, 그리고 감히 자신한테 손대는 사람이면
누구든 그가 처벌할 거라고 큰 소리로 계속 외쳐 댔습니다.
그러면서 로스만이 돈을 주기로 약속해 그것을 가지러
갔으니 기다려야 한다는 겁니다. 부디 이 점을 주목해
주세요, 주방장님. 돈을 주기로 약속하고 그것을 가지러
갔다는 것 말입니다. 자네도 유념해서 듣게, 로스만." 그
틈에 지배인은 마침 테레제 쪽으로 고개를 돌리고 있던
카를한테 말했다. 그녀는 넋이 나간 듯 지배인을 빤히
쳐다보았다. 그러면서 이마에 흘러내리는 머리카락을
자꾸 쓰다듬거나 이러한 손동작을 그 동작 자체를 위해서
계속하고 있었다.

  "하지만 어쩌면 나는 자네에게 어떤 의무를
상기시키고 있을지도 몰라. 다시 말해 아래 있는 남자는
더군다나 자네가 돌아오면 둘이 밤에 어떤 여가수를
찾아갈 거라고 말했다는군. 물론 그 여가수 이름이 뭔지는
알아듣지 못했어. 그가 이름을 말할 때마다 노래하듯
읊었거든."

여기서 지배인이 이야기를 중단했다. 눈에 띄게 창백해진 주방장이 자리에서 일어나 안락의자를 약간 뒤로 밀었기 때문이다.

"그 이상은 말하지 않겠어요." 지배인이 말했다.

"아니, 괜찮아요, 아니에요." 주방장이 이렇게 말하며 그의 손을 잡았다. "그냥 계속 이야기해 주세요, 모든 것을 듣고 싶어요, 제가 여기 온 이유가 바로 그거예요."

처음부터 모두 꿰뚫어 봤다는 표시로 앞으로 나온 수위장은 가슴을 큰 소리가 나게 두드렸다. 지배인으로부터 "그래요, 당신 말이 맞았어요, 페오도르!"라는 말을 듣고 그와 동시에 진정이 된 그는 뒤로 물러서라는 지시를 받은 셈이었다.

"더 이야기할 것이 별로 없어요." 지배인이 말했다. "소년들이 으레 그랬듯이 그들은 처음에 그 사내를 실컷 비웃었고, 그런 다음 그와 싸움이 벌어졌어요. 그곳에는 늘 솜씨 좋은 복서가 있어 그는 간단히 녹다운되었지요. 나는 그가 어디에, 얼마나 많은 부위에 피를 흘리고 있는지 굳이 감히 묻지 않았어요. 이 소년들은 가공할 만한 복서이고 술에 취한 사람은 당연히 쉬운 상대이기 때문입니다!"

"그래서요······." 주방장은 말하면서 안락의자 팔걸이를 잡고 자신이 방금 떠난 자리를 바라본 다음 입을 열었다. "그럼 이제 좀 한마디 해 봐요, 로스만!" 그녀가 말했다.

테레제는 있던 자리에서 주방장 쪽으로 달려가더니 주방장과 팔짱을 꼈다. 카를은 지금까지 그녀가 그러는 것을 한 번도 본 적이 없었다. 지배인은 주방장 바로 뒤에 서 있었다. 살짝 돌아간 작고 수수한 그녀의 레이스 칼라를 천천히 바로 펴고 있었다. 카를 옆에 있던 수위장이 "자, 그럼 이야기해 보겠나?"라고 말했다. 하지만 이 말은 그러는 동안 카를의 등을 살짝 밀친 것을 알려 주려는 표시에 불과했다.

"제가 그 남자를 숙소로 데려간 것은 사실입니다." 카를은 등을 떠밀린 결과 원래 의도보다 더 불확실하게 말했다.

"우리는 더 이상 알고 싶지 않습니다." 수위장이 모두를 대변해 말했다. 주방장은 말없이 지배인 쪽으로 고개를 향했다가 테레제 쪽으로 고개를 돌렸다.

"저는 달리 어쩔 수 없었습니다." 카를이 계속 말했다. "그 남자는 예전 동료인데 우리는 두 달 동안 서로 보지 못했습니다. 그러다 그가 저를 만나러 찾아왔습니다. 그런데 너무 취해서 혼자 떠날 수 없었습니다."

지배인은 주방장 옆에서 낮은 목소리로 이렇게 혼잣말했다. "그러니까 그가 찾아왔다가 너무 취해서 떠날 수 없었다는 말이로군. — 주방장은 어깨 너머로 지배인에게 뭐라고 소곤거렸다. 그는 이 문제와 무관해 보이는 미소를 지으며 이의를 제기하는 것처럼 보였다. 테레제는 — 카를은 테레제만 바라보았다 — 완전히 무력한 표정으로 얼굴을 주방장에게 대고 더 이상 아무것도 보려고 하지 않았다. 카를의 설명에 완전히 만족한 사람은 수위장이 유일했다. 그는 몇 번이고 되풀이해 말했다. "완전히 맞는 말입니다. 술친구는 도와야지요." 그러면서 눈빛과 손동작으로 그곳의 모든 사람에게 이 설명을 각인시키려고 했다.

"그러니까 제 잘못입니다." 카를이 말했다. 그러면서 자신을 더 변호할 용기를 줄 심판자들의 친절한 한마디를 기다리는 듯 잠시 멈칫했다. 하지만 그런 일은 일어나지 않았다. "제 잘못은 그 남자 — 이름은 로빈슨이고 아일랜드인입니다 — 를 숙소에 데려온 것뿐입니다. 그가 한 다른 모든 말은 술에 취해 한 말로 옳지 않습니다."

"그렇다면 돈을 주겠다는 약속을 하지 않았나?" 지배인이 물었다.

"했어요." 카를이 말했다. 그는 그 사실을 잊고 있어서 미안하다고 했다. 그는 경솔해서 또는 부주의해서 너무 단정적으로 잘못이 없다고 말한 것이다. "그가 달라고 부탁해서 주겠다고 약속했어요. 하지만 돈을 가지러 간 것이 아니고 어젯밤에 받은 팁을 주려고 했어요." 그리고 그는 증거로 주머니에서 돈을 꺼내 납작한 손바닥 위에 놓인 작은 동전 몇 개를 보여 주었다.

"자네는 점점 더 그릇된 길에 빠지고 있어." 지배인이 말했다. "자네 말을 믿으려면 자네가 전에 한 말은 항상 잊어야 해. 그러니까 처음에 그 남자를 — 로빈슨이라는 이름마저 믿을 수 없어. 아일랜드가 생긴 이래로 그런 이름은 없었어 — 그러니까 처음에는 그를 단지 숙소에 데리고 갔다 했지. 그것만으로도 이미 쫓겨날 수 있어. 하지만 자네는 처음에 돈 약속을 하지 않았다고 했어. 그러다가 다시 갑작스럽게 질문하자 돈을 주겠다고 약속했다고 했어. 다만 우리는 지금 문답 놀이를 하려는 게 아니라 자네의 해명을 듣고 싶네. 처음에는 돈을 가지러 가지 않고 오늘 받은 팁을 주려고 했어. 그런데 이 돈이 아직 수중에 있는 것이 드러나자 분명 다른 돈을 가져오려고 한 거야. 자네가 오랫동안 자리를 비운 것도 그 점을 말해 주고 있어. 결국 자네가 그를 위해 트렁크에서 돈을 꺼내 오려고 했다면 그다지 이상한 일이 아닐지도 몰라. 그런데 한사코 그 점을 부인한다는 것은 물론 이상한 일이야. 자네는 줄곧 숨기려고 하지만 자네가 이 호텔에서 비로소 그 사내를 취하게 했다는 것은 조금도 의심할 여지가 없어. 그가 이곳에 혼자 왔지만 혼자 떠날 수 없다는 것을 자네 스스로 시인했기 때문이야. 그리고 자네 손님이라고 침실에서 외쳐 댔기 때문이야. 따라서 지금 남은 문제는 두 가지뿐이야. 문제를 간단히 하려면 자네가 직접 대답하면 돼. 하지만 결국에는 자네 도움 없이도 그 문제를 규명할 수 있을 거야. 첫째, 어떻게 식료품 저장실에 들어갔지? 둘째, 선물로 줄 돈을 어떻게 모았지?"

'선의로 했다고 하지 않으면 자신을 변호할 수 없겠는데.'라고 카를은 혼자 생각하고 지배인에게 더 이상 대답하지 않았다. 그 때문에 테레제가 무척 고통스러워했을지라도 말이다. 그는 무슨 말을 하든 나중에 원래의 뜻과는 전혀 다르게 보이리라는 것과 선으로 보느냐 악으로 보느냐는 단지 판단 방식에 달렸다는 것을 알고 있었다.

"대답하지 않는데요." 주방장이 말했다.

"그가 할 수 있는 가장 분별 있는 행동입니다." 지배인이 말했다.

"그는 또 무언가를 생각해 낼 겁니다." 수위장이 말했다. 그리고 조금 전에 무자비하던 손으로 수염을 조심스럽게 쓰다듬었다.

"조용히 해요." 주방장이 옆에서 훌쩍이기 시작한 테레제에게 말했다. "보다시피 그는 대답하지 않아요. 그러니 내가 그를 위해 무슨 일을 할 수 있겠어요? 결국 지배인 앞에서 옳지 않은 사람은 바로 나야. 말해 봐요, 테레제, 내가 그를 위해 뭔가 해 줄 일을 소홀히 했다고 생각해요?" 테레제가 그런 것을 어떻게 알았겠는가. 두 신사 앞에서 어린 소녀에게 공개적으로 행한 이 질문과 간청을 통해 주방장이 혹시 자기 품위를 많이 손상했다고 해서 무슨 소용이 있었을까?

"주방장님." 다시 한번 정신을 차린 카를이 말했다. 그러나 단지 테레제에게 대답을 면하도록 하기 위해서이지 다른 목적은 없었다. "제가 어떤 식으로든 당신에게 불명예를 안겨 드렸다고는 생각하지 않아요. 자세히 조사해 보면 다른 누구라도 그런 사실을 알 수 있을 겁니다."

"다른 누구라니……." 수위장이 손가락으로 지배인을 가리키며 말했다. "그건 당신 이즈배리 씨를 비꼬는 말입니다."

"자, 주방장님." 지배인이 말했다. "6시 30분입니다. 이제 더는 조금도 지체할 수 없습니다. 이 문제는 이미 너무 관대하게 다루었으니 당신이 결론을 내려 주시는 게 가장 좋겠습니다."

키 작은 자코모가 이미 들어와 있었다. 그는 카를 쪽으로 다가가려고 했으나 다들 침묵을 지키는 데 흠칫 놀라 포기하고 기다렸다.

주방장은 카를이 마지막 말을 한 이후로 그에게서 눈을 떼지 않았다. 그녀가 지배인의 말을 들었음을 암시하는 것은 아무것도 없었다. 눈은 완전히 카를을 향하고 있었다. 크고 푸른 눈이었지만 나이와 많은 고생으로 약간 흐려졌다. 그녀가 그러고 서서 앞에 놓인 안락의자를 약하게 흔들었으므로 사람들은 그녀가 다음 순간 이렇게 말할 것이라고 충분히 예상할 수 있었을 것이다. "자, 카를, 곰곰이 생각해 보니 이 문제는 아직 제대로 해명되지 않았고, 당신이 옳게 말한 대로 자세한 조사가 필요해요. 그리고 여러분이 동의하든 동의하지 않든 우린 지금 이 문제를 정리하려고 해요. 정의가 실현되어야 하니까요."

그러나 이렇게 말하는 대신 주방장은 잠시 뜸을 들였는데 아무도 감히 그 침묵을 깨뜨릴 수 없었다. 다만 지배인의 말을 확인해 주기라도 하듯 시계가 6시 30분을 쳤을 뿐이었다. 그리고 그 시계와 함께 모두가 알고 있듯 호텔 전체의 시계가 모두 동시에 6시 30분을 알렸다. 마치 둘도 없는 큰 조바심이 두 번 경련하는 것처럼 귓속에서 불길하게 울렸다. "아니, 카를, 아니야, 아니야! 우리는 그런 식으로 설득당하지 않아요. 정의로운 일도 특별한 모습을 하고 있어요. 솔직히 말하건대 당신 문제는 그렇지 않아요. 나는 그렇게 말해도 되고, 또 그렇게 말할 수밖에 없어요. 솔직히 말할 수밖에 없어요. 나는 당신에 대해 가장 좋은 관점을 가지고 이곳에 온 사람이기 때문이에요.

보다시피 테레제도 침묵하고 있어요." (하지만 그녀는 침묵하는 것이 아니라 울고 있었다.)

주방장은 갑자기 엄습해 오는 어떤 결정에 말문이 막혀 이렇게 말했다. "카를, 이리 좀 와 봐요." 그가 다가오자 — 그 즉시 지배인과 수위장이 등 뒤에서 활발한 대화를 나누기 시작했다 — 그녀는 왼손으로 그를 껴안았다. 그리고 자신이 이끄는 대로 따르는 테레제와 그를 데리고 방 안쪽으로 걸어갔다. 그녀는 그곳에서 두 사람을 몇 번 오가면서 말했다. "그럴 수 있어요, 카를, 당신은 조사를 통해 개별 세부 사항에서 당신이 옳음을 인정받을 거라고 믿는 듯해요. 그게 아니면 나는 당신을 전혀 이해하지 못할 겁니다. 왜 안 그러겠어요? 아마도 당신은 실제로 수위장에게 인사했을지도 몰라요. 그건 확실히 믿어요. 나는 또한 수위장에 대해 어떻게 생각해야 하는지도 알고 있어요. 알다시피 나는 지금 당신에게 터놓고 말하고 있어요. 그러나 그러한 사소한 변명은 당신에게 전혀 아무런 도움이 되지 않아요. 나는 수년 동안 지켜보면서 지배인의 사람 보는 안목을 높이 평가하게 되었어요. 그는 내가 아는 가장 신뢰할 만한 사람이에요. 그는 당신의 잘못을 분명히 말했어요. 그것은 물론 반박할 수 없을 것 같아요. 어쩌면 당신은 그냥 경솔하게 행동했을지도 몰라요. 하지만 어쩌면 당신은 내가 생각했던 그런 사람이 아닐지도 몰라요. 그렇지만……." 그녀는 이 정도로 말을 끊고는 두 신사를 흘끗 돌아보았다. "나는 당신을 기본적으로 행실 바른 소년이라고 간주하는 버릇을 아직 버릴 수 없어요."

"주방장님!" 그녀의 시선을 받은 지배인이 주의를 주었다.

"곧 끝나요." 주방장이 말하면서 이제 카를을 좀 더 빨리 설득했다. "들어 봐요, 카를, 내가 이 사건을 대충 훑어본 바로는 지배인이 조사를 시작하려고 하지 않는 것을 기쁘게 생각해요. 그가 조사를 시작하려고 한다면 나는 당신을 위해 그걸 막아야 할 테니까요. 어떻게 또 무엇으로 당신이 그 남자를 접대했는지 누구도 알아서는 안 돼요. 그리고 그는 당신이 둘러대는 것처럼 예전 동료 중 한 명일 수 없어요. 대판 싸우고 헤어졌다고 했잖아요. 당신은 그들 중 한 명을 접대하지 않을 겁니다. 그러니 그는 당신이 밤에 도시의 어느 싸구려 술집에서 경솔하게 친교를 맺은 지인일 수 있어요. 카를, 이 모든 일을 어떻게 내게 숨길 수 있지요? 혹시 숙소에서 지내는 것이 견디기 어려웠다면, 또 처음에 순수한 이유에서 밤놀이를 시작했다면 왜 내게 한마디도 말하지 않았어요? 알다시피 나는 방을 얻어 주려고 했는데 당신 부탁으로 단념했잖아요. 지금 생각해 보니 숙소가 더 자유롭다고 생각해서 그곳을 더 선호했던 것 같아요. 그리고 당신은 내 금고에 당신 돈을 보관하고 매주 내게 팁을 가져다주었어요. 도대체 어디서 오락비를 마련했으며, 친구에게 줄 돈은 이제 어디서 구하려고 했지요? 물론 이런 일은 적어도 지금은 지배인에게 결코 알려서는 안 돼요. 그러다간 혹시 조사를 피할 수 없어요. 무조건 호텔을 나가야 해요. 그것도 가능한 한 빨리요. 곧바로 브레너 하숙집으로 가요. — 테레제와 함께 이미 여러 번 가 본 적이 있잖아요 — 내가 추천서를 주면 무료로 묵을 수 있을 거예요." 주방장은 블라우스에서 꺼낸 금색 연필로 명함에 몇 줄을 적었다. 하지만 그러면서 말을 끊지 않고 계속했다. "트렁크는 곧바로 보낼게요. 테레제, 엘리베이터 보이 옷 보관소로 가서 이 사람의 트렁크를 챙겨 줘요!" (그러나 테레제는 아직 꼼짝도 하지 않았다. 그녀는 모든 고통을 견디려는 듯 카를의 일이 주방장의 호의 덕분에 풀리는 지금 더 나은 방향으로 전환하는 것을 함께 체험하려고 했다.)

누군가가 모습을 드러내지 않고 문을 조금 열었다가 곧 다시 닫았다. 자코모가 틀림없었다. 앞으로 나와서 이렇게 말했기 때문이다. "로스만, 전할 말이 있어."

"곧 끝날 거예요." 주방장이 말했다. 그녀는 고개를 숙이고 그녀의 말을 경청하고 있던 카를의 호주머니에 명함을 넣어 주었다. "당분간 당신 돈을 내가 맡아 두겠어요. 알다시피 안심하고 나한테 맡겨도 됩니다. 오늘은 집에 있으면서 당신 문제를 곰곰이 생각해 봐야겠어요. 내일은 — 오늘은 시간이 없고 이미 너무 오래 이곳에 있었어요 — 브레너에 들르겠어요. 당신을 위해 앞으로 무엇을 해 줄 수 있을지 알아볼 거예요. 당신을 버리지 않을 거예요. 아무튼 그런 사실을 당신은 오늘 알고 있어야 해요. 당신 미래에 대해서는 걱정할 필요가 없어요. 오히려 최근에 일어난 일을 걱정해야 해요." 이 말에 이어 그녀는 그의 어깨를 가볍게 두드린 다음 지배인에게 갔다. 카를은 고개를 들어 키 크고 당당한 여자를 물끄러미 바라보았다. 그녀는 침착한 발걸음과 홀가분한 태도로 그에게서 멀어졌다.

"모든 일이 이렇게 잘 풀렸는데 전혀 기쁘지 않아요?" 그의 곁에 남아 있던 테레제가 말했다.

"기쁘고말고요." 카를은 이렇게 말하고 그녀에게 미소 지었다. 하지만 도둑으로 몰려 쫓겨난 것을 왜 기뻐해야 하는지 알지 못했다. 테레제의 눈에서는 더없이 순수한 기쁨이 환히 빛났다. 카를이 어떤 잘못을 했든 안 했든, 그가 공정한 심판을 받았든 안 받았든, 창피스럽게든 명예스럽게든 그냥 곧장 달아나게 해 주었다면 전혀 상관없다는 듯이 말이다. 테레제는 그런 태도를 보였다. 하지만 자기 일에 대해서는 몹시 곤혹스러워했다. 그리고 완전히 명확하지는 않은 주방장의 한마디 말을 몇 주 동안 마음속으로 굴리고 음미해 보았다. 그는 의도적으로 이렇게 물었다. "내 트렁크를 곧장 챙겨서 보내 줄 건가요?" 그는 자기 의지와는 달리 놀란 나머지 고개를 절레절레 흔들 수밖에 없었다. 테레제는 그 물음에 재빨리 순순히 응했다. 트렁크 안에 모든 사람에게 비밀로 해야 할 물건들이 있다는 확신 때문에 카를을 전혀 쳐다보지 않고 그에게 손을 내밀지도 않고 이렇게 속삭일 뿐이었다. "물론이죠, 카를, 곧바로, 즉시 트렁크를 챙길게요." 그리고 그녀는 벌써 그곳에서 달아나 버렸다.

하지만 이제 자코모는 더 이상 참을 수 없었다. 그리고 오랜 기다림에 흥분한 나머지 큰 소리로 외쳤다. "로스만, 그 남자가 아래층 복도에서 뒹굴고 있어. 우리가 옮기려고 해도 말을 듣지 않아. 그들은 그를 병원으로 데려가려고 했어. 하지만 저항하면서 병원에 가는 것을 절대 용납하지 않을 거라고 주장해. 차에 태워 집에 보내야겠어. 차비는 네가 내야겠어. 그럴 거지?"

"그 남자는 자네를 신뢰하고 있어." 지배인이 말했다. 카를은 어깨를 움찔하며 돈을 세어 자코모의 손에 쥐여 줬다. "이게 내가 가진 전부야." 그가 말했다.

"너도 같이 타고 갈 건지 물어봐야겠어." 자코모가 돈을 짤랑거리며 물었다.

"그는 같이 가지 않을 거예요." 주방장이 말했다.

"그럼, 로스만……." 지배인이 자코모가 밖에 나갈 때까지 기다리지 않고 재빨리 말했다. "자네는 당장 해고야."

수위장은 마치 자신이 말했고 지배인은 단지 자기 말을 따라 한 것에 불과하다는 듯 여러 번 고개를 끄덕였다.

"해고 사유는 큰 소리로 말할 수 없어. 그러면 자네를 가둬야 할 거니까."

수위장은 눈에 띄게 엄한 눈으로 주방장 쪽을 건너다보았다. 그녀 때문에 이처럼 너무 관대하게 처리했음을 잘 알고 있었기 때문이다.

"지금 베스한테 가서 옷을 갈아입고 그에게 자네 제복을 넘겨 줘. 그리고 당장 이 호텔을 떠나도록 해."

주방장은 두 눈을 감았다. 그렇게 해서 카를을 안심시키려고 했다. 작별 인사를 하려고 몸을 굽히는 동안 카를은 지배인이 몰래 주방장의 손을 쥐고 장난치는 모습을 얼핏 보았다. 수위장은 무거운 발걸음으로 카를을 문까지 전송했다. 그는 카를이 문을 닫지 못하도록 직접 열어 두고 있었다. 카를의 등 뒤에 대고 소리치기 위해서였다. "십오 초 후에 자네가 정문에서 내 옆을 지나치는 것을 보겠어! 명심하라고!"

카를은 정문에서 성가신 일을 피하려고 최대한 서둘렀다. 그러나 모든 일이 그가 바라던 것보다 훨씬 더디게 진행되었다. 첫째, 베스를 금방 찾을 수 없었다. 마침 아침 식사 시간이라 어디나 사람들로 가득 찼다. 둘째, 한 소년이 카를의 낡은 바지를 빌려 갔다는 것이 드러났다. 카를은 이 바지를 찾기 위해 거의 모든 침대 옆의 옷걸이를 뒤져야 했다. 그래서 카를이 정문에 도착하기까지 오 분은 족히 걸렸다. 바로 앞에 한 숙녀가 신사 네 명 사이를 걸어갔다. 모두 그들을 기다리는 대형 자동차를 향해 걸어가고 있었다. 제복 차림의 하인이 차 문을 이미 열어 놓고 있었다. 그동안 그는 자유로운 왼팔을 옆으로 뻣뻣하고 수평이 되게 뻗고 있었다. 무척 엄숙해 보였다. 카를은 상류 사회 사람들 뒤에서 눈에 띄지 않게 빠져나가려고 했지만 허사였다. 이미 수위장이 그의 손을 잡고는 두 신사 사이를 헤치고 끌어당기며 그들에게 용서를 구했다.

"십오 초라고 하지 않았나." 그는 말하면서 마치 잘못 가는 시계를 바라보듯 옆에서 카를을 지켜보았다. "이리 좀 오게." 그는 이렇게 말한 다음 카를을 넓은 수위실로 데려갔다. 카를은 이미 진작부터 그곳을 한번 보고 싶어 했지만 지금은 수위에게 떠밀려 미심쩍은 생각을 품은 채 안으로 들어갔다. 그가 돌아서서 수위장을 밀어내며 벗어나려고 했을 때는 이미 문안에 들어가 있었다.

"안 돼, 안 돼, 이쪽으로 들어가라고." 수위장은 말하면서 카를을 돌아세웠다.

"난 이미 해고되었어요." 카를이 말했다. 이 말은 호텔에서 누구도 자신에게 더 이상 명령을 내릴 수 없다는 뜻이었다.

"내가 붙잡고 있는 한 자네는 해고된 것이 아니야." 물론 수위장의 이 말도 틀리지 않았다.

결국 카를은 수위에게 저항할 이유를 찾지 못했다. 요컨대 그에게 또 무슨 일이 일어날 수 있을까? 더욱이 수위실 벽은 완전히 거대한 유리창으로 되어 있었다. 그 유리를 통해 현관에서 물 흐르듯 양쪽으로 움직이는 사람들 무리를 마치 자신이 그 한가운데에 있는 것처럼 선명하게 볼 수 있었다. 그렇다, 수위실 전체에 사람들 눈을 피할 수 있는 구석이 없는 것 같았다. 바깥에 있는 사람들은 급히 서두르는 것처럼 보였다. 팔을 뻗고 고개를 숙이고 살피는 듯한 눈을 하고 짐을 높이 쳐들고 길을 찾았기 때문이다. 그렇지만 거의 모든 사람이 수위실 쪽을 한 번 흘낏 쳐다보고 지나갔다. 유리창 뒤에 손님과 호텔 직원 모두에게 중요한 공지 사항과 정보가 항상 게시되었기 때문이다. 그 외에도 수위실과 현관 사이에는 직접적인 교류가 있었다. 보조 수위 두

명이 두 개의 대형 미닫이 창가에 앉아 극히 다양한
용건에 대해 안내하느라 쉴 새 없이 바빴기 때문이다.
그야말로 과중한 업무에 시달리는 사람들이었다. 카를이
알듯이 수위장이 그의 경력에서 이러한 직책을 거치며
그 자리에 올라갔다고 주장하려 했는지도 모른다. 두
안내자 앞에는 — 바깥에서는 이를 제대로 상상할 수
없었다 — 창의 열린 틈으로 적어도 열 명의 질문자가
있었다. 계속 바뀌는 열 명의 질문자들 사이에는 마치
각자 다른 나라에서 파견되어 온 것처럼 종종 언어의
혼란이 생겼다. 몇몇은 항상 동시에 질문했고, 그 외에도
항상 다들 뒤죽박죽이 되어 말했다. 대부분은 수위실에서
무언가를 받아 가려고 하거나 무언가를 맡기려고 했다.
그래서 조바심을 내며 붐비는 틈에서 손을 치켜들고
휘두르는 사람을 항상 볼 수 있었다. 한번은 어떤 사람이
신문을 건네 달라고 했다. 그것이 뜻밖에 높은 곳에서
펼쳐져 잠시 모든 얼굴을 덮어 버렸다. 두 명의 보조
수위는 이 모든 일을 견뎌야 했다. 단순한 말만으로는
그들의 임무에 충분하지 않았을 것이다. 특히 그중 한 명,
얼굴 전체가 검은 수염에 뒤덮인 우울한 남자는 조금도
방해받지 않고 안내를 계속했다. 그는 끊임없이 도움을
주어야 하는 테이블 판을 보지도 않고, 질문하는 이 사람
저 사람의 얼굴도 보지 않고, 분명 힘을 아끼고 모으기

위해 오직 눈앞만 응시했다. 게다가 수염 때문인지 그의
말을 약간 알아듣기 어려웠다. 그래서 카를은 옆에 잠시 서
있는 동안 그의 말을 거의 파악할 수 없었다. 혹시 영어식
억양에도 불구하고 그가 사용하지 않을 수 없는 외국어
때문인지도 몰랐다. 또한 하나의 안내가 다른 안내와
너무 밀접하게 연결되어 넘어갔기 때문에 혼란스러웠다.
종종 어떤 질문자는 아직 자기 일에 관해 이야기한다고
생각하고 긴장한 얼굴로 귀 기울여 듣다가 잠시 후에야
그 문제가 이미 처리되었다는 사실을 깨닫기도 했다. 또한
손님은 보조 수위가 질문을 되풀이해 달라고 요청하지
않는다는 사실에 익숙해져야 했다. 질문이 전체로는
이해되지만 부분적으로 약간 불분명할 때도 그랬다.
그럴 때는 거의 눈에 띄지 않게 고개를 흔들어 이 질문에
대답할 의사가 없음을 드러냈다. 자기 잘못을 인지하고
질문을 더 명확하게 하는 것은 질문자의 몫이었다. 특히
그런 문제로 인해 많은 사람이 창구 앞에서 매우 오랜
시간을 보냈다. 보조 수위를 돕기 위해 각자 사환이
딸려 있었다. 사환은 책장과 여러 가지 상자에서 보조
수위가 필요로 하는 것을 후닥닥 달려가 모두 가져와야
했다. 호텔에서 젊은이들이 할 수 있는 가장 힘든
일이기는 했지만 가장 보수가 좋은 직책이었다. 또한 어떤
의미에서 그 일은 보조 수위가 하는 일보다 더 힘들었다.

보조 수위는 깊이 생각하고 말하기만 하면 되는 반면
젊은이들은 깊이 생각함과 동시에 달려야 했기 때문이다.
뭔가 잘못된 것을 가져오더라도 보조 수위는 물론 바빠서
길게 잔소리를 늘어놓을 시간이 없었다. 오히려 책상
위에 올려놓은 것을 단숨에 아래로 그냥 내던져 버렸다.
마침 카를이 들어온 직후에 행해진 보조 수위의 교대가
무척 흥미로웠다. 그러한 교대는 적어도 낮 동안에 좀
더 빈번히 행해질 수밖에 없었다. 창구 뒤에서 한 시간
이상 버틸 사람이 거의 없었기 때문이다. 교대 시간을
알리는 종이 울렸다. 그와 동시에 이제 차례가 된 보조
수위 두 명이 옆문으로 나왔고, 사환이 각기 그 뒤를
따랐다. 그들은 창구 옆에 한동안 가만히 서서 밖에 있는
사람들을 지켜보았다. 바로 조금 전의 질문에 대한 답변이
어느 단계에 있는지 확인하기 위해서였다. 개입할 적당한
순간이 왔다고 생각하면 교대할 보조 수위의 어깨를
두드렸다. 그때까지 등 뒤에서 일어나는 일에 대해 전혀
신경 쓰지 않았던 그는 즉시 이해하고 자리를 비켜 주었다.
모든 일이 너무 빨리 진행되어 종종 밖에 있던 사람들을
깜짝 놀라게 했다. 갑자기 눈앞에 나타난 새로운 얼굴에
놀란 나머지 뒤로 움찔 물러날 정도였다. 교대한 두 남자는
기지개를 켜고 나서 준비된 두 개의 세면기 위에 뜨거운
머리를 대고 물을 끼얹었다. 그러나 교대한 사환은 아직

기지개를 켤 수 없었다. 그들은 근무하는 동안 바닥에 버려진 물건을 주워 제자리에 놓는 일을 잠시 더 해야 했다.

카를은 짧은 순간 이 모든 일을 더없이 긴장된 집중력으로 자신 안에 받아들였다. 그는 가벼운 두통을 느끼면서 자신을 데리고 가는 수위장을 잠자코 따라갔다. 수위장도 이러한 안내 방식이 카를에게 큰 인상을 준 것을 눈치챘는지 갑자기 손을 잡아 끌며 말했다. "보다시피 여기는 이렇게 일하는 곳이야." 카를은 물론 이 호텔에서 게으름을 피우지 않았지만 그러한 일에 대해서는 전혀 몰랐다. 그리고 수위장이 큰 적이라는 사실을 깜빡 잊고 그를 바라보며 인정한다는 듯 말없이 고개를 끄덕였다. 그러나 이것이 다시 수위장에게는 보조 수위를 과대평가해서 어쩌면 그의 인격에 대한 무례함으로 비쳤다. 그는 마치 카를을 바보로 여기는 것처럼 자기 말이 사람들 귀에 들릴 수 있다는 것은 아랑곳하지 않고 외쳤다. "물론 이런 일은 호텔 전체에서 가장 얼빠진 일이야. 한 시간 듣고 있으면 제기되는 질문을 거의 다 알게 되고, 나머지는 굳이 대답할 필요가 없어. 자네가 건방지지 않고 버릇없이 굴지 않았더라면, 거짓말하고 놀러 다니고 술 마시고 도둑질하지 않았더라면 이런 창구에서 자네를 고용했을지도 몰라. 저런 곳에는 우둔한 녀석이 필요하니까."

카를은 보조 수위들의 정직하고 힘든 일이 인정받기는커녕 조롱당하는 것에, 더구나 그런 창구에 감히 한 번이라도 앉았다면 모든 질문자의 비웃음을 받으며 확실히 몇 분도 안 되어 떠나야 했을 남자한테 조롱당하는 것에 분개했지만 그 모욕이 자신과 관련되는 한 완전히 흘려들었다.

"저를 보내 주세요." 수위실에 대한 호기심이 완전히 충족된 카를이 말했다. "당신과 더 이상 아무런 관계도 맺고 싶지 않아요."

"그 정도로는 달아나기에 충분하지 않아." 수위장이 말했다. 그는 꼼짝할 수 없을 만큼 카를의 팔을 꽉 쥐고는 수위실의 다른 쪽 끝으로 끌고 가다시피 했다. 밖에 있던 사람들은 수위장의 이 같은 폭행을 보지 못했을까? 혹시 보았다면 그 행위를 어떻게 이해했을까? 누구도 그 일을 만류하지 않았고, 최소한 자신이 목격되고 있으며 카를을 제멋대로 다루어서는 안 된다는 것을 수위장에게 보여 주기 위해 아무도 창문을 두드리지 않았다.

그러나 카를은 현관으로부터 누군가의 도움을 받을 희망이 더 이상 없었다. 수위장이 줄을 하나 잡더니 반으로 나뉜 수위실 유리창 위의 천장까지 순식간에 검은 커튼을 쳤기 때문이다. 수위실의 이 부분에도 사람들이 있었다. 하지만 모두 일에 몰두했고, 자신과 무관한 일에는 눈과 귀를 닫았다. 게다가 그들은 수위장에게 전적으로 종속되어 있었다. 그래서 카를을 돕는 대신 수위장이 무슨 일을 하든 죄다 숨기는 것을 도와주려 했을 것이다. 예컨대 그곳에는 여섯 대의 전화기 옆에 여섯 명의 보조 수위가 있었다. 사람들이 금방 알 수 있듯이 지시는 다음과 같이 내려졌다. 한 명은 항상 대화를 그냥 받아 적기만 했다. 반면에 옆 사람은 처음 받은 메모에 따라 전화로 용건을 전달했다. 전화실이 필요하지 않은 최신 전화기였다. 벨 소리가 곤충 울음소리보다 크지 않았다. 사람들은 속삭이는 소리로 전화기에다 말할 수 있었다. 하지만 특수 전기 증폭 덕분에 말은 우레 같은 목소리로 상대방에게 도달했다. 그래서 전화기에 대고 이야기하는 세 통화자의 말이 거의 들리지 않았다. 사람들은 그들이 수화기에서 어떤 상황을 중얼거리며 관찰하고 있다고 생각할지도 모른다. 다른 세 명은 그들을 향해 밀려드는, 그렇지만 주변에서는 들리지 않는 소음에 마비된 듯 머리를 종이 위에 숙이고 그 말을 받아 적는 것이 임무였다. 여기에서도 다시 세 통화자 옆에 각기 소년 한 명이 거들고 있었다. 세 소년은 상관의 말에 귀 기울이며 번갈아 고개를 쭉 뻗은 다음 마치 벌레에 쏘인 양 서둘러 커다란 노란색 책에서 — 책장을 넘기는 소리가 전화의 소음을 훨씬

능가하는 수준이었다 — 오직 전화번호를 찾는 일에
매달렸다.

    자리에 앉은 수위장이 마치 껴안듯이 몸을 앞으로
내밀고 있었지만 카를은 이 모든 것을 눈여겨 지켜보는
것을 사실상 단념할 수밖에 없었다.

    "그것은 내 의무야." 수위장이 말했다. 카를은 그가
자기 쪽으로 얼굴을 돌리게 하려는 듯 고개를 흔들었다.
"지배인이 어떤 이유에서든 늘 소홀히 한 일을 호텔
경영진 이름으로 최소한 약간이나마 만회하는 것 말이야.
이곳에서는 한 사람이 나가면 항상 다른 사람이 들어와.
그러지 않으면 이처럼 큰 호텔 경영은 생각할 수 없을 거야.
혹시 내가 네 직속상관이 아니라고 말할지도 모르겠다.
평소에 방치된 이 일을 내가 맡게 된 것은 나로서는 더욱
잘된 일이야. 게다가 어떤 의미에서 나는 수위장으로서
모든 사람의 위에 있어. 호텔의 모든 문, 그러니까 이 정문,
세 개의 중앙 문과 열 개의 측면 문이 내 관할하에 있기
때문이지. 수많은 작은 문과 문이 없는 출구는 굳이 말할
필요도 없어. 물론 해당 서비스 직원은 모두 무조건 내
말을 따라야 해. 이러한 큰 명예를 누리는 대신 나는 물론
다른 한편으로 호텔 경영진에 대해 조금이라도 수상한
사람은 누구도 내보내지 않을 의무를 지고 있어. 그런데
바로 너야말로 유독 수상쩍은 구석이 있어. 그 점이 내

마음에 든단 말이야." 그리고 수위장이 너무 기쁜 나머지 손을 들었다가 다시 강하게 내리치는 바람에 찰싹 소리가 나면서 그를 아프게 했다. "네가 다른 출구로 눈에 띄지 않게 빠져나갔을 수 있어." 그는 덧붙여 말하면서 위엄을 부리며 입을 뗐다. "물론 너는 네 일로 내가 특별 지시를 내릴 사람이 아니기 때문이지. 하지만 네가 일단 이곳에 있는 만큼 너를 갖고 놀아야겠어. 게다가 나는 정문에서 우리가 만나기로 한 약속을 네가 지킬 것을 의심하지 않았어. 뻔뻔하고 고분고분하지 않은 녀석은 자기에게 피해가 가는 곳에서 제 악습을 멈추는 것이 규칙이기 때문이지. 넌 그러한 점을 너 자신에게서 분명히 종종 관찰할 수 있을 거야."

"제가 완전히 당신 수중에 있다고 생각하지 마세요." 카를이 말했다. 그는 수위장 특유의 텁텁한 냄새를 들이마셨다. 그토록 오랫동안 바로 옆에 서 있었으면서도 이제야 비로소 그 냄새를 깨달은 것이다. "내가 소리칠 수도 있다고요."

"그러면 난 네 입을 다물게 할 수 있어." 수위장은 혹시 필요한 경우 그 일을 실행할 생각이라는 듯이 침착하게 재빨리 말했다. "그리고 누군가가 너를 위해 이곳에 들어온다면 수위장인 나에 대해 네가 하는 말이 옳다고 인정할 사람이 정말로 있을 것으로 생각하나? 네 희망이 말도 안 되는 것임을 아마 알게 되겠지. 이봐, 넌 제복을 입었을 때만 해도 제법 주목받을 만했어. 그러나 유럽에서만 실제로 볼 수 있는 이 양복을 입고 있으니!"
그리고 그는 양복 이곳저곳을 마구 잡아당겼다. 그것은 다섯 달 전만 해도 거의 새것이었지만 지금은 물론 닳고 구겨진 데다 무엇보다 얼룩져 있었다. 주로 엘리베이터 보이들의 무분별한 짓거리 때문이었다. 그들은 일반적인 명령에 따라 홀 바닥을 매일 매끄럽고 먼지 없이 유지해야 했다. 그러나 게을러서 제대로 청소하지 않고 어떤 기름을 바닥에 뿌려서 그로 인해 옷걸이에 걸린 모든 옷에 기름을 마구 튕겨 더럽혔다. 그래서 사람들은 원하는 곳에 옷을 치워 놓기도 했다. 어떤 사람은 옷을 방에 두지 않고, 그 대신 숨겨 놓은 남의 옷을 쉽게 찾아서 늘 빌려 입었다. 그리고 어쩌면 바로 그가 그날 홀 청소를 해야 해서 옷에 기름이 튀었을 뿐 아니라 위에서 아래까지 완전히 기름을 부어 버린 당사자였을지도 모른다. 리넬만 제 소중한 옷을 어떤 비밀 장소에 감추어 두었다. 그곳에서 옷을 꺼내 간 사람은 지금까지 거의 없었다. 특히 악의나 인색함 때문에 다른 사람의 옷을 빌려 입은 것이 아니라 단순히 성급하고 부주의해서 눈에 띄는 옷을 집어 들었다. 그러나 리넬의 옷에도 등 중앙에 둥글고 불그스름한 기름 얼룩이 있었다. 이런 사정에 정통한 사람이라면 시내에서 이 얼룩으로 이 우아한 청년이 엘리베이터 보이라는 것을 확인할 수 있었을 것이다.

카를은 이러한 기억을 떠올리며 자신에게 이렇게 말했다. 자신도 엘리베이터 보이로서 충분히 고생했지만 모든 것이 허사였다. 엘리베이터 보이 근무는 자신이 기대했듯이 더 나은 일자리로 올라갈 예비 단계가 아니었고, 오히려 좀 더 낮은 곳으로 내몰려 심지어 감옥에 갇힐 처지가 되었다. 게다가 이제 어떻게 하면 카를에게 계속 더 창피를 줄까 궁리하는 수위장에게 붙잡혀 있었다. 그는 수위장이 설득될 사나이가 전혀 아니라는 사실을 완전히 잊고 막 풀려난 손으로 이마를 여러 번 치면서 외쳤다. "내가 정말 당신에게 인사하지 않았다고 해도 어떻게 어른이 인사를 소홀히 했다고 이렇게 복수심에 불탈 수 있단 말인가요!"

"복수심에 불타는 게 아니야." 수위장이 말했다. "단지 네 호주머니를 샅샅이 검사하고 싶을 뿐이야. 나는 아무것도 찾지 못할 것이라고 확신해. 너는 아마 신중을 기했을 테고, 아마 네 친구가 점차 모든 것을 매일 조금씩 빼돌리게 했을 테니까. 그러나 너는 철저히 검사받아야 해." 그리고 이미 그는 카를의 상의 주머니 중 하나에 마구잡이로 손을 집어넣어 옆 솔기를 터뜨렸다. "여기엔 이미 아무것도 없군." 그가 말했다. 그는 호주머니에 든 내용물을 손으로 하나하나 골라냈다. 호텔의 광고용 달력, 상업 통신 과제가 적힌 종이 한 장, 상의와 바지 단추 몇 개, 주방장의 명함, 언젠가 그가 트렁크를 꾸릴 때 한 손님이 던져 준 손톱 광택기, 열 번이나 대신 근무해 준 사례로 리넬이 선물한 낡은 포켓용 거울과 그 밖의 몇 가지 자질구레한 물건들이었다. "여기에는 아무것도 없군." 수위장은 이렇게 되풀이해서 말하고 모든 것을 의자 밑에 던져 버렸다. 훔친 물건이 아닌 이상 카를의 소유물은 의자 밑에 있는 것이 당연하다는 듯이.

'이제 그만해.' 카를이 혼자 생각했다. — 얼굴은 벌겋게 달아올랐음에 틀림없다 — 그리고 과욕을 부린 수위장이 두 번째 호주머니를 뒤지자 카를은 단숨에 소매를 뿌리치고는 풀쩍 뛰어올라 보조 수위를 그의 전화기 쪽으로 세게 밀어붙였다. 그는 후텁지근한 공기를 통과해 원래 의도보다 더 천천히 문 쪽으로 달려갔다. 하지만 무거운 외투를 입은 수위장이 미처 몸을 일으키기도 전에 다행히 밖으로 나왔다. 보초 근무 조직은 그다지 모범적이지 않았다. 몇 군데에서 종이 울리긴 했다. 하지만 무엇 때문에 울렸는지 아무도 모를 것이다! 복도를 이리저리 돌아다니는 호텔 직원이 무척 많았다. 그래서 그들이 눈에 띄지 않은 방식으로 외출하지 못하게 하려고 한다는 생각이 들 정도였다. 이렇게 돌아다니는 것을 보면 그렇게밖에 생각할 수 없었다. 아무튼 카를은 곧 밖으로 나왔다. 하지만 호텔의 보도를 따라 걸을 수밖에 없었다. 끊임없는 자동차 행렬이 정체되어 정문 옆을 지나 거리에 다다를 수 없었기 때문이다. 자동차들은 되도록 빨리 나아가기 위해 그야말로 서로 뒤섞여 가고 있었다. 앞차는 뒤따르는 차에 밀려서 앞으로 움직였다. 특별히 서두르는 보행자들은 마치 공공 통로라도 있는 것처럼 간혹 차들 사이를 비집고 지나갔다. 차 안에 운전기사와 하인만 앉아 있든 극히 지체 높은 사람도 앉아 있든 전혀 아랑곳하지 않았다. 그렇지만 카를에게는 그런 행동이 지나쳐 보였다. 그런 일을 감행하려면 교통 상황을 이미 잘 알아야 할 것이다. 아니면 금세 자동차와 부딪칠 수도 있었다. 자동차 탑승자는 그런 일을 나쁘게 받아들이고 그를 내동댕이쳐 사건을 일으킬 것이다. 셔츠 바람으로 도망쳐 나온 수상쩍은 호텔 직원인 그는 더 이상 아무것도 겁날 게 없었다. 어차피 자동차 행렬은 이런 식으로 영원히 계속될 수 없었다. 그리고 그는 호텔과 멀리 떨어지지 않고 걸어가는 한 사실상 가장 의심을 적게 받았다. 실제로 카를은 자동차 행렬이 멈추진 않았으나 거리 쪽으로 굽어 좀 더 느슨해진 곳에 마침내 이르렀다. 바야흐로 그는 자신보다 어쩌면 훨씬 더 수상쩍어 보이는 사람들이 자유롭게 돌아다니는 거리의 인파 속으로 슬쩍 끼어들려고 했다. 그때 근처에서 그의 이름을 부르는 소리가 들렸다. 뒤를 돌아다보니 평소 잘 알고 지내던 엘리베이터 보이 두 명이 지하 납골실 입구처럼 보이는 조그만 낮은 문에서 무척 힘겨워하며 들것을 꺼내고 있었다. 잘 살펴보니 로빈슨이 누워 있었다. 머리와 얼굴, 팔이 여러 가지 방식으로 묶여 있었다. 고통 때문인지, 그 외의 슬픔 때문인지, 아니면 심지어 카를을 다시 만난 기쁨 때문인지 그가 붕대로 눈물을 닦기 위해 팔을 눈언저리로 가져가는 모습은 추해 보였다.

"로스만." 그는 비난에 차 소리쳤다. "왜 이리 오래 기다리게 하는 거야! 네가 오기 전에 실려 나가지 않으려고 벌써 한 시간이나 버티고 있어. 이 녀석들은……." 그리고 붕대로 감고 있어 얻어맞지 않을 걸로 생각하는 듯 한 엘리베이터 보이의 머리를 주먹으로 쳤다. "정말 악마들이야. 아, 로스만, 너를 찾아온 대가를 호되게 치렀어."

"그들이 대체 무슨 짓을 한 거야?" 카를은 말하면서 엘리베이터 보이들이 쉬기 위해 웃으며 내려놓은 들것에 다가갔다.

"아직 묻고 있나." 로빈슨은 한숨을 쉬었다. "내 모습을 보면 모르나. 생각해 봐, 거의 평생 불구가 되도록 얻어맞았어. 여기저기 안 아픈 데가 없을 정도야." 그리고 먼저 머리를 가리킨 다음 발가락을 가리켰다. "내가 코피 흘리는 것을 보았으면 좋았을 텐데. 조끼는 완전히 망가져서 그냥 두고 왔어. 바지가 엉망으로 찢어져서 난 지금 팬티만 입고 있어." 그리고 덮은 것을 살짝 들어 올리며 카를에게 그 아래를 봐 달라고 했다. "난 이제 어떻게 될까! 적어도 몇 달 동안 누워 있어야 할 거야. 그리고 당장 말해 주고 싶은데 너 외에는 날 돌봐 줄 사람이 없어. 들라마르슈는 너무 참을성이 없어. 로스만, 로스만!" 로빈슨은 뒤로 약간 물러나는 카를에게 손을 내밀었다. 그를 쓰다듬으며 환심을 얻기 위해서였다. "내가 왜 너를 찾아갔을까!" 그는 카를에게 제 불행에 대한 공동 책임이 있음을 잊지 않도록 이 말을 여러 번 되풀이했다. 이제 카를은 로빈슨의 하소연이 상처 때문이 아니라 숙취 때문임을 곧 깨달았다. 로빈슨은 몹시 취한 상태에서 잠들자마자 바로 깨어 놀랍게도 피투성이가 되도록 얻어터졌고, 깨어나서는 더 이상 어떻게 해야 할지 전혀 알 수 없었기 때문이다. 낡은 헝겊으로 만든 볼품없는 붕대만 봐도 상처가 대단하지 않음을 알 수 있었다. 엘리베이터 보이들이 장난 삼아 붕대를 감아 놓은 게 분명했다. 들것의 끝에 있는 두 엘리베이터 보이도 가끔 웃음을 터뜨렸다. 그러나 이곳은 로빈슨이 제정신을 찾게 할 만한 장소가 아니었다. 몰려드는 행인들이 들것 옆의 무리에게 신경 쓰지 않고 급히 지나갔기 때문이다. 어떤 이들은 진짜 체조 선수처럼 가끔 로빈슨 위를 풀쩍 뛰어넘기도 했다. 카를한테서 차비를 받은 운전기사는 "앞으로, 앞으로!" 하고 외쳤다. 엘리베이터 보이들은 마지막 힘을 다해 들것을 들어 올렸다. 로빈슨은 카를의 손을 잡고 알랑거리듯 말했다. "이제 이리 와, 이리 오라고!" 카를은 제 옷차림으로는 어두운 차 안이 가장 안전하지 않았을까 싶었다. 그래서 로빈슨 옆에 앉았다. 로빈슨은 카를에게 머리를 기댔다. 뒤에 남은 엘리베이터 보이들은 지금까지 동료였던 그에게 차창 너머로 진심으로 손을 흔들었다. 자동차는 거리 쪽으로 돌면서 급격하게 방향을 틀었다. 그러다간 당연히 사고가 날 것처럼 보였다. 그러나 모든 것을 포용하는 교통은 직진하는 이 자동차 역시 금세 조용히 받아들였다.

7 그곳은 교외의 외진 거리가 분명했다[1]

    자동차가 멈춘 곳은 교외의 외진 거리가 분명했다. 사방이 무척 조용하고 아이들이 보도 가장자리에 웅크리고 앉아 놀고 있었다. 어깨에 낡은 옷을 잔뜩 걸친 남자가 집들의 창문을 바라보면서 소리치고 있었다. 피곤한 몸으로 자동차에서 한낮의 햇살이 따스하고 환히 비추는 아스팔트 위에 내린 카를은 언짢은 기분이 들었다.
    "정말 여기 살아?" 그가 자동차 안으로 소리쳤다.
    차를 타는 내내 평화롭게 자고 있던 로빈슨은 애매모호한 긍정의 대답을 중얼거렸다. 그는 카를이 밖으로 옮겨 주기를 기다리는 듯했다.
    "그럼 난 여기서 더 이상 할 일이 없겠어. 잘 지내."
카를은 말하면서 약간 내리막인 길을 걸어가기 시작했다.

---

1   막스 브로트 판에서는 '은신처'라는 제목이 붙어 있다.

"카를, 대체 무슨 생각을 하는 거야?" 로빈슨이 차 안에서 소리쳤다. 걱정스러운 나머지 약간 불안정한 무릎으로 거의 똑바로 섰다.

"그렇지만 가 봐야겠어." 로빈슨의 빠른 회복을 지켜본 카를이 말했다.

"셔츠 바람으로?" 로빈슨이 물었다.

"돈을 벌어 상의를 구할 거야." 카를은 이렇게 대답하고 로빈슨에게 자신 있게 고개를 끄덕이며 손을 들어 인사했다. "잠시만요, 이봐요!" 하고 운전기사가 외치지 않았다면 정말 가 버릴 뻔했다.

곤혹스럽게도 운전기사가 추가 요금을 요구하고 있다는 것이 드러났다. 호텔 앞에서의 대기 시간 요금을 아직 치르지 않았기 때문이다.

"아, 그렇군요." 로빈슨이 이 요구가 옳다는 것을 확인하며 자동차 밖으로 소리쳤다. "그곳에서 난 너무 오래 자네를 기다려야 했어. 기사님한테 좀 더 드려야 할 거야."

"네, 물론입니다." 운전기사가 말했다.

"그래요, 내게 돈이 얼마라도 있다면요." 카를은 말하면서 그래 봐야 쓸데없는 줄을 알면서도 바지 호주머니에 손을 넣어 뒤져 보았다.

"내가 매달릴 사람은 댁밖에 없어요." 운전기사는 말하면서 다리를 넓게 벌리고 섰다. "저 환자에게는 아무것도 요구할 수 없거든요."

코가 찌부러진 젊은 청년 한 명이 큰문 쪽에서 다가오더니 몇 걸음 떨어진 거리에서 귀를 기울였다. 바로 그때 경찰관이 거리를 순찰하다가 셔츠 차림의 남자가 고개를 떨구고 있는 것을 눈여겨보고 멈춰 섰다.

경찰관을 알아본 로빈슨이 멍청하게도 다른 쪽 창문으로 그를 향해 소리쳤다. "아무 일도 아니에요, 아무 일도 아니에요!" 경찰관을 마치 파리처럼 쫓을 수 있다는 듯이 말이다. 경찰관을 목격한 아이들은 그가 멈춰 서자 카를과 운전기사에게도 관심을 보이면서 빠른 걸음으로 달려왔다. 맞은편 큰문에서는 노파가 서서 빤히 건너다보고 있었다.

"로스만!" 위쪽에서 어떤 목소리가 들려왔다. 들라마르슈가 맨 위층 발코니에서 부르는 소리였다. 그는 희끄무레한 푸른 하늘을 배경으로 아주 희미하게 보일 뿐이었는데 보아하니 잠옷 차림에 오페라글라스로 거리를 내려다보고 있었다. 옆에는 빨간 파라솔이 펼쳐져 있고, 그 아래에 여자가 앉아 있는 것 같았다. "어이, 안녕!" 그는 자기 말을 알아듣도록 최대한 외쳤다. "로빈슨도 거기 있나?"

"있어요." 카를이 대답했다. 그러자 차에 타고 있던 로빈슨이 훨씬 더 큰 소리로 "여기 있어." 하고 힘차게 카를의 말을 뒷받침했다.

"어이, 안녕!" 다시 외치는 소리가 들렸다. "금방 내려갈게!"

로빈슨은 차에서 몸을 숙이고 "저 친구는 사나이다."라고 말했다. 들라마르슈에 대한 이 칭찬은 카를, 운전기사, 경찰관, 그리고 그 말을 듣는 모든 사람을 향한 것이었다. 들라마르슈가 이미 떠나고 없는데도 다들 아직 멍하니 발코니 위를 쳐다보았다. 이제는 허리 부분이 없는 붉은 드레스를 입은 튼튼한 여인이 파라솔 아래에서 몸을 일으켜 난간에서 오페라글라스를 집어 들고 사람들을 내려다보았다. 사람들은 점차 그녀에게서 시선을 돌렸다. 카를은 들라마르슈를 기다리며 큰문을, 그리고 이어서 안뜰을 들여다보았다. 안뜰에는 상점 하인들이 거의 끊임없이 줄지어 지나다녔다. 저마다 작지만 분명 매우 묵직해 보이는 상자를 어깨에 메고 있었다. 운전기사는 자동차 쪽으로 다가가서 시간을 활용하기 위해 천 조각으로 헤드라이트를 닦았다. 로빈슨은 손발이 아픈지 만져 보았다. 대단히 주의해서 만졌음에도 통증이 별로 느껴지지 않는 데 놀란 듯했다. 고개를 낮게 숙이고 조심스럽게 다리에 감긴 두꺼운 붕대를 풀기 시작했다. 경찰관은 검은색 경찰봉을 비스듬히 앞에 들고서 평상시 근무를 하든 잠복하든 경찰관이 가져야 하는 대단한 인내심을 발휘해 잠자코 기다렸다. 코가 찌부러진 청년은 문 앞의 돌 위에 앉아 두 다리를 쭉 뻗고 있었다. 아이들은 총총걸음으로 카를에게 점점 다가왔다. 그들을 눈여겨보지 않았지만 그는 푸른 셔츠 소매 때문에 모두 중에서 가장 중요한 사람으로 생각되었기 때문이다.

들라마르슈가 도착하기까지 걸린 시간으로 이 건물의 높이를 가늠할 수 있었다. 들라마르슈는 잠옷만 대충 걸친 채 허겁지겁 서둘러 왔다. "너희 왔구나!" 그는 기쁨과 동시에 엄숙함을 드러내며 소리쳤다. 그가 큰 걸음으로 걸을 때 항상 그의 색깔 있는 속옷이 일순간 드러났다. 카를은 들라마르슈가 이곳, 도시, 거대한 임대 아파트 단지, 공공연한 거리에서 왜 마치 개인 별장에 있는 것처럼 편한 복장으로 돌아다니는지 도무지 이해할 수 없었다. 로빈슨과 마찬가지로 들라마르슈도 많이 변했다. 매끈하게 면도하고 거칠게 단련된 근육으로 이루어진 매우 순수한 검은 얼굴은 도도하고 존경심을 자아냈다. 간격이 좁은 편인 두 눈의 광채는 늘 놀라움을 안겨 주었다. 보라색 잠옷은 낡고 얼룩졌으며, 그에게는 너무 컸지만 이 보기 흉한 옷 위쪽에는 크고 묵직한 검은 비단 넥타이가 부풀어 올라 있었다.

"어찌 된 일이야?" 그는 모두에게 물었다. 경찰관이

조금 더 가까이 다가와서 자동차 보닛에 몸을 기댔다.
카를은 그에게 간단히 설명해 주었다.

"로빈슨이 좀 좋지 않아. 하지만 노력하면 계단을
올라갈 수 있을 거야. 여기 운전기사가 이미 지불한 차비에
추가 요금을 달라고 해. 그럼 가 볼게. 안녕."

"가지 말고 여기 있어." 들라마르슈가 말했다.

"나도 그렇게 말했어." 로빈슨이 자동차 안에서
알렸다.

"그래도 갈 거야." 카를이 말하며 몇 걸음 옮겼다.
하지만 들라마르슈가 이미 그의 뒤에 와서 강제로
끌어당겼다.

"가지 말고 여기 있으라니까!" 그가 외쳤다.

"나를 가게 놓아줘." 카를이 말했다. 그는
들라마르슈 같은 사람을 상대로 성공할 가망이 별로
없었지만 필요하다면 주먹을 사용해서라도 자유를 얻을
각오였다. 하지만 경찰관이 있었고, 운전기사도 있었다.
여기저기 노동자들 무리가 물론 평소에는 조용한 거리를
지나다니고 있었다. 들라마르슈가 그에게 부당한 행동을
하는 것을 사람들이 참고 있을 것인가? 방에서 그는 저런
자와 단둘이 있고 싶지 않았을 것이다. 하지만 여기서는?
들라마르슈는 이제 조용히 운전기사에게 돈을 지불했다.
그는 굽신굽신 인사하면서 과분하게 많은 금액을

호주머니에 찔러 넣고 감사한 마음으로 로빈슨에게 가서 어떻게 하면 가장 잘 옮길 수 있을지 이야기하는 듯했다. 카를은 아무도 자신에게 주의를 기울이지 않는 것을 알았다. 들라마르슈로서는 그가 잠자코 떠나는 것이 아마 더 참기 쉬웠을지도 모른다. 다툼을 피할 수 있다면 당연히 그것이 최선이었다. 그래서 카를은 가능한 한 빨리 떠나기 위해 대뜸 차도로 들어갔다. 카를이 달아난 것을 알리려고 조무래기들이 들라마르슈에게 몰려갔다. 그러나 그가 직접 개입할 필요가 없었다. 경찰관이 경찰봉을 뻗으며 "멈춰!"라고 말했기 때문이다.

"이름이 뭔가?" 그는 묻고 나서 경찰봉을 겨드랑이에 끼고 천천히 수첩을 꺼냈다. 카를은 이제 처음으로 그를 좀 더 자세히 보았다. 건장한 남자였지만 머리는 이미 거의 백발이었다.

"카를 로스만입니다." 그가 말했다.

"로스만." 하고 경찰관이 되받아 말했다. 되뇐 것은 의심할 여지 없이 그가 침착하고 철저한 사람이었기 때문이다. 그러나 여기서 사실 처음으로 미국 관청을 접해 본 카를은 이 되뇐 말을 이미 어떤 혐의를 표현하는 것으로 여겼다. 그리고 실제로 이 일은 잘 풀릴 것 같지 않았다. 자신에 대한 걱정에 몰두하고 있던 로빈슨조차 자동차에서 말없이 활기찬 손동작으로 카를을 도와주라고 들라마르슈에게 부탁했기 때문이다. 그러나 들라마르슈는 급히 고개를 저으며 부탁을 거절하고 큰 호주머니에 손을 넣은 채 멍하니 지켜보았다. 문 앞의 돌 위에 앉아 있던 청년은 이제야 큰문에서 나온 부인에게 자초지종을 설명했다. 아이들은 카를 뒤에 반원 모양으로 둘러서서 잠자코 경찰관을 올려다보았다.

"신분증 보여 줘." 경찰관이 말했다. 아마 그냥 형식적인 질문이었을 것이다. 상의를 입지 않았다면 당연히 신분증도 없을 테니 말이다. 그래서 카를은 잠자코 있었다. 다음 질문에 상세히 대답해 신분증이 없는 것을 어떻게든 얼버무리기 위해서였다.

하지만 다음 질문은 "그럼 신분증이 없단 말이냐?"였다. 그러자 카를은 "내 수중에는 없어요."라고 대답할 수밖에 없었다.

"그건 곤란한데." 경찰관이 말하면서 생각에 잠겨 주위를 둘러보았다. 그는 두 손가락으로 수첩 표지를 두드리며 말했다. "벌이는 있나?" 경찰관이 마침내 물었다.

"저는 엘리베이터 보이였습니다." 카를이 말했다.

"엘리베이터 보이였으나 지금은 아니라는 말이지. 그러면 이제 무엇으로 살아가지?"

"이제 새 일자리를 찾을 겁니다."

"그럼 해고당했단 말인가?"

"네, 한 시간 전에요."

"갑자기 말인가?"

"네." 카를은 변명하려는 듯 손을 치켜들었다. 여기서 모든 이야기를 할 수 없었다. 설사 자초지종을 이야기한다 해도 부당한 일을 겪은 이야기를 해서 곧 닥칠 부당함을 막을 가망이 전혀 없어 보였다. 그리고 주방장의 호의와 지배인의 판단으로부터 자기 권리를 확보하지 못했다면 여기 거리의 사람들에게서 그것을 기대할 수는 없는 일이었다.

"그럼 상의도 없이 해고당했단 말인가?" 경찰관이 물었다.

"네, 그렇습니다." 카를이 말했다. 그러니까 실제로 본 것을 일부러 또 묻는 것이 미국에서도 관공서의 수법에 속했다.(아버지는 여권을 발급받으면서 관청의 쓸데없는 질문에 얼마나 분개해야만 했을까!) 카를은 달아나고 싶은 생각이 굴뚝같았다. 어딘가에 숨어 더 이상 이따위 질문을 듣지 않고 싶었다. 그리고 이제 경찰관은 카를로서는 가장 두려운 질문까지 던졌다. 그는 물어볼까 불안한 마음에 다른 때보다 더 부주의하게 행동했을지도 모른다.

"어느 호텔에 근무했나?"

카를은 고개를 떨구고 대답하지 않았다. 이 질문에는 결단코 대답하고 싶지 않았다. 이 경찰관에게 호송되어 다시 옥시덴털 호텔로 돌아가 그곳에서 심문받고 그의 친구와 적들이 불려 가는 일, 주방장이 그에 대해 이미 매우 약해진 호의를 완전히 버리게 되는 일은 절대 일어나서는 안 되었다. 브레너 하숙집에 있을 줄 알았던 카를이 경찰관에게 체포되어 셔츠 차림으로 자신이 준 명함도 없이 되돌아온 것을 보게 될 것이다. 지배인은 충분히 이해한다는 식으로 그냥 고개를 끄덕일 테지만 수위장은 마침내 부랑아를 찾아낸 신의 손길에 관해 이야기할 것이다.

"그는 옥시덴털 호텔에 근무했어요." 들라마르슈가 경찰관 곁으로 다가서며 말했다.

"아닙니다." 카를은 발을 구르며 외쳤다. "그렇지 않습니다!" 들라마르슈는 또 다른 일도 폭로할 수 있다는 양 입을 뾰족하게 내밀고 비웃듯이 그를 쳐다보았다. 카를의 예상치 못한 흥분에 아이들이 크게 동요했다. 아이들은 들라마르슈 쪽으로 몰려가 카를을 자세히 지켜보려고 했다. 로빈슨은 자동차에서 머리를 완전히 내밀고 긴장한 채 가만히 침묵하고 있었다. 가끔 눈을 깜박이는 것만이 유일한 움직임이었다. 큰문 안의 청년은 기분이 좋아 손뼉을 쳤고, 그 옆의 여자는 조용히 하라며 팔꿈치로 그를 살짝 밀었다. 짐꾼들은 마침 아침 식사를 위한 휴식 시간이었다. 그들은 모두 블랙커피가 담긴

포트를 들고 나타나 바게트로 커피를 계속 저었다. 몇몇은 길 가장자리에 앉아 모두 매우 시끄러운 소리를 내며 커피를 홀짝였다.

"혹시 이 젊은이를 아시나요?" 경찰관이 들라마르슈한테 물었다.

"잘 알다마다요." 그가 대답했다. "전에 내가 많은 도움을 주었지만 배은망덕한 짓을 했어요. 조금만 심문해 보면 금방 아실 겁니다."

"알겠습니다." 경찰관이 말했다. "그는 고집불통인 것 같습니다."

"맞아요." 들라마르슈가 말했다. "하지만 그게 그의 가장 나쁜 특성은 아닙니다."

"그래요?" 경찰관이 말했다.

"네." 들라마르슈가 말했다. 그는 이제 말하면서 호주머니에 넣은 손으로 외투 전체를 흔들었다. "빈틈없는 녀석입니다. 나와 저 차 안에 있는 내 친구는 그를 우연히 곤경에서 건져 주었지요. 당시 그는 미국의 사정에 대해 전혀 몰랐습니다. 유럽에서 막 건너왔거든요. 거기서도 쓸모가 없었던 거지요. 우리는 그를 데리고 다니며 함께 생활하게 하고 뭐든지 설명해 주었어요. 그에게 일자리를 구해 주려고 했어요. 싹수가 노랗다고 보았지만 어떻게든 쓸모 있는 사람으로 만들려고 생각했거든요.

그러던 어느 날 그가 밤에 사라졌어요. 아무 말도 없이 그냥 가 버렸어요. 그리고 그에 따라 부수적인 상황이 벌어졌는데 그건 굳이 밝히고 싶지 않아요. 그래, 안 그래?" 들라마르슈는 마침내 이렇게 물으며 카를의 셔츠 소매를 잡아당겼다.

"애들은 저리 비켜!" 경찰관이 소리쳤다. 조무래기들이 너무 앞으로 몰려드는 바람에 들라마르슈가 하마터면 넘어질 뻔했기 때문이다. 그러는 사이 지금까지 이 심문을 심드렁하게 지켜보던 짐꾼들도 관심을 보이기 시작했다. 그들은 카를의 바로 뒤에 원을 그리며 모여 있었다. 그래서 카를은 이제 한 발짝도 물러날 수 없을 정도였다. 게다가 짐꾼들의 말소리가 계속 그의 귀에 뒤섞여 들려왔다. 전혀 알아들을 수 없는 말들이었다. 어쩌면 슬라브어가 섞인 영어라서인지 말을 한다기보다 오히려 고문하는 듯했다.

"알려 줘서 고마워요." 경찰관은 말하면서 들라마르슈에게 거수경례했다. "아무튼 그를 옥시덴털 호텔에 데려가도록 하겠어요." 그러나 들라마르슈는 이렇게 말했다. "이 소년을 당분간 저에게 맡겨 주시면 안 될까요? 몇 가지 해결할 문제가 있어서요. 그런 다음에 직접 호텔로 돌려보내겠습니다."

"그럴 수는 없습니다." 경찰관이 말했다.

들라마르슈는 "제 명함입니다."라고 말하며 작은 명함

한 장을 그에게 건넸다.

경찰관은 인정한다는 듯 명함을 바라보았다. 그러나 정중하게 미소 지으며 말했다. "아닙니다, 그래 봐야 소용없습니다."

카를은 지금까지 들라마르슈를 무척 경계했지만 이제는 그가 유일하게 구원해 줄 수 있다고 생각했다. 경찰관에게 카를을 넘겨 달라고 하는 것이 수상쩍어도 어쨌든 호텔로 데려가지 않도록 설득하기에는 경찰관보다 들라마르슈가 더 쉬울지도 모른다. 그리고 설사 카를이 들라마르슈의 손에 끌려 호텔로 돌아간다고 하더라도 경찰관에게 연행당하는 것보다는 훨씬 덜 고약했다. 그러나 물론 당분간 카를은 정말로 들라마르슈한테 가고 싶어 하는 기색을 보여서는 안 되었다. 그러다간 만사를 그르칠 판이었다. 그는 당장이라도 자신을 붙잡기 위해 들어 올릴지 모르는 경찰관의 손을 불안하게 바라보았다.

"그렇지만 적어도 그가 갑작스레 해고된 이유는 알아야겠어요." 경찰관이 마침내 입을 뗐다. 그러자 들라마르슈는 불쾌한 얼굴로 옆을 바라보며 손가락 끝에 쥐고 있던 명함을 구겼다.

"하지만 그는 절대 해고당한 게 아닙니다!" 로빈슨이 이렇게 외쳐 모두를 놀라게 했다. 그는 운전기사를 버팀목 삼아 자동차 밖으로 되도록 멀리 몸을 내밀었.

"그 반대로 거기서 좋은 직책을 맡고 있어요. 숙소의 책임자이고, 자신이 원하는 사람을 안으로 들일 수 있어요. 단지 눈코 뜰 새 없이 바쁩니다. 그래서 그에게서 무언가를 얻으려면 오래 기다려야 합니다. 그는 줄곧 지배인이나 주방장 곁에 있습니다. 말하자면 그들의 심복입니다. 그는 절대 해고당한 게 아닙니다. 나로서는 그가 왜 그렇게 말했는지 모르겠어요. 그가 어떻게 해고된단 말인가요? 나는 호텔에서 심하게 다쳤습니다. 그래서 나를 집에 데려다주라는 지시를 받았습니다. 그런데 마침 상의를 입지 않고 있어서 상의 없이 같이 차에 탔습니다. 상의를 가지고 올 때까지 내가 기다릴 수 없었던 겁니다."

"뭐 그렇다면……." 들라마르슈가 두 팔을 벌리고 말했다. 경찰관에게 사람을 보는 안목이 부족하다고 비난하는 듯한 어조였다. 그의 이 말은 로빈슨의 모호한 진술에 모순 없는 명확성을 부여하는 것 같았다.

"그게 사실인가요?" 경찰관은 이미 한결 누그러진 목소리로 물었다. "그게 사실이라면 이 소년은 왜 해고당했다고 둘러대죠?"

"네가 대답해야겠어." 들라마르슈가 말했다.

카를은 자기만 주시하는 낯선 사람들 사이에서 질서를 세워야 하는 경찰관을 바라보았다. 그의 일반적인 걱정 일부도 카를에게 전달되었다. 그는 거짓말하고 싶지 않아서 두 손을 등 뒤에 깍지 낀 채로 있었다.

큰문에 한 관리인이 나타나더니 짐꾼들에게 다시 일하러 가야 한다는 신호로 손뼉을 쳤다. 그들은 커피포트에 남은 찌꺼기를 쏟아붓고 흔들리는 발걸음으로 말없이 건물 안으로 들어갔다.

"이런 식으로는 끝나지 않겠어." 경찰관이 이렇게 말하며 카를의 팔을 붙잡으려 했다. 카를은 자기도 모르게 조금 더 뒤로 물러났고, 짐꾼들이 떠나면서 생긴 여유 공간을 느꼈다. 그는 뒤돌아서서 몇 번 크게 뛰어오르며 달리기 시작했다. 조무래기들이 한꺼번에 고함을 지르며 팔을 벌리고 몇 걸음 같이 달렸다.

"저놈 잡아라!" 경찰관은 거의 텅 빈 긴 골목을 향해 소리쳤다. 일정한 간격을 두고 외치며 카를을 뒤쫓아 달렸다. 발소리를 내지 않는 그의 달리기는 힘이 좋음과 숙달한 연습을 드러냈다. 카를로서는 추격전이 노동자 구역에서 벌어져서 다행이었다. 노동자들은 관청과 사이가 좋지 않은 법이다. 카를은 장애물이 가장 적은 도로 한가운데를 달렸다. 경찰관이 노동자들에게 "저놈 잡아라!"라고 외치며 달리는 동안 그들은 이제 보도 여기저기에 멈춰 서서 그를 조용히 지켜보았다. 경찰관은 현명하게도 평탄한 보도 위를 달리면서 카를을 향해 끊임없이 경찰봉을 내뻗었다. 카를에게는 희망이 별로 없었다. 그가 이제 순찰대가 있는 것이 확실한 교차로에 가까워졌을 때, 경찰관이 그야말로 귀먹을 만치 큰 소리로 호루라기를 불었을 때 그에게는 거의 완전히 희망이 사라졌다. 카를의 장점이라곤 다만 가벼운 옷차림뿐이었다. 그는 날듯이 달렸다. 또는 더 정확히 말하자면 점점 낮아지는 내리막길을 넘어질 듯 내달렸다. 다만 졸음 때문에 정신이 멍해져 이따금 쓸데없이 너무 높이 뛰어 시간을 잡아먹기도 했다. 게다가 경찰관은 곰곰이 생각할 필요 없이 목표를 늘 염두에 두고 있었다. 반면에 카를에게 달리기는 사실 부차적인 문제였다. 그는 곰곰이 생각하고 여러 가능성 중에 선택해서 매번 새로 결단을 내려야 했다. 그의 다소 절박한 계획은 당분간 교차로를 피하는 것이었다. 그곳에 무엇이 숨어 있는지 알지 못하고, 혹시 그러다가 곧장 파출소로 뛰어드는 수가 있었다. 그는 가능한 한 멀리 내다보이는 이 길을 고수하려고 했다. 길은 저 아래 다리에서 비로소 끝났다. 다리는 시작되자마자 물안개와 아지랑이 속으로 사라졌다. 바야흐로 그는 처음 마주친 교차로를 특히 서둘러 통과하기 위해 더 빨리 달리기로 결심하고 힘을 냈다. 그 순간 카를은 자기 앞 그리 멀지 않은 곳에 경찰관 한 명이 어느 그늘진 집의 어두운 벽에 몸을 붙이고 잠복하여 적당한 순간에 덮칠 준비를 하는 것을 보았다. 이제 옆 골목 외에는 도와줄 것이 남지 않았다. 이 골목에서 전혀 악의 없이 그의 이름이 불렸을 때 — 그의 귀에서는 이미 내내 윙윙거리는 소리가 들려서 처음에는 착각으로 생각했다 — 그는 더 이상 오래 주저하지 않고 경찰관들을 되도록 깜짝 놀라게 하려고 한 발로 선회하면서 직각으로 몸을 틀어 골목으로 들어갔다.

카를이 채 두 걸음도 뛰지 않았을 때 — 그는 이미 제 이름이 불렸다는 사실을 다시 잊었고, 이제 두 번째 경찰관까지 호루라기를 불었다. 그는 소모되지 않고 남은 힘이 있어 보였다. 이 교차로에서 멀리 보이는 행인들은 좀 더 빠른 걸음으로 걷는 것 같았다 — 어느 조그만 현관문에서 손 하나가 쑥 나오더니 "쉿, 조용!"이라고 말하면서 카를을 어두운 복도로 끌어당겼다. 뺨이 벌겋게 상기된 들라마르슈였다. 완전히 숨이 차서 헐떡였다. 머리에는 머리카락이 온통 덕지덕지 달라붙었다. 잠옷을 겨드랑이에 끼고 셔츠와 바지만 입고 있었다. 그는 즉시 문을 닫고 자물쇠로 잠갔는데 실제 입구가 아니라 눈에 띄지 않는 측면 출입구였다.

"잠깐." 그는 말하면서 고개를 높이 들고 벽에 기대어 가쁜 숨을 몰아쉬었다. 카를은 반쯤 의식을 잃은 채 거의 그의 품에 안겨 얼굴을 묻었다.

"저기에 나리들이 달려가고 있어." 들라마르슈가 말했다. 그는 문을 향해 귀를 쫑긋 기울이며 손가락을 뻗었다. 아니나 다를까 지금 경찰관 두 명이 후다닥 지나갔다. 그들이 뛰는 소리가 텅 빈 골목에 쇠가 돌에 부딪히는 소리처럼 들렸다.

"너 제대로 혼쭐이 났구나." 들라마르슈가 카를에게 말했다. 여전히 숨이 차서 제대로 말할 수 없었다. 들라마르슈는 조심스럽게 그를 바닥에 눕히고 옆에 무릎을 꿇은 채 이마를 여러 번 쓰다듬으며 바라보았다.

"이제 괜찮아." 카를이 힘겹게 일어나며 말했다.

"그럼 가자." 잠옷을 다시 입은 들라마르슈가 말했다. 그는 아직 힘이 없어 고개를 숙이고 있는 카를을 앞으로 밀었다. 그는 때때로 카를을 흔들어 더 기운을 내게 했.

"지쳤어?" 그가 말했다. "너는 바깥에서 말처럼 달릴 수 있었어. 하지만 나는 여기 빌어먹을 복도와 안뜰을 살금살금 지나야 했다고. 다행히 나는 달리기 선수이기도 해." 그는 자랑스러운 기분에 손을 높이 들어 카를의 등을 한 대 쳤다. "가끔 경찰관과 이런 경주를 하는 것은 좋은 훈련이 되겠어."

"나는 달리기 시작했을 때부터 이미 지쳐 있었어." 카를이 말했다.

"달리기를 제대로 하지 못한 것에는 변명의 여지가

없어." 들라마르슈가 말했다. "내가 아니었다면 진작 잡혔을 거야."

"내 생각도 그래." 카를이 말했다. "큰 신세를 졌어요."

"그야 물론이지." 들라마르슈가 말했다.

그들은 매끈한 검은 돌로 포장된 길고 좁은 복도를 걸어갔다. 가끔 오른쪽이나 왼쪽에 계단 입구가 열려 있거나 혹은 다른 더 큰 복도가 보이기도 했다. 어른들은 거의 보이지 않고 텅 빈 계단에서 아이들만 놀고 있었다. 조그만 여자아이가 난간에 서서 얼굴이 온통 눈물범벅이 되어 울었다. 소녀는 들라마르슈를 보자마자 입을 벌리고 숨을 헐떡이며 계단을 뛰어 올라갔다. 올라가면서 자꾸만 뒤돌아보고는 아무도 따라오지 않고 따라오려 하지 않는다는 것을 확인한 뒤에야 저 위 높은 곳에서 비로소 마음을 가라앉혔다.

"조금 전에 내가 뛰어오다가 그 애를 밀쳐 넘어뜨렸지." 들라마르슈는 웃으면서 말하고 주먹으로 소녀를 위협했다. 그러자 소녀는 비명을 지르며 뛰어 올라갔다.

그들이 지나온 몇몇 안뜰에도 거의 인기척이 없었다. 이따금 상점 종업원이 이륜 수레를 밀고 있을 뿐이었다. 여자가 우물가에서 펌프로 물동이에 물을 채웠다. 우체부가 조용한 발걸음으로 뜰을 가로질렀다. 흰 콧수염을 기른 노인이 유리문 앞에 다리를 꼬고 앉아 담배를 피웠다. 어느 운수 회사 앞에서는 상자를 내리고 있었고, 할 일 없는 말들이 태연히 고개를 돌리고 있었다. 작업복을 입은 남자가 손에 종이를 들고 모든 작업을 감독했다. 어떤 사무실은 창문이 열려 있었다. 책상에 앉아 있던 직원이 고개를 돌리고서 방금 카를과 들라마르슈가 지나간 곳을 생각에 잠겨 내다보고 있었다.

"이보다 더 조용한 동네는 기대할 수 없을 거야." 들라마르슈가 말했다. "저녁 몇 시간 동안은 큰 소음이 나지만 낮 동안은 더할 나위 없이 훌륭한 곳이야."

카를은 고개를 끄덕였다. 그에게는 너무 조용한 것 같았다. "다른 곳에서는 도저히 살지 못할 것 같아." 들라마르슈가 말했다. "브루넬다는 절대로 소음을 견디지 못하거든. 브루넬다를 알아? 이제 만나게 될 거야. 미리 말해 두지만 어쨌든 가능한 한 조용히 지내는 게 좋을 거야."

그들이 들라마르슈의 아파트로 통하는 계단에 도착했을 때 차는 이미 사라지고 없었다. 코가 찌부러진 청년은 카를이 다시 나타나도 별로 놀라지 않고 자신이 로빈슨을 계단 위로 옮겼다고 알렸다. 들라마르슈는 마치 마땅히 해야 할 의무를 다한 하인이라도 되는 양 그에게 고개를 끄덕일 뿐이었다. 그리고 조금 망설이며 햇볕이 내리쬐는 거리를 바라보는 카를을 끌어당겨 함께 계단을 올라갔다.

"금방 위에 도착할 거야." 들라마르슈는 계단을 오르면서 몇 번이나 말했다. 하지만 그의 예측은 실현될 것 같지 않았다. 계단에 이어 새로운 계단이 눈에 띄지 않게 바뀐 방향으로 자꾸만 나타날 뿐이었다. 심지어 카를은 한 번 멈추어 서기도 했다. 피곤해서가 아니라 계단이 너무 길어서 어떻게 해야 할지 몰랐기 때문이다. "이 아파트는 매우 높은 곳에 있어." 그들이 계속 걸었을 때 들라마르슈가 말했다. "하지만 장점은 있어. 좀처럼 외출하지 않고 종일 잠옷 차림으로 무척 편안하게 살고 있어. 물론 이런 높은 데까지 올라오는 방문객도 없어."

"대체 찾아올 방문객이라도 있을까?" 카를이 나직이 혼잣말했다. 마침내 로빈슨이 닫힌 현관 앞 층계참에 모습을 드러냈다. 이제야 도착했다. 계단은 아직 끝나지 않고 어스름 속에서 계속 이어졌다. 계단이 끝날 것 같은 조짐은 보이지 않았다.

"이럴 줄 알았어." 로빈슨은 아직 고통에 짓눌리는 듯 나직이 말했다. "들라마르슈가 그를 데려올 거라고 말이야! 로스만, 들라마르슈가 아니었으면 어쩔 뻔했어!" 로빈슨은 속옷 차림으로 서 있었다. 그리고 옥시덴털 호텔에서 준 작은 침대 시트로 가능한 한 몸을 감싸려고 했다. 왜 아파트로 들어가지 않았는지 알 수 없었다. 이러고 있다가 혹시 지나갈지도 모르는 사람들이 보면 웃음거리가 될 덴데 말이다.

"그녀는 자나?" 들라마르슈가 물었다.

"그렇지 않을 거야." 로빈슨이 말했다. "네가 올 때까지 기다리는 게 좋겠다고 생각했어."

"먼저 그녀가 자고 있는지 봐야겠어." 들라마르슈는 말하면서 열쇠 구멍으로 몸을 숙였다. 여러 가지 모습으로 고개를 돌리면서 한참 동안 들여다본 후 일어서며 말했다. "잘 보이지 않아. 블라인드가 내려져 있거든. 긴 소파에 앉아 있을 거야. 아니면 혹시 자고 있을지도 몰라."

"어디 아픈 거야?" 카를이 물어보았다. 들라마르슈가 조언을 구하는 것처럼 서 있었기 때문이다. 그러나 이제 그는 날카로운 어조로 되물었다. "아프냐고?"

"그는 그녀를 몰라." 로빈슨이 변명하듯 말했다.

문을 몇 개 지나자 두 여자가 복도로 나왔다. 여자들은 앞치마로 손을 깨끗이 닦았다. 들라마르슈와 로빈슨을 바라보며 그들에 대해 이야기하는 것 같았다. 어떤 문에서 반짝이는 금발을 지닌 아주 어린 소녀가 뛰어나와 두 여자 사이에 끼어들더니 팔짱을 끼면서 매달렸다.

"역겨운 여자들이야." 들라마르슈가 나직이 말했는데 분명 자고 있는 브루넬다를 배려해서 하는 말 같았다. "조만간 경찰에 신고할 거야. 그러면 몇 년 동안은 그들한테서 귀찮은 일을 당하지 않을 거야. 그쪽을 쳐다보지 마." 그는 카를에게 속삭이듯 말했다. 카를은 복도에서 브루넬다가 깨기를 기다려야 하는 상황에서 여자들을 쳐다본다고 나쁠 게 없다고 생각했다. 그는 들라마르슈로부터 훈계받을 필요가 없다는 듯 화가 나서 고개를 흔들었다. 이런 뜻을 더욱 분명하게 보여 주기 위해 여자들 쪽으로 다가가려고 했다. 그러자 로빈슨이 "로스만, 조심해!" 하면서 소매를 붙잡았다. 이미 카를 때문에 감정이 상한 들라마르슈는 소녀의 시끄러운 웃음소리에 격분해서 별안간 팔다리를 내던지듯 여자들을 향해 급히 달려갔다. 그러자 그들은 각기 바람에 날린 듯 문안으로 사라졌다.

"이런 식으로 이따금 복도 청소를 해야 해." 들라마르슈는 느린 걸음으로 돌아오면서 말했다. 그는 카를이 저항한 것을 떠올리며 말했다. "넌 완전히 달리 행동했으면 좋겠어. 안 그러면 나한테 따끔한 맛을 볼지도 몰라."

그때 방 안에서 부드럽고 피곤한 어조로 "들라마르슈야?" 하고 묻는 목소리가 들려왔다.

"그래." 들라마르슈는 이렇게 대답하고 다정하게 문을 바라보며 물었다. "들어가도 될까?"

"물론이지."라는 대답이 흘러나왔다. 들라마르슈는

뒤에서 기다리던 두 사람을 흘끗 쳐다본 후 천천히 문을 열었다.

일행은 완전한 어둠 속으로 들어갔다. 창문이 하나도 없는 데다 발코니 문의 커튼이 바닥까지 내려져 있어서 거의 빛이 들어오지 않았다. 더욱이 방은 가구가 잔뜩 들어차고 옷들이 어지럽게 걸려 있어 더욱 어둡게 보였다. 공기는 텁텁했다. 분명 손길이 닿지 않은 여기 구석구석에 수북이 쌓인 먼지 냄새가 났다. 방에 들어가면서 가장 먼저 카를의 눈에 띈 것은 앞뒤로 바짝 붙여 세워 둔 세 개의 상자였다.

긴 소파 위에는 아까 발코니에서 내려다보던 여자가 누워 있었다. 빨간 드레스는 밑단이 약간 휘어졌고, 넓은 자락이 바닥까지 닿았다. 다리는 거의 무릎까지 드러났다. 그녀는 두꺼운 흰색 털양말을 신었는데 신발은 신지 않았다.

"무척 덥네, 들라마르슈." 그녀는 말하며 벽에서 얼굴을 돌려 들라마르슈를 향해 아무렇게나 손을 내밀었다. 그는 손을 잡고 입맞춤했다. 카를은 고개를 돌릴 때마다 함께 굴러가는 그녀의 처진 턱살을 바라보았다.

"커튼을 걷는 게 어떨까?" 들라마르슈가 물었다.

"그냥 둬." 그녀는 눈을 감고 절망한 듯 말했다. "그러면 더욱 안 좋아질 거야."

카를은 여자를 좀 더 자세히 살펴보기 위해 긴 소파의 발치로 다가갔다. 그는 그녀의 하소연을 의아하게 생각했다. 아주 심하게 덥지는 않았기 때문이다.

"잠깐만, 좀 편하게 해 줄 테니." 들라마르슈는 걱정스러운 듯 말하고 목 부분의 단추 몇 개를 끌러 드레스를 벌려 주었다. 그러자 목과 가슴 부분이 훤히 드러났고, 속옷의 부드러운 노란빛 레이스 솔기가 보였다.

"저 사람은 누구야?" 여자가 갑자기 말하면서 손가락으로 카를을 가리켰다. "왜 나를 저렇게 빤히 쳐다봐?"

"너는 곧 쓸모 있는 일을 할 거야." 들라마르슈는 말하면서 카를을 옆으로 밀쳤다. 그는 이렇게 말하면서 여자를 안심시켰다. "자기 시중 들라고 데려온 소년이야."

"하지만 난 아무도 필요 없어!" 그녀가 소리쳤다. "왜 낯선 사람들을 집에 데려오는 거지?"

"하지만 내내 시중들어 주기를 원했잖아." 들라마르슈가 말하면서 무릎을 꿇었다. 긴 소파는 폭이 무척 넓었음에도 브루넬다 옆에는 앉을 자리가 없었다.

"아, 들라마르슈……." 그녀가 말했다. "자기는 나를 이해하지 못해. 나를 이해하지 못한다고."

"그렇다면 난 정말 자기를 이해하지 못하는 모양이야." 들라마르슈는 말하면서 양손으로 얼굴을 감쌌다. "하지만 아무 일도 일어나지 않았으니 원한다면 당장 내보내지."

"이왕 왔으니 그냥 있게 하지." 그녀가 다시 말했다. 피곤한 카를은 어쩌면 결코 친절한 의도에서 나오지 않았을 이 말이 너무 고마웠다. 그래서 이제 곧 다시 내려가야 할지도 모르는 끝없는 계단을 막연히 계속 생각하면서 이불을 덮고 평화롭게 잠들어 있는 로빈슨을 타고 넘어갔다. 들라마르슈가 화를 내며 손을 휘둘렀지만 이렇게 말했다. "아무튼 나를 이곳에 조금 더 있게 해 줘서 고마워요. 아마 스물네 시간 동안 자지 못한 것 같아요. 그 사이 충분할 만큼 일했고, 여러 가지 소동도 겪었어요. 무척 피곤해요. 여기가 어딘지 전혀 모르겠어요. 하지만 몇 시간 자고 나면 사정을 봐줄 것 없이 내보내도 좋아요. 그러면 기꺼이 가겠어요."

"뭐 여기 그대로 있어도 돼요." 여자는 말하면서 비꼬듯이 덧붙였다. "보시다시피 우리에겐 공간이 충분해요."

"넌 떠나야겠어." 들라마르슈가 말했다. "여기서 필요 없으니 말이야."

"아니, 여기 있어야 해요." 여자는 이제 다시 진지하게 말했다. 그리고 들라마르슈는 이 소원을 이행하겠다는 듯 카를에게 말했다. "그러니 아무 데나 가서 누워."

"커튼 위에 누워도 되지만 아무것도 찢어지지 않게

신발을 벗어야 해."

들라마르슈는 그녀가 말한 장소를 카를에게 가리켰다. 문과 세 개의 장롱 사이에 극히 다양한 커튼이 잔뜩 쌓여 있었다. 만약 커튼을 모두 단정하게 접어서 무거운 것은 맨 밑에, 더 가벼운 것은 그 위에 놓은 다음 마지막으로 더미에 낀 여러 판자와 나무 테를 제거한다면 그럭저럭 봐줄 만한 잠자리가 되었을 것이다. 하지만 그것은 흔들거리고 미끄러지기 쉬운 덩어리에 불과한데도 카를은 당장 그 위에 가서 드러누웠다. 특별히 잠잘 준비를 하기에는 너무 피곤했고, 또 주인에게 폐를 끼치지 않도록 조심해야 했기 때문이다.

그가 거의 잠들었을 때였다. 우는 듯한 큰 소리가 들려 몸을 일으켰다. 브루넬다가 긴 소파에 똑바로 앉아 양팔을 활짝 벌린 채 그 앞에 무릎을 꿇은 들라마르슈를 껴안고 있었다. 보기 민망한 광경이었다. 카를은 다시 몸을 뒤로 기대고 계속 자기 위해 커튼 안으로 들어갔다. 여기서도 이틀을 버티지 못할 것이 분명해 보였다.

완전한 분별력을 발휘하여 빨리, 그리고 차분히 결정을 내리려면 우선 푹 자 둘 필요가 있었다. 그러나 브루넬다는 피곤해서 크게 벌어진 카를의 눈, 이미 한 번 그녀를 깜짝 놀라게 한 그 눈을 어느새 알아차리고 외쳤다. "들라마르슈, 너무 더워서 참을 수 없어. 몸이 화끈거려.

옷을 벗고 목욕해야겠어. 두 사람을 밖으로 내보내 줘. 복도든 발코니든 당신이 원하는 곳으로. 다만 더 이상 내 눈에 띄지 않는 곳으로! 내 집에 있으면서 줄곧 방해를 받아. 자기랑 단둘이 있으면 좋겠는데, 들라마르슈! 오, 맙소사, 그들이 여전히 이곳에 있어! 뻔뻔스러운 로빈슨이 숙녀 눈앞에서 속옷 차림으로 드러누워 있어! 그리고 조금 전에 나를 무척 거칠게 쳐다보던 낯선 소년은 나를 속이기 위해 다시 누웠어! 그들을 내쫓아 줘, 들라마르슈. 그들은 내게 짐이고, 내 마음에 거슬려. 내가 지금 죽으면 그건 그들 때문이야."

"당장 내보낼 테니 어서 옷을 벗어." 들라마르슈는 말하면서 로빈슨에게 다가가 가슴에 얹은 발로 그를 흔들었다. 그와 동시에 카를을 향해 외쳤다. "로스만, 일어나! 둘 다 발코니로 나가 줘! 너희는 부르기 전에 들어오면 혼날 줄 알아! 어서 일어나, 로빈슨!" — 그는 로빈슨을 더 세게 흔들었다 — "그리고 너, 로스만, 내가 네게 달려들지 않도록 조심해." 그러면서 그는 크게 두 번 손뼉을 쳤다.

"언제까지 이러고 있을 거야!" 브루넬다가 긴 소파에서 소리쳤다. 두 다리를 활짝 벌리고 앉아 있었다. 지나치게 뚱뚱한 몸에 더 많은 공간을 마련하기 위해서였다. 그녀는 여러 번 헐떡이고 자주 숨을 돌리면서 몸을 잔뜩 숙여 간신히 위쪽 끝을 잡고 양말을 약간 끌어내릴 수 있었다.
그러나 완전히 벗을 수는 없었다. 그녀가 안절부절못하며
마냥 기다리고 있어서 하는 수 없이 들라마르슈가
도와줘야 했다.

피곤한 나머지 의식이 몽롱해진 카를은 커튼
더미에서 엉금엉금 내려와 발코니 문으로 느릿느릿
걸어갔다. 발에 감긴 커튼 천 조각을 무심코 끌고 갔다.
브루넬다 옆을 지나칠 때 멍한 상태에서 심지어 "안녕히
주무세요."라고 말하기까지 했다. 그러곤 발코니 문
커튼을 조금 뒤로 잡아당기고 있는 들라마르슈 옆을 지나
발코니로 나갔다. 카를의 바로 뒤를 로빈슨이 따라왔다. 그
역시 카를 못지않게 졸린 표정이었다. 혼잣말로 콧노래를
흥얼거렸다. "항상 어떤 사람은 푸대접당하고 있어요!
브루넬다가 함께 가지 않으면 나는 발코니에 나가지 않을
거야." 그러나 이러한 다짐에도 불구하고 아무런 저항
없이 밖으로 나갔다. 카를이 이미 안락의자에 몸을 파묻고
있어서 그는 즉시 돌바닥에 몸을 뉘었다.

카를이 잠에서 깨어나 보니 벌써 저녁이었다.
하늘에는 이미 별이 빛나고 있었다. 길 건너편의 높은
건물들 뒤로 달이 떠올랐다. 그는 낯선 지역을 잠시
이리저리 둘러보고 시원하고 상쾌한 공기를 맡으며
심호흡을 했다. 그런 뒤에야 자신이 어디 있는지

깨달았다. 그는 얼마나 부주의했던가. 주방장의 모든 조언, 테레제의 모든 경고, 자신의 모든 우려를 소홀히 했다. 여기 들라마르슈의 발코니에 조용히 앉아 있었다. 가장 큰 적인 들라마르슈가 커튼 뒤에 있지 않은 것처럼 이곳에서 심지어 반나절이나 잠자며 보냈다. 바닥에서 게으른 로빈슨이 몸을 꿈틀거리며 카를의 발을 잡아당겼다. 이렇게 잠에서 깬 모양이었다. 그가 이렇게 말했기 때문이다. "잘 자던데, 로스만! 그것이 걱정 없는 청춘이지. 대체 얼마나 더 잘 생각이야? 조금 더 자게 해 주고 싶었어. 하지만 첫째로 바닥에 누워 있기가 너무 지루했어. 둘째로 몹시 허기져. 부탁인데 잠깐 일어나 줘. 저 아래 안락의자에 먹을 것을 두었거든. 그것을 꺼내고 싶어. 너한테도 좀 줄게." 카를이 자리에서 일어났다. 그는 로빈슨이 일어나지 않고 배를 바닥에 대고 굴러와서 안락의자 밑으로 손을 뻗어 가령 명함을 보관하는 데 쓰이는 것 같은 은도금 접시를 꺼내는 것을 보았다. 그러나 접시에는 완전히 새까만 소시지 반 개, 가느다란 담배 몇 개, 뚜껑이 열렸으나 아직 내용물이 잔뜩 들고 기름이 넘치는 정어리 통조림, 대부분 짓눌려서 공처럼 하나의 덩어리로 뭉쳐진 봉봉 과자가 놓여 있었다. 그리고 커다란 빵 한 조각과 향수가 아닌 다른 어떤 것이 든 것 같은 일종의 향수병이 나왔다. 로빈슨이 특별히 만족스러운 표정으로 그것을 가리키고 카를을 올려다보며 입맛을 다셨다.

"이봐, 로스만." 로빈슨은 말하면서 정어리를 한 마리씩 급히 집어삼켰다. 그러면서 브루넬다가 발코니에 놓아두고 잊어버린 것으로 보이는 모포에 이따금 기름 묻은 손을 닦았다. "이봐, 로스만, 굶어 죽지 않으려면 음식을 챙겨 둬야 해. 난 완전히 옆으로 밀려났어. 계속 개 취급받으면 결국 자신이 정말 그렇게 생각돼. 네가 여기 있어서 다행이야, 로스만. 적어도 누군가와 얘기할 수 있잖아. 이 집에선 아무도 나한테 말을 걸지 않아. 우린 미움받고 있어. 모든 게 브루넬다 때문이야. 물론 그녀는 훌륭한 여자야. 너……." 그리고 그는 귀엣말을 하기 위해 카를에게 내려오라고 손짓했다. "난 그녀의 알몸을 본 적이 있어. 오!" 그는 그때의 기쁨을 회상하면서 카를의 다리를 누르며 때리기 시작했다. 그러자 카를은 "로빈슨, 너 정말 미쳤구나."라고 큰 소리로 외치며 그의 두 손을 잡고 밀어냈다.

"넌 아직 어린애에 불과해, 로스만." 로빈슨은 말하면서 목장식용 레이스에 달린 단도를 셔츠 밑에서 꺼내더니 칼집을 벗기고 딱딱한 소시지를 잘랐다. "넌 아직 배울 게 많아. 하지만 우리한테 제대로 찾아왔어. 좀 앉아. 뭘 좀 먹고 싶지 않아? 나를 보면 식욕이 생길지도 몰라. 뭘 마시고 싶지도 않아? 아무것도 마시고 싶지 않은 모양이군. 말하는 것도 별로 좋아하지 않는구나. 하지만 발코니에 누구와 함께 있든 그건 아무래도 상관없어. 누군가가 있기만 하면 돼. 말하자면 나는 뻔질나게 발코니에 나와 있어. 브루넬다가 무척 재미있어하거든. 무슨 핑곗거리만 생각나면 그렇게 돼. 어떤 날은 춥다, 어떤 날은 덥다고 하고, 어떤 날은 자겠다, 어떤 날은 머리를 빗겠다, 어떤 날은 코르셋을 풀겠다, 어떤 날은 옷을 입겠다고 그래. 그럴 때마다 발코니로 쫓겨나는 거야. 가끔은 그녀가 말한 대로 할 때도 있어. 하지만 대부분은 긴 소파에 그냥 누워 꼼짝하지 않아. 전에는 커튼을 살짝 열고 가끔 들여다봤지. 한번은 들라마르슈가 그런 기회에 — 물론 그럴 의도는 없었고 브루넬다의 요청이었다는 것을 나는 잘 알아 — 채찍으로 내 얼굴을 몇 대 때린 이후로 — 이 피멍 보이지? — 더 이상 감히 들여다보지 못해. 그래서 나는 여기 발코니에 누워서 먹는 것 외에는 아무런 낙이 없어. 그저께 저녁에도 그렇게 혼자 누워 있었어. 그때만 해도 아직 우아한 옷을 입고 있었지. 안타깝게도 잃어버린 네 옷 말이야 — 이 개 같은 놈들이 비싼 옷을 벗겨서 가져가 버렸지! — 여기에 혼자 누워 난간을 통해 아래를 내려다보고 있자니까 내 신세가 하도 처량해서 엉엉 소리 내어 울기 시작했어. 그때 우연히 나도 미처 알지 못한

사이에 브루넬다가 자신에게 가장 잘 어울리는 빨간
드레스를 입고 다가오더군. 잠시 나를 쳐다보더니 이윽고
말했어. '로빈슨, 왜 울고 있어요?' 그러고는 드레스를 들어
치맛자락으로 내 눈물을 닦아 줬어. 들라마르슈가 부르지
않았더라면, 그리고 그녀가 즉각 다시 방으로 들어갈
필요가 없었더라면 또 무슨 짓을 했을지 누가 알겠어.
물론 이제 내 차례라고 생각했지. 그래서 커튼 너머로 벌써
방에 들어가도 되는지 물었지. 브루넬다가 뭐라고 말했을
것 같아. '안 돼요!'라고 말했어. 그리고 '어떻게 감히 그런
생각을요?'라고 하더군."

"그런 취급을 당하면서 왜 이곳에 있지?" 카를이
물었다.

"로스만, 미안하지만 네 질문은 그리 영리하지 않아."
로빈슨이 대답했다. "너도 이곳에 계속 있게 될 거야. 더
고약한 대우를 받더라도 말이야. 그건 그렇고 나는 절대
그렇게 고약한 대우를 받지 않아."

"아니야." 카를이 말했다. "난 반드시 떠날 거야.
어쩌면 오늘 밤에 떠날지도 몰라. 나는 너희 곁에 함께
있지 않을 거야."

"오늘 밤 떠나겠다면 이를테면 어떻게 나가겠다는
거지?" 빵의 연한 부분을 잘라 정어리 통조림 기름에
조심스레 적신 로빈슨이 물었다. "방에 들어가지도

못하는데 어떻게 떠나겠다는 거야?"

"왜 들어가면 안 된다는 거야?"

"종소리가 울리기 전까지는 들어가서는 안 돼."
로빈슨이 말했다. 그는 입을 최대한 벌리고 기름 바른 빵을
먹었다. 한 손으로는 빵에서 떨어지는 기름 방울을 받았다.
아직 남은 빵을 저장통 역할을 하는 빈손에 가끔 담그기
위해서였다. "여기서는 모든 것이 더 엄격해졌어. 처음에는
얇은 커튼만 있었어. 사실 안을 들여다보지 않았지만
밤에는 그림자를 알아볼 수 있었어. 그것이 브루넬다의
마음에 걸린 거야. 그래서 나는 그녀의 무대용 코트 한
벌을 커튼으로 개조해 낡은 커튼 대신 걸어 둬야 했어.
이젠 더 이상 아무것도 보이지 않아. 그러고 나서부터 나는
들어가도 되는지 예전에는 항상 물어봐도 되었어. 그러면
사정에 따라 '네.' 또는 '아니오.'라고 대답해 줬어. 하지만
내가 그러한 상황을 지나치게 이용해 너무 자주 물어봤던
것 같아. 브루넬다가 더는 견딜 수 없게 되었어. — 그녀는
뚱뚱한데도 매우 허약한 체질이야. 가끔 두통이 있고,
다리에는 거의 항상 통풍이 있어. 그래서 더 이상 묻지
않도록 하고, 들어가도 좋을 때는 식탁의 종을 울리기로
정했어. 그 소리가 너무 시끄러워 나를 잠에서 깨우는
종이 돼 버렸지 — 언젠가 여기서 애완용으로 고양이
한 마리를 키운 적이 있었어. 그 고양이는 종소리에 놀라

달아나서 다시는 돌아오지 않았지. 그런데 오늘은 아직 울리지 않았어. 만약 종이 울리면 들어가도 될 뿐 아니라 들어가야만 해. 그리고 너무 오래 울리지 않으면 울릴 때까지 아주 한참 걸릴 수도 있어."

"그래 알겠어." 카를이 말했다. "하지만 너한테 적용되는 것이 내게는 아직 적용될 필요가 없어. 그런 일은 그걸 감수하는 사람에게만 적용되는 법이거든."

"하지만……." 로빈슨이 외쳤다. "왜 너한테는 적용되지 않는다는 거지? 당연히 너한테도 적용되는 거야. 종이 울릴 때까지 나와 함께 여기서 조용히 기다려. 그다음에 빠져나갈 수 있을지 시도해 보는 거야."

"왜 이곳을 나가지 않지? 단지 들라마르슈가 네 친구니까, 아니면 더 적절히 말해서 네 친구였으니까 그런 거야? 그게 대체 인생이라는 거야? 너희가 처음에 가려고 했던 버터포드가 더 낫지 않을까? 아니면 친구들이 있는 캘리포니아가 더 낫지 않을까?"

"그래." 로빈슨이 말했다. "이럴 줄 아무도 예상치 못했지." 그리고 그는 이야기를 계속하기 전에 "너의 건강을 위하여, 친애하는 로스만."이라고 말하며 향수병에 든 것을 길게 한 모금 들이켰다. "네가 우리를 비열하게 버린 그때 우리는 몹시 힘든 상태였어. 처음 며칠 동안 일자리를 얻지 못했어. 더군다나 들라마르슈는 일을 하려고 하지 않았어. 아니면 벌써 일자리를 구했을 텐데 말이야. 항상 나만 일자리를 찾으러 보냈어. 그런데 나는 운이 없었어. 그는 그냥 빈둥거리기만 했지. 그러다가 얼추 저녁이 되었을 때 그는 그저 여성용 지갑을 하나 가지고 왔을 뿐이야. 진주로 만든 매우 아름다운 지갑이었어. 지금은 브루넬다에게 선물로 주었지. 하지만 안에는 거의 아무것도 없었어. 그러더니 그는 아파트에서 구걸하러 다녀야 한다고 말했어. 그 기회에 물론 몇 가지 쓸 만한 물건을 찾을 수도 있겠지. 그래서 우리는 구걸하러 다녔어. 나는 더 잘 보이기 위해 아파트 문 앞에서 노래를 불렀어. 들라마르슈는 항상 운이 좋았지. 우리는 어떤 아파트 1층의 두 번째 집 앞에 서 있었어. 무척 잘사는 집이었지. 문가에서 요리사와 하인에게 노래를 불러 주었어. 바로 그때 이 집 주인인 브루넬다 부인이 계단을 올라오고 있었어. 코르셋을 너무 세게 죄었는지 몇 계단을 도무지 올라오지 못하는 거야. 하지만 얼마나 아름다워 보였는지, 로스만! 빨간색 양산을 든 그녀는 새하얀 드레스를 입고 있었어. 깨물고 싶고 삼켜 버리고 싶은 여자였어. 아 맙소사, 아 맙소사, 너무 아름다웠어! 그런 여자가 다 있다니! 아니, 말 좀 해 보라고, 어떻게 그런 여자가 있을 수 있지? 물론 소녀와 하인이 즉시 달려와 그녀를 마치 떠메고 올라가다시피 했어. 우리는 문 좌우에 서서 거수경례했어. 여기서는 그렇게 하거든. 그녀는 여전히 숨이 차서 잠시 발걸음을 멈추었어. 그런데 어떻게 그런 일이 일어났는지 모르겠어. 굶주림으로 제정신이 아니었던 모양이야. 가까이서 보니 사실 그녀는 더 아름다웠고, 특별한 코르셋형 조끼 때문에 모든 부분이 너무 꽉 조여서 — 상자에 들었으니까 네게 보여 줄 수 있어 — 가슴이 엄청나게 커 보였어. 요컨대 나는 뒤에서 그녀 몸에 약간 손을 댔어. 알다시피 아주 살짝 손을 댔을 뿐이야. 물론 거지가 부잣집 마나님의 몸에 손을 대는 건 용납할 수 없는 일이야. 거의 만지지 않았다고 할 수 있지만 결국은 만진 셈이야. 들라마르슈가 즉시 내 뺨을 때렸어. 그러지 않았다면 얼마나 심각한 일이 벌어졌을지 누가 알겠어. 더구나 즉시 두 손으로 뺨을 감싸야 할 만큼 호되게 얻어맞았어."

"참, 너희가 하는 짓이란!" 카를은 말하면서 이야기에 완전히 빠져들어 바닥에 앉았다. "그렇다면 그 여자가 브루넬다였어?"

"그래, 맞아." 로빈슨이 말했다.

"넌 전에 그녀가 가수라고 하지 않았나?" 카를이 물었다.

"물론 가수야. 그리고 대단한 가수지." 로빈슨이 커다란 사탕 덩어리를 혓바닥 위에 굴리다가 입 밖으로 삐져나온 조각을 손가락으로 다시 밀어 넣으면서 대답했다. "그러나 물론 당시만 해도 우리는 그런 사실을 아직 몰랐어. 돈이 많고 아주 고상한 숙녀라는 사실만 알았어. 그녀는 마치 아무 일 없었다는 듯이 행동했어. 어쩌면 아무것도 느끼지 못했을지도 몰라. 사실 나는 손가락 끝으로 살짝 건드렸을 뿐이니까. 하지만 그녀는 들라마르슈를 계속 쳐다봤어. 그는 언제나 그러듯이 다시 그녀의 눈을 똑바로 바라보았어. 그러자 그녀는 '잠깐 들어와요.'라고 말하며 양산으로 자기 집을 가리키더군. 그런 다음 두 사람이 들어가고 하인들이 문을 닫았어. 하인들은 나를 바깥에 그냥 놔두고 갔어. 그래서 그리 오래 걸리지 않을 것으로 생각했지. 나는 계단에 앉아 들라마르슈를 기다렸어. 그런데 나온 사람은 들라마르슈가 아닌 하인이었어. 수프를 한 접시 가득 들고 나오더군. '들라마르슈의 배려'라고 스스로에게 말했어. 하인은 내가 식사하는 동안 잠시 곁에 선 채로 브루넬다에 대해 몇 가지 이야기를 해 주었어. 그때 브루넬다를 방문한 것이 우리에게 어떤 의미를 가져다주는지 알았어. 브루넬다는 이혼한 여성으로 엄청난 재산의 소유자였고, 완전히 자립해 있었으니까! 코코아 공장 주인인 전 남편은 여전히 그녀를 사랑했지만 그녀는 그에 관해 조금도 들으려 하지 않았어. 그는 뻔질나게 아파트에 왔어. 결혼식 때처럼 아주 우아한 옷차림으로 말이야. — 말 그대로 사실이야. 나는 그를 직접 알아 — 그러나 하인은 엄청난 뇌물을 받고도 그를 받아들일 의향이 있는지 브루넬다에게 감히 묻지 못했어. 하인은 이미 여러 번 물어보았고, 그때마다 브루넬다는 손에 든 것을 그의 얼굴에 던졌거든. 한번은 물이 가득 담긴 커다란 보온병을 그의 얼굴에 던져 앞니 하나를 부러뜨린 적도 있었어. 어때, 로스만, 깜짝 놀랐지!"

"그 남자를 어떻게 알지?" 카를이 물었다.

"가끔 이 위에 올라오거든." 로빈슨이 말했다.

"이 위에?" 카를은 놀라서 손으로 바닥을 가볍게 쳤다.

"놀랄 만도 하지." 로빈슨은 계속 말했다. "당시 하인이 이야기했듯이 나도 놀랐어. 생각해 봐, 브루넬다가 집에 없을 때면 그 남자는 하인의 안내를 받아 그녀 방에 들어갔어. 기념품으로 항상 사소한 물건을 하나 가져가고 브루넬다를 위해서는 항상 매우 값진 고급품을 남겨 두었지. 누가 두고 갔는지는 말하지 않도록 하인에게 단단히 입단속을 했어. 그런데 한번은 그가 — 하인이 말했듯이, 그리고 나는 그 말을 믿어 — 돈으로 환산할 수 없이 귀중한 도자기를 가져왔어. 브루넬다는 그것을 어떻게든 알아본 모양이야. 그 즉시 바닥에 던지고 짓밟고는 침을 뱉었어. 거기에다 또 다른 몇 가지 심한 짓을 해서 하인은 구역질이 나서 그것을 치우기도 힘들 정도였다는 거야."

"그 남자가 대체 그녀에게 무슨 짓을 한 거지?" 카를이 물었다.

"나도 잘은 모르겠어." 로빈슨이 말했다. "하지만 별다른 짓을 한 것 같지는 않아. 적어도 그 자신도 그걸 모르는 모양이야. 이미 그와 가끔 그 이야기를 나눈 적이 있어. 저기 길모퉁이에서 나를 기다리곤 해. 나는 가면 그에게 새로운 소식을 전해 줘야 해. 내가 못 가면 삼십 분쯤 기다렸다가 가. 내게 짭짤한 부수입이었어. 소식을 전해 주면 두둑이 사례를 해 줬거든. 하지만 들라마르슈가 그 사실을 알고부터 사례금을 몽땅 넘겨줘야 해. 그래서 그곳에 거의 가지 않게 되었어."

"그런데 그 남자가 원하는 게 뭐지?" 카를이 물었다. "도대체 원하는 게 뭐야? 그녀가 자기를 원하지 않는다는 것을 알면서 말이야."

"그건 그래." 로빈슨이 한숨을 쉬며 담뱃불을 붙이고는 팔을 크게 휘두르며 연기를 하늘로 날려 보냈다. 그러더니 결심이 바뀐 듯 말했다. "그게 무슨 상관이야? 내가 아는 것이라곤 그가 우리처럼 여기 발코니에 누울 수 있다면 그 대가로 많은 돈을 줄지도 모른다는 것뿐이야."

카를은 자리에서 일어나 난간에 기대어 거리를 내려다보았다. 벌써 달이 보였지만 달빛이 아직 골목

깊숙한 데까지 스며들지는 않았다. 낮에는 텅 비어 있던 골목이, 특히 큰문 앞이 사람들로 붐볐다. 사람들은 모두 느릿느릿 움직였다. 남자들의 셔츠 소매, 여자들의 밝은색 드레스가 어둠 속에 어렴풋이 눈에 띄었다. 모자를 쓰거나 두건을 두른 사람은 아무도 없었다. 이제 주위의 많은 발코니는 모두 사람들로 차 있었다. 거기 백열전등 불빛 아래에서 가족들이 발코니의 크기에 따라 작은 테이블 주위에 혹은 안락의자에 일렬로 앉아 있었다. 방 밖으로 머리를 내민 사람들도 있었다. 남자들은 난간 봉 사이에 발을 쭉 뻗은 채 다리를 넓게 벌리고 앉아 거의 바닥까지 닿은 신문을 읽거나 카드 놀이를 했다. 말은 하지 않는 듯 보였으나 테이블을 세게 두드렸다. 여자들은 무릎에 바느질감을 잔뜩 얹고 가끔 주변이나 거리를 잠깐씩 쳐다볼 뿐이었다. 옆 발코니의 허약한 금발 여인은 계속 하품하면서 눈을 부릅떴는데 깁고 있는 속옷을 항상 입 앞에 갖다 댔다. 아주 작은 발코니에서도 아이들은 서로를 쫓아다니는 법을 터득했다. 부모들에게는 매우 성가신 일이었다. 많은 방에 축음기가 설치되어 노래나 오케스트라 음악이 흘러나왔다. 사람들은 이 음악에 특별히 신경을 쓰지 않았다. 가끔 가장이 손짓하면 누군가가 방에 급히 들어가 새 음반을 걸었다. 몇몇 창가에서는 꼼짝도 하지 않는 연인들이 보였다. 카를

맞은편 창가에도 그런 한 쌍이 똑바로 서서 청년은 팔로 소녀를 감싸고 손으로 그녀의 가슴을 누르고 있었다.

"여기 옆집에 아는 사람이 있나?" 카를이 로빈슨에게 물었다. 이제 로빈슨도 일어났다. 한기를 느껴서 제 이불 외에 브루넬다의 모포도 둘둘 말고 있었다.

"거의 아무도 없어, 내 처지가 안 좋은 것은 바로 그 때문이야." 로빈슨은 말하면서 귓속말을 하기 위해 카를을 좀 더 가까이 끌어당겼다. "그렇지 않았다면 지금 불평할 일이 없었을 거야. 브루넬다는 들라마르슈를 위해 가진 걸 다 팔고 전 재산을 들고 교외의 이 아파트로 이사 왔어. 아무에게도 방해받지 않고 그에게 전적으로 헌신하기 위해서야. 아닌 게 아니라 그것은 들라마르슈의 바람이기도 했어."

"그리고 그녀는 하인들을 해고했나?" 카를이 물었다.

"제대로 맞혔어." 로빈슨이 말했다. "여기에 하인들이 묵을 곳이 어디 있겠나? 하인들은 매우 까다로운 사람들이야. 언젠가 들라마르슈는 브루넬다의 집에서 그런 하인 한 명의 따귀를 때려 방에서 내쫓았어. 그 하인이 나갈 때까지 계속 귀싸대기를 올려붙였지. 물론 다른 하인들이 그와 한패가 되어 문 앞에서 소동을 벌였어. 그러자 들라마르슈가 나와서 (당시 나는 하인이 아니라 가족의 벗이었어. 하지만 하인들과 함께 있었어.) 물었어.

'자네들이 원하는 게 뭔가?' 그러자 가장 나이 많은 하인인 이시도르가 말했어. '당신은 우리와 할 말이 없소, 우리 주인은 마님이란 말이오.' 너도 눈치챘겠지만 그들은 브루넬다를 숭배했어. 그러나 브루넬다는 그들은 신경 쓰지 않고 들라마르슈에게 달려갔어. 당시 그녀는 아직 지금처럼 무겁지 않았어. 모두가 보는 앞에서 그를 껴안고 입을 맞추며 '내 사랑 들라마르슈'라고 불렀지. '그리고 이 원숭이들도 내보내요.'라고 마지막으로 말했어. 하인들을 원숭이들이라고 하더군. 그때 그들이 어떤 표정을 지었을지 상상해 봐. 그러고서 브루넬다는 허리띠에 차고 있던 돈지갑 쪽으로 들라마르슈의 손을 끌어당겼어. 들라마르슈는 그 속에 손을 집어넣어 돈을 꺼내서는 하인들에게 임금을 지급하기 시작했어. 브루넬다는 허리띠에 찬 돈지갑을 열고 서 있는 것으로만 임금 지급에 가담했을 뿐이야. 들라마르슈는 가끔 손을 넣어야 했어. 돈을 세지도 않고 요구 사항을 확인하지도 않은 채 돈을 나눠 줬기 때문이야. 마지막으로 그는 '너희는 나와 이야기하려고 하지 않으니 브루넬다를 대신해서 말하겠어. 꺼져 버려, 당장.'이라고 말했어. 이렇게 그들은 해고되었고, 그다음 몇 건의 소송이 있었지. 심지어 들라마르슈는 법정에 한 번 가야 했어. 하지만 그에 대해서는 더 자세한 사정을 알지 못해. 다만 하인들이 떠난 직후 들라마르슈가 브루넬다한테 '그럼 이제 하인이 없네?'라고 말했고, 브루넬다는 '하지만 로빈슨이 있잖아.'라고 대답하더군. 그러자 들라마르슈는 내 어깨를 한 대 치며 '그럼 좋아, 네가 우리 하인이 되는 거야.'라고 말했어. 그런 다음 브루넬다가 내 뺨을 두드렸어. 로스만, 기회가 있으면 브루넬다가 네 뺨을 한 번 두드리게 해 봐. 얼마나 기분 좋은지 놀랄 거야."

"그럼 넌 들라마르슈의 하인이 된 건가?" 카를이 물었다.

로빈슨은 이 질문에서 아쉬움을 알아채고 대답했다. "하인이지만 그 사실을 알아차리는 사람은 거의 없어. 알다시피 넌 이미 한동안 우리와 같이 지냈지만 그것을 알지 못했어. 밤에 너희 호텔을 찾아갔을 때 내 옷차림을 보았잖아. 고급 중의 최고급을 입고 있었어. 하인이 그런 옷을 입고 다니겠어? 하지만 문제는 내가 자주 외출할 수 없다는 거야. 항상 곁에 대기하고 있어야 해. 살림살이에 늘 할 일이 있거든. 한 사람으로는 사실 많은 일을 하기에 턱없이 부족해. 아마 눈치챘겠지만 방에 무척 많은 물건이 널려 있어. 이사할 때 팔지 못한 물건을 다 가져왔거든. 물론 그냥 줄 수도 있었는데 브루넬다는 아무것도 줘 버리지 않아. 그 많은 물건을 계단 위로 옮기는 일이 얼마나 힘들었을지 생각해 봐."

"로빈슨, 네가 다 들고 옮겼어?" 카를이 물었다.

"나 말고 대체 누가 하겠어?" 로빈슨이 말했다. "조수가 한 명 더 있기는 했어. 하지만 빈둥거리는 녀석이었어. 대부분 일을 나 혼자 해야만 했어. 브루넬다는 아래쪽 자동차 옆에 서 있었고, 들라마르슈는 위에서 물건을 어디에 둘지 지시했어. 나는 계속 이리저리 부리나케 뛰어다녔어. 이틀이나 걸렸다고. 정말 오래 걸렸지? 하지만 넌 이 방에 얼마나 많은 물건이 있는지 전혀 감도 못 잡을 거야. 상자마다 가득 차 있고 상자 뒤에는 온갖 물건이 천장까지 빽빽이 들어차 있어. 짐꾼을 몇 명만 불렀어도 모든 일이 금방 끝났을 텐데. 하지만 브루넬다는 나 말고 아무에게도 믿고 맡기려 하지 않았어. 나로선 정말 영광스러운 일이었지. 하지만 그때 나는 평생의 건강을 망쳐 버렸어. 나한테 건강 말고 다른 뭐가 있겠어? 조금만 무리하면 여기저기가 쑤셔. 내가 건강하다면 호텔의 소년들, 그 개구리 같은 녀석들이 — 그놈들이 개구리가 아니고 대체 뭐겠어 — 그때 나를 이길 수 있었다고 생각해? 하지만 몸의 어디가 아프다 해도 난 들라마르슈와 브루넬다에게 아무 말도 하지 않아. 내 몸이 말을 듣는 한 일할 거야. 더 이상 몸이 말을 듣지 않으면 누워서 죽을 거야. 그때 가서야, 너무 늦게서야 그들은 알게 되겠지. 내가 병에 걸렸는데도 계속 일했고, 그들을 위해 죽도록 일했다는 것을. 아, 로스만." 마침내 그는 말하면서 카를의 셔츠 소매에 눈물을 닦았다. 잠시 후 그가 말했다.

"거기 셔츠 차림으로 서 있으니 춥지 않아?"

"힘내, 로빈슨." 카를이 말했다. "넌 줄곧 울고 있어. 그다지 아픈 것 같지 않은데 말이야. 무척 건강해 보여. 하지만 줄곧 발코니에 누워 있다 보니 온갖 생각이 들어. 어쩌면 가끔 가슴을 콕콕 찌르는 통증이 있을지도 몰라. 나도 그렇고, 누구나 다 그래. 모든 사람이 너처럼 온갖 사소한 일 때문에 울려고 한다면 모든 발코니에서 다들 울어야 할 거야."

"그건 내가 더 잘 알아." 로빈슨은 말하면서 모포의 뾰족한 끝으로 눈물을 훔쳤다. "옆에 우리를 위해 요리를 해 준 여주인 집에 세 들어 사는 대학생이 얼마 전 내가 그릇을 돌려주었을 때 이렇게 말했어. '제 말 좀 들어 보세요, 로빈슨, 어디 아프지 않은가요?' 사람들과 대화가 금지되어 있어서 나는 그냥 그릇을 내려놓고 떠나려고 했어. 그러자 나에게 다가와 말했어. '제 말 들어 보세요, 사태를 극단적으로 몰고 가지 마세요. 당신은 아픕니다.' '그래요, 그럼 어떻게 하면 좋을까요?' 내가 물었어. 그러자 '그건 내 알 바가 아닙니다.'라고 말하며 고개를 돌리더군. 거기 식탁에 있던 다른 사람들이 웃었어. 여기는 어딜 가든 사방에 적이 있어. 그래서 나는 차라리 그곳을 떠나려고 했어."

"그러니까 널 바보 취급하는 사람들 말은 믿고, 널 호의적으로 생각하는 사람들 말은 믿지 않는구나."

"하지만 난 내 몸 상태가 어떤지 알아야 해." 로빈슨은 버럭 화를 냈다. 그러나 곧 다시 울음을 터뜨렸다.

"너는 네 몸이 안 좋은지 사실 알지 못해. 여기서 들라마르슈의 하인 노릇을 할 게 아니라 뭔가 제대로 된 일을 찾아보는 게 좋을 거야. 네 이야기를 듣고 또 내가 직접 본 것으로 판단하건대 여기서 하는 일은 고용 관계가 아니라 노예 관계야. 아무도 그런 일을 견디지 못한다는 네 말을 믿어 주겠어. 하지만 넌 들라마르슈의 친구이기 때문에 그를 떠나면 안 된다고 생각해. 그건 잘못된 생각이야. 네가 얼마나 비참한 생활을 하는지 그가 알지 못한다면 넌 그에 대해 더 이상 조금도 책임이 없는 거야."

"그럼 로스만, 내가 이곳에서 근무하기를 포기하면 정말로 건강을 다시 회복할 것 같아?"

"물론이지." 카를이 말했다.

"물론이라고?" 로빈슨이 다시 물었다.

"물론이고말고." 카를이 미소 지으며 말했다.

"그럼 곧 회복되기 시작하겠구나." 로빈슨이 말하며 카를을 바라보았다.

"대체 어째서?" 카를이 물었다.

"여기서 네가 내 일을 맡아 줘야 하니까." 로빈슨이 대답했다.

"대체 누가 그런 말을 했지?" 카를이 물었다.

"그건 오래된 계획이야. 이미 며칠 전부터 그 이야기가 나왔어. 내가 이 집을 충분히 깨끗이 관리하지 않는다고 브루넬다가 나를 야단치면서 시작되었지. 물론 나는 모든 것을 곧 제대로 정돈하겠다고 약속했어. 글쎄, 하지만 그건 무척 어려운 일이야. 예를 들어 내 몸 상태로는 먼지를 닦기 위해 사방을 기어다닐 수 없어. 이미 방 한가운데서 꼼짝도 할 수 없거든. 그런 마당에 가구와 저장품 사이를 어떻게 움직이겠어? 그리고 모든 걸 제대로 청소하려면 가구도 자리에서 옮겨야 하는데 그 일을 나 혼자 한다고? 게다가 방에서 거의 나가지 않는 브루넬다가 방해받아서는 안 되니까 이 모든 일을 아주 조용히 해야 할 거야. 그래서 모든 걸 청소하겠다고 약속했지만 실제로는 그러지 않았어. 브루넬다가 이 사실을 눈치채고 들라마르슈에게 말했어. 계속 이대로 해서는 안 되겠으니 다른 조수를 구해야겠다고 말이야. 그녀는 말했어. '들라마르슈, 내가 살림을 잘하지 못하더라도 나를 비난하지 않으면 좋겠어. 그리고 잘 알다시피 내가 직접 나서서 할 수도 없는 일이야. 로빈슨으로는 안 되겠어. 처음에는 매우 팔팔해서 이곳저곳을 다 살폈어. 하지만 지금은 늘 피곤해서 대체로 구석에 앉아 있어. 하지만 우리처럼 물건이 너무 많은 방은 저절로 정돈되지 않아.' 이 말을 들은 들라마르슈는 어떻게 하면 좋을지 곰곰이 생각했어. 이런 집에서는 아무나 무턱대고 들일 수 없는 노릇이지. 시험 삼아서라도 그럴 수는 없어. 사방에서 주시하니 말이야. 하지만 나는 너의 좋은 친구였잖아. 그리고 리넬한테서 네가 호텔에서 고생하고 있다는 말을 들었기 때문에 네 이야기를 꺼냈어. 들라마르슈는 즉시 동의했어. 그때 네가 그에게 불손한 태도를 보였지만 말이야. 나는 물론 너에게 이처럼 도움이 될 수 있다는 사실에 무척 기뻤어. 다시 말해 이 자리는 너를 위해 마련된 거야. 너는 젊고 튼튼하고 요령이 있어. 반면에 나는 더 이상 아무런 가치가 없어. 하지만 말해 두겠는데 네가 아직 채용된 것은 아니야. 브루넬다의 마음에 들어야 쓸 수 있어. 그러니 그녀 마음에 들도록 노력하면 그 나머지는 내가 알아서 할 거야."

"그럼 내가 여기서 하인이 되면 넌 어떻게 할 거야?" 카를이 물었다. 그는 무척 홀가분한 기분이었다. 로빈슨이 전해 준 이야기로 야기된 최초의 공포가 사라져서였다. 그러니까 들라마르슈는 그를 하인으로 삼는 것보다 더 나쁜 의도를 가진 것은 아니었다. ─ 만약 더 나쁜 의도가 있었다면 수다스러운 로빈슨이 분명히 누설했을

것이다 — 하지만 그렇다면 카를은 오늘 밤에라도 작별을
감행할 수 있었다. 누군가에게 자리를 수락하도록 강요할
수는 없으니까. 카를은 전에 호텔에서 쫓겨난 뒤 배고픔을
면할 적당하고 더 초라해 보이지 않을 그럴듯한 일자리를
곧바로 얻을 수 있을지 걱정했다. 그런데 지금은 자신에게
넘겨주기로 된 혐오스러운 이 자리와 비교하면 다른 어떤
자리도 괜찮아 보였다. 이 자리보다는 차라리 무직의
곤경을 선호했을 것이다. 하지만 이 점을 로빈슨에게
이해시키려고는 전혀 시도하지 않았다. 특히 로빈슨은
지금 온갖 머리를 굴려 카를에 의해 짐을 덜겠다는 희망에
완전히 사로잡혀 있었다.

"그러므로 나는……." 로빈슨은 말하면서 팔꿈치를
난간에 기대고 편안하게 손을 움직이며 말을 이어
갔다. — 팔꿈치는 난간에 괴고 있었다 — "먼저 모든
것을 설명하고 저장품을 보여 주겠어. 넌 교육받은 데다
확실히 필체도 좋아. 그러니 우리가 가진 모든 물품의
목록을 즉시 작성할 수 있을 거야. 브루넬다가 오래전부터
바라던 일이지. 내일 오전에 날씨가 좋으면 우리는
브루넬다에게 발코니에 나가 달라고 부탁할 거야. 그동안
방에서 그녀를 성가시게 하지 않고 조용히 일할 수 있을
거야. 로스만, 무엇보다도 그 점을 명심해야 해. 브루넬다를
성가시게 하면 안 돼. 그녀에게는 모든 소리가 들려.

가수인 만큼 귀가 대단히 예민할 거야. 가령 네가 상자 뒤에 있는 화주 통을 굴린다고 해 봐. 소음이 생기겠지. 무거운 데다 사방에 여러 가지 물건이 놓여 있어서 한 번에 굴릴 수 없으니까. 이를테면 브루넬다가 소파에 조용히 누워 자기를 무척 귀찮게 하는 파리를 잡는다고 생각해 봐. 그래서 너는 그녀가 너한테 신경 쓰지 않는다고 생각해 통을 계속 굴리겠지. 그녀는 여전히 조용히 누워 있어. 그러나 네가 전혀 예상하지 못한 순간, 그리고 네가 조금도 소음을 내지 않는 순간 갑자기 똑바로 앉고는 양손으로 긴 소파를 쳐서 먼지 때문에 자기가 보이지 않게 만들어. ― 우리가 여기 온 이후로 나는 긴 소파의 먼지를 턴 적이 없어. 그녀가 계속 그 위에 누워 있으니 그럴 수 없는 거지 ― 그리고 남자처럼 끔찍한 비명을 지르기 시작해. 그렇게 몇 시간 동안이나 비명을 질러 대는 거야. 그녀가 노래하는 것은 이웃 사람들이 못 하게 했지만 비명 지르는 것은 아무도 금지할 수 없어. 그녀는 비명을 지르지 않고는 못 배겨. 그런데 지금은 그런 일이 거의 일어나지 않아. 나와 들라마르슈가 무척 조심스레 행동했기 때문이지. 그 일로 그녀는 큰 피해를 보기도 했어. 한번은 실신한 적이 있었어. 그래서 나는 ― 들라마르슈는 마침 외출 중이었지 ― 옆집 대학생을 불러와야만 했지. 그가 큰 병에 담긴 액체를 그녀에게 끼얹었어. 그러자 효과가 있었어. 하지만 이 액체에서 견딜 수 없는 냄새가 나더군. 지금도 긴 소파에 코를 갖다 대면 냄새를 맡을 수 있지. 그 대학생은 이곳의 모든 사람처럼 확실히 우리 적이야. 넌 모든 사람을 조심해야 하고, 누구도 상대해서는 안 돼."

"이봐, 로빈슨." 카를이 말했다. "그건 힘든 업무야. 좋은 일자리라고 추천해 줬잖아."

"걱정하지 마." 로빈슨은 말하면서 카를이 할 수 있는 모든 걱정을 떨쳐 버리기 위해 두 눈을 감고 고개를 흔들었다. "그 일자리에는 다른 어떤 일자리도 제공할 수 없는 장점도 있어. 넌 줄곧 브루넬다 같은 숙녀 가까이에 있게 돼. 가끔 그녀와 같은 방에서 자기도 하지. 네가 상상할 수 있듯이 그러면 다양한 편의를 누릴 수 있어. 충분한 보수를 받을 거야. 돈 많은 여자니까. 들라마르슈의 친구인 나는 아무것도 받지 못했어. 내가 외출할 때만 브루넬다가 항상 나에게 약간씩 돈을 주어 보냈어. 넌 물론 다른 하인처럼 돈을 받을 거야. 너도 그들과 똑같은 하인이기 때문이지. 하지만 너에게 가장 중요한 것은 내가 너의 일자리를 무척 수월하게 해 줄 거라는 점이야. 물론 처음에는 몸이 회복될 수 있도록 아무 일도 하지 않을 거야. 그러나 조금만 회복되면 내게 의지할 수 있을걸. 브루넬다에 대한 실제 시중, 즉 머리 손질과 옷 입히기는 들라마르슈가 하지 않는 한 대개 내가 맡을 거야. 넌 방

청소, 장보기, 더 힘든 집안일만 신경 쓰면 돼."

"그럴 순 없어, 로빈슨," 카를이 말했다. "그 모든 일에 난 유혹되지 않아."

"어리석게 굴지 마, 로스만." 로빈슨은 카를의 얼굴 가까이에 대고 말했다. "이 좋은 기회를 망치지 마. 그런 일자리를 어디서 곧바로 얻겠어? 너를 아는 사람이 누가 있어? 네가 아는 사람이 누가 있어? 이미 많은 일을 체험하고 여러 가지 경험을 한 우리 같은 두 남자도 일을 얻지 못하고 몇 주 동안 이리저리 돌아다녔어. 그건 쉬운 일이 아니야. 심지어 절망적일 만치 힘든 일이기도 해."

카를은 고개를 끄덕이며 로빈슨의 조리 있는 말솜씨에 의아해했다. 물론 그에게 이 조언은 타당하지 않았다. 그는 이곳에 머물러 있어서는 안 되었다. 대도시에 가면 어쩌면 조그만 자리쯤은 아직 찾을 수 있을 것이다. 모든 여관이 밤새 가득 찬다는 것을 알고 있었다. 그러니 손님 접대할 사람이 필요할 것이다. 그는 그 일에 이미 경험이 있었다. 어떤 업체에 가든 재빨리 눈에 띄지 않게 적응할 것이다. 바로 길 건너 아래쪽에 작은 여관이 있었는데 그곳에서 시끄러운 음악이 흘러나왔다. 정면 출입구는 커다란 노란 커튼으로만 덮여 있었다. 가끔 외풍에 흔들리는 커튼은 골목으로 힘차게 펄럭였다. 물론 안 그러면 골목은 훨씬 더 조용해졌다. 발코니는 대부분 어둠침침했고, 멀리 여기저기서 간간이 불빛이 보일 뿐이었다. 하지만 그 불빛이 잠깐 눈에 들어오는 순간 그곳 사람들은 모두 자리에서 일어났다. 그들이 다시 집 안으로 들어가는 동안 한 남자가 백열등에 손을 대더니 발코니에 마지막으로 남아 골목을 흘낏 바라보고 나서 스위치를 돌려 불을 껐다.

'이제 벌써 밤에 접어드는구나.' 카를은 혼자 생각했다. '여기 더 오래 있다가는 나도 그들 중 한 명이 되겠어.' 그는 문 앞의 커튼을 걷기 위해 몸을 돌렸다. "원하는 게 뭐야?" 로빈슨이 말하면서 카를과 커튼 사이에 서서 가로막았다.

"나가야겠어." 카를이 말했다. "날 놓아줘! 날 놓아주라고!"

"그녀를 방해해서는 안 돼." 로빈슨이 외쳤다. "무슨 당치도 않은 생각을 하는 거야!" 그리고 그는 두 팔로 카를의 목을 감고 온몸의 무게를 실어 매달렸다. 두 다리로는 다리를 꼭 감고 순식간에 그를 바닥으로 끌어내렸다. 그러나 카를은 엘리베이터 보이들과 있으면서 몸싸움하는 법을 약간 익혔다. 그래서 로빈슨의 턱 밑을 주먹으로 가격했다. 그러나 사정을 봐주고 약하게. 로빈슨은 무릎으로 재빨리 인정사정없이 카를의 배를 아주 세게 걷어찼다. 하지만 그런 다음 두 손으로 턱을 감싸고 아주 큰 소리로 울부짖기 시작했다. 그러자 이웃 발코니에서 남자가 거칠게 손뼉을 치며 "조용히 해!"라고 명령했다. 카를은 로빈슨에게 호되게 맞은 고통을 참느라고 한동안 가만히 누워 있었다. 컴컴해 보이는 방 앞에 조용하고 묵직하게 드리워진 커튼 쪽으로 얼굴을 돌릴 뿐이었다. 방 안에는 더 이상 아무도 없는 것 같았다. 들라마르슈는 브루넬다와 외출한 모양이었다. 카를은 이미 완전한 자유를 얻었다. 그러니까 사실상 경비견처럼 굴던 로빈슨을 최종적으로 떨쳐 버린 것이다.

그때 골목 저 멀리서 북과 트럼펫 소리가 띄엄띄엄 울려 퍼졌다. 많은 사람이 저마다 지르던 외침이 모여 곧 하나의 큰 함성이 되었다. 카를이 고개를 돌려 보니 모든 발코니가 새롭게 활기를 띠었다. 그는 천천히 몸을 일으켰다. 하지만 제대로 몸을 가눌 수 없어서 난간에 바짝 갖다 대야 했다. 저 아래 인도에서 젊은이들이 팔을 뻗고 얼굴을 뒤로 젖힌 채 큰 보폭으로 행진하고 있었다. 쳐든 손에는 모자를 들었다. 차도는 아직 텅 비어 있었다. 개중에는 높은 장대에 노르스름한 연기에 뒤덮인 제등을 달고 흔드는 사람도 있었다. 바야흐로 북 치는 사람과 트럼펫 연주자들이 넓게 줄지어 불빛 속으로 들어왔다. 카를은 이들 무리를 보고 경탄했다. 그때 뒤에서 목소리가 들려 뒤돌아보았다. 들라마르슈가 무거운 커튼을 쳐들고 걸어 나왔고, 그다음 브루넬다가 빨간 드레스를 입고 어둑한 방에서 걸어 나왔다. 어깨에는 레이스 달린 옷을 걸쳤다. 검은 두건 아래의 머리카락은 손질하지 않고 그냥 틀어서 묶어 올린 듯했고, 머리카락 끝이 여기저기 아무렇게나 튀어나와 있었다. 손에는 조그만 부채를 펴서 들었으나 그것을 움직이지 않고 몸에 바짝 붙이고 있었다.

카를은 두 사람에게 자리를 양보하기 위해 난간을 따라 옆으로 비켜났다. 이곳에 그대로 있으라고 아무도 그에게 강요하지 않을 것이다. 비록 들라마르슈는 붙들어 두려고 한다 해도 브루넬다는 카를이 부탁하면 즉각 해고할 것이다. 그녀는 분명 그를 결코 좋아할 수 없었고, 그의 눈을 두려워했다. 하지만 그가 문 쪽으로 한 발짝 다가가자 그녀가 이를 눈치채고 말했다. "대체 어딜 가려는 거지, 꼬마야?" 카를은 들라마르슈의 엄한 시선 앞에서 주춤했고, 브루넬다는 그를 자기 쪽으로 끌어당겼. "저 아래 행렬을 보지 않을 거니?" 그녀는 말하면서 그를 자기 앞 난간으로 밀었다. "무슨 일이 벌어지는지 알고 있니?" 카를은 뒤에서 그녀가 말하는 소리를 듣고 그녀의 압박에서 벗어나기 위해 무의식적으로 몸을 움직였지만 헛수고였다. 그는 슬픔의 이유가 그곳에 있다는 듯 슬픈 표정으로 골목을 내려다보았다.

들라마르슈는 처음에 팔짱을 끼고 브루넬다 뒤에 서 있었다. 그런 다음 방으로 뛰어 들어가 브루넬다에게 오페라글라스를 가져다주었다. 아래쪽에서는 악사들 뒤로 행렬의 주요 부분이 모습을 드러냈다. 거인 같은 남자의 어깨 위에 한 신사가 앉아 있었다. 너무 높은 곳에 있어서 희미하게 빛나는 대머리밖에 보이지 않았다. 그는 대머리 위로 실크 모자를 높이 쳐들고 연신 인사하고 있었다. 그의 주위에는 나무판자가 운반되는 것이 분명했는데 발코니에서 보면 온통 흰색이었다. 이 플래카드는 가운데서 두드러지게 눈에 띄는 신사를 향해 사방에서 기대어 있는 모양새로 배치되어 있었다. 모든 것이 움직이고 있었으므로 플래카드 벽은 계속 느슨하게 풀어졌다가 계속 새로이 정렬되기도 했다. 꽤 넓은 범위에 걸쳐 신사 주위에는 어둠 속에서 가늠할 수 있는 한 그리 길지는 않았지만 골목 전체가 그의 추종자들로 가득 차 있었다. 모두 손뼉을 치며 필시 신사의 이름, 아주 짧지만 알아들을 수 없는 이름을 장중한 노래로 알리고 있었다. 군중 속에 적재적소에 분산되어 있던 몇몇은 매우 강한 빛을 내는 자동차 랜턴을 들고 거리 양쪽의 집들을 위아래로 천천히 비추었다. 카를의 눈높이에서는 불빛이 더 이상 방해되지 않았다. 하지만 아래쪽 발코니에서는 불빛을 받은 사람들이 급히 눈에 손을 갖다 대는 모습이 보였다.

    들라마르슈는 브루넬다의 부탁으로 옆 발코니에

있는 사람들에게 그 행사의 의미가 무엇인지 물어보았다. 카를은 사람들이 대답할지, 또 어떻게 대답할지 약간 호기심이 생겼다. 들라마르슈는 실제로 세 번이나 물어봤으나 대답을 듣지 못했다. 그는 난간 위로 이미 위험하게 몸을 굽히고 있었다. 브루넬다는 이웃 사람들에게 화를 내며 약간 발을 굴렀다. 카를은 그녀의 무릎이 닿는 것을 느꼈다. 마침내 어떤 대답이 왔다. 하지만 이와 동시에 사람들로 가득 찬 이 발코니에 있던 사람들이 모두 큰 소리로 웃기 시작했다. 그러자 들라마르슈는 아주 큰 소리로 외쳤다. 현재 골목 전체에 소음이 많지 않았더라면 주위의 모든 사람이 놀라서 귀 기울일 수밖에 없었을 것이다. 어쨌든 그의 외침은 웃음소리가 부자연스럽게 곧 누그러지는 효과를 냈다.

"내일 우리 구역에서 판사 선거가 있는데 저 아래 목마 탄 사람이 입후보자라는군." 들라마르슈가 브루넬다 쪽을 돌아보며 아주 차분히 말했다. "안 돼!" 그는 이렇게 외치고 쓰다듬듯 브루넬다의 등을 두드렸다. "우리는 세상에 무슨 일이 일어나고 있는지 이미 더 이상 전혀 알지 못해."

"들라마르슈." 브루넬다가 이웃 사람들의 행동을 화제로 삼으며 말했다. "그리 힘들지 않다면 난 어떻게든 이사하고 싶어! 그러나 유감스럽게도 그런 무리한 기대를 해서는 안 돼." 그러고는 크게 한숨을 쉬며 안절부절못하고 멍한 표정으로 카를의 셔츠를 만지작거렸다. 그는 되도록 눈에 띄지 않게 이 통통한 조그만 손을 자꾸만 밀어내려고 했다. 이 일은 어렵지 않게 성공했다. 브루넬다는 그를 생각하지 않았기 때문이다. 그녀는 완전히 다른 생각에 몰두해 있었다.

하지만 카를도 이내 브루넬다를 잊고 어깨에 얹힌 팔의 무게를 견뎠다. 거리에서 일어나는 일에 정신을 빼앗겼기 때문이다. 후보자 바로 앞에는 손짓 몸짓을 해 가며 의사를 표현하는 작은 무리의 남자들이 행진하고 있었다. 사방에서 경청하며 고개를 기울이는 것으로 보아 이들의 말에 특별한 의미가 있음이 틀림없었다. 이 무리의 지시로 행렬은 예기치 않게 여관 앞에서 멈췄다. 권위를 지닌 남성 중 한 명이 손을 들어 군중뿐 아니라 후보자에게 신호를 보냈다. 군중은 침묵을 지켰다. 자기를 떠메고 있는 사람의 어깨 위에서 여러 번 몸을 일으켰으나 번번이 자리에 주저앉은 후보자는 짧은 연설을 했다. 그러는 동안 실크 모자를 바람처럼 빠른 속도로 이리저리 움직였다. 그 모습이 아주 뚜렷이 보였다. 연설 중에 모든 자동차 불빛이 그를 향해서 그는 밝은 별의 중심에 있었기 때문이다.

그러나 이제 거리 전체가 이 문제에 어느 정도 관심을 쏟는지도 알 수 있었다. 후보의 추종자들이 차지한 발코니에서 사람들은 노래 부르듯 그의 이름을 외쳤고, 난간 위로 손을 내밀고 기계적으로 손뼉을 쳤다. 심지어 대다수의 다른 발코니에서는 이에 맞서 우렁찬 합창이 일어났지만 다양한 후보자의 지지자들이 함께 섞여 있었으므로 그렇다고 통일된 효과를 거두지는 못했다. 반면에 그 자리에 참석한 후보자의 모든 경쟁자가 일치단결하여 휘파람을 불어 댔고, 심지어 축음기에서는 여러 가지 곡이 다시 흘러나왔다. 몇몇 발코니 사이에서는 정치적 논쟁이 벌어졌는데 야간이라서 더 격화되었다. 사람들 대부분은 이미 잠옷 차림으로 외투만 걸쳤고, 여성들은 커다란 검은 천을 두르고 있었다. 주목받지 못하는 아이들은 보는 사람 마음을 조마조마하게 하며 발코니 난간 위에 기어 올라갔고, 이미 자고 있던 컴컴한 방에서 점점 더 많이 나왔다. 특히 흥분한 사람들은 알아볼 수 없는 개별 물건을 가끔 상대편 방향으로 던지기도 했다. 때로는 물건들이 목표 지점에 도달했지만 대부분 거리에 떨어져 종종 그곳에 있던 사람들을 분노하여 고함지르게 했다. 지휘하는 남자들이 볼 때 아래쪽 소음이 너무 커지면 북 치는 사람과 트럼펫 연주자들은 개입하라는 지시를 받았다. 귀청을 때리는 그들의 신호, 온 힘을 다해 실행된 끝날 것 같지 않은 신호는 집집마다 지붕에 이르기까지 모든 사람의 목소리를 제압했다. 그리고 항상 눈 깜짝할 사이에 — 거의 믿기 어려울 정도였다 — 목소리가 일제히 멈췄다. 그러면 이에 대해 분명 훈련된 거리의 군중은 잠시 정적을 틈타 당가(黨歌)를 소리 높여 불렀다. — 자동차 불빛을 받아 크게 벌어진 저마다의 입이 보였다 — 그사이 정신을 차린 상대편은 모든 발코니와 창문에서 이전보다 열 배는 더 강하게 고함을 질러서 잠깐 승리를 거둔 아래쪽 당을 카를이 서 있는 높이에서는 적어도 완전히 침묵하도록 했다.

"어때 마음에 드니, 꼬마야?" 브루넬다가 물었다. 그녀는 오페라글라스로 가능한 한 모든 걸 보기 위해 카를 바로 뒤에서 이리저리 몸을 돌렸다. 카를은 대답으로 그냥 고개를 끄덕였을 뿐이다. 아울러 로빈슨이 분명 카를의 행동에 대해 들라마르슈에게 열심히 여러 가지 보고하는 것을 알아차렸다. 하지만 들라마르슈는 귀담아듣는 것 같지 않았다. 오른손으로 브루넬다를 붙잡고 있으면서 왼손으로 로빈슨을 계속 옆으로 밀치려고 했기 때문이다. "오페라글라스로 보지 않겠어?" 브루넬다가 물었다. 그녀는 카를에게 묻고 있다는 것을 보여 주기 위해 그의 가슴을 두드렸다.

"충분히 보여요." 카를이 말했다.

"한번 봐 봐." 그녀가 말했다. "더 잘 보일 거야."

"난 눈이 좋거든요." 카를이 대답했다. "모든 게 다 보여요." 그녀는 오페라글라스를 그의 눈 가까이에 갖다 댔다. 그는 이를 호의가 아니라 방해로 느꼈다. 실제로 이제 그녀는 "너!"라는 한마디 말밖에 하지 않았다. 듣기 좋은 선율이었으나 위협적으로 들렸다. 그리고 카를은 이미 오페라글라스를 눈에 대고 있었지만 실제로 아무것도 보이지 않았다.

"아무것도 안 보여요." 그는 말하면서 오페라글라스를 눈에서 떼려고 했다. 하지만 그녀가 오페라글라스를 꽉 잡고 있어서 그는 그녀의 가슴에 파묻힌 머리를 뒤로도 옆으로도 밀 수 없었다.

"이제는 보이겠지?" 그녀가 오페라글라스의 나사를 돌리면서 말했다.

"아뇨, 여전히 아무것도 안 보여요." 카를이 말했다. 그는 자기 의지와 상관없이 사실상 로빈슨의 부담을 덜어 주었다고 생각했다. 브루넬다의 견디기 어려운 변덕이 자신에게 표출되었기 때문이다.

"언제쯤이면 보일까?" 그녀가 말하면서 계속 나사를 돌렸다. 이제 카를은 가쁘게 숨을 쉬는 그녀의 가슴에 얼굴 전체를 얹고 있었다 "이제는?" 그녀가 물었다.

"아뇨, 마찬가지인데요!" 카를이 소리쳤다. 무척 흐릿하기는 해도 실은 이제 모든 사물을 식별할 수 있었다.

하지만 바로 그때 브루넬다는 들라마르슈와 무슨 할 일이 있었는지 카를의 얼굴 앞에 들이민 오페라글라스를 느슨하게 잡고 있었다. 그래서 카를은 특별히 그녀의 주의를 끌지 않고 오페라글라스 아래쪽 거리를 내다볼 수 있었다. 나중에는 그녀도 자기 뜻을 더 이상 고집하지 않고 자신이 오페라글라스를 사용했다.

아래 음식점에서 종업원 한 명이 나와 문턱을 이리저리 급히 드나들며 행렬 인솔자들의 주문을 받았다. 그가 업소 내부를 둘러보고 가능한 한 많은 서비스를 준비하기 위해 몸을 쭉 뻗는 모습이 보였다. 분명 대규모일 무료 음료 제공을 위한 준비를 하는 동안 후보자는 연설을 멈추지 않았다. 그를 목마 태운 거인 같은 남자, 그에게만 봉사하는 그 남자는 연설이 어디서나 군중에게 잘 들리도록 몇 마디를 한 후에는 항상 약간씩 방향을 바꿨다. 후보자는 대개 몸을 완전히 웅크린 채 비어 있는 한 손과 실크 모자를 든 다른 손을 이따금 움직여 말을 되도록 강조하려 했다. 그러나 이따금 거의 일정한 간격으로 감정에 복받쳐 두 팔을 뻗은 채 자리에서 일어나 더 이상 한 무리가 아니라 전체를 대상으로 연설했다. 그는 맨 꼭대기 층까지 들리게 집집이 주민들한테 이야기했다. 그렇지만 맨 아래층에서도 아무도 그의 말을 들을 수 없다는 사실이 완전히 분명해졌다. 그러니까

만약 가능하다면 아무도 그의 말에 귀 기울이고 싶지 않았을 터다. 창문과 발코니마다 적어도 한 명의 고함치는 연사가 차지하고 있었기 때문이다. 그 사이 몇몇 종업원은 음식점에서 당구대만 한 널빤지를 가져왔다. 그 위에 번쩍이는 유리잔이 가득 올려져 있었다. 행렬 인솔자들은 사람들이 음식점 문을 지나 행진해 갈 때 유리잔을 나눠 주기로 했다. 그러나 유리잔을 계속 보충했어도 군중이 하나씩 받기에는 부족했다. 두 줄로 늘어선 종업원들이 널빤지의 좌우로 들락날락하며 군중에게 계속 유리잔을 공급해야 했다. 물론 후보자는 연설을 멈추고 새로 기운을 내기 위해 쉬는 시간을 이용했다. 그를 목마 태운 사람은 군중과 눈부신 빛을 피해 천천히 이리저리 옮겨 다녔다. 가장 가까운 추종자 몇 명만이 그를 따라다니며 그를 향해 말했다.

"저 꼬마 좀 봐." 브루넬다가 말했다. "구경하는 데 정신이 팔려 자기가 어디 있는지도 잊었어." 이렇게 카를을 깜짝 놀라게 한 그녀는 양손으로 그의 얼굴을 자기 쪽으로 돌리고는 들여다보았다. 그러나 이 순간은 오래가지 않았다. 카를이 즉시 손을 뿌리쳤기 때문이다. 그리고 자신을 잠시도 가만히 내버려 두지 않자 화가 났다. 이와 동시에 거리로 내려가 모든 걸 가까이서 보고 싶은 생각에 가득 차 이제 온 힘을 다해 브루넬다의 압박에서 벗어나려

하며 말했다.

"제발, 날 놓아줘요."

"넌 우리와 함께 여기 있어야지." 들라마르슈는 거리에서 눈을 떼지 않고 말했다. 그러면서 카를이 떠나지 못하도록 그냥 손만 뻗을 뿐이었다.

"그냥 놔둬요." 브루넬다는 말하면서 들라마르슈의 손을 막았다. "이미 이곳에 있잖아요." 그녀는 카를을 난간에 더 세게 밀어붙였다. 카를은 그녀에게서 벗어나려면 몸싸움을 벌여야만 했으리라. 설사 그러는 데 성공했다 한들 그가 무엇을 얻을 수 있단 말인가! 왼쪽에는 들라마르슈가 섰고, 오른쪽에는 이제 로빈슨이 서 있었다. 그는 억류 상태나 다름없었다. "널 내쫓지 않은 걸 다행인 줄 알아." 로빈슨은 말하면서 브루넬다의 팔 아래에 집어넣은 손으로 카를을 툭툭 쳤다.

"내쫓는다고?" 들라마르슈가 로빈슨의 말을 받아 말했다. "도망친 도둑은 내쫓는 게 아니라 경찰에 넘기는 거지. 만일 얌전히 있지 않으면 내일 아침에라도 그런 일이 생길 수 있어."

이 순간부터 카를은 아래쪽 구경거리를 더 이상 즐길 수 없었다. 브루넬다 때문에 일어서지 못해서 부득이 난간 위로 몸을 약간 숙였다. 그는 자신에 대한 걱정으로 가득 차 멍한 시선으로 아래쪽 사람들을 바라보았다. 스무 명쯤 되는 남자들 무리가 유리잔을 들고 음식점 문 앞으로 걸어왔다. 그들은 고개를 돌리더니 이제 자기 일로 바쁜 후보자를 향해 이 유리잔을 흔들면서 당 구호를 외치고는 잔을 비웠다. 이 높이에서는 들리지 않았지만 어쨌든 요란한 소리를 내며 유리잔을 다시 널빤지에 내려놓았다. 그러고는 조바심을 내며 시끄럽게 떠드는 새로운 무리에게 자리를 양보했다. 그때까지 음식점에서 연주하던 밴드가 행렬 인솔자들의 지시에 따라 골목으로 걸어 나왔다. 커다란 관악기가 시커먼 군중 속에서 환히 빛났다. 하지만 그들의 연주는 너무 시끄러운 통에 거의 사라지다시피 했다. 최소한 음식점이 있는 쪽은 이제 거리가 멀리까지 사람들로 가득 찼다. 이날 아침 카를이 자동차를 타고 온 언덕 위쪽에서 사람들이 떼 지어 몰려왔다. 아래쪽 다리에서도 사람들이 뛰어 올라왔다. 집 안에 있던 사람들조차 이 일에 직접 개입하고 싶은 유혹에 저항할 수 없었다. 발코니와 창문에는 거의 여성과 아이들만 남은 반면 남자들은 큰문 밖 아래쪽으로 몰려 나갔다. 그러나 이제 음악과 접대는 그 목적을 달성했다. 사람들이 충분히 모여들었다. 두 개의 자동차 불빛으로 측면을 엄호한 인솔자가 신호를 보내 음악을 중지시켰다. 그는 큰 소리로 호루라기를 불었다. 이제 후보자를 짊어지고 약간 허둥대는 사람이 추종자들로 들어찬 길을 지나 부리나케 이곳으로 오는 모습이 보였다.

음식점 문에 이르자마자 후보자는 좁은 원 모양으로 주위를 둘러싼 자동차 불빛을 받으며 새로운 연설을 시작했다. 그러나 이제 모든 일이 이전보다 훨씬 더 어려웠다. 후보자를 떠멘 사내는 너무 혼잡해서 더 이상 조금도 이동할 자유가 없었다. 조금 전에 가능한 모든 수단을 동원하여 후보자의 연설 효과를 높이려고 했던 가장 가까운 추종자들은 이제 그의 가까이에 있기가 힘들었다. 스무 명 정도는 온 힘을 다해 목마 태운 사내 옆에 달라붙어 있었다. 그러나 이 힘센 남자조차 제 의지대로 한 발짝도 더 내디딜 수 없었다. 특정 방향으로 회전하거나 적절히 전진 또는 후퇴하여 군중에게 영향을 미칠 생각은 더 이상 할 수 없었다. 군중은 무질서하게 마구 몰려들었다. 어떤 사람은 다른 사람 옆에 누워 있었고, 누구도 더 이상 똑바로 서 있지 못했다. 상대편도 새로운 군중이 합류하여 상당히 늘어난 듯 보였다. 후보자를 목마 태운 사내는 오랫동안 음식점 문 근처에 머물렀다. 그러나 이제는 얼핏 보기에 저항 없이 골목을 오르내릴 수 있었다. 후보자는 계속 연설했다. 하지만 그가 자신의 강령을 설명하는지 도와 달라고 외치는지 더 이상은 아주 명백하지 않았다. 혹시 잘못 본 것이 아니라면 상대편 후보도 한 명 또는 여러 명이 나타난 모양이었다.

여기저기서 갑자기 타오르는 불빛을 받으며 주먹을 불끈 쥔 창백한 남자가 연설하는 모습이 보였기 때문이다. 군중에 의해 높이 들어 올려진 그는 여러 가지 소리로 외치는 인사를 받았다.

"저기 대체 무슨 일이 일어난 거지요?" 카를은 이렇게 묻고 숨이 멎을 듯한 혼란을 느끼며 감시자들을 향해 고개를 돌렸다.

"꼬마가 이렇게 흥분하다니!" 브루넬다는 들라마르슈에게 말하면서 카를의 턱을 잡고 고개를 끌어당겼다. 그러나 카를은 끌려가려 하지 않았다. 거리에서 벌어진 사건으로 인해 눈에 뵈는 게 없어진 그가 너무 세게 뿌리치는 바람에 브루넬다는 그를 놓아줬을 뿐 아니라 뒤로 물러나며 완전히 풀어 주었다. "이제 실컷 보았겠지." 그녀는 카를의 행동에 화가 난 듯 말했다. "방에 들어가서 자리 펴고 잘잘 준비나 해." 그녀는 방을 향해 손을 뻗었다. 이미 몇 시간 전부터 원했던 방향이라서 카를은 한 마디의 이의 제기도 하지 않았다. 그때 골목에서 수많은 유리잔이 산산조각으로 깨지는 소리가 들렸다. 카를은 참지 못하고 재빨리 난간으로 뛰어가 또 한 번 저 아래를 흘낏 내려다보았다. 상대편의 일격, 어쩌면 결정적인 일격이 주효했다. 추종자들의 자동차 전조등이 한꺼번에 산산조각이 났다. 그들은 강한 빛으로

적어도 전체 대중 앞에서 주요 행사를 열어 모든 것을
일정한 한도 내에서 유지하고 있었다. 후보자와 그를 목마
태운 사람은 이제 불안하게 일렁이는 조명에 에워싸였다.
갑자기 그런 사태가 발생하자 주위는 완전한 어둠에 잠긴
듯했다. 그러자 후보자가 어디에 있는지 어림짐작으로도
알 수 없었을 것이다. 막 시작되어 광범위하게 퍼진
통일된 노래로 인해 어둠의 기만적 속성이 더욱 커졌다.
노랫소리는 아래쪽 다리로부터 가까이 들려왔다.

"내가 지금 네가 할 일을 말하지 않았나!" 브루넬다가
말했다. "서둘러. 피곤하단 말이야." 그녀가 이렇게 덧붙여
말하고 두 팔을 높이 쳐들자 가슴이 평소보다 훨씬 더
불룩해졌다. 여전히 그녀를 안고 있던 들라마르슈는
발코니 구석으로 그녀를 끌어당겼다. 로빈슨은 그들을
따라가서 아직 그곳에 놓인 그가 먹다 남은 음식을 옆으로
밀었다.

카를은 이 절호의 기회를 이용해야 했다. 지금은
아래를 내려다볼 때가 아니었다. 거리에서 일어나는 일은
아래에서 충분히 볼 수 있을 것이고, 여기 위에서보다
더 많이 볼 수 있을 것이다. 두 번 풀쩍 뛰어 그는
불그스름하게 불빛이 비추는 방을 서둘러 가로질렀다.
하지만 자물쇠가 채워져 있었으며, 열쇠는 없었다. 당장
열쇠를 찾아야만 했다. 그러나 이 난장판에서 누가

열쇠를 찾으려 하겠는가! 그것도 카를에게 허용된 짧고 귀중한 시간 내에 말이다! 일이 제대로 풀렸다면 지금쯤 이미 계단에 나가서 달리고 또 달려야 했을 것이다! 그런데 지금 열쇠를 찾고 있다니! 그는 손이 미치는 모든 서랍에서 열쇠를 찾았다. 다양한 식기와 냅킨, 만들기 시작한 자수품이 여기저기 흩어진 테이블 위를 샅샅이 뒤졌다. 낡은 옷가지가 마구 뒤엉킨 더미가 있는 안락의자에 마음이 끌렸다. 그 더미 속에 혹시 열쇠가 있을지도 몰랐다. 그러나 어디서도 열쇠를 찾을 수 없었다. 마지막으로 악취 나는 긴 소파에 몸을 던지고는 구석구석에 손을 넣어 열쇠가 있는지 더듬어 보았다. 마침내 그는 찾기를 그만두고 방 한가운데에 멈춰 서서는 혼잣말을 했다. "분명 브루넬다는 열쇠를 허리띠에 매달았을 거야. 그곳에 갖가지 물건이 달려 있으니 찾아봤자 헛일이야."

그리고 카를은 닥치는 대로 칼 두 자루를 집어 들고 문짝 사이 위아래에 쑤셔 넣었다. 서로 떨어진 두 개의 공격 지점을 확보하기 위해서였다. 칼을 잡아당기자마자 웬걸 칼날이 두 동강 났다. 이제 더 단단하게 뚫을 수 있게 동강 난 토막이 더욱 잘 견디기를 바랄 뿐이었다. 그는 온 힘을 다해 잡아당겼다. 두 팔을 활짝 벌리고 두 다리를 활짝 벌려 몸을 지탱한 채 끙끙거리는 소리를 냈다. 그러면서 주의해 문을 살펴보았다. 문이 언제까지나 버티지는 못하리라. 빗장이 헐거워진 것을 그는 분명히 들리는 소리로 알아채고 기뻤다. 하지만 일이 더디게 진행될수록 그런 만큼 더 정확을 기했다. 자물쇠가 절대 튀어 올라서는 안 되기 때문이다. 그러면 발코니에 있는 사람들이 주목하게 될 것이다. 오히려 자물쇠는 아주 천천히 풀리도록 해야 했다. 카를은 눈을 자물쇠에 점점 더 가까이 갖다 대면서 최대한 주의를 기울여 작업했다.

"저길 좀 봐." 들라마르슈의 목소리가 들렸다. 세 사람 모두 방 안에 서 있었다. 커튼은 이미 그들 뒤에 이미 닫혀 있었다. 카를은 그들이 오는 소리를 건성으로 들었음에 틀림없었다. 이 광경을 본 카를은 손에서 칼을 떨어뜨렸다. 하지만 그에게는 해명하거나 변명할 시간이 전혀 없었다. 이 순간의 상황을 훨씬 뛰어넘는 분노를 폭발시키면서 들라마르슈 — 풀린 잠옷 끈이 허공에 커다란 도형을 그렸다 — 가 카를을 향해 달려들었기 때문이다. 카를은 마지막 순간에 공격을 피했다. 문에서 칼을 뽑아 자신을 방어하는 데 사용할 수도 있었으리라. 하지만 그러지 않았다. 그 대신 몸을 숙였다가 튀어 오르면서 들라마르슈의 넓은 잠옷 깃을 움켜쥐고 잡아당겼다. 그런 다음 더욱 위로 끌어당겼다. — 잠옷은 들라마르슈에게 너무나 컸다 — 그리고 이제 운 좋게 들라마르슈의 머리를 붙잡았다. 그는 너무 놀란 나머지 처음에는 손을 마구 휘두르다가 잠시 후에야 주먹으로 카를의 등을 가격했다. 아직 그 정도로는 완전한 효과를 내지 않았다. 이때 카를은 얼굴을 보호하기 위해 들라마르슈의 가슴에 얼굴을 묻었다. 고통에 몸을 비틀었음에도, 타격이 점점 더 강해졌음에도 카를은 주먹질을 견뎌 냈다. 눈앞에 승리가 보이는데 어찌 참고 견디지 않겠는가. 그는 들라마르슈의 머리를 두 손으로 잡고 엄지손가락을 눈 위에 대고서 가구가 엉망으로 뒤섞인 곳까지 그를 끌고 갔다. 더 나아가 발끝으로 잠옷 끈을 발에 휘감아 들라마르슈를 쓰러뜨리려 했다.

하지만 들라마르슈에게 온전히 집중해야 해서, 특히 저항이 점점 더 커지는 것을 느끼고, 이 적대적인 몸이 점점 더 강력히 저항하고 있어서 카를은 들라마르슈와 단둘이 있지 않다는 것을 사실상 잊어버렸다. 그러나 곧 이 사실을 알게 되었다. 그의 뒤 바닥에 몸을 던진 로빈슨이 시끄럽게 소리 지르며 두 발을 힘껏 벌리고 있어서 갑자기 발이 말을 듣지 않기 때문이다. 카를은 한 걸음 더 뒤로 물러난 들라마르슈를 한숨 쉬며 놓아주었다. 브루넬다는 두 다리를 넓게 벌리고 무릎을 구부린 채 방 한가운데에 엉거주춤 서서 눈을 반짝이며 진행 상황을 지켜보았다. 마치 실제로 싸움에 가담하는 듯 심호흡을 했다. 그녀는 눈으로 어림하며 주먹을 천천히 앞으로 내밀었다. 들라마르슈는 옷깃을 접고 이제 다시 시야를 확보했다. 물론 더 이상 싸움은 없었고 처벌만 있을 뿐이었다. 그는 카를의 셔츠 앞부분을 붙잡고 바닥에서 거의 들어 올리다시피 한 다음 몇 걸음 떨어진 장롱 쪽으로 아주 세게 내동댕이쳤다. 경멸하는 마음에서 그는 카를을 쳐다보지도 않았다. 그래서 카를은 상자에 부딪혀 생긴 등과 머리의 쿡쿡 쑤시는 통증을 처음에는 들라마르슈의 손에 직접 맞아서 생긴 것으로 생각했다. "이 양아치 같은 놈아!" 떨리는 눈앞에 깃든 어둠 속에서 들라마르슈가 크게 외치는 소리가 들렸다. 그리고 상자 앞에 주저앉아 첫 탈진 상태에 있는데 "두고 봐!"라는 말이 여전히 그의 귓가에 희미하게 울려 퍼졌다.

    카를이 정신을 차리고 보니 주위는 칠흑같이 어두웠다. 아직 늦은 밤일지도 몰랐다. 발코니에서 커튼 아래로 희미한 달빛이 방 안에 비쳤다. 잠든 세 명의 조용한 숨소리가 들려왔다. 가장 시끄러운 소리를 내는 사람은 브루넬다였다. 말할 때 가끔 그러듯 자면서 헐떡거렸다. 그들이 각각 어느 방향에서 자고 있는지 확인하기가 쉽지 않았다. 방 전체가 그들의 숨소리로 가득 찼기 때문이다. 카를은 주변을 조금 살펴본 후에야 자신에 대해 생각했다. 그리고 몹시 놀랐다. 통증으로 몸이 몹시 굽어 있고 뻣뻣하다고 느꼈지만 중상을 입어 피투성이가 되었으리라고는 생각하지 못했기 때문이다. 그러나 이제 짐을 진 것처럼 머리가 묵직함을 느꼈다. 그리고 얼굴 전체, 목 부분, 셔츠 밑 가슴이 피를 흘린 듯 젖어 있었다. 그는 자기 상태를 정확히 알기 위해 빛이 있는 곳으로 가야 했다. 어쩌면 불구가 되도록 흠씬 맞았을지도 모른다. 그러면 들라마르슈는 아마 그를 기꺼이 놓아줄 것이다. 하지만 그 경우 어떻게 해야 한단 말인가. 사실상 더 이상 아무런 전망이 없었다. 큰문 통로에 있던 코가 찌부러진 청년이 생각났다. 그는 한동안 얼굴을 두 손에 파묻었다. 그런 다음 자기도 모르게 문 쪽으로 몸을 돌리고 네 발로 더듬어 갔다. 곧 손끝으로 만져 보고 신발과 이어서 다리인 것을 알았다. 로빈슨이었다. 로빈슨 말고 누가 신발을 신고 자겠는가? 그는 카를의 도주를 막기 위해 문 앞에 비스듬히 누우라는 명령을 받았다. 하지만 그들은 카를의 상태를 모른단 말인가? 당분간 카를은 도망칠 생각이 전혀 없었다. 그저 밝은 곳으로 나가고 싶은 생각뿐이었다. 그러니 문밖으로 나갈 수 없다면 발코니로 나가야 했다.

식탁은 저녁때와는 분명 완전히 다른 곳에 있었다. 카를이 물론 매우 조심스럽게 다가간 긴 소파는 놀랍게도 텅 비어 있었다. 하지만 방 한가운데에서 세게 눌리긴 했지만 높이 쌓아 올린 옷들, 이불, 방석, 양탄자와 부딪쳤다. 처음에는 저녁에 소파에서 발견한 것, 가령 바닥에 굴러다니던 것과 비슷한 작은 더미에 불과하다고 생각했다. 하지만 계속 기어다니면서 놀랍게도 거기에 차 한 대 분량의 물건이 있는 것을 알아챘다. 낮 동안에 보관해 둔 물건을 밤이 되자 상자에서 꺼낸 것이 분명했다. 그는 더미 주위를 기어다니다가 곧 그 전체가 일종의 침상을 이루고 있는 것을 알았다. 조심스럽게 더듬어서 확인해 보니 거기 높은 곳에 들라마르슈와 브루넬다가 자고 있었다.

이제 그는 다들 어디에서 자는지 알았다. 그리고 이제 서둘러 발코니로 나갔다. 그가 커튼 밖에서 재빨리 일어선 곳은 전혀 다른 세계였다. 상쾌한 밤공기와 환한 달빛 속에서 발코니 위를 여러 번 오락가락했다. 그는 거리를 바라보았다. 그곳은 완전히 정적에 잠겨 있었다. 음식점에서는 아직 음악이 들렸지만 아주 약하게 울리고 있을 뿐이었다. 문 앞에서는 한 남자가 도로를 쓸었다. 저녁엔 사방에서 나는 심한 소음으로 선거 후보자의 외침이 다른 수천 명의 목소리와 구별되지 않던 골목에서 이젠 도로를 쓰는 빗자루 소리가 선명하게 들렸다.

옆 발코니에서 탁자를 홱 밀치는 소리가 카를의 주의를 끌었다. 그곳에 누군가가 앉아서 공부하고 있었다. 뾰족한 턱수염을 조금 기른 젊은이였다. 입술을 바삐 움직이며 책을 읽으면서 계속 수염을 배배 꼬았다. 그는 카를 쪽으로 얼굴을 향한 채 책으로 덮인 조그만 탁자에 앉아 있었다. 백열등을 벽에서 떼어 큰 책 두 권 사이에 끼워 놓았다. 그리고 이제 눈부신 빛에 의해 주위가 완전히 환히 밝혀졌다.

"안녕하세요." 카를은 청년이 자기 쪽을 건너다보고 있다고 생각하며 말했다. 그러나 어쩌면 그의 착각인지도 몰랐다. 청년은 그의 존재를 전혀 눈치채지 못한 모양이었다. 갑자기 인사한 사람이 누구인지 확인하기 위해 손으로 불빛을 막았기 때문이다. 그런 다음 아무것도 보이지 않으므로 이웃 발코니를 약간 비춰 보기 위해 백열등을 높이 쳐들었다.

"안녕하세요." 그도 따라 말하고 잠시 건너다보더니 덧붙였다. "무슨 더 하실 말씀이라도?"

"방해됐나요?" 카를이 물었다.

"물론 그렇고말고요." 남자는 말하면서 백열등을 다시 원래 자리에 가져다 놓았다.

이 말로 물론 더 이상 대화를 이어 갈 수 없었다. 하지만 그럼에도 카를은 그 남자와 가장 가까운 발코니 구석을 떠나지 않았다. 그는 남자의 책 읽는 모습을 잠자코 지켜보았다. 책장을 넘기다가 항상 번개처럼 빠른 속도로 다른 책을 집어 들어 무언가를 찾아보았다. 종종 노트에 메모하곤 했는데 그때마다 놀란 듯 얼굴을 노트 쪽으로 낮게 숙였다.

이 남자는 혹시 대학생일까? 아무리 보아도 공부하고 있는 것처럼 보였다. 지금은 벌써 옛날 일이 되었지만 자신의 예전 모습과 크게 다르지 않았다. 카를은 고향집 부모님의 탁자에 앉아서 숙제를 했다. 그러는 동안 아버지는 신문을 읽거나 장부를 기록하고 협회에 보낼 통신문을 썼다. 어머니는 바느질에 몰두하며 천에서 실을 높이 뽑아 올렸다. 카를은 아버지를 성가시게 하지 않기 위해 노트와 필기도구만 탁자 위에 올려놓고 필요한 책들은 좌우 안락의자 위에 정리해 두었다. 그곳은 얼마나 조용했던가! 낯선 사람이 방에 들어오는 일은 좀처럼 없었다! 카를은 이미 어렸을 때부터 어머니가 저녁 무렵 아파트 문을 잠그는 모습을 늘 즐겨 지켜보았다. 어머니는 카를이 지금 칼을 들고 남의 집 문을 부숴 열려는 신세가 될 줄은 꿈에도 몰랐다.

그리고 그가 공부하려던 모든 목적이 무엇이었던가! 그는 사실 모든 걸 잊어버렸다. 공부를 계속하는 것이 중요한 문제였다 하더라도 매우 어려웠을지 모른다. 그는 언젠가 집에서 한 달 동안 아팠던 기억을 떠올렸다. 나중에 중단된 공부를 다시 본 궤도에 올려놓기가 얼마나 힘들었던가! 그리고 이제 영어로 된 상업 통신 교본 말고는 책을 읽지 않은 지 이미 오래되었다.

"이보세요, 젊은 분." 카를은 갑자기 말을 건네는 소리를 들었다. "다른 데 가서 서 있으면 안 될까요? 이쪽을 쳐다보는 당신이 무척 방해됩니다. 아무튼 새벽 2시가 되었으니 발코니에서 방해받지 않고 작업할 수 있으면 좋겠는데요. 저한테 무슨 용무라도 있나요?"

"공부하고 계시나요?" 카를이 물었다.

"네, 그래요." 남자는 말하면서 대화에 빼앗긴 틈을 이용해 책들을 새로 정돈했다.

"그럼 방해하지 않겠어요." 카를이 말했다. "방으로 돌아가겠어요. 잘 자요."

남자는 아무 대꾸도 하지 않았다. 갑작스러운 결정으로 그는 이 방해 요소를 제거한 후 다시 공부에 착수하여 무거운 듯 이마를 오른손으로 받쳤다.

그때 카를은 커튼 바로 앞에서 자신이 무엇 때문에 밖으로 나왔는지 떠올렸다. 그는 지금 자신이 어떠한 상황에 처했는지 전혀 알지 못했다. 무엇이 머리를 그토록 무겁게 짓눌렀을까? 그는 머리 위를 만져 보고 놀랐다. 방의 어둠 속에서 우려했던 바와 달리 피투성이 상처가 아니라 그저 여전히 젖어 있는 터번 모양의 붕대였다. 여기저기 걸린 레이스 조각으로 미루어 보건대 브루넬다의 낡은 속옷을 찢은 것이었다. 로빈슨이 응급 처치로 머리에

감아 놓은 모양이었다. 그런데 그는 붕대 푸는 것을
잊어버렸다. 이렇게 카를이 의식을 잃은 동안 얼굴과 셔츠
아래로 흘러내린 많은 양의 물이 카를을 공포에 떨게 했다.

"아직 거기 계시죠?" 남자가 이렇게 묻고 건너편으로
눈을 깜빡였다.

"이제 정말로 갈 겁니다." 카를이 말했다. "여기서 볼 게
있어서요. 방이 너무 어둡거든요."

"댁은 대체 누구신가요?" 남자는 말하면서 앞에
펼쳐진 책갈피에 만년필을 놓고 난간으로 걸어왔다.
"이름이 어떻게 됩니까? 어떻게 이 사람들한테 오게
되었나요? 이곳에 온 지 오래되었나요? 대체 뭘 보고
싶은가요? 댁을 볼 수 있게 저기 백열등을 켜 주세요."

카를은 그의 말대로 했다. 하지만 대답하기 전에 문
커튼을 더 세게 당겨 안에서 아무것도 알아채지 못하게
했다. "너무 조용히 말하는 것을 용서해 주세요." 그는
속삭이듯 말했다. "안에 있는 사람들이 내 목소리를
들으면 난 다시 소동을 벌일지도 몰라요."

"또요?" 남자가 물었다.

"그래요." 카를이 말했다. "어젯밤에 그들과 대판
싸웠어요. 그때 끔찍한 혹이 생겼나 봐요." 그리고 그는
머리 뒤를 만져 보았다.

"대체 어떤 싸움이었나요?" 남자가 물었다. 카를이

즉시 대답하지 않자 그가 덧붙였다. "이 주인들에 대해 마음에 담은 말을 뭐든지 나에게 차분히 털어놓아도 좋아요. 말하자면 난 이 세 사람 모두가 싫습니다. 특히 안주인이 가장 싫어요. 그건 그렇고 그들이 나에게 반감을 갖도록 댁을 부추기지 않았다면 이상한 노릇인데요. 이름은 요제프 멘델이고 대학생입니다."

"네, 댁 이야기는 이미 들었지만 나쁜 이야기는 아니었어요." 카를이 말했다. "언젠가 브루넬다 부인을 치료한 적이 있지요?"

"네, 맞아요." 학생이 웃으며 말했다. "긴 소파에서 아직도 냄새가 나나요?"

"그렇고말고요." 카를이 말했다.

"신나는 이야기네요." 대학생은 손으로 머리카락을 훑으며 말했다. "그런데 왜 혹이 생겼지요?"

"싸움이 벌어졌어요." 카를은 대학생에게 어떻게 설명할지 곰곰이 생각하며 말했다. 그러나 생각을 중단하고 말했다. "제가 방해되는 게 아닌가요?"

"첫째로……." 대학생이 말했다. "댁은 이미 나를 방해했어요. 유감스럽게도 나는 너무 신경이 예민해서 다시 마음을 다잡는 데 오랜 시간이 걸려요. 댁이 발코니에 나와 거닐기 시작하고부터 공부에 집중할 수 없어요. 둘째로 3시면 늘 휴식을 취합니다. 그러니 신경 쓰지 말고 이야기해 주세요. 나도 흥미가 있으니까요."

"아주 간단한 이야기입니다." 카를이 말했다. "들라마르슈는 내가 그의 집 하인이 되기를 원해요. 하지만 난 그러고 싶지 않아요. 바로 밤에 곧장 떠났으면 제일 좋았을 겁니다. 그는 내가 떠나지 못하도록 문을 잠갔어요. 나는 부수려고 했고요. 그러다가 난투극이 벌어졌어요. 불행하게도 나는 아직 여기 붙들려 있습니다."

"그럼 다른 일자리는 없나요?" 대학생이 물었다.

"없어요." 카를이 말했다. "하지만 이곳을 떠나기만 하면 그런 건 중요하지 않아요."

"내 말 좀 들어 보세요," 대학생이 말했다. "그런 건 중요하지 않다고요?" 그리고 둘은 한동안 침묵했다. "근데 왜 이 사람들 곁에 있고 싶지 않은가요?" 대학생이 물었다.

"들라마르슈는 나쁜 사람입니다." 카를이 말했다. "이미 예전부터 그를 잘 알아요. 하루 동안 함께 걸은 적이 있지요. 더 이상 그의 곁에 있지 않아서 기뻤어요. 그런데 이제 그의 집 하인이 되라고요?"

"모든 하인이 주인을 댁처럼 까다롭게 고르려고 한다면요!" 대학생은 말하면서 미소를 짓는 듯 보였다. "들어 보세요, 나는 낮에는 판매원입니다. 그것도 말단 판매원이지요. 차라리 몬틀리 백화점의 심부름꾼이라 할 수 있지요. 이 몬틀리는 의심할 여지 없이 악당입니다.

하지만 그건 큰 문제가 아닙니다. 내가 화나는 건 급료가 너무 형편없다는 겁니다. 그러니 나를 본보기로 삼아 보세요."

"어떻게요?" 카를이 물었다. "낮에는 판매원으로 일하고, 밤에는 공부하라고요?"

"네, 다른 수가 없습니다." 대학생이 말했다. "이미 온갖 시도를 해 보았지만 이 생활 방식이 아직은 제일 좋아요. 몇 년 전에는 대학생이었어요. 알다시피 밤낮으로 공부만 하느라 거의 굶어 죽을 지경이었어요. 더럽고 낡은 허름한 집에서 자고, 그때 내 옷으로는 강의실에 들어갈 엄두를 내지 못했어요. 하지만 다 지나간 일입니다."

"하지만 잠은 언제 자는데요?" 카를은 말하면서 대학생을 의아스럽다는 듯 바라보았다.

"네, 잡니다!" 대학생이 말했다. "공부가 끝나면 잡니다. 당분간은 블랙커피를 마실 겁니다." 그리고 그는 돌아서서 책상 밑에서 큰 병을 꺼내 작은 잔에 블랙커피를 따르더니 꿀꺽 들이켰다. 약의 맛을 되도록 적게 느끼기 위해 급히 삼키는 것처럼.

"고급 블랙커피입니다." 대학생이 말했다. "너무 멀어서 건네주지 못해 유감스럽군요."

"난 블랙커피를 좋아하지 않아요." 카를이 말했다.

"나도요." 대학생은 웃으며 말했다. "하지만 그것이

없었으면 어쩔 뻔했어요. 블랙커피가 없으면 몬틀리는 한순간도 나를 붙잡아 두지 못할 겁니다. 나는 항상 몬틀리를 입에 올리지만 물론 그는 내가 이 세상에 있다는 사실조차 전혀 알지 못합니다. 나는 거기 책상 안에 이것과 똑같은 병을 준비해 두었습니다. 그러지 않았다면 어떻게 일을 할 수 있었겠어요. 커피를 끊인다는 것은 지금껏 감히 시도도 하지 않았어요. 하지만 부디 내 말을 믿어 주세요. 나는 곧장 책상 뒤에 누워 잠들지도 모릅니다. 유감스럽게도 사람들은 그런 사실을 어렴풋이 느끼고 있습니다. 거기서는 나를 '블랙커피'라고 부르지요. 얼마나 시답잖은 농담인가요. 그래서 확실히 승진에 손해를 보았어요."

"그럼 언제쯤 공부를 마치는데요?" 카를이 물었다.

"더디게 진행되고 있어요." 대학생은 고개를 숙이고 말했다. 그는 난간을 떠나서 책상에 다시 앉았다. 펼쳐진 책에 팔꿈치를 괴고 손으로 머리카락을 훑으며 말했다. "아직 일이 년은 더 걸릴 것 같아요."

"나도 대학에 다니고 싶었어요." 카를은 지금 입을 다문 대학생이 이미 그에게 보여 준 것 이상의 큰 자신감을 이러한 사정이 줄 수 있다는 듯이 말했다.

"그랬군요." 대학생이 말했다. 그가 이미 다시 책을 읽고 있는지 아니면 그냥 멍하니 쳐다보고 있는지는 전혀 알 수 없었다. "공부를 포기한 걸 다행으로 생각하세요. 나 자신은 일단 내친걸음이라 몇 년간 공부해 왔어요. 나는 그것에서 별로 만족을 얻지 못했고, 미래에 대한 전망은 더욱 적었어요. 대체 무슨 전망을 가질 수 있겠어요! 미국은 가짜 박사들로 우글거리거든요."

"난 엔지니어가 되고 싶었어요." 카를은 이미 완전히 주의가 산만해진 학생에게 서둘러 말했다.

"그런데 이제 댁은 이 사람들의 하인이 되어야 합니다." 대학생은 말하면서 슬쩍 올려다보았다. "물론 고통스럽겠지만요."

대학생의 이러한 결론은 물론 잘못 생각한 것이었다. 그러나 카를은 대학생의 말을 받아 물었다. "나도 혹시 백화점에 일자리를 얻을 수 없을까요?"

이 질문은 대학생을 책에서 완전히 떼어 놓았다. 그는 카를의 구직을 도울 수 있으리라는 생각은 전혀 하지 않았다. "한번 해 보세요." 그가 말했다. "아니면 차라리 시도하지 말든가요. 몬틀리에 취업한 것은 지금까지 제 인생에서 가장 큰 성공이었어요. 학업과 직장 중 하나를 택해야 한다면 당연히 직장을 택할 겁니다. 나는 그런 선택의 필요성이 생기지 않도록 애쓸 뿐입니다."

"그곳 일자리를 얻기가 그토록 어렵다는 말이군요." 카를은 혼잣말하듯 말했다.

"아, 댁 생각은 어때요?" 대학생이 말했다. "몬틀리의 수위 되기보다 이곳의 법원 판사 되기가 더 쉬워요."

카를은 입을 다물었다. 이 대학생은 카를보다 훨씬 경험이 많고, 카를이 알지 못하는 어떤 이유로 들라마르슈를 싫어했다. 반면에 카를에게 나쁜 일이 일어나는 것을 확실히 원하지 않았다. 그렇지만 들라마르슈를 떠나라는 격려의 말을 한마디도 하지 않았다. 그러면서 그는 카를이 경찰의 위협을 받고 있으며, 들라마르슈에게서만 경찰로부터 반쯤 보호받고 있음을 전혀 알지 못했다.

"어제저녁 아래쪽에서 벌어진 유세를 보셨나요? 보셨지요? 사정을 모른다면 랍터라는 이 후보가 어느 정도 가망이 있다거나 또는 그가 적어도 물망에 오르고 있다고 생각할 겁니다, 안 그런가요?"

"난 정치에 대해서는 아무것도 모릅니다." 카를이 말했다.

"그건 잘못입니다." 대학생이 말했다. "하지만 그것과 별개로 댁한테는 눈과 귀가 있어요. 그 사람에게는 의심할 여지 없이 자기편과 적이 있고요. 댁도 알아챘을 겁니다. 그런데 말입니다, 내 생각에 조금도 당선 가능성이 없습니다. 나는 우연히 그에 대해 죄다 알게 되었어요. 그를 아는 어떤 사람이 우리 집에 살거든요. 무능한 사람은 아닙니다. 정치적 견해와 정치적 과거를 보자면 바로 그는 적합한 지역 판사가 될지도 모릅니다. 하지만 그가 당선될 걸로 생각하는 사람은 아무도 없습니다. 보란 듯이 낙선할 겁니다. 선거 캠페인에 몇 달러를 내든 졌을 거예요. 그게 다일 겁니다."

카를과 학생은 한동안 말없이 서로를 바라보았다. 대학생은 미소 지으며 고개를 끄덕이고 한 손으로 피곤한 눈을 눌렀다.

"아직 자러 가지 않을 건가요?" 카를이 물었다.

"다시 공부해야 해요. 보세요, 아직 공부할 게 얼마나 많은지요." 그리고 그는 책 절반을 대충 훑으며 빠르게 넘겼다. 아직 해야 할 공부 분량을 카를에게 이해시키기 위해서였다.

"그럼 잘 자요." 카를이 말하며 허리를 구부렸다.

"우리 집에 한번 놀러 오세요." 이미 책상에 다시 앉아 있던 대학생이 말했다. "물론 마음 내킬 때 말입니다. 이곳에서는 언제나 어울릴 만한 친구들을 많이 만날 수 있어요. 밤 9시부터 10시까지는 나도 댁을 위해 시간을 낼 수 있어요."

"그럼 들라마르슈 곁에 그대로 있으라는 건가요?" 카를이 물었다.

"무조건 그래야 합니다." 이렇게 말한 대학생은 이미

책 쪽으로 고개를 숙이고 있었다. 대학생이 한 말이 아니라 그의 목소리보다 더 깊은 어떤 목소리가 한 말 같았다. 카를의 귀에는 아직 그 목소리가 울려 퍼졌다. 카를은 천천히 커튼 쪽으로 가서 대학생을 또다시 바라보았다. 그는 어둠에 둘러싸인 채 불빛 속에서 꼼짝도 하지 않고 앉아 있었다. 카를은 미끄러지듯 방 안으로 들어갔다. 잠자는 세 명의 숨소리가 하나 되어 그를 맞이했다. 그는 벽을 따라 긴 소파를 찾았다. 그것을 발견하자 마치 익숙한 잠자리인 양 그 위에 조용히 몸을 뻗었다. 들라마르슈와 이곳 사정을 잘 아는 데다 교양까지 갖춘 대학생이 이곳에 머물라고 충고했으므로 당분간은 별다른 의구심을 품지 않으리라. 그에게는 대학생만큼 높은 목표가 없었다. 심지어 카를이 고국에서 학업을 끝마칠 수 있었을지 아무도 모를 일이다. 고국에서도 거의 불가능해 보였던 일을 여기 이국땅에서 해내라고 요구할 사람은 아무도 없었다.

하지만 당분간 들라마르슈의 하인 자리를 수락하고 이런 안전한 상태에서 좋은 기회를 기다린다면 뭔가를 성취하고 자신의 성과를 인정받는 일자리를 찾을 희망이 확실히 더 컸다.

이 거리에는 중소 규모의 사무실이 많아 보였다. 그러니 어쩌면 필요한 경우 직원 선발에 결코 그리 까다롭지 않을지도 몰랐다. 그는 부득이하면 사환이라도 되려고 했다. 하지만 결국은 순수한 사무실 직원으로 채용되는 것도, 또 언젠가는 사무실 직원으로서 책상에 앉아 오늘 아침 안뜰을 가로지르며 보았던 그 직원처럼 아무런 걱정 없이 잠시나마 열린 창밖을 내다보는 것도 전혀 불가능한 일은 아니었다. 그는 두 눈을 감았다. 자신이 아직 젊고, 들라마르슈가 언젠가는 풀어 줄 것으로 생각하며 마음의 위안을 얻었다. 실제로 이 집의 살림이 영원히 지속되리라는 보장은 없었다. 하지만 사무실에서 그런 일자리를 갖게 된다면 카를은 그 대학생처럼 힘을 분산시키지 않고 오직 사무실 일에만 몰두하려고 할 것이다. 필요하다면 사무실에서 밤을 지새우기도 할 것이다. 그에게 상업상의 준비 교육이 미미한 만큼 처음에는 어차피 필요한 일이리라. 그는 근무할 회사의 이익만 염두에 둘 것이다. 그리고 다른 직원들이 할 가치가 없다고 거부하는 일까지 마다하지 않고 죄다 떠맡을 것이다. 이러한 좋은 의도가 그의 머릿속에 밀려들었다. 마치 미래의 상사가 긴 소파 앞에 서서 그의 얼굴을 보고 읽어 주는 것처럼.

    그런 생각을 하며 카를은 잠들었다. 그는 최초의 반수면 상태에서만 브루넬다의 엄청난 한숨 소리에 방해받았을 뿐이다. 보아하니 그녀는 무거운 꿈에 시달리는 듯 잠자리에서 몸을 뒤척였다.

8 로빈슨이 소리쳤다. "일어나! 일어나라고!"

"일어나! 일어나라고!" 카를이 아침에 눈을 뜨자마자 로빈슨이 소리쳤다. 아직 문의 커튼은 걷히지 않았다. 하지만 틈새로 고르게 들어오는 햇살을 보면 벌써 오전 몇 시쯤인지 알 수 있었다. 로빈슨은 때로는 수건을, 때로는 물통을, 때로는 세탁물과 옷가지를 들고 걱정스러운 눈길로 이리저리 허둥대고 있었다.

그는 카를의 옆을 지나칠 때마다 고개를 끄덕이며 일어나라고 줄곧 성화를 부렸다. 마침 손에 들고 있던 물건을 들어 올리며 오늘 카를을 위해 마지막으로 자신이 애쓰는 모습을 보여 주었다. 물론 카를은 첫날 아침이라 할 일에 대한 세세한 사항을 아무것도 이해할 수 없었다.

하지만 카를은 로빈슨이 실제로 누구를 시중드는지 곧 알게 되었다. 두 개의 상자로 다른 방과 분리된 공간에서 — 카를이 지금껏 보지 못한

공간이었다 — 누군가가 몸을 씻고 있었다. 브루넬다의
머리가 보였고, 목이 드러나 있었다 — 머리카락은
바로 얼굴 쪽으로 드리워져 있었다 — 그리고 목덜미의
뼈마디가 상자 위로 튀어나왔다. 이따금 들라마르슈는
손을 들어 목욕용 스펀지로 이리저리 물을 뿜으며
브루넬다의 몸을 씻고 문질렀다. 들라마르슈가 로빈슨에게
간단히 지시하는 소리가 들렸다. 그는 이제 그 공간으로
통하던 원래 출입구로 물건을 건네지 않고 상자와 병풍
사이에 난 작은 틈을 이용해야 했다. 게다가 손을 내밀
때마다 팔을 쭉 뻗은 채 얼굴을 돌리고 있어야 했다.

"수건! 수건을 달라고!" 들라마르슈가 소리쳤다.
테이블 아래에서 다른 무언가를 찾고 있던 로빈슨이
이 지시에 깜짝 놀랐다. 그가 테이블 아래에서 고개를
빼내자마자 이런 소리가 들렸다. "물은 어디에 있나,
빌어먹을!" 상자 위로 꼿꼿이 세운 들라마르슈의 분노한
얼굴이 나왔다. 카를이 생각하기에 보통 씻고 옷 입는 데
한 번만 필요한 모든 것을 여기서는 가능한 모든 순서로
몇 번이나 요구하고 가져왔다. 작은 전기난로에는 물을
데우기 위해 늘 대야가 놓여 있었다. 로빈슨은 넓게 벌린
다리 사이로 끙끙대며 무거운 짐을 몇 번이고 목욕간까지
날랐다. 그는 명령받은 일을 늘 그대로 이행할 수는 없었다.
한번은 다시 수건을 갖다 달라는 부탁을 받았다. 그는 방

가운데에 있는 큰 침대에서 셔츠를 집어 들고 공처럼 둘둘 말아 상자 너머로 던졌다. 일이 잔뜩 밀렸을 때는 이런 일도 충분히 이해할 수 있었다.

그러나 들라마르슈 역시 힘들게 일해야 했다. 그가 로빈슨에게 그토록 화를 낸 것은 — 그는 화가 나면 로빈슨을 대놓고 무시했다 — 자신이 브루넬다를 만족시킬 수 없었기 때문이다. "아!" 그녀가 고함을 질렀다. 그러자 그동안 신경 쓰지 않고 있던 카를조차 놀라 움찔했다. "왜 이렇게 아프게 하는 거야! 저리 가라고! 이렇게 고통받으니 차라리 직접 씻겠어! 이제 다시 팔을 들 수조차 없잖아. 그런 식으로 누르면 아주 기분 나쁘단 말이야. 등에 완전히 시퍼런 멍이 들었나 봐. 물론 내게 아무 말 안 하겠지. 잠깐, 로빈슨이나 우리 꼬마한테 봐 달라야겠어. 아니야, 그러지 않겠어. 좀 더 살살 해 줘. 조심해서, 들라마르슈. 매일 아침 같은 말을 되풀이하잖아. 도무지 조심성이 없어. — 로빈슨!" 그런 다음 그녀는 갑자기 소리치면서 레이스 달린 팬티를 머리 위로 흔들었다. "이리 와서 날 도와줘. 내가 어떻게 고통받는지 보라고. 이렇게 고문하면서 몸을 씻겨 준다는 거야. 이 들라마르슈가 말이야! 로빈슨, 로빈슨, 어디 있지, 너도 동정심이 없는 거야?" 카를은 로빈슨에게 말없이 손가락으로 가 보는 게 좋겠다는 신호를 보냈다. 하지만 로빈슨은 눈을 내리깔고 차분히 고개를 저었다. 그는 사정을 더 잘 알고 있었다. "무슨 당치도 않은 생각을 하는 거야?" 로빈슨은 말하면서 카를의 귀 쪽으로 몸을 기울였다. "그 말은 그런 뜻이 아니야. 딱 한 번 그쪽으로 간 적이 있는데 다시는 안 갈 거야. 그때 두 사람은 나를 붙잡고 욕조에 집어넣었어. 하마터면 익사할 뻔했어. 그 후 며칠 동안 브루넬다는 나를 철면피하다고 비난했어. 하지만 몇 번이나 자꾸 말했어. '넌 내 욕실에 들어오지 않은 지 오래되었어.' 또는 이렇게 말했어. '언제 다시 욕실에 든 나를 보러 올 거야?' 내가 무릎 꿇고 여러 번 빌어서야 그녀는 말을 멈췄어. 나로서는 잊을 수 없는 일이지."

로빈슨이 이 이야기를 하는 동안 브루넬다는 계속 소리쳤다. "로빈슨! 로빈슨! 이 로빈슨 대체 어디 있는 거야!"

그러나 아무도 그녀를 도와주러 가지 않았고 대답조차 하지 않았다. — 로빈슨은 카를 옆에 와서 앉았고, 두 사람은 브루넬다나 들라마르슈의 머리가 가끔 위에 나타나는 상자를 말없이 바라보았다 — 그럼에도 브루넬다는 큰 소리로 들라마르슈에 대한 불평을 멈추지 않았다. "그런데 들라마르슈!" 그녀가 소리쳤다. "이젠 나를 씻겨 주는 느낌조차 없어. 스펀지는 어디 있지? 그러니 좀 꼭 쥐고 있어! 내가 등을 굽힐 수만 있다면, 몸을 움직일 수만 있다면! 어떻게 씻겨 주는지 보여 줄 텐데. 내 소녀 시절은 어디로 가 버렸지? 그때 난 부모님 농장 저 건너편 콜로라도강에서 아침마다 수영했어. 난 내 친구들 중 제일 날쌨어. 그런데 지금은! 언제 나를 제대로 씻겨 주는 법을 배울 거야, 들라마르슈? 자긴 스펀지를 이리저리 흔들며 나름 애쓰지만 난 아무런 느낌이 없어. 내가 상처 나게 짓눌러서는 안 된다고 한 말이 내가 멀뚱히 서서 감기 걸리겠다는 뜻은 아니야. 자긴 내가 욕조에서 뛰쳐나가 이대로 내달리는 모습을 보게 될 거야!"

하지만 그녀는 이 위협을 실행에 옮기지는 않았다. ― 애초에 결코 할 수도 없었으리라 ― 들라마르슈는 감기 들까 봐 그녀를 붙잡고 욕조에 밀어 넣은 것 같았다. 큰 물체가 물속으로 첨벙 들어가는 소리가 났다.

"자기는 말이야, 들라마르슈." 브루넬다가 좀 더 나직이 말했다. "무언가 잘못했을 때면 비위를 맞추려 해, 번번이 그래." 그러고는 잠시 침묵이 흘렀다. "지금 그가 그녀에게 입 맞추고 있어." 로빈슨은 말하면서 눈썹을 치켜올렸다.

"이젠 무슨 일을 하지?" 카를이 물었다. 일단 이곳에 머물기로 결심한 이상 그는 자신이 해야 할 일을 곧바로 할 생각이었다. 대답하지 않는 로빈슨을 긴 소파 위에 혼자

내버려 두고 그는 잠자는 사람의 무게로 밤새도록 눌려
있던 커다란 침상을 분해한 다음 이 덩어리를 하나하나
가지런히 한데 쌓아 놓았다. 아마 몇 주 동안 이런 일이
일어나지 않았을 것이다.

"이것 좀 봐, 들라마르슈." 그때 브루넬다가 말했다.
"저들이 우리 침대를 찌그러뜨릴 모양이야. 모든 경우를
생각해 봐야 해. 결코 방심해서는 안 돼. 저 두 사람을
좀 더 엄격히 대해야 해. 안 그러면 제멋대로 할 거야."
"저건 보나 마나 일을 하려는 빌어먹을 꼬마의 열성
탓이야!" 들라마르슈가 외쳤다. 그는 분명코 목욕간에서
뛰쳐나오려고 했다. 카를은 손에 든 것을 이미 모두
내던졌다. 하지만 다행히 브루넬다가 말했다. "가지 마,
들라마르슈, 가면 안 돼. 아, 물이 어찌나 뜨거운지 몸이
너무 노곤해져. 내 곁에 있어 줘, 들라마르슈." 그제야
카를은 상자 뒤에서 수증기가 끊임없이 솟아오르는 것을
알아차렸다.

로빈슨은 카를이 무슨 나쁜 짓을 한 것처럼 깜짝
놀라 뺨에 손을 댔다. "모든 걸 원래 상태 그대로 둬!"
들라마르슈의 목소리가 울려 퍼졌다. "너희는 브루넬다가
목욕 후 한 시간 동안 쉬는 걸 몰라? 집안 살림이 엉망이야!
두고 봐, 너희를 가만두지 않을 테니! 로빈슨, 또 꿈꾸고
있는 모양이군! 일어나는 모든 일은 네 책임이야, 오직

네 책임이야. 넌 그 아이를 잘 다루어야 해. 여기서는 그 애 생각대로 살림을 꾸려 나가지 않아. 우리가 무언가를 원할 때는 너희에게서 아무것도 얻을 수 없고, 아무 할 일이 없을 때 너희는 부지런하게 군단 말이야. 어딘가에 숨었다가 필요할 때까지 기다리고 있어!"

그러나 이 모든 것이 곧 잊히고 말았다. 브루넬다가 뜨거운 물에 잠긴 듯 무척 나른한 목소리로 속삭였기 때문이다. "향수! 향수를 가져와!" "향수!" 하고 들라마르슈가 큰 소리로 외쳤다. "가만있지 말고 움직여!" 그렇다, 하지만 향수가 어디 있었지? 카를은 로빈슨을 쳐다보았고, 로빈슨은 카를을 쳐다보았다. 카를은 여기서 모든 일을 혼자 떠맡아야 한다는 사실을 깨달았다. 로빈슨은 향수가 어디에 있는지 전혀 알지 못했다. 그는 그냥 바닥에 누워 두 팔로 긴 소파 아래에서 이리저리 계속 휘저었지만 먼지와 여자 머리카락만 뒤엉키게 할 뿐이었다. 카를은 먼저 문 바로 옆에 있는 세면대로 서둘러 갔다. 하지만 서랍에는 오래된 영국 소설, 잡지와 노트뿐이었다. 그리고 서랍이 온갖 물건들로 꽉꽉 차서 한번 열면 닫을 수 없을 정도였다. 그사이 브루넬다는 "향수." 하고 탄식했다. "왜 이리 오래 걸리는 거야! 오늘 중으로 향수를 받을 수 있을지 모르겠어!" 브루넬다의 조바심에 카를은 당연히 어디서도 꼼꼼히 찾아볼 수 없었다. 그는 피상적인 첫인상에 의존하는 수밖에 없었다. 세면대의 화장 도구 상자에는 향수병이 없었고, 세면대에는 약과 연고가 든 오래된 작은 병만 있었다. 다른 모든 것은 이미 목욕간으로 옮겨졌다. 어쩌면 식탁 서랍에 들었을지도 모른다. 그러나 식탁으로 가는 도중 — 카를은 다른 생각은 하지 않고 오직 향수 생각만 했다 — 로빈슨과 심하게 부딪쳤다. 그는 결국 긴 소파 밑에서 찾는 것을 포기하고 향수가 있는 곳을 어렴풋이 예감하며 카를 쪽으로 마구 달려가던 참이었다. 머리끼리 부딪치는 소리가 또렷이 들렸다. 카를은 그대로 잠자코 있었다. 로빈슨은 달리기를 멈추지 않았으나 고통을 덜기 위해 계속 고래고래 소리를 질러댔다.

"저들은 향수를 찾는 대신 싸움박질을 하고 있어." 브루넬다가 말했다. "난 이 집안 꼴에 병이 나겠어, 들라마르슈, 이러다간 틀림없이 자기 품에 안겨 죽게 될 거야. 난 향수가 있어야 해." 그런 다음 벌떡 몸을 일으키며 소리쳤다. "무슨 수를 써서라도 향수를 받아야겠어!" "향수를 가져올 때까지 욕조에서 나가지 않고 저녁때까지 이곳에 그대로 있을 거야." 그리고 주먹으로 물을 내리쳤고, 그러자 물 튕기는 소리가 들렸다.

하지만 식탁 서랍에도 향수는 없었다. 낡은 분첩, 화장품 통, 머리빗, 곱슬곱슬한 머리카락과 같은 브루넬다의 화장용품과 엉클어지고 서로 달라붙은 자질구레한 물건들만 있을 뿐 향수는 없었다. 로빈슨은 여전히 고함을 지르며 구석에 거의 100개 정도는 쌓인 작은 상자와 갑들을 하나씩 열어 보며 샅샅이 뒤졌다. 그러는 와중에 대부분 재봉 도구와 서류인 내용물의 절반이 번번이 바닥에 떨어져 그대로 나뒹굴었다. 이러는 로빈슨도 아무것도 찾지 못했다. 그는 고개를 가로젓고 어깨를 으쓱하며 이따금 카를에게 암시하기도 했다.

그때 들라마르슈가 속옷 차림으로 목욕간에서 튀어나왔는데 그사이 브루넬다가 경련하듯 울부짖는 소리가 들렸다. 카를과 로빈슨은 향수 찾기를 멈추고 들라마르슈를 바라보았다. 그는 온몸이 흠뻑 젖어 얼굴과 머리카락에서도 물이 흘러내렸다. 들라마르슈가 크게 소리쳤다. "이제 어서 찾기 시작해야지!" — 그는 먼저 카를에게 "여기!" 하면서 찾아보라고 지시했고, 이어서 로빈슨에게 "저기!"라고 지시했다. 카를은 하라는 대로 찾아보았고, 로빈슨이 명령받고 찾은 곳들도 다시 확인해 보았지만 더 열심히 찾으며 들라마르슈를 곁눈질하는 로빈슨과 마찬가지로 향수를 발견하지는 못했다. 들라마르슈는 발 닿는 데까지 방 안을 쿵쾅거리며 이리저리 돌아다녔다. 그는 로빈슨뿐 아니라 카를도 흠씬 두들겨 패고 싶은 심정이었을 것이다.

"들라마르슈!" 브루넬다가 외쳤다. "이리 와서 최소한 물기라도 닦아 줘야지! 그 둘은 향수는 못 찾고 모든 걸 어질러 놓기만 하잖아. 찾는 걸 즉시 멈추게 해. 당장 말이야! 그리고 손에 든 걸 모두 내려놓으라고 해! 더 이상 아무것도 건드리지 못하게 해! 저들은 우리 집을 돼지우리로 만들고 싶은 모양이야. 들라마르슈, 멈추지 않으면 멱살을 잡으라고! 그런데 그들이 여전히 일하고 있잖아. 방금 작은 상자 하나가 떨어졌어. 그걸 집어 들지 말고 전부 그냥 놔두고 방에서 나가라고 해! 그들이 나가면 문을 닫고 나한테 와 줘. 하도 물속에 오래 있었더니 다리가 너무 차가워졌어."

"금방 갈게, 브루넬다, 금방!" 들라마르슈는 외치면서 카를과 로빈슨을 급히 문 쪽으로 데려갔다. 그러나 그들을 내보내기 전에 아침 식사를 가져오고, 가능하다면 브루넬다에게 줄 고급 향수를 누구에게서든 빌려 오라고 명령했다.

"너희 집은 엉망이고 지저분하군." 카를이 바깥 복도에서 말했다. "아침 식사를 가지고 돌아오는 즉시 정리를 시작해야겠어."

"내가 이렇게 고통스럽지 않다면!" 로빈슨이 말했다. "이런 대우를 받다니!" 로빈슨은 브루넬다가 몇 달 동안 그녀를 시중든 자신과 어제 갓 들어온 카를을 전혀 구별하지 않는 것에 확실히 기분이 상해 있었다. 하지만 그는 더 나은 대우를 받을 자격이 없었다. "넌 정신을 좀 차려야 해." 카를이 말했다. 그러나 그를 완전히 절망에 빠뜨리지는 않기 위해 덧붙였다. "한 번만 하면 되는 일일 거야. 내가 상자 뒤에 네 잠자리를 마련해 줄게. 일단 모든 게 조금 정리되면 온종일 거기에 누워 있을 수 있어. 아무것도 신경 쓰지 않아도 되고 곧 건강해질 거야."

"이제 내 상태가 어떤지 너도 알겠지." 로빈슨은 말하면서 카를에게서 얼굴을 돌려 혼자서 제 고통을 감내하려고 했다. "하지만 그들이 내가 조용히 누워 있게 해 줄까?"

"네가 원한다면 내가 직접 들라마르슈와 브루넬다에게 얘기해 줄게."

"대체 브루넬다가 사정을 봐줄까?" 로빈슨이 큰 소리로 외치고 카를이 미처 대비할 새도 없이 그들이 방금 들어온 문을 주먹으로 밀쳐 열었다.

그들은 부엌으로 들어갔다. 수리가 필요해 보이는 부엌 아궁이에서 검은 연기가 마치 작은 구름처럼 피어올랐다. 아궁이 문 앞에 어제 카를이 복도에서 본 여자 중 한 명이 무릎을 꿇고 맨손으로 커다란 석탄 조각을 불에 넣고 요리조리 살펴보고 있었다. 그러면서 노파로서는 불편한 무릎 꿇은 자세로 한숨을 쉬었다.

"당연히 또 성가신 일을 갖고 왔겠지." 그녀가 로빈슨을 보며 말했다. 그러고는 석탄 상자에 손을 짚고 힘겹게 일어나 앞치마로 손잡이를 감싸 쥐고 아궁이 문을 닫았다. "지금 오후 4시인데." — 카를은 부엌 시계를 놀란 시선으로 바라보았다. "이제야 아침을 먹겠다는 거야? 불한당들! — 앉거라." 그녀가 말했다. "그리고 내가 너희를 위해 시간을 낼 수 있을 때까지 기다려라."

로빈슨은 카를을 문 근처의 작은 의자로 끌어 앉히고 속삭였다. "노파 말대로 따라야 해. 우린 그녀에게 의존하고 있어. 우린 그녀에게서 방을 빌렸고, 그녀는 당연히 언제든 해약 통지를 할 수 있어. 하지만 우리는 집을 옮길 수도 없어. 그 모든 물건을 어떻게 다시 나르겠어? 무엇보다도 브루넬다는 도저히 옮길 수 없어."

"여기 복도에 다른 방은 얻을 수 없어?" 카를이 물었다.

"아무도 우리를 받아 주지 않을 거야." 로빈슨이 대답했다. "건물 전체에서 우리를 받아 줄 사람은 아무도 없을 거야."

이렇게 그들은 작은 의자에 조용히 앉아 기다렸다. 노파는 두 개의 테이블과 빨래통과 아궁이 사이를 줄곧 이리저리 뛰어다녔다. 넋두리를 들어 보면 딸의 몸이 좋지 않아서 세입자들 서른 명을 시중들고 먹이는 모든 일을 노파 혼자 해야 했다. 더욱이 화덕에 문제가 있어서 식사가 제대로 준비되지 않았다. 커다란 냄비 두 개에 걸쭉한 수프를 끓이고 있었다. 노파가 국자로 아무리 자주 살펴보고 높이 떠서 흘러 보아도 수프가 뜻대로 되지 않았다. 틀림없이 불이 시원치 않아서인 것 같았다. 그녀는 아궁이 앞 바닥에 거의 앉다시피 하고 이글거리며 타오르는 석탄 속을 부지깽이로 이리저리 휘저었다. 부엌을 가득 채운 연기 때문에 기침을 했다. 때로는 기침이 너무 심해져서 의자를 붙잡고 몇 분 동안 계속 기침만 해 댔다. 그녀는 시간도 없고 그럴 기분도 나지 않아 오늘 아침은 더 이상 제공하지 않겠다고 여러 번 말했다. 카를과 로빈슨은 한편으로 아침 식사를 가져오라는 분부를 받았지만 다른 한편으로는 아침 식사를 억지로 받아 낼 가능성이 없었으므로 아무 대꾸도 하지 않고 이전처럼 조용히 앉아 있었다.

온 사방에, 안락의자와 발판 위, 테이블 위아래, 심지어 구석의 지면에까지 세입자들의 씻지 않은 아침 식사 그릇이 놓여 있었다. 커피나 우유가 아직 조금 들었을지도 모르는 작은 주전자가 있었고, 접시 몇 개에는 먹다 남은 버터가 아직 놓여 있었다. 넘어진 큰 깡통에서 비스킷이 잔뜩 쏟아졌다. 이것들만 쓸어 담아도 아침 식사를 차릴 것 같았다. 이 음식을 어디서 가져왔는지 브루넬다가 알지 못한다면 조금의 트집도 잡지 못할 것이다. 카를이 그런 생각을 하며 시계를 쳐다보니 여기서 기다린 지 이미 삼십 분이나 되었다. 어쩌면 브루넬다는 분노해서 하인들을 몰아치라고 들라마르슈를 부추기고 있을지도 몰랐다. 바로 그때 노파는 기침을 멈추고 소리쳤다. ─ 기침하는 동안 카를을 빤히 쳐다보았다 ─ "너희가 여기에 앉아 있는 건 상관없지만 아침 식사는 받아 가지 못해. 그러나 두 시간 뒤에 저녁 식사는 받을 수 있을 거야."

"이리 와, 로빈슨." 카를이 말했다. "우리가 직접 아침 식사를 마련하는 게 어때." "어떻게?" 노파가 고개를 갸웃하며 소리쳤다. "제발 정신 좀 똑바로 차리세요." 카를이 말했다. "대체 왜 우리에게 아침을 안 주려는 거죠? 벌써 삼십 분이나 기다리고 있어요. 이미 기다릴 만큼 기다렸다고요. 식사 대금을 다 치릅니다. 확실히 다른 누구보다도 더 많이 치를 겁니다. 이렇게 아침을 너무 늦게 먹는 것은 확실히 당신에게 성가시겠지요. 하지만 우리는 당신의 세입자이고, 아침을 늦게 먹는 습관이 있어요. 그러니 우리를 위해 약간이나마 차려 줘야 합니다. 오늘은 물론 딸이 아파서 특히 어려울 겁니다. 그런데 달리 방법이 없고 우리에게 신선한 음식을 주지 않겠다면 여기 먹다 남은 음식으로 아침 식사를 다시 차릴 용의가 있어요."

그러나 노파는 누구와도 우호적인 대화를 나누고 싶지 않았다. 그녀는 일반적인 아침 식사의 남은 음식도 이 세입자들에게는 너무 과분하다고 생각했다. 그러나 다른 한편으로 두 하인의 집요함에 이미 질렸다. 그래서 쟁반 하나를 집어 들고 그것으로 로빈슨의 몸을 쿡 찔렀다. 그는 여자가 골라 주는 음식을 받기 위해 쟁반을 들고 있어야 한다는 사실을 잠시 후에야 깨닫고 엄살떠는 표정을 지었다. 그녀가 부랴부랴 쟁반에 음식을 가득 쌓아 올렸는데 전부 새로 제공할 아침 식사 같다기보다는 오히려 지저분한 식기 더미처럼 보였다. 노파가 그들을 밀어내는 동안 욕설을 듣거나 얻어맞을까 봐 그들은 허리를 굽히고 급히 문 쪽으로 갔다. 그사이 카를은 로빈슨이 들고 있으면 안전하지 않을 것 같아서 로빈슨의 손에서 쟁반을 빼앗았다.

    카를은 집주인의 문에서 충분히 멀리 떨어진 뒤 복도에서 쟁반을 들고 바닥에 앉았다. 무엇보다 쟁반을 깨끗이 닦고 짝을 이루는 것끼리 한데 모으기 위해서였다. 우유를 한곳에 붓고, 먹다 남은 여러 가지 버터를 접시에 긁어 냈다. 그러고는 먹다 남은 흔적을 모두 없애기 위해 나이프와 숟가락을 깨끗이 닦고, 베어 문 빵을 반듯이 잘라서 전체 모양을 더 좋게 만들었다. 로빈슨은 불필요한 짓이라 여기며 전에는 아침 식사가 종종 훨씬 더 좋지 않아 보였다고 주장했지만 카를은 굴하지 않았다. 그는 로빈슨이 더러운 손가락으로 이 일에 끼어들려고 하지

않아서 기뻤다. 로빈슨이 가만히 있도록 카를은 즉시
비스킷 몇 개와 전에는 초콜릿이 가득 담겨 있던 작은 통에
잔뜩 붙은 찌꺼기를 그의 말대로 딱 한 번 주었다.

    집 앞에 다다라 로빈슨이 별다른 생각 없이 손잡이에
손을 대자 카를은 만류했다. 들어가도 좋은지 확실하지
않아서였다. "하지만 괜찮아." 로빈슨이 말했다. "지금
그는 그녀의 머리를 손질하고 있을 뿐이야." 그리고
실제로 그랬다. 여전히 환기되지 않고 커튼이 쳐진 방에서
브루넬다가 안락의자에 다리를 벌리고 앉아 있었다. 그
뒤에 선 들라마르슈는 얼굴을 잔뜩 숙인 채 몹시 헝클어진
짧은 머리카락을 빗겨 주었다. 브루넬다는 다시 매우
헐렁한 드레스를 입고 있었다. 다만 이번에는 연한 장미색
드레스로 어제보다 옷이 조금 더 짧아 보였다. 적어도
거의 무릎까지 올라오는 거칠게 짠 흰색 스타킹이 보였다.
빗질이 오래 걸리자 조바심 난 브루넬다는 두툼한 붉은
혀를 입술 사이로 이리저리 움직였다. 때로는 심지어
"아이참, 들라마르슈!"라고 외치며 들라마르슈로부터
완전히 머리를 떼어 내기도 했다. 하지만 그는 그녀가 다시
고개를 뒤로 젖힐 때까지 빗을 들고 조용히 기다렸다.

    "참 오래도 걸렸네." 브루넬다가 모두에게 말했다.
특히 카를에게는 이렇게 말했다. "다른 사람의 마음에
들기를 바란다면 넌 좀 더 민첩해져야겠어. 게으르고

게걸스러운 로빈슨을 본보기로 삼아서는 안 돼. 너희는 이미 어디선가 아침을 먹었겠지. 다음에 또 그러면 가만두지 않을 거야."

당치도 않은 말이었다. 로빈슨도 고개를 가로저었고, 물론 소리는 내지 않고 입술을 달싹거렸다. 그렇지만 카를은 주인에게 영향을 미치려면 의심할 여지 없이 일하는 모습을 보여 주는 것뿐임을 깨달았다. 그래서 낮은 일본식 테이블을 구석에서 꺼내 천으로 덮고 그 위에 가져온 음식들을 올려놓았다. 아침 식사를 어떻게 마련했는지 본 사람이라면 전체 모습에 만족할 테지만 그러지 않은 경우 카를이 스스로에게 말했듯이 여기저기 트집 잡을 데가 적지 않았다.

다행히 브루넬다는 허기졌다. 카를이 모든 것을 준비하는 동안 그녀는 흡족한 듯 고개를 끄덕였고, 가끔 참지 못하고 그를 방해했다. 말하자면 부드럽고 살진, 모든 걸 곧바로 으깨 버릴 듯한 손으로 음식을 집어 들고 한 입 베어 물곤 했다. "아주 잘했네." 그녀는 입맛을 다시며 말했다. 그리고 이따가 사용하려고 빗을 그녀의 머리에 꽂아 둔 들라마르슈를 자기 옆 안락의자로 끌어당겼다. 들라마르슈도 음식을 보자 친절해졌다. 둘 다 몹시 배가 고팠던지 조금만 식탁 위로 손을 이리저리 분주히 움직였다. 카를은 이들을 충족시키려면 늘 되도록 많이 가져와야 한다는 것을 깨달았다. 그리고 주방 바닥에 아직 먹을 만한 여러 가지 식품을 내버려 둔 것을 떠올리며 말했다. "처음이라 모든 걸 어떻게 차려야 할지 잘 몰랐는데 다음번에는 더 잘할 겁니다." 하지만 말을 하면서도 자신이 누구한테 말하는지를 기억에 새겼다. 그는 그 일 자체에 너무 사로잡혀 있었다. 브루넬다는 들라마르슈에게 흡족한 표정으로 고개를 끄덕이며 카를에게 보상으로 비스킷을 한 움큼 건네주었다.

미완성 단편

카프카의 미완성 단편도 여전히 여가수의 영향권에 있는 카를의 힘든 삶을 다룬다. 카프카 연구에서 오클라호마 극장에 대한 평가는 주인공의 구원과 치명적인 종말 사이를 오간다. 막스 브로트는 카프카가 이 작품의 결론을 해피엔드로, 즉 카를이 극장에 채용되고 양친과 만나는 것으로 끝내려 한 것으로 추측한다. 그러나 오클라호마 극장의 유토피아적 성격은 미심쩍다. 여기에서 카를은 위기에 처했다가 구원되고, 또다시 새로운 위기에 빠지는 상황을 반복한다. 누구나 환영한다는 모집 벽보 내용은 현실에서는 불가능하고, 환상이나 꿈의 세계에서나 있을 법하다. 카를은 오클라호마 극장으로 가는 기차 여행 중 시계(視界)에서 사라져 실종된다. 1915년 9월 30일 자 카프카의 일기에 따르면 카를 로스만은 『소송』의 주인공 요제프 K와 비슷한 죽음의 위협을 받는다. "로스만과 K, 죄 없는 자와 죄 있는 자는 결국 둘 다 똑같이 처벌받아 죽임을 당한다. 죄 없는 자는 보다 손쉽게, 때려눕혀지기보다는 옆으로 밀쳐지는 식으로." 따라서 『실종자』는 해피엔드로 끝날 수 있는 작품은 아니며, 제목에서 보듯 미국 산업 사회에서 실종된다고 해석하는 것이 옳을 것이다. 소설에서는 특히 동유럽 유대인 이주민들의 힘든 삶의 모습이 그려진다. 실제로 카프카의 사촌들인 오토, 프란츠, 에밀이 미국으로 이민을 갔고, 카프카는 이들과 편지를 주고받았는데 이는 『실종자』를 구상하는 한 계기가 되었을지도 모른다. 카를의 몰락과 이러한 이미지의 배후에는 알 수 없는 공포가 어른거린다. 카프카의 이러한 부정적 현실 인식은 110년 전이나 지금이나 근본적인 의미에서는 크게 달라지지 않았음을 역설적으로 보여준다. 1911-14년 집필, 1927년 출간.

미완성 단편

1 브루넬다의 출발

2 카를은 어느 길모퉁이에서 벽보를 보았다

3 그들은 이틀 밤낮을 달렸다

1 브루넬다의 출발[1]

어느 날 아침 카를은 브루넬다를 태운 환자 운반용 수레를 대문 밖으로 밀고 나갔다. 그가 기대한 만큼 그리 이른 시각은 아니었다. 그들은 골목에서 사람들의 이목을 끌지 않으려고 밤에 이동하기로 합의했다. 브루넬다가 커다란 회색 목도리로 아무리 적당히 몸을 가린다 한들 낮에는 남의 눈에 띌 수밖에 없었다. 그러나 옆집 대학생이 기꺼이 함께 거들어 주었는데도 계단으로 옮기는 데 너무 오래 걸렸다. 이 기회에 드러났듯이 대학생은 카를보다 훨씬 약했다. 브루넬다는 매우 씩씩하게 견디며 한숨을 거의 쉬지 않았고, 카를과 대학생이 쉽게 옮길 수 있도록 갖은 방법으로 협조해 주었다. 그러나 그들은 자신들과 그녀에게 필요한 휴식 시간을 주기 위해 다섯 계단마다

---

1 이 장은 카프카가 제목을 달아 놓았다.

그녀를 내려놓지 않을 수 없었다.

    시원한 아침이었다. 복도에는 지하실처럼 차가운 바람이 불었다. 카를과 대학생은 땀에 흠뻑 젖어 있었다. 그들은 쉬는 동안 얼굴을 닦기 위해 각자 브루넬다가 친절하게 건네준 천의 한쪽 끄트머리를 잡아야 했다. 그래서 저녁부터 이미 작은 수레가 대기하고 있던 아래까지 내려오는 데 두 시간이나 걸렸다. 브루넬다를 들어 올려 수레에 태우는 일도 그리 만만치 않았지만 그런 다음에는 모든 일이 성공을 거둔 것이나 마찬가지였다. 왜냐하면 바퀴가 높아서 수레 밀기가 어렵지 않았기 때문이다. 브루넬다를 실은 수레가 망가질지도 모른다는 우려만 남았다. 예비 수레를 가지고 다닐 수 없으니 이 위험은 물론 스스로 감수해야 했다. 대학생은 반쯤 농담조로 예비 수레를 준비해서 끌고 가겠다고 자청했다. 이제 대학생과의 작별 순간이 되었는데 심지어 무척이나 진심이 담긴 작별이었다. 브루넬다와 대학생 사이의 불화는 다 잊힌 듯했다. 그는 전에 브루넬다가 아팠을 때 그녀를 모욕한 일에 대해 심지어 용서를 구했지만 브루넬다는 모든 일은 진작 잊었고 보상받은 것 이상이라고 말했다.

    마지막으로 그녀는 여러 겹으로 껴입은 치마들 속에서 힘들게 찾아낸 1달러를 자신에 대한 기념으로 부디 받아 달라고 대학생에게 부탁했다. 평소 인색하기로 유명한 브루넬다로서는 무척 뜻깊은 선물이었다. 대학생도 그 선물을 정말 크게 기뻐하며 동전을 공중으로 높이 던져 올렸다. 물론 그는 그것을 땅바닥에서 찾아야 했고, 카를은 그를 도와야 했다. 카를은 브루넬다의 수레 밑에서 마침내 동전을 찾았다. 대학생과 카를 사이의 작별은 물론 훨씬 더 간단했다. 서로 악수만 교환했고, 어쩌면 언젠가 다시 서로 만날 거라는 확신, 그리고 그들 중 적어도 한 명이 — 대학생은 카를이 그렇게 되리라고 주장했다 — 지금껏 유감스럽게도 아직 이루지 못한 칭찬할 만한 무언가를 성취할 것이라는 확신을 표명했다. 그런 다음 카를은 기분 좋게 수레 손잡이를 잡고 문밖으로 밀고 갔다. 대학생은 그들이 눈에 보이지 않을 때까지 오랫동안 전송하며 손수건을 흔들었다. 카를은 가끔 고개를 돌려 인사하며 고개를 끄덕였다. 브루넬다도 고개를 돌려 보고 싶었을 테지만 그녀에게 너무 힘든 동작이었다. 그녀가 또 한 번 마지막 작별 인사를 할 수 있도록 카를은 거리가 끝나는 지점에서 수레를 한 바퀴 돌렸다. 그래서 브루넬다도 대학생을 볼 수 있었고, 대학생은 이 기회를 이용해 더욱 열심히 손수건을 흔들었다.

하지만 카를은 더 이상 꾸물거려서는 안 되며, 갈

길이 너무 멀고 원래 예정했던 시간보다 훨씬 늦게 출발한 것이라고 말했다. 실제로 이미 여기저기서 차량들, 그리고 매우 드문드문 보이기는 했지만 일하러 가는 사람들이 눈에 띄었다. 카를은 자신의 발언으로 실제로 말한 것 이상을 말하려던 것은 아니었지만 브루넬다는 섬세한 감각으로 그 말을 달리 받아들여 회색 천으로 자기 몸을 꽁꽁 감추었다. 카를은 아무런 이의를 제기하지 않았다. 회색 천으로 덮인 손수레는 눈에 확 띄었지만 브루넬다가 그대로 노출되었을 경우보다는 비교할 수 없을 만치 덜 눈에 띄었다. 그는 매우 조심조심 수레를 밀었다. 그는 모퉁이를 돌기 전에 다음 길을 살펴보았다. 그뿐 아니라 필요하다고 생각되면 수레를 세워 두고 혼자 몇 걸음 앞서가기도 했다. 혹시 어떤 불편한 만남이 예상되면 피할 수 있을 때까지 기다리거나 심지어 완전히 다른 길을 선택하기도 했다. 그런 경우도 가능한 모든 경로를 미리 꼼꼼히 조사해 두었으므로 많이 돌아가야 하는 위험한 일은 발생하지 않았다. 물론 우려할 만한 장애물이 나타나기도 했지만 그런 것까지 일일이 예측할 수는 없었다. 어느 거리에서 경찰관 한 명이 불쑥 나타났다. 멀리까지 내다보이는 약간 오르막길에서였다. 다행히도 길은 텅 비어 있었다. —— 카를은 특히 신속히 움직여 그 이점을 이용하려 했다 —— 경찰관은 컴컴한 대문 모퉁이에서 나오더니 세심하게 덮은 수레에 실은 게 무엇인지 물었다. 그는 카를을 엄격한 시선으로 바라보았지만 덮개를 들어 올려 브루넬다의 상기된 겁먹은 얼굴을 보고는 빙긋이 미소 지을 수밖에 없었다.

"어찌 된 건가?" 경찰관이 말했다. "이 안에 감자 열 부대쯤 실은 줄 알았는데 달랑 여인 한 명이라고? 어디 가는 건가? 자네들은 누군가?" 브루넬다는 감히 경찰관을 쳐다볼 엄두를 내지 못하고 카를조차 자신을 구해 줄 수 없으리라는 분명한 의심을 품은 채 카를만 계속 바라보았다. 그러나 카를은 이미 경찰관을 충분히 경험했기 때문에 모든 것이 그다지 위험해 보이지는 않았다. "좀 보여 주세요, 아가씨." 그가 말했다. "당신이 받은 증명서 말입니다." 브루넬다는 "아, 그러지요."라고 말하며 정말 수상스러워 보일 만치 절망적인 표정으로 찾기 시작했다.

"아가씨는……." 경찰관은 의심할 여지 없이 빈정거리듯 말했다. "증명서를 찾지 못할 겁니다." "아, 네." 카를이 침착하게 말했다. "틀림없이 가지고 있지만 어딘가에 잘못 놓아두었을 뿐입니다." 그는 이제 직접 찾기 시작했고, 실제로 브루넬다의 등 뒤에서 그것을 꺼냈다. 경찰관은 그냥 흘낏 쳐다보기만 했다. "그러니까 이게 그것이군요." 경찰관이 미소 지으며 말했다. "이 아가씨가

그런 아가씨라고? 그런데 꼬마 양반, 자네가 알선과 운반을
맡은 건가? 더 나은 일을 찾아볼 수 없겠나?" 카를은 그저
어깨를 으쓱할 뿐이었다. 익히 아는 경찰의 간섭이었다.
"뭐 그럼, 여행 잘하시오." 아무런 대답이 없자 경찰관이
말했다. 경찰관의 말에는 다분히 경멸의 뜻이 담겨 있었다.
그에 대해 카를은 인사도 없이 계속 수레를 밀고 갔다.
그가 생각하기에는 경찰관의 관심을 받느니 경멸받는 편이
더 나았다.

    그런 직후 카를은 더 언짢다고 할 만한 일을 겪게
되었다. 커다란 우유 통을 실은 수레를 밀고 가는 남자가
접근해 온 것이다. 카를의 수레에 씌운 회색 천 아래에
무엇이 들었는지 몹시 궁금한 눈치였다. 그는 카를과
같은 방향으로 갈 것 같지 않았다. 카를이 갑자기 엉뚱한
방향으로 길을 바꾸었는데도 그는 카를의 옆을 떠나지
않았다. 처음에 그는 예컨대 "짐이 무거운가 봐요!" 또는
"짐을 잘못 실었으니 위에서 뭐가 굴러떨어질 겁니다!"라고
외치는 데 만족했다. 하지만 조금 있다가 대놓고 물었다.
"천 밑에 뭐가 들었소?" 카를이 대답했다 "그게 당신과
무슨 상관이지요?" 하지만 이 말에 사내의 호기심이
더 커졌기 때문에 카를은 마침내 말했다. "사과입니다."
"그렇게 많은 사과를요!" 남자는 놀라서 말하더니 이

외침을 계속 되풀이했다. "일 년 수확이군요." 그가
말했다. "뭐, 그래요." 카를이 말했다. 하지만 그는 카를의
말을 믿지 않았는지, 그를 화나게 하려고 그랬는지 계속
앞으로 나아가면서 — 이 모든 일은 카를이 수레를
미는 동안 일어났다 — 마치 장난치듯 천을 향해 손을
뻗기 시작하더니 급기야는 감히 천을 잡아당기기까지
했다. 브루넬다의 속이 얼마나 타들어 갔을까! 카를은
그녀를 배려해서 사내와 다투고 싶지 않았다. 그래서
가장 가까이에 있는 열린 대문이 마치 목적지인 양 밀고
들어갔다.

"여기가 우리 집이에요. 동행해 줘서 고마워요."
카를이 말했다. 사내는 놀란 표정으로 대문 앞에 멈춰
서서 할 수 없이 처음 마주치는 안뜰을 태연히 가로질러
가기 시작하는 카를을 물끄러미 바라보았다. 그는 더
이상 의심할 수 없었다. 하지만 제 심술을 마지막으로
충족시키기 위해 수레를 세워 두고 살금살금 카를을
뒤쫓아가 천을 홱 잡아당기는 바람에 하마터면
브루넬다의 얼굴이 드러날 뻔했다.

"사과에 바람을 쐬어 주려는 거요." 그는 말하면서
뒤돌아 달려갔다. 카를은 이제 그 사내한테서 벗어날
수 있었으므로 이런 짓거리도 꾹 참아 넘겼다. 그러고서
수레를 안뜰 구석으로 밀고 갔다. 그곳에 커다란 텅 빈

상자가 몇 개 있었는데 이 상자들을 보호벽 삼아 천 밑의 브루넬다에게 몇 마디 위로의 말을 해 줄 생각이었다. 하지만 그는 오랫동안 그녀를 설득해야만 했다. 그녀가 완전히 눈물범벅이 되어 여기 상자 뒤에 온종일 머물다가 밤이 되어 떠나자고 간곡히 애원했기 때문이다. 아마도 카를 혼자서는 그것이 얼마나 잘못된 생각인지 결코 설득할 수 없었을 것이다. 그러나 이때 상자 더미 저쪽 끝에서 누군가가 빈 상자 하나를 바닥에 던져 텅 빈 안마당이 크게 울릴 정도로 엄청난 소음이 나자 소스라치게 놀란 그녀는 더 이상 감히 입도 뻥긋하지 못하고 천을 확 끌어당겨 뒤집어썼다. 카를이 과감히 결단을 내려 즉시 수레를 밀기 시작했을 때 그녀는 아마도 행복한 심정이었을 것이다.

    거리는 이제 점점 더 활기를 띠었다. 그러나 사람들은 카를이 우려했던 만큼 수레에 그다지 큰 관심을 보이지 않았다. 어쩌면 다른 시간을 택해 운반하는 것이 더 현명했을지도 모른다. 이런 운반이 다시 필요해진다면 카를은 한낮에 감행하는 게 좋겠다고 생각했다. 더 심한 성가신 일을 겪지 않고 그는 마침내 좁고 어두운 골목에 들어섰다. 그곳에 25호 사업장이 있었다. 문밖에는 관리인이 시계를 손에 들고 의심의 눈초리로 흘겨보며 서 있었다.

"자넨 늘 이렇게 시간을 안 지키나?" 그가 물었다. "여러 가지 방해되는 일이 있었어요." 카를이 말했다. "알다시피 그런 일은 늘 있는 법이야." 관리인이 말했다. "하지만 여기 이 집에서는 그런 말이 안 통해. 명심하라고!" 카를은 이런 말을 더 이상 거의 귀담아듣지 않았다. 누구나 제 권력을 이용해서 자기보다 지위가 낮은 사람을 모욕했다. 일단 익숙해지면 그런 것은 규칙적으로 울리는 시계 종소리와 다름없이 들렸다. 그러나 그를 놀라게 한 것은 이제 수레를 밀고 복도로 들어갔을 때 그곳에 만연한 더러움이었다. 물론 예상하지 못한 바는 아니었다. 좀 더 자세히 살펴보면 딱히 더러운 것도 아니었다. 복도의 돌바닥은 깨끗하다시피 청소했고, 벽에 그린 그림은 낡지 않았으며, 인조 야자수에는 약간의 먼지만 묻어 있었다. 그렇지만 모든 것이 기름때가 끼여 역겨움을 주었다. 모든 것을 잘못 사용한 것 같았고, 아무리 깨끗이 청소해도 원래대로 다시 깨끗하게 만들 수 없을 것 같았다. 카를은 어디를 가든 이곳에서 개선할 점이 무엇인지, 어쩌면 끝없이 일해야 하는 것과 상관없이 즉각 손을 대면 얼마나 기쁠지 즐거운 마음으로 생각했다. 그러나 여기서 어떻게 해야 할지 알지 못했다. 그는 브루넬다에게서 천을 천천히 벗겨 냈다. "환영합니다, 아가씨." 관리인이 짐짓 꾸민 듯이 말했다. 브루넬다가 그에게 좋은 인상을 주었다는 것은 의심할 여지가 없었다. 브루넬다는 이 사실을 눈치채자마자 — 카를이 흡족한 기분으로 지켜보았듯이 — 곧바로 이용할 줄 알았다. 이로써 몇 시간의 불안감이 감쪽같이 사라졌다. 그녀는[2]

---

2   원고는 이렇게 미완성인 상태로 남았다.

2 카를은 어느 길모퉁이에서 벽보를 보았다[3]

카를은 어느 길모퉁이에서 다음과 같은 문구가 적힌 벽보를 보았다. "클레이턴에 있는 경마장에서 오늘 아침 6시부터 자정까지 오클라호마 극장 단원을 모집합니다! 오클라호마 대극장이 여러분을 부릅니다! 오늘 단 한 번만 모집합니다! 지금 기회를 놓치는 사람은 영원히 놓치는 겁니다! 미래를 생각하는 사람들은 우리 일원이 될 수 있습니다! 누구나 환영합니다! 예술인이 되려는 사람은 지원하기 바랍니다! 우리 극장은 누구든 적재적소에 채용합니다! 우리와 함께하기로 결심한 사람에게 우리는 바로 이 자리에서 축하드립니다! 하지만 자정까지는 입장할 수 있도록 서둘러 주십시오! 12시가 되면 모든

---

3 막스 브로트 판에서는 '오클라호마 자연 극장'이라는 제목이 붙어 있다.

문이 닫히고 더 이상 열리지 않습니다! 우리 말을 믿지
않는 자는 저주받을지어다! 클레이턴으로 오세요!"

    벽보 앞에 많은 사람이 서 있었지만 큰 호응을 받는
것 같지는 않았다. 벽보가 너무 많았고, 벽보 내용을 믿는
사람이 더 이상 아무도 없었다. 그리고 다른 벽보들도
대개 그렇지만 이 벽보는 다른 벽보보다 더 황당무계했다.
하지만 무엇보다 이 벽보에는 한 가지 큰 결함이 있었는데
보수에 대해 일언반구도 없다는 점이었다. 조금이라도
언급할 만한 액수였다면 벽보에 확실히 명시했을 것이다.
가장 유혹이 될 만한 것을 잊었을 리 없기 때문이다.
예술인이 되려는 사람은 아무도 없다고 해도, 일을 한
보수는 누구든 받으려 하는 법이다.

    그렇지만 카를은 벽보에 크게 유혹받았다. "누구나
환영합니다."라고 적힌 구절이었다. 누구나, 그러므로
카를도 환영받는다. 그가 지금까지 해 온 모든 일은
잊혔다. 그렇다고 그를 비난하려는 사람은 아무도 없을
것이다. 그는 수치스럽지 않은 일, 오히려 공공연히
모집하는 일에 지원해도 되었다! 그리고 마찬가지로 그도
지원하면 채용하겠다고 공공연히 약속하고 있었다. 그는
그 이상 더 나은 것을 원치 않았다. 그는 마침내 제법
괜찮은 경력을 시작할 만한 곳을 찾고 싶었고, 어쩌면
여기에서 그것이 실현될지도 몰랐다. 벽보에 적힌 모든

호언장담이 거짓말일지도 몰랐다. 오클라호마 대극장이 소규모 유랑 곡예단이라 하더라도 단원을 채용하겠다니 그것으로 충분했다. 카를은 벽보를 두 번 읽지 않았지만 "누구나 환영합니다!"라는 구절은 또 한 번 찾아냈다.

처음에는 클레이턴까지 걸어서 가 볼까 생각했다. 하지만 그러면 세 시간의 고된 행군이 되었을 테고, 비록 제시각에 도착하더라도 들어갈 자리가 이미 다 찼다는 말을 들을지도 몰랐다. 물론 벽보에 따르면 채용 인원수는 제한이 없었지만 모든 구인 광고는 늘 그런 식으로 작성되었다. 그러니 카를은 일자리를 포기하든지 기차를 타고 가든지 둘 중 하나를 택해야 한다는 사실을 깨달았다. 대충 돈 계산을 해 보니 기차를 타지 않으면 일주일은 너끈히 지낼 만한 돈이 있었다. 작은 동전들을 손바닥 위에 올려놓고 이리저리 밀면서 계산했다. 그를 지켜보던 신사가 어깨를 두드리며 "클레이턴 여행에 행운이 있기를 바라네."라고 말했다. 카를은 말없이 고개를 끄덕이며 셈을 계속했다. 하지만 곧 마음을 정하고 여행에 필요한 돈을 따로 꺼내 들고 지하철역으로 달려갔다.

클레이턴역에 내리는 순간 수많은 트럼펫 소리가 들려왔다. 혼란스러운 소음이었다. 트럼펫은 서로 음이 맞지 않았고, 다들 마구잡이로 불어 댔다. 그러나 카를은

그것에 방해받지 않았고, 오히려 오클라호마 극장이
큰 기업임을 확인했다. 하지만 역 건물에서 걸어 나와
눈앞에 펼쳐진 전체 시설을 살펴본 카를은 모든 게 막연히
상상했던 것보다 훨씬 더 크다는 것을 알았다. 한 기업이
단지 직원을 확보하기 위한 목적으로 어떻게 이런 비용을
들이는지 이해할 수 없었다. 경마장 입구 앞에 길고 낮은
무대가 하나 마련되었고, 그 위에서 등에 큰 날개가
달린 흰 천을 걸치고 천사 복장을 한 여자들 수백 명이
금빛으로 번쩍거리는 기다란 트럼펫을 불고 있었다. 하지만
무대 위가 아니라 각자 받침대 위에 서 있었는데 받침대는
보이지 않았다. 천사 차림의 기다란 천이 나부끼면서
그것을 완전히 감쌌기 때문이다. 받침대가 2미터는 족히
될 정도로 매우 높아서 여자들 모습이 거인처럼 보였고
작은 머리만이 크다는 인상을 약간 방해할 뿐이었다.
풀어진 머리카락은 너무 짧고 또 거의 우스꽝스럽게 큰
날개 사이와 옆구리에 늘어뜨렸다. 받침대는 동일한
형태를 피하려고 극히 다양한 크기를 활용해 실제 키보다
그리 높지 않은 아주 낮은 위치에 선 여자들도 있었지만,
그 옆의 다른 여자들은 바람이 조금만 세게 불어도
위태롭다고 생각될 만큼 높이 솟아 있었다. 그런데 이 모든
여자가 트럼펫을 불고 있었다.

 트럼펫 연주를 듣는 청중은 많지 않았다. 그 커다란

형상들에 비해 작아 보이는 열 명쯤 되는 청년들이 무대 앞을 오가며 여자들을 올려다보았다. 서로에게 이 여자 저 여자를 가리켰다. 하지만 안으로 들어가서 일자리를 얻을 생각은 없는 듯했다. 유일하게 중년 남성 한 명이 눈에 띄었는데 그는 옆에 약간 떨어져 서 있었다. 그는 아내와 유모차에 태운 아이를 데리고 왔다. 여자는 한 손으로 유모차를 잡고 다른 손은 남편의 어깨를 짚고서 기대어 있었다. 그들은 그 구경거리에 탄복하고 있었지만 자못 실망한 듯이 보였다. 그들도 일자리를 얻을 수 있으리라 기대했겠지만 트럼펫 소리에 정신이 혼란스러웠기 때문이다. 카를도 같은 상황이었다. 그는 중년 남자에게 가까이 다가가 잠시 트럼펫 소리에 귀 기울이다가 말을 붙였다. "여기가 오클라호마 극장의 채용 장소지요?"

"나도 그렇게 생각했어요." 남자가 말했다. "그러나 벌써 한 시간이나 여기서 기다리는 중인데 트럼펫 소리밖에 듣지 못했어요." 어디에도 벽보 한 장 보이지 않고, 모집 요원 한 명 보이지 않고, 안내 요원 역시 어디에도 보이지 않습니다."

카를이 말했다. "사람들이 더 많이 모일 때까지 기다리는 모양이지요. 아직 사람이 얼마 없어서요."

"그럴지도 모르겠군요." 남자가 말했고, 둘은 다시 입을 다물었다. 시끄러운 트럼펫 소리 때문에 말을 알아듣기도 어려웠다. 하지만 그런 다음 여자가 뭐라고 속삭이자 남편이 고개를 끄덕였다. 여자는 즉시 카를을 불렀다. "저 건너 경마장으로 가서 어디서 채용이 진행되는지 물어봐 주시지 않겠어요?"

"네." 카를이 말했다. "그런데 무대를 가로질러 천사들 사이를 지나가야 할 텐데요."

"그게 그렇게 어려운 일인가요?" 여자가 물었다.

그녀가 생각하기에 카를에게는 그 길이 쉬워 보였지만 남편을 보내고 싶지는 않았다.

"글쎄요……." 카를이 말했다. "내가 가도록 하지요."

"참 친절한 분이시군요." 여자가 말했다. 그러고서 남편과 함께 카를의 손을 꼭 잡았다.

청년들은 카를이 무대 위로 어떻게 오르는지 가까이서 보기 위해 모여들었다. 여자들은 첫 번째 구직자를 환영하기 위해 트럼펫을 더 힘차게 부는 것 같았다. 그런데 카를이 막 받침대 옆을 지나가자 여자들은 입에서 트럼펫을 떼고 옆으로 허리를 굽히며 카를이 가는 길을 눈으로 좇았다. 무대 다른 쪽 끝에서 초조하게 이리저리 서성대는 남자가 카를의 눈에 띄었다. 필요한 모든 정보를 전해 주려고 구직자들을 기다리는 것이 분명했다. 카를이 그를 향해 다가가려는데 위에서 그의 이름을 부르는 소리가 들렸다.

"카를!" 그 천사가 소리쳤다. 카를은 위를 쳐다보고 반가운 동시에 놀랍기도 해서 웃기 시작했다. 패니였다.

"패니!" 그는 외치면서 손을 들어 인사했다.

"이쪽으로 와!" 패니가 소리쳤다. "날 모른 척하고 지나가면 어떡해!" 패니가 천을 걷어 올리자 받침대와 그쪽으로 올라가는 좁은 계단이 드러났다.

"올라가도 돼?" 카를이 물었다.

"우리가 악수하는 걸 누가 막겠어!" 큰 소리로 외치면서 패니는 누가 막으러 오지나 않는지 마치 화난 듯이 주위를 둘러보았다. 하지만 카를은 이미 계단을 뛰어 올라갔다.

"좀 더 천천히 올라와!" 패니가 외쳤다. "받침대랑 우리 둘 다 넘어지겠어!" 하지만 아무 일도 일어나지 않았고, 카를은 무사히 마지막 계단까지 올라갔다. 둘이 서로 인사를 나눈 후 패니가 말했다. "내가 어떤 일자리를 얻었는지 좀 보라고."

"참으로 멋진데."라고 말하며 카를은 주위를 둘러보았다. 주변의 모든 여자가 이미 카를을 알아보고 킥킥거리며 웃었다. "네가 제일 높은 것 같아." 카를은 말하면서 손을 뻗어 다른 사람들의 높이를 재 보았다.

"네가 역에서 나올 때 곧장 알아봤어." 패니가 말했다. "하지만 난 아쉽게도 여기 맨 뒷줄에 있어서 사람들 눈에 띄지 않고 소리쳐 부를 수도 없었어. 특히 큰 소리로 불었는데도 너는 나를 못 알아봤어."

"다들 트럼펫 부는 실력이 엉망인데." 카를이 말했다. "내가 한번 불어 볼까?"

"뭐 그러지." 패니가 트럼펫을 건네주며 말했다. "하지만 합주를 망치면 안 돼, 그러면 난 해고야."

카를은 트럼펫을 불기 시작했다. 그냥 시끄러운 소리를 내도록 된 조잡한 트럼펫인 줄 알았는데 막상 불어 보니 거의 모든 섬세한 소리를 낼 수 있는 악기였다. 모든 악기가 같은 성능이라면 너무 잘못 사용하고 있었다. 카를은 다른 사람들의 소음에 방해받지 않고 언젠가 어디 싸구려 술집에서 들었던 노래를 힘껏 불어 보았다. 그는 옛 여자 친구를 만나서 기뻤고, 여기에서 특별 우대를 받아 트럼펫을 불게 되고, 어쩌면 곧 좋은 일자리를 얻을 수도 있으리라는 것이 기뻤다. 많은 여자가 트럼펫 불기를 멈추고 귀를 기울였다. 그가 갑자기 연주를 중단했을 때는 여자들 중 거의 절반이 트럼펫을 불고 있지 않았는데, 그러다가 다시 서서히 원래대로 완전한 소음이 돌아왔다.

"너 그야말로 예술가구나" 카를이 다시 트럼펫을 건네주었을 때 패니가 말했다. "트럼펫 연주자로 채용해 달라고 해 봐."

"남자도 채용해?" 카를이 물었다.

"그럼." 패니가 말했다. "우린 두 시간 동안 불어. 그다음에 악마 분장을 한 남자들과 교대해. 절반은 트럼펫을 불고, 절반은 북을 쳐. 장비 전체에 많은 돈을 들인 만큼 정말 멋있어. 우리 의상도 무척 아름답지 않아? 그리고 날개는?" 그녀는 자기 모습을 내려다보았다.

"나도……." 카를이 물었다. "일자리를 얻을 것 같아?"

"그럼, 틀림없어." 패니가 말했다. "이 극장은 세계에서 가장 큰 극장이야. 우리가 다시 함께 있게 되니 얼마나 좋은지 몰라! 물론 어떤 자리를 얻느냐가 중요한 문제야. 둘 다 이곳에 근무해도 서로 전혀 못 볼 수도 있거든."

"전체 규모가 정말 그렇게 커?" 카를이 물었다.

"세계에서 제일 큰 극장이야." 패니가 다시 말했다. "물론 나도 아직 직접 보지는 못했어. 하지만 이미 오클라호마에 가 본 동료들 말로는 거의 끝이 보이지 않을 정도로 크대."

"하지만 지원자가 별로 없어." 카를은 말하고서 저 아래 청년들과 중년 남자 가족을 가리켰다.

"그렇기는 해." 패니가 말했다. "하지만 우리는 도시마다 다니며 직원을 채용하고, 우리 선전단은 줄곧 사방을 돌아다니고, 또 그런 선전단이 많다는 것을 생각해 봐."

"근데 극장은 아직 열지 않은 거야?" 카를이 물었다.

"아, 그래." 패니가 말했다. "오래된 극장이지만 계속 커지고 있어."

"이상한데." 카를이 말했다. "좀 더 많은 사람이 몰려들지 않는 게 말이야."

"그래, 이상한 일이야." 패니가 말했다.

"어쩌면 천사와 악마의 모습으로 이처럼 많은 돈을 허비하는 것이 사람들을 끌어들이기는커녕 오히려 겁먹게 하는지도 몰라." 카를이 말했다.

"그런 생각을 다 하다니!" 패니가 말했다. "하지만 그럴지도 몰라. 우리 단장에게 말해 봐. 그러면 넌 아마 그에게 쓸모가 있을지도 몰라."

"단장은 어디 있지?" 카를이 물었다.

"경마장 심판석에 있어." 패니가 말했다.

"그것도 이상해." 카를이 물었다. "왜 채용을 경마장에서 하지?"

"맞는 말이야." 패니가 말했다. "우리는 아무리 많은 인파가 몰려와도 수용할 수 있도록 어디서나 만반의 준비를 하고 있어. 경마장에는 마침 자리가 많아. 그리고 평소에 마권 매표소마다 채용 부스가 설치되어 있어. 200개의 다양한 부스가 있대."

"그런데……." 카를이 큰 소리로 말했다. "오클라호마 극장은 그렇게 많은 선전단을 유지할 만큼 수입이 많아?"

"그게 우리랑 무슨 상관이야?" 패니가 말했다. "그런데 카를, 기회를 놓치지 않으려면 지금 가 봐. 나도 다시 트럼펫을 불어야 해. 아무튼 이 선전단에서 자리를 얻으려고 해 봐. 그리고 즉시 나에게 와서 알려 줘. 내가 애타게 소식을 기다리고 있다는 거 잊지 말고."

그녀는 그의 손을 꽉 쥐고 내려갈 때 조심하라고 주의를 주었다. 그러고서 다시 트럼펫에 입술을 댔지만 카를이 아래 지면에 무사히 내려선 것을 보기 전까지는 불지 않았다. 카를은 다시 전처럼 계단 위에 천을 덮었고, 패니는 고개를 끄덕이며 고마움을 표시했다. 카를은 방금 들은 이야기를 여러 방향에서 곰곰이 생각하며 조금 전의 그 남자를 향해 걸어갔다. 이미 위쪽에서 카를이 패니 곁에 있는 것을 본 남자는 그를 기다리기 위해 받침대 쪽으로 가까이 다가왔다.

"우리 극단에 들어오고 싶은가요?" 남자가 물었다. "저는 이 선전단의 인사부장입니다. 당신을 환영합니다." 그는 예의를 차리는 양 계속 몸을 약간 앞으로 숙이고 춤추는 듯한 발동작을 했으나 그 자리에서 움직이지는 않았다. 그러면서 시곗줄을 만지작거렸다.

"감사합니다." 카를이 말했다. "귀사의 벽보를 읽고, 거기서 요구하는 대로 지원합니다."

"아주 잘하셨습니다." 남자가 인정하는 투로 말했다.

"유감스럽게도 누구나 다 여기서 당신처럼 올바르게 처신하지는 않습니다."

카를은 지금 이 남자에게 선전단의 미끼가 너무 거창해서 혹시 실패할지도 모른다고 일러 줄까 생각했다. 하지만 그 말을 하지는 않았다. 남자가 선전단 단장이 아닌 데다 아직 채용도 되지 않은 그가 곧바로 개선을 건의하는 것은 그다지 바람직해 보이지 않았기 때문이다. 그래서 그냥 이렇게만 말했을 뿐이다. "지원하려는 다른 남자가 밖에서 기다리고 있습니다. 그 사람이 알아보라며 나를 먼저 보냈습니다. 지금 데려와도 될까요?"

"물론입니다." 남자가 말했다. "더 많이 오면 올수록 좋습니다."

"그는 아내와 유모차에 탄 아이와 함께 있어요. 그들도 같이 데리고 올까요?"

"물론입니다." 남자는 말하면서 카를의 의심에 미소 짓는 듯 보였다. "누구나 다 필요할 수 있어요."

"금방 돌아오겠습니다." 카를은 말하면서 무대 가장자리로 다시 뛰어 돌아갔다. 그러고는 부부에게 손짓하며 모두 오라고 소리쳤다. 카를은 유모차를 무대 위로 들어 올리는 것을 도왔고, 그들은 이제 함께 걸어갔다. 이를 본 청년들은 서로 상의하더니 마지막 순간까지 망설이다가 양손을 호주머니에 넣은 채 천천히 무대 위로 올라와 결국 카를과 그 가족을 뒤따랐다. 마침 그때 지하철역 건물에서 새로운 승객들이 나왔다. 그들은 천사들이 있는 무대를 보고 놀라서 두 팔을 번쩍 들어 올렸다. 아무튼 일자리 신청이 이제 더 활기를 띨 것 같았다. 카를은 이렇게 일찍, 어쩌면 제일 먼저 오게 되어 무척 기뻤다. 부부는 불안해하며 커다란 요구 사항이 있지나 않을지 이것저것 질문했다. 카를은 아직 확실한 것은 아무것도 모르지만 실제로 모든 사람이 예외 없이 받아들여질 것 같은 인상을 받았다고 말했다. 그러니 안심해도 될 것 같다고 했다.

인사부장이 벌써 그들을 맞이하러 다가왔다. 그는 이렇게 많은 사람이 온 데 아주 흡족해하며 두 손을 비비면서 한 사람씩 고개 숙여 인사하고는 모두를 일렬로 세웠다. 카를이 첫 번째였고, 부부가 그다음이었고, 나머지 사람들이 그 뒤에 섰다. 청년들이 처음에 마구 밀려들어서 조용해지기까지 잠시 시간이 걸렸는데, 모두 줄을 서자 트럼펫 소리가 그치고 인사부장이 입을 열었다. "오클라호마 극장의 이름으로 여러분을 환영합니다. 일찍 오셨습니다." (그런데 어느새 벌써 정오가 되었다.) "아직 별로 붐비지 않으니 채용 절차가 곧 끝날 겁니다. 물론 다들 신분 증명서를 지참하고 계시겠지요." 청년들은 곧바로 주머니에서 서류들을 꺼내 인사부장을 향해 흔들어 보였고, 부부는 남편이 유모차 깃털 이불 아래에서 서류 뭉치를 꺼낸 아내를 툭 쳤다. 물론 카를에게는 아무것도 없었다. 그것이 그의 채용에 걸림돌이 될까? 아무튼 카를은 약간 결연한 태도만 취하면 그러한 종류의 규정은 쉽게 피할 수 있다는 것을 경험으로 알았다. 그럴 가능성이 없지는 않았다. 인사부장은 줄을 죽 훑어보면서 다들 서류를 지참하고 있다는 것을 확인했다. 빈손이긴 하지만 손을 들었으므로 그는 카를도 문제가 없다고 생각했다.

"좋습니다." 인사부장은 말하면서 얼른 서류를 점검했으면 하는 청년들을 손짓으로 제지했다. "서류는 채용 부스에서 검토할 겁니다. 벽보에서 이미 보셨듯이 우리는 누구든 필요할 수 있습니다. 하지만 당연히 우리는 여러분이 지금까지 어떤 직업에 종사했는지 알아야 합니다. 그래야 자기 지식을 활용할 수 있게 여러분을 적절한 자리에 배치합니다."

'극장이구나.' 카를은 의아하게 생각하면서 매우 주의 깊게 경청했다.

"그래서 우리는……." 인사부장이 이어서 말했다. "마권 매표소에 채용 부스를 설치했습니다. 하나의 직종에 하나의 부스씩 말입니다. 그러니 이제 각자 직업을 제게 알려 주시기 바랍니다. 가족의 경우는 일반적으로 남성의 채용 부스에 속하게 됩니다. 그런 다음 제가 여러분을 해당 부스로 안내할 겁니다. 그곳에서 전문가들이 먼저 여러분의 서류와 지식을 검토합니다. 아주 간단한 심사에 불과할 테니 아무도 걱정하실 필요가 없습니다. 그다음에 거기서 바로 채용되어 추가 지시를 받게 됩니다. 그럼 시작하겠습니다. 첫 번째 부스는 이미 벽보의 문구에서 밝힌 대로 엔지니어를 위한 부스입니다. 혹시 여러분 중에 엔지니어가 계십니까?" 카를이 손들고 나섰다. 서류가 없어서 모든 절차를 되도록 신속하게 밟아 나가도록 노력해야 한다고 생각했다. 엔지니어가 되려고 했기 때문에 지원할 자격이 약간은 있다고 생각했다. 그러나 청년들은 카를이 지원하는 것을 보자 질투심에 덩달아 지원했다. 그래서 모두 지원했다. 인사부장은 발돋움을 하고 청년들에게 말했다. "여러분이 엔지니어란 말인가요?" 그러자 모두 천천히 손을 내렸다. 하지만 카를은 처음의 지원을 고수했다. 인사부장은 의심하는 눈초리로 카를을 쳐다보았다. 옷차림이 너무 초라해 보였고, 엔지니어라고 하기에는 또한 너무 어려 보였기 때문이다. 하지만 적어도 자기 생각으로는 카를이 지원자들을 데려와 줬기 때문에 고마워서인지 더는 아무 말도 하지 않았다. 그가 그냥 권하듯이 부스 쪽을 가리켜서 카를은 그쪽으로 갔다. 그동안 인사부장은 다른 지원자들 쪽으로 몸을 돌렸다.

엔지니어 부스에는 직사각형 책상 양쪽에 두 신사가 앉아 앞에 놓인 커다란 명부 두 권을 비교하고 있었다. 한 사람이 이름을 읽으면 다른 한 사람은 명부에서 그 이름에 줄을 그었다. 카를이 인사하면서 그들 앞으로 걸어가자 즉시 명부를 치우고 다른 커다란 장부를 앞에 놓고 펼쳤다.

서기인 듯한 사람이 말했다. "신분증명서를 보여 주시오."

"유감스럽게도 지금 수중에 없는데요." 카를이 말했다.

"수중에 없다는데요." 서기는 다른 신사한테 말하고 대답 내용을 즉시 장부에 기입했다.

"엔지니어인가요?" 이어서 부스 책임자로 보이는 다른 신사가 물었다.

"아직은 아닙니다." 카를이 재빨리 말했다. "하지만……."

"됐습니다." 신사가 훨씬 더 빨리 말했다. "그렇다면 당신은 우리 일원이 될 수 없습니다. 문구를 유념하실 것을 부탁드립니다." 카를은 이를 악물었다. 신사는 이를 눈치챈 것이 틀림없었다. 그가 이렇게 말했기 때문이다. "걱정할 필요 없습니다. 우리는 누구든 필요할 수 있으니까요." 그리고 그는 하는 일 없이 횡목 사이를 돌아다니던 사환에게 손짓했다. "이분을 기술자 부스로 안내해 드리게."

사환은 명령을 말 그대로 이해하고 카를의 손을 잡았다. 그들은 많은 매표소 사이를 지나갔다. 어느 부스에서 청년 한 명이 벌써 채용되어 고마워하며 신사들과 악수를 나누는 모습이 카를의 눈에 띄었다. 카를이 지금 안내받은 부스의 진행 절차는 예상대로 첫 번째 부스에서와 비슷했다. 이 부스에서는 실업 학교를 다녔다는 카를의 말을 듣고 실업 학교 다닌 사람들을 위한 부스로 보냈다. 하지만 그곳에 가서 카를이 유럽 실업 학교를 다녔다고 하자 담당이 아니라며 그를 유럽 실업 학교에 다닌 사람들을 위한 부스로 데려가게 했다. 더 바깥쪽 가장자리에 있는 부스였다. 다른 모든 부스보다 더 작을 뿐 아니라 심지어 더 낮았다.

그를 이곳으로 데려온 사환은 안내한 거리가 긴 데다 카를이 여러 차례 퇴짜맞은 것에 무척 화가 났다. 그의 견해로는 퇴짜 맞은 것에 대해 카를 혼자 책임을 져야 했다. 사환은 더 이상 질문을 기다리지도 않고 곧바로 달아나 버렸다. 이 부스가 어쩌면 마지막 피난처였을지도 모른다.

카를은 부스장을 보고 아마 지금도 고향의 실업 학교에서 교편을 잡고 있을 어떤 교사와 닮은 모습에 깜짝 놀라다시피 했다. 물론 닮은 모습은 곧 밝혀진 것처럼 단지 세부적인 모습에 불과했다. 넓은 코에 얹힌 안경, 볼거리처럼 잘 손질한 덥수룩한 금발 수염, 부드럽게 굽은 등과 언제나 예기치 않게 터져 나오는 우렁찬 목소리가 카를을 한동안 놀라게 했다. 다행히 이곳은 다른 부스보다 일이 더 간단하게 진행되었기 때문에 정신을 바짝 차릴 필요가 없었다. 여기서도 신분 증명서 누락으로 기입되었다. 부스장은 이를 이해할 수 없는 부주의라고 말했다. 하지만 여기서 우위를 점한 서기는 재빨리 그 사실을 대수롭지 않게 넘겨 버리고는 부스장이 몇 가지 간단한 질문을 한 뒤 더 중대한 어떤 질문을 하려는 순간 카를에게 채용되었다고 선언했다. 부스장이 입을 벌리고 서기에게 눈을 돌렸으나 서기는 확정되었다고 손짓하면서 "채용."이라고 말하더니 곧바로 장부에 그 결정 사항을 기입했다. 서기의 견해는 분명 이러했다. 유럽의 실업 학교 학생이라는 말은 무척 창피스러운 일이므로 본인이 그렇다고 주장하는 사람은 누구나 두말없이 믿을 수 있다는 것이다. 카를로서는 그런 견해에 이의를 제기할 것이 없어서 서기에게 다가가 감사의 말을 하려고 했다. 그러나 사람들이 이름을 물었을 때 일이 약간 지체되었다. 그는 바로 대답하지 않았다. 그는 실제 이름을 말하고 기입하게 하는 것을 꺼렸다. 여기서 아무리 하찮은 자리라도 얻어서 만족스럽게 수행한다면 본명이 알려져도 상관없었다. 하지만 지금은 그럴 수 없었다. 지금 본명을 밝히기에는 너무 오랫동안 감춰 왔다. 그래서 당장 다른 이름이 떠오르지 않아 지난 직장들에서 불리던 이름을 댔다. "니그로입니다."

"니그로라고요?" 부스장은 되물으며 고개를 돌리고 이제 카를을 도저히 믿을 수 없다는 듯 얼굴을 찡그렸다. 서기도 카를을 한동안 유심히 쳐다보다가 "니그로."라고 되뇌면서 이름을 적어 넣었다.

"그렇다고 설마 니그로라고 기입하지는 않았겠죠?" 부스장이 서기를 야단쳤다.

"아뇨, 니그로라고 적었어요." 서기는 침착하게 말하고 그다음 일은 부스장이 알아서 할 일이라는 듯한 손동작을 했다. 부스장도 감정을 억누르고 자리에서 일어나 말했다. "그러므로 당신은 오클라호마 극장에……." 하지만 그 이상은 말하지 않았다. 그는 양심에 반하는 일은 할 수 없어서 다시 자리에 앉더니 말했다. "이 사람 이름은 니그로가 아닙니다."

그러자 서기는 눈썹을 치켜세우고 이제 직접 일어서서 말했다. "그러므로 당신은 오클라호마 극장에 채용되었으며, 이제 우리 단장에게 당신을 소개할 것을 알려 드립니다."

다시 사환이 불려 나와 카를을 심판석으로 안내했다.

아래쪽 계단에서 카를은 유모차를 보았고, 바로 그때 부부도 내려오고 있었다. 아내는 아이를 품에 안고 있었다.

"채용됐어요?" 남자가 물었다. 그는 이전보다 훨씬 더 활기찼고, 아내도 어깨 너머로 그를 바라보며 웃고 있었다. 카를은 방금 채용되어 소개하러 간다고 대답했다. 그러자 남자가 말했다. "축하드립니다. 우리도 채용되었어요. 좋은 기업 같습니다. 물론 모든 것에 곧장 적응할 수는 없겠지요. 그야 어딜 가나 마찬가지지요." 그들은 서로 작별 인사를 나누었고, 카를은 심판석으로 올라갔다. 그는 천천히 걸어갔다. 위쪽 좁은 공간이 사람들로 가득 찬 것 같아서였다. 억지로 밀고 들어가고 싶지 않았다. 심지어 걸음을 멈추고 온 사방으로 멀리 떨어진 숲들까지 뻗은 넓은 경마장을 바라보았다. 그는 경마를 한번 보고 싶은 생각이 들었다. 하지만 미국에서는 아직 경마 구경을 할 기회가 없었다. 유럽에서는 어린 시절 언젠가 경마 구경을 간 적이 있었다. 하지만 서로 길을 비켜 주지 않으려는 많은 사람 사이에서 어머니 손에 끌려다닌 기억 외에는 아무 생각도 나지 않았다. 그러므로 엄밀히 말하자면 사실상 경마를 본 적이 없었다. 그의 뒤에서 기계 장치가 드르륵거리기 시작했다. 돌아서니 경마 우승자의 이름이 공표되는 장치였는데 지금 다음과 같은 문구가 올라가는 것이 보였다. "상인 칼라, 처자식을 동반." 채용된 사람들의 이름이 이런 식으로 부스에 전달되었다.

바로 그때 신사 몇 명이 계단을 달려 내려왔다. 그들은 연필과 메모지를 손에 들고 서로 활기차게 대화를 나누었다. 카를은 난간에 몸을 밀착시켜 그들이 지나가게 했다. 그러다가 자리가 생겨서 그는 위로 올라갔다. 나무 난간이 설치된 무대의 한쪽 구석에 — 전체 모습은 좁은 탑의 평평한 지붕처럼 보였다 — 신사 한 명이 나무 난간을 따라 팔을 뻗고 앉아 있었다. 가슴에 '오클라호마 극장 제10 선전단 단장'이라는 문구가 적힌 넓은 흰색 실크 리본이 비스듬히 매달려 있었다. 그의 옆 작은 테이블 위에는 경마가 벌어질 때에도 확실히 활용될 통신 장치가 놓여 있었다. 단장은 이 장치를 통해 개별 지원자에 대한 필요한 모든 정보를 면접하기 전에 미리 아는 것이 분명했다. 그가 처음에 아무 질문도 하지 않고 옆에서 다리를 꼰 채 턱에 손을 대고 기대어 있던 신사한테 "니그로, 유럽 실업 학교 출신."이라고 말했기 때문이다. 그러고서 단장은 자기로서는 몸을 깊이 숙이고 인사한 카를이 그것으로 처리되었다는 듯 누가 또 오지 않나 하고 계단 아래를 내려다보았다. 그러나 아무도 오지 않아서 다른 신사와 카를이 나누는 대화에 간간이 귀를 기울였지만 대체로 경마장 쪽을 바라보며 손가락으로 난간을 두드렸다. 카를은 다른 신사와의 대화에 충분히 정신을 빼앗겼는데도 이 부드러우면서도 힘찬, 빠르게 움직이는 긴 손가락이 때때로 카를의 주의를 끌었다.

"실직 상태인가요?" 신사의 첫 질문이었다. 그가 하는 거의 모든 다른 질문과 마찬가지로 이 질문은 매우 간단하고 전적으로 악의 없는 것이었다. 게다가 대답 사이사이에 질문해서 카를의 대답을 따져 보지도 않았다. 그럼에도 눈을 크게 뜨고 질문을 계속했고, 상체를 앞으로 숙이고 질문의 효과를 관찰했으며, 머리를 가슴 쪽으로 숙이고 대답을 들으면서 이따금 큰 소리로 따라 말했다. 이 신사는 이런 방식으로 질문에 어떤 특별한 의미를 부여할 줄 알았다. 사람들은 그 의미를 이해하지 못했으나 어렴풋이 짐작함으로써 조심스러워지고 질문자에게 말려들었다. 카를은 가끔 자신이 한 대답을 취소하고 혹시 더 많은 갈채를 받을지도 모르는 다른 대답으로 대체하고 싶은 충동을 느꼈지만 여전히 자제하고 있었다. 그러한 흔들림이 어떠한 나쁜 인상을 줄지, 게다가 대답의 효과가 대개 얼마나 예측 불가능한지 알았기 때문이다. 또 그의 채용은 이미 결정된 것처럼 보였고, 이러한 의식이 그를 든든하게 뒷받침했다.

그는 실직했느냐는 질문에 "네."라고 간단히 대답했다.
"마지막으로 어디서 근무했습니까?" 이어서 신사가 물었다. 카를이 대답하려고 하자 신사는 집게손가락을 들어 보이며 "마지막으로!"라고 다시 한번 말했다.

카를은 첫 번째 질문도 이미 정확히 이해했기에 자기도 모르게 그다음 말이 자신을 혼란스럽게 한다며 고개를 흔들어 털어 버리고는 "사무실에서요."라고 대답했다.

여기까진 사실이었다. 하지만 신사가 사무실의 종류에 대해 더 자세한 정보를 요구한다면 거짓말을 하는 수밖에 없었다. 그러나 신사는 그러는 대신 아주 쉽게 사실대로 대답할 수 있는 질문을 했다. "거기서 만족하셨나요?"

"아닙니다!" 카를은 말을 거의 가로막다시피 하고 외쳤다. 슬쩍 곁눈질한 카를은 단장이 살짝 미소 짓는 것을 알아챘다. 카를은 마지막 대답이 경솔했던 것을 후회했다. 하지만 "아닙니다."라고 크게 외치고 싶은 유혹이 너무 컸다. 마지막 직장 시절 내내 어떤 낯선 고용주가 한번 찾아와서 바로 그런 질문을 해 주기를 아주 간절히 소망했으니까. 하지만 그의 대답은 또 다른 불이익을 초래할 수 있었다. 이제 신사가 왜 만족하지 못했는지 물어볼 수 있었기 때문이다. 그렇지만 그 대신 그는 "어떤 직책이 자신에게 적합하다고 생각합니까?"라고 물었다. 이 질문에는 혹시 어떤 함정이 숨어 있을지도 몰랐다. 카를이 이미 배우로 채용된 만큼 어째서 그런 질문을 한단 말인가? 그는 그 사실을 잘 알고 있었다.

하지만 그럼에도 자신이 배우라는 직업에 특히 적합하다고
느낀다는 설명을 자제할 수 없었다. 그래서 이 질문을
회피하고 당돌하게 보일 위험을 무릅쓰고 말했다.
"시내에서 벽보를 읽었는데 거기에 누구나 필요하다는
문구가 적혀 있어서 지원했습니다."

"그건 우리도 알고 있어요." 신사는 이렇게 말하고는
입을 다물어 앞선 질문에 대한 답을 꼭 들어야겠다는
의지를 드러냈다.

"저는 배우로 채용됐어요." 카를은 마지막 질문이
자기에게 난처한 상황을 초래했음을 신사에게 이해시키기
위해 머뭇거리며 말했다.

"그건 맞는 말입니다." 신사는 말하고서 다시 침묵을
지켰다.

"네." 카를이 말했다. 그리고 일자리를 구했다는
희망이 송두리째 흔들리기 시작했다. "제가 연기에
적합한지 잘 모르겠습니다. 하지만 힘껏 노력해서 모든
임무를 완수할 생각입니다."

신사는 단장 쪽으로 고개를 돌렸고, 둘 다 고개를
끄덕였다. 카를은 올바로 대답한 것 같아 다시 용기를 내서
몸을 꼿꼿이 세우고 다음 질문을 기다렸다. "원래 무슨
공부를 할 생각이었지요?"

그는 질문을 더 정확하게 정의하기 위해 — 신사는

정확한 정의를 항상 무척 중요하게 생각했다 — 다음과 같이 덧붙였다. "유럽에서 말입니다." 그러면서 턱에서 손을 떼고 약하게 움직였는데 이는 마치 그 동작으로 유럽이 얼마나 먼 곳인지와 그곳에서 언젠가 세운 계획이 얼마나 무의미한지를 동시에 암시하려는 것 같았다.

카를이 말했다. "저는 엔지니어가 되려고 했습니다." 이 대답은 사실 마음에 들지 않았다. 미국에서의 지금까지 이력을 돌이켜 보니 엔지니어가 되고 싶었던 옛 기억을 여기서 새삼 떠올린다는 것이 우스워서였다. 그러나 막상 다른 대답이 떠오르지 않아 그렇게 말했다.

하지만 모든 걸 진지하게 받아들이는 신사는 그 대답을 진지하게 받아들였다. "글쎄요, 엔지니어라고요." 그가 말했다. "당장 엔지니어가 될 수는 없는 노릇이니 지금으로서는 당분간 뭐든 단순한 기능직 일을 하는 편이 당신에게 적합할 것 같습니다."

"그야 물론이지요." 카를이 말했다. 그는 무척 만족했다. 이 제안을 수락하면 배우 신분에서 기능직 노동자 신분으로 밀려나겠지만, 사실 그는 기능직에서 자기 능력을 더 잘 입증할 수 있을 거라고 생각했다. 아닌 게 아니라 그는 중요한 것은 일의 종류가 아니라 어딘가에 자리 잡고 계속 버텨 내는 것임을 스스로에게 몇 번이고 곱씹었다.

"그런데 더 힘든 일을 견딜 만큼 몸은 튼튼한가요?" 신사가 물었다.

"네, 그렇습니다." 카를이 대답했다,

그러자 신사는 카를을 좀 더 가까이 다가오게 해서 팔을 만져 보았다.

"튼튼한 청년이군." 신사는 카를의 팔을 단장 쪽으로 잡아당기며 말했다. 그러자 단장은 빙그레 웃으면서 고개를 끄덕였다. 그러고는 앉은 자세에서 일어나지 않고 카를에게 손을 내밀며 말했다. "그럼 이것으로 다 끝났습니다. 오클라호마에서 모든 것을 다시 한번 검토할 겁니다. 우리 선전단의 명예가 되어 주세요!"

카를은 작별 인사를 했다. 다른 신사에게도 작별 인사를 하고 싶었지만 그는 자기 일을 완전히 끝낸 듯 고개를 높이 쳐들고 이미 무대 위를 이리저리 거닐고 있었다. 카를이 내려가는 동안 계단 옆 안내판에 "니그로, 기능직 노동자."라는 문구가 올라가고 있었다.

이곳의 모든 일이 순조롭게 진행되었다. 안내판에 그의 본명이 올라간다고 하더라도 카를은 더 이상 그리 유감스럽게 여기지 않았을 것이다. 모든 일이 극히 세심하게 준비되어 있었다. 계단 아래에 이미 사환이 카를을 기다리고 있다가 팔에 완장을 채워 주었기 때문이다. 팔을 들어 올려 완장에 적힌 내용을 확인하니 아주 정확히 "기능직 노동자"라는 짧은 글귀가 새겨져 있었다.

하지만 이제 안내받아 어디로 가게 되든 카를은 먼저 모든 일이 얼마나 행복하게 끝났는지 패니에게 알리고 싶었다. 그러나 아쉽게도 그는 다음 날 선전단이 도착한다는 것을 알리기 위해 악마뿐 아니라 천사들도 벌써 선전단의 다음 목적지로 떠났다는 사실을 사환한테 들어 알게 되었다.

"안타까운 일이네요." 카를이 말했다. 카를은 이 기업에 처음으로 실망했다. "천사들 중에 아는 여자가 한 명 있었는데요." "오클라호마에서 다시 보게 될 겁니다." 사환이 말했다. "그러면 이제 따라오세요. 당신이 맨 마지막입니다."

그는 카를을 데리고 아까 천사들이 서 있던 무대의 뒤쪽을 따라갔다. 지금은 빈 받침대만 덩그러니 있었다. 그러나 천사들의 음악이 없으면 더 많은 구직자가 올 거라는 카를의 추정은 틀린 것으로 드러났다. 이제 무대 앞에 어른은 한 명도 보이지 않았기 때문이다. 아이들 몇 명만 천사의 날개에서 떨어진 것이 분명한 길고 하얀 깃털을 서로 가지려고 싸우고 있었다. 한 소년이 깃털을 높이 치켜들고 있는 동안 다른 아이들은 한 손으로 그의 머리를 내리누르고 다른 손으로 깃털을 잡으려고 했다.

카를이 아이들을 가리켰지만 사환은 그쪽을 쳐다보지도 않고 말했다. "좀 더 빨리 오세요, 채용되기까지 너무 오랜 시간이 걸렸어요. 혹시 의심을 많이 받았나요?"

"모르겠어요." 카를은 놀란 표정으로 말했지만 그렇게 생각하지 않았다. 아무리 상황이 명백해도 다른 사람을 걱정하게 만들려는 사람이 꼭 있었다. 둘은 이제 대형 관람석이 있는 곳으로 왔고, 친근한 광경을 본 카를은 금세 사환의 말을 잊어버렸다. 관람석에는 흰색 천으로 덮인 크고 긴 의자가 하나 있었고, 채용된 사람은 모두 경주로 쪽을 등지고 바로 옆의 좀 더 낮은 긴 의자에 앉아 음식을 대접받고 있었다. 다들 즐거워하며 흥분해 있었다. 카를이 꼴찌로 눈에 띄지 않게 의자에 앉자 많은 사람이 잔을 들고 자리에서 일어났다. 한 사람이 제10 선전단 단장을 위해 건배사를 외쳤다. 단장을 "구직자들의 아버지"라고 불렀다. 누군가가 여기 관람석에서도 단장을 볼 수 있다고 일러 주었다. 실제로 그리 멀지 않은 곳에 두 신사가 자리한 심판석이 보였다. 그러자 모두 이 방향으로 유리잔을 흔들었다. 카를도 앞에 있는 유리잔을 잡았다. 그러나 아무리 큰 소리로 외치고 아무리 자신들을 알아보도록 노력해도 심판석에서는 열렬한 환영을 알아차렸거나 적어도 알아차리려고 하는 어떤 조짐도 보이지 않았다.

단장은 이전처럼 구석에 몸을 기대고 있었다. 다른 신사는 턱에 손을 대고 그 옆에 서 있었다. 사람들은 약간 실망하고 다시 자리에 앉았다. 가끔 어떤 사람이 심판석을 향해 고개를 돌리기도 했다. 이내 그들은 풍성한 음식에만 몰두했다. 카를이 지금까지 본 적이 없는 커다란 가금류의 고기가 파삭파삭하게 구워져 많은 포크와 함께 여기저기로 날라졌다. 사환들이 포도주를 자꾸만 따라 주었다. 사람들은 자기 접시 위에 몸을 숙이고 있어서 그런 사실을 거의 눈치채지 못했다. 잔 속으로 적포도주의 빛깔이 흘러들었다. 그리고 대대적인 즐거운 행사에 끼어들고 싶지 않은 사람들은 오클라호마 극장의 경관을 담은 그림들을 구경할 수 있었다. 테이블 한쪽 끝에 쌓인 그림들은 사람들이 손에서 손으로 전달했다. 그렇지만 사람들이 그림에 별다른 신경을 쓰지 않았기 때문에 마지막에 도착한 카를의 손에 들어온 그림은 단 한 장뿐이었다. 그러나 이 그림으로 짐작건대 모두 무척 볼만한 가치가 있는 것이 틀림없었다. 그림은 미합중국 대통령 전용석을 묘사한 것이었다. 언뜻 보기에 전용석이 아니라 무대라고 생각했을 수도 있었다. 무대의 넓게 휘어진 난간은 탁 트인 공간 속으로 솟아 있었다. 난간은 모든 부분이 완전히 금색이었다. 마치 극히 정교한 가위로 잘라 낸 것 같은 작은 기둥들 사이에는 역대 대통령들의 원형 부조를 나란히 설치했다. 그중 한 사람은 눈에 띄게 반듯한 코, 위로 젖혀진 입술, 아치형 눈썹 밑으로 가만히 내리뜬 눈을 갖고 있었다. 전용석 주위로 측면과 위에서 광선이 들어왔다. 흰색이지만 부드러운 빛이 전용석의 전면을 드러내 주는 반면, 그 안쪽은 여러 가지 색조로 주름 잡힌 붉은 벨벳 뒤에서 불그스름하게 가물거리는 어둡고 텅 빈 곳처럼 보였다. 테두리 전체에 드리워진 벨벳은 끈으로 조종했다. 이 전용석에 사람이 있다고는 거의 상상할 수 없었고, 그래서 모든 것이 너무나 독단적으로 보였다. 카를은 식사하는 것을 잊지 않았으나 접시 옆에 놓아둔 그림을 이따금 바라보았다.

마지막으로 그는 적어도 다른 그림 중 하나라도 보고 싶은 생각이 간절했는데 직접 가져오려고는 하지 않았다. 사환 하나가 그림들에 손을 올려놓은 것으로 보아 차례를 지켜야 했기 때문이다. 그는 테이블 너머로 훑어보며 자기 쪽으로 다가오는 그림이 없는지 살폈다. 그때 그는 처음에는 전혀 믿지 않았는데 식사를 위해 가장 깊숙이 고개를 숙인 얼굴 중에서 잘 아는 얼굴 하나를 발견하고 놀라움을 금치 못했다. 자코모였다. 즉시 그에게 달려갔다. "자코모!" 그가 외쳤다.

깜짝 놀랐을 때 으레 그렇듯 수줍어하는 자코모는 식사하다가 자리에서 일어나더니 의자들 사이 좁은 공간에서 고개를 돌렸다. 그는 손으로 입을 닦았다. 그런 다음 카를을 보고 무척 기뻐했다. 옆에 와서 앉으라고 카를에게 요청하고, 아니면 자신이 카를의 자리로 건너가겠다고 제안했다. 그들은 서로 그간의 사연을 모두 들려주면서 줄곧 함께 있고 싶었다. 하지만 카를은 다른 사람들을 방해하고 싶지 않아서 당분간 자기 자리를 지켜야 했다. 식사는 곧 끝날 테니 그다음엔 물론 내내 함께 있을 생각이었다. 그러나 카를은 그저 자코모를 바라보기만 하려고 그의 옆에 그대로 머물렀다. 지난 시절의 온갖 추억이 떠올랐다! 주방장은 어디에 있을까? 테레제는 어떻게 지낼까? 자코모는 겉모습이 거의 변하지 않았다. 반년 안에 건장한 미국인이 되리라는 주방장의 예언은 적중하지 않았다. 이전처럼 섬약했고, 뺨은 여전히 푹 꺼져 있었다. 그러나 순간적으로는 물론 볼이 둥근 모습이었는데 이는 아주 큰 고기 한 조각을 입에 넣고 있어서였다. 그는 불필요한 뼈를 천천히 입에서 추려 내 접시 위에 던졌다. 카를이 그의 완장에서 알아낼 수 있었듯이 자코모 역시 배우가 아닌 엘리베이터 보이로 채용되었다. 그러고 보니 오클라호마 극장에는 정말 온갖 사람이 필요한 것 같았다! 자코모를 바라보는 데 정신이 팔린 카를은 너무 오랫동안 자리를 떠나 있었다. 그가 돌아가려고 할 때쯤 인사부장이 오더니 좀 더 높은 의자 위에 올라서서 손뼉을 치고는 간단한 인사말을 했다. 그러는 동안 사람들 대부분이 자리에서 일어났고, 음식과 떨어질 수 없어서 앉아 있던 사람들도 다른 사람들이 밀치는 바람에 결국 일어설 수밖에 없었다.

카를은 이미 그사이에 발끝으로 달려 자리로 돌아갔다. 인사부장이 입을 열었다. "우리의 환영 연회에 만족하셨기를 바랍니다. 우리 선전단의 연회 음식은 대체로 호평받고 있습니다. 아쉽게도 식탁을 벌써 치워야 합니다. 오클라호마로 여러분을 태우고 갈 기차가 오 분 내로 출발하기 때문입니다. 긴 여정입니다만 여러분은 보살핌을 잘 받을 것입니다. 여기서 여러분의 이송을 맡아 줄 신사분을 소개하겠습니다. 여러분은 이분의 지시를 잘 따라 주어야 합니다."

깡마른 키 작은 신사가 인사부장이 서 있는 긴 의자 위로 기어올랐다. 그는 인사도 하는 둥 마는 둥 하고 즉각 긴장한 두 손을 뻗어 그들이 모두 모여서 정렬하고 이동하는 방법을 지시하기 시작했다. 그러나 처음에는 사람들이 그의 말을 따르지 않았다. 기차가 곧 출발한다고 방금 말했는데도 이미 전에 연설한 적이 있는 일행 중 한 명이 손으로 테이블을 내려치면서 비교적 긴 감사 연설을 시작했기 때문이다. 카를은 말할 수 없이 불안한 심정이었다. 그러나 연사는 인사부장도 자기 말에 귀 기울이지 않고 수송단장에게 여러 가지 지시를 내리는 것에는 전혀 아랑곳하지 않았다. 그는 장황하게 말을 늘어놓았다. 식탁에 오른 요리를 하나하나 열거하고 각각의 요리에 대해 품평했다. 그런 다음 "존경하는 신사분들, 이렇게 해서 극장은 우리를 얻게 되었습니다!"라는 외침으로 연설 요지를 간추리며 끝마쳤다. 앞에 거론한 신사들을 제외하고 모두 웃었지만 그 말은 농담이라기보다는 진심이었다.

    이 연설의 대가로 사람들은 역까지 달려가야 했다. 하지만 그리 어렵지 않은 일이었다. 카를은 이제야 알아차렸지만 짐을 든 사람이 아무도 없었기 때문이다. 유일한 짐이라곤 극단의 선두에 선 유모차뿐이었다. 아버지가 조종하는 유모차는 덜커덩거리며 위아래로 요동쳤다. 이곳에 모인 사람들은 가진 것 하나 없는 수상쩍은 자들인데도 이렇게 잘 영접받고 보호받다니! 수송단장에게 그들은 정성껏 모셔야 할 대상임에 틀림없었다. 그는 때로는 한 손으로 유모차 손잡이를 잡고 다른 한 손을 높이 들어 단원을 격려했고, 때로는 대열의 맨 뒤에 가서 독려했으며, 때로는 그들 옆을 따라 달리기도 하면서 중간의 좀 더 느린 사람들을 눈여겨보다가 그들에게 양팔을 휘두르며 어떻게 달려야 하는지 보여 주었다.

그들이 역에 도착해 보니 기차는 이미 대기 중이었다. 역에 있던 사람들이 서로에게 단원을 가리켰다. 이렇게 외치는 소리가 귀에 들렸다. "모두 오클라호마 극장 사람들이야!" 극장은 카를의 생각 이상으로 잘 알려진 모양이었다. 물론 그는 극장 일에는 결코 신경 쓴 적이 없었다. 특히 단원을 위해 객차 한 량이 따로 배정되었고, 수송단장은 차장보다 더 열심히 탑승을 독려했다. 그는 먼저 일일이 한 칸 한 칸을 살펴보고 이따금 무언가를 정리한 다음에야 직접 기차에 올라탔다. 카를은 우연히 창가 자리를 얻게 되어 자코모를 자기 옆으로 끌어당겼다. 그래서 둘은 서로 꼭 붙어 앉았으며, 사실 둘 다 이 여행을 고대하고 있었다. 미국에서 이처럼 아무 걱정 없이 여행해 본 적이 아직 없었기 때문이다. 기차가 움직이기 시작하자 두 사람은 창밖으로 손을 흔들어 댔고, 맞은편의 청년들은 서로 툭툭 치며 그 모습이 우습다고 생각했다.

3 그들은 이틀 밤낮을 달렸다

그들은 이틀 밤낮을 달렸다. 카를은 이제야 미국의 광대함을 깨달았다. 그는 지칠 줄 모르고 창밖을 내다봤다. 자코모는 카드놀이에 열중하던 맞은편 청년들이 싫증 나서 순순히 창가 자리를 양보할 때까지 오랫동안 몸을 바짝 밀어붙였다. 카를은 그들에게 고마움을 표시했다. — 자코모의 영어는 아무도 이해하지 못했다 — 그리고 그들은 시간이 지나면서 객실 동승자들이 으레 그렇듯이 훨씬 더 친해졌다. 그렇지만 서로 친해지자 종종 성가신 일이 발생하기도 했다. 예컨대 카드 한 장이 바닥에 떨어져서 샅샅이 뒤질 때마다 카를이나 자코모의 다리를 힘껏 꼬집었기 때문이다. 그러면 자코모는 매번 새롭게 놀라서 비명을 지르며 다리를 공중에 들어 올렸다. 카를은 한 번 발길질로 응수하려 했지만 보통은 모든 걸 말없이 참고 견뎠다.

창문을 열어 놓았는데도 연기가 자욱한 작은 객실에서
일어난 모든 일은 창밖 경치를 내다보면서 잊어버렸다.

첫날 그들은 높은 산악 지대를 가로질렀다. 푸른 기가
도는 시커먼 바위산이 뾰족한 쐐기 모양으로 기차에 닿을
듯이 다가왔다. 사람들은 창밖으로 몸을 내밀어 봉우리를
찾아보았으나 허사였다. 갈가리 찢긴 어둡고 좁은
계곡들이 눈앞에 펼쳐졌다. 사람들은 계곡들이 사라져
가는 방향을 손가락으로 그려 보였다. 넓은 계곡물이
구릉지에서 큰 물결로 흘러와 수천 개의 자잘한 거품을
일으키며 기차가 달리는 다리 밑으로 쏜살같이 떨어졌다.
계곡물이 너무 가까이 있어서 그 서늘한 기운에 얼굴이
덜덜 떨릴 지경이었다.

단편들

카프카는 김나지움 시절과 법학을 공부하는 동안에도 단편, 미완성 장편을 쓰며 문학 실험을 해 왔다. 하지만 그는 나중에 모든 원고를 다시 파기한다. 내적으로 다소 무력감을 느낀 카프카는 현실, 즉 자신과 자신의 세대가 경험한 현실을 포착하고 형상화할 수 있는 표현 방식, 언어, 관점을 찾으려 했다. 1912년 카프카는 프란츠 블라이가 편집한 잡지에 '관찰'이라는 제목의 짧은 산문들을 발표한다. 인상주의를 강하게 연상시키는 이 글들은 순간과 분위기, 그리고 그에 기반한 성찰을 포착했다. 형식적으로 매우 다른 이 단편들은 일상과 대도시의 삶, 그리고 이 삶이 자아에 제기하는 요구에 직면해서 창백하고 미심쩍으며 이미 증발해 버린 자아를 보여 준다. 이 자아는 자신을 정의하고 분명히 하려는 관조적 자아, 자신을 잃어버릴까 두려워하는 자아, 불안에 저항하는 불행하고 우울한 자아 등 다양한 모습으로 등장한다. 「시골길의 아이들」, 「사기꾼의 가면 벗기기」, 「결심」, 「독신남의 불행」, 「상인」, 「멍하니 바깥 바라보기」, 「전차 승객」, 「원피스」, 「거절」, 「경마 기수를 위한 생각」, 「불행하다는 것」이 그러한 단편들이다. 그 외 이 책에서는 「사냥꾼 그라쿠스」(1931), 「꿈」(1920), 「자칼과 아랍인」(1919), 「신임 변호사」(1920), 「열한 명의 아들들」(1920), 「형제 살해」(1920), 「포세이돈」(1936), 「포기해라」(1936), 「비유에 관하여」(1936), 「유형지에서」(1919), 「단식 광대」(1924), 「가수 요제피네, 또는 쥐들의 종족」(1924)을 실어 카프카 산문의 유려함을 보여 주려고 했다. 이 산문들에는 자신의 본래의 모습, 불안과 고독, 독신 생활과 상인의 어려움, 의지할 데 없음, 불행 등과 같이 이후 작품의 모티프들이 주변 세계에 대한 카프카의 독특한 시각으로 묘사되고 있다. 카프카는 자신이 죽은 후 요제피네처럼 대중에게 잊힐 것으로 보았지만, 그가 사망한 지 100년이 되는 이 시점에도 전 세계에서 카프카에 대한 관심이 사그라지지 않는 것으로 볼 때 그의 생각은 틀린 것으로 드러났다.

단편들

시골길의 아이들

사기꾼의 가면 벗기기

결심

독신남의 불행

상인

멍하니 바깥 바라보기

전차 승객

원피스

거절

경마 기수를 위한 생각

불행하다는 것

사냥꾼 그라쿠스

꿈

자칼과 아랍인

신임 변호사

열한 명의 아들들

형제 살해

포세이돈

포기해라!

비유에 관하여

유형지에서

단식 광대

가수 요제피네, 또는 쥐들의 종족

시골길의 아이들

　격자 모양의 정원 울타리 너머로 마차들이 지나가는 소리가 들려왔고, 정자 옆 나뭇가지들이 살랑살랑 흔들리는 틈새로 가끔 마차들이 보이기도 했다. 뜨거운 여름날, 수레의 바큇살과 손잡이의 나무에서 얼마나 삐걱거리는 소리가 났던지! 일꾼들이 들판에서 돌아오며 크게 웃어 대서 창피할 정도였다. 나는 우리 집 정원의 나무들 사이에 있는 조그만 그네에 앉아 푹 쉬고 있었다.

　울타리 밖에서는 끊임없이 소리가 들려왔다. 그 순간 아이들이 달음박질치며 지나갔다. 보릿단 위로 남자와 여자들을 태운 곡식 수레가 지나가자 주위에 빙 둘러 있던 꽃밭이 어둑어둑해졌다. 저녁 무렵 지팡이를 든 신사가 느릿느릿 산책하는 모습이 보였고, 팔짱을 끼고 그를 향해 다가오던 두서너 명의 소녀들이 그에게 인사하며 옆 풀밭으로 비켜섰다.

그다음에 마치 하늘에 흩뿌린 듯 새들이 날아오르자 나는 시선으로 새들을 뒤쫓았다. 새들이 단숨에 날아올라서 새들이 날아오른 것이 아니라 내가 떨어지는 듯한 느낌이 들었다. 나는 힘이 빠져 줄을 꽉 붙잡고 그네를 약간 흔들기 시작했다. 이내 그네를 좀 더 세게 흔들자 어느덧 좀 더 서늘한 바람이 불었고, 날아가는 새들 대신에 떨고 있는 별들이 모습을 드러내자 나는 곧 그네를 좀 더 세게 굴렸다.

나는 촛불을 켜고 저녁을 먹었다. 이따금 두 팔을 판자 위에 올려놓았고, 벌써 피곤을 느끼며 버터 바른 빵을 깨물었다. 따스한 바람이 불자 작은 구멍이 숭숭 뚫린 커튼이 부풀어 올랐다. 그리고 바깥을 지나가던 어떤 사람이 나를 더 잘 보고 나와 대화를 나누고 싶을 때면 때때로 커튼을 두 손으로 거머잡았다. 대개는 얼마 안 가 촛불이 꺼졌고, 모기 떼가 초에서 피어나는 어두컴컴한 연기 속을 한동안 날아다녔다. 누군가 창밖에서 이런저런 질문을 하면 나는 산속이나 허공을 바라보듯 그를 쳐다보았고, 그 역시 대답에 크게 신경 쓰지 않았다.

누군가가 창틀 위로 뛰어올라 다른 아이들이 벌써 집 앞에 왔다고 알리면 나는 한숨을 쉬며 몸을 일으켰다.

"아니, 왜 그리 한숨짓는 거야? 대체 무슨 일이 일어났어? 돌이킬 수 없는 특별한 불행이니? 우린 다시 그 불행에서 회복할 수 없어? 정말 모든 걸 망친 거니?"

 망친 것은 아무것도 없었다. 우리는 집 밖으로 달려갔다. "다행이야, 너희가 마침내 오다니!" — "너는 언제나 늦는구나!" — "뭐라고, 내가?" — "바로 너 말이야, 같이 가기 싫으면 집에 있지그래." — "자비는 없어!" — "뭐라고? 자비는 없다고? 무슨 소리야?"

 우리는 머리로 저녁을 뚫고 나갔다. 낮과 밤을 따지지 않았다. 때로는 우리 양복 조끼의 단추들이 이빨처럼 서로 부딪쳤고, 때로는 열대 지방의 동물들처럼 입에 불을 머금고 일정한 간격을 유지하며 달려가기도 했다. 옛날 전쟁터의 흉갑 기병들처럼 땅을 박차고 허공으로 높이 뛰어오르면서 우리는 서로를 몰아 대며 짧은 골목길을 내려갔고, 이렇게 달리며 시골길을 계속 올라갔다. 몇몇 아이들은 길섶의 도랑으로 들어가 컴컴한 둑 앞에서 사라졌나 싶었는데 벌써 들길에 올라서서 마치 낯선 사람들처럼 내려다보고 있었다.

 "이리로 내려와!" — "먼저 올라오라니까!" — "우리를 밀어뜨리려고 그러지, 싫어. 쉽게 속을 줄 알고." — "뭘 그리 겁내니. 올라와, 올라오라니까!" — "정말? 너희? 우릴 아래로 밀어뜨릴 거니? 왜 그런 표정을 하고 있는 거야?"

 우리는 공격을 개시했다. 그들이 가슴으로 밀어붙이는

바람에 우리는 길섶 도랑의 풀밭에 쓰러지며 또 자진해서
몸을 뉘었다. 모든 게 고루 데워져 있었다. 풀밭은 온기도
냉기도 느껴지지 않았다. 다만 피곤해졌을 뿐이다.
오른쪽으로 몸을 돌리고 귀밑에 손을 대면 그대로 잠들고
싶었다. 턱을 쳐들고 또 한 번 일어서려고 했으나 그럴수록
더 깊이 도랑에 떨어지려고 했다. 그런 다음 팔짱을 끼고 두
다리를 비스듬히 흔들며 공중으로 솟구쳤으나 이번에도
다시 더 깊이 도랑에 떨어지려고 했다. 우리는 이 일을 결코
멈출 생각이 없었다.

　　마지막 도랑에서 제대로 잠을 자기 위해 최대한 몸을
뻗고, 특히 두 무릎을 쭉 뻗고 누워 있으려니 그런 생각을
해 보지 못한 우리는 등이 하도 아파 눈물이 쏟아질 것만
같았다. 한번은 어떤 소년이 팔꿈치를 허리에 대고 시커먼
발바닥으로 우리를 넘어 둑에서 거리로 뛰어 올라갔을 때
우리는 눈만 껌벅거릴 뿐이었다.

　　어느덧 달이 휘영청 떠올라 있었고, 우편 마차 한 대가
달빛을 받으며 지나갔다. 대체로 약한 바람이 일었는데
도랑 속에서도 그것이 느껴졌다. 그리고 근처 숲에서
나뭇잎이 살랑거리는 소리가 들리기 시작했다. 그래서
혼자 있는 것이 더 이상 그다지 중요하지 않았다.

　　"너희 어디 있는 거니?" — "이리
오라니까!" — "모두 함께 말이야!" — "왜 숨어 있는

거니? 바보 같은 짓 그만둬!" — "벌써 우편 마차가 지나간 것을 모르니?" — "아니, 그럴 리가? 벌써 지나갔다고?" — "물론이지, 네가 자는 동안 지나가 버렸어." — "내가 잤다고? 그렇지 않아!" — "입 다물어, 네 얼굴에 그렇게 쓰여 있단 말이야." — "말도 안 돼." — "오라니까!"

우리는 한데 어울려 달렸고, 서로에게 손을 내미는 아이들도 더러 있었다. 내리막길이어서 머리를 똑바로 세우고 달릴 수 없었다. 누군가가 인디언이 내는 함성을 질렀고, 우리는 전에 없이 전력으로 질주했다. 달릴 때 바람이 우리의 허리를 들어 올려 주었다. 아무것도 우리를 멈추게 할 수 없었으리라. 우리는 달리면서 추월할 때도 팔짱을 끼고 차분히 주위를 둘러볼 수 있었다.

우리는 급류가 흐르는 다리 위에서 멈추어 섰다. 그러자 계속 달리던 아이들이 되돌아왔다. 다리 밑을 흐르는 물은 아직 그리 늦은 저녁이 아니라는 듯이 돌멩이와 나무뿌리에 부딪쳤다. 그러니 누군가가 다리 난간으로 뛰어들지 않을 이유가 없었다.

멀리 덤불 뒤에서 열차가 달려 나왔다. 객실마다 불이 밝혀져 있었고, 유리창은 확실히 닫혔다. 우리 중 한 명이 유행가를 부르기 시작했다. 그러나 우리 모두 노래를 부르고 싶었다. 우리는 기차가 달리는 속도보다 훨씬

빠르게 노래를 불렀고, 목소리만으로 부족해서 팔까지
흔들었다. 우리 목소리가 서로 섞이면서 우리는 기분이
편안해졌다. 제 목소리가 다른 사람들의 목소리에 섞이면
마치 낚싯바늘에 걸린 것 같다.

    이렇게 우리는 숲을 등지고 멀리 있는 여행객들의
귀에 노래를 불러 주었다. 마을 어른들은 아직 깨어
있었고, 어머니들은 밤을 위해 잠자리를 준비했다.

    벌써 돌아갈 시간이 되었다. 나는 옆에 서 있는
아이에게 입맞춤하고, 그 옆의 아이 셋에게는 손만
내밀었다. 그러고는 왔던 길을 되돌아 달리기 시작했다.
아무도 나를 부르지 않았다. 더 이상 내 모습을 볼 수 없는
첫 번째 네거리에서 나는 길을 돌아 들길을 달려 다시
숲속으로 들어갔다. 나는 남쪽 도시로 가려고 애를 썼다.
우리 마을에서는 이 도시에 관해 이렇게 말했다.

    "저곳 사람들 있지! 그들이 잠을 자지 않는다고
생각해 봐!"

    "대체 왜 그런다지?"

    "피곤해지지 않기 때문이야."

    "그러면 왜 피곤해지지 않지?"

    "바보들이니까."

    "바보들은 피곤해지지 않나?"

    "바보들이 어떻게 피곤해질 수 있겠어!"

사기꾼의 가면 벗기기

마침내 밤 10시쯤 나는 전부터 얼핏 알고 지내던 사내와 어떤 모임에 초대받은 고급 주택 앞에 도착했다. 이번에 다시 우연히 마주친 그는 두 시간이나 나를 끌고 골목을 돌아다녔다.

"자 그럼!" 나는 이렇게 말하고 반드시 헤어질 수밖에 없다는 표시로 손뼉을 쳤다. 이미 몇 번이나 이보다 덜 확실한 표시를 해 보였다. 나는 이미 완전히 지쳐 있었다.

"곧장 올라가실 건가요?" 그가 물었다. 그의 입에서 이 부딪치는 소리 같은 게 들렸다.

"네."

그렇지만 나는 초대를 받았지 않았던가. 나는 그 점을 그에게 즉시 말했다. 하지만 전부터 너무나 가고 싶었던 곳으로 오라고 초대받았지, 이 아래 대문 앞에 서서 맞은편 사람의 귀 옆으로 흘낏 쳐다보라고 초대받은 것은 아니었다. 그리고 우리가 이 장소에 오래 머물기로 결심이라도 한 듯 지금 이 사내와 말없이 있으라고 초대받은 것은 아니었다. 이때 주위의 집들마저 곧 이러한 침묵에 가담했고, 집들 위의 어둠은 별들에까지 이어져 있었다. 그리고 어디로 가는 길인지 알고 싶지 않은 눈에 보이지 않는 산책자들의 발소리, 번번이 반대편 거리로 휘몰아쳐 가는 바람 소리, 어느 방의 닫힌 창문에서 흘러나오는 축음기의 노랫소리 — 이런 소리들이 이 침묵 속에서 들려왔다. 침묵이 예로부터 또 영원히 제 소유물인 것처럼.

그리고 내 동반자는 자신의 뜻에 따라 — 빙그레 미소를 지은 뒤에는 — 내 뜻에도 따랐다. 그는 담벼락을 따라 오른팔을 앞으로 내뻗었다. 그러고는 두 눈을 감고 그 팔에 얼굴을 기댔다.

하지만 나는 이 미소를 끝까지 지켜보지 않았다. 수치심이 갑자기 내 얼굴을 돌려놓았기 때문이다. 그러니까 나는 이 미소를 보고 비로소 그가 다름 아닌 사기꾼이란 사실을 깨달았다. 그리고 나는 벌써 몇 달 동안이나 이 도시에 있었으므로 이러한 사기꾼들을 속속들이 안다고 생각했다. 나는 밤에 옆 골목에서 두 손을 앞으로 내밀고 음식점 주인들처럼 우리를 향해 다가오는 모습, 우리가 서 있는 광고탑 주위를 얼쩡거리며 마치 숨바꼭질하듯 둥근 기둥 뒤에서 한쪽 눈으로 몰래 엿보는 모습, 네거리에서 우리가 불안해할 때면 갑자기 인도 끝에 나타나 우리 눈앞에 어른거리는 모습을 알고 있었다! 난 그들을 아주 잘 이해하고 있었다. 그들은 작은 음식점들에서 내가 처음으로 알게 된 도시의 사람들이었다. 그리고 나는 그들 덕분에 완강한 모습을 처음으로 알았다. 나는 내게도 그런 점이 있다는 것을 느끼기 시작하면서 지상에 그런 것이 없다고는 도저히 생각할 수 없게 되었다. 벌써 오래전에 그들에게서 달아나 더는 잡힐 위험이 없다고 생각할 때도 어떻게 그들은 눈앞에 나타나 마주 서 있다는 말인가! 어떻게 그들은 주저앉거나 넘어지지 않고 멀리서이긴 하지만 여전히 확신에 찬 눈초리로 사람을 지켜본단 말인가! 그리고 그들의 수단은 늘 똑같았다. 그들은 되도록 넓게 자신들을 배치해서 우리 앞길을 가로막고는 우리가 가려는 곳을 못 가게 막았다. 그 대신 우리가 묵을 거처를 제 가슴에 준비해 두었다. 그러다가 마침내 쌓인 감정이 우리 마음속에 고개를 쳐들 때면 그것을 포옹으로 받아들여 얼굴을 앞세우고 제 몸을 내던졌다.

    그런데 이번에는 그토록 오랫동안 함께 지낸 뒤에야 이 오래된 장난을 깨달았다. 나는 치욕을 느끼지 않은 것으로 하기 위해 손가락 끝을 마구 비벼 댔다.

하지만 사내는 이곳에서 예전처럼 몸을 기댄 채 자신을 여전히 사기꾼이라 여기고 있었다. 그리고 제 운명에 만족하여 자신의 드러난 볼을 발갛게 물들였다.

"이제 알았어!" 나는 말하면서 그의 두 어깨를 가볍게 두드렸다. 그러고 나서 서둘러 계단을 올라가 위쪽 응접실에 있는 더없이 충직한 하인들의 얼굴을 보고 멋지고 놀라운 일을 접한 것처럼 기뻐했다. 그들이 내 외투를 벗기고 부츠에 묻은 먼지를 터는 동안 나는 이들을 모두 차례로 살펴보았다. 나는 안도의 숨을 쉬고 몸을 쭉 편 채 홀 안으로 들어갔다.

결심

　비참한 상태에서 몸을 일으키려면 의도적으로 힘을 내면 쉬울 것이다. 나는 안락의자에서 몸을 일으켜 탁자 주위를 돌아다니며 머리와 목을 움직이고, 눈에 불을 밝히고, 눈언저리 근육을 긴장시킨다. 모든 감정을 억누르고, 지금 A가 찾아오면 열렬히 맞이하라. 내 방에서 B를 참으며 친절하게 대하고, C의 집에서는 고통스럽고 힘들지라도 거기서 이야기되는 모든 걸 길게 숨을 내쉬면서 내 안으로 끌어들여라.
　하지만 그렇게 된다고 하더라도 피할 수 없는 실수가 생겨 쉬운 일이든 어려운 일이든 모든 일이 막혀 버릴 것이다. 결국 나는 원을 그리며 되돌아가는 수밖에 없을 것이다.
　따라서 이 모든 걸 참고 견디는 최상책은 무거운 덩어리로 처신하고, 자신이 날아갈 것 같은 느낌이 들면 불필요한 발걸음을 떼지 말고, 다른 사람을 짐승의 눈길로 바라보고 후회를 느끼지 말아야 한다. 요컨대 삶에서 유령처럼 아직 남아 있는 것을 자기 손으로 내리눌러야 한다. 즉 무덤 같은 최후의 안식을 더욱 늘리고, 그 외에는 아무것도 더 이상 존속시키지 말아야 한다.

그런 상태를 특징짓는 움직임은 새끼손가락으로 눈썹 위를 쓰다듬는 동작이다.

독신남의 불행

　독신으로 살아가기는 너무 안 좋아 보인다. 나이 들어 저녁 시간을 사람들과 같이 보내려 할 때 자못 품위를 지키며 자신을 끼워 달라고 부탁해야 하니. 몸이 아프면 침대 구석에서 몇 주일 동안이나 텅 빈 방 안을 지켜보아야 하고, 언제나 대문 앞에서 사람들과 헤어져야 하며, 아내와 계단을 나란히 오르는 일도 없다. 그의 방에는 다른 집으로 통하는 옆문만 있을 뿐이고, 저녁 식사를 손에 들고 집에 와야 한다. 남의 집 아이들을 놀라운 시선으로 쳐다볼 수밖에 없지만 "나는 자식이 없어!"라고 줄곧 되풀이할 수도 없는 노릇이다. 젊은 시절에 본 독신자 한두 명을 기억에 떠올려 외모와 태도를 가꾸어 나가야 한다.
　아무래도 그렇게 될 것이다. 다만 오늘이나 훗날에 실제로도 하나의 몸과 하나의 진짜 머리, 그러므로 손으로 칠 하나의 이마를 가진 존재로 살아갈 때를 제외하고는 말이다.

상인

　몇몇 사람들은 나를 동정하고 있을지도 모르지만 나는 그런 사실을 전혀 못 느끼고 있다. 내 머리는 내 조그만 가게에 대한 걱정으로 가득 차 있다. 그래서 내 이마와 관자놀이가 쿡쿡 쑤시고 아프다. 내 가게가 보잘것없어서 미래에 대한 전망이 만족스럽지 못한 까닭이다.

　몇 시간 앞서 미리 결정을 내려야 하고, 사환의 기억을 일깨워 줘야 한다. 우려할 만한 실수를 저지르지 않도록 주의를 주어야 하고, 어떤 계절이 오면 다음 계절에 뭐가 유행할지 생각해 보아야 한다. 그것도 내가 사는 지역 사람들의 유행이 아니라 접근하기 어려운 시골 사람들의 유행을 말이다.

　내 돈은 모르는 사람들의 수중에 들어 있다. 그들의 상황을 나는 제대로 알 수 없다. 나는 그들이 어떤 불행을 맞을지 알지 못한다. 내가 그걸 어떻게 막겠는가! 혹시 그들은 낭비벽이 생겨 어떤 음식점 뜰에서 잔치를 벌일지도 모른다. 그리고 다른 어떤 이들은 미국으로 도주하는 중에 잠시 이 잔치에 머물고 있을지도 모른다.

그런데 어느 평일 저녁에 가게 문을 닫으면 더 이상 가게 일을 볼 필요가 없어 갑자기 몇 시간의 여유가 생긴다. 그러면 훨씬 앞당겨 아침부터 미리 느끼고 있던 흥분이 밀물처럼 되돌아와 가슴속에 밀려들지만 내 속에서는 이를 배겨 내지 못해 나는 끝도 없이 흥분에 휩쓸린다.

그렇지만 나는 이러한 흥분된 기분을 전혀 살리지 못하고 그냥 집으로 돌아갈 수밖에 없다. 얼굴과 손이 더럽고 땀에 젖었으며, 옷은 얼룩지고 먼지가 쌓여 있기 때문이다. 머리에는 작업모를 쓰고, 상자 못에 긁힌 부츠를 신었기 때문이다. 그래서 나는 파도를 타듯 걷고, 양손의 손가락 마디를 딱딱 꺾고, 다가오는 아이들의 머리를 쓰다듬어 준다.

그러나 집으로 가는 길은 너무 짧다. 이내 집에 도착해 승강기 문을 열고 안으로 들어간다.

그런데 나는 지금 혼자라는 사실을 문득 깨닫는다. 계단을 올라가야 하는 다른 사람들은 약간 지쳐서 누가 현관문을 열어 주러 나올 때까지 가쁜 숨을 몰아쉬며 기다려야 한다. 그러니 짜증과 조바심이 날 법도 하다. 그들은 이제 현관에 들어가 모자를 벗어 놓고 복도를 통과해 몇 개의 유리문을 지나 자기 방에 들어가면 비로소 혼자가 된다.

하지만 나는 승강기 안에서 곧장 혼자가 되어 무릎을 꿇고 조그만 거울 속을 들여다본다. 승강기가 올라가기 시작하면 나는 이렇게 말한다.

"조용히 하고 뒤로 물러나시오. 당신들은 나무 그늘 속으로, 창문의 커튼 뒤로, 아치형 정자 속으로 가고 싶은가요?"

내가 이를 악물고 말하자 계단의 난간들이 우윳빛 유리창 위로 마치 쏟아지는 물처럼 미끄러져 내려간다.

"날아가시오. 내가 한 번도 본 적 없는 날개들이 여러분을 시골의 골짜기나 여러분이 가고 싶어 한다면 파리로 데려다줄지도 모르오.

하지만 세 갈래 길에서 행렬이 나와 서로 비켜서지 않고 섞여 버려 마지막 줄 사이에 다시 여유 공간이 생기면 창밖 광경을 즐기시오. 손수건을 흔들고, 깜짝 놀라고, 감동받으면서, 지나가는 아름다운 숙녀를 칭찬하도록 하시오.

개울 위 나무다리를 건너고, 멱 감는 아이들에게 고개를 끄덕이고, 멀리 철갑함 위 선원 수천이 지르는 만세

소리에 놀라워하시오.

    볼품없는 남자 뒤를 그냥 따라가시오. 그를 출입구에 몰아넣었다면 그의 물건을 빼앗으시오. 그런 다음 그가 왼쪽 골목으로 슬프게 걸어가는 것을 모두 호주머니에 손을 넣고 지켜보도록 하시오.

    말에 올라타고 여기저기서 달려오는 경찰관들이 말을 멈추어 세우고는 여러분을 밀어낼 것이오. 그들이 하는 대로 내버려 두시오. 나는 알고 있소, 텅 빈 골목을 보고 그들이 낙담할 거라고. 벌써 그들은 말을 타고 떠나간다. 삼삼오오 짝지어 천천히 길모퉁이를 돌아 날 듯이 광장을 지나간다."

    그러면 나는 내려야 한다. 승강기를 아래로 내려보내고 문의 초인종을 눌러야 한다. 그리고 하녀가 문을 여는 동안 나는 인사를 한다.

멍하니 바깥 바라보기

지금 급히 다가오는 이 봄날에 우리는 무엇을 할 것인가? 오늘 새벽하늘은 잿빛이었다. 그런데 지금 창가에 가 보고 깜짝 놀라 창문 손잡이에 볼을 댄다.

창 아래에는 벌써 저무는 태양 빛이 주위를 둘러보며 걸어가는 순진한 소녀의 얼굴을 비춘다. 그리고 동시에 그녀 뒤에 더 급히 다가오는 남자의 그림자가 보인다.

그런 다음 남자가 어느새 지나가 버리자 소녀의 얼굴은 환히 밝아진다.

전차 승객

　　나는 전차 승강장에 서 있다. 이 세상에서, 이 도시에서, 우리 가족 내에서 내가 처한 위치를 되돌아볼 때 나는 말할 수 없이 불확실한 상태다. 나는 어느 방향에서 어떤 요구를 하는 것이 정당한지 말이 나온 김에라도 말할 수 없을 것 같다. 나는 이렇게 승강장에 서서 이런 손잡이 줄을 잡고 이런 전차에 실려 가는 자신을 조금도 옹호할 수 없다. 사람들이 전차를 피하거나 조용히 걸어가거나, 또는 쇼윈도 앞에 멈추어 있는 것에 대해서도 조금도 옹호할 수 없다. 물론 내게 그런 것을 요구하는 사람은 아무도 없다. 하지만 그건 아무래도 상관없는 일이다.

　　전차가 어느 정류장으로 다가오고, 한 소녀가 계단 가까이에 서서 내릴 준비를 한다. 내가 그녀를 만져 보기라도 한 것처럼 그녀는 분명 그런 모습으로 보인다. 검은 옷을 입었는데 치마 주름은 거의 움직이지 않는다.

블라우스는 몸에 꽉 끼고, 작은 그물 모양의 흰색 레이스로 된 칼라가 달렸다. 왼손은 벽에 찰싹 붙였고, 오른손에 쥔 양산은 위에서 두 번째 계단에 놓여 있다. 얼굴은 갈색이며, 양옆으로 약간 눌린 듯한 코끝은 둥글넓적하다. 갈색 머리카락은 숱이 많으며, 오른쪽 관자놀이 근처의 잔머리털이 바람에 나부낀다. 조그만 귀는 뒤쪽으로 바짝 붙어 있다. 내가 바로 옆에 서 있어서 오른쪽 귓바퀴의 뒤쪽 전체와 귀뿌리의 그늘진 부분이 보인다.

당시 나는 자문해 보았다. 그녀가 어떻게 자신에 대해 이상하게 생각하지 않는단 말인가? 어떻게 그와 같은 사실에 대해 입을 다물고 아무 말도 하지 않는단 말인가?

원피스

 종종 나는 여러 겹의 주름과 주름 장식이며 아름다운 몸에 멋지게 드리워진 술 장식이 달린 원피스를 볼 때마다 언제까지나 그것이 그런 상태로 있지는 않을 거라는 생각을 한다. 주름이 잡혀도 더 이상 반듯이 다려 펼 수 없을 것이고, 장식 부분에 두껍게 먼지가 쌓여 더 이상 털어 낼 수 없을 것이다. 그리고 매일 아침 똑같은 값비싼 원피스를 입었다가 저녁에 벗는, 그렇게 슬프고도 우스꽝스러운 짓을 하려는 사람은 아무도 없을 것이다.

 그렇지만 그런 소녀들이 보이곤 한다. 매혹적인 근육과 뼈마디를 지니고, 팽팽한 피부와 부드러운 머리카락을 지닌 아름다운 소녀들이 날이면 날마다 가장무도회를 방불케 하는 복장을 하고 나타나는 것 말이다. 그들은 손바닥에 올려놓은 손거울로 언제나 똑같은 얼굴을 비춰 보곤 한다.

가끔 밤늦은 시각에 파티에서 돌아올 때 그들은 거울 속에 비친 낡고 부풀어 오르고 먼지투성이가 된 옷을 이미 모든 사람이 다 보았으니 더 이상 입고 다닐 수 없다고 생각하는 것 같다.

거절

나는 아름다운 소녀를 만나면 애원한다. "제발, 저랑 좀 같이 가 주지 않으실래요?" 그러면 그녀는 말없이 지나가며 속으로 이렇게 생각한다.

"당신은 명성이 높은 공작도 아니고, 인디언 같은 체격에 고요하게 생각에 잠긴 듯한 눈매, 초원과 그곳을 관통해 흐르는 강들의 공기로 부드러워진 피부를 지닌 미국인도 아니에요. 당신은 대양으로 여행을 떠난 적도 없고, 내가 어디 있는지도 알 수 없는 대양을 항해한 적도 없잖아요. 그런데 나처럼 아름다운 소녀가 왜 당신 같은 사람과 같이 가겠어요?"

"아가씨는 잊고 있어요. 아가씨는 골목을 덜컹거리며 달리는 자동차에 타고 있지 않아요. 몸에 꽉 끼는 옷을 입고 아가씨를 수행하는 신사들도 보이지 않아요. 그대를 위해 축복의 말을 중얼거리며 정확히 반원을 그리며 그대

뒤를 따르는 신사들 말이오. 그대의 가슴은 코르셋으로 적절히 잡아맸지만 그대의 허벅지와 허리는 이러한 절제를 보완해 줍니다. 그대는 지난가을 우리 모두를 마냥 즐겁게 해 준 주름 잡힌 태피터 드레스를 입고 계시는군요. 그런데 생명에 위험한 걸 몸에 걸치고 있으면서 그대는 이따금 미소 짓고 있다니요."

"그래요, 우리 둘 다 옳아요. 그런데 우리가 그런 사실을 확고하게 의식하지 않도록 차라리 각자 따로 집에 가는 게 더 낫지 않을까요?"

경마 기수를 위한 생각

　　곰곰이 생각해 보면 아무것도 경마에서 1등으로 골인하도록 유혹할 수 없다.
　　한 나라의 제일가는 기수로 인정받는 명예는 오케스트라가 울리기 시작하면서 이튿날 아침에 후회되지 않을 정도로 큰 기쁨을 준다.
　　꽤 영향력이 있는 교활한 경쟁자들의 질투는 좁은 격자 울타리 안에서 살아가는 우리의 마음을 아프게 한다. 이제 우리는 말을 타고 그 울타리를 빠져나와 평지로 나아간다. 우리 앞의 평지는 추월당한 몇몇 기수들만 보일 뿐 이내 텅 비었다. 지평선의 끝을 향해 말 타고 가는 이들의 모습이 조그맣게 보였다.
　　많은 우리 친구들은 서둘러 당첨금을 타러 가 멀찍이 떨어진 창구에서 단지 어깨 너머로만 우리에게 만세를 외쳐 댄다. 하지만 가장 친한 친구들은 결코 우리 말에 걸지 않았다. 그랬다가 손해를 보면 우리를 원망할까 두려워서다. 하지만 우리 말이 우승했으나 그들은 한 푼도 벌지 못했기 때문에 우리가 옆을 지나갈 때 돌아서서 오히려 관람석을 죽 쳐다본다.

뒤처진 경쟁자들은 안장에 찰싹 붙은 채 그들이 당한 불운이며 그들에게 가해진 이런저런 부당한 일을 살펴본다. 그들은 앞의 경기는 어린아이 장난이고 이번이 진짜 경주가 되어야 하는 양 생기 있는 모습을 보인다.

많은 숙녀들이 볼 때 승리자는 우스꽝스럽게 여겨진다. 그는 우쭐해하지만 끊임없는 악수, 경례, 고개 숙여 인사하기, 그리고 먼 곳을 향해 인사하는 일을 어떻게 시작해야 할지 모르기 때문이다. 반면에 패자들은 대체로 입을 다문 채 힝힝거리는 말들의 목덜미를 가볍게 토닥인다.

마침내 잔뜩 찌푸린 하늘에서 비가 내리기 시작한다.

불행하다는 것

더는 참을 수 없게 되어 — 어느 11월 저녁 무렵이었다 — 나는 경주 트랙에서 달리듯 내 방의 좁은 양탄자 위를 달리다가 환히 불 밝혀진 골목을 보고 깜짝 놀라 다시 몸을 돌렸다. 하지만 방 안 깊숙한 곳에 있는 거울 속에서 다시 새로운 목표물을 발견하고 고함지른다. 그러나 단지 고함을 듣기 위해서일 뿐 그에 대한 응답은 없다. 또한 고함의 위력을 빼앗는 것이 아무것도 없기에 저울의 균형을 잡아 주는 추가 없을 때처럼 소리가 커지기만 하고 그가 입을 다물어도 소리는 그칠 줄 모른다. 이때 벽에서 문이 홱 열렸다. 서두를 필요가 있었기 때문이었다. 그리고 심지어 저 아래 거리에는 마차 끄는 말들이 사납게 날뛰는 전장의 말들처럼 목구멍을 훤히 드러내 보이며 몸을 일으켜 세웠다.

한 아이가 아직 불이 켜지지 않은 칠흑같이 어두운

복도에서 유령처럼 빠져나와 눈에 띄지 않게 흔들리는 가로 보 위에 발끝으로 서 있었다. 방에서 나오는 흐릿한 빛에 눈이 부신 듯 두 손으로 급히 얼굴을 가리려고 했으나 창 쪽으로 눈길을 돌리면서 자기도 모르게 마음이 진정되었다. 창문의 십자형 창살 앞에는 가로등 불빛이 안개처럼 뿌옇게 떠올랐다가 마침내 어둠 속에 잠겨 들었다. 아이는 열린 문 앞에서 오른쪽 팔꿈치를 벽에 대고 똑바로 서서 밖에서 들어오는 바람이 발목 관절 부위를, 또 목과 관자놀이를 부드럽게 스쳐 지나가게 했다.

나는 이 광경을 잠시 지켜보다가 "안녕하세요!"라고 말하고 난로의 방열용 칸막이에서 상의를 집어 들었다. 이렇게 반쯤 벗은 몸으로 서 있고 싶지 않아서였다. 입을 통해 흥분이 빠져나가도록 나는 잠시 입을 벌리고 있었다. 몸속에는 좋지 않은 침이 고였고, 얼굴에서는 속눈썹이 파르르 떨렸다. 요컨대 그토록 기다리던 방문객은 오지 않았다.

아이는 아직 벽가에 그대로 서 있었다. 오른손을 벽에 대고 뺨을 아주 붉게 물들이며 하얗게 칠한 우툴두툴한 벽면을 손가락 끝으로 계속 문질렀다. 내가 말했다.

"정말 나를 찾아왔나요? 잘못 찾아온 게 아닌가요? 이런 커다란 집에서는 실수하기 십상이지요. 내 이름은 이러이러하고, 4층에 살고 있어요. 그러니까 바로 나를 찾아온 건가요?"

"조용, 조용히 하세요!" 아이가 어깨 너머로 말했다. "죄다 틀림없군요."

"그러면 방 안으로 쑥 들어갑시다. 난 문을 닫고 싶으니까요."

"문은 방금 닫은걸요. 그냥 계세요. 아무쪼록 마음 편히요."

"그런 말씀 마세요. 이 복도에는 많은 사람이 사는데 내가 잘 아는 사람들이지요. 대부분은 이제 가게에서 돌아올 겁니다. 방에서 말소리가 들리면 그들은 무슨 일인가 하고 문을 열고 들여다볼 권리가 있다고 생각하지요. 언젠가 이미 그런 일이 있었지요. 이들은 하루 일을 끝낸 사람들입니다. 임시로 얻은 저녁의 자유 시간에 누구 말을 듣겠어요! 더군다나 당신도 그런 사실은 잘 알고 있겠죠. 문을 닫도록 하겠습니다."

"아니, 대체 왜 이러세요? 무슨 일인데요? 온 집안사람이 몰려와도 난 상관없습니다. 또 한 번 말하지만, 난 문을 진작 닫았는데 당신만 문을 닫을 수 있다고 생각하세요? 심지어 자물쇠로 잠가 버렸답니다."

"그러면 됐습니다. 그 이상은 바라지 않겠어요. 자물쇠는 채우지 않는 게 좋을 뻔했습니다. 그런데 이곳에 들어온 이상 마음 편히 계십시오. 당신은 내 손님이니까요.

내 말을 꼭 믿어 주십시오. 아무 염려 말고 편히 계세요. 당신을 억지로 붙잡아 두거나 내쫓지 않을 겁니다. 이런 말까지 해야 할까요? 나를 그렇게 나쁜 사람으로 알고 있나요?"

"아닙니다. 굳이 그런 말을 할 필요는 없었습니다. 오히려 그런 말을 하지 말았어야 했습니다. 난 어린아이니까요. 왜 나를 그렇게 정중히 대하시나요?"

"그게 그리 나쁜 일은 아닙니다. 물론 어린아이지요. 하지만 아주 작지는 않습니다. 벌써 완전히 어른 같은 체격이지요. 만약 당신이 소녀라면 이렇게 아무렇지도 않게 나와 한방에 같이 있어서는 안 될 겁니다."

"그 점은 걱정할 필요 없습니다. 내가 하고 싶은 이야기는 이것뿐입니다. 내가 당신을 잘 안다는 사실은 나를 그다지 보호해 주지 못합니다. 당신이 힘들여 내게 거짓말할 수고를 덜어 줄 뿐입니다. 그런데도 당신은 내게 겉치레 말을 합니다. 그러지 마십시오, 강력히 요구하건대 그러지 마십시오. 더구나 나는 언제 어디서나, 심지어 이 어둠 속에서도 당신을 알고 있는 것은 아닙니다. 불을 켜는 게 훨씬 더 나을지도 모르겠어요. 아니, 차라리 이대로가 낫겠어요. 어쨌거나 당신이 이미 내게 협박했다는 사실은 깨달을 겁니다."

"뭐라고요? 당신을 협박했다고요? 말도 안 됩니다. 난 당신이 마침내 이곳에 와 줘서 정말 기쁩니다. '마침내'라고 말하는 것은 이미 너무 늦었기 때문입니다. 왜 그리 늦게 왔는지 도무지 알 수가 없어요. 너무 기쁜 나머지 내가 이것저것 뒤죽박죽으로 말해서 당신이 그런 식으로 받아들였는지도 모르겠습니다. 내가 그런 식으로 말한 것은 열 번이라도 인정합니다. 당신이 원하는 모든 것으로 내가 협박한지도 모릅니다. — 그런데 제발 부탁인데 말다툼은 하지 맙시다 — 하지만 어떻게 그런 생각을 할 수 있었어요? 어떻게 그토록 내 마음을 상하게 할 수 있었나요? 왜 당신은 이곳에 잠깐 있는 시간을 어떻게든 망치려고 하나요? 낯선 사람이 당신보다 더 친절할지도 모르겠어요."

"하긴 그렇겠지요. 그건 새삼스러운 진리가 아닙니다. 어떤 낯선 사람이 당신을 친절히 대하는 것만큼이나 난 본래 당신과 아주 가까운 사이입니다. 그러니까 슬픔이 어째서 생기는지 당신도 알고 계시지요? 당신이 희극 연기를 할 생각이라면 난 당장 가겠습니다."

"그래요? 감히 그런 말까지 하다니요? 당신은 꽤 대담하군요. 하지만 결국 당신은 내 방에 있습니다. 당신은 마치 정신 나간 사람처럼 벽에 손가락을 문지르고 있어요. 내 방, 내 벽에 말입니다! 게다가 당신이 하는 말은 우스꽝스러워요. 뻔뻔스럽기만 한 것이 아닙니다. 당신은 본성 때문에 어쩔 수 없이 이런 식으로 나와 이야기한다고 합니다. 정말인가요? 본성 때문에 어쩔 수 없다는 당신 말이? 고마운 본성이군요. 당신의 본성은 내 본성이기도 하니까 내가 본성대로 당신에게 친절하게 군다면 당신도 달리 행동해서는 안 됩니다."

"그게 친절한 건가요?"

"전에 있었던 이야기를 하는 겁니다."

"내가 나중에 어떻게 될지 당신은 알고 있나요?"

"아무것도 모릅니다."

이렇게 말한 뒤 나는 침실용 탁자 쪽으로 가서 그 위에 촛불을 붙였다. 당시 내 방에는 가스등도 전깃불도 없었다. 그러고는 잠시 책상에 앉아 있다가 그것도 싫증이 나서 외투를 입고 안락의자에서 모자를 집어 들고는 촛불을 껐다. 밖으로 나가려다 나는 안락의자 다리에 걸렸다.

계단에서 나는 같은 층에 세 든 사람을 만났다.

"벌써 다시 나가시려고요? 빈둥대는 사람처럼 말입니다." 그는 두 계단에 다리를 벌리고 푹 쉬면서 물었다.

"어떡하면 좋을까요?" 내가 말했다. "지금 방에서 유령을 봤거든요."

"마치 수프 속에서 머리카락을 발견한 것처럼 불만스럽게 말하시는군요."

"농담하시는군요. 하지만 유령은 분명 유령임을 명심하십시오."

"그럴 수도 있겠죠. 하지만 사람들이 유령이라는 걸 전혀 믿지 않는다면 어쩌겠어요?"

"그럼 내가 유령의 존재를 믿는다고 생각하세요? 하지만 믿지 않는다고 해서 내게 무슨 소용이 있겠습니까?"

"아주 간단합니다. 유령이 실제로 나타나더라도 더 이상 두려워할 필요는 없습니다."

"그래요, 하지만 그건 부차적인 두려움입니다. 본래의 두려움이란 현상이 나타나는 원인에 대한 두려움입니다. 그런데 이 두려움은 없어지지 않아요. 내 안에는 많은 두려움이 있거든요."

나는 초조한 나머지 내 주머니를 모조리 뒤지기 시작했다.

"하지만 당신은 유령이 나타나는 현상 자체를 두려워하지 않으니 그 원인에 대해 차분히 물어볼 수 있었을 텐데요!"

"보아하니 당신은 여태껏 유령들과 대화를 나눠 본 적이 없는 모양이네요. 유령들한테서 절대 분명한 정보를 얻을 수 없어요. 이도 저도 아닌 겁니다. 이 유령들은 제 존재에 대해 우리 이상으로 의심하는 모양입니다.

하긴 그들의 존재가 허약한 것을 생각하면 이상한 일이 아니지요."

"하지만 내가 듣기로는 유령도 기를 수 있다는데요."

"잘 아시는군요. 그럴 수 있지요. 하지만 누가 그런 일을 하겠어요?"

"왜 못 한다는 말인가요? 가령 여자 유령이라면 말입니다." 그는 이렇게 말하고 위쪽 계단으로 훌쩍 뛰어 올라갔다.

"아, 그렇군요." 내가 말했다. "하지만 그렇다 할지라도 장담할 수 없는 일이지요."

나는 곰곰이 생각해 보았다. 내 지인은 벌써 아주 높이 올라가 있어서 나를 보려면 계단실 아치 아래에서 허리를 굽혀야만 했다. "그렇지만 말입니다." 나는 소리쳤다. "당신이 그 위의 내 유령을 빼앗아 가면 우리 사이는 끝입니다. 영원히 말이오."

"하지만 농담일 뿐이었어요." 이렇게 말하고 그는 머리를 원위치로 끌어올렸다.

"그럼 좋습니다." 내가 말했다. 이제야 차분히 산책할 수 있을 것 같았다. 하지만 완전히 버림받은 느낌이 들어 차라리 위로 올라가 잠자리에 들었다.

사냥꾼 그라쿠스

두 소년이 부둣가에 앉아 주사위 놀이를 하고
있었다. 한 남자가 군도를 휘두르는 영웅 동상의 그림자가
드리워진 기념비 계단에 앉아 신문을 읽고 있었다.
우물가의 소녀는 동이에 물을 긷고, 과일 장수는 제 물품
옆에 누워 호수를 바라보았다. 열린 선술집 문과 창문으로
두 남자가 와인을 마시는 모습이 보였다. 주인은 앞 테이블
앞에 앉아 꾸벅꾸벅 졸고 있었다. 바지선 한 척이 소리
없이 물에 실려 작은 항구로 들어오는 중이었다. 푸른색
작업복을 입은 남자가 뭍에 올라와서 고리에 걸린 밧줄을
끌어당겼다. 은빛 단추가 달린 검은 재킷을 입은 두 남자가
뱃사공 뒤에서 들것을 들고 있었다. 들것에는 어떤 사람이
꽃무늬가 수놓이고 술 장식이 늘어진 큰 비단보를 덮고
누워 있었다.

　두 사람이 들것을 내려놓고서 아직 밧줄을 잡고

낑낑대는 뱃사공을 기다렸으나 부두에는 도착한 사람들에게 신경 쓰는 사람이 아무도 없었다. 다가오는 사람도, 말을 거는 사람도 없었고, 유심히 쳐다보는 사람조차 없었다.

사공은 지금 갑판에 모습을 드러낸 어떤 여자 때문에 약간 멈칫거렸다. 머리를 풀어 헤친 그녀는 어린아이를 가슴에 안고 있었다. 그때 뱃사공이 다가와 물가 가까이 왼편에 반듯하게 솟은 누르스름한 이층집을 가리켰다. 그러자 들것을 든 사람들은 짐을 들어 올려 나지막하지만 날씬한 기둥들로 이루어진 대문을 지나 그것을 옮겼다. 작은 소년이 창문을 열다가 마침 사람들이 집 안으로 사라지는 것을 알아차리고 얼른 다시 창문을 닫았다. 이제 대문도 닫혔다. 검은 떡갈나무를 세심하게 짜맞춘 대문이었다. 지금까지 종탑 주위를 날던 비둘기 떼가 이제 집 앞에 내려앉았다. 집 안에 먹이가 보관되어 있기라도 한 듯이 비둘기들은 대문 앞에 모여들었다. 한 마리가 2층까지 날아올라 유리창을 쪼았다. 보살핌을 잘 받은 밝은 색깔의 생기 있는 동물들이었다. 거룻배에서 여자가 곡식알들을 뿌리자 비둘기들은 떼로 모여들어 그 여자한테로 날아갔다.

실크 모자를 쓰고 상장을 단 남자가 항구로 통하는 좁고 가파른 골목길을 내려오고 있었다. 그는 주의 깊게 주위를 둘러보았다. 모든 게 그를 걱정스럽게 했다. 한쪽 구석에 쌓인 쓰레기를 보고 얼굴을 찡그렸다. 기념비 계단 위에는 과일 껍질들이 널려 있었다. 그는 지나가면서 지팡이로 그것들을 밀쳐 내렸다. 방문을 두드리면서 동시에 실크 모자를 벗어 검은 장갑을 낀 오른손에 쥐었다. 곧 문이 열렸고, 쉰 명가량 되는 어린 소년들이 긴 복도의 양쪽에 줄지어 서서 고개 숙여 인사했다.

    뱃사공이 계단을 내려와 신사를 맞이하고 위층으로 안내했다. 사공은 그와 함께 2층의 날렵하게 지어진 우아한 발코니로 둘러싸인 뜰을 돌아갔다. 두 사람은 집 뒤쪽에 있는 서늘하고 큰 방으로 들어갔다. 그 사이 소년들은 경의를 표하며 뒤로 물러섰다. 그 집 맞은편에는 집은 하나도 없고 풀 한 포기 없는 암회색 암벽만 보였다. 들것을 든 사람들은 그 머리맡에 긴 양초를 몇 개 세우고 불을 붙이는 데 몰두하고 있었다. 그러나 그것으로 불빛이 생기지는 않았다. 단지 앞서 드리워진 그림자들만 쫓겨나 벽 위에서 깜박거릴 뿐이었다. 들것의 천은 뒤로 젖혀져 있었다. 거기엔 이를테면 사냥꾼 같은 남자가 누워 있었다. 머리카락과 수염이 마구 뒤엉켜 자라고 살갗은 볕에 그을렸다. 그는 두 눈을 감고 미동도 없이 숨을 쉬지 않는 듯이 누워 있었다. 그럼에도 주변 분위기만 그가 죽은 사람일 것이라는 암시를 줄 뿐이었다.

신사가 들것 쪽으로 다가가더니 거기 누운 자의 이마에 손을 올리고는 무릎을 꿇고 기도했다. 뱃사공이 들것을 들고 온 사람들에게 방을 나가라고 손짓했다. 그들은 밖으로 나가서 바깥에 모여 있던 소년들을 몰아내고 문을 닫았다. 그러나 신사에게는 이러한 정적도 충분치 않은 것 같았다. 그가 뱃사공을 바라보자 이 사공은 알아차리고 옆문으로 해서 옆방으로 나갔다. 곧 들것 위의 남자가 눈을 뜨더니 고통스러운 미소를 지으며 신사에게 얼굴을 돌리면서 말했다.

"당신은 누구신가요?" 신사는 그다지 놀라는 기색 없이 무릎 꿇은 자세에서 몸을 일으키더니 대답했다. "리바의 시장이오."

들것 위의 남자가 고개를 끄덕이고 힘없이 뻗은 팔로 안락의자를 가리키자 시장이 그가 권하는 대로 따른 후에 이렇게 말했다.

"알고 있습니다, 시장님. 하지만 첫 순간에는 늘 죄다 잊어버려요. 모든 게 한 바퀴 돌고는 좀 더 나아지거든요. 모든 걸 알고 있으면서도 묻게 되지요. 시장님도 내가 사냥꾼 그라쿠스라는 사실을 아마 알고 계실 겁니다."

"알고말고요" 시장이 말했다.

"당신이 온다는 통지를 간밤에 받았습니다. 우리는 진작부터 자고 있었지요. 그때 자정 무렵에 아내가

'살바토레' — 그게 내 이름이오 — 하고 부르더니 '창가의 비둘기를 좀 보세요!' 하더군요. 분명 비둘기였는데 수탉만큼이나 컸습니다. 그 비둘기가 내 귓가로 날아와 '죽은 사냥꾼 그라쿠스가 내일 올 테니 시의 이름으로 그를 맞으시오.'라고 하더군요."

사냥꾼은 고개를 끄덕이고 입술 사이로 혀끝을 내밀었다.

"그렇습니다. 비둘기들이 나보다 먼저 날아왔지요. 그런데 시장님, 내가 리바에 머물러야 한다고 생각하십니까?"

"그건 아직 말할 수 없소." 시장이 대답했다.

"당신은 죽었소?"

"네." 사냥꾼이 말했다. "알다시피. 여러 해 전에요. 그러나 엄청 여러 해 전일 겁니다. 나는 슈바르츠발트에서 — 독일에 있지요 — 알프스 영양 한 마리를 쫓다가 어느 바위에서 추락했습니다. 그때부터 저는 죽어 있습니다."

"하지만 그러면서 살아 있기도 한 거로군요."

"어느 정도는요." 사냥꾼이 말했다. "어느 정도는 살아 있기도 하지요. 내가 탄 죽음의 나룻배가 길을 잘못 들었어요. 키를 잘못 돌린 거지요. 사공이 부주의한 순간 아름다운 고향을 영영 떠난 거지요. 그게 무엇이었는지

나는 알지 못합니다. 아는 거라곤 내가 지상에 머물고
있다는 사실, 그리고 내 나룻배가 그때부터 줄곧
이승의 물 위를 떠다니고 있다는 사실뿐입니다. 그래서
산속에서만 살려고 했던 내가 죽은 뒤에는 지상의 온갖
나라를 두루 돌아다니고 있답니다."

"그렇다면 저승에 갈 일은 없다는 말인가요?" 시장이
이맛살을 찌푸리며 물었다.

"나는……." 하고 사냥꾼이 말했다. "늘 위로 나 있는
커다란 계단 위에 있어요. 무한히 넓은 이 옥외 계단 위를
떠도는 겁니다. 때로는 위에서, 때로는 금방 아래에서,
때로는 오른쪽에서, 때로는 왼쪽에서 늘 움직이고 있어요.
사냥꾼이 한 마리 나비가 된 거지요. 웃지 마십시오."

"웃지 않습니다." 시장이 자신을 변호했다.

"매우 현명하시군요." 사냥꾼이 말했다. "나는 늘
움직이고 있습니다. 그런데 내가 한껏 도약해서 어느새
저 높은 곳에 있는 대문이 내게 빛을 비추면 나는 어느
이승의 물속에 황량하게 박혀 있는 내 낡은 나룻배에서
깨어납니다. 그 옛날 내 죽음의 결정적인 실수가 나를
보며 선실에서 히죽이며 웃고 있습니다. 사공의 아낙인
율리아가 문을 두드리고 해안을 따라 우리가 막 지나가는
나라의 아침 음료를 내 들것으로 가져옵니다. 나는
목제 침상에 누워 — 나 자신을 관찰하는 건 즐겁지

않아요 — 더러운 수의를 걸치고 있지요. 잿빛과 검은색의 머리카락과 수염은 한데 뒤엉켜 있습니다. 내 다리는 꽃무늬가 있고 기다란 술이 달린 큰 여성용 비단 숄로 덮여 있습니다. 머리맡에는 예배당 양초를 켜 놓아 내게 불빛을 비추지요. 맞은편 벽에 붙은 작은 그림은 부시먼[1]이 분명합니다. 무늬가 요란한 방패에 되도록 몸을 숨긴 채 창으로 나를 겨누고 있어요. 배에서 우스꽝스러운 그림들을 많이 보게 되지만 그중에도 가장 우스꽝스러운 그림이지요. 그 외에 내 목제 우리는 텅 비어 있습니다. 측벽의 채광창으로 남국 밤의 따스한 공기가 들어오고, 낡은 거룻배의 뱃전에서 철썩이는 물소리가 들려옵니다.

　나, 여전히 살아 있는 사냥꾼 그라쿠스는 내 집 슈바르츠발트에서 알프스 영양을 쫓다가 추락했던 그때부터 여기에 누워 있습니다. 모든 일이 질서 정연하게 진행되었지요. 나는 쫓았고, 추락했고, 어느 깊은 골짜기에서 피 흘렸고, 죽었습니다. 그리고 이 거룻배는 나를 저승으로 날라야 했습니다. 아직도 기억납니다, 여기 목제 침상 위에서 처음으로 몸을 쭉 뻗었을 때 얼마나 기뻤는지. 산들도 당시 아직 어슴푸레하던 여기 네 개의

1　남아프리카 칼라하리 사막에 사는 키가 작은 흑인종으로, 수렵과 채집을 한다.

벽이 들은 것 같은 그런 내 노래를 들어 본 적은 없을 겁니다.

나는 즐거운 마음으로 살았고, 또한 즐거운 마음으로 죽었습니다. 내가 이 갑판에 발을 들여놓기 전에 늘 자랑스럽게 지니고 다니던 상자, 배낭, 엽총 따위 쓸모없는 물건들은 훌훌 내던져 버렸습니다. 그리고 처녀가 웨딩드레스를 입듯이 나는 수의 속으로 미끄러지듯 들어갔습니다. 여기에 누워 나는 기다렸습니다. 그런 다음 불행한 일이 일어난 겁니다."

"고약한 운명이군요." 시장이 제지하려는 듯 손을 들며 말했다. "그런데 당신은 그 점에 대해 전혀 책임이 없소?"

"없어요." 사냥꾼이 말했다. "나는 사냥꾼이었습니다. 그게 혹시 죄가 될까요? 그때만 해도 나는 늑대들이 있던 슈바르츠발트에서 사냥꾼으로 살았습니다. 숨어서 기다렸고, 쏘았고, 맞추었으며, 가죽을 벗겼습니다. 그게 죄인가요? 내 일은 축복받은 일이었습니다. 나는 '슈바르츠발트의 위대한 사냥꾼'으로 불렸어요. 그게 죄인가요?"

"그 문제를 결정하러 내가 불려 온 것은 아닙니다." 시장이 말했다. "그렇지만 내가 보기에 그 점이 죄는 아닌 것 같소. 그러면 대체 누구의 책임인가요?"

"사공의 책임입니다." 사냥꾼이 말했다. "내가 여기에 쓰는 것을 아무도 읽지 못할 겁니다. 아무도 나를 도우러 오지 않을 겁니다. 설사 나를 도우라는 임무가 주어졌다고 하더라도 집마다 문들은 내내 잠겨 있을 것이고, 모든 창문 역시 잠겨 있을 것이고, 다들 침대에 누워 머리 위까지 이불을 덮고 있을 것이며, 지구 전체는 야간 숙소일 것입니다. 그건 좋은 뜻입니다. 나에 관해 아는 사람이 아무도 없기 때문입니다. 설령 안다고 해도 내 소재를 모를 것이고, 설령 내 소재를 안다고 해도 거기서 나를 붙잡을 방법을 알지 못할 것이고, 어떻게 나를 도울지 알지 못할 것이기 때문입니다. 나를 돕겠다는 생각은 병이니 침상에서 치유해야 합니다.

나는 그것을 알고 있으니 도움을 청하려고 소리치지 않습니다. 비록 어떤 순간에는 — 바로 지금처럼 자제력을 잃을 때는 — 매우 강렬하게 그런 생각을 할지라도 말입니다. 그러나 주위를 둘러보고 내가 어디에 있는지, 그리고 — 이건 내가 주장해도 될 것 같군요 — 수백 년 동안 어디에 살고 있는지를 머릿속에 그려 보면 그런 생각들을 몰아내기에 충분할 것 같습니다."

"굉장하군요." 시장이 말했다. "굉장하군요. 그런데 여기 리바에 머물 생각은 없습니까?"

"그럴 생각은 없습니다." 사냥꾼은 미소 지으며 말했다. 그리고 비웃음을 만회하려고 시장의 무릎에 손을 없었다. "나는 여기에 있습니다. 더는 알지 못합니다. 그 이상은 할 수가 없어요. 내 거룻배는 키가 없이 죽음의 가장 깊은 영역에서 불어오는 바람에 따라 흘러갑니다."

꿈

요제프 K는 꿈을 꾸었다.

화창한 날이었고, K는 산책하려고 했다. 그러나 두어 걸음 내딛자마자 벌써 공동묘지에 와 있었다. 그곳에는 무척 인위적이고 불편하게 굽은 길들이 있었다. 그는 그런 어떤 길 위를 급류에 흔들리지 않고 떠가는 자세로 미끄러져 갔다. 벌써 멀리서부터 갓 쌓아 올린 무덤이 눈에 들어왔다. 그곳에서 걸음을 멈출 생각이었다. 이 무덤이 거의 유혹하다시피 해서 그는 아무리 서둘러도 충분치 않다고 생각했다. 그러나 가끔 무덤이 거의 보이지 않았는데 깃발들로 시야가 가려졌기 때문이다. 깃발의 천들은 마구 휘날리며 서로 세차게 부딪치고 있었다. 깃발을 든 사람들 모습은 보이지 않았지만 그곳에는 큰 환호성이 울리는 듯했다.

시선을 먼 곳으로 향하는 동안 갑자기 그 무덤이 옆

길가에, 아니 벌써 거의 자기 뒤에 있는 것이 보였다. 그는 급히 풀밭으로 뛰어들었다. 뛰어내리는 발밑의 길이 계속 내달려서 그는 몸이 흔들렸고, 무덤 바로 앞에서 무릎을 꿇으며 넘어졌다. 두 남자가 무덤 뒤에 서서 비석 하나를 높이 쳐들고 있었다. K가 나타나자마자 그들은 비석을 땅에 내동댕이쳤다. 그러자 비석은 견고한 벽처럼 우뚝 섰다. 그 즉시 덤불에서 제삼의 사내가 나왔다. K는 그가 예술가임을 금방 알아보았다. 바지와 제대로 단추를 채우지 않은 셔츠만 걸치고 있었다. 머리에는 벨벳 모자를 썼다. 손에는 평범한 연필을 들었는데, 가까이 다가오면서 이미 그 연필로 허공에 여러 형상을 그리고 있었다.

이제 이 연필을 비석 위에 갖다 댔다. 비석이 무척 높아서 그는 허리를 구부릴 필요가 없었다. 하지만 몸을 앞으로 숙여야 했다. 밟고 싶지 않은 무덤이 그와 비석을 갈라놓았기 때문이다. 그래서 발끝으로 서서 왼손으로 비석의 표면을 짚고 몸을 지탱했다. 그는 그 평범한 연필을 사용해 특별히 숙련된 솜씨로 금빛 문자를 새겨 넣는 데 성공했다 그는 이렇게 썼다. "여기에 잠들다 — ." 깊이 새겨진 완전한 금빛의 글자 하나하나가 깔끔하고 아름답게 드러났다.

그는 두 단어를 쓰고 나서 K 쪽을 뒤돌아보았다. 비문의 진행 상황에 각별한 관심을 쏟고 있던 K는 남자는 거의 신경 쓰지 않고 비석만 쳐다보았다. 실제로 남자는 다시 글자 새기는 일에 착수했다. 하지만 그럴 수 없었다. 어떤 장애물이 존재했다. 그는 연필을 내려놓고 다시 K 쪽을 돌아보았다. 이제는 K도 예술가를 쳐다보고서 그가 무척 당황해하고 있으며, 그러나 그 이유는 말할 수 없다는 것을 알아챘다. 조금 전에 보여 준 활기찬 모습은 사라져 버렸다. 그래서 K도 당황했다. 둘은 서로 난처한 시선을 교환하며 어쩔 줄 몰라 했다. 누구도 해결할 수 없는 볼썽사나운 오해가 있었다. 하필이면 이때 묘지 예배당의 작은 종마저 울리기 시작했다. 그러나 예술가가 손을 높이 들고 휘두르자 종소리가 멈췄다. 잠시 후 종소리가 다시 울리기 시작했다. 이번에는 아주 나지막이 울리다가 특별한 요구 없이 금세 그쳤다. 마치 종이 제 소리를 시험해 보려는 것 같았다.

    K는 예술가가 처한 상황이 너무 슬퍼 울기 시작했다. 그는 두 손에 얼굴을 파묻고 오랫동안 흐느껴 울었다. 예술가는 K가 진정할 때까지 기다렸다. 그러나 달리 뾰족한 방도가 없어서 글자를 계속 쓰기로 마음먹었다. 그가 만든 첫 번째 작은 획은 K에게는 일종의 구원이었다. 그러나 예술가는 그 짧은 획을 마지못해 억지로 쓰는 것이 분명했다. 글자도 이제 그리 아름답지 않았다. 무엇보다 금빛이 부족해 보였다. 획은 흐릿하고 명료하지 못했으며,

글자만 매우 커졌을 뿐이었다. J라는 글자였다. 글자가 이미 거의 완성되었다. 그러자 예술가는 분노하여 한쪽 발로 무덤을 밟아 댔다. 그 바람에 주위의 흙이 공중으로 치솟았다. 마침내 K는 그를 이해했다. 그를 만류할 시간이 더 이상 없었다. 그가 모든 손가락을 사용해 흙을 파기 시작하자 거의 아무런 저항 없이 쉽게 파였다. 모든 것이 준비된 것처럼 보였다. 단지 겉보기를 위해 흙이 얇게 쌓여 있었다. 흙 바로 뒤에는 급경사의 벽들과 함께 큰 구멍 하나가 입을 벌리고 있었다. K는 어떤 부드러운 기류에 의해 등을 돌린 채 그 구멍 속으로 가라앉았다. 하지만 저 아래에서 목덜미 속의 머리를 아직 쳐들고 그가 어느새 깊이를 알 수 없는 심연으로 빠져드는 동안 위에서는 그의 이름이 비석 위에 힘찬 장식 문자로 빠르게 새겨지고 있었다.

    이 광경을 넋을 잃고 쳐다보다가 그는 잠에서 깨었다.

자칼과 아랍인

　우리는 오아시스에서 야영했다. 동행한 사람들은 잠들어 있었다. 키가 껑충하고 흰옷을 입은 아랍인이 내 곁을 지나갔다. 낙타들을 돌봐 주고 나서 잠자리로 가는 길이었다.

　나는 풀밭에 벌렁 드러누웠다. 잠을 청했으나 잠을 이룰 수 없었다. 멀리 자칼이 하소연하듯 울부짖는 소리가 들려왔다. 나는 다시 일어나 반듯이 앉았다 그러자 멀리서 들리던 그 소리가 갑자기 가까이서 들려왔다. 내 주위에 자칼들이 우글거렸다. 흐릿한 금색 눈들이 번쩍거리면서 꺼져 가고 있었다. 날씬한 몸들은 채찍에 쫓기는 듯 규율에 맞추어 민첩하게 움직였다.

　자칼 한 마리가 뒤쪽으로부터 와서 마치 내 따스한 체온이 필요한 듯 겨드랑이 밑으로 바짝 파고들었다. 그러고 나서 내 앞으로 오더니 거의 눈을 맞대다시피 하며 대화를 나누었다.

"나는 이 일대에서 가장 나이 많은 자칼입니다. 여기서 당신을 만나 뵙게 되어 기쁩니다. 벌써 희망을 거의 포기하고 있었습니다. 이루 말할 수 없이 오랫동안 당신을 기다렸기 때문입니다. 내 어머니가 기다렸고, 어머니의 어머니가 기다렸으며, 그리고 모든 자칼의 어머니까지 그전의 그들의 모든 어머니가 기다려 왔습니다. 정말입니다!"

"알다가도 모를 말이군." 나는 이렇게 말하느라 장작더미에 불을 붙이는 것도 잊어버렸다. 연기를 피워 자칼이 못 오게 하려고 준비해 둔 장작더미였다.

"그 말을 들으니 정말 알다가도 모를 일이야. 나는 어쩌다가 먼 북쪽에서 와 지금 막 짧은 여행을 하려는 중이야. 자네들이 바라는 게 대체 뭔가, 자칼들?"

그런데 이렇게 생각지도 않게 너무 친절하게 응대하는 것에 용기를 얻었는지 자칼들이 좀 더 가까이 내 주위를 빙 에워쌌다. 다들 헐떡거리며 가쁘게 숨을 몰아쉬고 있었다. 가장 나이 많은 자칼이 입을 열었다.

"당신이 북쪽에서 오셨다는 것은 알고 있습니다. 사실 그 때문에 우리가 희망을 걸고 있는 겁니다. 그곳 북쪽 사람들에게는 이곳 아랍인들한테서는 찾아볼 수 없는 깊은 생각이 있습니다. 아시다시피 아랍인들의 이러한 차가운 오만함에서는 깊은 생각의 불꽃이 번득이지 않습니다. 그들은 동물들을 잡아먹고, 썩은 고기는 무시하며 먹지 않습니다."

"목소리가 너무 크군." 내가 말했다. "바로 옆에 아랍인이 자고 있어."

"당신은 정말 외국에서 온 분이군요." 자칼이 말했다. "그렇지 않다면 여태껏 세계 역사상 자칼이 아랍인을 무서워한 적이 한 번도 없었다는 것을 잘 아실 텐데요. 우리가 저들을 무서워해야겠어요? 그런 민족의 압박에 우리가 쫓겨났다는 것이야말로 불행이 아닐까요?"

"그럴지도 모르지, 그럴지도 몰라." 내가 말했다. "난 나 자신과 별로 관계가 없는 일에는 판단을 내리지 않아. 그건 아주 먼 옛날의 싸움인 모양이군. 결국 문제는 피 때문일지도 모르겠어. 그러니까 아마 피를 보아야 끝장이 날지 모르겠어."

"아주 머리가 좋은 분이군요." 늙은 자칼이 말했다. 그리고 다들 숨이 더 가빠졌다. 다들 그냥 가만히 서 있는데도 폐의 움직임이 빨라진 것이다. 때로는 이를 꽉 물어야 할 정도로 참기 어려운 역한 냄새가 크게 벌린 그들의 입에서 새어 나왔다.

"아주 머리가 좋은 분이군요. 당신이 한 말은 옛날부터 내려오는 우리의 가르침과 일치합니다. 그러니까 우리가 그들의 피를 빼앗아야 이 싸움이 끝나지요."

"아!" 나는 생각했던 것보다 더 거칠게 말했다. "그들도 방어할 거야. 엽총으로 자네들을 한꺼번에 쏘아 죽이겠지."

"당신은 인간의 습성으로 우리를 잘못 이해하고 있습니다." 그가 말했다. "그러니까 먼 북쪽에서도 그런 걸 안 잃어버리고 있군요. 하지만 우린 그들을 죽이지 않을 겁니다. 그런 짓을 하고 우리 몸을 깨끗이 씻으려면 나일강의 물로도 모자랄 겁니다. 우리는 단지 그들의 살아 있는 몸뚱이만 봐도 공기가 더 맑은 곳으로, 사막으로 달아나야 합니다. 그래서 그곳이 우리 고향이지요."

그리고 그사이 먼 곳에서 많은 자칼이 몰려왔는데 주위에 빙 둘러서 있던 모든 자칼이 머리를 앞다리 사이에 처박고 앞발로 문지르기 시작했다. 마치 반감을 숨기려는 동작 같았다. 그들이 이처럼 너무 끔찍하게 반감을 드러내는 바람에 나는 풀쩍 뛰어 그들 무리에게서 달아나고 싶은 생각이 굴뚝같았다.

"그렇다면 자네들은 어쩌자는 거지?" 나는 이렇게 묻고 일어설 작정이었지만 일어설 수 없었다. 뒤에서 어린 자칼 두 마리가 내 상의와 셔츠를 꽉 물고 있었기 때문이었다. 그냥 앉아 있을 수밖에 없었다.

"당신의 옷자락을 받들고 있는 겁니다." 늙은 자칼이 진지하게 설명하며 말했다.

"경의를 표하고 있는 겁니다."

"날 좀 놓아주게!" 나는 늙은 자칼과 어린 자칼을 향해 소리쳤다.

"원하신다면 물론 그렇게 해 드리겠습니다." 늙은 자칼이 말했다. "하지만 그러려면 잠시 시간이 걸립니다. 그들이 관례에 따라 옷을 아주 깊숙이 물고 있어서 물고 있는 이빨을 천천히 벌려야 하거든요. 그사이에 우리의 부탁을 좀 들어주세요."

"자네들 하는 짓으로 보아 그리 귀담아듣고 싶지 않군." 내가 말했다.

"우리의 서투른 행동에 벌주지 마십시오." 그는 이렇게 말하며 이제 처음으로 자연스러운 목소리로 애원하듯 말했다.

"우린 불쌍한 짐승들입니다. 우리가 가진 거라곤 이빨뿐입니다. 좋은 일이든 나쁜 일이든 무슨 일을 할 때면 우리는 무는 수밖에 없습니다."

"그러면 자네가 바라는 게 뭔가?" 나는 마음이 약간 풀어져서 물었다.

"나리!" 그가 소리쳤다. 그러자 모든 자칼이 울부짖기 시작했다. 그것은 아주 멀리서 들려오는 노래처럼 생각되었다. "나리, 세상을 두 개로 갈라 놓고 있는 싸움을 끝내야 합니다. 우리 조상들은 당신처럼 생긴 사람이 그 일을 할 거라고 묘사해 두었습니다. 우린 아랍인들에게서 벗어나 평화를 얻어야 합니다. 숨 쉴 공기를 얻어야 합니다. 그러려면 우리 주위의 지평선에서 아랍인들이 없어져야겠지요. 아랍인이 도살하는 숫양이 슬피 울부짖는 소리가 들리지 않아야겠지요. 모든 동물이 조용히 죽어 가야 합니다. 우리는 아무런 방해도 받지 않고 그 피를 다 마시고, 뼈까지도 깨끗이 먹어야 합니다. 우리가 원하는 것은 바로 청결밖에 없습니다."

그러자 이제 모든 자칼이 흐느끼며 울었다.

"고귀한 심장과 감미로운 내장을 가진 당신이 이 세상에서 어떻게 그런 걸 견디겠습니까? 그들의 흰색은 더럽습니다. 그들의 검은색도 더럽지요. 그들의 수염은 두려움을 느끼게 합니다. 그들의 눈초리를 보면 구역질이 날 수밖에 없습니다. 팔을 들어 올리면 그들의 겨드랑이에서 지옥이 아가리를 벌리고 있습니다. 그러니까, 아, 나리, 그러니까, 아, 친애하는 나리! 모든 일을 행할 수 있는 당신 손의 도움으로, 모든 일을 행할 수 있는 당신 손의 도움으로 이 가위를 가지고 그들의 목을 자르십시오!"

그리고 그가 고개를 홱 움직이자 자칼 한 마리가 다가왔다. 그 자칼은 한쪽 송곳니에 낡고 녹슨 작은 재봉용 가위를 걸고 있었다.

"그러므로 결국 저 가위만 있으면 모든 게 끝장이야!" 우리 대상(隊商)의 아랍인 대장이 외쳤다. 바람과 반대 방향으로 몰래 우리에게 살금살금 다가온 그는 이제 거대한 채찍을 휘둘렀다.

모든 자칼은 걸음아 나 살려라 달아났다. 하지만 약간 떨어진 곳에 옹기종기 모여 웅크리고 있었다. 이렇게 많은 동물이 한군데 모여 꼼짝하지 않으니 마치 좁은 우리 주위에 도깨비불이 날아다니는 것처럼 보였다.

"이것으로 나리도 이런 구경거리를 보고 들었습니다." 아랍인은 이렇게 말하며 나름대로 신중하고 쾌활하게 웃었다.

"그렇다면 당신은 저 동물들이 무슨 일을 하려는지 알고 있었나요?" 내가 물어보았다.

"물론이지요, 나리." 그가 말했다.

"그거야 누구나 다 아는 사실입니다. 아랍인이 있는 한 저 가위는 온 사막을 떠돌아다닐 겁니다. 그리고 이 세상이 끝날 때까지 우리와 함께 떠돌아다닐 겁니다. 그들은 유럽인만 보면 위대한 그 일을 하라고 권유한답니다. 그들은 유럽인만 보면 그런 일을 하기에 바로 제격이라고 생각하거든요. 이 동물들은 터무니없는 희망을 품고 있는 거지요. 정말 바보입니다. 그래서 우리는 그들을 사랑합니다. 그것들은 당신들 개보다 더 멋진 우리의

개이지요. 이것 좀 보십시오. 간밤에 낙타 한 마리가
죽어서 이곳으로 가져오게 했답니다."

　네 사람이 무거운 낙타를 들고 와서 시체를 우리 앞에
내던졌다. 그것을 보자마자 자칼들이 높이 소리를 질러
대기 시작했다. 마치 저항할 수 없는 밧줄에 이끌려 오듯이
한 마리 한 마리 머뭇거리며 땅에 배를 가볍게 스치면서
다가왔다. 그들은 아랍인들이며, 증오심도 잊었다. 눈앞의
모든 일을 잊어버리게 할 만큼 강한 냄새를 풍기는 시체에
매혹당한 것이다. 벌써 한 마리가 목에 달라붙더니 처음
물어뜯어 단번에 동맥을 찾아냈다. 마치 도저히 끌 가망이
없는 엄청난 불을 끄려고 닥치는 대로 물을 뿌리는
조그만 펌프처럼 몸의 근육 하나하나가 그 자리에서
바짝 당겨지며 경련했다. 그리고 벌써 모든 자칼이 시체에
달려들어 똑같이 물어뜯으며 산더미를 이루었다.

　그러자 대상의 대장은 그들의 머리 위로 날카로운
채찍을 마구 휘둘렀다. 자칼들은 반쯤 도취해 실신한 듯
머리를 쳐들었다. 그들은 아랍인들이 자기들 앞에 서 있는
것을 보았다. 이제 채찍을 코끝으로 느끼자 풀쩍 뛰어
물러서며 뒤로 조금 달아났다. 하지만 시체에서 흘러나온
피가 벌써 웅덩이를 이루어 김이 모락모락 피어 올랐다.
낙타의 몸은 여러 군데가 크게 뜯겨 있었다. 자칼들은
유혹을 견디지 못하고 다시 시체 주위로 슬금슬금

모여들었다. 아랍인 대장이 다시 채찍을 쳐들자 나는 그의 팔을 붙잡았다.

"당신 생각이 맞습니다, 나리." 그가 말했다. "그들이 끌리는 본성에 맡겨 둡시다. 게다가 떠날 시간도 됐고요. 당신은 그놈들을 보았습니다. 참으로 놀라운 동물이 아닙니까? 그런데 그놈들이 왜 그렇게 우리를 증오하는지!"

신임 변호사

우리 모임에 부케팔로스[2] 박사라는 신임 변호사가 가입했다. 그의 외모에는 마케도니아의 알렉산드로스 대왕의 군마 시절을 생각나게 하는 점이 거의 없다. 물론 사정을 잘 아는 사람이라면 두세 가지는 알아차릴지도 모른다. 그렇지만 나는 최근에 바로 옥외 계단에서 어떤 무지막지한 법원 사환이 경마 단골손님다운 전문가적 안목으로 이 변호사를 놀라운 눈으로 바라보는 모습을 목격했다. 변호사는 두 다리를 높이 쳐들고 대리석 바닥에 달그락달그락 발소리를 울리며 한 걸음 한 걸음 계단을 올라오고 있었다.

대체로 협회 회원들은 부케팔로스를 받아들이는

---

2   마케도니아의 알렉산드로스(기원전 356~기원전 323) 대왕의 애마이자 군마로서 고대 역사상 실재하는 가장 유명한 말이다.

데 동의하고 있다. 사람들은 놀라운 통찰력을 가지고 부케팔로스가 오늘날 사회 질서에서 어려운 상황에 처해 있다고 말한다. 그런 이유에 더해, 그에게는 세계사적인 의의가 있기 때문에 어쨌든 반갑게 맞을 만하다는 것이다. 오늘날에는 알렉산드로스 대왕 같은 인물이 없다는 것을 누구도 부인하지 않는다. 사람을 죽이는 법을 아는 사람은 사실 더러 있다. 잔치를 벌일 때 식탁 너머로 창을 던져 친구를 맞히는 숙달된 기술도 부족하지 않다. 그리고 많은 사람이 마케도니아가 너무 좁다며 아버지 필립을 원망하기도 한다. 하지만 인도까지 진출할 수 있는 사람은 아무도 없다. 당시에도 인도 성문은 도달할 수 없는 곳이었지만 대왕의 검은 이미 그쪽을 가리켰다. 오늘날에는 그 성문이 어딘가 완전히 다른 곳으로, 더 멀고 더 높은 곳으로 옮겨 가 버렸다. 검을 가진 사람은 많지만 그 성문의 방향을 가리킬 수 있는 사람은 아무도 없다. 그런데 이들은 그저 검을 마구 휘두르려고 할 뿐이다. 시선으로 그 검을 좇다 보면 혼란스러울 뿐이다.

그 때문에 사실 부케팔로스가 그랬듯이 육법전서를 파고드는 것이 최상책일지도 모른다. 자유롭게, 기수의 엉덩이에 양쪽 옆구리를 짓눌릴 필요도 없이, 알렉산드로스를 따라다니며 겪는 전장의 아비규환에서

벗어나 잔잔한 등불 아래에서 그는 책장을 뒤적이며
우리의 낡은 법전을 읽는다.

열한 명의 아들들

내게는 열한 명의 아들이 있다.

첫째는 생긴 모습은 별로 볼품이 없지만 진지하고 현명하다. 그럼에도 나는 자식으로서 다른 모든 자식처럼 그를 사랑하기는 하지만 장남을 그리 높이 평가하지는 않는다. 그의 생각은 너무 단순해 보인다. 오른쪽도 왼쪽도 보지 않고 멀리 바라보지도 않는다. 줄곧 제 좁은 사고 범위 내에서 움직이거나, 아니면 오히려 맴돌고 있다.

둘째는 잘생기고 날씬하며 체격이 좋다. 펜싱 자세를 취하는 모습을 보면 완전히 매료될 수밖에 없다. 그도 현명한 데다 세상 물정에도 밝다. 많은 것을 보았기 때문에 고향의 토박이조차 고향을 떠나 본 적이 없는 사람들보다 그와 좀 더 친근하게 이야기하는 것 같다. 하지만 분명 이러한 장점은 여행을 많이 한 덕분만은 아니고 사실 그 덕택이라고 말할 수조차 없다. 이는 오히려 누구나 인정하는 이 아이의 흉내 낼 수 없는 장점들의 하나다. 이를테면 그가 다양한 모습으로 공중제비를 넘다가 아주 숙달된 자세로 물속으로 뛰어드는 것은 아무도 따라 할 수 없다. 그를 따라 하는 다른 이들도 스프링보드 끝까지 나갈 용기와 생각은 있지만 그곳에서 뛰어내리기는커녕 갑자기 주저앉으며 변명 삼아 두 팔을 쳐든다.

    이 모든 사실에도 불구하고 (사실 난 그런 자식을 두었으니 행복해야 할 것이다.) 차남과 내 사이가 그리 좋지 않다. 그는 오른쪽 눈보다 약간 작은 왼쪽 눈을 자꾸 깜빡거린다. 물론 사소한 결점에 불과하다. 심지어 그 때문에 그의 얼굴은 그렇지 않을 때보다 더욱 불손해 보인다. 그리고 접근하기 어려운 폐쇄적인 성품에 비하면 좀 더 작은 눈을 깜빡거리는 것은 탓할 일이 아닐지도 모른다. 아버지인 나는 그렇게 생각한다. 물론 내 마음을 아프게 하는 것은 이러한 신체 결함이 아니라 그로 인한 정신의 부조화와 혈관을 맴도는 독성이다. 그리고 내 눈에만 보이는 그의 삶의 구도를 원만하게 완성하지 못하는 무능력이다. 물론 다른 한편으로 바로 이 점이 그를 다시 진짜 내 아들답게 만들기도 한다. 그의 이러한 결점은 동시에 우리 온 가족의 결점이기도 한데 이 아들에게만 유독 두드러지게 나타나기 때문이다.

    셋째 역시 잘생겼지만 내 마음에 드는 아름다움이

아니다. 그것은 가수의 아름다움이다. 그는 튀어나온 입, 꿈꾸는 듯한 눈, 돋보이도록 뒤쪽에 주름 장식이 필요한 머리, 지나치게 불룩 솟은 가슴을 가졌다. 너무 쉽사리 화들짝 놀라며 두 손을 치켜들었다가 너무 쉽게 아래로 내려뜨린다. 두 다리는 몸을 떠받치고 다닐 힘이 없어서 점잔빼고 있다. 게다가 목소리 톤도 풍부하지 않고, 잠시 사람을 속여 전문가가 귀 기울여 듣게 할 뿐 그런 직후 빈약해진다. 그럼에도 모든 것이 이 아들을 자랑거리로 내놓도록 유혹하지만 나는 그를 숨겨 두기를 제일 좋아한다. 그 자신도 억지로 나서지 않는데 자기 결점을 알아서가 아니라 순진해서다. 또한 그는 우리 시대를 낯설게 느낀다. 그가 우리 가족의 일원이지만 그에게서 영원히 사라져 버린 다른 가족의 일원이기도 한 것처럼 그는 기분이 좋지 않을 때가 많고, 그의 기분을 풀어 줄 수 있는 것은 아무것도 없다.

 넷째는 아마 형제 중에서 가장 사교적일 것이다. 이 시대의 진정한 자식인 그는 누구에게나 이해받는 존재다. 모든 사람이 함께 딛고 있는 땅 위에 선 그에게 누구나 고개를 끄덕이고 싶은 생각이 든다. 어쩌면 이처럼 누구에게나 인정받는 까닭에 성품에 무언가 가벼운 면이 있고, 움직임에 무언가 자유로운 점이 있으며, 판단에는 무언가 거리낌이 없는 구석이 있는지도 모른다. 사람들은 그가 한 몇몇 발언을 종종 되풀이하고 싶어 하지만 물론 그것은 그가 한 말의 일부일 뿐이다. 전체적으로 그는 다시 자신이 너무 경박한 것에 고통받기 때문이다. 그는 경탄할 만하게 뛰어내리고 제비같이 허공을 가르는 자와 같으나 하찮은 먼지 속에서 절망적으로 끝나는 존재, 무(無)와 같은 존재다. 이런 생각을 하니 이 아이를 보면 씁쓸한 기분이 든다.

다섯째는 사랑스럽고 착하며, 약속하면 꼭 지키는 아이다. 있는 듯 없는 듯해서 사람들은 그와 함께 있어도 혼자라는 느낌이 든다. 그래도 그 점 때문에 어느 정도 명성을 얻었다. 어떻게 해서 그렇게 되었냐고 내게 물으면 뭐라고 답하기 어려울지도 모른다. 이 세상의 풍파를 헤쳐 나가기에는 순진무구한 것이 가장 수월할지도 모른다. 그는 순진무구하다. 어쩌면 지나치게 순진무구할지도 모른다. 그는 누구에게든 친절하다. 어쩌면 너무 친절한지도 모른다. 고백하건대 내 앞에서 그를 칭찬하면 나는 기분이 언짢아진다. 내 아들의 경우처럼 공공연히 칭찬받을 만한 대상을 칭찬하면 이는 그 칭찬이 너무 가벼워진다는 뜻이다.

여섯째는 적어도 언뜻 보기에는 모든 형제 중 가장 생각이 깊어 보인다. 그는 의기소침한 아이면서도 수다쟁이다. 그래서 파악하기가 쉽지 않다. 그는 패배하면

헤어나기 힘든 슬픔에 빠진다. 그는 우위를 점하면
수다를 떨어서 이를 유지하려 한다. 그렇지만 나는 그에게
자신을 잊고 빠져드는 열정이 있음을 부인하지 않는다.
환한 대낮에도 종종 꿈나라에 있는 듯 사색에 잠기기도
한다. 아프지도 않으면서 — 오히려 건강 상태가 매우
양호하다 — 가끔 비틀거리며 걷는다. 특히 어스름한
무렵에 그렇다. 하지만 그는 어떤 도움도 필요하지 않고,
넘어지지도 않는다. 어쩌면 이런 현상은 발육 상태
때문인지도 모른다. 그는 나이에 비해 몸이 지나치게 크다.
그래서 전체 모습은 그리 멋져 보이지 않는다. 예컨대 손과
발 같은 개별적인 신체 부위는 눈에 띄게 아름다운데도
말이다. 게다가 이마도 잘생기지 않았다. 피부만 아니라
골격도 어딘지 모르게 쪼그라들어 있다.

일곱째는 다른 어떤 아들 이상으로 내게 속하는
아이다. 세상 사람들은 그의 진가를 제대로 인정할 줄
모른다. 그의 독특한 위트를 이해하지 못하는 것이다.
그렇다고 나는 그를 과대평가하지 않는다. 나는 그가
보잘것없는 아이임을 알고 있다. 세상에 그를 제대로
평가할 줄 모르는 결점 이외에 다른 결점이 없다면 세상은
여전히 흠잡을 게 없을지도 모른다. 하지만 가족 내에서
나는 이 아이 없이 지내고 싶지 않다. 그는 불안감을
가져다줄 뿐만 아니라 전통에 대한 외경심을 품게 한다.

그런데 적어도 내 느낌으로 그는 이 두 가지를 논란의 여지가 없는 하나의 전체로 짜맞춘다. 물론 자신은 이 전체를 가지고 무언가를 전혀 시작할 줄 모른다. 그는 미래의 수레바퀴가 굴러가게 하지 못할 것이다. 하지만 그의 이러한 기질은 무척 고무적이고 희망에 차 있다. 난 그가 자식들을 낳고, 이 아이들이 다시 자식들을 낳았으면 한다. 아쉽게도 이 바람은 이루어지지 않을 것 같다. 나로서는 이해되지 않는 일이지만 바람직하지 않은 어떤 자기만족 속에서 그는 홀로 떠돌고 있다. 물론 이 자기만족은 주위 사람들의 평가와는 완전히 배치된다. 그는 소녀들에게 신경을 쓰지 않지만, 그런데도 좋은 기분을 잃지 않을 것이다.

여덟째는 걱정거리 자식이다. 그런데 나는 그 이유를 알 수 없다. 그는 나를 낯설게 바라본다. 그렇지만 아버지인 나는 그와 밀접하게 연결되어 있다고 느낀다. 시간이 많은 좋은 일을 가져다주었다. 하지만 전에는 아들 생각만 해도 가끔 전율에 사로잡혔다. 그는 자기 길을 가고 있으며, 나와의 모든 관계를 끊어 버렸다. 그는 분명 자신의 딱딱한 두개골과 작고 다부진 몸으로 — 다리만은 소년이라 좀 약했지만 그사이 그것도 어느덧 괜찮아졌을 것이다 — 마음에 드는 곳이면 어디든 돌아다닐 것이다. 종종 나는 그를 다시 불러들여 묻고 싶은 기분이 들었다.

어떻게 지내는지, 왜 아버지로부터 자신을 단절시키는지, 기본적으로 그의 의도가 무엇인지를. 하지만 이제 너무 멀리 가 있고, 또 너무 많은 시간이 흘렀다. 지금 상태대로 계속될지 모르겠다. 듣자니 내 아들 중 유일하게 턱과 뺨에 무성하게 수염을 기르는 모양이다. 물론 덩치가 작은 남자에게는 그런 수염이 그리 멋지지 않다.

아홉째는 아주 우아하고, 여자에게 볼 수 있는 사랑스러운 눈길을 가졌다. 너무 귀여워서 때로는 나까지 유혹당할 정도다. 그렇지만 나는 이 모든 초지상적인 광채를 지워 버리기 위해서는 젖은 스펀지 하나로 충분하다는 것을 알고 있다. 그런데 이 소년의 특별한 점은 그가 유혹에 전혀 관심이 없다는 사실이다. 평생 안락의자에 누워 마냥 천장을 쳐다보거나, 또는 차라리 눈꺼풀 아래에 시선을 쉬게 하는 것으로 만족할지도 모른다. 그는 자신이 좋아하는 이러한 자세로 있으면 기꺼이 말하고, 호의적이고 간결하고 명료하게 말한다. 하지만 단지 좁은 한계 내에서일 뿐이다. 그 한계가 협소해서 불가피한 경우 그걸 넘을 수밖에 없겠지만, 그 한계를 넘어서면 그의 말은 완전히 공허해진다. 졸음이 그득한 그의 눈길이 이 사실을 알아차리기를 바란다면 그에게 거절의 눈짓을 보내고 싶은 심정일 것이다.

열째는 성격이 솔직하지 못한 것으로 통한다. 난

이 결점을 완전히 부정하려고도, 완전히 인정하려고도 하지 않는다. 확실히 그는 제 나이보다 훨씬 근엄한 표정으로 다닌다. 프록코트 단추는 늘 단정하게 채웠고, 검은 모자는 낡았지만 지나칠 만치 꼼꼼히 손질되어 있다. 얼굴은 무표정하고, 턱은 튀어나왔으며, 눈 위 눈꺼풀은 묵직하게 휘어 있다. 그리고 손가락 두 개를 가끔 입언저리로 가져간다. 이런 모습을 보는 사람은 그를 터무니없는 위선자로 생각할 것이다. 하지만 그가 말하는 것을 들어 보라! 사려 깊고, 신중하며, 무뚝뚝하다. 짓궂을 정도로 활기차게 질문들을 해 댄다. 그는 세계 전체와 놀랍고 자명하고 즐거운 일치감 속에 있다. 필연적으로 목을 잡아당겨 머리를 쳐들게 하는 일치감이다. 자신이 무척 영리하다고 생각하는 많은 이가 이런 이유로 그의 외모에 거부감을 느끼지만 그의 말에는 강하게 이끌린다. 그런데 그의 외모에 무관심한 사람들도 있는데 그들에게는 그의 말이 위선적으로 들린다. 아버지인 나는 여기서 판단을 내리지 않겠다. 아무튼 후자의 평가가 전자의 그것보다 더 주목할 만하다고 고백하지 않을 수 없다.

열하나는 연약하다. 아마 내 아들 중 가장 약한 아이일 것이다. 하지만 그가 약하다는 것은 착각이다. 말하자면 그는 힘차고 단호할 때도 있다. 물론 그럴 때도 약함은 아무래도 근본적인 특질이다. 그러나 수치스러운 약함이 아니라 우리 지구상에서만 약하게 보이는 어떠한 것이다. 이를테면 날 준비가 된 것도 약함이 아닐까? 몸이 흔들리고 자세가 불확실하며 날개를 파닥이기 때문이다. 내 아들은 그런 종류의 어떤 것을 보여 준다. 물론 아버지는 그런 특성을 기뻐하지 않는다. 그러한 특성은 분명 가정의 파괴를 초래하기 때문이다. 가끔 그는 이렇게 말하려는 듯이 나를 쳐다본다. "아버지, 제가 모시겠습니다." 그러면 나는 생각한다. "너는 내가 믿을 수 있는 마지막 아이일 거야." 그러면 그의 시선은 다시 이렇게 말하는 듯하다. "그러므로 저는 적어도 마지막 아이는 되겠군요."

이상이 열한 명의 아들들이다.

형제 살해

다음과 같은 방식으로 살인이 일어났음이 밝혀졌다.

살인범 슈마르는 달 밝은 밤 9시 무렵 거리 모퉁이에서 있었다. 그곳은 희생자 베제가 자기 사무실이 있는 골목에서 나와 그가 살고 있던 골목으로 접어들 수밖에 없는 지점이었다.

누구나 오들오들 떨 수밖에 없을 만치 밤공기가 차가웠다. 그러나 슈마르는 얇은 푸른색 옷만 입었고, 게다가 작은 상의는 단추를 풀고 있었다. 그는 추위를 느끼지 않았다. 몸을 계속 움직이고 있어서였다. 총검 같기도 하고 부엌칼 같기도 한 흉기를 완전히 드러내고 줄곧 손에 꼭 쥐고 있었다. 칼을 달빛에 비춰 보니 날이 번쩍였다. 슈마르는 이것으로 성이 차지 않았다. 그는 불꽃이 튀도록 칼날을 포장도로의 돌에 내리쳤다. 그런 행동을 후회했을지도 모른다. 그래서 칼날이 손상된 것을 바로잡으려고 부츠 밑창에 대고 바이올린의 활을 켜듯이 칼날을 갈았다. 그러는 동안 그는 허리를 구부린 채 한 발로 서서 부츠에서 나는 칼 가는 소리를 듣는 동시에 운명적인 일이 벌어질 옆 골목에 귀를 쫑긋 기울였다.

근처 3층 창밖으로 모든 걸 지켜보던 연금 생활자 팔라스는 왜 이 모든 걸 참고 있었던가? 사람의 본성을 헤아려 보라! 그는 옷깃을 높이 세우고 뚱뚱한 몸에 잠옷을 걸친 채 고개를 흔들며 아래를 내려다보고 있었다.

그곳에서 다섯 집 건너 맞은편 집 창문에서는 베제 부인이 잠옷 위에 여우 털 코트를 걸치고 왠지 오늘따라 귀가가 늦는 남편을 기다리고 있었다.

마침내 베제의 사무실 문 앞 종이 울린다. 문의 종 소리치고는 너무 큰 그 소리가 온 도시 위로 하늘까지 울려 퍼진다. 부지런한 야간 근무자인 베제가 건물 밖으로 걸어 나온다. 이쪽 골목에서는 아직 모습이 보이지 않지만 종소리로 짐작할 수 있다. 금세 포장도로 위로 그의 조용한 발걸음 소리가 또박또박 들려온다.

팔라스는 몸을 숙여 창밖으로 내민다. 어느 것도 놓쳐서는 안 된다. 초인종 소리에 안심한 베제 부인은 덜커덩 소리를 내며 창문을 닫는다. 하지만 슈마르는 무릎을 꿇고서 노출된 다른 신체 부위가 없으므로 얼굴과 두 손을 벽돌에 갖다 댄다. 모든 것이 얼어붙었는데 슈마르만은 뜨겁게 달아오른다.

두 골목이 갈라지는 경계선에 베제는 멈춰 선다. 지팡이에만 의지하고 저쪽 골목을 향해 서 있다. 묘한 기분이다. 검푸른색과 금빛 밤하늘에 유혹되었다. 아무것도 모른 채 그는 하늘을 쳐다본다. 아무것도 모른 채 그는 모자를 들어 올리고 머리카락을 쓰다듬는다. 저 위에서는 그의 코앞에 닥친 미래를 알려 주기 위해 아무것도 움직이지 않는다. 모든 것이 무의미하고 불가해한 자리에 그대로 머물러 있다. 베제가 계속 걸어가는 것은 그 자체로 매우 합리적이지만 그는 슈마르의 칼날 속으로 들어가고 있다.

"베제!" 슈마르가 소리친다. 발끝으로 서서 팔을 쳐들고 칼을 날카롭게 내리며. "베제! 율리아가 기다리지만 헛수고야!" 그리고 슈마르는 베제의 오른쪽 목과 왼쪽 목을 세 번째는 배 속 깊숙이 찌른다. 칼에 베인 물쥐는 베제와 비슷한 소리를 낼 것이다.

"해치웠어!" 슈마르는 이렇게 말하며 칼을, 불필요해진 피 묻은 애물단지를 옆집 현관을 향해 던져 버린다. "살인의 축복이야! 다른 사람을 피 흘리게 한 홀가분함, 신나는 기분! 베제, 오래된 밤그림자, 친구, 술친구, 너의 피가 어두운 길바닥에 스며들고 있다. 왜 너는 그냥 피로 가득 찬 자루가 아니란 말인가! 그럼 네 위에 앉으면 넌 흔적도 없이 완전히 사라졌을 텐데! 모든 것이 뜻대로 이루어지지는 않고, 꽃다운 모든 꿈이 무르익지는 않아. 너의 무거운 유해는 이미 누구의 발걸음도 닿지 않는 여기에 놓여 있으니, 네가 그 상태로 제기하는 말 없는 질문은 무엇이란 말인가?"

팔라스는 온몸에 독을 삼키는 듯한 분노를 참지 못하고 두 짝 여닫이문가에 서 있다. "슈마르! 슈마르! 죄다 보았어, 하나도 빠뜨리지 않고!" 팔라스와 슈마르는 서로를 살핀다. 팔라스는 만족해한다. 슈마르는 끝장내지 못한 것이다.

베제 부인은 양옆에 많은 사람을 데리고 급히 달려온다. 너무 경악한 나머지 폭삭 늙어 보인다. 털외투가 벗겨지고 그녀는 베제 위로 쓰러진다. 잠옷을 입은 몸은 그와 하나가 되었고, 무덤의 잔디처럼 부부를 덮고 있는 털외투는 군중의 수중에 들어간다.

슈마르는 경찰관의 어깨에 입을 갖다 대고 마지막 구역질을 이 악물며 애써 참는다. 경찰관은 민첩하게 그를 연행한다.

포세이돈

포세이돈은 작업대에 앉아 계산하고 있었다. 모든 하천을 관할하는 당국이 그에게 끝없이 일거리를 주었다. 그는 원하는 만큼 많은 조수를 둘 수 있었고, 또한 실제로도 많은 조수를 데리고 있었다. 하지만 자기 직무를 매우 진지하게 여겼으므로 모든 일을 다시 한번 꼼꼼하게 검산했다. 그래서 조수들은 별로 도움이 되지 않았다. 그 일이 그를 기쁘게 했다고는 말할 수 없다. 그에게 부과된 일이었기 때문에 수행했을 뿐이다. 그의 표현에 의하면 그는 이미 가끔 더 즐거운 일을 얻으려고 했으나 여러 가지 제안을 받으면 지금까지 하던 일만큼 마음에 드는 일은 아무것도 없다는 것이 드러났다. 그를 위해 어떤 다른 일을 찾는 것도 매우 어려웠다. 그렇다고 그에게 가령 특정 바다를 맡길 수도 없었다. 그래 봤자 계산하는 일이 여기서도 작지 않고 더 자잘할 뿐이었다.

그건 차치하고서라도 위대한 포세이돈은 언제나 군림하는 자리만 얻을 수 있었다. 그리고 물 밖에서 하는 일자리를 제안받으면 그 생각만 해도 언짢아졌고, 그의 신적인 호흡이 흐트러졌으며, 그의 단단한 흉곽이 흔들렸다. 게다가 그의 불만은 사실 진지하게 받아들여지지 않았다. 권력자가 성가시게 굴면 아무리 가망이 없는 일이라도 그의 말을 들어주는 척해야 한다. 포세이돈을 정말 면직시킬 생각을 하는 사람은 아무도 없었다. 태초부터 그는 바다의 신으로 정해져 있었고, 이는 그대로 유지되어야 했다.

    그는 사람들이 자신에 대해 품고 있는 생각을 들었을 때 가장 많이 화를 냈다. 가령 포세이돈이 삼지창을 들고 물결을 헤치며 돌아다니는 그림 말이다. 이것이 그의 직무에 대한 주된 불만 요인이었다. 그사이 그는 여기 대양 깊은 곳에 앉아 끊임없이 계산했다. 가끔 유피테르 신을 찾아가는 여행이 단조로움을 깨는 유일한 일이었다. 그런데 여행을 떠났다가 대체로 분노해서 돌아왔다. 그래서 그는 올림포스로 급히 올라갈 때만 얼핏 보았을 뿐 바다를 거의 보지 못했다. 또 실제로 바다를 두루 돌아다닌 적도 없었다. 그러면서 세상이 몰락할 때까지 기다린다고 말하곤 했다.

    그러고 나서 그는 종말이 오기 직전 최종 계산서를

훑어본 뒤 재빨리 작은 일주 여행을 할 수 있는 조용한 순간을 기다리리라.

포기해라!

꼭두새벽이었다. 거리는 깨끗하고 적막했으며, 나는 기차역으로 가고 있었다. 탑시계를 내 시계와 비교해 보고 생각보다 훨씬 늦은 것을 알았다. 나는 서둘러야 했다. 이런 사실을 알게 되자 그 충격으로 길에 자신감을 잃었다. 이 도시를 아직 그리 잘 알지 못했는데 다행히 가까이에 경찰관이 있어서 헐레벌떡 달려가 길을 물었다.

그는 미소를 띠며 말했다. "나한테서 길을 알아내겠다는 거요?"

"네, 그렇습니다." 내가 대답했다. "혼자서는 길을 찾을 수 없어서요."

"포기해요, 포기하라고." 그는 그렇게 말하고 몸을 홱 돌렸다. 마치 혼자 웃고 있는 사람들이 그리하듯.

비유에 관하여

현자의 말은 언제나 비유일 뿐이므로 일상생활에서는 적용할 수 없다고 불평하는 사람이 많다. 그런데 우리가 가진 것은 일상생활뿐이다. 만약 현자가 "저 건너편으로 가라."라고 말한다면 다른 쪽으로 건너가라는 말이 아니다. 그쪽 길로 간 결과가 바람직하다면 아무튼 그렇게 할 수 있을지도 모른다. 그런데 그는 우리가 알지 못하는 무엇, 즉 있을 법하지 않은 저 건너편에 대해 말하는 것이다. 그 자신도 저 건너편에 대해 뭐라고 좀 더 자세히 말할 수 없으며, 그래서 그것은 이곳의 우리에게도 전혀 아무런 도움을 줄 수 없다. 이 모든 비유는 본래 파악할 수 없는 것은 파악할 수 없다는 것을 말하려는 것일 뿐이다. 우리는 그 사실을 알고 있다. 그러나 우리가 매일 애써 노력하는 것은 다른 일들이다.

그러자 어떤 한 사람이 말했다. "너희는 왜 저항하고

있는가? 만약 너희가 비유를 따른다면 너희 자신이 비유가 되어 일상의 노고에서 벗어날 텐데."

또 다른 사람이 말했다. "장담하건대 그 말 역시 비유라오."

첫 번째 사람이 말했다. "그대가 이겼소."

두 번째 사람이 말했다. "하지만 유감스럽게도 비유에서만 그렇소."

첫 번째 사람이 말했다. "아니오. 현실에선 이겼지만 비유에서는 그대가 진 것이오."

유형지에서

"이건 독특한 기계 장치입니다." 장교는 답사 여행자에게 말하며 자신이 이미 익히 잘 아는 기계 장치를 짐짓 경탄하는 듯한 눈초리로 훑어보았다. 여행자는 그저 예의상 사령관의 초청에 응한 듯했다. 사령관은 항명죄와 상관 모욕죄를 선고받은 병사를 처형하는 현장에 참관해 달라고 요청했다. 그런 처형에 대한 호기심은 유형지에서 그리 대단하지 않았다. 적어도 여기 헐벗은 산비탈에 둘러싸인 깊고 외딴 모래투성이 계곡에는 장교와 여행자 외에 유죄 판결을 받은 죄수와 병사 한 명밖에 없었다. 수염이 멋대로 자라고 얼굴이 꺼칠한 병사는 우둔하게 생기고 입이 큼지막했다. 병사는 조그마한 쇠사슬들로 갈라져 나온 묵직한 쇠사슬을 손에 들고 있었다. 죄수의 목만 아니라 다리와 손목을 묶은 조그만 쇠사슬은 서로를 이어 주는 쇠사슬로도 연결되어 있었다. 게다가 죄수는 마치 개처럼 아주 고분고분 말을 잘 듣게 생겼다. 그래서 주위의 산비탈을 마음대로 돌아다니게 하다가 처형 시작을 알리는 호각만 불면 냉큼 달려올 것 같은 모습을 하고 있었다.

여행자는 그런 기계 장치에 대해서는 별 관심이 없었기에 거의 눈에 띄게 국외자의 태도로 사형수 뒤에서 오락가락했다. 그러는 동안 장교는 땅속 깊이 설치한 기계 장치 속으로 기어 들어가 보기도 하고, 때로는 사닥다리 위로 올라가 윗부분들을 점검하면서 마지막 준비를 하고 있었다. 이러한 것들은 사실 기계 담당자에게 맡겨 두면 될 일이었지만 이 기계 장치의 각별한 신봉자여서 그러는지, 또는 다른 이유로 이 일을 그 외의 누구에게도 믿고 맡길 수 없어서였는지는 몰라도 장교는 대단히 열성적으로 이 일을 수행했다.

"자, 이제 준비가 다 끝났습니다." 마침내 그는 소리치며 사닥다리에서 밑으로 내려왔다. 몹시 피곤한지 입을 크게 벌리고 숨을 쉬었다. 그의 군복 옷깃 뒤에는 보드라운 여성용 손수건 두 장이 끼워져 있었다. "열대 지방에서 입고 다니기에는 이런 군복이 너무 무겁겠어요." 여행자는 장교가 기대한 것과는 달리 기계 장치에 대해서는 묻지 않고 말했다. "물론이지요." 장교는 이렇게 대답하면서 기름과 지방으로 더러워진 두 손을 미리 준비해 둔 물통에 씻었다. "하지만 이건 고국을 뜻하지요. 우린 고국을 잃어버리고 싶지 않거든요. 자, 그러면 이 기계 장치를 좀 보십시오." 그는 즉시 이렇게 덧붙이고 수건으로 두 손을 닦는 동시에 기계 장치 쪽을 가리켰다. "지금까지는 손으로 작업해야 했지만 이제부터는 이 기계 장치가 전적으로 혼자 일을 다 처리합니다." 여행자는 고개를 끄덕이고 장교의 뒤를 따라갔다. 장교는 만에 하나 돌발 사건이라도 일어나는 경우를 대비하려는 듯 말했다. "물론 고장이 날 수도 있습니다. 사실 오늘은 고장이 나지 않기를 바랍니다. 어쨌거나 그런 경우를 염두에 둬야 합니다. 이 장치는 열두 시간이나 쉬지 않고 돌아가야 하니까요. 하지만 고장이 생긴다 해도 사소한 것에 불과하니 금방 고칠 수 있을 것입니다."

"앉지 않겠어요?" 마침내 장교가 묻고는 잔뜩 쌓인 등나무 의자 하나를 꺼내어 여행자에게 앉으라고 권했다. 여행자는 거절할 수 없었다. 그래서 구덩이의 가장자리에 앉으면서 그 구덩이 속을 흘낏 쳐다보았다. 구덩이가 그리 깊지는 않았다. 한쪽은 파헤친 흙이 쌓여 둑을 이루었고, 다른 쪽은 기계 장치가 설치되어 있었다. "사령관이 이 기계 장치에 대해 당신에게 이미 설명하셨는지 모르겠습니다." 여행자는 애매하게 손을 흔들어 보였다. 장교는 자신이 직접 그 기계 장치를 설명할 수 있어서 더할 나위 없는 호기를 잡게 되었다. "이 기계 장치는……." 그는 이렇게 말하며 몸을 기대고 있는 연결봉을 잡았다. "우리 전임 사령관이 발명한 물건입니다. 나는 즉시 사상 초유의 이 계획에 협력하였고, 완성될 때까지 작업에 참여했습니다. 물론 발명한 공로는 전적으로 그에게만 돌아가야 마땅합니다. 우리 전임 사령관에 관한 이야기를 들어 보셨나요? 아니라고요? 그렇다면 이 유형지 시설 전체가 그의 작품이라고 내가 말해도 너무 지나친 주장은 아니겠군요. 친구들인 우리는 유형지 시설이 자체적으로 잘 완비되어 있다는 사실을 그가 죽을 때부터 이미 알고 있었습니다. 그래서 후임자의 머릿속에 수천 가지의 새로운 계획이 담겨 있다고 해도 적어도 여러 해 동안 옛것을 고칠 수 없을 거라고 말입니다. 우리 예상은 빗나가지 않았습니다. 신임 사령관은 이 점을 아셔야 했습니다. 당신이 전임 사령관을 모른다니 유감이군요! 그런데……." 장교는 말을 끊었다가 다시 계속했다.

"쓸데없는 말을 하는 것 같습니다만, 우리 눈앞에 있는 이것이 그가 고안한 기계 장치입니다. 보시다시피 세 부분으로 이루어졌습니다. 세월이 흐르는 사이에 각 부분마다 말하자면 항간에서 부르는 명칭이 생겨났습니다. 아랫부분은 침대로, 윗부분은 제도기로, 그리고 여기 가운데에 붕 떠 있는 부분은 써레[3]로

불립니다." "써레라고요?" 여행자가 물었다. 그러나 그는 제대로 주의를 기울이지 않고 있었다. 그늘 하나 없는 골짜기에 태양이 너무 따갑게 내리쬐어 생각을 집중할 수 없었다. 묵직한 견장이 달리고 술들을 드리운 꼭 끼는 퍼레이드용 제복 상의를 입고 자기 일을 그토록 열성적으로 설명하는 장교가 그럴수록 경탄스럽게 생각되었다. 게다가 이야기하면서도 드라이버로 여기저기 나사를 조이는 일에 몰두했다. 병사도 여행자와 비슷한 상태인 모양이었다. 양 손목에 죄수를 묶은 쇠사슬을 둘렀고, 한 손으로는 기관총에 몸을 의지했으며, 머리를 목덜미에 축 늘어뜨린 채 아무 데도 신경 쓰지 않고 있었다. 여행가는 그런 것을 의아하게 생각하지 않았다. 장교가 말하는 프랑스어를 병사도 죄수도 알아듣지 못하는 것이 분명해서였다. 그래도 죄수가 장교의 설명을 귀담아들으려고 노력하는 모습이 물론 그런 만큼 인상적이었다. 쏟아지는 졸음을 견디며 그는 끈질기게 장교가 가리키는 쪽으로 계속 시선을 돌렸다. 이제 여행가의 질문으로 장교의 말이 끊어지자 죄수도 장교와 꼭 마찬가지로 여행자를 쳐다보았다.

"네, 써레입니다" 장교가 말했다. "써레라는 이름이

---

3   써레의 원래 의미는 갈아 놓은 논의 바닥을 고르는 데 쓰는 농기구다.

맞습니다. 바늘들이 써레 모양으로 배열되어 있고, 그것들 전체가 써레처럼 움직이거든요. 비록 한 곳에서만 움직이긴 해도 훨씬 더 정교합니다. 아무튼 당신은 곧 이해하게 될 겁니다. 죄수는 여기 침대에 누울 겁니다. 말하자면 나는 이 기계 장치를 먼저 설명한 다음에야 진행 과정을 직접 보여 줄 작정입니다. 그러면 그 과정을 보다 잘 이해하게 될 겁니다. 그런데 제도기 속의 톱니바퀴 하나가 너무 심하게 닳아서 움직일 때 형편없이 삐걱거리는 소리를 냅니다. 그럴 때면 서로 말소리도 거의 알아듣지 못할 정도입니다. 유감스럽게도 이곳에선 갈아 줄 부속품을 구하기가 무척 어렵습니다. 그러니까 이것이 아까 말한 침대입니다. 온통 탈지면이 깔렸는데, 그 목적을 당신은 곧 알게 될 겁니다. 이 탈지면 위에 죄수는 배를 대고 눕습니다. 물론 벌거벗은 몸으로 말입니다. 이것은 꼼짝 못 하게 손을 묶기 위한 띠고, 이것은 발을 묶기 위한 띠며, 저것은 목을 졸라맬 띠입니다. 내가 말한 사내가 맨 먼저 얼굴을 얹는 여기 침대의 머리맡에는 조그마한 솜털 뭉치가 있습니다. 그건 다루기가 쉬워서 사내의 입을 곧장 틀어막을 수 있습니다. 솜털 뭉치는 비명을 지르거나 혀를 깨물지 못하게 하려는 목적으로 쓰입니다. 물론 사내는 솜털을 입에 물 수밖에 없습니다. 그러지 않으면 목에 맨 띠로 인해 목덜미가 부러지기 때문이지요." "이게 탈지면인가요?" 여행자는 이렇게 묻고 허리를 앞으로 숙였다. "네, 그렇습니다." 장교는 빙그레 웃으며 말했다. "직접 한번 만져 보십시오." 그는 여행자의 손을 잡고 침대 위를 만져 보게 했다. "특별히 마무리 처리한 탈지면입니다. 그래서 겉으로는 그리 다르지 않아 보입니다. 그 용도는 앞으로 말할 기회가 있을 겁니다." 여행자는 어느새 기계 장치에 약간 마음이 끌렸다. 그는 햇빛을 가리기 위해 손을 눈 위에 대고 기계 장치를 쳐다보았다. 그것은 커다란 구조물이었다. 침대와 제도기는 크기가 똑같았고, 마치 두 개의 거무스레한 궤짝처럼 보였다. 제도기는 침대 위 약 2미터 지점에 설치되었고, 두 부분이 햇빛을 받아 번쩍번쩍 빛나는 놋쇠 봉 네 개로 모서리에서 연결되어 있었다. 궤짝들 사이에는 써레가 강철 띠에 매달려 붕 떠 있었다.

장교는 여행자가 조금 전까지만 해도 전혀 관심이 없었다는 것을 거의 눈치채지 못했지만 이제 관심을 갖기 시작하는 것은 알아챈 듯했다. 그래서 여행자에게 아무런 방해도 받지 않고 관찰할 시간을 주기 위해 설명을 중단했다. 죄수도 여행가의 행동을 흉내 내고 있었다. 그는 눈 위에 손을 올릴 수 없어서 가리지 않은 두 눈을 가늘게 뜨고 깜박이며 위를 쳐다보았다.

"그러니까 이 남자가 여기에 눕겠군요." 여행자는

말하면서 안락의자에서 몸을 뒤로 젖혀 등받이에 기대고는 두 다리를 포갰다.

"그렇습니다." 장교는 말하면서 모자를 약간 뒤로 밀어젖히고는 벌겋게 달아오른 얼굴을 두 손으로 문질렀다. "그럼 내 말 좀 들어 보십시오! 침대뿐만 아니라 제도기에도 전지가 있습니다. 침대에는 그 자체를 위해 전지가 필요하지만 제도기는 써레를 위해 그것이 필요합니다. 이 남자를 꽁꽁 묶자마자 침대가 움직입니다. 그것은 동작이 작긴 하지만 빠른 속도로 요동치면서 좌우와 상하로 동시에 떨립니다. 당신은 이와 비슷한 장치를 요양 병원에서 본 적이 있을 겁니다. 다른 점이 있다면 우리 침대에서는 모든 운동이 정확히 계산되어 이루어진다는 것입니다. 말하자면 침대의 운동은 써레의 운동과 한 치의 오차도 없이 맞아야 합니다. 이 써레에 형을 집행하는 실제적인 임무가 맡겨져 있습니다."

"대체 판결 내용이 뭔데요?" 여행자가 물었다. "그것도 모르셨나요?" 장교는 놀라서 말하며 입술을 깨물었다. "내 설명이 혹시 두서가 없었다면 사과드립니다. 부디 용서해 주기 바랍니다. 말하자면 전에는 사령관이 설명하곤 했어요. 하지만 신임 사령관은 이 명예로운 의무를 저버렸습니다. 이렇게 귀한 분이 찾아오셨는데도 말입니다." 여행자는 이같이 존경을 표하는 것을 두 손으로 내저으며 물리치려고 했으나 장교는 이 표현을 고집했다. "이처럼 귀한 분에게 신임 사령관이 우리의 판결 형식조차 알려 주지 않은 것은 시정되어야 할 일입니다." 입에서 욕설이 튀어나오려고 했지만 그는 마음을 가다듬고 그냥 이렇게 말할 뿐이었다. "난 그에 관해 아무 지시 사항도 받지 않았으니 내 탓은 아닙니다. 그야 어찌 되었든 우리의 판결 방식을 설명해 줄 최고의 적임자는 물론 나지요. 이곳 담당자가 나이니까요." 그는 가슴 부분에 달린 안주머니를 치면서 말했다. "나는 전임 사령관이 손으로 그린 문제의 도면들을 갖고 있거든요." "사령관이 손수 그린 도면이라고요?" 여행자가 물어보았다. "대체 그는 온갖 능력을 한 몸에 갖추었다는 말인가요? 그는 군인이자 재판관이고, 건축가이자 화학자이며 제도기라는 말입니까?"

"물론입니다." 장교는 한곳을 멍하니 바라보며 골똘히 생각에 잠긴 채 고개를 끄덕이며 말했다. 이어서 자신의 두 손을 유심히 살펴보았다. 그에게는 자기 손이 도면을 만지기에는 충분히 깨끗하지 않다고 생각되었다. 그래서 물통이 있는 곳으로 가 또 한 번 손을 씻었다. 그런 다음 조그만 가죽 가방을 꺼내더니 말했다. "우리 판결이 엄하게 여겨지지는 않습니다. 그가 범한 계율이 죄수의 몸에 써레로 새겨집니다. 예컨대 이 죄수에게는……." 장교는 사내를 가리켰다. "이자의 몸에는 '상관을 공경하라.'라는 글씨가 새겨질 겁니다."

여행자는 사내를 흘낏 쳐다보았다. 장교가 자기를 가리키자 죄수는 머리를 숙인 채 무언가를 알아들으려고 귀를 쫑긋 기울이는 것 같았다. 하지만 꼭 다물어 불룩하게 튀어나온 입술의 움직임으로 볼 때 아무것도 알아듣지 못하는 게 분명했다. 여행자는 여러 가지를 물어볼 생각이었지만 남자의 모습을 보고는 그냥 이렇게 물었다. "그는 자신의 판결 내용을 알고 있습니까?" "모릅니다." 장교는 이렇게 말하고 설명을 계속하려고 했으나 여행자가 그의 말을 가로막았다. "자신의 판결 내용을 알지 못한다고요?" "그렇습니다." 장교는 똑같은 대답을 되풀이하면서 여행자가 그런 질문을 한 좀 더 자세한 이유를 듣고 싶다는 듯 잠시 입을 다물고 있다가 말했다. "그에게 알려 줘 봐야 아무 소용이 없을지도 모릅니다. 직접 자기 몸으로 체험할 테니까요." 여행자는 이제 입을 다물어야겠다고 생각하고 있는데 그때 죄수가 자신에게 눈길을 향하고 있다는 느낌이 들었다. 죄수는 지금까지 장교가 한 말에 그가 동의할 수 있는지 묻는 것 같았다. 그 때문에 그는 이미 뒤로 젖히고 있던 몸을 다시 앞으로 숙이고는 또 물었다. "하지만 어쨌거나 그가 유죄 판결을 받았다는 사실은 알고 있나요?" "그것도 모릅니다." 장교는 이렇게 말하고 여행자를 바라보며 미소 지었다. 이는 여행자가 그에게 몇 가지 색다른 속마음을 털어놓기를 기대하는 듯한 모습이었다. "모른다고요." 여행자는 이렇게 말하고 이마를 문질렀다. "그렇다면 저 남자는 자신의 변론이 받아들여졌는지 지금도 모르고 있다는 말입니까?" "그는 자신을 변호할 기회가 없었습니다." 장교는 말하면서 자신에게는 자명한 이 이야기가 여행자를 계면쩍게 할까 봐 혼잣말하듯이 눈길을 돌렸다. "하지만 자신을 변호할 기회는 줬어야 하지 않나요." 여행자는 말하며 안락의자에서 일어났다.

장교는 기계 장치를 설명하는 데 오랜 시간이 걸릴지도 모르겠다는 사실을 깨달았다. 그래서 여행자에게 다가가 매달리듯 팔을 붙잡고는 손으로 죄수를 가리켰다. 죄수는 이제 자신에게 주의가 쏠리는 것을 분명히 의식하고 몸을 곧추 일으켜 세웠다. 그리하여 병사도 죄수의 쇠사슬을 바짝 끌어당겨야 했다. 이어서 장교가 말했다. "사실은 다음과 같습니다. 난 여기 유형지에서 판사로 임명되었습니다. 젊지만 말입니다. 형사 사건이 일어날 때마다 전임 사령관을 옆에서 도와주었고, 기계 장치도 가장 잘 알기 때문이지요. 내가 판결 내리는 원칙은 이렇습니다. 죄는 언제나 의심할 여지가 없다. 다른 법정에서는 여럿이 판결에 참관하고 또한 항소심이 있으므로 이런 원칙을 따를 수 없습니다.
이곳은 사정이 다르거나, 또는 적어도 전임 사령관이 있을
때는 그랬습니다. 물론 신임 사령관은 이미 내 재판에
개입할 의향을 보였습니다. 그러나 지금까지는 용케
그를 물리치는 데 성공해 왔으며, 앞으로도 계속 성공할
겁니다. 당신은 이번 사건을 설명해 주기를 바라는데 이번
경우는 다른 모든 경우와 마찬가지로 아주 간단합니다.
오늘 아침 어떤 중대장에게서 고발이 들어왔습니다.
당번병으로 배속되어 그의 문 앞에서 밤을 보내는 병사가
늦잠을 자서 근무를 소홀히 했다는 겁니다. 말하자면
매 시간 일어나 중대장의 방문 앞에서 경례를 붙이는
것이 의무라는 겁니다. 그건 그리 힘든 의무가 아니고
꼭 필요한 의무이지요. 보초를 서고 당번병의 임무를
다하기 위해서는 늘 활기찬 상태로 있어야 합니다.
중대장은 어젯밤 당번병이 의무를 다하는지 지켜보려고
했습니다. 정각 2시에 문을 열고 보니 몸을 웅크리고 자고
있더랍니다. 중대장은 승마용 채찍을 들고 나와 얼굴을
후려갈겼습니다. 그런데 일어나서 잘못했다고 용서를
빌기는커녕 상관의 다리를 붙잡고 흔들면서 소리쳤답니다.
'채찍을 버려, 안 그러면 잡아먹겠어.' 이상이 사건의
진상입니다. 중대장은 한 시간 전에 나를 찾아왔습니다.
난 그의 진술을 받아 적고 이어서 즉결 심판을 내렸습니다.

그러고 나서 저 사내를 쇠사슬로 묶도록 지시했습니다.
이 모든 일은 아주 간단했습니다. 내가 먼저 저자를
불러내어 자초지종을 물어보았다면 일이 더 혼란스러웠을
뿐입니다. 그는 거짓말을 할 테고, 그것이 거짓임을 내가
밝혀 내면 새로운 거짓말을 계속 꾸며 낼 겁니다. 그러나
이제 저자를 붙잡고 있으니 다시는 놓아주지 않을 겁니다.
이제 모든 설명이 되었나요? 하지만 시간이 자꾸 흘러가니
집행을 이미 시작했어야 하는데 난 아직 기계 장치에 대한
설명을 마치지 못했습니다." 장교는 여행자를 안락의자에
억지로 앉히고 다시 기계 장치 쪽으로 가서 이야기를
시작했다. "보시다시피 써레는 인간의 체형에 맞도록
만들어졌습니다. 이것이 상체를 위한 써레이고, 저것이
다리를 위한 써레입니다. 머리를 위해서는 이 조그만
조각칼만 사용하도록 정해져 있습니다. 잘 아시겠어요?"
장교는 여행자 쪽으로 친절하게 몸을 굽히고는 전반적인
설명을 할 자세를 취했다.

여행자는 이맛살을 찌푸리며 써레를 들여다보았다.
재판 방식에 대한 보고를 듣고 마음이 흡족하지 못했다.
어쨌거나 이곳은 유형지이므로 여기서는 특별한
조처가 필요하며, 극단적인 경우는 군대식으로 처리할
수밖에 없다는 사실을 그는 인정하지 않을 수 없었다.
게다가 한편으로 신임 사령관에게 약간의 희망을 걸어

보았다. 물론 점진적이긴 하나 신임 사령관은 이 장교의 옹색한 머리로는 도저히 생각할 수 없는 새로운 절차를 도입하려고 할 것임이 분명하기 때문이었다. 이런 생각을 한 끝에 여행자는 질문을 했다. "사령관도 집행 현장에 참석합니까?" "그건 확실하지 않습니다." 장교가 말했다. 이러한 느닷없는 질문에 곤혹스러운지 친절하던 표정이 일그러졌다. "우리가 서둘러야 하는 이유가 바로 그 때문입니다. 그래서 무척 유감스러운 일이지만 더구나 내 설명을 간단히 마쳐야 할 것 같습니다. 하지만 기계 장치가 다시 깨끗해진다면 — 그게 그토록 무척이나 더러워진다는 게 유일한 결점이지요 — 내일 덧붙여서 보다 자세한 설명을 할 수 있을 겁니다. 그런데 지금은 꼭 필요한 사항만을 이야기하겠습니다. 저 사내가 침대 위에 누우면 이것이 덜덜 떨리기 시작해 써레가 몸 쪽으로 내려옵니다. 뾰족한 끝이 몸에 아슬아슬하게 닿게끔 써레는 저절로 조절됩니다. 조절이 끝나면 즉시 이 철사가 팽팽하게 당겨지며 막대기처럼 됩니다. 그러면 이제 써레의 운동이 시작되는 겁니다. 내막을 잘 모르는 사람은 겉으로 보아서는 처벌의 차이를 제대로 눈치채지 못할 겁니다. 써레의 움직임이 한결같으니까요. 써레는 덜덜 떨면서 역시 침대로 인해 덜덜 떨고 있는 몸에 뾰족한 끝을 찔러 넣습니다. 형의 집행 과정을 누구나 살펴볼 수 있도록 써레는 유리로 만들어졌습니다. 바늘을 유리에 박는 데는 기술상 여러 가지 어려움이 있었지만 여러 번 시도한 끝에 성공했습니다. 사실 우리는 어떠한 수고도 마다하지 않았지요. 그래서 이제 몸에 글귀가 새겨지는 과정을 누구나 유리를 통해 바라볼 수 있습니다. 좀 더 가까이 다가와서 바늘들을 살펴보지 않겠습니까?"

여행자는 천천히 몸을 일으켜 그쪽으로 가서는 허리를 굽히고 써레를 살펴보았다. "자, 보세요." 장교가 말했다. "두 종류의 바늘이 다양한 모습으로 배열되어 있습니다. 긴 바늘 옆에는 반드시 짧은 바늘이 있습니다. 말하자면 긴 바늘은 글자를 새기고, 짧은 바늘은 물을 뿌리며 피를 씻어서 글자가 항상 선명하게 드러나게 합니다. 그러면 핏물은 여기 작은 홈통으로 들어가서 마침내 이 커다란 홈통으로 흘러듭니다. 홈통의 배수관은 구덩이로 통하게 되어 있습니다." 장교는 핏물이 흘러가는 길을 손가락으로 일일이 가리켰다. 하지만 그가 이를 되도록 구체적으로 보여 주기 위해 배수관 입구에 두 손을 갖다 대고 실제로 핏물을 받는 시늉을 하자 여행자는 머리를 들고 손으로 뒤쪽을 더듬으며 안락의자로 되돌아가려 했다. 이때 놀랍게도 죄수 역시 자신과 마찬가지로 써레 시설을 가까이에서 보라는 장교의 말을 따르는 것을 알았다. 그 바람에 잠이 덜 깬 병사는 쇠사슬에 이끌려 조금 앞으로 나왔고, 죄수도 유리 위에 허리를 굽히고 있었다. 그는 어리둥절한 시선으로 두 사람이 방금 바라보고 있던 것을 찾았지만 설명을 알아듣지 못한 이상 제대로 되었을 리가 없었다. 그는 허리를 구부리고 이쪽저쪽 살피며 몇 번이고 유리를 훑어보았다. 그러다가 다시 처벌받을 것 같아 여행자는 그를 다시 쫓아 보내려고 했다. 하지만 장교는 한 손으로 여행자를 꽉 붙잡은 채 다른 손으로는 둑에서 흙덩이를 집어 들고 병사를 향해 던졌다. 눈을 번쩍 뜬 병사는 죄수가 과감히 시도한 행동을 알아차리고 총을 내려놓은 후 발뒤꿈치를 땅에 대고 몸을 버티고는 죄수를 뒤로 잡아당겼다. 그러자 죄수는 곧장 땅에 쓰러졌다. 병사가 내려다보니 죄수는 몸을 뒤틀며 쇠사슬을 쩔그럭거리고 있었다. "일으켜 세워!" 장교가 소리쳤다. 그는 여행자가 죄수 때문에 관심이 너무 그쪽으로 쏠린 것을 알아챘다. 여행자는 써레 같은 것은 안중에도 없이 써레 위에 허리를 굽힌 채 죄수 쪽으로 눈길을 보내며 그에게 무슨 일이 일어날지에만 신경을 곤두세우고 있었다. "조심해서 다뤄!" 장교가 다시 소리쳤다. 장교는 기계 장치를 돌아 달려가서는 직접 죄수의 겨드랑이 밑에 손을 넣고 병사의 도움을 받아 두 발로 제대로 서지 못하고 자꾸만 미끄러지는 그를 일으켜 세웠다.

"이젠 웬만큼 다 알겠습니다." 장교가 다시 돌아오자

여행자가 말했다. "가장 중요한 것을 제외하고 말입니다."
장교는 이렇게 말하며 여행자의 팔을 붙잡더니 머리
위쪽을 가리켰다. "저기 제도기에는 써레의 운동을
지정하는 톱니바퀴 장치가 있습니다. 판결 내용을
나타내는 스케치에 따라 이 톱니바퀴 장치에 지시가
내려집니다. 나는 아직 전임 사령관의 스케치를 사용하고
있습니다. 이것들입니다." 그는 가죽 가방에서 몇 장의
종이를 끄집어냈다. "유감스럽게도 이것들을 당신의 손에
보여 줄 수 없습니다. 내가 가진 물건 중에서 가장 귀한
것이거든요. 좀 앉으십시오. 이 정도로 좀 떨어져서 보여
드리겠습니다. 그러면 모든 걸 잘 볼 수 있을 테니까요."
그는 첫 번째 종이를 보여 주었다. 여행자는 기꺼이 뭐라고
칭찬의 말을 하고 싶었지만 보이는 것이라곤 다양하게
서로 교차하는 미로 같은 선들뿐이었다. 그러한 선이
지면을 촘촘히 메우고 있어 하얀 공백은 거의 눈에
띄지 않을 정도였다. "읽어 보십시오!" 장교가 말했다.
"못 읽겠는데요." 여행자가 말했다. "하지만 알아보기
쉽습니다." 장교가 말했다. "너무나 정교한데요." 여행자가
얼버무리듯 말했다. "그렇지만 판독하지 못하겠는데요."
"그렇습니다." 장교는 이렇게 말하고 웃으며 서류 가방을
다시 집어넣었다. "이건 학생들이 배우는 또박또박 쓴
필체가 아닙니다. 해독하려면 오랜 시간이 걸립니다. 분명

당신이라면 결국 읽어 낼지도 모릅니다. 물론 그것이 단순한 필체여서는 안 됩니다. 그 필체는 사람을 당장 죽여서는 안 되고 평균 열두 시간이 지나서야 죽이게 되어 있습니다. 여섯 시간이 지나야 전환점이 되도록 계산돼 있거든요. 그러므로 수많은 장식 무늬가 실제의 글자 주위를 에워싸야 합니다. 진짜 문자는 단지 가느다란 띠 모양으로 몸을 에워싸게 되어 있습니다. 몸의 다른 부분은 장식 무늬로 뒤덮입니다. 이제 써레와 기계 장치 전체가 하는 일을 제대로 평가할 수 있겠습니까? — 자, 좀 보십시오!" 그는 사닥다리로 뛰어 올라가더니 톱니바퀴 하나를 돌리면서 아래를 향해 소리쳤다. "조심하세요, 옆으로 비키세요!" 그러자 모든 게 움직이기 시작했다. 톱니바퀴에서 삐걱거리는 소리가 나지 않았다면 정말 근사했을지도 모른다. 장교는 톱니바퀴에서 성가신 소리가 나는 것이 의외라는 듯 주먹으로 위협하는 시늉을 했다. 그런 다음 용서를 구한다는 듯 여행자를 향해 양팔을 벌리고 급히 사닥다리를 내려와 기계 장치가 돌아가는 모양을 밑에서 지켜보았다. 아직 무언가가 정상이 아니었고 장교는 그만 이 사실을 알아차렸다. 그는 다시 사닥다리를 기어 올라가서 제도기 내부에 두 손을 집어넣었다. 그런 다음에는 보다 빨리 내려오기 위해 사닥다리를 이용하지 않고 놋쇠 봉을 타고 미끄러져

와서는 몹시 긴장한 목소리로 여행자의 귀에 대고 소리를 질렀다. 시끄러운 가운데 자기 말을 여행가가 제대로 알아듣도록 하기 위해서였다. "진행 과정이 이해됩니까? 써레가 글자를 새기기 시작합니다. 써레가 죄수의 등에 첫 번째 글자를 다 새기고 나면 탈지면이 돌기 시작하여 몸을 천천히 옆으로 눕히며 써레에 새로운 공간을 마련해 줍니다. 그러는 사이 글자가 새겨진 상처 부위가 탈지면에 닿습니다. 탈지면에 특수 처리가 된 탓에 즉시 출혈이 멎고 다시 글자를 새겨 넣기 위한 준비가 갖춰집니다. 써레 가장자리에 있는 이쪽 톱니들은 몸을 다시 원상으로 돌릴 때 상처에 붙은 탈지면을 떼어 구덩이에 내던집니다. 그리고 써레가 다시 작업을 시작합니다. 이렇게 써레는 열두 시간 동안 점점 더 깊이 새깁니다. 처음 여섯 시간 동안 죄수는 거의 이전처럼 살아서 고통만 겪을 뿐입니다. 두 시간이 지나면 입에 문 솜털을 제거합니다. 죄수에게 더는 비명을 지를 기력조차 없기 때문이지요. 여기 머리맡의 전기로 데운 사발에는 따뜻한 쌀죽이 놓입니다. 마음이 내키면 혀로 핥아먹을 수 있도록 말입니다. 이런 기회를 놓치는 죄수는 아무도 없습니다. 나는 경험이 풍부한데도 그런 죄수를 본 적이 없습니다. 여섯 시간이 지나서야 그는 식욕을 잃어버립니다. 그러면 나는 보통 여기에 무릎을 꿇고 앉아 이런 현상을 관찰합니다. 죄수는 입에 든 음식물을 대개는 삼키지 못하고 입속에서 그냥 굴리기만 하다가 결국 구덩이에 뱉어 버립니다. 그럴 때면 나는 음식물이 얼굴에 튀지 않도록 머리를 숙이고 있어야 합니다. 하지만 그러다가 여섯 시간이 지나면 죄수가 얼마나 얌전해지는지 모릅니다! 아무리 우둔한 자라도 사리 분별이 생깁니다. 눈가부터 그런 현상이 생깁니다. 이곳에서부터 그런 현상이 온몸으로 퍼져 갑니다. 그 광경을 보면 누구든 써레 밑에 한번 눕고 싶은 유혹을 느낄지도 모릅니다. 그다음부터는 별다른 일이 일어나지 않고 죄수는 그저 글자를 판독하기 시작할 뿐입니다. 죄수는 글자를 알아내려는 듯 입을 뾰족하게 내밉니다. 당신도 아시다시피 눈으로 글자를 판독하기란 쉬운 일이 아닙니다. 하지만 우리 죄수는 그것을 상처로 판독합니다. 물론 대단히 어려운 일이지요. 완전히 작업을 마치는 데 그는 여섯 시간이 걸립니다. 하지만 그러고 나서 써레가 죄수의 몸을 푹 찌른 뒤 구덩이 속에 던져 버립니다. 죄수는 핏물이며 탈지면이 그득한 곳에 철썩 떨어집니다. 이로써 재판이 끝납니다. 그리고 우리, 나와 병사는 땅을 파고 시신을 묻습니다."

 장교의 말에 귀를 기울이던 여행자는 두 손을 상의 주머니에 넣은 채 기계 장치의 작동을 지켜보았다. 죄수도 기계 장치를 지켜보고 있었지만 아무것도 이해하지 못하는 눈치였다. 그는 몸을 약간 숙이고 전후좌우로 움직이는 바늘을 유심히 지켜보았다. 그때 장교가 신호를 보내자 병사가 뒤에서 죄수의 셔츠와 바지를 칼로 긋는 바람에 몸에서 셔츠와 바지가 주르르 흘러내렸다. 그는 알몸을 가리기 위해 흘러내리는 옷을 붙잡으려 했지만 병사가 그를 들어 올리고 마지막 누더기 자락마저 남김없이 벗겨 버렸다. 그러자 장교는 기계 장치를 멈추었다. 그리고 이제 정적이 감도는 가운데 죄수를 써레 밑에 눕혔다. 그의 몸에서 쇠사슬을 풀고 그 대신에 가죽띠로 붙잡아 맸다. 그러자 죄수는 처음에 형량이 좀 가벼워진 게 아닌가 생각하는 모양이었다. 그리고 이제 써레가 좀 더 아래로 내려졌다. 몸이 빼빼 말라서였다. 바늘의 뾰족한 끝이 몸에 닿자 피부에 소름이 돋았다. 병사가 오른손을 붙들어 매는 동안 죄수는 어떤 방향인지 알지도 못하고 왼손을 쭉 뻗었다. 하지만 그쪽은 장교가 서 있는 방향이었다. 이제 대강 피상적이나마 설명을 마친 처형 장면이 그에게 어떤 인상을 줄지를 표정에서 읽어 내려는 듯 장교는 쉬지 않고 여행자를 옆에서 지켜보았다.

    손목을 졸라맨 가죽띠가 끊어졌다. 아마 병사가 너무 세게 잡아당긴 모양이었다. 장교는 도우러 나서야 했고, 병사는 그에게 끊어진 가죽띠 조각을 보여 주었다. 장교는 그가 있는 곳으로 다가가서도 얼굴은 여행자 쪽을 향한 채 말했다. "이 기계는 매우 복잡하게 되어 있습니다. 그러다 보니 어쩔 수 없이 가끔 어딘가 끊어지거나 부서지기도 합니다. 하지만 그렇다고 해서 전체적인 판단에 혼란을 주어서는 안 됩니다. 아닌 게 아니라 가죽띠 정도는 당장 대체가 되거든요. 쇠사슬을 쓰면 되니까요. 물론 그로 인해 오른팔에 미치는 진동의 섬세함은 손상받겠지요." 장교는 쇠사슬을 팔에 감으면서 다시 말했다. "기계를 유지하기 위한 자금도 이젠 크게 줄어들었습니다. 전임 사령관이 재직할 때는 이 목적만을 위해서도 내가 마음대로 돈을 쓸 수 있었습니다. 여기에 온갖 보충 물품을 보관하는 창고가 있었습니다. 솔직히 고백하자면 내가 그걸 낭비했는지도 모릅니다. 물론 옛날이야기이지 지금은 그렇지 않습니다. 신임 사령관의 주장에 의하면 그에게는 모든 것이 옛 제도를 타파하기 위한 구실로 쓰일 뿐입니다. 현재 기계에 들어가는 돈은 사령관이 직접 관리합니다. 그리고 새 가죽띠를 보내 달라고 사람을 보내면 끊어진 것을 증거물로 제출하라고 요구합니다. 새 물품은 열흘이 지나야 겨우 도착하고, 그것도 품질이 나빠 별로 쓸모가 없습니다. 그동안 기계를 어떻게 돌리라는 말인지에 대해서는 아무도 신경 쓰지 않습니다."

여행자는 골똘히 생각에 잠겼다. 남의 나라 일에 감 놓아라 배 놓아라 주제넘게 간섭하는 것은 언제나

생각해 볼 문제다. 그는 이 유형지에 사는 사람도
아니고, 유형지가 속하는 나라의 국민도 아니었다. 그가
이런 처형에 반대하거나 이를 저지하려고 한다면 "넌
외국인이니까 입 다물고 있어."라는 말을 들을 것이다.
이에 대해 그는 뭐라고 입도 뻥긋할 수 없을 테고,
자신으로서는 이 사건 자체가 이해되지 않는다고 덧붙일
수 있을 뿐이다. 그가 답사 여행을 하는 목적은 단지
견문을 쌓으려는 것이지, 가령 다른 나라의 사법 제도를
바꾸려는 것은 결코 아니기 때문이다. 그렇지만 물론
이곳의 상황이 이러하니 그런 유혹을 크게 받을 만했다.
재판 방식이 공정하지 못하고 사형 집행이 비인간적이라는
점은 의심할 여지가 없었다. 이에 대해 여행자가
개인적으로 이득을 취할 목적이라고는 볼 수 없었다.
죄수를 아는 것도 아니고, 같은 나라 사람도 아니며, 그
죄수가 동정해 달라고 요구하는 사람은 더욱 아니기
때문이다. 여행자는 여러 고위 관청의 추천장을 가지고
왔기 때문에 이곳에서 대단히 융숭한 대접을 받았다.
그런데 이러한 처형 현장에 초청받았다는 사실은 이러한
재판에 대한 그의 판단이 어떠한지 알고 싶다는 의미가
담긴 것 같았다. 그가 여기서 아주 분명하게 들었듯이 신임
사령관이 이러한 재판 방식을 신봉하는 사람이 아니고
장교에 대해 거의 적대적 태도를 취했다는 사실로 보아

더욱 그럴 가능성이 높아 보였다.

그때 여행자에게 장교가 화가 나서 고함을 지르는 소리가 들렸다. 장교가 힘들여 간신히 죄수의 입에 솜털 뭉치를 밀어 넣는 순간 구역질을 도저히 참지 못해서 두 눈을 감고 토해 버렸기 때문이었다. 장교는 황급히 솜털 뭉치를 빼내고 그를 일으켜 세우면서 머리를 구덩이 쪽으로 돌리려 했다. 하지만 이미 너무 늦어 버렸다. 지저분한 오물이 벌써 기계를 따라 흘러내리고 있었다. "이게 다 사령관 탓이야!" 장교는 소리치며 앞에 있는 놋쇠 봉을 정신없이 흔들어 댔다. "기계를 돼지우리처럼 더럽히다니." 장교는 두 손을 부들부들 떨면서 여행자에게 눈앞에 벌어진 일을 보라고 가리켰다. "처형 전날에는 먹을 것을 하나도 주지 말라고 사령관에게 몇 시간 동안이나 알아듣게 설명했는데도 이 모양입니다. 하지만 이 새로운 부드러운 방침에 나는 견해를 달리합니다. 사령관 댁 여자들은 죄수가 이곳으로 끌려오기 전에 그의 목구멍에 단것을 꾸역꾸역 먹여 댔습니다. 평생 악취 나는 생선이나 먹고 살아온 자에게 이제 와서 단것을 먹이면 되겠습니까! 하지만 뭐 그럴 수도 있는 일이지요. 난 그에 대해 아무런 이의도 없습니다! 하지만 새로운 솜털을 지급해 주지 않는 것은 무슨 까닭입니까? 석 달 전부터 간청하고 있는데도 말입니다! 100명도 넘는 뭇 사내들이 죽으면서 빨고 깨물고 하던 솜털을 입에 넣고 구역질이 나지 않을 사람이 누가 있겠어요?"

머리를 숙이고 있는 죄수는 평온해 보였고, 병사는 죄수의 셔츠로 기계를 열심히 닦고 있었다. 장교는 여행자 쪽으로 다가왔다. 여행자는 왠지 불길한 예감이 들어 한 발짝 뒤로 물러섰으나 장교는 그의 손을 잡고 옆으로 이끌고 갔다. "당신을 믿고 몇 가지 상의할 얘기가 있는데 괜찮으시겠습니까?" 그가 물었다. "물론이지요." 여행자는 말하면서 두 눈을 내리깔고 그의 말에 귀를 기울였. "당신이 이제 보시고 경탄할 기회를 가진 이 재판 방식과 사형 집행에 대해 드러내 놓고 지지할 사람이 현재 우리 유형지에는 더 이상 없습니다. 난 그것을 지지하는 유일한 대변자인 동시에 전임 사령관의 유산을 물려받은 유일한 대변자입니다. 그러니 이런 절차를 계속 확충해 나간다는 것은 생각할 수도 없는 일입니다. 그저 현재 상황을 그대로 유지하기 위해 온 힘을 기울일 뿐입니다. 전임 사령관이 살았을 때는 유형지에 그를 지지하는 사람들로 넘쳐났습니다. 나에게도 전임 사령관이 지녔던 설득력은 조금 있지만 그가 가졌던 권력은 전혀 없습니다. 그래서 지지자들이 비겁하게 다 숨어 버렸습니다. 아직은 적잖은 지지자가 있지만 그 사실을 공공연히 드러내는 사람은 아무도 없습니다. 당신이 오늘, 그러니까 사형을 집행하는 날 카페에 가서 여러 사람 이야기를 들어 보면 아마 모호한 말 외에는 듣지 못할 겁니다. 그래도 모두 지지자들입니다. 그러나 현 사령관 밑에서는, 그가 현재와 같은 견해를 지니는 한에는 내게 전혀 쓸모가 없습니다. 그러니 이제 당신에게 묻겠습니다. 이 사령관과 그에게 영향을 미치는 그의 여자들 때문에 필생의 역작이……." — 그는 기계를 가리켰다 — "사라지면 되겠습니까? 그렇게 되도록 내버려 둬도 되겠습니까? 며칠 예정으로 우리 섬에 찾아온 외지인이라 하더라도 말입니다. 하지만 머뭇거릴 시간이 얼마 없습니다. 내 재판권에 반대하는 모종의 일이 꾸며지고 있거든요. 벌써 사령부에서는 나만 빼놓고 여러 차례 회의가 열렸습니다. 당신이 오늘 이렇게 찾아온 것만 해도 내가 볼 때 돌아가는 전체 상황에 각별한 의미가 있는 것으로 생각됩니다. 그들은 비겁하게도 외국인인 당신을 앞세운 겁니다. 예전에는 사형 집행 시 이와 완전히 달랐습니다! 처형 전날에 벌써 온 골짜기가 사람들로 인산인해를 이루었지요. 다들 그냥 구경하러 온 거지요. 사령관은 이른 새벽부터 그의 여자들과 함께 나타났습니다. 팡파르 소리에 온 야영지가 잠에서 깼지요. 내가 만반의 준비가 끝났다고 보고했어요. 내빈들이 — 고위 공무원은 한 명도 빠짐없이 다 참석해야 했습니다 — 기계 주위에 둘러앉았지요. 산더미처럼 쌓인 등나무 의자들이 그 시절 일을 알려 주는 가련한 유물이지요. 기계는 새것처럼 닦아 놓아 번쩍거렸고, 처형이 있을 때마다 거의 매번 나는 부속품을 새로 갈아 끼웠어요. 수백 명이 지켜보는 가운데 — 구경꾼들은 저기 언덕까지 까치발을 하고 늘어서 있었습니다 — 사령관이 직접 죄수를 써레 밑에 눕혔습니다. 지금은 하찮은 일개 병사가 그 일을 하지만 당시엔 재판장인 내 일이었고, 내 명예였습니다.

그러다가 마침내 처형이 시작되었습니다! 그땐 언짢은 음이 생기며 기계의 작동을 방해하는 일은 없었지요. 도저히 그 장면을 지켜보지 못하고 두 눈을 감은 채 모래 속에 누워 버리는 사람도 더러 있었지요. 그렇지만 현재 정의로운 일이 벌어진다는 것은 누구나 다 알고 있었습니다. 정적이 흐르는 가운데 죄수의 신음만 들렸습니다. 입을 솜털로 틀어막아 약하게 들렸지요. 지금은 기계가 솜털 뭉치로는 소리를 죽일 수 없을 만큼 심한 한숨이 죄수에게서 새어 나오게 할 수 없습니다. 하지만 그때는 글씨를 새기는 바늘 끝에서 지금은 사용할 수 없는 부식액이 똑똑 떨어졌지요. 그러는 동안 여섯 시간이 흐른답니다! 가까이서 이를 지켜보고자 하는 사람들의 바람을 다 들어줄 수 없었습니다. 사령관은 나름대로 판단해서 어린아이들이 먼저 보도록 배려했습니다. 나는 물론 직무상 그 옆에 있어도 되었습니다. 나는 좌우의 두 팔에 조그만 어린아이를 한 명씩 안고 종종 그곳에 웅크리고 있었습니다. 고통당하는 얼굴에서 환히 빛나며 변하는 표정을 우리 모두 어떻게 받아들였던가! 드디어 달성했는가 싶더니 어느새 사라져 버리는 정의의 불빛 속에 우리의 뺨이 어떻게 물들었던가! 아, 얼마나 멋진 시절이었던가, 이보게!" 장교는 앞에 누가 서 있는지조차 깜빡 잊은 게 분명했다. 장교는 여행자를 얼싸안고 머리를 그의 어깨 위에 얹었다. 여행자는 당황해 어찌할 바 모르며 장교의 어깨 너머로 초조하게 시선을 던졌다. 병사는 청소를 끝마치고 이젠 통에 든 쌀죽을 그릇에 붓고 있었다. 벌써 몸을 완전히 회복한 듯 보이는 죄수는 쌀죽을 보자마자 입맛을 다시기 시작했다. 병사는 몇 번이고 그를 밀쳐 내야 했다. 죽은 조금 있다가 주기로 되어 있었기 때문이다. 하지만 침 흘리는 죄수가 보는 앞에서 병사가 더러운 두 손을 그릇에 집어넣고 죽을 먹는 것은 어쨌든 잔인한 행위였다.

장교는 이내 마음을 가다듬고 말했다. "당신 마음을 혼란스럽게 할 생각은 아니었습니다. 지금에 와서 그때 일을 이해시킨다는 것이 말이 안 된다는 건 나도 잘 압니다. 어쨌든 기계는 아직 돌아가고 있고, 스스로를 위해 애쓰고 있습니다. 그 기계가 이 골짜기에 홀로 덩그렇게 있긴 하지만 스스로를 위해 애쓰고 있습니다. 그리고 시체는 마지막에 가서 신기하리만치 부드럽게 날아 구덩이 속으로 떨어집니다. 지금은 그때처럼 수백 명의 사람들이 파리 떼처럼 구덩이 주위에 몰려 있지 않지만 말입니다. 그때는 구덩이 주위에 튼튼한 울타리를 쳐야 했지요. 그것도 오래전에 철거했지만 말입니다."

여행자는 장교에게서 시선을 돌리기 위해 막연히 주위를 둘러보았다. 장교는 그가 황량해진 골짜기를 관찰하고 있다고 생각했다. 그래서 그의 두 손을 잡고 그를 따라 몸을 돌려 그와 시선을 마주했다. "그 치욕을 아시겠습니까?"

그러나 여행자는 묵묵부답이었다. 장교는 잠시 그를 그냥 내버려 두었다. 장교는 두 다리를 가지런히 벌리고 두 손을 허리에 댄 채 잠자코 서서 땅을 내려다보았다. 그러다가 여행자를 향해 활기차게 미소 지으며 입을 뗐다. "어제 사령관이 당신을 초청했을 때 난 당신 가까이에 있었습니다. 당신을 초청한다는 말을 들었습니다. 사령관이 어떤 사람인지 난 알고 있습니다. 그가 당신을 초청한 목적이 무엇인지 금방 알아챘습니다. 그는 나 하나쯤은 처리하는 게 문제가 되지 않을 정도로 막강한 권력을 지녔지만 아직은 감히 단행하지 못하고 있습니다. 그 대신 나를 당신같이 명망 있는 외국인의 판단에

맡기자는 속셈인 모양입니다. 용의주도하게 계산을
한 것입니다. 당신은 이 섬에 온 지 이제 이틀밖에 안
되었으니 전임 사령관과 그가 생각하는 범위를 모릅니다.
당신은 유럽적인 견해에 사로잡혀 대체로 사형 제도에
원칙적으로 반대할 것이고, 특히 이처럼 기계로 처형하는
방식에 반대할 겁니다. 더구나 처형이 대중의 관심을
끌지 못하고 이미 다소 망가진 기계 위에서 초라하게
진행되고 있음을 보고 계십니다. 이 모든 사실을 종합해
볼 때 (사령관은 그렇게 생각하고 있습니다.) 당신이 내 처리
방식을 옳지 않다고 여길 가능성이 아주 높지 않을까요?
그리고 당신이 이를 옳지 않다고 본다면 이 일(나는 줄곧
사령관 입장에서 말하고 있습니다만)에 대해 입을 다물고
있지는 않을 겁니다. 분명 당신은 많은 검증을 거친 당신의
확신을 신뢰할 테니까요. 물론 당신은 많은 민족의 갖가지
특색을 보아 왔을 테니 이를 존중하는 법도 배웠을 겁니다.
그러니 분명 당신은, 어쩌면 당신의 고국에서 그럴지도
모르는 것처럼 온 힘을 다해 막무가내로 이런 재판 방식에
반대하는 말은 하지 않겠지요. 하지만 사령관은 전혀
그럴 필요가 없습니다. 흘러가는 말로 그저 아무렇지
않게 한마디 던지는 것으로 충분합니다. 그 말이 당신의
확신과 꼭 일치할 필요는 없고, 그것이 그가 바라는 바를
들어주기만 하면 됩니다. 그가 온갖 술수를 부려 당신에게

꼬치꼬치 캐물을 것은 불을 보듯 뻔합니다. 그리고 그의 여자들이 주위에 빙 둘러앉아 귀를 쫑긋 세우고 있으면 당신은 가령 이런 말을 하겠지요. '우리나라의 재판 방식은 달라요.'라든가, '우리나라에서는 피고가 판결을 받기 전에 신문을 받아요.'라든가, '우리나라에서는 피고가 판결 내용을 알아요.'라든가, '우리나라에는 사형 말고도 다른 형벌도 있어요.'라든가, 또는 '우리나라에서는 중세 이후로 고문이 없어졌어요.'라고 말입니다. 이 모든 건 당신이 볼 때 옳은 말인 동시에 당연한 말입니다. 또 그런 것은 아무런 해가 없는 말이므로 내 재판 방식에 아무런 영향도 끼치지 않습니다. 하지만 사령관은 이 말을 어떻게 받아들일까요? 사령관이 당장 의자를 옆으로 밀치고 발코니로 달려 나가는 모습이 눈에 선하고, 그의 여자들이 그를 뒤쫓아 우르르 달려가는 모습이 눈에 선합니다. 내게 사령관의 목소리가 들리는 듯합니다. 여자들은 그의 목소리가 우레 같다고 하지요. 그는 말하겠지요. '세계 각국의 사법 제도를 검토하는 임무를 받은 서양의 한 연구자는 이렇게 말했어. 옛 관례를 따르는 우리의 재판 방식이 비인간적이라고 말이야. 그 인물이 내린 판단에 따라 물론 나는 이런 재판 방식을 더는 참을 수 없어. 그래서 나는 오늘 이런 지시를 내린다.' 등등. 당신은 이 일에 개입하려고 합니다. 물론 당신은 그가 알리는 말을 한 적이 없고, 내 재판 방식을 비인간적이라고 말한 적도 없습니다. 그와 반대로 당신은 당신의 깊은 생각에 따라 이를 더없이 인간적이고 인도적이라고 생각하시겠지요. 당신은 이러한 기계 장치에 대해서도 경탄을 금치 못하고 계십니다. 하지만 이미 때가 너무 늦었습니다. 발코니에 벌써 여자들이 우글거려서 나갈 수 없거든요. 당신은 어떻게 해서든지 시선을 끌어 보려고 하며 고함을 지를지도 모릅니다. 하지만 어떤 여자가 당신 입을 손으로 막을 겁니다. 이리하여 나와 전임 사령관의 작품은 파멸하고 말 것입니다."

여행자는 빙그레 미소 지을 수밖에 없었다. 무척 어렵다고 생각한 문제가 이처럼 수월한 문제였기 때문이다. 그는 발뺌하는 듯이 말했다. "당신은 내 영향력을 과대평가하고 있습니다. 사령관은 내가 가지고 온 추천장을 읽었으므로 내가 사법 제도의 전문가가 아니란 사실을 알고 계십니다. 내가 어떤 의견을 말한다고 하더라도 그건 다른 누구의 견해와도 다를 바 없는 한 개인의 견해에 지나지 않을 겁니다. 어쨌거나 내가 알기로는 이 유형지에서 막강한 권한을 가진 사령관의 견해에 비한다면 아무것도 아닌 거나 마찬가지지요. 당신이 생각하는 것처럼 이러한 재판 방식에 대한 그의 견해가 그토록 확고하다면 나처럼 보잘것없는 사람이 굳이 돕지 않더라도 말할 것도 없이 이런 재판 방식이 종말을 고하고 있다는 생각이 드는군요."

　장교는 이 말을 이해했을까? 아니, 그는 아직 이해하지 못하고 있었다. 장교는 힘차게 머리를 설레설레 흔들면서 죄수와 병사 쪽을 흘낏 돌아다보았다. 그러자 이들은 흠칫 놀라더니 죽통에서 물러났다. 그리고 나서 장교는 여행자 곁으로 바짝 다가서서는 그의 얼굴을 정면으로 바라보지는 않고 상의 쪽에 눈길을 준 채 아까보다 더 나지막이 말했다. "당신은 사령관이 어떤 분인지 모릅니다. 당신은 사령관이나 우리 모두의 입장에서 보면 — 이런 표현을 용서해 주시기 바랍니다 — 어느 정도는 아무런 해가 없는 분입니다. 당신의 영향력이 이루 말할 수 없이 크다는 내 말을 부디 믿어 주시길 바랍니다. 당신이 처형 현장에 혼자 참석한다는 말을 들었을 때 나는 무척이나 기뻤습니다. 사령관이 내게 초점을 맞추어 이런 지시를 내리지만 난 이제 그걸 나에게 유리하게 뒤집을 겁니다. 당신은 그릇된 귓속말이나 멸시하는 듯한 시선에 아랑곳하지 않고 — 보다 많은 사람이 처형 현장에 참석했더라면 그런 일을 피할 수 없었겠지요 — 내 설명을 귀담아듣고, 기계 장치를 구경했습니다. 그리고 이젠 처형 장면을 막 보려는 참입니다. 어느덧 당신의 판단도 확고하게 섰겠지요. 설령 다소 미심쩍은 구석이 아직

남았더라도 처형 장면을 보는 순간 봄눈 녹듯 사라질
겁니다. 그러니 이렇게 간청을 드립니다. 사령관과 맞서는
나를 좀 도와주십시오!"

여행자는 그가 더는 말하지 못하게 하려고 소리
질렀다. "내가 어떻게 그런 일을 할 수 있겠어요. 말도 안
되는 일입니다. 나는 당신에게 해를 끼칠 수도 도움을 줄
수도 없습니다."

"할 수 있습니다." 장교가 말했다. 여행자는 장교가
두 주먹을 불끈 쥐는 것을 보고 약간 겁이 났다. "할
수 있다니까요." 장교는 더욱 간절한 어조로 같은
말을 되풀이했다. "반드시 성공할 수 있는 묘안이 내게
있습니다. 당신은 영향력이 충분치 못하다고 생각하지만
내가 볼 때는 그것으로 충분합니다. 하지만 당신의 견해가
옳다고 인정한다고 해도 이런 재판 방식을 유지하기
위해서는 좀 미흡해 보이는 방식이라도 써 볼 필요가
있지 않을까요? 그럼 내 계획을 좀 들어 보십시오. 이를
실행하기 위해서는 무엇보다도 재판 방식에 대한 판단을
오늘 유형지에서는 되도록 삼가야 합니다. 사람들이 묻지
않는 한 당신은 결코 견해를 밝혀서는 안 됩니다. 견해를
피력한다 해도 간결하고 모호하게 하셔야 합니다. 이런
일에 대해 말한다는 게 힘이 들고, 당신이 기분이 좋지
않음을 그들이 알아채도록 말입니다. 솔직히 말해야 하는

경우 저주의 말을 쏟아내지 않을 수 없다는 것을 그들이 알아채도록 말입니다. 그렇다고 당신더러 거짓말을 하라는 것은 아닙니다. 그저 짧게 대답하기만 하면 됩니다. 가령 '네, 처형 장면을 보았습니다.'라든가, 또는 '네, 모든 설명을 잘 들었습니다.'라고 말입니다. 뭐 그 정도지 다른 특별한 것은 없습니다. 그러면 사람들은 당신이 기분 나빠 한다는 것을 충분히 눈치챌 겁니다. 비록 사령관이 바라는 것과는 다른 의미에서이긴 하지만 말입니다. 물론 사령관은 이를 완전히 오해해서 그 나름대로 해석하겠지요. 내 계획은 이를 토대로 합니다. 내일 사령부에서는 사령관이 의장 역을 맡은 가운데 고위 행정관이 모두 참가하는 대규모 회의가 열릴 겁니다. 물론 사령관은 그런 회의를 공공연한 구경거리로 만드는 법을 터득했습니다. 그가 지어 놓은 회랑에는 언제나 구경꾼들이 북적입니다. 나도 어쩔 수 없이 그런 회의에 참석하지만 몸을 부르르 떨며 마지못해 그럴 뿐입니다. 어쨌거나 당신도 결국 그 회의에 초대받을 게 분명합니다. 오늘 내가 세운 계획에 따라 당신이 행동해 주신다면 그런 초대에 얼마든지 응해도 좋습니다. 하지만 어떤 석연치 않은 이유로 초대를 받지 못하게 된다면 물론 초대해 달라고 요구해야 합니다. 그러면 틀림없이 초대받을 것입니다. 그러므로 내일 당신은 여자들과 함께 사령관이 앉는 칸막이 특별석에 앉게 될 겁니다.

그는 몇 번이고 눈을 치켜뜨며 당신이 있다는 걸 확인할 것입니다. 이렇게 단지 방청객을 위해 마련된 여러 가지 쓸데없고 하찮은 의제 — 대개 항만 건설에 관한 것인데 늘 되풀이되는 의제입니다 — 가 나온 뒤에는 재판 방식에 대한 의제도 화제에 오르지요. 사령관 쪽에서 그 문제를 꺼내지 않거나 제때 그 문제가 거론되지 않으면 내가 그 문제를 공론에 부치도록 하겠습니다. 나는 자리에서 일어나 오늘 있은 사형 집행에 관해 보고할 겁니다. 아주 짧게 그 보고만을 할 겁니다. 물론 그곳에서 보통 그런 보고를 하지 않지만 난 할 겁니다. 사령관은 늘 그렇듯이 다정하게 미소 지으며 내게 고마움을 표할 겁니다. 결국 그는 자기 생각을 억누르지 못하고 좋은 기회를 활용해서 다음과 비슷한 발언을 할 겁니다. '방금 사형 집행에 관한 보고가 있었습니다. 이 보고에 내가 덧붙이고 싶은 점은 바로 이런 처형 현장에 위대한 연구자가 참석했다는 것뿐입니다. 다들 아시다시피 그분이 우리를 찾아주신 것을 우리 유형지 사람들은 말할 수 없이 영광스럽게 생각합니다. 오늘 우리 회의도 그분이 참석하여 더욱 의미 있습니다. 그러면 이 위대한 연구자에게 질문을 한번 드려 보는 것은 어떨까요? 옛 관례에 따라 사형 집행을 하고, 그에 앞서 행해지는 재판 방식에 대해 그분이 어떻게 판단하는지를 말입니다.' 말할 것도 없이 사방에서 우레와 같은 박수가 터지며 다들 찬성한다는 뜻을 표하겠지요.
그중에서도 내가 제일 크게 박수 칠 것입니다. 사령관은
당신 앞에 허리를 굽히고 말할 겁니다. '그러면 일동을
대표하여 제가 질문을 드리도록 하겠습니다.' 그러면
당신은 난간으로 걸어 나오겠지요. 다들 볼 수 있게 두
손을 난간 위에 올려놓으십시오. 그러지 않으면 여자들이
당신 손을 붙잡고 손가락을 만지작거릴 테니까요.
그리고 이제 드디어 당신이 발언할 때가 되었습니다.
나는 당신이 그때까지 몇 시간 동안 긴장된 순간을
어떻게 견딜지 모르겠습니다. 발언의 수위에 신경 쓰지
마시고 진실을 있는 그대로 큰 소리로 말씀해 주십시오.
난간에 허리를 굽히고 사자후를 토해 주십시오! 하지만
정말이지, 사령관에게 당신의 견해를, 당신의 흔들림 없는
견해를 열렬히 밝혀 주십시오! 하지만 그러는 게 성격에
맞지 않아 어쩌면 그러고 싶지 않을지도 모르겠습니다.
아마 당신의 고국에서는 그런 상황에서 다른 태도를
취할지도 모릅니다. 그것도 일리가 있습니다. 굳이 일어설
것까지 없이 단지 몇 마디만 해 주셔도 충분하겠습니다.
속삭이는 소리로 말해도 당신 아래의 공무원들이
그 말을 알아듣기만 하면 충분합니다. 당신은 처형
현장에 참석한 사람이 거의 없는 것, 삐걱거리는 바퀴,
끊어진 가죽띠, 구역질 나는 솜털에 관해 직접 이야기할

필요는 전혀 없습니다. 정말입니다, 그다음 이야기는 모두 내가 떠맡겠습니다. 내 말을 믿어 주십시오! 내가 말해도 그자가 회의장에서 쫓겨나지 않는다면 그자가 무릎을 꿇고 이렇게 고백할 수밖에 없게 하겠습니다. '전임 사령관님, 이렇게 무릎 꿇고 빕니다.' 내 계획은 이렇습니다. 그것을 실행하도록 나를 도와주시겠습니까? 물론 도와주시겠지요, 아니 그 이상으로 꼭 도와주셔야 합니다." 말을 끝내고 나서 장교는 여행자의 두 팔을 붙잡고는 가쁜 숨을 몰아쉬며 얼굴을 빤히 쳐다보았다. 마지막 문장들은 절규하듯 말했기 때문에 병사와 죄수도 관심을 기울였다. 두 사람은 무슨 말인지 하나도 알아듣지 못했으나 먹는 걸 잠시 중단하고 입 안에 든 음식을 씹으면서 여행자 쪽을 건너다보았다.

여행자는 처음부터 대답할 말이 분명했다. 그는 살아오면서 많은 일을 두루 경험해 봤으므로 여기서 우왕좌왕할 필요가 없었다. 그는 사실 정직한 사람, 두려움을 모르는 사람이었다. 그러나 지금 병사와 죄수의 모습을 보는 순간 잠시 망설였다. 하지만 마침내 이렇게 대답할 수밖에 없었다. "못 하겠습니다." 장교는 여러 번 두 눈을 깜박거렸지만 그에게서 시선을 떼지 않았다. "그 이유를 설명해 달라는 건가요?" 여행자가 물었다. 그러자 장교는 말없이 고개를 끄덕였다. "당신이 나를 믿고 내게 비밀을 털어놓기 전에 — 물론 나는 당신의 이러한 신뢰를 어떤 일이 있더라도 악용할 생각은 없습니다 — 이미 나는 곰곰 생각해 보았습니다. 이러한 재판 방식에 개입해 내가 왈가왈부할 자격이 있는지, 그리고 내가 개입해서 조금이라도 성공할 가능성이 있는지에 대해서 말입니다. 그러할 경우 내가 누구를 맨 먼저 상대해야 할지는 분명합니다. 말할 것도 없이 사령관이겠지요. 내가 먼저 결심을 확고히 굳히기 전에 당신이 그 점을 보다 분명히 깨우쳐 줬습니다. 아니 그와 반대로 당신의 떳떳한 확신에 난 감동받았습니다. 그렇다고 내 생각이 흔들리는 것은 아니지만 말입니다."

장교는 계속 입을 다물고 기계 쪽으로 몸을 돌린 다음 놋쇠 봉 하나를 붙잡고 몸을 뒤로 젖힌 채 제도기 쪽을 쳐다보았다. 마치 모든 게 이상 없는지 점검하듯이 말이다. 병사와 죄수는 그사이 서로 친해진 듯했다. 꽁꽁 묶여 있어 몸을 움직이기 어려운 죄수는 눈짓으로 병사에게 신호를 보냈다. 그러자 병사가 그에게 허리를 굽혔고, 죄수가 뭐라고 속삭이자 고개를 끄덕였다.

여행자는 장교를 뒤따르며 말했다. "당신은 내가 무슨 일을 하려는지 아직 알지 못하고 있습니다. 나는 재판 방식에 대한 내 견해를 사령관에게 밝히겠지만 회의석상에서가 아니라 단둘이 만나 할 겁니다. 나는 어떤 회의에 참석해 달라고 요청받을 때까지 이곳에 오랫동안 머물러 있지 않을 겁니다. 내일 새벽이면 벌써 이곳을 떠나거나, 또는 적어도 배에 올라타고 있을 테니까요."

장교는 그의 말을 귀담아듣고 있지 않는 것 같았다. "내 재판 방식을 결국 납득하지 못하셨군요." 그는 혼잣말로 중얼거리며 빙그레 미소 지었다. 마치 노인이 어린아이의 철없는 행동을 보고 미소 지으며 진짜 생각을 그 미소 뒤에 감추는 것처럼 말이다.

"그러면 이제 때가 되었습니다." 장교는 마침내 말하며 관심을 가져 달라고 촉구하듯 느닷없이 두 눈을 동그랗게 뜨고 여행자를 바라보았다.

"무슨 때가 되었다는 말입니까?" 여행자는 불안한 듯이 물었지만 아무런 답변도 듣지 못했다.

"넌 자유의 몸이다." 장교는 죄수에게 그의 나라 언어로 말했다. "이젠, 넌 자유의 몸이다." 장교가 거듭 말했다. 그러자 비로소 죄수의 얼굴에 정말로 생기가 돌았다. 이게 정말일까? 언제 변할지 모르는 장교의 변덕스러운 기분에 불과할까? 외국에서 온 여행자가 그에게 은총을 베풀도록 해 주었던가? 이게 무슨 일이란 말인가? 그의 얼굴은 이렇게 묻는 것 같았다. 하지만 오랫동안 그러지는 않았다. 경위야 어찌 됐든 간에 허락받았다면 정말 자유의 몸이 되고 싶었다. 그래서 써레가 허용하는 한 몸을 흔들기 시작했다.

"그러다가 가죽띠가 끊어지겠어." 장교가 고함쳤다. "가만히 있어! 우리가 풀어 줄 테니." 장교는 병사에게 신호를 주어 함께 풀어 주기 시작했다. 죄수는 아무 말 없이 혼자 빙긋이 웃으며 좌우에 있는 장교와 병사의 얼굴을 번갈아 쳐다보았다. 물론 여행자도 잊지 않고 쳐다보았다.

"그를 끌어내!" 장교가 병사에게 지시를 내렸다. 이때 써레 때문에 약간 조심하지 않으면 안 되었다. 죄수는 벌써 안달하는 바람에 등을 몇 군데 조금 긁혔다.

그러나 이제 장교는 그를 거의 신경 쓰지 않았다. 그는 여행자 쪽으로 다가가 다시 조그만 가죽 가방을 꺼내서는 그 속을 뒤지더니 찾고 있던 종이를 마침내 끄집어냈다. 그는 그것을 여행자에게 건네주면서 말했다. "읽어 보십시오." "읽지 못하겠는데요." 여행자가 말했다. "벌써 말했지만 이 종이들은 읽지 못하겠어요." "주의해서 잘 보십시오." 장교는 이렇게 말하며 그와 함께 읽기 위해 곁으로 다가왔다. 그래도 아무 소용이 없자 종이에 절대 손을 대서는 안 되는 것처럼 그것을 높이 쳐들고는 새끼손가락으로 종이 위를 쓰다듬었다. 그렇게 해서 여행자가 읽기 쉽게 해 주려는 모양이었다. 여행자도 최소한 이 점에서만은 장교를 기쁘게 해 주기 위해 나름대로 애를 썼다. 하지만 그래 봤자 아무 소용이 없었다. 그러자 장교는 쪽지에 적힌 글자의 철자를 하나하나 읽기 시작하다가 그것들을 서로 연결해서 또 한 번 읽었다. "'공정하라!'라고 되어 있습니다."라고 그가 말했다. "이젠 당신도 읽을 수 있을 겁니다." 여행자가 허리를 굽혀 종이에 너무 바짝 얼굴을 대고 보아서 장교는 그러다가 그걸 건드릴까 염려되어 종이를 자꾸 더 멀리 떼어 놓았다. 여행자는 더 이상 아무 말도 하지 않았지만 여전히 글자를 읽지 못하는 게 분명했다. "'공정하라!'라고 되어 있습니다."라고 그가 또 한 번 말했다. "그럴지도 모르겠습니다. 그런 글씨가 쓰여 있는 것 같기도 하군요." 여행자가 말했다. "그럼 좋습니다." 장교는 적어도 어느 정도 만족하는 듯 말했다. 그러고는 종이를 가지고 사닥다리 위로 올라갔다. 그 종이를 아주 조심스럽게 제도기 안에 깔고는 톱니바퀴 장치를 완전히 새롭게 점검하려는 모양이었다. 극히 힘든 작업이었다. 아주 작은 톱니바퀴들도 문제가 되었기 때문이다. 때로는 장교의 머리가 제도기 속으로 완전히 사라지기도 했다. 이처럼 톱니바퀴 장치를 아주 꼼꼼히 살펴봐야 했다.

 여행자는 아래에서 이 일을 계속 지켜보았다. 목이 뻣뻣해졌고, 하늘에서 쏟아지는 햇살 때문에 눈이 따끔거리며 아팠다. 병사와 죄수는 이제 자기들 일에만 몰두했다. 이미 구덩이 속에 내던져진 죄수의 셔츠와 바지를 병사가 총검 끝으로 끄집어 올렸다. 셔츠가 끔찍할 정도로 더럽혀져 죄수는 그것을 물통에 넣고 빨았다. 그런 후에 셔츠와 바지를 입자 병사와 죄수는 큰 소리로 웃음을 터뜨릴 수밖에 없었다. 등 부분이 두 조각으로 찢어져 있었다. 죄수는 병사를 즐겁게 해 줘야겠다는 생각이 들었는지 찢어진 옷을 입고 그의 앞에서 원을 그리며 돌았다. 그러자 바닥에 웅크리고 있던 병사는 무릎을 치면서 박장대소를 했다. 그래도 신분이 높은 두 사람이 옆에 있는 게 신경 쓰였는지 그들은 애써 자제하고 있었다.

위에서 드디어 일을 끝낸 장교는 빙그레 미소 지으며 또 한 번 전체를 하나하나 살펴보고는 그때까지 쭉 열려 있던 제도기 뚜껑을 덮고 아래로 내려왔다. 그는 구덩이 속을 들여다본 다음 죄수 쪽으로 눈길을 돌려 그가 옷을 끄집어내 입은 걸 보고 흡족한 표정을 지었다. 이어서 두 손을 씻으려고 물통이 있는 곳으로 갔지만 물이 역겨울 정도로 더러운 것을 너무 늦게야 알게 되었다. 그는 이제 손을 씻을 수 없게 되자 슬픈 눈빛을 보였다. 할 수 없이 두 손을 모래 — 그는 이런 대용품이 썩 마음에 내키지는 않았지만 어쩔 수 없이 순응할 수밖에 없었다 — 속에 집어넣었다. 그런 다음 일어서서 군복 상의의 단추를 풀기 시작했다. 이때 맨 먼저 목깃 속에 쑤셔 넣었던 부인용 손수건 두 장이 그의 손에 떨어졌다. "여기 네 손수건을 받아라." 그는 이렇게 말하며 손수건을 죄수에게 던져 주었다. 그러고는 여행자에게 설명하는 말을 했다. "여자들이 선물한 겁니다."

그는 눈에 띄게 서둘러 군복 상의를 벗더니 막상 옷을 다 벗은 다음에는 무척 정성스럽게 갰다. 제복 상의에 달린 은술은 심지어 특별히 손가락으로 쓰다듬기까지 했고, 그 장식 술을 흔들어 가지런히 해 놓았다. 그런데 이처럼 옷을 정성스럽게 개고 나더니 웬일인지 화가 나는 듯 구덩이 속에 휙 던져 버렸다. 그가 마지막까지 지닌 것은 가죽끈이 달린 단검이었다. 그는 칼집에서 칼을 뽑아 두 동강을 내어 칼집이며 가죽끈을 몽땅 움켜잡고는 저 아래 구덩이에서 서로 부딪히며 소리가 나도록 내던졌다.

이제 장교는 알몸이 되어 서 있었다. 여행자는 입술을 지그시 깨물고 아무 말도 하지 않았다. 그는 앞으로 무슨 일이 벌어질지 알고 있었지만 장교가 하는 일을 막을 권리는 없었다. 장교가 그토록 집착하던 재판 절차가 실제로 폐지될 운명에 놓였다면 — 아마 여행자가 개입하여 그럴지도 몰랐는데 그의 입장으로는 그것을 의무로 느꼈다 — 지금 이런 행동은 전적으로 옳았다. 만일 여행자가 장교의 입장이라면 그 역시 같은 행동을 취할 수밖에 없었을 것이다.

병사와 죄수는 처음에 장교가 왜 그러는지 영문을 몰랐다. 그들은 한동안 이쪽을 쳐다보지도 않았다. 죄수는 손수건을 돌려받아 무척 기뻤지만 병사가 예상치도 않게 와락 잡아채 가는 바람에 언제까지나 기뻐하고 있을 수만은 없었다. 죄수는 병사가 혁대 뒤에 끼워 둔 손수건을 다시 빼앗으려 했다. 하지만 병사도 방심하고 있지 않았다. 이렇게 두 사람은 반쯤은 장난 삼아 서로 다투었다. 장교가 완전히 알몸이 된 뒤에야 두 사람은 그에게 주의를 기울였다. 특히 죄수는 무언가 급격히 큰 변화가 일어날지도 모른다는 예감에 정신이 퍼뜩 든 모양이었다. 그에게 일어난 일이 이제 장교에게 일어났다. 자칫하면 극단적인 일이 벌어질지도 모른다. 외국에서 온 여행자가 그러라고 명령을 내린 게 분명했다. 그러므로 복수인 셈이었다. 자신은 끝까지 고통을 겪지 않았는데 그는 끝까지 보복당했다. 이런 생각을 하자 죄수의 얼굴에 소리 없는 웃음이 번지더니 사라질 줄 몰랐다.

　하지만 장교는 기계 쪽으로 몸을 돌리고 있었다. 그가 기계 다루는 법을 잘 터득하고 있다는 것을 진작부터 잘 아는 사람이라 해도 지금처럼 기계를 다루고, 그 기계가 그의 뜻대로 되는 것을 보고 거의 놀라움을 금치 못할지도 모른다. 장교가 그냥 손을 갖다 대기만 했는데도 써레는 위아래로 몇 번 움직이다가 그를 받아들이기 알맞은 상태가 되었다. 그가 가장자리에 손을 대자마자 침대는 벌써 덜덜 떨면서 움직이기 시작했다. 솜털 뭉치가 입을 향해 다가오자 장교도 차마 그것만은 입에 넣고 싶지 않은 모양이었다. 하지만 주저하는 것도 잠시뿐 이내 체념하고 그것을 입에 물었다. 모든 준비가 끝났다. 가죽끈만은 침대 양쪽에 매달려 있지만 필요하지 않은 모양이었다. 장교는 자기 몸을 꽁꽁 묶을 필요가 없었다. 이때 풀려 있는 가죽끈이 죄수의 눈에 띄었다. 그의 생각으로는 가죽끈으로 몸을 단단히 동여매지 않으면 사형 집행이 불완전했다. 그는 병사에게 열심히 눈짓을 보냈다. 그리고 둘은 장교를 가죽끈으로 묶기 위해 달려갔다. 장교는 제도기를 작동하는 손잡이를 밀려고 벌써 한쪽 발을 뻗었다. 그러다가 두 사람이 달려온 것을 보고는 발을 끌어당기고 두 사람이 묶는 대로 몸을 내맡겼다. 그는 이제 손잡이를 잡을 수 없는 상태였다. 그렇지만 병사나 죄수도 그것을 찾아내지 못할지 모른다. 여행자는 꼼짝도 하지 않으리라 단단히 마음먹었다. 그도 아무 소용 없는 일이었다. 가죽끈을 묶자마자 기계가 작동하기 시작했다. 침대는 덜덜 떨었고, 바늘들은 피부 위에서 춤을 추었으며, 써레는 위아래로 떠다녔다. 여행자는 이 모습을 한동안 지켜보면서 제도기 속의 바퀴가 삐걱거리는 소리를 낼지도 모른다고 생각했다. 하지만 조금도 윙윙거리는 소리가 들리지 않았고, 사위는 조용하기만 했다.

　이렇게 조용히 움직이다 보니 이들은 점차 기계를 주의 깊게 바라보지 않았다. 여행자는 병사와 죄수 쪽을 건너다보았다. 죄수는 좀 더 활기차게 움직이며 기계의 모든 부분을 이것저것 들여다보면서 신기해했다. 때로는 허리를 굽히고, 때로는 허리를 쭉 펴기도 하면서 집게손가락을 쭉 뻗어 병사에게 줄곧 무언가를 가리켰다. 여행자로서는 곤혹스러운 일이었다. 그는 이곳에 끝까지 남아 있을 결심이었지만 두 사람의 모습을 보고 더는 참을 수 없는 듯했다. "자네들은 집에 돌아가게." 그가 말했다. 병사는 아마 집에 돌아갈 준비를 하는 듯했지만 죄수는 이 명령을 처벌로 느낀 것 같았다. 그는 두 손을 맞잡고 이곳에 남아 있게 해 달라고 간절히 애원했다. 그런데 여행자가 머리를 흔들며 안 된다고 하자 심지어 무릎을 꿇기까지 했다. 여행자는 이곳에서 어떤 명령도 소용없다는 것을 알고 옆으로 다가가 두 사람을 쫓아 버리려 했다. 이때 위 제도기에서 시끄러운 소리가 들렸다. 그는 위를 쳐다보았다. 그러니까 톱니바퀴 하나가 고장이 났을까? 하지만 그와는 전혀 다른 일이었다. 제도기 뚜껑이 서서히 올라가더니 덜컹하고 완전히 열렸다. 어떤 톱니바퀴의 톱니들이 올라오며 모습을 보이더니 곧 톱니바퀴 전체가 모습을 드러냈다. 마치 무언가 엄청난 힘이 제도기를 내리눌러 이 바퀴에 더 이상 공간이 남아 있지 않은 것 같았다. 그 톱니바퀴가 제도기의 가장자리까지 돌더니 아래로 쿵 떨어졌다. 그리고 모래를 얼마간 또르르 굴러가다가 넘어졌다. 그런데 머리 위에서는 벌써 다른 톱니바퀴가 올라가고 있었다. 그것을 따라 거의 똑같이 생긴 크고 작은 수많은 톱니바퀴가 모두 똑같은 일을 하고 있었다. 이젠 제도기 속이 텅 비었다고 생각할 때마다 새로운 톱니바퀴들이 떼 지어 나타나서 위로 올라가다가 아래로 떨어져 모래 위를 굴러가다 넘어졌다. 이 과정을 보느라 죄수는 여행자의 명령을 깜빡 잊었다. 톱니바퀴들의 움직임에 완전히 넋이 나간 모양이었다. 이와 동시에 자신을 돕도록 병사까지 부추겨서 죄수는 어떻게든 그것을 한 개라도 붙잡아 보려고 애썼지만 손이 닿는 순간 흠칫 놀라 얼른 손을 뒤로 빼야 했다. 이내 다른 톱니바퀴가 굴러 나와 그것을 보는 순간 덜컥 겁이 난 것이다.

반면에 여행자는 마음이 심히 불안한 상태였다. 기계가 산산조각 날 것이 분명했기 때문이다. 기계가 차분하게 움직이는 것은 속임수에 불과했다. 이젠 장교가 스스로를 보살필 수 없는 몸이기 때문에 지금 자신이 장교를 돌볼 수밖에 없다는 느낌이 들었다. 하지만 톱니바퀴가 계속 떨어지는 데 온통 주의를 빼앗긴 동안 다른 기계를 살피는 일을 소홀히 했다. 그런데 이제 마지막 톱니바퀴가 제도기에서 떨어지고 나서 써레 위에 허리를 굽혔다가 다시 더욱 화들짝 놀랐다. 써레는 글자를 새기지 않고 단지 찌르고만 있었다. 그리고 침대는 몸을 뒤집지 않고 그냥 떨기만 하면서 몸을 바늘 속으로 들어 올리고 있었다. 여행자는 이 일에 개입해서 가능하다면 기계 전체를 멈추고 싶었다. 이건 정말이지 장교가 원한 것 같은 고문이 아니라 직접적인 살인이었다. 장교는 두 손을 쭉 뻗고 있었다. 하지만 이때 벌써 써레는 바늘에 찔린 몸을 옆으로 들어 올리는 중이었다. 보통 때는 열두 시간이 지나야 일어나는 일이었다. 물이 섞이지 않았는데도 피가 수없는 줄기를 이루며 철철 흘렀다. 이번에는 조그만 배수로들도 아무 소용이 없었다. 그러다가 이제는 마지막 단계가 또 제대로 이루어지지 않았다. 몸이 기다란 바늘들에서 떨어지지 않아 몸에서 피가 쏟아졌다. 하지만 그의 몸은 떨어지지 않고 구덩이 위에 매달려 있었다. 써레는 벌써 원래 위치로 되돌아가려다가 아직 무거운 것이 매달린 것을 스스로 깨닫기라도 한 듯 구덩이 위에 그대로 머물러 있었다.

"이보게, 좀 도와주게!" 여행자는 병사와 죄수 쪽을 건너다보고 소리치며 장교의 두 발을 손수 붙잡았다.

그는 여기서 장교의 두 발을 누르고 있을 생각이었고,

두 사람은 다른 쪽에서 장교의 머리를 붙잡고 있어야
했다. 이런 식으로 그의 몸에서 바늘들을 천천히 빼내야
했다. 하지만 이제 두 사람은 마음의 결단을 내릴 수 없는
듯했다. 죄수는 외면하고 몸을 돌리고 있었다. 여행자는
그들 쪽으로 가서 강제로 장교의 머리가 있는 곳으로
그들을 끌고 와야 했다. 그러다가 여행자는 얼떨결에
그만 시체의 얼굴을 보고 말았다. 아직 살아 있을 때의
얼굴 그대로였다. 누구나 얻게 되는 구원의 징표를 그의
모습에서는 발견할 수 없었다. 다른 사람들이 다들
기계에서 발견한 것을 장교는 찾지 못했다. 두 입술은
굳게 닫혔고, 두 눈은 뜨고 있어서 마치 살아 있는 느낌을
주었다. 차분한 눈초리는 확신에 찼고, 커다란 쇠바늘의
뾰족한 끝이 이마를 관통했다.

* * *

여행자가 병사와 죄수를 데리고 유형지의 첫 번째
마을에 들어서자 병사는 어떤 집을 가리키며 말했다.
"저곳이 카페입니다."
그 집 1층은 깊숙하고 낮은 데다 벽과 천장이 연기에
그을려 마치 동굴 같았다. 벽은 거리 쪽으로 길게 트여
있었다. 카페라고는 하지만 사령부의 궁전 같은 건물을

제외하고는 다 허물어져 가는 유형지의 다른 집들과 별로 다르지 않았다. 그래도 여행자는 그 집에서 이전 시대의 권력을 느끼고 역사의 고적과 같은 인상을 받았다. 그는 좀 더 가까이 다가가서 두 사람을 거느린 채 탁자들 사이를 빠져나갔다. 카페 앞 거리에 놓인 탁자들은 텅 비어 있었다. 그는 카페 안에서 새어 나오는 곰팡내 나는 서늘한 공기를 들이마셨다. "노인이 이곳에 묻혀 있습니다." 병사가 말했다. "공동묘지에 묻으려고 했는데 사제가 거부했지요. 어디에 묻을지 한동안 결정을 내리지 못하다가 결국 이곳에 묻기로 했지요. 장교가 그런 사실은 분명 당신에게 한마디도 하지 않았을 겁니다. 물론 그에 대해 가장 면목 없는 사람은 그자였을 테니까요. 심지어 밤중에 여러 번이나 노인을 파가려고 했지만 그때마다 번번이 쫓겨나고 말았습니다." "무덤이 어디에 있지?" 병사의 말을 믿을 수 없었던 여행자가 물었다.

그 말을 듣자 병사와 죄수는 여행자보다 앞서 달려가더니 두 손을 뻗어 무덤이 있을 법한 곳을 가리켰다. 두 사람은 몇 개의 탁자에 손님들이 앉아 있는 뒷벽 쪽으로 그를 데려갔다. 보아하니 부두 노동자들인 모양이었다. 검게 번쩍거리는 수염이 얼굴을 온통 뒤덮은 억센 남자들이었다. 다들 웃옷을 입지 않은 데다 셔츠가 너덜너덜하게 해진 것으로 봐서 가난하고 풀

죽은 사람들 같았다. 여행자가 가까이 다가가자 몇몇 사람이 일어나서는 벽에 몸을 붙이면서 그를 바라보았다. "외국인인 모양이야." 여행자 주위에서 속삭이는 소리가 들렸다. "무덤을 보러 온 것 같아." 노동자들이 탁자 하나를 옆으로 밀치자 그 밑에서 실제로 묘비석이 나타났다. 수수한 돌멩이로 만들어진 그것은 탁자에 가려질 정도로 높이가 낮았다. 거기에 아주 깨알 같은 글씨로 묘비명이 새겨져 있었다. 여행자는 글씨를 읽기 위해 할 수 없이 무릎을 굽혀야 했다. 묘비명에는 이렇게 쓰여 있었다. "이곳에 전임 사령관이 잠들어 있다. 지금은 이름을 밝힐 수 없는 추종자들이 그의 무덤을 파고 묘비석을 세우노라. 어느 정도 세월이 흐르면 사령관이 부활해서 이 집을 나와 추종자들을 거느리고 유형지를 다시 탈환할 거라는 예언이 있다. 믿고 기다릴지어다!" 여행자가 이 글을 읽고 몸을 일으키니 남자들이 그의 주위에 모여 미소를 짓고 있었다. 마치 그들도 글씨를 함께 읽어 보았는데 우스꽝스러운 내용이라고 생각하지 않느냐고 다그쳐 묻는 듯한 미소였다. 여행자는 짐짓 알아채지 못한 듯 행동하며 동전 몇 닢을 그들에게 나누어 주고는 탁자를 무덤 위로 밀 때까지 기다렸다가 카페에서 나와 항구로 갔다.

 병사와 죄수는 카페에서 아는 사람을 만나 그들에게 붙잡혀 있었다. 하지만 두 사람은 곧 그들에게서 벗어난 것 같았다. 여행자가 보트로 통하는 기다란 계단의 가운데쯤에 겨우 도착했을 때 그들이 벌써 그를 뒤쫓아 달려오고 있었기 때문이다. 그들은 최종 순간에 그들을 함께 데려가 달라고 여행자에게 떼쓸 셈이었다. 여행자가 계단을 내려가 기선까지 실어다 달라고 사공과 교섭하고 있는 동안 두 사람은 아무 말 없이 계단을 헐레벌떡 뛰어 내려왔다. 그들은 감히 소리칠 엄두를 내지 못했다. 하지만 그들이 계단을 다 내려왔을 때 여행자는 이미 보트에 올라탔고, 사공은 해안을 막 벗어나는 중이었다. 두 사람은 지금이라도 보트에 뛰어오를 수 있었겠지만 여행자가 배 바닥에 있던 매듭지어진 묵직한 닻줄을 집어 들고 위협하는 시늉을 보여 그럴 수 없었다.

단식 광대

　　지난 수십 년 동안 단식 광대에 대한 관심이 눈에 띄게 줄어들었다. 전에는 독자적으로 이런 종류의 대규모 공연으로 짭짤한 수입을 올렸는데 오늘날에는 완전히 불가능하다. 지금과는 다른 시절이었다. 그때는 도시 전체가 단식 광대에게 관심을 보였다. 하루하루 단식이 계속됨에 따라 관심이 더욱 커졌다. 누구든 적어도 하루에 한 번은 단식 광대를 보려고 했다. 막바지에 가서는 종일 조그만 격자 창살 우리 앞에 죽치고 앉은 예약 신청자들도 있었다. 밤에도 효과를 높이기 위해 횃불을 켜고 공연이 행해졌다. 날씨가 좋은 날에는 우리를 야외로 옮겨 놓았는데, 그러면 단식 광대를 구경하러 특히 어린이들이 많이 왔다. 유행 따라 가끔 구경 오는 어른들에게는 흥밋거리에 지나지 않았던 반면, 어린아이들은 깜짝 놀라 입을 벌리고 안전을 위해 서로 손을 꼭 잡고 광대를

구경했다. 얼굴이 창백한 단식 광대는 몸에 착 달라붙은
검은색 옷을 입고 앙상한 갈비뼈를 드러내고 있었다.
그는 안락의자마저 물리치고 흩뿌려진 짚 더미에 앉아
공손하게 고개를 한 번 끄덕였다. 그런 뒤 긴장한 얼굴로
미소를 띠며 질문들에 답했다. 그는 야윈 피부를 만져 볼
수 있도록 창살 너머로 팔을 내뻗기도 했다. 하지만 그런
다음 다시 자기 세계에 깊이 빠져들어 누구도 신경 쓰지
않았다. 그는 우리 안에 있는 유일한 가구라고 할 수 있는,
자신에게 그토록 중요한 시계의 종소리에 아랑곳하지 않고
지그시 눈 감은 채 앞만 골똘히 응시했다. 가끔 입술을
적시기 위해 조그만 유리잔의 물을 홀짝거릴 뿐이었다.

   그곳에는 뜨내기 구경꾼들 말고 관객이 뽑은
상시 감시인들도 있었다. 이상하게도 그들은 대개
도축업자들이었는데, 언제나 세 명씩 짝지어 단식 광대가
혹시라도 몰래 음식물 섭취를 못 하도록 밤낮으로 감시하는
임무를 맡았다. 하지만 이는 대중을 안심시키기 위해
도입한 요식 행위에 불과했다. 알 만한 사람들은 단식
광대가 단식 기간에는 어떤 일이 있어도, 설령 강요를
당하더라도 음식물을 조금도 입에 대지 않는다는 것을 잘
알았기 때문이다. 단식 예술의 명예가 그 일을 금지했다.
물론 모든 감시인이 이런 사실을 이해할 수 있는 것은
아니었다. 때로 야간 감시인 무리 중에는 일부러 멀찍이

구석 자리에 모여 앉아 카드놀이에 몰두하면서 감시 업무를 소홀히 하는 자들도 있었다. 단식 광대에게 자기들은 아무래도 상관없으니 그들 말로는 몰래 숨겨 둔 저장품에서 간단한 음식물이라도 꺼내 먹으라는 식이었다. 단식 광대에게는 그런 감시인들보다 더 고통스러운 것은 없었다. 이들은 그를 우울하게 만들었고, 단식을 끔찍할 정도로 힘들게 했다. 가끔 그는 자기 약점을 극복하고 사람들이 자신을 의심하는 일이 얼마나 부당한지를 보여 주기 위해 이들이 감시하는 동안 감당할 수 있는 만큼 노래를 불렀다.

하지만 그것은 별로 도움이 되지 못했다. 이들은 그가 노래를 부르면서도 음식을 먹는 그의 솜씨에 대해서만 놀라워했을 따름이었다. 그는 창살에 바짝 붙어 앉아 홀의 침침한 야간 조명으로는 만족하지 못하고 공연 감독에게 제공받은 회중전등을 비추는 감시인들이 훨씬 마음에 들었다. 눈이 부신 불빛도 조금도 방해되지 않았다. 물론 잠을 제대로 잘 수 없었지만 조명이 어떠하든 어떤 시간에도, 심지어 사람들이 가득 찬 시끄러운 홀에서도 약간 꾸벅꾸벅 졸 수 있었다. 그는 그런 감시인들과 밤을 꼬박 새울 용의가 얼마든지 있었다. 그들과 농담을 나누고, 자신이 방랑하며 겪은 이야기들을 들려주고, 그런 다음 다시 그들의 이야기를 들어 줄 준비가 되어 있었다. 이 모든 일은 단지 그들을 깨어 있게 하고, 우리 안에 먹을 것이 아무것도 없으며, 그들 누구도 도저히 할 수 없을 정도로 자신이 굶주리고 있음을 계속 보여 주기 위해서였다. 하지만 그러다가 아침이 되어 자신이 치른 비용으로 그들에게 아주 풍성한 아침 식사가 제공되었을 때 그는 가장 행복했다. 힘들게 불침번을 선 후라서 그들은 건강한 남자들답게 왕성한 식욕으로 음식물에 덤벼들었다. 사실 이러한 아침 식사로 감시인들이 부당한 영향을 받을지 모른다고 생각하는 사람들도 있었지만 이는 너무 도를 넘은 주장이었다. 그리고 가령 그 일만을 위해 아침 식사도 하지 않고 야간 당직을 설 생각이 있느냐는 질문을 받자 그들은 얼굴을 찌푸렸다. 하지만 그럼에도 그들은 의구심을 풀지 않았다.

물론 이것은 단식과 절대로 떼어 놓을 수 없는 의심 중 하나였다. 누구도 밤낮으로 단식 광대 옆에서 줄곧 감시하면서 보낼 수는 없었다. 그러므로 누구도 정말 단식이 중단 없이 완벽하게 실행되었는지 관찰을 통해 알 수 없었다. 단식 광대만이 이를 알 수 있었고, 그러므로 그만이 자신의 단식에 완전히 만족하는 관객일 수 있었다. 하지만 다시 다른 이유로 그는 결코 만족할 수 없었다. 어쩌면 그가 단식으로 그토록 야윈 것이 아닐지도 모르므로 어떤 이들은 유감스럽게도 그의 공연을 멀리할 수밖에 없었다. 그들이 그의 모습을 견딜 수 없어서가 아니라 그가 자기 자신에게 만족하지 못해서 그토록 야위었기 때문이다.
단식이 얼마나 쉬운 일인지 그 자신만이 알았고, 그 외에
사정을 알 만한 어떤 사람도 그 사실을 알지 못했다.
단식은 세상에서 가장 쉬운 일이었다. 그도 이런 사실을
굳이 숨기지 않았다. 하지만 사람들은 그의 말을 믿지
않았고, 좋게 봐준다 해도 그를 겸손하다고 여겼지만,
대개는 자신에 대한 선전 중독증이 있어서 그런다고
생각했다. 또는 심지어 단식을 쉽게 하는 법을 터득했기에
그것을 쉽다고 하며, 이를 넌지시 고백할 정도로 철면피한
사기꾼이라고까지 생각했다. 그는 이 모든 걸 감수해야
했고, 세월이 흐르면서 그런 것에 익숙해지기도 했지만,
이에 대한 불만족이 늘 마음을 괴롭혔다. 단식 기간이
끝난 뒤에도 — 단식 증명서를 그에게 발급해 줘야
했다 — 그는 결코 자진해서 우리를 떠나지 않았다.
공연 감독은 최장 단식 기간을 사십 일로 정하고, 어떤
대도시에서도 그 이상은 단식을 못 하게 했다. 물론
그럴만한 이유가 있었다. 경험에 비추어 볼 때 가령 사십
일이라는 기간은 선전 효과를 점차 끌어올려 도시인들의
관심을 점점 더 키우기에 적당했기 때문이다. 그 기간이
넘으면 호응이 떨어져 관객 숫자가 눈에 띄게 줄어들었다.
물론 이 점에서는 도시와 시골 사이에 차이가 약간
있었지만 사십 일을 최장기간으로 하는 것이 통례였다.

그러다가 사십 일째가 되는 날에는 꽃 장식한 우리의 문이 열렸고, 열광하는 관중이 원형 극장을 가득 메웠으며, 군악대가 음악을 연주했다. 의사 두 명이 단식 광대에게 필요한 검진을 하기 위해 우리 안으로 들어갔다. 그 결과가 메가폰으로 장내에 보고되었고, 마침내 젊은 숙녀 두 명이 추첨으로 뽑힌 것을 기뻐하며 단식 광대를 우리에서 두서너 계단 아래로 안내했다. 그곳에는 작은 탁자 위에 환자를 위해 신중하게 고른 음식이 차려져 있었다. 그런데 이 순간이 오면 단식 광대는 항상 저항했다. 그는 자기 앞에 허리 숙이고 도우려고 쭉 내뻗은 숙녀들의 손에 뼈만 앙상하게 남은 팔을 순순히 내맡기기는 하지만 몸을 일으키려고 하지는 않았다. 사십 일이 지난 바로 지금 왜 단식을 그만두어야 하는가? 그는 아직 오랫동안, 무제한 오래 버틸 수 있을 것 같았다. 최고의 단식에 있는 지금, 아니 아직 최고의 단식에조차 이르지 못한 바로 지금 왜 단식을 그만둬야 한단 말인가? 사람들은 왜 단식을 계속하려는 그의 명예를 빼앗으려고 하는가? 그가 벌써 동서고금을 막론하고 최고의 단식 광대가 되었는데, 이는 그에 그치지 않고 자기 자신을 뛰어넘어 믿기 어려울 정도로 높은 경지까지 올라가려는 명예였다. 그는 자신의 단식 능력에 한계를 느끼지 못했기 때문이다. 이처럼 그에게 경탄하는 척했던 대중이 왜 그를 참지 못했는가? 그는 참고 버티며 계속 단식하겠다는데 왜 대중은 이를 참지 못하겠다는 건가? 또한 그는 지쳤고, 짚 더미 위에 편히 앉아 있었는데, 이제 벌떡 일어나서 생각만 해도 구역질을 일으키는 음식이 있는 곳으로 가야 했다. 그렇지만 숙녀들을 생각해 구역질 난다는 표현을 간신히 참고 있을 뿐이었다. 그리고 겉보기에는 아주 친절해 보이지만 실은 아주 잔인한 숙녀들의 눈을 쳐다보고 힘없는 목 위에 달린 무거운 머리를 설레설레 흔들었다. 하지만 그러면 항상 일어나는 일이 벌어졌다. 공연 감독이 와서 말없이 — 음악 소리 때문에 말을 할 수 없었다 — 단식 광대 위로 두 팔을 치켜들었다. 이 모습은 마치 짚 위에 앉은 신의 작품인 이 가련한 순교자를 좀 굽어살피라고 하늘에 호소하는 것 같았다. 물론 단식 광대는 순교자였지만 전적으로 다른 의미에서였다. 공연 감독은 단식 광대의 가느다란 허리를 감싸 안았다. 그러면서 마치 부서지기 쉬운 물건을 만지는 듯 지나칠 정도로 조심스럽게 단식 광대를 다루었다. 그러고는 그사이 얼굴이 사색이 된 숙녀들에게 그를 넘겨주었다. 그가 몰래 단식 광대의 몸을 흔들자 두 다리와 상체가 사정없이 이리저리 흔들렸다. 단식 광대는 이 모든 걸 그저 참고만 있었다. 머리는 아래로 굴러 내릴 것처럼 가슴 위로 축 늘어져 그곳에 붙어 있다는 게 도무지 설명되지 않을 정도였다. 몸은 속이 텅 빈 껍데기 같았다. 자기 보존 본능으로 두 다리는 무릎을 꼭 붙였지만 발을 디딘 지면이 마치 진짜 땅이 아닌 것처럼 헛발질을 했다. 어떻게든 두 다리가 찾고 있는 것은 진짜 지면이었다. 그리고 물론 그리 무겁지는 않지만 몸의 전체 중량이 한 숙녀에게 쏠렸다. 그녀는 숨을 헐떡거리며 도움을 청하면서 — 그녀는 이 명예로운 임무가 이런 것일 줄 미처 생각하지 못했다 — 적어도 단식 광대에게 얼굴이 닿지 않게 하려고 우선 목을 최대한 길게 빼고 있었다. 하지만 이 일이 뜻대로 되지 않았고, 보다 운이 좋은 동료는 그녀를 도와주지 않았다. 그 동료는 부들부들 떨면서 뼈를 묶은 작은 다발 같은 단식 광대의 손을 자기 앞에 받쳐 드는 것으로 그쳤다. 그런데 장내의 관중이 열광하여 와자지껄 웃어 대자 끝내 울음을 터뜨리는 바람에 그녀는 진작 대기 중인 사환과 교대할 수밖에 없었다. 그런 다음 음식이 나왔다. 공연 감독은 실신한 듯 비몽사몽인 단식 광대의 입에 음식을 약간 흘려 넣어 주었다. 그러면서 관객의 관심을 단식 광대의 상태로부터 다른 데로 돌리기 위해 익살맞게 지껄여 댔다. 이어서 소위 단식 광대가 공연 감독에게 속삭였다는 건배사를 관중을 향해 외쳤다. 오케스트라는 우렁차게 팡파르를 울려 이 모든 것을 힘주어 확인해 줬고, 사람들은 헤어졌다. 아무도 자신들이 본 것에 불만을 품을 권리가 없었다. 언제나 단식 광대만이, 언제나 그만이 불만족을 느꼈다.

    이렇게 그는 규칙적으로 짧은 휴식 시간을 가지며 오랜 세월 살아왔다. 겉보기엔 화려하게 세상 사람들의 존경을 받으며 생활했지만, 그럼에도 대체로 침울했으며, 아무도 그의 기분을 진지하게 받아들여 주지 않아서 더욱 침울해졌다. 무엇으로 그를 위로한단 말인가? 그에게 남은 소망이 무엇이었을까? 한번은 마음씨 착한 사람이 나타나 그를 가엾게 여기며 그가 우울한 것은 아마도 단식 때문일 거라고 그에게 설명하려고 했다. 특히 단식 기간이 꽤 진행되었을 때였는데, 단식 광대가 그 말에 분노를 터뜨리며 짐승처럼 창살을 마구 흔들어 대서 다들 깜짝 놀라는 일이 벌어졌다. 하지만 공연 감독에게는 이런 사태가 벌어질 때 즐겨 사용하는 처벌 수단이 있었다. 그는 모인 관객 앞에서 단식 광대를 용서했고, 배부른 사람들은 잘 이해되지 않겠지만 단식하면 곧잘 흥분하게 되니 단식 광대의 행동을 용서해 달라고 말했다. 그런 다음 이와 관련해 공연 감독은 지금 하는 단식보다 더 오래 단식할 수 있다는 단식 광대의 설명 가능한 주장에 대해서도 언급했다. 그러고는 이런 주장에도 확실히 담겨 있다는 비상한 노력과 선한 의지, 그리고 위대한 자기 부정을 칭찬했다. 그러고는 그곳에서 팔고 있는 사진들을 내보이면서 그 주장을 간단히 반박했다. 단식 사십 일째에 침대에 누운 모습을 찍은 그 사진들은 기력이 떨어져 거의 탈진한 모습을 하고 있었다. 잘 알고는 있었으나 언제나 새로이 자기 신경을 건드리는 이러한 진실 왜곡을 단식 광대는 너무 견디기 힘들었다. 때 이른 단식 중단의 결과가 여기서는 그 원인으로 제시되었다! 이러한 몰이해에 맞서 이해를 못 하는 이 세상과 맞서 싸우는 것은 불가능했다. 그는 번번이 선한 믿음을 품고 창살에서 공연 매니저의 말에 열심히 귀 기울였지만, 그 사진들이 나타날 때마다 창살을 벗어나 한숨을 쉬면서 짚 더미 위에 풀썩 주저앉았다. 그러면 마음이 진정된 관객은 다시 가까이 다가와 그를 구경할 수 있었다.

이 장면을 목격한 사람들이 이삼 년쯤 지나 당시 일을 돌이켜 보면 그 자신들도 가끔 이해되지 않을 때가 있었다. 그사이에 앞서 언급한 큰 변화가 일어났기 때문이다. 그 일은 거의 갑자기 일어났다. 그에 대한 보다 깊은 이유가 있었을 수도 있겠지만 과연 누가 그 이유를 찾아내는 데 관심이 있었을까. 어쨌거나 버릇이 잘못 든 단식 광대는 어느 날 즐거움을 좇는 대중으로부터 버림받은 것을 알게 되었다. 그들은 오히려 다른 구경거리를 보러 몰려갔다. 공연 감독은 옛날처럼 다시 관심을 보여 주는 곳이 어디 없을까 하고 유럽의 절반을 그와 함께 또 한

번 돌아다녔다. 하지만 소용없는 일이었다. 서로 몰래
약속이라도 한 듯이 어딜 가나 단식 공연을 혐오하는
분위기가 팽배했다. 물론 실제로 갑작스레 그런 사태가
벌어질 수는 없었다. 나중에 돌이켜 보면 그때 성공에
도취한 나머지 제대로 주의하지 않았지만 무시 못 할
몇몇 징후가 나타났음을 기억에 떠올릴 수 있었다. 그러나
지금 와서 대책을 세우기에는 너무 늦었다. 사실 언젠가
단식 공연이 다시 인기를 누릴 때가 올 것은 확실했지만
지금 살아 있는 사람들에게는 아무런 위안이 되지
않았다. 그렇다면 이제 단식 광대는 무엇을 해야 한단
말인가? 수천 명에게 환호를 받았던 그는 소규모 대목장의
가설무대에 나설 수도 없었다. 다른 직업을 잡기에는
너무 나이 들었을 뿐 아니라 뭐니 뭐니 해도 단식에 너무
광적으로 빠져 있었다. 그래서 둘도 없는 인생 동반자였던
공연 감독과 헤어지고 어느 대형 곡마단에 고용되었다.
자신의 예민함을 건드리지 않기 위해 계약 조건은
거들떠보지도 않았다.

 언제라도 조정하고 보충할 수 있는 인원과 동물,
장치를 갖춘 대형 곡마단은 누구든 언제라도 쓸 수
있다. 너무 터무니없는 요구를 하지 않으면 물론 단식
광대도 쓸 수 있다. 게다가 이 특별한 경우에는 단식
광대 자신뿐 아니라 오래전부터 잘 알려진 그의 명성도

함께 고용되었다. 사실 나이 들어도 줄어들지 않을 단식
기술의 특성을 고려할 때 이제 전성기를 지나 한물간
광대가 안정된 곡마단으로 도망치려 한다고는 결코 말할
수 없었다. 이와 반대로 단식 광대는 예전처럼 단식할
수 있다고 큰소리쳤는데 그 말은 전적으로 믿을 만했다.
심지어 자기 뜻대로 하게 내버려 둔다면 지금 당장이라도
세상을 깜짝 놀라게 할 수 있다고 주장했다. 사람들은
곧바로 그렇게 해 주겠다고 약속했다. 물론 이 주장은 단식
광대가 흥분해서 쉽게 잊어버린 시대 분위기를 고려해 볼
때 단지 전문가들의 실소를 자아내게 하는 것에 불과했다.

하지만 기본적으로 단식 광대도 그런 실상을 모르지
않아서 우리 안에 들어간 자신이 하이라이트 레퍼토리로
원형 경기장의 한가운데에 배치되지 않고 꽤 쉽게 접근할
수 있는 바깥 근처에 배치된 것을 당연하게 받아들였다.
알록달록하게 그린 커다란 선전 문구가 우리 주위를 빙
둘러싸며 그곳에서 무엇을 볼 수 있는지 알려 주었다.
공연이 쉬는 틈을 타 동물들을 구경하려고 우리로 몰려들
때면 관객은 거의 어쩔 수 없이 단식 광대 옆을 지나가면서
잠깐 멈출 수밖에 없었다. 그의 옆에 좀 오래 있으려고
해도 그럴 수 없는 일인지도 모른다. 우리로 가는 길목에서
이렇게 멈추어 서 있는 이유를 모르고 뒤에서 몰려드는
사람들은 비좁은 통로에서 비교적 오랫동안 차분히 구경할

수 없었다. 이것이 단식 광대가 삶의 목표로 당연히 오기를 바랐을 방문 시간을 앞두고 다시 떨렸던 이유이기도 했다. 처음에는 안달이 나서 공연 휴식 시간을 기다릴 수 없을 지경이었다. 그는 꾸역꾸역 몰려드는 군중을 황홀한 기분으로 바라보았다. 그러다가 곧 군중이 항상 거의 예외 없이 순전히 우리로 가려는 방문객임을 확신하게 되었다. 아무리 완강하게, 거의 의식적으로 자신을 속이려 해도 경험을 이길 수는 없었다. 이 광경은 멀리서 바라볼 때 가장 멋져 보였다. 관객이 그가 있는 데까지 다가오면 끊임없이 새로 편을 짓는 무리의 고함과 욕설이 주변에서 난무했기 때문이다. 그를 편한 자세로 구경하려는 무리도 있었지만 이들도 가령 무언가를 이해해서가 아니라 일시적인 기분과 반항심 때문에 그랬으니, 이 같은 사실이 단식 광대로서는 이내 더욱 곤혹스러워졌다. 그런데 곧장 우리로 가고 싶어 하는 무리도 있었다. 큰 무리가 지나가면 뒤처진 사람들이 왔다. 물론 이들은 그럴 의향만 있다면 멈춰 서서 지켜볼 수도 있으련만 거의 흘끗 쳐다보지도 않고 제때 동물들이 있는 곳으로 가기 위해 성큼성큼 급히 지나갔다. 그런데 자주 있는 일은 아니지만 아이들을 데리고 온 아버지가 손가락으로 단식 광대를 가리키며 여기서 그가 무엇을 하고 있는지 상세히 설명해 주는 행운도 없지는 않았다. 아버지는 예전에도 이와 비슷한 공연이 있었지만 지금과는 비교되지 않을 정도로 커다란 구경거리였다고 들려주었다. 그러면 아이들은 평소 학교나 인생에서 이런 것에 대한 준비가 충분하지 않아서 사실 여전히 제대로 이해되지 않았지만 — 단식이 그들에게 뭐란 말인가? — 탐색하는 듯한 눈을 반짝이며 새로 다가올 보다 은혜로운 시대에 관한 무엇인가를 내비쳤다. 그럴 때면 가끔 단식 광대는 그가 있는 곳이 이렇게 동물 우리 바로 근처에 있지 않다면 모든 게 좀 더 나을 거라고 혼잣말을 했다. 바로 그 때문에 곡마단 사람들에게는 선택이 너무 쉬웠다. 동물 우리에서 지독한 냄새가 진동하고, 밤중에 동물들이 소란을 피우고, 맹수들에게 줄 날고기를 운반해 가고, 먹이를 줄 때 울부짖는 소리가 그의 기분을 무척 상하게 하고, 계속 그의 마음을 무겁게 짓누른다는 사실은 아예 안중에도 없었다. 하지만 그는 감독에게 감히 이의를 제기하지 못했다. 여하튼 그는 방문객이 많이 몰려드는 것이 동물들 덕택이라고 생각했다. 찾아오는 이들 중에서 가끔 그를 보려고 오는 사람들도 있었다. 그리고 잘나가던 때의 자기 모습을 떠올려 주려다가, 엄밀히 말하자면 그가 우리로 가는 길목에 있는 방해물에 불과하다는 사실만 떠올려 주는 바람에 사람들이 그를 어느 구석에 처박아 놓을지 알 수 없는 일이었다.

    물론 그는 작은 방해물, 점점 더 작아지는

방해물이었다. 사람들은 오늘날에도 단식 광대에게 주목하라고 하면 이상하게 여기는 습관이 생겼고, 이런 습관은 그에 대한 평가를 말해 주었다. 그는 능력이 되는 한 단식하려 했고, 이를 실천에 옮겼지만 아무것도 그를 더 이상 구원해 줄 수 없었다. 사람들은 그의 곁을 스쳐 지나갔다. 누군가에게 단식 기술을 설명하려고 해 보라! 그 느낌을 모르는 사람에게는 이해시킬 수 없다. 멋진 선전 문구는 더러워지고 읽을 수 없게 되어 사람들이 찢어 버렸지만 그것을 교체해야겠다고 생각하는 자는 아무도 없었다. 단식 일수를 기록하기 위한 조그만 숫자판도 처음에는 매일 정성스럽게 새로 갈았지만 이미 오래전부터 그대로였다. 처음 몇 주일이 지난 후 이 조그만 일을 맡은 직원 자신이 싫증 났기 때문이다. 그래서 단식 광대는 예전에 언젠가 꿈꾸었던 대로 단식을 계속해 나갔고, 그때 자신이 예언했던 대로 별 어려움 없이 기록 돌파에 성공했다. 그러나 단식 일수를 세는 사람은 아무도 없었다. 단식 광대 자신마저도 어느 정도 큰 성과를 냈는지 알지 못했다. 그래서 마음이 무거워졌다. 어느 날 한 게으름뱅이가 멈춰 서서 오래된 숫자를 비웃으며 사기라고 말했다면 이런 의미에서 그 말은 무관심과 타고난 악의가 꾸며 낼 수 있는 가장 어리석은 거짓이었다. 왜냐하면 단식 광대는 속인 것이 아니라 성실하게 일했는데 세상이 속이고 그의 보수를 가로챘기 때문이다.

다시 수많은 날이 지나갔고, 그런 상태도 끝이 났다. 하루는 우리가 어떤 감독관의 눈에 띄었다. 그는 잘 사용할 수 있는 이 우리에 왜 썩은 짚을 넣고 방치하는지 사환에게 물었다. 아무도 이유를 알지 못했다. 마침내 숫자판을 보고 단식 광대를 떠올렸다. 사람들이 막대기로 짚을 휘저었고, 그 안에서 단식 광대를 발견했다. "아직도 단식하고 있는 건가?" 감독관이 물었다. "대체 언제 끝낼 건가?" "다들 저를 용서해 주세요!" 단식 광대가 속삭였다. 창살에 귀를 갖다 댄 감독관만이 그의 말을 알아들었다. "물론 자네를 용서하지." 감독관은 말하면서 손가락을 이마에 대면서 단식 광대의 상태를 사람들에게 암시했다. "줄곧 저는 여러분이 저의 단식에 경탄하기를 바랐습니다." "그야 우리도 경탄하고 있지." 감독이 호의적으로 말했다. "하지만 여러분은 경탄해서는 안 됩니다." 단식 광대가 말했다. "우리도 경탄하고 있지." 감독관이 말했다. "대체 왜 우리가 경탄해서는 안 된다는 건가?" "단식해야만 하기 때문입니다. 저로서는 달리 어쩔 수 없습니다." 단식 광대가 말했다. "그건 대체 무슨 말인가." 감독관이 말했다. "대체 왜 달리 어쩔 수 없다는 건가?" "저는……." 단식 광대는 작은 머리를 약간 들고 어떤 말도 사라지지 않도록 입맞춤할 때처럼 뾰족 내민 입술을 감독관의 귀에 바짝 갖다 대고 말했다. "제 입에 맞는 음식을 찾을 수 없었기 때문입니다. 그런 음식을 찾아냈다면 괜히 소동을 벌이지 않았을 것이고, 당신이나 모든 이처럼 배불리 먹었을 겁니다." 이것이 그의 마지막 말이었다. 하지만 흐려진 눈빛에는 더 이상 의기양양한 확신은 아니더라도 계속 단식하겠다는 굳은 확신이 담겨 있었다.

"자, 이제 처리하지!" 감독관이 말했고, 사람들은 단식 광대를 짚과 함께 땅에 묻었다. 그리고 사람들은 그 우리에 젊은 표범 한 마리를 집어넣었다. 그토록 오랫동안 적막했던 우리 속을 이 맹수가 휘젓고 다니는 것을 보면 아무리 감각이 무딘 사람이라도 기분 전환을 느낄 수 있었다. 표범에게는 아무것도 부족한 것이 없었다. 감시인들은 오래 생각하지 않고 표범의 입맛에 맞는 음식을 가져다주었다. 표범은 자유도 그립지 않은 것 같았다. 필요한 모든 걸 거의 터질 정도로 갖춘 이 고귀한 몸뚱이는 자유마저 스스로 지니고 다니는 것 같았다. 그 자유는 이빨 어딘가에 담겨 있는 듯했다. 표범의 아가리에서는 삶의 기쁨이 관객으로서는 견디기 쉽지 않을 정도로 뜨거운 열기와 함께 흘러나왔다. 하지만 관객은 이를 견뎌 내고 우리 주위에 몰려들어 그 자리에서 전혀 움직이려고 하지 않았다.

가수 요제피네, 또는 쥐들의 종족

　우리의 여가수 이름은 요제피네다. 그녀의 노래를 들어 보지 못한 사람은 그 노래의 힘을 알지 못한다. 그녀의 노래에 매료되지 않을 사람은 아무도 없다. 우리 종족 전체가 음악을 사랑하지 않으므로 그런 만큼 이를 더욱 높이 평가할 수 있다. 조용한 평화가 우리에게 가장 사랑스러운 음악이다. 우리 삶은 힘들다. 우리가 나날의 걱정을 떨쳐 버리려 애쓰더라도 음악이 해 주는 것처럼 우리의 평소 생활과 너무 동떨어진 영역으로는 더 이상 올라갈 수 없다. 그렇지만 우리는 그다지 탄식하지 않는다. 우리는 그 정도까지는 가지 않는다. 우리에게 물론 절실히 필요하기도 한 어떤 실제적인 교활함을 우리는 우리의 가장 큰 장점으로 여기고, 이런 교활함의 미소를 띠며 우리 자신을 위로하여 이 모든 걸 잊게 한다. 우리가 언젠가 — 이런 일은 일어나지 않겠지만 — 혹시 음악이 가져다줄 행복을 갈망한다고 하더라도 말이다. 오직 요제피네만은 예외다. 그녀는 음악을 사랑하고, 음악을 전달할 줄도 안다. 그녀가 유일한 사람이다. 그녀가 죽음으로써 음악은 — 얼마나 오랫동안 지속될지 누가 알겠는가 — 우리 삶에서 사라질 것이다.

나는 그녀의 음악이 어떤 상태에 처해 있는지 종종 생각해 보았다. 그렇지만 우리는 완전히 비음악적이다. 우리가 요제피네의 음악을 이해하는 일이, 또는 요제피네가 우리의 이해를 부정하고 있으므로 적어도 이해한다고 믿는 일이 어떻게 생길 수 있겠는가. 이 노래가 너무 아름다워서 아무리 감각이 둔한 자라도 저항할 수 없다는 것이 가장 간단한 답일지도 모른다. 하지만 이 대답은 충분하지 않다. 만약 실제로 그렇다면 사람들은 이 노래에 대해 먼저 또 언제나 특별하다는 느낌을 받아야 할 것이다. 전에는 결코 들어 보지 못한 어떤 것, 우리가 들을 능력조차 갖추지 못한 어떤 것, 이 요제피네만이 우리에게 듣는 능력을 부여하고 다른 누구도 하지 못하는 어떤 것이 그녀의 목에서 울려 나온다는 느낌 말이다. 그러나 내 견해로는 바로 그 점이 옳지 않다. 나는 그런 느낌을 받지 못하고, 다른 사람들에게서도 그 같은 점을 알아차리지 못했다. 우리는 요제피네의 노래가 노래로서 특별한 점이 없다고 친밀한 사람들끼리 서로 솔직히 털어놓는다.

그것이 도대체 노래라는 말인가? 우리의 비음악성에도 불구하고 우리에게는 전래 음악이 있다. 고대의 우리 종족에게는 노래가 있었다. 여러 전설이 그에 관해 이야기해 주고, 심지어 가곡까지 보존되어 있다. 물론 아무도 더 이상 부를 수 없는 가곡이지만 말이다. 그러니까 우리는 노래가 무엇인지 알고 있다. 그런데 사실 요제피네의 예술은 이 예감과 맞지 않는다. 그것이 도대체 노래라는 말인가? 어쩌면 찍찍거리는 소리에 불과한 것이 아닐까? 물론 우리 모두 이 찍찍거리는 소리를 알고 있다. 그것은 우리 종족 본래의 기예다. 아니, 오히려 기능이라기보다는 특징적인 삶의 표현이다. 우리가 모두 찍찍거리는 소리를 내기는 하지만 물론 아무도 그것을 예술이라고 내세울 생각을 하지는 않는다. 우리는 찍찍거리는 소리를 내면서 그것에 주의를 기울이지 않으며, 정말이지 그것을 알아채지도 못한다. 더군다나 찍찍거리는 것이 우리의 고유 특성임을 알지 못하는 쥐도 많다. 그러므로 요제피네가 노래 부르는 것이 아니라 단지 찍찍거리는 것에 불과해서 통상적인 찍찍거리는 소리의 한계를 거의 넘어서지 않는다면, 적어도 내게는 그렇게 생각되는데 — 그러니까 그녀의 힘은 어쩌면 이 통상적인 찍찍거리는 소리를 내기에도 충분하지 않을 터인데, 반면 평범한 토건 인부는 종일 일을 하면서도 힘들이지 않고 그것을 해낸다 — 이 모든 게 사실이라면 소위 요제피네의 예술가적 재능은 반박되겠지만, 그래도 그녀가 미치는 큰 영향력의 수수께끼는 풀릴 수 있을 것이다.

그러나 그녀가 만들어 내는 것은 찍찍거리는 소리만이 아니다. 그녀에게서 제법 멀리 떨어져서 듣거나, 또는 이 점에 관해 시험해 보면 더 나을지도 모른다. 그러니까 가령 요제피네가 다른 사람들과 섞여 노래 부를 때 그녀의 목소리를 분간하는 임무를 맡는다면 사람들은 필연적으로 평범한 찍찍거리는 소리밖에 듣지 못할 것이며, 그 소리는 기껏해야 부드러움과 연약함에 의해서 약간 눈에 띌 것이다. 하지만 그녀 앞에 서 있으면 그것이 찍찍거리는 소리만은 아니다. 그녀의 예술을 이해하기 위해서는 노래를 듣는 것뿐 아니라 그녀를 보는 것도 필요하다. 그것이 우리의 일상적인 찍찍거리는 소리에 불과하다 하더라도 여기에는 무엇보다 그 통상적인 것에 불과한 일을 하기 위해 누군가가 엄숙함을 내세우는 특이한 점이 있다. 호두 까는 일은 정말이지 예술이 아니다. 따라서 관중을 불러 모아 그들을 즐겁게 해 주려고 그들 앞에서 호두 까는 일은 아무도 감행하지 않을 것이다. 그런데도 그가 그런 일을 해서 그의 의도가 성공한다면 그것은 단순한 호두 까기일 수 없다. 아니면 그것이 호두 까기이기는 하지만 우리가 능숙하게 익혔기 때문에 이

기술을 무시해 왔으며, 이 새로운 호두 까기가 비로소 그 기술의 진면목을 우리에게 보여 준다는 것이 밝혀진다. 그럼으로써 그의 호두 까는 솜씨가 우리 대부분보다 덜 유능하더라도 효과에는 더 유익할지도 모른다.

어쩌면 요제피네의 노래도 이와 유사할지 모른다. 우리는 우리 자신에게서는 전혀 경탄하지 않는 일을 그녀에게서는 경탄한다. 게다가 우리가 우리 자신에게 전혀 경탄하지 않는다는 점에서 그녀는 우리와 완전히 일치한다. 나는 언젠가 대중의 일반적인 찍찍거리는 소리에 누군가가 그녀에게 — 물론 이런 일은 흔히 있는 일이다 — 주의를 환기하는, 그것도 무척 겸손하게 주의를 환기하는 자리에 있었다. 그러나 요제피네에게는 그것이 너무 심한 처사였다. 나는 그녀가 당시처럼 그렇게 뻔뻔스럽고 오만하게 미소 짓는 것을 본 적이 없었다. 겉으로는 완성된 부드러움을 지닌 그녀가, 그런 여성상이 아주 풍부한 우리 종족 중에서도 눈에 띄게 부드러운 그녀가 그때는 정말 속돼 보였다. 아닌 게 아니라 대단히 민감한 그녀 자신도 이런 사실을 금방 느끼고 흥분을 가라앉혔다. 아무튼 그녀는 자신의 예술과 찍찍거리는 소리 사이의 모든 관계를 부인한다. 자신과 반대되는 의견을 가진 자들에 대해 오직 경멸감과 속으로는 분명 증오심만을 품을 뿐이다. 그것은 평범한 허영심이 아니다. 나도 반쯤은 속해 있는 이 반대파는 분명 일반 대중 못지않게 그녀에게 경탄하지만, 요제피네는 단지 경탄만을 원하는 것이 아니라 바로 자신이 정한 방식으로 경탄받기를 원하기 때문이다. 경탄만 받는 것은 그녀에게 전혀 중요하지 않다. 그리고 그녀 앞에 앉으면 그녀를 이해하게 된다. 멀리 떨어져 있을 때만 그녀에게 반대할 수 있다. 그녀 앞에 앉으면 그녀의 찍찍거리는 소리가 그냥 찍찍거리는 소리가 아님을 알게 된다.

찍찍거리기는 우리가 아무 생각 없이 행하는 습관의 하나이므로 요제피네의 청중 사이에서도 찍찍거리는 소리가 날 것으로 생각할 수 있다. 그녀의 기술을 접하면 우리의 기분이 좋아지고, 기분이 좋아지면 우리는 찍찍거리는 소리를 낸다. 하지만 그녀의 청중은 찍찍거리는 소리를 내지 않고 쥐 죽은 듯 조용하다. 마치 우리가 염원하던 평화를 갖게 되어 그로 인해 적어도 우리 자신이 찍찍거리지 못하게 된 듯 우리는 침묵한다. 우리를 황홀하게 하는 것은 그녀의 노래일까, 아니면 오히려 그 가냘픈 목소리를 에워싼 엄숙한 고요함일까?

한번은 요제피네가 노래 부르는 중에 어떤 어리석은 조그만 녀석이 순진하게 찍찍거리기 시작한 적이 있었다. 그런데 우리가 요제피네한테서 들은 것과 똑같은 소리였다. 저 앞쪽에서 나는 소리는 틀에 박혀 있음에도

여전히 수줍어하는 찍찍거리는 소리였고, 여기 관중
속에서 나는 것은 자기 자신을 망각한 어린아이다운
찍찍거리는 소리였다. 그 차이를 분간하기란 불가능할지도
모른다. 그러나 우리는 쉿 소리를 내고 찍찍거려서 그 어린
훼방꾼을 제압해 버렸다. 전혀 그럴 필요가 없었는데도
말이다. 그러지 않아도 그녀는 겁나고 수치스러워 분명
움츠러들었을 것이다. 반면에 요제피네는 큰 소리로
승리의 찍찍거림을 시작하면서 양팔을 활짝 벌린 채 목을
잔뜩 빼고 완전히 제정신이 아닌 상태였다.

아닌 게 아니라 그녀는 항상 그런 식이다. 온갖 사소한
일, 온갖 우연, 온갖 반항적 태도, 1층 관람석에서 딱
하는 소리, 이 가는 소리, 조명 장애, 이 모든 것을 자기
노래의 효과를 높이는 데 알맞다고 여긴다. 그녀의 의견에
따르면 그녀는 귀먹은 사람들 앞에서 노래를 부른다는
것이다. 열광과 박수갈채가 없진 않지만 그녀는 진정한
이해를 오래전에 포기해 버렸다고 말한다. 그러자 온갖
방해가 그녀에게 매우 중요해졌다. 외부로부터 그 노래의
순수성에 반대하는 모든 것, 쉬운 싸움으로, 즉 싸움 없이
단순히 반대하는 것에 의해 패배하는 모든 것이 대중을
일깨우는 데, 이해가 아니라 예감에 찬 존경심을 가르치는
데 기여할 수 있다.

사소한 일이 그녀에게 이렇게 도움이 되는데 하물며

커다란 일은 오죽하겠는가. 우리 삶은 매우 불안하고, 모든 날은 놀람과 불안, 희망과 공포를 가져다준다. 개개인이 이 모든 일을 감당해 낼 수 없으며, 매번 밤낮으로 동료들의 지원을 받을 수도 없다. 하지만 지원이 있어도 삶은 종종 꽤 힘들다. 가끔은 단 한 명이 져야 할 짐에 눌려 1000명의 어깨가 떨리기도 한다. 그럴 때 요제피네는 자기 시간이 왔다고 생각한다. 어느새 그녀가, 그 연약한 존재가 특히 가슴 아래를 불안하게 떨면서 그곳에 서 있다. 그녀는 온 힘을 노래에 집중하는 듯하고, 노래에 직접 도움이 되지 않는 그녀의 모든 것에서 그녀의 모든 힘, 살아가는 데 필요한 거의 모든 힘, 거의 모든 삶의 가능성을 빼앗은 듯하다. 그녀는 벌거벗겨진 채 체념한 듯하고, 단지 선한 영들의 보호에만 맡겨진 듯하고, 완전히 힘을 빼앗기고 이처럼 노래 속에 사는 동안 스치는 차가운 미풍도 그녀를 죽일 수 있을 것 같다. 하지만 바로 그 모습을 본 소위 우리의 적대자가 우리에게 말을 걸곤 한다. "그녀는 찍찍거릴 수조차 없어요. 노래가 아니라 — 노래에 관해서가 아닙니다 — 통상적인 찍찍거리는 소리를 어느 정도 짜내기 위해 끔찍할 정도로 노력해야 합니다." 우리에게는 그렇게 보인다. 그렇지만 앞서 언급했듯이 이는 사실 불가피하지만 빨리 지나가는 순간적인 인상이다. 이미 우리 또한 따스하게 몸과 몸을 맞대고 숨죽이며 귀 기울이는 대중의 느낌에 빠져든다.

거의 한시도 가만있지 않고 뛰어다니며 종종 그리 분명하지 않은 이유로 이리저리 쏜살같이 내달리는 우리 종족 사람들을 주위에 불러 모으기 위해 요제피네는 조그만 머리를 뒤로 젖히고 입을 반쯤 벌린 채 두 눈은 높은 곳을 향하고서 이제 노래를 시작할 생각임을 암시하는 자세를 취하는 것 외에는 대체로 아무것도 할 필요가 없다. 그녀는 자신이 원하는 곳에서는 어디서나 이런 동작을 취할 수 있다. 굳이 멀리 내다보이는 장소일 필요는 없다. 숨겨진 구석, 우연한 순간적인 기분으로 선택된 외진 곳도 마찬가지로 괜찮게 사용할 수 있다. 그녀가 노래를 부르려고 한다는 소식이 금방 퍼지고, 곧 기다란 행렬이 이어진다. 그런데 이따금 방해가 생기기도 한다. 요제피네는 흥분한 상태에서 노래 부르기를 선호하는데, 이런저런 걱정과 어려움이 우리를 다양한 길로 가게 하므로 아무리 해도 요제피네가 원하는 것만큼 그렇게 빨리 사람들이 모일 수 없다. 그러면 이번에 그녀는 청중이 충분히 모이지 않은 상태에서 과장된 몸짓을 취하며 한동안 그곳에 서 있는다. — 그러다가 물론 화가 나서 두 발을 쾅쾅 구르며 전혀 소녀답지 않게 욕설을 퍼붓고, 심지어는 물어뜯기도 한다. 하지만 그런 태도조차 명성에 해가 되지 않는다. 지나치다 싶은 그녀의 요구를 억제하기는커녕 사람들은 그것에 맞추려고 애를 쓴다. 청중을 불러 모으기 위해 심부름꾼들이 파견된다. 그런 일이 일어난다는 것은 그녀에게 비밀에 부쳐진다. 그럴 때면 주변의 길목에 다가오는 자들에게 빨리 서두르라고 손짓하는 보초가 세워진 것을 볼 수 있다. 이 모든 일은 마침내 상당한 수효의 청중이 모일 때까지 오랫동안 계속된다.

이 종족은 무엇 때문에 요제피네를 위해 그토록 애쓰는 걸까? 이는 요제피네의 노래에 관한 질문보다 답하기 쉬운 질문이 아니며, 이 두 질문은 물론 서로 관계가 있다. 가령 그 종족이 노래 때문에 무조건 요제피네에게 헌신한다고 주장할 수 있다면 그 질문을 취소하고 두 번째 질문과 완전히 합쳐질 수 있다. 하지만 실상은 그렇지 않다. 우리 종족은 무조건적인 헌신을 거의 알지 못한다. 무엇보다도 악의 없는 교활함을 사랑하는 이 종족, 어린아이다운 속삭임, 물론 순진무구한, 단순히 입술을 움직이는 수다를 사랑하는 이 종족은 무조건 헌신할 수 없으며, 이러한 점을 아마 요제피네도 느끼고 있다. 그녀가 약한 목으로 애써 싸우는 대상이 바로 그것이다.

물론 그러한 일반적인 판단으로 너무 지나쳐서는 안 된다. 그 종족은 요제피네에게 헌신하지만 다만 무조건은 아니다. 예컨대 그들은 요제피네를 비웃을 수 없을지도 모른다. 사람들은 이렇게 시인할 수는 있다. 요제피네의 많은 점이 웃게 만든다고. 그리고 웃음 그 자체는 언제나 우리 가까이에 있다. 우리 삶의 참담함에도 불구하고 조용한 웃음은 우리 곁을 거의 항상 떠나지 않는다. 그러나 우리는 요제피네를 비웃지 않는다. 나는 그 종족이 요제피네에 대한 관계를 이런 식으로 파악하고 있다는 인상을 종종 받는다. 즉 말할 수 없이 연약하고, 보살핌이 필요하며, 어딘가 탁월한 점이 있고, 그녀의 견해에 따르면 노래 부르는 능력이 탁월한 이 여성이 자신들의 손에 맡겨져 있고, 자신들이 그녀를 보살펴 주어야 한다고 말이다. 아무도 그 이유를 분명히 알지 못하지만 그 사실만은 확고해 보인다. 하지만 사람들은 자신들의 손에 맡겨진 것을 비웃지 않는 법이다. 그것을 비웃는 것은 의무를 저버리는 일이 될 것이다. 우리 중에서 가장 악의적인 자들이 가끔 "요제피네를 보면 웃음이 사라져 버려."라고 말한다면 그것은 가장 극단적인 악의다.

 그러므로 이 종족은 고사리 같은 손을 — 그것이 부탁하는 건지, 요구하는 건지 잘 모르겠지만 — 내미는 자식을 보살피는 아버지의 심정으로 요제피네를 보살펴 준다. 우리 종족이 그러한 아버지 같은 의무를 이행하는 데 부적합하다고 말할지도 모르지만 사실 그들은 적어도

이 경우에는 그 의무를 모범적으로 훌륭하게 수행하고
있다. 개인이 할 수 없는 일을 이런 점에서 종족 전체는
해낼 수 있다. 물론 종족 전체와 개인 간의 힘의 차이는
엄청나므로 종족은 피보호자를 따뜻한 자기 곁으로
끌어당기면 된다. 그러면 피보호자는 충분히 보호받는다.
물론 요제피네한테는 이런 일에 대해 감히 이러쿵저러쿵
말하지 않는다. "난 너희를 보호하기 위해 찍찍거리는
거야."라고 그녀가 말할 테니까. "그래, 그래, 넌 찍찍거리고
있어." 우리는 이렇게 생각한다. 게다가 그녀가 반기를
든다면 이는 정말이지 반박이 아니라 오히려 어린아이다운
고마움의 표시에 불과하고, 그런 것에 신경 쓰지 않는 것이
또한 아버지의 방식이다.

  그런데 우리 종족과 요제피네 사이의 이러한 관계로는
설명하기 더욱 어려운 또다른 문제가 있다. 말하자면
요제피네는 종족과 반대되는 의견을 가지고 있다. 자기가
종족을 보호하는 쪽이라고 생각한다. 소위 그녀의 노래는
정치, 경제적으로 열악한 상황에 놓인 우리를 구해 주고
있으며, 바로 그 노래가 그 일을 해내고 있다는 것이다.
그녀는 그 노래가 우리의 불행을 몰아내지 못한다고
하더라도 적어도 그것을 견딜 힘을 우리에게 준다고
생각한다. 그녀는 그런 사실을 말로 표현하지 않고, 다른
방법으로도 말하지 않는다. 그녀는 별로 말이 없으며, 입을

나불대는 사람들 틈에서 침묵을 지킨다. 그러나 그녀의 반짝이는 눈에서, 꼭 닫힌 입에서 — 우리 중 입을 다물고 있을 자가 매우 드물지만 그녀는 그럴 수 있다 — 그녀의 생각을 읽어 낼 수 있다. 나쁜 소식을 접하면 — 날이면 날마다 나쁜 뉴스들이 거짓 뉴스, 반쯤 진실인 뉴스와 한데 섞여 들어온다 — 그녀는 자리에서 벌떡 일어난다. 평소에는 피곤에 지쳐 자리에 눕겠지만 그녀는 몸을 일으켜 목을 쑥 빼고 폭풍우 앞의 목동처럼 가축 떼를 두루 살피려고 한다. 어린아이들도 분명 거칠게 떼쓰며 다짜고짜 비슷한 요구를 하지만 요제피네는 애들처럼 그렇게 막무가내로 요구하지 않는다.

    물론 그녀는 우리를 구원해 주지 않고, 우리에게 힘을 주지도 않는다. 이 종족의 구세주로 행세하기란 쉬운 일이다. 이 종족은 고통에 익숙하고, 자기 몸을 아끼지 않으며, 재빨리 결정을 내리고, 죽음을 잘 알고 있다. 겉보기에는 자신이 늘상 살아가는 무모한 분위기에서 불안해하며, 게다가 대담할 뿐 아니라 창작력이 풍부하다. — 이미 말했듯이 나중에 이 종족의 구세주인 양 행세하기란 쉬운 일이다. 이 종족은 희생을 치르더라도 늘 어떻게든 스스로를 구원해 왔다. 역사 연구자는 이 희생에 대해 — 대체로 우리는 역사 연구를 매우 소홀히 하고 있다 — 놀란 나머지 몸이 굳는다. 그렇지만 보통 때보다 곤경에 처할 때 우리가 요제피네의 목소리에 더욱 열심히 귀 기울이는 것은 사실이다. 목전에 다가온 위협은 우리를 더욱 조용하고 더욱 겸손하게 하며, 요제피네의 명령에 더욱 순응하게 만든다. 우리는 함께 모이기 좋아하고, 우리는 북적거리는 것을 좋아한다. 그것이 우리를 괴롭히는 주된 문제와 동떨어진 어떤 계기로 일어나기 때문에 특히 그러하다. 우리가 싸우기 전에 함께 평화의 잔을 너무 빨리 마시는 듯하다. ─ 그렇다, 서두를 필요가 있는데 요제피네는 그것을 걸핏하면 잊어버린다. 그것은 노래 공연이라기보다는 오히려 대중 집회에 가깝다. 집회 때는 앞에서 조그맣게 찍찍거리는 소리가 나는 것 외에는 쥐 죽은 듯 조용하다. 이 시간은 아무렇게나 지껄이며 보내기에는 너무 진지하다.

    그러한 상황은 물론 요제피네를 결코 만족시킬 수 없다. 요제피네는 자기 위치가 확실히 밝혀진 적이 한 번도 없다. 그로 인한 신경 과민성 불쾌감에도 불구하고 그녀는 자의식에 현혹되어 많은 것을 보지 못하며, 노력을 많이 하지 않음으로써 더욱 많은 것을 간과할 수 있다. 이러한 의미에서, 그러므로 사실 일반적으로 유익한 의미에서 아첨꾼 무리가 주위에서 줄곧 활동하고 있다. 그러나 그녀는 그저 곁다리로 주의를 끌지 못한 채 대중 집회가 벌어지는 한 귀퉁이에서 노래 부르는 일을 위해 그것이

그 자체로 결코 무의미한 일은 아니더라도 자기 노래를
희생하지는 않을 것이다.

    하지만 그녀는 그렇게 할 필요도 없다. 그녀의 예술이
주의를 못 끄는 것이 아니기 때문이다. 우리가 대체로
완전히 다른 일에 몰두해 있고, 노래를 듣기 위해 조용히
있는 것이 아니고, 몇몇은 위를 쳐다보는 게 아니라
옆 사람의 털에 얼굴을 파묻고 있어서 요제피네가 저
위에서 괜히 헛수고하고 있는 것처럼 보이지만 — 이는
부정할 수 없는 사실이다 — 그래도 그녀의 찍찍거리는
소리는 어쩔 수 없이 우리 귀에도 들어오고야 만다.
다들 침묵하는 곳에서 홀로 크게 울리는 이 찍찍거리는
소리는 마치 개개인에게 전하는 종족의 메시지처럼
들린다. 중대 결단을 내려야 하는 와중에 요제피네의
찍찍거리는 약한 소리는 적대적인 세상의 소용돌이
속에서 흡사 우리 종족의 가련한 실존처럼 생각된다.
요제피네는 목소리의 이러한 무(無), 성과의 이러한 무로
자신을 주장한다. 그리고 무가 우리에게 이르는 길을
마련해 준다고 주장한다. 그 점을 생각하는 것이 좋다.
훗날 우리 중에서 진정한 성악가가 나타난다면 우리는 그
시대에 분명 그를 견뎌 내지 못할 것이고, 그러한 무의미한
공연을 이구동성으로 거부할 것이다. 우리가 요제피네의
노래에 귀 기울이는 사실이 그 노래에 반대하는 증거라고

요제피네가 생각하지 않기를. 그녀도 어쩌면 그것을 예감할지도 모른다. 안 그러면 우리가 그녀에게 귀 기울이는 것을 그녀가 왜 그토록 격렬하게 부정하겠는가. 하지만 그녀는 자꾸만 노래를 부르고, 이 예감을 뛰어넘어 찍찍거리는 소리를 낸다.

하지만 그 외에도 그녀를 위한 하나의 위안거리가 여전히 있을지도 모른다. 우리가 어느 정도는 정말로 그녀에게 귀 기울이고 있다는 것이다. 성악 예술가에게 귀를 기울이는 것과 흡사하게 말이다. 그녀는 충분치 못한 수단으로 성악 예술가가 우리한테서 얻지 못하는 효과를 거둔다. 그것은 아마 어쩌면 우리의 생활 방식과 관계가 있을 것이다.

우리 종족은 청춘을 알지 못하고, 보잘것없는 어린 시절도 거의 알지 못한다. 그래서 아이들에게 특별한 자유를 보장해 주고 특별히 보살피자는 한결같은 요구가 등장한다. 별다른 걱정거리 없이 살아가고, 아무렇게나 뛰어다니며 놀 권리를 인정해 주고, 그것이 실현되도록 돕자는 것이다. 그런 요구를 하면 대부분 동의한다. 이보다 더 동의해야 할 것은 없을 것이다. 하지만 우리 실생활에서 이것만큼 승인해 주기 어려운 것도 없다. 사람들은 그 요구를 수긍하고, 들어주려고 노력하지만 이내 모든 게 허사가 된다. 우리 세상에서는 어린아이란 조금이나마 뛰어다니게 되어 주위 세계를 약간이나마 분간할 수 있게 되자마자 어른처럼 자기 자신을 돌보며 살아가지 않으면 안 된다. 우리가 경제적인 면을 고려해 뿔뿔이 흩어져 살아가야 하는 지역이 너무 넓고, 적도 너무 많으며, 예측 불가능한 위험이 사방에 도사리고 있다. 우리는 어린아이들을 생존 투쟁으로부터 멀리 떨어뜨릴 수 없다. 우리가 그런 일을 한다면 아이들의 때 이른 종말이 될 것이다. 이러한 슬픈 이유 외에 물론 긍정적인 면도 있다. 우리 종족의 다산성이 그것이다. 한 세대가 — 각 세대는 무수히 많다 — 다른 세대를 밀어붙이고, 아이들은 아이들로 있을 시간이 없다. 다른 종족의 아이들은 세심하게 보호받고, 아이들을 위한 학교를 세워 그곳에서 종족의 미래인 아이들이 매일 이 학교에서 쏟아져 나올지도 모른다. 하지만 그곳에서 나오는 아이들은 오랫동안 늘 같은 아이들이다. 우리에게는 학교가 없지만 우리 종족으로부터 아주 짧은 기간에 헤아릴 수 없을 만치 많은 아이가 쏟아져 나온다. 아직 찍찍거리지 못할 때는 즐겁게 쉿쉿 하거나 쨱쨱거리고, 아직 달리지 못할 때는 뒹굴거나 밀어 주면 떼구루루 굴러가기도 한다. 그리고 눈이 아직 보이지 않을 때는 덩어리를 이루고 있으므로 모든 것을 함께 쓸어가 버린다. 그들이 우리 아이들이다! 또 그들은 저 학교에서처럼 같은 아이들이 아니다. 그렇다,

늘 새로운 아이들이다, 끝없이 중단 없이 말이다. 아이는 나타나자마자 이미 더 이상 아이가 아니다. 그 뒤에 있는 아이들이 행복감에 취해 장밋빛 얼굴을 하고는, 숫자와 다급한 정도에서 구별되지 않은 상태로 이미 밀어붙이고 있다. 물론 무척 아름다운 일이긴 하고, 다른 종족들이 이 때문에 당연하게도 우리를 무척 부러워한다 해도 우리는 이 아이들에게 진정한 어린 시절을 마련해 줄 수 없다. 그것은 부수적 효과를 낳는다. 우리 종족에게는 어떤 사그라지지 않고 근절되지 않는 천진함이 배어 있다. 우리의 최대 장점인 올곧고 실제적인 상식과는 모순되게 우리는 가끔 터무니없이 어리석게 행동한다. 이는 아이들의 어리석은 짓거리와 똑같다. 무의미하고 낭비적이며, 통 크고 경솔하게 행동하고, 이 모든 것을 때로는 그냥 재미 삼아 한다. 그에 대한 우리의 기쁨이 물론 어린아이들이 갖는 온전한 기쁨의 힘을 더 이상 가질 수는 없지만, 이 기쁨에는 어느 정도의 활력이 여전히 확실히 살아 있다. 요제피네도 우리 종족의 이러한 천진함으로부터 옛날부터 이득을 보고 있다.

하지만 우리 종족은 천진할 뿐 아니라 어떤 의미에서는 쉬 늙기도 한다. 우리의 경우에는 유년과 노년이 다른 종족과는 다르게 진행된다. 우리는 청춘 시절 없이 곧바로 어른이 된다. 그래서 어른으로 지내는 기간이 너무 길다. 그로 인한 일종의 권태와 절망적 상황이 대체로 아주 강인하고 희망에 찬 우리 종족의 본질에 폭넓은 흔적을 남긴다. 어쩌면 우리의 비음악성도 그것과 관계있을지도 모른다. 우리는 음악을 하기에는 너무 늙었고, 음악이 주는 흥분과 날아오르는 기분은 우리의 무거움과 맞지 않는다. 우리는 피곤해서 손짓으로 음악을 제지한다. 그래서 우리는 찍찍거리는 것으로 움츠러들었다. 가끔 조금 찍찍거리는 소리를 내는 것, 그것이 우리에게 제격이다. 우리 중에서 음악적 재능을 지닌 사람이 있는지 누가 알겠는가. 하지만 그런 사람이 있다고 해도 우리 동포의 성격이 그 재능을 계발하기도 전에 억압해 버릴 것이다. 반면에 요제피네가 자기 뜻대로 찍찍거리거나 노래를 부르든, 또는 무슨 이름을 붙이든 간에 그것은 우리를 방해하지 않고 우리에게 부응한다. 우리는 그것을 웬만큼 참아 낼 수 있다. 그 안에 뭔가 음악적 요소가 들어 있다면 무로 축소되어 아주 눈곱만큼 들어 있다. 그러므로 어떤 음악적 전통이 보존되어 있다면 이것은 우리를 조금도 힘들게 하지 않을 전통이다.

하지만 요제피네는 이런 기분을 느끼는 이 종족에게 더욱 많은 것을 가져다준다. 그녀의 음악회에서, 특히 자못 사태가 심각할 때 가수 그 자체로서 그녀에게 관심을 보이는 사람들은 아주 젊은 사람들뿐이다. 그녀가 입술을

비죽이며 귀여운 앞니들 사이로 공기를 내뿜는 모습을
그들은 놀라운 눈길로 지켜본다. 그녀는 자신이 만들어
내는 음에 경탄하며, 점점 생기를 잃어 가며 쓰러질
것 같은 이 기분을 이용하여 점점 더 알 수 없게 되는
자신의 예술 행위에 새로 불을 지폈다. 반면에 눈앞의
대중은 — 이 점은 분명히 알 수 있다 — 자기 본연의
모습으로 되돌아왔다. 이들이 서로 싸우는 짧은 막간에
사람들은 여기서 꿈을 꾼다. 개개인은 사지의 힘이 풀린
듯한 느낌이 들고, 쉬지 못한 자는 편한 마음으로 널찍하고
따스한 침대에서 피로를 풀며 팔다리를 한번 쭉 뻗어도 될
것 같은 느낌을 받는다. 그리고 이렇게 꿈을 꾸는 가운데
가끔 요제피네의 찍찍거리는 소리가 들려온다. 요제피네는
이를 은쟁반에 옥구슬 구르는 소리 같다고 하고, 우리는
심금을 울리는 소리라고 한다. 하지만 어쨌거나 일찍이
거의 그런 적이 없었는데 음악이 자신을 기다리는 순간을
발견함으로써 사람들에게는 다른 그 어디보다도 이곳이
안성맞춤인 장소다. 그 안에는 무언가 가련하고 짧은
어린 시절이 담겼고, 잃어버려 다시는 찾을 길 없는
행복이 깃들어 있다. 하지만 무언가 활동적인 일상생활도
담겼으며, 이해할 수 없지만 그럼에도 자꾸 솟아 나와
억누를 길 없는 약간의 명랑한 기분도 담겨 있다. 그런데
사실 이 모든 건 커다란 음으로 표현되는 게 아니라 나직이

속삭이는 소리로 친밀하게, 때로는 약간 쉰 목소리로 표현된다. 물론 찍찍거리는 소리다. 당연히 그러하지 않겠는가? 찍찍거리는 소리는 우리 종족이 쓰는 언어이며, 어떤 사람은 평생 찍찍거릴 뿐인데 그런 사실을 알지 못한다. 하지만 여기서 찍찍거리는 소리는 일상생활의 질곡에서 벗어나 있고, 아주 짧은 동안이나마 우리를 해방하기도 한다. 정말이지 이런 공연이 없으면 우리가 무슨 재미로 살겠는가.

그렇다고 해서 요제피네가 그런 기회에 우리에게 새 힘을 불어넣어 준다고 주장한다면 얼토당토않은 이야기다. 물론 이는 평범한 사람들에게 해당하지 요제피네에게 아첨하는 무리에게는 해당하지 않는 말이다. "달리 어떻게 설명하겠어." 이들은 솔직히 용기를 내서 말한다. "특히 곧 위험이 닥쳐올 것이 뻔한데 사람들이 잔뜩 모여드는 현상을 달리 어떻게 설명하겠나. 그래서 사실 이러한 위험을 피하려고 제때 취한 적절한 조처가 이미 여러 번 방해받지 않았는가." 안타깝게도 나중의 말이 사실이며, 특히 다음과 같은 사실을 덧붙일 때 이는 요제피네에게는 아무래도 명예롭지 않은 일이 될 것이다. 그러한 집회 때 예기치 않게 적의 습격을 받아 사람들이 강제로 뿔뿔이 흩어지게 되었을 때 우리 중 일부는 목숨을 잃기도 했다. 정말이지 제 노래로 적을 불러들인 셈이 되어 이 모든 일에

책임 있는 요제피네는 늘 가장 안전한 자리를 차지하고
있다가 추종자들의 호위를 받으며 아주 조용히 제일 먼저
서둘러 사라졌다. 하지만 이도 대체로 다들 아는 사실이다.
그렇지만 막상 요제피네가 다음번에 자기 마음대로 언제
어디서 노래를 부른다고 하면 다시 사람들이 우르르
몰려든다. 이런 사실로 볼 때 요제피네는 모든 사람을
위험에 빠뜨리더라도 자기 하고 싶은 대로 해도 되고, 무슨
일을 하든 용서받는다. 그러므로 그녀는 거의 법 바깥의
존재라고 결론 내릴 수 있을 것이다.

　사정이 이러하긴 하지만 요제피네의 요구도 충분히
이해할 만할지도 모른다. 그러니까 종족 사람들이
그녀에게 부여하는 이 자유라는 것에서, 그 외 다른
사람에게는 아무에게도 허용하지 않고, 사실 법을 위배해
오직 그녀에게만 예외적으로 허용하는 이 선물에서 그녀가
주장하듯이 사람들이 자신을 이해하지 못한다는 사실을
고백하고 있음을 알지도 모른다. 사람들은 그녀의 예술에
넋을 잃고 놀라 멍하니 바라보면서 자신들은 그걸 누릴
자격이 없다고 느낀다. 그래서 그녀에게 가해지는 이러한
아픔을 덜어 주려고 그녀를 위해 필사적으로 몸 바쳐
희생하는 것이다. 대중이 그녀의 예술을 이해하지 못하는
것과 마찬가지로 그녀라는 인물과 그녀의 소망도 그들
마음대로 할 수 없다. 그런데 이는 물론 전혀 맞지 않은

말이다. 사람들 개개인은 어쩌면 요제피네에게 너무 쉽게 굴복할지 모르지만 대체로 이들이 아무에게나 무조건 굴복하는 것은 아니므로 그녀에게도 마찬가지라고 할 수 있다.

이미 오래전부터, 그녀는 아마 가수 생활을 시작할 때부터 노래한다는 핑계로 일상적인 일은 면제받으려고 투쟁해 왔다. 그러므로 그녀는 일용할 양식을 얻기 위한 걱정과 그 밖에 우리의 생존 투쟁과 관련되는 일을 일절 하지 않고 — 다분히 — 전체 종족이 이를 대신 떠맡아야 한다. 쉽게 감격하는 자라면 — 그런 자들도 있다 — 이러한 요구가 특이하다는 사실만으로도, 그녀가 그런 요구를 생각해 낼 정신 상태에 있다는 사실만으로도 벌써 그녀에게 내적으로 그럴 자격이 있다고 결론 내릴지도 모른다. 그렇지만 우리 종족은 다른 결론을 이끌어 내고 그녀의 요구를 조용히 거절한다. 그런 요구의 부당함을 지적하는 것은 그리 어렵지 않다. 예를 들어 요제피네는 힘들게 일하면 자기 목소리에 좋지 않다는 점을 지적한다. 사실 노래할 때의 고충에 비하면 일할 때의 고생은 별 게 아니지만 노래하고 나면 푹 쉬며 새로운 노래를 하기 위한 힘을 비축해야 하는데 그럴 수 없다는 것이다. 그리하여 완전히 파김치가 될 수밖에 없을 테고, 그런 상태에서는 결코 최고의 성과를 낼 수 없다는 것이다. 사람들은 그 말에 귀 기울이지만 그냥 건성으로 들을 뿐이다. 이 종족은 쉽게 감격하지만 때로는 전혀 감격하지 않기도 한다. 때로는 너무 매정하게 거절하는 바람에 요제피네조차 놀라 어안이 벙벙해진다. 곧 현실에 순응하는 모양인지 그녀는 적당히 일하며 되도록 훌륭하게 노래 부르지만 이 모든 것도 한순간에 그칠 뿐이다. 그러고 나서 새로 힘을 — 그녀는 그런 힘을 무한정 많이 갖고 있는 모양이다 — 내서 다시 싸움을 시작한다.

그런데 요제피네는 자신이 실제로 원하는 것을 분명 말로 요구하지 않는다. 그녀는 분별력 있고, 우리 모두가 그러듯이 일을 꺼리지 않는다. 그녀는 제 요구가 받아들여진 후에도 분명 예전처럼 살 것이고, 일이 그녀의 노래를 결코 방해하지 않을 것이다. 물론 그녀의 노래도 더 아름다워지지 않을 것이다 — 그러므로 그녀는 자신의 예술이 지금까지 알려진 모든 걸 훌쩍 뛰어넘어 시대를 초월해 공공연히 확실한 인정을 받기를 원한다. 다른 모든 일은 거의 성취될 것 같지만 이 일만은 아무래도 뜻대로 되지 않을 듯하다. 어쩌면 처음부터 다른 곳을 공격해야 했는지도 모르고, 어쩌면 지금 와서 실수한 것을 스스로 알게 되었는지도 모른다. 하지만 이젠 더 이상 뒤로 물러설 수도 없고, 후퇴하면 스스로를 배반하는 것이 될지도 모른다. 이런 요구를 한 결과 그녀는 결국 일어서거나 넘어질 수밖에 없다.

    그녀 말대로 정말 적이 있다면 그들은 직접 손가락 하나 까딱하지 않고도 흥미 있게 이 싸움을 지켜볼 수 있을 것이다. 하지만 그녀에게는 적이 없다. 몇몇이 가끔 그녀에게 이의를 제기한다고 해도 아무도 이 싸움을 흥미 있게 바라보지 않을 것이다. 평소의 우리 모습과는 완전 딴판으로 사람들이 여기서 재판관 같은 냉정한 태도를 보이기 때문은 아니다. 이런 경우에 이런 태도를 보이는 걸 수긍하는 사람이 있다고 하더라도 언젠가 사람들이 자신에 대해서도 비슷한 태도를 취할지 모른다는 생각만 해도 즐거운 기분이 싹 달아나 버린다. 사실 요구하는 경우와 비슷하게 거절하는 경우 문제의 관건이 되는 것은, 그 일 자체가 아니라 같은 종족의 사람이 도저히 뚫고 들어갈 수 없을 정도로 빗장이 꼭꼭 잠겨 있다는 사실이다. 다른 점에서는 이들이 이러한 같은 종족의 사람에게 사실 아버지처럼, 아니 아버지 이상으로 염려하는 마음으로 잘 돌봐 주기 때문에 그만큼 더욱 뚫고 들어갈 수 없다.

    가령 여기에 여러 사람이 아니라 한 명의 개인이 있다고 치자. 이 남자가 굴종의 세월에 언젠가는 종지부를 찍어야겠다는 염원을 늘 마음에 품고 요제피네에게 내내 굴복하고 있다고 생각해 보자. 그는 참고 희생하는데도 어느 정도 한계가 있으리라는 확고한 믿음을 품고 초인적으로 굴복을 거듭해 왔다. 정말이지 그가 필요 이상으로 계속 굴복하는 것은 단지 일을 빨리 끝맺기 위해서다. 즉 요제피네의 응석을 받아줘서 계속 새로운 소망을 피력하게 하여 그러다가 정말 최종적인 요구를 제기하게 하기 위해서다. 그러면 물론 오랫동안 준비한 대로 매몰차게 결정적인 퇴짜를 놓겠다는 것이다. 그런데 실제로는 일이 이런 식으로 흘러가지 않는다. 그런 술수를 쓸 필요가 없다. 게다가 요제피네에 대한 이들의 숭배는 솔직하고 믿을 만하다. 물론 요제피네의 요구가 너무 심해서 누구든 그녀에게 그 결과를 미리 말해 줄 수 있었을지도 모른다. 그럼에도 요제피네가 그 일에 대해 품은 견해에는 그러한 추측도 함께 작용하고 있어서 퇴짜 맞은 자의 고통을 더욱 쓰라리게 할지도 모른다.

하지만 그녀는 그런 것에 겁먹어 싸움을 그만두지 않는다. 심지어 최근 들어서는 싸움이 더욱 격화하고 있다. 지금까지는 그냥 말로 싸웠지만 이제부터는 다른 수단을 사용하기 시작한다. 그 수단이 그녀의 견해로는 더 효과적일지 모르지만 우리 견해로는 그녀에게 더욱 위험하다.

일부 사람들은 요제피네 자신이 늙어 간다고

느끼고, 목소리의 힘이 약해져서 그토록 집요하게
군다고 생각한다. 그래서 자신이 인정받기 위한 최후의
일전을 벌일 절호의 기회가 왔다고 생각하는 것 같다는
것이다. 나는 그렇게 생각하지 않는다. 그게 사실이라면
요제피네는 더 이상 요제피네가 아닐지도 모른다. 그녀는
늙어 가지도 않고 목소리 힘이 약해지지도 않기 때문이다.
그녀가 무언가를 요구한다면 외적인 일 때문이 아니라
내적인 정연한 논리 때문이다. 그녀가 가장 영예로운 관을
얻으려고 손을 내미는 것은 그것이 현재 약간 낮은 곳에
걸려 있어서가 아니라 가장 영예로운 것이기 때문이다. 할
수만 있다면 그녀는 그 관을 보다 높은 곳에 걸어 둘지도
모른다.

이처럼 외적인 어려움을 무시하기 때문에 그녀는
더없이 비열한 수단을 사용하는 것도 마다하지 않는다.
그녀에게 자신의 권리는 의심할 여지가 없다. 그러므로
어떻게 얻는가가 중요한 문제다. 그녀의 말을 빌리면 특히
이 세상에는 정직한 수단 같은 건 통하지 않기 때문이라고
한다. 심지어 이런 이유로 자신의 권리를 얻기 위한 투쟁을
노래의 영역에서 그녀에게 별로 소중하지 않은 다른
영역으로 옮긴 모양이다. 추종자들이 퍼뜨리는 소문에
의하면 그녀는 온갖 계층의 사람들부터 내심 반대하는
사람들에 이르기까지 실제로 즐겁다고 생각하도록 노래

부를 능력이 있다고 느낀다. 그 실제적인 즐거움이란
옛날부터 요제피네의 노래를 듣고 느꼈다고 주장하는
사람들 수준에서의 즐거움이 아니라 요제피네가 요구하는
수준에서의 즐거움을 말한다. 하지만 그녀가 덧붙인
말에 따르면 자신은 고상한 것을 그렇지 않다고 속이거나
천박한 것에 아첨할 수 없기 때문에, 자신의 노래가 있는
그대로의 모습에 머물 수 없다는 것이다. 그러나 그녀가
일에서 벗어나려 투쟁할 때는 사정이 다르다. 그것은
사실 그녀의 노래를 둘러싼 투쟁이기도 하지만 여기서는
노래라는 귀중한 무기를 가지고 직접 투쟁하지는 않는다.
어떤 수단을 사용하든 다 괜찮다는 것이다.

그래서 이를테면 이런 소문이 돌았다. 사람들이
그녀의 뜻에 따르지 않으면 그녀는 장식음을 생략할
생각이라고 한다. 나는 장식음이 무엇인지 알지 못하며,
그녀의 노래에 장식음 요소가 있다는 언급을 한 적도
없었다. 하지만 요제피네는 장식음을 생략하겠다고 한다.
잠시 없애 버리겠다는 것이 아니라 그냥 생략하겠다는
것이다. 그녀는 말로만 하던 위협을 그대로 실행했는데
물론 내가 볼 때는 예전 공연과의 차이점이 눈에 띄지
않았다. 사람들은 다들 장식음에 대해 아무 말도 하지
않고 예전처럼 귀를 기울였고, 요제피네의 요구를 어떻게
다루느냐 하는 문제도 변하지 않았다. 아닌 게 아니라

요제피네에게는 그녀의 자태에도 그렇듯이 그녀의 생각에도 때로는 어딘지 모르게 우아한 점이 있음을 부인할 수 없다. 그래서 이를테면 그녀는 공연이 끝난 뒤 장식음에 대한 결심이 사람들에게 너무 가혹하거나 너무했다는 듯이 이다음에는 장식음을 완전히 넣어 노래 부르겠다고 설명했다. 하지만 다음 음악회가 끝난 뒤에는 이젠 위대한 장식음을 완전히 그만두겠다고 다시 생각을 바꾸었다. 요제피네에게 유리한 결정이 내려지기 전에는 장식음이 다시 나타나지 않을지도 모른다. 그런데 근본적으로 호의적인 생각을 품고 있지만 이를 들어줄 수 없는 탓에 사람들은 아이가 지껄이는 말을 어른이 마음속으로 건성으로 듣는 것처럼 이 모든 선언과 결심, 그리고 결심의 번복을 그냥 흘려듣는다.

하지만 요제피네는 굴복하지 않는다. 예컨대 최근에 일을 하다가 발을 다쳤다고 주장했다. 그래서 노래를 부를 때 서 있기가 힘들다고 한다. 하지만 그녀는 서서만 노래 부를 수 있기에 이젠 심지어 노래를 생략하지 않을 수 없다는 것이다. 그녀는 다리를 절면서 추종자들의 부축을 받지만 그녀가 진짜 다쳤다고는 아무도 생각하지 않는다. 그녀의 작은 몸이 특별히 민감하다는 것은 인정한다고 해도 우리는 일하는 종족이고 요제피네도 같은 종족에 속한다. 그러나 우리가 찰과상을 입어 다리를 절기라도 하면 종족 전체가 다리 저는 일을 결코 그만두지 못할지도 모른다. 다만 그녀가 절름발이처럼 남의 손에 이끌린 채 이러한 가여운 상태로 평소보다 더 자주 모습을 드러낸다 해도 사람들은 그녀의 노래를 고맙게 들으며 예전처럼 황홀해하면서도 노래를 생략했다 해서 그리 호들갑을 떨지는 않는다.

    요제피네는 줄곧 다리를 절 수는 없기에 무언가 다른 것을 생각해 낸다. 피곤하다든가, 기분이 좋지 않다든가, 몸이 쇠약하다든가 하는 핑계를 댄다. 그러다가 이젠 음악회 말고 연극에 등장한다. 요제피네의 뒤에는 추종자들이 따라 나와 노래를 불러 달라고 부탁하며 애원한다. 그녀는 노래를 부르고 싶지만 부를 수 없다. 사람들은 그녀를 위로하고, 그녀에게 아첨하며 달라붙고, 거의 안다시피 해서 그녀가 노래 부르도록 미리 골라 둔 장소로 데려간다. 결국 그녀는 까닭 모를 눈물을 터뜨리며 이들의 요구에 응한다. 그녀는 젖 먹던 힘까지 내서 노래를 부르려고 하지만 힘이 없는지 평소처럼 두 팔을 활짝 벌리지 않고 몸 양옆에 맥없이 축 늘어뜨린다. 그 모습은 팔이 너무 짧지 않은가 하는 인상을 준다. 이런 자세로 노래를 시작하려고 하지만 이제 다시 노래가 제대로 되지 않는다. 기분이 나쁜지 머리를 절레절레 흔드는 것으로 이를 알 수 있다. 그리고 우리 눈앞에 풀썩 쓰러지고 만다.

그다음에 물론 힘들여 몸을 벌떡 일으켜 노래를 부른다. 내가 듣기에 지금까지와 그리 다르지 않은 노래다. 혹시 아주 미묘한 차이를 식별하는 귀를 가진 사람이라면 그녀가 이례적으로 흥분해서 노래 부르고 있다는 사실을 알아차릴지도 모른다. 그렇지만 이러한 흥분은 이 일에 적지 않게 도움이 된다. 그런데 노래를 끝내도 이전보다 덜 피곤한 모습이다. 그녀는 추종자들의 부축을 뿌리치고 존경하는 마음에서 그녀에게 길을 비켜 주는 사람들을 차가운 눈초리로 살피며 흔들림 없는 발걸음으로 멀어져 간다. 급히 서두르는 그녀의 총총걸음을 그렇게 부를 수 있을지 모르겠지만 말이다.

얼마 전에 그런 일이 일어났다. 그런데 최신 소식에 의하면 그녀가 노래 부를 시간에 사라졌다고 한다. 추종자들뿐 아니라 많은 사람이 찾아 나섰지만 헛수고에 불과했다. 요제피네는 실종되었다. 노래를 부르고 싶지 않고, 그런 부탁을 받는 것마저 싫어져서 이번에는 완전히 우리 곁을 떠났다.

그녀가 계산을 잘못한 것이 참으로 이상하다. 현명한 그녀가 계산을 너무 잘못했다. 사람들은 그녀가 도통 계산이라는 건 하지 않고 우리 세상에서 아주 비극적으로 될 수밖에 없는 그녀의 운명에 계속 휩쓸린다고 생각할지도 모른다. 그녀는 스스로 노래

부르는 것을 회피하고 사람들 마음을 사로잡은 힘을
스스로 파괴해 버린다. 사람들의 마음을 이토록 알지
못하면서 어떻게 이러한 힘을 얻었을까. 그녀는 자취를
감추고 노래를 부르지 않는다. 그러나 사람들은 차분히
크게 실망한 기색도 없이 당당하고 편안한 마음으로
살아간다. 겉모습은 그와 다르게 말할지라도 이런
성품을 지닌 이들은 선물을 줄 뿐 결코 받을 수는 없다.
요제피네한테서도 선물을 받을 수 없는 이들은 계속
자신의 길을 간다.

    하지만 요제피네는 몰락의 길을 걸을 수밖에 없다.
머지않아 마지막으로 찍찍거리다가 마침내 잠잠해지는
때가 올 것이다. 그녀는 우리 종족의 장구한 역사에서
하나의 에피소드에 지나지 않으며, 사람들은 그녀 없이도
이겨 낼 것이다. 물론 우리 삶이 평탄하지는 않으리라.
입을 꾹 다물고 어떻게 집회를 열겠는가? 하기야
요제피네가 있을 때에도 집회에서 입을 다물고 있지
않았던가? 그녀가 실제로 찍찍거리는 소리는 우리가 그에
대해 가진 기억보다 훨씬 더 크고 생기 있는 것이었을까?
그녀가 살았을 때도 이미 그 소리는 우리의 단순한 기억 그
이상이었을까? 사람들은 오히려 그녀의 노래가 바로 이런
식으로 잊히지 않았기에 지혜롭게도 그것을 그토록 높은
자리에 세워 두지 않았을까?

어쩌면 우리는 그녀 없이는 결코 살아갈 수 없을지도 모른다. 하지만 그녀의 견해에 의하면 그녀는 선택된 자들만 겪는 지상의 고난에서 구원되어 우리 종족의 무수한 영웅 무리 속으로 즐겁게 사라질 것이다. 그런데 우리는 허세를 부리는 사람이 아니므로 얼마 안 가 그녀는 더욱 높은 단계로 구원받아 그녀의 모든 형제와 마찬가지로 잊힐 것이다.

편지들

카프카는 오랜 기간에 걸쳐 편지를 썼다. 특히 펠리체와 밀레나에게 보낸 편지는 20세기의 위대한 서간문의 하나라고 할 수 있다. 카프카가 약혼녀 펠리체 바우어에게 보낸 엄청난 분량의 편지는 작가가 남긴 가장 개인적인 문서 중 하나다. 1912년 8월 13일, 카프카는 친구 막스 브로트의 집에서 베를린 속기사 펠리체 바우어를 만났다. 1912년 9월 20일부터 1917년 10월 16일까지 카프카와 펠리체 바우어가 주고받은 500여 통의 편지와 엽서에는 처음에는 주저하다 급속하게 관계가 진전된 두 연인의 교류, 미래를 함께하기 위한 사랑 싸움, 첫 번째 약혼과 두 번째 약혼의 실패, 1917년 말 최종 결별할 때까지의 솔직한 심정이 고스란히 담겨 있다. 1919년 카프카는 초기 작품의 체코어 번역이 계기가 되어 밀레나 예센스카와 처음 만난다. 이 무렵 카프카는 율리 보리체크와 약혼한 상태였으나 아버지의 반대로 결혼할 가망은 보이지 않았다. 밀레나는 은행원이자 문학 애호가인 에른스트 폴라크와 결혼한 상태였으나 서서히 파국으로 치닫고 있었다. 카프카와 밀레나가 만난 것이 이 무렵이었고, 그 후 편지를 통한 열정적인 교제가 시작된다. 누이 오틀라에게 보낸 편지는 세 여동생 중 카프카가 가장 좋아했던 누이와의 친밀함을 보여 주는 감동적인 증언이다. 아버지에게 보낸 편지에서는 재능이 뛰어난 아들과 아버지의 위태로운 관계가 드러나는데, 카프카는 아버지를 아들의 생활 방식에 극히 비판적인 독재자로 묘사하고 있다. 막스 브로트를 비롯하여 펠릭스 벨치, 오스카 바움, 프란츠 베르펠 등 여러 친구에게 보낸 편지는 보기 드문 우정의 기록이다. 카프카는 편지 왕래로 인간적 접촉의 불충분함을 보충하고 위협적인 고독을 완화했다. 편지를 통해 우리는 고독과 공동체의 경계선에 선 카프카가 공동 사회에 편입해 고독과 불안에서 벗어나려고 갈망하는 모습을 볼 수 있다.

편지들

1902년 2월 4일. 오스카 폴라크[1]에게

우리가 함께 대화를 나눈 지 어언 삼 년이 되었어. 그래서 많은 일에서 네 것 내 것을 분간하기 어려워. 어떤 것이 내 말이고, 어떤 것이 자네 말인지 헷갈릴 때가 가끔 있어. 어쩌면 자네도 마찬가지일 거야.

1902년 8월 24일. 오스카 폴라크에게

알다시피 괴테에 관한 기념품으로 우리가 가질 수

---

[1] 오스카 폴라크(Oskar Pollak, 1883~1915). 카프카의 김나지움 동창생. 대학 시절까지 카프카와 가깝게 지냈다. 화학, 철학, 고고학과 미학을 공부하면서 '프라하 독일 대학생 독서 토론회'에 참여했다. 1차 세계 대전 시 지원병으로 입대했다가 오스트리아-이탈리아 전선에서 전사했다.

있는 가장 성스러운 것은 시골길을 돌아다니던 그의 고독한 발걸음의 발자취들…… 바로 그것들이야.

   1903년 9월 6일. 오스카 폴라크에게
   나는 다음과 같은 의미 있고 격조 있는 문장을 쓰고 있어.
   "은둔 생활은 거슬린다. 자신의 알을 정직하게 온 세상에 내놓아라. 그러면 태양이 부화시켜 줄 것이다. 자신의 혀 대신 차라리 삶을 물어뜯어라. 두더지와 그와 같은 종을 존중하되 그것을 자신의 성인으로 삼지는 말아라."

   1903년 12월 20일. 오스카 폴라크에게
   어제저녁 나는 이런 생각에 사로잡혔어. 우리 인간은 온 힘을 쏟고 서로 사랑하면서 서로 도울 때만 지옥 같은 이 심연 위에서 그럴듯한 높이를 유지할 수 있다고.

   1904년 1월 27일. 오스카 폴라크에게
   최근 며칠 동안 펜을 손에 잡을 수 없었어.

망원경으로도 조망할 수 없을 정도로 자꾸만 차곡차곡 높이 쌓아 올려만 가는 삶을 조망할 때 양심이 안정을 얻을 수 없기 때문이지. 하지만 양심이 큰 상처를 입는 것은 좋은 일이야. 그럼으로써 양심이 어떤 물린 상처에도 더 민감해지기 때문이야. 내 생각에 사람을 물고 찌르는 그런 책들을 읽어야 할 것 같아. 우리가 읽는 책이 주먹으로 쳐서 우리 정수리를 일깨우지 않는다면 무엇 때문에 책을 읽는단 말인가? 자네가 편지에서 썼듯이 책이 우리를 행복하게 해 주도록 하기 위해서?

사실 책 없이도 우린 행복할 거야. 우리를 행복하게 해 주는 책들을 부득이하다면 우리가 직접 쓸 수도 있을 거야. 하지만 우리에게 필요한 것은 이런 책들이야. 우리가 뭇 인간들을 떠나 숲으로 쫓겨나기라도 할 때처럼, 우리를 너무나 고통스럽게 하는 불행과도 같이, 우리가 우리 자신보다 더 좋아한 사람의 죽음과도 같이, 자살과도 같이 작용하는 그런 책들 말이야. 책은 우리 내면의 얼어붙은 바다를 깨는 도끼여야 하네. 내 생각은 그렇다네.

1904년 가을로 추정됨. 막스 브로트[2]에게
자네가 『토니오 크뢰거』[3]에 대해 한마디도 쓰지 않은 것이 의아해. 그래서 스스로에게 이렇게 말했네.

"내가 편지를 받으면 얼마나 기뻐하는지 그는 알고 있다. 그리고 『토니오 크뢰거』에 대해서는 무슨 말을 해야 한다. 그러니 그가 편지를 쓴 것이 분명하다. 그러나 폭우나 지진 같은 우연한 일이 벌어진다. 그 편지는 사라진 것이다." 그러나 그런 후 곧 이런 착상에 화가 났어. 편지 쓸 기분이 아니었거든. 그러고는 쓰이지 않은 편지에 답장해야 하는 것에 툴툴거리면서 쓰기 시작했어.

2   막스 브로트(Max Brod, 1884~1968). 체코 프라하 출생의 유대계 작가이자 평론가. 카프카는 1902년 브로트의 강연 「쇼펜하우어 철학의 운명과 미래」에서 그를 알게 되었다. 카프카 생전에는 브로트의 문학 활동이 카프카보다 더 활발했다. 그의 소개로 카프카는 많은 문우를 알게 되었다. 펠리체를 알게 된 것도 브로트의 집에서였다. 카프카는 그를 사후 유언 집행자로 지명하며 자신의 모든 글을 불태워 달라고 유언했다. 하지만 브로트는 카프카의 작품을 사장하는 것은 문화적으로 무책임한 행동일 수 있다고 판단하고 카프카의 생애와 생각을 세상에 알리는 것을 윤리적 의무라고 믿었다. 브로트는 카프카를 "우리 시대의 가장 위대한 작가"라고 칭송했다. 1938년 팔레스타인으로 이주하기 전까지 《프라하 일간》의 편집 주간을 맡아 여러 작가를 도왔다. 이스라엘에서는 하비마 극장을 맡아 시온주의자로서 이상주의적 문화 활동을 벌였다.
3   시민성과 예술성의 대립을 다룬 토마스 만(Thomas Mann, 1875~1955)의 유명한 중편. 카프카는 《디 노이에 룬트샤우》에 실린 이 작품을 읽고 감동받았다.

1904년 8월 28일. 막스 브로트에게

누가 삶의 목적을 묻는다면 우리는 초봄에는 손을 펴서 흔드는 것으로 답을 대신하곤 하지. 그러다가 잠시 후에는 손을 내리게 되는 거야. 확실한 사물을 마법으로 불러들이는 일이 우스꽝스러우리만치 불필요하듯이 말이야.

1910년 12월 4일. 막스 브로트에게

가장 친애하는 막스, 차이점은 이거야. 파리에서는 속고, 여기서는[4] 속인다는 거지. 웃지 않을 수 없어. 토요일, 기차에서 내리는 즉시 실내 극장에 갔네. 미리 예매하는 재미를 알게 됐지. 오늘은 「아나톨」[5]을 보러 가네.

1910년 12월 15일. 막스 브로트에게

오늘 밤에는 가지 않겠어. 월요일 아침까지, 바로 그 최후의 순간까지 혼자 있을 생각이야. 나 자신을 바짝

---

4 베를린을 말한다.
5 아르투어 슈니츨러(Arthur Schnitzler, 1862~1931)의 첫 희곡이다.

뒤따르는 이것이 아직은 나를 뜨겁게 하는, 무엇보다도 건전한 기쁨이지. 그것이야말로 보통 나의 내부에서 불안을 일으키는 것이며, 거기에서 비로소 유일하게 가능한 마음의 평정이 생겨나는 게 아닌가.

1912년 8월 14일. 에른스트 로볼트에게
작가들의 가장 널리 퍼진 특성은 모든 작가가 아주 특별한 방법을 사용해 자신들의 결점을 은폐한다는 사실입니다.

1912년 9월 20일. 펠리체 바우어에게
당신이 저에 대해 더 이상 조금도 기억하지 못할 수도 있으므로 다시 한번 저 자신을 소개합니다. 제 이름은 프란츠 카프카이고, 그날 저녁 프라하의 브로트 은행장님 댁에서 처음으로 당신과 인사한 사람입니다. 처음 맞이한 사람, 그런 다음 이탈리아 여행 사진들을 한 장씩 테이블 너머로 건네주며 마지막으로 내년에 함께 팔레스타인 여행을 하기로 약속한 이 손, 지금 자판을 두드리는 바로 이 손으로 당신의 손을 잡았던 사람이 바로 저입니다. (……)
반면에 저는 편지에 답장을 기대하지 않습니다.

매일매일 새로운 긴장감으로 편지를 기다리면서도 편지가 오지 않는다 해도 실망하지 않고, 막상 편지가 오면 기꺼이 깜짝 놀랄 것입니다. (……) 하지만 타자기를 사용할 때의 유일한 단점은 사람이 쉽게 길을 잃는다는 것입니다. 만약 저를 여행 동반자로 선택하는 데 대한 의심, 가이드, 불편함, 폭군, 또는 제가 다른 어떤 것으로 변할지 모르는 데 대한 의심이 제기된다면 통신원으로서 저에 대한 사전 이의 제기는 없어야 하며, 당분간은 이것이 유일하게 문제가 될 것이므로 저에게 한번 시험을 해 보시는 게 어떨까요.

    1912년 10월 13일. 펠리체 바우어에게

    보름 전 오전 10시에 당신의 첫 편지를 받았습니다. 그리고 몇 분 뒤 이미 자리에 앉아 네 쪽에 달하는 엄청난 분량의 편지를 썼습니다. 그렇다고 그것을 후회하지는 않습니다. 편지 쓰는 동안 더할 나위 없는 큰 기쁨을 누렸거든요. 유일한 후회는 편지를 끝냈을 때 내가 하고 싶은 말의 극히 작은 시작 부분만 썼다는 사실입니다. 그래서 편지에서 쓰지 못한 부분이 며칠 동안 내 마음을 사로잡았고, 나를 불안하게 했습니다. 이 불안이 당신의 답장에 대한 기대와 이 기대가 점차 약해지는 것에 의해

교체될 때까지 말입니다.

1912년 10월 14일. 펠리체 바우어에게
그런데 이 편지를 쓴 후 십육 일이 지났는데도 무슨 연유인지 몰라도 저는 편지를 받지 못했습니다. 특히 그 편지는 곧바로 답장받을 수 있다고 생각한 편지들 가운데 하나였습니다.

1912년 10월 27일. 펠리체 바우어에게
적어도 지난 육 주 동안 저에게 일요일은 기적이었습니다. 월요일 아침에 눈을 뜨면 벌써 그 기적의 빛이 보이기 시작합니다. (……) 그러나 이 많은 양의 종이가 글로 뒤덮인 것을 보고 당신은 경악을 금치 못할 것입니다. 처음에는 그 원인이 된 발언을 저주할 것이고, 그다음에는 이 모든 걸 읽어야 하는 자신을 저주할 것입니다. 어쩌면 막연한 호기심 때문에 끝까지 읽을지도 모르지만 그때쯤이면 차는 완전히 식어 버릴 것입니다.

1912년 10월 29일. 펠리체 바우어에게

더 이상 사무실에서 편지를 쓰지 않습니다. 사무실 일이 당신한테 글 쓰는 것과 맞지 않기 때문입니다. 사무실 일은 제게 너무나 생소합니다. 또한 제게 필요한 일이 무엇인지 알지 못하겠습니다.

이제 서둘러서라도 매우 중요한 이야기를 하려고 합니다. (이 편지는 더 이상 사무실에서 쓴 것이 아닙니다. 제 사무실 일은 제가 당신에게 쓰는 편지에 반기를 들기 때문입니다. 그런 종류의 일은 저에게 완전히 이질적이며, 저의 실제 욕구와는 아무런 관련이 없습니다.) 그러므로 당신은 제가 이미 충분히 자신을 비난한 전날의 편지와 같은 끝없는 편지로 당신의 독서 시간은 물론이고 휴식 시간도 빼앗고, 신속하고 상세한 답장을 당신에게 강요하려 한다고 생각해서는 안 됩니다. 힘든 일과를 보낸 뒤 당신의 저녁을 괴롭히게 된다면 저는 부끄러워해야 할 것입니다.

1912년 11월 1일. 펠리체 바우어에게

저의 생활 방식은 단지 글 쓰는 일에만 맞추어져 있습니다. 만일 그 생활 방식이 변화를 겪는다면 오직 글 쓰는 일에 가능한 한 더 잘 부응하기 위해서일 뿐입니다. 시간은 짧고, 저의 힘은 미약하며, 사무실은 끔찍하고,

집은 시끄럽기 때문입니다. 만일 멋지고 반듯한 삶이 가능하지 않다면 요령 있게 헤쳐 나가도록 해야 합니다. 시간을 잘 쪼개서 쓰는 요령에 대해 느끼는 만족감은 원래 쓰려고 했던 글보다 실제로 쓴 글에서 피로감이 훨씬 더 잘, 그리고 분명하게 드러날 때 느끼는 영원한 비참함에 비하면 물론 아무것도 아닙니다.

견디기 힘들 만치 몸이 허약해서 지난 며칠 동안 몇 번 중단되긴 했지만 한 달 반 전부터 제 시간표는 이렇습니다. 8시부터 2시 또는 2시 20분까지 사무실에서 일하고, 3시나 3시 30분까지 점심, 그때부터 7시 30분까지 침대에서 잠자기, 그리고 십 분간 창문을 열어 놓고 웃통을 벗은 채 체조하기. 그런 다음 한 시간 동안 산책하는데 혼자서 하거나 막스와 함께 아니면 또 다른 친구와 하기도 합니다. 그러고는 가족들과 저녁 식사를 합니다.(제게는 여동생이 셋 있는데 한 명은 결혼했고 다른 한 명은 약혼했습니다. 이 두 여동생도 사랑하긴 하지만 나는 미혼인 셋째 여동생을 가장 사랑합니다.) 그리고 10시 30분까지(그러나 흔히 11시 30분까지) 앉아 글을 씁니다. 체력, 의욕과 행운에 따라 1시, 2시, 3시까지 쓴 적도 있고, 한번은 새벽 6시까지 쓴 적도 있습니다. 다시 모든 긴장을 풀려고 체조를 한 뒤 몸을 씻고는 가벼운 흉통과 복부 근육의 경련을 느끼며 잠자리에 듭니다. 그런 다음 잠들려고 온갖 시도를 해 보지만 잘되지 않습니다. 잠을 이룰 수 없기 때문입니다.(저는 심지어 꿈꾸지 않는 잠을 요구합니다.)

1912년 11월 2일. 펠리체 바우어에게

저의 사무실 일을 서술하는 것은 별로 즐겁지 않습니다. 그 일은 당신이 알 만한 가치도 없고 제가 쓸 만한 가치도 없습니다. 그 일은 당신에게 편지 쓸 시간도 주지 않고, 제게 쉴 시간도 주지 않으며, 저를 지금처럼 아주 산만하고 무감각하게 만들기 때문입니다. 오로지 한 가지 즐거움은 복수심에 당신 생각으로 흥분되는 일입니다.

안녕히 계세요! 내일은 아마 조용한 일요일이 될 터이므로 많이 쓸 것입니다. 그리고 지치도록 일하지 마세요! 저를 슬프게 하지 마세요! — 그리고 이 편지는 당신이 나의 한탄하는 편지를 받은 바로 그날에 쓴 것입니다. 우리는 얼마나 약한 인간인가요!

1912년 11월 5일. 펠리체 바우어에게

저는 유명 의사들의 말을 신뢰하지 않습니다. 그들이 아무것도 모른다고 말할 때만 그들을 믿습니다. 아무튼 나는 그들을 싫어합니다.(당신이 그들을 사랑하지 않기를 바랍니다.) 물론 저는 베를린에서 자유롭고 조용한 삶을 누리도록 처방받고 싶습니다. 하지만 어디서 이런 권위 있는 의사를 만날 수 있을까요?

    1912년 11월 11일. 펠리체 바우어에게
    당신은 아시나요? 당신이 지금 원하든 말든 당신의 발치에 몸을 던져 저를 바치고픈 심정입니다. 다른 어떤 사람에 대한 자취나 추억도 제게 남아 있지 않도록 말입니다. 그러나 잘못이 있든 없든 다시는 그 편지에서와 같은 말은 읽고 싶지 않습니다. 지금부터 짧은 편지만 쓰겠다는 것이 물론 그 때문만은 아닙니다.(그 대신 일요일엔 물론 엄청난 양의 편지를 쓰며 희열을 느낄 겁니다.) 또한 마지막 숨을 거둘 때까지 소설에 저의 모든 걸 쏟아붓겠다는 것도 그 때문만은 아닙니다. 그 소설은 결국 당신 것이기도 하거니와 또는 제 안의 좋은 점에 대한, 더없이 긴 일평생을 보낼 더없이 긴 편지 속에 담긴 단순히 암시적인 말들보다 더 선명한 개념을 당신에게 전할 것입니다.
    지금 제가 쓰고 있는 이야기는 완성되지 않을 것 같은 방식으로 구상되었습니다. 잠정적으로 암시하면 제목은 '실종자'이고 북미의 미국이 배경입니다. 우선 5장, 아니 거의 6장이 끝났습니다. 각각의 장들은 1장 화부, 2장 외삼촌, 3장 뉴욕 근교의 별장, 4장 람세스로 가는 행군, 5장 옥시덴털 호텔에서, 6장 로빈슨 사건으로 제목을 달았습니다. 이 제목들은 사람들이 무엇인가 상상할 수 있도록 달았으나 사실 불가능합니다. 그러나 가능할 때까지 당신에게 그 제목들을 보관해 둘 생각입니다. 십오 년간의 절망적인 노력 끝에 (드문 순간을 제외하고는) 지난 육 주 동안 처음으로 자신감을 느낀 비교적 큰 작품입니다. 이 작품을 끝내야 합니다. 당신도 같은 생각일 것입니다. 그래서 당신의 축복과 함께 당신에게 정확하지도 않고 끔찍이 흠도 많으며 신중하지도 않은 위험한 편지를 쓰는 데 소비하는 작은 시간을 그 소설을 쓰는 것에 투자하려고 합니다. 그 일로 모든 것이 — 적어도 지금까지는 — 진정되었으며 올바른 길을 찾게 되었습니다. 당신도 동의하시지요? 그리고 이 모든 것에도 불구하고 당신은 끔찍한 외로움에 저를 내버려두실 겁니까? 사랑하는 펠리체 양, 이 순간 당신 눈을 바라볼 수 있다면 무엇인들 주지 않겠습니까?

1912년 11월 11일. 펠리체 바우어에게
한 가지 부탁을 드립니다. 일주일에 한 번만 편지를 써

주세요. 일요일에 당신의 편지를 받을 수 있도록 말입니다. 매일 받는 당신의 편지를 견딜 수 없습니다. 당신의 편지에 답장을 쓰고 겉보기에 차분히 침대에 누워 있습니다만 심장의 고동이 온몸을 관통하고, 오직 당신만을 의식하고 있습니다. 나는 '그대'[6]의 것입니다.

1912년 11월 13일. 막스 브로트에게

당분간 소설 『실종자』 전체가 불확실해. 어제는 6장을 억지로, 그러니까 거칠고 형편없이 끝냈어. 그 속에 아직 등장해야 할 두 인물을 내리눌렀어. 글을 쓰는 내내 그들 둘이 내 뒤를 자꾸 따라다녀서 말이야. 그래서 조잡하고 형편없이 끝냈어. 그 속에 등장해야 할 인물 둘을 삭제했어. 글을 쓰는 내내 그들이 나를 뒤쫓았어. 그리고 그들은 소설에서 팔을 걷어붙이고 주먹을 불끈 쥐게 되어 있어서 내게도 똑같은 몸짓을 하더군. 그들은 내가 쓴 것보다 더 생생하게 살아 있었어.

---

6 여기에서 카프카는 처음으로 펠리체 바우어에게 비인칭인 '당신(Sie)' 대신 인칭인 '그대(du)'를 사용한다.

1912년 12월 1일. 펠리체 바우어에게

여러분이 춤을 많이 추니 무척 어지럽습니다. 다들 의심할 여지 없이 나보다는 춤을 잘 추겠지요. 만약 내가 춤추는 것을 그대가 본다면! 그대는 두 팔을 하늘로 들어 올릴지도 모릅니다! 하지만 여러분은 춤을 추도록 하세요. 나는 자러 갈 테니.[7] 그리고 꿈의 힘으로 그들을 괴롭히기 위해 그대를 춤추는 무리 틈에서 조용히 끌어내 내 곁에 오게 하렵니다. 신의 뜻이라면 말입니다.

1912년 12월 3일. 펠리체 바우어에게

종종 한편으로는 글쓰기에 의해, 다른 한편으로는 사무실에 의해 나 자신이 으깨지는 소리를 듣는 것 같습니다. 그런 다음 두 가지를 비교적 균형 있게 처리하는 시간도 옵니다. 그런데 특히 집에서 글이 잘 쓰이지 않을 때는 이 능력이 (조악한 글쓰기 능력이 아니라) 점차 사라질까 봐 우려됩니다. 이전에는 아무도 사무실에서 가능하다고 여기지 않았을 시선으로 사무실 안을 둘러볼 때가 가끔 있습니다. 내 타자수는 그런 순간 나를 부드럽게

---

7   토마스 만의 『토니오 크뢰거』에 나오는 구절을 상기시킨다. "난 자고 싶은데 넌 춤을 추겠다는구나."

깨울 줄 아는 유일한 사람입니다. 우리가 차분히 서로를 좋아한 이래로 그대의 편지 역시 내 삶에 무한한 도움을 줍니다. 누군가, 아니 단지 누군가가 아니라 사랑하는 그대가 내 걱정을 해 주고, 나는 그대의 편지를 읽은 뒤 도약해서 더 나은 상태에서 일을 하지요. 하지만 그럼에도, 그럼에도 ——

1912년 12월 23/24일. 펠리체 바우어에게

만약 나 자신을 위해 글을 쓰지 않는다면 나는 그대에게 편지 쓸 시간을 더 많이 가질 겁니다. 그대에게 가까이 있음을 누리기 위해서 말입니다. 그 가까움은 생각과 글쓰기에 의해 내 영혼의 온 힘을 다해 싸워서 얻어 낸 것입니다. 하지만 그대는 나를 더 이상 사랑할 수 없겠지요. 내가 더 이상 나 자신을 위해 글을 쓰지 않아서가 아니라 글을 쓰지 않음으로써 더 나쁘고 쓸모없고 더욱 불확실하고, 그래서 전혀 그대 맘에 들지 않는 사람이 되기 때문이지요. 그대여, 그대가 만일 거리에서 불쌍한 아이들을 행복하게 해 준다면 나한테도 그렇게 해 주세요. 나도 그들 못지않게 불쌍한 사람입니다. 그대는 저녁에 다 팔지 못한 물건들을 가지고 집으로 돌아가는 늙은이와 내가 얼마나 비슷한지 모를 겁니다.

그러니 그들 모두에게 하듯이 내게도 해 줘요. 비록 그대 어머니가 그들에게 화를 내듯이 내게도 화를 내신다 해도 말입니다.(각자에겐 자신이 무조건 짊어져야 할 고민이 있습니다. 부모님에겐 자녀들의 천진한 본성에 화를 내게 되는 고민이 있지요.) 요컨대 내가 어떻게 되든 나를 계속 사랑할 것이라고, 어떤 대가를 치르고라도 나를 사랑할 것이라고 말해 줘요. 내가 감수하지 못하는 치욕은 없을 겁니다. ─ 하지만 그러다가 나는 어디로 표류하게 될까요?

1912년 12월 29/30일. 펠리체 바우어에게

우리 어머니는 아버지의 사랑스러운 노예고, 아버지는 어머니의 사랑하는 독재자입니다. 그래서 기본적으로 완전히 화목한 가정입니다. 우리가 지난 몇 년 동안 고통을 겪은 것은 전적으로 아버지의 건강이 좋지 않아서입니다. 동맥경화를 앓고 계시거든요. (……) 아버지는 옆방 침대에서 몸을 크게 뒤척입니다. 그는 크고 강한 남자입니다. 다행히도 그는 최근 몸이 더 좋다고 느끼지만 그의 고통은 점점 더 위협적입니다. 가족의 화목이 단지 나 때문에 어지럽혀져서 해가 갈수록 점점 더 나빠져 갑니다. 나는 종종 가족의 도움을 알지 못하고, 부모와 모두에게 깊은 죄책감을 느낍니다. 나는 가족 내에서, 가족으로 인해 몹시 괴롭습니다. 다만 나는 그대보다 더 그럴 만합니다. 예전에는 여러 번 밤에 창가에서 손잡이를 만지작거리곤 했습니다. 창을 열고 창밖으로 몸을 던져야 할 것처럼 생각되었지요. 하지만 오래전에 지나간 일입니다. 오늘 그대의 사랑을 확인하니 어느 때보다 더 자신감이 넘칩니다.

1913년 1월 8/9일. 펠리체 바우어에게

펠리체, 나도 웃을 수 있습니다. 그건 의심하지 않습니다. 사실 나는 훌륭한 웃음꾼으로 알려져 있지요. 그렇지만 이러한 점에서 나는 지금보다 이전에 훨씬 더 정신 나간 사람이었습니다. 한번은 사장과 엄숙한 미팅을 하다가 웃기 시작한 적도 있습니다. 이 년 전 일이지만 그 이야기는 사무실에서 전설로서 두고두고 나보다 오래 살아남을 것입니다.

1913년 1월 14/15일. 펠리체 바우어에게

글을 쓴다는 것은 지나치게 솔직해지는 것을 뜻합니다. 인간적인 교제에서 솔직해지거나 헌신할 때 인간은 그 안에서 길을 잃어버린다고 생각합니다.

제정신이 들어서야 그런 것에서 흠칫 놀라 물러서려고 하지요. 누구나 살아 있는 한 살아가기를 원하니까요. 이렇게 솔직해지는 것과 헌신도 글쓰기엔 결코 충분치 않습니다. 표면에서 받아들이는 글쓰기는 하찮은 것입니다. 그 외에 다른 방도가 없고,

 더 깊은 샘물은 침묵할 때입니다. 보다 진정한 감정이 이 표면의 바닥을 흔드는 순간 그러한 글쓰기는 무너지고 맙니다. (……) 이미 가끔 생각해 보았는데 내게 가장 좋은 생활 방식은 글 쓰는 도구와 등불을 가지고 밀폐된 넓은 지하실의 가장 깊숙한 공간에 앉아 있는 것입니다. 음식은 내가 있는 공간에서 멀리 떨어진 곳, 지하실에서 가장 먼 문 앞에 놓아두도록 합니다. 잠옷을 입고 음식 있는 데로 가는 아치형 천장 복도가 유일한 산책길이 되겠지요. 그러고는 책상으로 돌아와 느긋하고 신중하게 먹고 나서 곧 다시 쓰기 시작합니다. 그런 다음 무엇을 쓸까요! 얼마나 깊은 곳에서부터 낚아챌까요! 힘들이지 않고 말입니다! 극도로 집중하면 힘든 것도 알지 못하지요. 문제는 내가 그 일을 오래 계속할 수 있느냐 하는 것입니다. 그러한 상황에서 불가피하게 최초의 실패가 일어난다면 나는 엄청난 광기를 부릴지도 모릅니다. 그대의 견해는 어떠한가요? 지하실 거주자 앞에서 자신을 가두어 두지 마세요.

1913년 1월 19일. 펠리체 바우어에게

　나를 받아들이고 붙잡아 주세요. 그리고 흔들리지 마세요. 나는 하루하루를 하릴없이 보내고 있습니다. 그대는 내게서 진정한 기쁨이 아닌 상상할 수 없을 정도의 괴로움만을 얻으리라는 것을 아셔야 합니다. 그렇지만 나를 저버리지 마세요. 그대와 나를 연결하는 것은 사랑만이 아닙니다. 사랑은 그리 대단한 것이 아닙니다. 사랑은 시작되었다가, 왔다가 떠나가고, 또다시 오는 것입니다. 그러나 내가 그대의 존재에 닻을 내려야 한다는 필연성에는 변화가 있을 수 없습니다. 그러니 그대여, 내게 머물러 줘요. 지난번과 같은 편지는 더 이상 쓰지 말아 주세요.

1913년 1월 20/21일. 펠리체 바우어에게

　낮에는 프라하와 베를린 사이의 거리가 실제와 똑같습니다. 하지만 그 거리는 대략 밤 9시부터 점점 늘어나기 시작해서 믿을 수 없을 만큼 확장됩니다.

1913년 1월 21일. 펠리체 바우어에게

　그대의 편지를 받고 나는 우리가 서로를 결코 나쁘게

생각하지 말자고 급히 제안합니다. 우리 사이의 거리가 너무 멀어서 그것을 영원히 극복하기란 너무 괴롭습니다. 사람들은 가끔 마음을 놓아 버려 추스를 수 없는 순간이 있습니다. 거기에다 세 가지 가능성밖에 알지 못하는 나의 비참한 본성이 나타납니다. 파열, 의기소침, 수척함 말입니다. 내 삶은 이 세 가지 가능성의 연속입니다. 이러한 혼란에 빠져든 나의 경탄할 만한 가련한 연인이여! 나는 전적으로 그대 것입니다. 삼십 년 동안의 삶을 돌아본 결과 그렇게 말할 수 있습니다.

1913년 1월 26일. 펠리체 바우어에게

이게 소설의 꼴이라뇨! 그저께 밤에 완전히 항복 선언을 하고 말았습니다. 내게서 달아나는 소설을 더 이상 붙잡을 수 없습니다. 나 자신과 관련이 없는 것은 쓰고 싶지 않은데 최근에 소설이 너무 느슨해지고 말았습니다. 잘못된 것이 나타나 사라지려고 하지 않습니다. 당분간 그만두지 않고 계속 작업하면 더 큰 위험에 빠질 수 있습니다. 게다가 지난주부터 마치 초소에 있는 것처럼 잠을 자고 있습니다. 걸핏하면 깜짝 놀라 벌떡 일어납니다. 두통은 규칙적인 특징이 되었고, 신경증 증상이 계속해서 나를 괴롭힙니다.

1913년 1월 31/2월 1일. 펠리체 바우어에게

여전히 감기에 걸려 있습니다. 그게 아니라면 어쩌면 대체로 우울증 증상에 불과할지도 모릅니다. 그렇지만 등 아래로 으스스한 오한을 느낍니다. 내가 어디에 있든 주사기가 나를 발견하고 나를 향해 찬물을 뿌리는 것처럼 말입니다. 지금 따뜻한 방에서 편지를 쓰는 동안에도 그러합니다. 정말 끔찍합니다.

1913년 2월 1/2일. 펠리체 바우어에게

글쓰기에 한두 시간을 할애하는 것으로는 충분치 않습니다. 열 시간은 되어야 제대로 된 것입니다. 하지만 그럴 수 없으므로 최소한 그 상태에 되도록 근접해야 하고, 몸을 아끼지 말아야 합니다. 아무튼 지난 며칠 동안 글쓰기를 소홀히 했습니다. 이래서는 안 되겠다는 생각이 나를 약하게 만듭니다. 오늘도 아무것도 쓰지 못했습니다. 밤에 잠자리에 들면 피곤과 너무 짧은 시간에 절망해서 비몽사몽간에 정신없이 뒤흔들 수 있도록 온 세상을 제 손에 쥐여 달라고 기도했습니다.

1913년 2월 4일. 펠리체 바우어에게

그러면 그대를 붙잡고 더 이상 내놓지 않을 것입니다. (……) 나는 어떤 대화도 길게 끌고 갈 수 없습니다. 아는 사람의 얼굴을 쳐다보는 것만으로도 곧 궤도에서 이탈하고 맙니다.

1913년 2월 9/10일. 펠리체 바우어에게

어제저녁엔 그대에게 아무것도 쓰지 못했습니다. 『미하엘 콜하스』[8]를 읽느라 시간을 많이 보냈거든요.(그 소설을 알고 있습니까? 그렇지 않다면 읽지 마세요! 내가 읽어 드리겠습니다!) 그저께 읽었던 얼마 안 되는 부분을 포함하여 단숨에 읽어 내려갔습니다. 벌써 열 번째입니다. 내가 진정 경외심을 가지고 읽는 소설입니다. 나는 놀라움에 온전히 사로잡혔습니다. 비교적 빈약하고, 부분적으로 대충 써 내려간 결말 부분을 빼놓으면 이 소설은 유례를 찾아볼 수 없을 정도로 완벽합니다.

---

8   극작가 하인리히 폰 클라이스트(Heinrich von Kleist, 1777~1811)의 소설이다.

1913년 2월 12/13일. 펠리체 바우어에게

오늘처럼 그대의 편지가 일찍 도착하는 게 가장 좋습니다. 그러면 하루 전체가 시작부터 그대의 것이 됩니다. 하지만 편지가 늦게 오거나 집에 갈 때까지 오지 않으면 반나절은 누구의 것인지도 모르고 머리가 아플 때까지 비틀거립니다. 물론 두통에는 또 다른 원인이 있을 겁니다. 지금 나는 거의 두통을 달고 살거든요. 사실 산책도 별로 하지 않고 잠도 너무 많이 잡니다. 그러면서 좋은 글이라도 쓰는 것처럼 살아가고 있습니다. 물론 그것이 사실이라면 모든 괴로움을 치유하고 저를 행복하게 해 주는 효과가 있을 것입니다. 그러나 나는 아무것도 쓰지 않고, 마치 마구간에 갇힌 늙은 말처럼 지내지요.

1913년 3월 2/3일. 펠리체 바우어에게

결국 그대는 처녀로서 남자를 원하는 것이지 땅 위를 기어가는 연약한 벌레를 원하는 것이 아닙니다. 내가 아무리 역겹더라도 그대의 선의는 거부할 수 없을 것입니다. 그대는 내가 그대의 것임을 알고 있습니다. 그러니 합리적인 고려를 요구한다고 해서 자신에게 속하는 물건을 마구 던져 버릴 건가요?

1913년 4월 1일. 펠리체 바우어에게

내 근원적인 두려움은 그대를 결코 소유할 수 없으리라는 점입니다. 아마도 이보다 더 나쁜 말을 하거나 들을 수 없을 겁니다. 기껏해야 마치 충직한 개처럼 무심코 내민 그대의 손에 입맞춤할 수 있을 뿐입니다. 이는 사랑의 표시가 아니라 침묵과 영원한 이별을 선고받은 동물의 절망 표시입니다.

1913년 4월 3일. 막스 브로트에게

난 이런 상상을 해 봤어. 내가 사지를 쭉 뻗고 바닥에 누워 있는데 어떤 구운 고기처럼 잘게 썰어져 그 고기 조각을 천천히 손으로 집어 구석의 개에게 밀어 주는 거야. — 이런 상상이 내 머릿속의 일용할 양분이 된다네. 어제 베를린에 위대한 고백의 글을 써 보냈네.[9] 그녀는 진정한 순교자이고, 나는 그녀가 예전에 온 세상과 행복하고 조화롭게 살아온 지반을 분명 허무는 거야.

---

9   펠리체 바우어에게 보냈음을 의미한다.

1913년 4월 11일. 쿠르트 볼프[10]에게

무척 존경하는 볼프 씨!

귀하의 친절한 서한에 무척 감사드립니다. 「화부」를 '최후 심판일'[11]로 출간하는 조건에 전적으로, 또 매우 기꺼이 동의하는 바입니다. 이미 지난번 편지에서 말씀드렸다시피 한 가지 청이 있습니다. 저의 「화부」, 「변신」, 그리고 「선고」는 외적으로나 내적으로 모두 한 묶음입니다. 그것들 사이에는 분명한, 또 그 이상으로 비밀스러운 연결이 존재합니다. 그래서 가령 '아들들'이라는 제목을 한 권의 책으로 묶어서 서술하는 것을 포기하고 싶지 않습니다. 「화부」를 '최후 심판일' 시리즈로 출판하는 것과는 별도로 나중에 임의의 시기에 물론 전적으로 귀하의 재량에 따라, 그러나 머지않은 시기에 다른 두 소설과 함께 한 권의 책으로 묶는 일이 가능할까요? 그리고 그러한 약속의 표명을 지금 「화부」의 계약에 명시할 수 있을까요? 저로서는 그 작품들의 개별적

---

10 쿠르트 볼프(Kurt Wolff, 1887~1963). 출판인으로 1913~1940년 사이 당대에 가장 유명한, 표현주의 문학을 위한 출판사를 설립했다. 카프카 작품을 그의 생전에 출판해 준 거의 유일한 출판인이었다. 1938년 미국으로 이주한 뒤에도 판테온북스 출판사를 차렸고, 개인적으로 보리스 파스테르나크의 작품 출판과 교우 관계로 유명했다.

11 쿠르트 볼프 출판사에서 펴내는 시리즈다.

통일성만큼이나 이 세 편의 통일성이 중요합니다.

    1913년 4월 20일. 펠리체 바우어에게
    글쓰기는 나의 내면적 존재의 유일한 가능성입니다. 이를 그대는 충분히 이해하지 못한 듯합니다. 그렇다고 해도 놀랄 일은 아닙니다. 나는 나 자신을 늘 제대로 표현하지 못하니까요. 나는 내부의 형상들 사이에서나 깨어 있을 것입니다. 그러나 이에 대해서는, 말하자면 내 태도에 대해서는 확신 있게 글로 쓰거나 말할 수 없습니다. 만약 내게 다른 모든 것이 있다면 이 또한 필요하지 않을 것입니다.

    1913년 5월 1일. 펠리체 바우어에게
    그대는 시간이 나고 기분 내킬 때 쓴 편지를 매주 토요일 아침에 우체통에 집어넣기만 하면 됩니다. 그대는 내가 더 이상 기다릴 수 없고 시간이 멈칫거리며 가지 않을 지경이 될 때까지 사랑받기를 원하나요? 여기 있는 시계는 그대에게 편지가 올 때만 종을 울립니다. 내 머리 상태도 더 좋아질 것입니다. 마치 내 부탁을 뒷받침하기 위해 두통을 꾸며 낸 듯 보일 수 있지만 실제로 나는 두통을 앓고 있습니다. 차라리 그것은 두통이 아닌 말로 표현할 수 없는 긴장입니다. 내 가장 깊은 내면의 의사는 내가 글을 써야 한다고 말합니다. 머리가 불안정하고, 바로 얼마 전에 이 글쓰기의 부족함을 인식할 기회를 가졌음에도 말입니다.

1913년 5월 12/13일. 펠리체 바우어에게

베를린에서 짐을 꾸릴 때 내 머릿속에는 "그녀 없이는 살 수 없지만 그녀와 함께도 살 수 없다."라는 또 다른 문장이 떠올랐습니다. 나는 이 말을 하며 물건을 하나씩 트렁크에 집어 던졌고, 가슴에서 무언가가 터질 것 같은 느낌이 들었습니다.

1913년 5월 23일. 펠리체 바우어에게

한 십 년 전부터 나는 완전히 건강하지는 않다고 조금씩 느껴 왔습니다. 건강함이 주는 행복감, 모든 방식으로 반응하는 행복감, 지속적인 주의와 보살핌 없이도 기능하는 몸의 행복감, 즉 지속적인 명랑함과 무엇보다도 사람들 대부분이 얽매여 있지 않을 때 생기는 이러한 행복감이 내게는 없습니다. 그것은 내 모든 것, 삶의 모든 표현에 결여되었지요. 그러한 결함은 내가 언젠가 앓았을지도 모르는 어떤 특별한 질병에 원인이 있는 것이 아니라 오히려 정반대입니다. 소아 질병을 앓은 이후로 침대에 누워 있을 정도로 아픈 적이 없습니다. 심지어 전혀 아파 본 적이 없습니다. 아무튼 그런 병이 기억에는 없습니다. 하지만 이러한 슬픈 상태는 이제 현실이 되어 거의 모든 순간 모습을 드러냅니다. (……) 이러한 상태는 자유롭게 말하고 먹고 잠자는 일을 방해할 뿐 아니라 그 외의 모든 자유로움도 방해합니다.

1913년 6월 10일. 펠리체 바우어에게

내가 그대를 사랑하는지 그대는 묻지 말아야 합니다. 이따금 모든 것이 황폐하고, 그대 혼자 베를린의 폐허에 앉은 듯한 기분이 듭니다. (……) 우연히 뢰비[12]에 대한 기사가 내 앞에 놓였고, 여기에 그것이 있습니다. 강연은

---

12 연극 배우이자 카프카의 절친인 이차크 뢰비(Jizchak Löwy, 1887~1942)를 말한다. 독실한 하시디즘 유대교도의 아들로 바르샤바에서 태어났다. 1905년 아마추어 연극 단체에서 첫발을 내디뎠으며, 1911년부터 극단을 이끌었다. 이 무렵 카프카를 알게 되어 그가 주최한 낭송의 밤에서 카프카를 지원했다. 카프카는 경제적으로 어려운 그를 돕지 못하는 상황을 안타까워했다. 1917년 펠리체 바우어와 함께 부다페스트에서 카프카를 마지막으로 만났고, 1942년 트레블링카 강제 수용소에서 살해당했다.

거의 실패로 끝났지만 아무튼 뢰비는 다시 얼마간의 돈을 갖게 되었습니다. 현재 그를 도울 다른 방법은 없습니다. 그가 하는 이야기를 그대가 들었으면 좋겠군요. 뢰비는 어떤 낭독이나 암송, 또는 노래보다 그것을 더 잘할 수 있습니다. 그의 열정이 실제로 사람들에게 전염되거든요.

「선고」는 설명할 수 없습니다. 어쩌면 그에 관한 일기장에 있는 몇 구절을 언젠가 그대에게 보여 줄지도 모르겠습니다. 인정할 수 없을지 모르지만 그 이야기는 추상적인 내용으로 가득 차 있습니다. 그 친구는 실제 인물이 아닙니다. 어쩌면 그는 오히려 아버지와 게오르크의 공통점일 겁니다. 그 이야기는 아버지와 아들 주위를 맴돌고 있습니다. 친구의 모습이 바뀌는 것은 아버지와 아들의 관계에 대한 관점이 변해서일 겁니다. 그러나 이마저도 확신할 수 없습니다.

오늘 그대에게 「화부」를 보내 드립니다. 거기에 나오는 어린 소년을 친절히 맞아 주고, 그대 옆에 앉힌 다음 그가 원하는 대로 그를 칭찬해 주세요!

1913년 6월 16일. 펠리체 바우어에게
그러니까 나는 아무것도 아닙니다. 전혀 아무것도 아닙니다. 내가 그대보다 '모든 면에서 훨씬 앞서 있나요?'

인간을 어느 정도 평가하고 그들의 입장에 들어가 보는 것은 할 수 있습니다. 그러나 나는 장기적으로 평범한 인간 관계에서, 그것도 정상적인 일상생활에서 (이것 말고 중요한 것이 뭐가 있겠습니까?) 나보다 더 형편없는 사람을 만난 적이 없습니다. 나는 배운 것이나 읽은 것, 체험한 것이나 들은 것, 인간이나 사건에 관한 기억이 없습니다. 마치 체험하거나 배운 것이 아무것도 없는 것 같습니다. 실제로 대부분의 사물에 대해서 어린 학생보다 아는 것이 더 적습니다. 내가 아는 것은 너무 피상적이어서 벌써 두 번째 질문에서 막혀 버립니다. 나는 사고할 수 없습니다. 나의 사고는 줄곧 한계에 부딪힙니다. 몇몇 개별 문제는 그런대로 파악할 수 있지만 일관성 있는 연속적인 사고는 전혀 불가능합니다. 적절하게 이야기도 할 수 없습니다. 실은 제대로 말할 수도 없습니다. 이야기할 때는 어린아이가 첫걸음마를 시도할 때 겪는 것 같은 느낌을 받습니다. 하지만 그들 스스로 걷고자 하는 욕구 때문이 아니라 이미 자라서 잘 걷는 식구들이 걷기를 원하기 때문입니다. 펠리체, 활발하고 활기차고 자신감 있고 건강한 그대가 그런 사람과 동등하다고 느끼겠습니까?

    내가 가진 유일한 것은 정상적인 상태에서는 인식 불가능한 깊이에서 문학에 집중하는 어떤 힘입니다. 그러나 현재의 직업적, 육체적 상황에서는 그 힘을 신뢰할 엄두가 나지 않습니다. 이러한 힘의 내적 권고에는 적어도 이와 똑같은 정도의 내적 경고가 맞서기 때문입니다. 그 힘을 신뢰한다면 물론 이는 이 모든 내적 고통으로부터 나를 단숨에 구해 줄 것입니다. (······) 그대는 내가 그대와 같이 사는 것을 견딜 수 없을 것이라고 말합니다. 거의 정곡을 찌르는 말입니다. 다만 그대가 생각하는 것과 완전히 다른 측면에서 그렇습니다. 정말이지 나는 인간적인 교류에서 길을 잃었다는 생각이 듭니다. 예외적으로 끔찍한 시기는 차치하더라도 어떤 개인과 지속적이고 활발하게 이루어지는 대화를 나눌 수 없습니다. 우리가 서로 알게 된 이래로 예컨대 막스와 다년간 함께 시간을 보냈습니다. 그와 단둘이 며칠씩 함께 시간을 보내고 몇 주 동안 여행도 같이 가는 등 거의 붙어 있다시피 합니다. 하지만 내 존재 전체를 드러낼 만한 조리 있는 긴 대화를 나눈 기억이 없습니다. (······)

자, 펠리체, 결혼이 가져올 변화를 생각해 보세요. 한쪽은 잃고, 다른 한쪽은 얻을 것입니다. 결혼을 통해 나는 끔찍한 고독을 잃고 누구보다도 사랑하는 그대를 얻을 것입니다. 반면에 그대는 그런대로 만족스러운 지금까지의 삶을 잃겠지요.

1913년 6월 21일. 펠리체 바우어에게

글쓰기가 나의 좋은 본성이라는 것에 대해 우리가 벌써 많은 이야기를 주고받았음에도 그대는 이에 대해 충분히 고려하지 않았습니다. 내게 좋은 면이 있다면 바로 이것입니다. 이것, 자유로워지려는 이 세계를 머릿속에 지니고 있지 않았다면 그대를 얻고 싶다는 생각을 결코 감히 품지 못했을 것입니다. 그대가 지금 나의 글쓰기에 대해 한 말은 크게 문제 되지 않습니다. 우리가 함께 지내게 될 때 그대가 기꺼이 또는 본의 아니게 나의 글쓰기를 좋아하지 않는다면 그대는 붙잡을 만한 아무것도 없다는 것을 곧 깨달을 테니까요. 그러면 그대는 몹시 외로울 것입니다. 펠리체, 그대는 내가 그대를 얼마나 사랑하는지 알아채지 못할 겁니다. 언제나처럼 오늘도 내가 진정 그대 것임에도 내가 얼마나 그대를 사랑하는지 거의 보여 줄 수 없을 것입니다. 사무실과 글쓰기 사이에서 나는 점차 녹초가 될 것입니다.(다섯 달 동안 아무것도 쓰지 못했지만 지금도 그렇습니다.) (……)

펠리체, 이 문제를 빨리 유리하게 해결할 또 다른 가능성이 있다는 것을 잘 압니다. 즉 그대가 나를 믿지 않거나, 또는 최소한 미래를 믿지 않거나 또는 완전히 믿지는 않을 가능성입니다. 나는 그대가 그럴까 봐 두렵습니다. 물론 이는 최악의 경우입니다. 그러면 펠리체,

그대는 자신과 그 여파로 내게도 가장 큰 죄악을 저지르게 됩니다. 그러면 우리 두 사람은 파멸하게 됩니다. 내가 한 말을 믿어야 합니다. 벌써 몇 번이나 정신 착란, 즉 존재의 한계 근처까지 가 보았기 때문에 자신과 이 한계의 결과를 내다볼 수 있는 서른 살 남자의 자기 경험에서 하는 말입니다.

1913년 6월 26일. 펠리체 바우어에게
 글쓰기와 사람들에 대한 내 태도는 변하기 어려운 것이며 그때그때의 상황에 따른 것이 아니라 본성에 기초하고 있습니다. 글쓰기를 위해 나는 고적한 상태가 필요합니다. 그렇다고 '은둔자' 같은 상태는 아닙니다. 그것으로는 충분하지 않고 죽은 사람 같은 상태가 필요합니다. 이러한 의미에서 글쓰기는 보다 깊은 잠, 곧 죽음입니다. 죽은 사람을 무덤에서 끌어낼 수 없듯이 나를 밤의 책상에서 끌어낼 수 없습니다. 이는 사람들에 대한 관계와는 직접적인 관련이 없습니다. 사실 나는 이처럼 체계적이고 일사불란하며 엄격한 방식으로만 글을 쓸 수 있고, 그 때문에 살아갈 수 있습니다. 하지만 그대가 편지에 쓴 것처럼 이는 그대에게 '대단히 어려운' 일이 될 것입니다. (……) 그대와 나에 대한 걱정은 삶의 걱정이고,

그것은 삶의 영역에 속합니다. 그렇기에 그 걱정은 결국
사무실 일과 양립할 수 있습니다. 하지만 글쓰기와
사무실은 서로 배타적입니다. 글쓰기는 무게 중심이 깊은
곳에 있는 반면 사무실은 삶의 표면에 있기 때문입니다.
그런 식으로 오르락내리락하고 그 과정에서 사람은
분열될 수밖에 없습니다.

1913년 8월 14일 추정. 펠리체 바우어에게
  나는 문학에 관심이 있는 것이 아니라 문학으로
이루어져 있습니다. 나는 다른 어떤 것도 아니며 그럴 수도
없습니다.

1913년 8월 24일. 펠리체 바우어에게
  펠리체, 나는 글쓰기에 소질이 없습니다. 아무런
소질도 없습니다. 오로지 나 자신만 있을 뿐입니다.
소질은 뿌리째 뽑아내거나 억누를 수 있습니다. 문제가
되는 것은 나 자신입니다. 확실히 나 자신조차 뿌리째
뽑아내거나 억누를 수 있습니다. 그러나 그대에게는 어떤
일이 일어날까요? 그대는 버림받은 상태로 있으면서,
그런데도 내 곁에서 살 것입니다. 그대는 버림받은 기분을

느낄 것입니다. 내가 살아야 하는 대로 살아간다면
말입니다. (……) 그대는 수도원 앞에서 웃으며 흠칫
뒤로 물러서겠지만 타고난 노력으로 (그것 말고도 그의
상황으로 인해) 수도원의 삶을 요구하는 사람과 함께 살게
될 것입니다. 침착하세요! 펠리체, 침착하세요! 나는
오늘 그대 아버지로부터 차분하고 사려 깊은 편지를
받았습니다. 그 차분함에 비하면 바보 같은 내 상태는
마치 먼 나라 이야기인 듯했습니다. 하지만 그대 아버지의
편지가 차분한 것은 단지 내가 그를 속였기 때문입니다.
그대 아버지의 편지는 우호적이고 개방적입니다. 반면에
내 편지는 수시로 그대를 공격하고, 나 자신이 그런
저주를 받은 가장 불행한 속마음을 위장한 것에 지나지
않았습니다. (……) 아버지가 내게 말하고자 했던 핵심은
내 수입으로 볼 때 결혼하면 궁핍해질 것이며, 결과에
책임지지 않는 성격 때문에 이 궁핍을 감내하거나 해소할
수 없다는 것이었습니다.

1913년 8월 28일. 카를 바우어에게
나의 존재 전체는 문학을 향하고 있습니다. 지난
삼십 년 동안 나는 이 방향을 고수했습니다. 문학을
떠나서는 더 이상 살 수 없습니다. 현재 나의 참모습과

내가 아닌 모습은 그것에서 연유합니다. 나는 말이 없고 비사교적이며 짜증이 많고 이기적인 데다 우울증이 있으며 실제로 병약합니다. 기본적으로 이 모든 것에 불평하지 않습니다. 이는 보다 높은 필연성의 세속적인 반영입니다. (내가 실제로 할 수 있는 것은 여기서 물론 문제되지 않고, 그것과 관련이 없습니다.)

나는 더없이 훌륭하고 사랑스러운 사람들인 가족 내에서 이방인보다도 더 낯설게 살아갑니다. 지난 몇 년 동안 어머니와는 하루에 평균 스무 마디도 나누지 않았습니다. 아버지와는 인사를 나누는 정도의 말밖에 하지 않습니다. 결혼한 누이동생들이나 매제들과는 사이가 나쁘지 않은데도 전혀 대화하지 않습니다. 내게는 가족과 함께 산다는 의미가 결여되어 있습니다.

1913년 9월 2일. 카를 바우어에게

글쓰기를 위해 가장 큰 인간적인 행복을 포기하려는 생각이 끊임없이 내 모든 근육을 도려냅니다. 나는 나 자신을 자유롭게 할 수 없습니다. 포기하지 않을 경우 갖게 되는 두려움이 내 모든 것을 어둡게 합니다. (……)

나는 그릴파르처, 도스토옙스키, 클라이스트, 플로베르를 나의 진정한 혈족처럼 (그 힘과 포괄성 면에서는 그들 가까이 다가서지 못하지만) 느낍니다. 이 네 사람 중 도스토옙스키만이 결혼했으며 내적, 외적인 압박에 못 이겨 반제에서 권총 자살한 클라이스트[13]만이 올바른 출구를 발견했습니다. 이 모든 것은 그 자체로는 우리에게 아무런 의미도 없습니다. 각자 새로운 삶을 살아갑니다. 나 자신 역시 우리 시대에 드리운 그림자의 한복판에 서 있을지도 모릅니다. 그러나 이는 삶과 믿음 일반에 대한 근본 질문입니다. 여기서부터 저 네 사람의 태도에 대한 해석은 훨씬 많은 의미를 지닙니다.

1913년 9월 28일. 막스 브로트에게

혼자 있으려는 욕구는 자립 욕구야. 나는 혼자 있고 싶어. 신혼여행을 상상하면 끔찍한 생각이 들어. 내가 관련되든 아니든 신혼여행 중인 모든 부부는 볼썽사나운 광경이야. 구역질을 일으키려면 팔로 신부의 허리를 감싸고 있는 광경을 상상하기만 하면 돼.

자네도 알다시피 ― 그럼에도, 그 일이 끝났음에도, 내가 더 이상 편지를 쓰지 않고 쓴 편지를 받지 못함에도

---

13 펠리체의 여동생 에르나의 말에 따르면 카프카는 그녀와 함께 반제의 클라이스트 무덤을 방문했다. 그녀가 기억하길 카프카는 "깊은 생각에 잠겨" 오랫동안 이 묘소에 머물렀다고 한다.

불구하고 — 나는 그 일에서 벗어나지 못하고 있어. 여기서는 사실 상상 속에서 불가능한 일들이 마치 현실에서와 거의 비슷하게 벌어지고 있어. 나는 그녀와 같이 살 수 없고, 그녀 없이도 살 수 없어. 이와 같은 사정으로 지금까지는 적어도 일부나마 나를 위해 자비롭게 은폐되어 있던 내 실존이 완전히 폭로되어 버렸어. 나는 매 맞고 사막으로 쫓겨나야 해.

1913년 9월 28일. 오틀라에게

오늘 나는 괴테가 모험적 사건[14]을 겪었던 말체시네에 와 있어. 네가 『이탈리아 기행』을 읽었다면 잘 알 테지. 아직 읽지 않았다면 꼭 읽어 봐. 성의 관리인이 괴테가 스케치한 장소를 알려 주었는데 『이탈리아 기행』과 일치하지 않더군. 그래서 우리는 그 장소에 대해 의견이 분분했지.

---

14 1786년 9월 14일의 글에서 괴테가 낡은 스칼리어성을 스케치하던 중 오스트리아 첩자로 오해받아 곤욕을 치른 사건을 말한다. 그는 고향인 프랑크푸르트에서 산 적이 있던 어떤 사람의 증언으로 위험한 상황에서 간신히 벗어날 수 있었다.

1913년 9월. 펠릭스 벨치[15]에게

아닐세, 펠릭스, 일이 잘될 것 같지 않아. 내 일이 하나도 잘되지 않을 거라고. 가끔 내가 더 이상 이 세상에 있지 않고 연옥 어딘가를 떠돌아다니는 것 같은 생각이 들어. 자네는 죄책감이 내게는 도움이자 해결책이라고 생각하겠지. 아니야, 죄책감을 느끼는 이유는 단지 그것이 나의 존재를 위한 가장 멋진 후회의 형식이기 때문이야. 그러나 누구든 너무 자세히 들여다보아서는 안 돼. 죄책감이란 단지 회귀 욕구에 불과하니까. 하지만 그 일이 생기자마자 벌써 후회보다 훨씬 무섭게 자유의 감정, 구원의 감정, 상대적인 만족감이 고개를 쳐드네. 모든 후회 너머로 높이.

1914년 1월 1일. 펠리체 바우어에게

펠리체, 그대의 견해가 옳음을 인정해야 합니다.

15　펠릭스 벨치(Felix Weltsch, 1884~1964). 1903년 막스 브로트를 통해 알게 되어 카프카와 평생 친구 사이로 지냈다. 1907년 법학박사 학위를 취득한 그는 법률가 수습을 마친 뒤 프라하 국립 도서관에서 일하면서 1911년 카를스 대학교에서 추가로 철학 박사 학위를 취득했다. 도서관 일 외에 1919년 가을부터 1938년까지 시온주의 계통의 유대 주간지 《자기방어》의 편집자였다. 1939년 팔레스타인으로 이주해 예루살렘에 정착해 그곳의 도서관에서 일했다.

전체적으로 냉정하게 살펴보면 그대는 손해를 볼 게 분명합니다. 베를린, 사무실, 그대를 기쁘게 하는 일, 거의 근심 없는 삶, 특별한 종류의 자립심, 그대에게 맞는 사람들과의 교제, 그대 가족과의 삶 등을 잃을 것입니다. 이는 단지 내가 아는 손실의 예들에 불과합니다. 그 대신 그대는 낯선 언어를 쓰는 지방 도시 프라하에 와서 결코 완전한 가치를 지니지 못한 관리의 어쩔 수 없는 소시민적인 가정으로 들어오게 될 겁니다. 근심은 끊이질 않겠지요. 그대는 여전히 자립적이겠지만 방해가 없지도 않을 것입니다. 사교적인 모임과 가족 대신 그대는 대개 (적어도 지금처럼) 우울하고 말이 없으며, 그대에게는 낯설 수밖에 없는 작업에서 매우 드문 개인적 행복을 찾는 한 남자를 얻겠지요. 물론 이런 요소들은 아마도 사랑만이 (이 자리에서 이런 말을 해도 될지 모르겠지만) 물리칠 수 있는 것들입니다.

 이미 말했듯이 초과 중량에 대한 그대의 이론에는 분명한 오류가 있습니다. 내 처지에서는 '손실'이 아니라 '방해'가 문제였습니다. 이러한 방해도 더 이상 존재하지 않습니다. 감히 말하자면 나는 나에 대한 그대의 태도가 불확실하고 전적으로 미온적이라고 말할지라도 그대와 결혼하고 싶을 정도로 그대를 사랑합니다. 그대의 연민을 이런 식으로 이용하는 것은 교활한 짓인지도 모릅니다.

그러나 내게는 별다른 방법이 없습니다. 그 대신 나는 그대의 편지에서 추정할 수 있듯이 그대가 손실들을 아주 명확하게 인식하고 예견하는 한 결혼이 불가능하다는 것을 인정합니다. 손실을 뚜렷이 의식하면서 결혼 생활을 시작한다는 것 또한 불가능합니다. 그대가 원한다고 할지라도 내가 허락하지 않을 작정입니다. 내가 유일하게 바라는 결혼 생활에서는 아내와 남편이 인간적인 본질에서 서로 동등해야 통일성 속에서 자립적으로 될 수 있습니다. 따라서 그 때문에라도 결혼은 불가능합니다.

1914년 1월 2일. 펠리체 바우어에게

펠리체, 그대 생각이 정말 진심인가요? 정말 손실을 두려워하나요? 그대는 정말로 그렇게 조심스러운가요? 아니, 결코 그렇지 않습니다. 분명히 말하지만 여기에는 오히려 단 두 가지 가능성만 있습니다. 즉 그대가 나에 관해 아무것도 알려고 하지 않음으로써 나를 이런 식으로 그대로부터 밀어내는 것입니다. 또는 단순히 나에 대한 신뢰가 불확실해졌으므로 그냥 저울질해 보는 것입니다. 첫 번째 경우에 나는 아무것도 막을 수 없고 아무 말도 할 수 없습니다. 그러면 끝장입니다. 나는 그대를 잃게 됩니다. 그러면 내가 앞으로 어떻게 견뎌 낼 수 있을지

지켜봐야겠지요. 물론 결코 이겨 낼 수 없으리라는 것도 잘 압니다. 반면에 두 번째 경우에는 아무것도 잃을 게 없습니다. 그렇게 되면 우리에게 좋은 일임이 틀림없습니다. 내가 개별 순간에는 비록 허약할지라도 그대의 모든 신뢰 시험을 견뎌 낼 수 있다는 것을 잘 아니까요. (……) 그대는 나에게 만족하지 않고 여러 가지 면에서 트집 잡으며 지금의 나와는 다른 모습을 원합니다. 그대는 내가 "더 많이 현실 속에서 살아야 하고 주어진 것에 따라야 한다."라는 등등의 말을 합니다. 그대가 현실적인 필요성에서 그런 것을 원할 경우 더 이상 나를 원하는 것이 아니라 나를 비껴 가려는 것임을 깨닫지 못하나요? 왜 인간이 변하기를 원하지요, 펠리체? 옳지 않습니다. 인간의 현재 모습을 그대로 받아들이거나 그 모습대로 내버려 둬야 합니다. 인간을 변하게 할 수는 없고, 기껏해야 본질을 방해할 뿐이지요. 인간은 무언가를 끄집어내고 다른 것으로 대체할 수 있는 개별적인 어떤 것들로 이루어져 있지 않습니다. 오히려 모든 것은 하나의 전체입니다. 그대가 한쪽 끝을 잡아당기면 그대의 의지와는 달리 다른 쪽 끝도 움찔하고 움직입니다. 그럼에도 펠리체, 나는 그대가 나의 여러 가지 면을 트집 잡고 변하게 하려는 것을 심지어 사랑합니다. 다만 나는 그대도 그런 사실을 알기를 바랄 뿐입니다.

1914년 4월 22일. 펠리체 바우어에게
빨리 오세요. 결혼합시다. 이제는 결말을 지읍시다.

1914년 5월 17일. 그레테 블로흐[16]에게
의학은 고통을 고통으로 다루는 방법밖에 알지 못합니다. 사람들은 그걸 두고 "질병을 퇴치했다."라고 말하죠.

1914년 7월 10일. 오틀라에게
모두에게 안부 전해 줘! 이 편지를 보여 줘서는 안 되고 아무 데나 놓아둬서도 안 돼. 제일 좋은 방법은 조각조각

---

16 그레테 블로흐(Grete Bloch, 1892~1944). 펠리체의 친구로서 그녀와 카프카 사이를 중재하려고 1913년 10월 말경 프라하에서 카프카를 만났다. 카프카는 지적이고 감수성이 예민한 이 여성과 곧 사랑에 빠졌다. 그 후 일 년가량(1913년 11월~1914년 7월) 편지 왕래가 있었다. 그레테는 1936년 이탈리아 피렌체로 이주하여 여관을 운영했으며, 독일군이 이탈리아를 점령했을 때 다른 유대인들과 함께 체포되어 살해당했다. 음악가 볼프강 쇼켄에게 보낸 1940년 4월의 편지에 의하면 1914년 그녀와 카프카 사이에서 태어난 아들이 있었다. 아기는 입양되어 1921년 사망했다고 한다. 1981년 노벨상 수상자 엘리아스 카네티는 이를 주장하지만 연구자들의 중론은 이를 의심하는 분위기다.

찢어서 마당을 돌아다니는 암탉들에게 던져 버리는 거야. 발코니에 서서 말이야. 암탉들에게는 비밀로 할 필요가 없을 테니까.

  1914년 7월. 부모님께

  아시다시피 저는 지금까지 어머니, 아버지께 크게 걱정을 끼친 적이 없습니다. 하나가 있다면 파혼한 일일 겁니다. 이렇게 멀리서[17] 판단하기로는 큰 문제가 아닐 것 같습니다. 하지만 어머니, 아버지를 늘 기쁘게 해 드린 일은 더욱 없는 것 같습니다. 제 소견으로는 제가 지속적으로 기쁨을 누린 적이 없기 때문입니다. 제가 원하던 것을 인정하실 수 없었던 아버지께서 그 이유를 가장 잘 아실 겁니다. 아버지께서는 사회에 첫발을 내디딜 때 얼마나 상황이 어려웠는지 가끔 말씀하시곤 했지요. 그 어려웠던 상황이 스스로를 존중하고 만족을 느끼게 하는 훌륭한 교육이었다고 생각하시나요? 아버지께서도 이미 노골적으로 말씀하셨다시피 제가 너무 편안히 지낸다고 생각하시나요? 저는 지금까지 모든 점에서 의존적으로, 그러나 남이 보기에는 만족스럽게 성장해 왔습니다.

17 마리엘리스트에서 보낸 편지다.

제 천성을 배려하셨던 분들은 선량하고 친절하셨지만 그렇게 성장한 것이 제 천성에 좋지 않은 영향을 끼쳤다고 생각하시나요? 확실히 어디서나 자신의 독립성을 확보할 줄 아는 사람들이 있습니다만 저는 그런 부류의 사람이 못 됩니다. (……)

    사무실에서 무척 성가시고 참기 어려운 경우가 가끔 있지만 그래도 내심 편합니다. 또 여기서 저는 필요한 것 이상으로 수입을 얻고 있습니다. 하지만 무엇 때문에요? 누굴 위해서인가요? 저는 봉급의 사다리를 타고 계속 올라가겠지요. 무슨 목적일까요? 이 일은 제게 맞지도 않고, 보상으로 독립성을 가져다주지도 않는데 말입니다. 그런데 저는 왜 이 일을 그만두지 않는 걸까요? 제가 사직하고 프라하를 떠나는 것은 모험이 아니라 전부를 얻을 수 있습니다. 프라하에서의 생활이 좋지 않았기 때문입니다. 부모님께서는 재미 삼아 저를 루돌프 뢰비 외삼촌과 비교하셨지요. 하긴 프라하에 계속 있으면 제 인생 행로가 외삼촌의 그것과 별로 다르지 않을 겁니다. 예상하건대 외삼촌보다 돈을 많이 벌고 재미는 많이 느낄지 모르지만 믿음은 떨어질 겁니다. 따라서 외삼촌만큼 만족스럽지는 못할 겁니다. 하지만 프라하를 벗어나면 모든 걸 얻을 수 있습니다. 달리 말하면 제가 가진 모든 능력을 십분 활용하고, 선하고 올바른 일을 한

대가로 진정 살아 있다는 느낌과 지속적인 만족을 느끼는 독립적이고 침착한 인간이 될 수 있습니다. (……)

제 계획을 다음과 같이 실행하려고 합니다. 현재 제 수중에는 5000크로네가 있는데, 이 돈이면 돈벌이를 하지 않더라도 베를린이나 뮌헨에서 이 년 정도는 살 수 있습니다. 이 이 년 동안 문학 창작을 하면서 프라하에서의 내적 나태함과 아주 명백하고 지나치고 획일적인 외적 방해 때문에 해낼 수 없었던 것들을 제게서 끌어낼 수 있을 겁니다. 이 년의 시간이 지난 뒤에는 비록 보잘것없는 액수지만 문학 창작을 해서 번 돈으로 살아갈 수 있을 것입니다. (……) 제가 약간의 작품을 썼는데 그것들이 상당히 인정을 받고 있습니다. 이런 이유 때문에 부모님의 생각은 별로 근거가 없습니다. 저는 결코 게으르지 않은 데다 욕심도 없는 편이어서 비록 희망이 물거품이 된다 해도 부모님께 폐 끼치지 않고 다른 생계 수단을 찾을 겁니다. 만약 폐를 끼치게 된다면 현재의 프라하 생활보다 더 괴롭고 더 힘든 생활이 저나 부모님을 기다릴 테니까요. 그런 생활은 정말 견디기 힘들 것입니다.

1914년 10월 말에서 11월 초. 펠리체 바우어에게
예나 지금이나 나의 내면에서는 두 자아가 서로

싸우고 있습니다. 한 자아는 그대가 원했던 것과 거의 같습니다. 그 자아는 그대의 소망을 충족시키기에 부족한 것을 더 이상의 발전을 통해 달성할 수 있을지도 모릅니다. 그러나 다른 자아는 일만 생각합니다. 일은 이 자아의 유일한 걱정거리입니다. 일은 아무리 비열한 상상조차 이 자아에게 낯설지 않게 만듭니다. (……) 다른 사람들은 결혼으로 포만감을 느낍니다. 그들에게 결혼은 마지막으로 음식을 한 입 크게 먹는 것과 같습니다. 그러나 내 경우는 이와 다릅니다. (……) 나는 그대의 현실적 존재를 사랑했습니다. 단 그 사랑이 내 일에 적대적으로 다가올 때만 두려워했지요.

1차 세계 대전 중. 존경하는 비글러에게

베토벤 서간집을 펴낸 것에 진심으로 감사드립니다. 쇼펜하우어 책을 오늘 읽기 시작했습니다. 당신의 더없이 부드러운 손길로, 참된 현실을 바라볼 줄 아는 당신의 더없이 강렬한 눈길로, 환상적일 만치 드넓은 당신의 지식으로, 시적으로 제어된 당신의 강력한 열정으로 계속 그와 같은 기념비들을 세우고자 한다면 저의 더할 나위 없는 기쁨이 될 것입니다.

1916년 1월 18일. 펠리체 바우어에게

나의 첫째 과제는 어떤 구멍으로 기어들어 나 자신에게 귀 기울이는 것입니다. 그 결과는 어떻게 될까요? 말할 것도 없이 내 안의 살아 있는 남자는 희망을 품고 있습니다. 놀랄 일도 아니지요. 그러나 그 판결을 내리는 자는 그렇지 않습니다. 물론 판결을 내리는 자 역시 내가 구멍 속에서 자포자기한다고 하더라도 내가 할 수 있는 한 최선을 다할 것이라고 말합니다. 하지만, 그대, 펠리체는? 내가 그 구멍에서 빠져나오기 전까지는, 어떻게든 빠져나오기 전까지는 나는 그대에 대한 권리가 없습니다. 그때까지 그대는 나를 올바로 보지 못할 것입니다.

1916년 3월. 펠리체 바우어에게

나는 유령들에게 두껍게 에워싸여 있습니다. 이 유령들에게서 자유로워지려고 하지만 사무실이 방해합니다. 유령들은 밤낮으로 내게 달라붙어 있습니다. 내 의지대로 자유를 추구하는 일은 축복이겠으나 만약 내가 자유로워지면 유령들은 나를 서서히 무너뜨릴 겁니다.

1916년 7월 5일. 막스 브로트에게

마리엔바트에 가니 F가 고맙게도 역에 마중 나왔더군.
그럼에도 나는 안마당으로 나 있는 볼품없는 방에서
절망적인 밤을 보냈어. 게다가 잘 알려진 첫날밤도
절망적이었어. 월요일에 대단히 멋진 방으로 옮겼어.
그래서 지금까지 성공하지 못한 두통 정복에 나설 거야.

1916년 7월 중순. 막스 브로트에게

난 정말이지 막다른 골목으로 내몰린 쥐가 된
기분이었어. 그러나 더 나빠질 수 없어서 이제 좋은 쪽으로
돌아섰어. 나를 동여맸던 밧줄이 왠지 좀 느슨해졌고,
이제 조금 제정신을 차렸어. 줄곧 완전한 허공 속으로
구원의 손길을 뻗었던 그녀가 다시 도움이 되었고, 그녀로
말미암아 지금까지 몰랐던 인간 간의 관계에 도달했어.

난 그녀를 제대로 알지 못했어. 다른 의구심 말고도
편지 쓴 여자가 눈앞에 있다는 것에 대한 두려움이
당시 나를 곤란하게 했어. 그녀가 약혼 입맞춤을 받기
위해 큰 방에서 나를 향해 다가왔을 때 내 몸에 전율이
엄습했어. 부모님과 함께한 약혼 여행은 한 걸음 내디딜
때마다 내게는 고문이었어. 결혼 전에 F와 단둘이
있다는 사실만큼 두려운 일은 없었어. 이제는 달라졌고

괜찮아졌다네. 우리의 계약은 간략해. 전쟁이 끝난 직후 결혼하고, 베를린 교외에 방 두세 개짜리 집을 얻고, 각자 스스로 경제적 책임을 지는 거야. F는 지금까지 해 왔던 것처럼 계속 일을 할 것이고, 나는, 글쎄 나는 아직 뭐라고 말할 수 없어.

1916년 12월 7일. 펠리체 바우어에게
  그대여, 며칠간 소식이 없군요. 내가 언제까지나 행복한 상태에서 살고 있다고 생각해서는 안 됩니다. 비교적 평온한 것은 아마 불만이 쌓이는 중이라 그럴 겁니다.

1916년 12월 20일. 펠리체 바우어에게
  내 생활은 단조롭습니다. 그리고 타고난 불행, 세 부분으로 된 불행의 감옥 속에서 나아갑니다. 아무것도 할 수 없을 때 나는 불행합니다. 무언가를 할 수 있을 때는 시간이 없습니다. 미래에 대해 희망을 걸어 보려고 하면 이전보다 더 못하지 않을까 하는 불안감이 생깁니다. 그 외에도 여러 불안감이 존재합니다. 절묘하게 계산된 지옥이지요.

1917년 3월 7일. 그레테 블로흐에게

　나는 자식이 부모에게보다 부모가 자식에게 더 공정하다는 것을 깨달았습니다. 인정받지 못한 자식보다 인정받지 못한 부모가 더 많거나 아니면 그런 상황이 더 오래 지속됩니다.

1917년 4월 19일. 오틀라에게

　오틀라, 이곳의 모든 것이 아직 체계가 잡히지 않았구나. 이 상황이 얼마나 오래갈지는 아무도 몰라. 그렇다고 당장 체계가 무너지지는 않을 거야. 네가 체계를 잘 잡아 두었으니까. 그런데 알게 모르게 체계가 무너져 내리고 있을지도 몰라. 난 모르겠어. 앞서 말한 '모든 것'이란 나를 두고 하는 말이야. 네가 떠난 뒤 히르슈 언덕에 폭풍우가 휘몰아쳤어. 우연이기도 하고 필연이기도 해. 어제는 쇤브룬궁의 셋집에서 늦잠을 잤어. 불이 꺼져서 방이 너무 추워 잠을 설쳤기 때문이야. 그래서 '오틀라가 떠난 첫날 저녁은 정말 엉망이구나.' 하는 생각이 들었지. 그러고서 신문지와 원고지를 다 긁어모았어. 잠시 후 아주 멋진 불길이 피어올랐어.

1917년 5월 15일. 오틀라에게

오틀라, 즉시 답장을 보내 다오. 네게서 완전히 버림받은 느낌이 드는구나. 미래가 날 파멸시킬지도 모른다고 난 스스로에게 말해 왔어. 그러나 네 편지가 아니었더라도 나의 그런 생각이 잘못임을 알게 됐지. 연금술사 골목의 집으로 오면서 나는 더 나은 시간[18]으로 옮겨졌어. 난 지금 그 집에서 작업을 포기한 상태고 너는 떠나고 없구나. 물론 불평할 일은 많아. 하지만 지난 몇 년과 비교해 보면 더할 나위 없이 좋아.

1917년 8월 29일. 오틀라에게

하지만 휴가를 신청할 충분한 이유가 있어. 삼 주 전쯤 한밤중에 각혈을 했거든. 새벽 4시쯤 잠에서 깨어나 보니 입 안에 이상할 정도로 침이 고여 있는 거야. 이상하게 생각하며 침을 뱉었지. 그러고는 불을 켰는데 놀랍게도 한 뭉치의 핏덩어리가 나온 거야. (……) 뮐슈타인 박사에게

---

18 1916년 11월 이전 약 이 년 동안 카프카는 거의 작품을 쓰지 못했다. 반면 연금술사 골목에서 보낸 몇 달은 카프카에게 가장 생산적인 시기 중 하나였다. 1916년 12월부터 1917년 4월까지 수많은 산문과 미완성 단편이 생겨났다. 그중 대부분은 단편집 『시골 의사』에 수록되었다.

가 보니 기관지염이라며 약을 처방해 줬어. 세 병을 복용하라면서 한 달 뒤에 다시 오래. 하지만 그 안에 다시 피가 나오면 즉시 오라는 거야. 다음 날 또 피를 흘렸는데 이번에는 양이 적었어. 다시 의사에게 갔는데, 말이 나온 김에 하는 말이지만 그때 의사의 태도가 영 맘에 들지 않았어. (……)

　난 최근 들어 다시 두려울 정도로 망상에 시달리고 있어. 오 년 동안의 고통스러운 시기 중 지난겨울이 고통이 없었던 가장 긴 시간이었어. 그 고통의 오 년은 내게 부과된, 좋게 말해서 내게 위탁된 가장 큰 투쟁이었어. 그리고 승리(예컨대 결혼으로 표현할 수도 있는 승리, 펠리체 바우어가 아마 이 투쟁에서 훌륭한 원칙의 대표자일 것 같아.) —— 내가 말하는 승리는 비록 어느 정도 견딜 만큼 피를 쏟음으로써 거둔 승리지만 내 개인사로 보면 나폴레옹의 승리에 견줄 만해. 하지만 이젠 나폴레옹처럼 투쟁에서 패배할 것 같아. 아주 잘 잔 것은 아니지만 그래도 새벽 4시부터 꽤 잘 잤고, 무엇보다 속수무책이던 두통이 말끔히 사라졌어. 각혈의 이유를 생각해 보니 끊임없는 불면증, 두통, 신열, 긴장 때문에 몸이 쇠약해져서 결핵에 쉽게 노출된 것 같아. 우연이긴 하지만 그때부터 펠리체 바우어에게 편지를 보낼 필요가 없게 됐어. 그녀에게 아름답지 않고 거의 추악하기까지

한 구절이 든 장문의 편지를 두 통 보냈는데 오늘까지도 답장이 없어서 말이야.

1917년 9월 4/5일. 오틀라에게

그건 그렇고 요즘 「뉘른베르크의 명인 가수」 중 한 구절이 자주 떠올라. "난 그를 멋지다고 생각해 왔는데."[19]였던가? 내가 굳이 이 구절을 들먹이는 이유는 이런 거야. 이 병에는 의심할 여지가 없는 정의가 담겨 있어. 병은 정의의 타격이야. 그런데 난 이 타격을 타격으로 느끼지 않아. 지난 몇 년과 비교해 볼 때 오히려 달콤했어. 정의롭지만 거칠고, 덧없고, 단순하고, 정말 이처럼 쉽게 흔적을 남길 줄 몰랐던 타격이었어. 이 타격은 또 다른 출구를 찾아야 할 것 같아.

19   리하르트 바그너의 「뉘른베르크의 명인 가수」 2막 4장에서 에바가 한스 작스에게 한 말이다. 그는 에바에게 최근 일어난 사건에 대해 캐물었으나 헛수고에 그쳤다. 전문은 다음과 같다.
"당신은 정말 아무것도 모르세요?
당신은 정말 아무 일도 안 하세요?
이젠 정말 깨달았어요. 역청은 밀랍이 아님을.
전 당신을 멋지다고 생각해 왔거든요."

1917년 9월 5일. 막스 브로트와 펠릭스 벨치에게

나는 건강이 썩 좋지는 않고 신경이 약간 예민해져 있어. 차라리 비교적 장기 휴가를 받아 오틀라한테 갈 생각이야. 어머니(만일 어머니에게 중요한 문제일 경우)는 아주 약간의 암시로도 내게 임의의 휴가를 주려는 한없는 배려심 때문에 내 설명에서 아무런 수상한 점을 발견하지 못했어. 그래서 그 일은 당분간 그대로 둘 거야. 그 점은 아버지한테도 마찬가지야. 따라서 자네가 그 일에 관해 누군가에게 말하는 경우(물론 그 자체로 그 일은 비밀이 아니고, 내 지상의 재산은 한편으로 결핵에 의해 증대했으며, 다른 한편으로는 물론 약간 감소했지.) 동시에 말하고, 또는 이미 말했다면 나중에 덧붙여 주길 부탁하네. 내 부모님 앞에서는 그 이야기를 하지 말아 줘. 심지어 대화 중에 어떻게든 요청받는 일이 있더라도 말이야. 부모님께 걱정을 끼치지 않는 게 쉬운 일이라면 당연히 그렇게 해야겠지.

1917년 9월 8일. 오틀라에게

오틀라, 네 답장을 받지 못했어. 아마 수요일 아침에 출발할 것 같아. 막스는 요즘 내가 취라우로 가는 데 반대하면서도 의사와 계속 상의하고 있어. 그의 항변은

최선책을 강구하라는 것인데 스위스나 메란 등지로
요양지를 선택하라는 거야. 의사는 내가 무척 가난하다고
생각했는지 취라우행에 동의했대. 그곳엔 의사가 없어
상태가 악화하면 내가 할 수 있는 거라곤 피를 쏟는
일뿐이야. 의사는 처방대로 비소 치료를 받는다는
조건으로 취라우행에 동의했다는군.

1917년 9월 9일 추정. 펠리체 바우어에게

내 양쪽 폐가 결핵입니다. 그런 병에 걸린 것이 놀랍지
않습니다. 피가 나온 것도 그렇고요. 이미 몇 년 동안
불면과 두통으로 심각한 병을 불러들였습니다. 그래서
결국 혹사당한 피가 쏟아져 나온 것입니다.

1917년 9월 중순. 막스 브로트에게

오틀라는 그야말로 나를 날개 위에 떠메고 힘겨운
세상을 헤쳐 가고 있어. (물론 동북향이긴 하지만) 방은 아주
훌륭하고 통풍이 잘되고 따뜻해. 그리고 집은 거의 완전히
정적에 잠겨 있어. 내가 먹어야 하는 질 좋은 음식도
주위에 널렸어.(내 입술이 잘 받아들이지 않는 것이 문제일
뿐이야. 환경이 바뀌면 처음 며칠은 늘 그래 왔어.) 그리고 자유,

무엇보다도 자유가 있어서 좋아.

   1917년 9월 중순. 막스 브로트에게
   F가 글 몇 줄을 써서 오겠다고 알려 왔어. 그녀를
이해할 수 없어. 그녀는 아주 특별해. 아니 더 잘
표현하자면 그녀를 이해해. 하지만 붙잡아 둘 수는 없어.
나는 그녀 주변을 돌아다니며 짖고 있어. 마치 신경이
날카로워진 개 한 마리가 동상 주변을 돌아다니듯 말이야.
또는 또 다른 진정한 대립상을 제시해 말하자면 나는
박제된 동물이 자기 방에서 조용히 사는 사람을 바라보듯
그녀를 바라보고 있어. 절반의 진실, 1000분의 1의
진실이지. F가 반드시 오리라는 것만이 진실이야.

   1917년 9월 30/10월 1일. 펠리체 바우어에게
   이제 나 자신조차 믿지 않는 비밀 한 가지를 그대에게
말하려고 합니다. 그것은 진실일 수밖에 없습니다.
나는 결코 건강해지지 못할 것입니다. 건강해지기 위해
접의자에 누워 요양해야 하는 결핵이라서가 아니라 내가
살아 있는 한 지극히 필수 불가결한 무기이기 때문입니다.
그리고 이 두 가지 모두 삶에 머물러 있을 수 없습니다.

1917년 10월 초. 막스 브로트에게

친애하는 막스, 내 병 말인가? 우리끼리만의 말인데 병이 거의 느껴지지 않아. 열도 없고, 기침도 많이 하지 않고, 통증도 없어. 호흡이 짧은 것은 사실이야. 하지만 눕거나 앉아 있을 때는 느껴지지 않아. 걷거나 어떤 일을 할 때 나타나지. 이전보다 두 배쯤 가삐 숨을 쉬지. 하지만 본질적인 고충은 아니라네. 나는 이런 생각을 하게 됐어. 내가 가진 것 같은 결핵이란 특별한 질병, 특별한 이름값을 하는 질병이 아니라 그 의미에 따르자면 보편적인 죽음의 싹이 잠시 평가할 수 없을 만치 강화되는 것일 뿐이야. 삼 주 만에 체중이 2.5킬로그램 느는 바람에 몸을 움직이기 더 힘들어져 버렸어.

1917년 10월 초. 오스카 바움[20]에게

내 몸 상태가 이전보다 더 나아졌는지는 전혀 모르겠어. 말하자면 이전처럼 잘 지내. 지금까지는 통증이

---

20 오스카 바움(Oskar Baum, 1883~1941). 체코 플젠 출신의 유대인으로 선천성 시력 장애자이며 유대 예배당의 오르간 연주와 합창 지휘자 생활을 하면서 작품을 썼다. 1904년 막스 브로트를 통해 카프카와 교제했고, 결혼한 바움의 집에서 주로 문학 동우회 모임을 했다.

없어서 쉽게 견디며 그냥 넘어가고 있어. 혹시 바로 이것이 미심쩍을 수도 있는 게 아니라면 말이야. 내 얼굴이 너무 좋아 보였는지 일요일 이곳에 오신 어머니가 역에서 나를 전혀 못 알아봤을 정도야.(말이 나왔으니 하는 말인데 우리 부모님은 내 결핵에 대해 아무것도 모르셔. 그러니 자네들 조심해야 해. 우연히 그분들과 마주칠 경우에 말이야.) 지난 두 주 만에 몸무게가 1.5킬로그램 늘었어.(내일 세 번째로 잴 거야.) 잠자는 것은 들쭉날쭉한 편이지만 평균적으로 최악은 아니야.

    1917년 10월 12일. 막스 브로트에게

    친애하는 막스, 사실 나는 이것을 항상 의아하게 생각했어. 자네가 나와 다른 사람들에게 쓰는 "불행 중 행복하다."라는 표현 말이야. 더구나 확인으로서, 또는 유감이나 극단적인 경우의 경고로서가 아니라 비난으로서 말이야. 그것이 무슨 뜻인지 알지 못한단 말인가? "불행 중 행복하다."라는 말이 동시에 함축하는 이 속셈과 더불어 아마 카인의 표지가 표현되었지. 어떤 사람이 "불행 중 행복하다."라고 하면 세상과 발맞추어 가는 것을 잊어버렸다는 뜻이네. 더 나아가 모든 것이 그에게서 떨어져 나갔거나 떨어져 나가고 있다는 뜻이네.

또 어떤 목소리도 그에게 더 이상 제대로 도달하지 않아서 그가 어떠한 목소리도 솔직히 따를 수 없다는 뜻이네. 내 처지가 그렇게 나쁘다는 말은 아니고, 또는 지금까지는 적어도 그렇지 않았어. 나는 이미 행복과 불행을 충분히 맞닥뜨렸어. (······) 이 '행복'에 대한 자네의 태도와 비슷하게 나 역시 '확실한 비애'의 다른 부수 현상에 대해 그와 같은 태도야. 자아도취에 대해서도 그래. 자아도취 없이는 좀처럼 그런 비애가 나타나지 않거든. 난 그 문제를 종종 깊이 생각해 봤어. 최근에 《노이에 룬트라우》에 실린 토마스 만의 에세이 「팔레스트리나」를 읽은 후에 말이야. 토마스 만은 내가 꼭 읽고 싶은 작가 중 한 명이야.

1917년 10월 초. 펠릭스 벨치에게

건강 회복을 위해서는 물론 자네 말이 옳아. 무엇보다도 회복에 대한 의지가 필요해. 그야 내게도 있지, 내숭 떨지 않고 말하는 한에서. 또한 반대 의지도 있어. 이것은 특별한 병이고, 이렇게 말해도 좋다면 선천적인 질병이야. 지금까지 내가 겪은 다른 모든 병과는 완전히 달라. 가령 어떤 행복한 연인이 이렇게 말하듯이 말이야. "지난 모든 일은 다만 착각이었을 뿐 이제야 비로소 나는 사랑을 한다."

1917년 11월 중순. 막스 브로트에게

어쩌면 어린 시절부터 나에게 제공되었을 가장 가까운 탈출구는 자살이 아니라 자살 생각이었어. 내 경우 자살을 막은 것은 특별히 꾸며 말할 수 있는 비겁함이 아니라 동시에 무의미하게 끝나는 이런 생각이었어. "아무것도 할 줄 모르는 네가 하필 이런 짓을 하겠다고? 어떻게 감히 그런 생각을 해? 네가 자살할 수 있다면 말하자면 더 이상 그런 짓을 할 필요가 없겠어 등등." 나중에는 서서히 다른 통찰이 덧붙여 자살 생각을 그만두게 되었지. 이제 내가 직면한 것은 혼란스러운 희망, 고독한 행복한 상태, 부풀린 허영심을 넘어 명료하게 생각해 봤을 때 비참한 삶, 비참한 죽음이었어. "그의 뒤에 살아남은 것은 치욕인 것 같았다."가 『소송』의 마지막 말이야.

1917년 11월 말/12월 초. 오스카 바움

취라우는 늘 그렇듯이 아름다워. 겨울로 접어들 뿐이야. 창밖의 거위 연못은 벌써 가끔 얼어붙고, 아이들은 멋지게 스케이트를 타고 있어. 그리고 밤의 강풍에 연못으로 날아간 내 아침을 꽁꽁 언 얼음판에서 떼어 내야 했어. 쥐들은 끔찍한 모습을 보였어. 이것을 자네에게 말하지 않을 수 없어. 저녁마다 내가 링 광장을 가로질러 팔에 따뜻하게 안은 고양이와 함께 쥐들을 쫓아 버리지. 그러나 어제 거친 시궁쥐가 아주 시끄러운 소리를 내면서 내 방에 난입했어. 그래서 옆방의 고양이를 불러야 했다네.

1917년 12월 18/19일. 막스 브로트에게
여성은 초인간적인 일을 행하는가? 그렇고말고. 어쩌면 초남성적인 일을 행하는 것일 뿐일지도 몰라. 하지만 그것도 물론 충분하고말고.

1917년 12월 28일. 오틀라에게
펠리체와 보낸 며칠은 언짢았어. 어제 오전에는 어린 시절 이후 가장 많은 눈물을 흘렸어. 내 행동의 정당성에 조금이라도 의심을 품었더라면 상황은 더욱 악화되었을 테고 실행에 옮기기도 힘들었을 거야. 행동을 실천에 옮겼어. 펠리체가 내 행동을 받아들이면서 단정한 자세와 특히 호의를 보였다고 해서 내 행동이 부당했다고 말할 순 없어.

1918년 3월 초. 막스 브로트에게

키르케고르에게서 어쩌면 나는 정말로 길을 잃었을지도 몰라. 그에 대해서 쓴 자네 글을 읽고 놀랍게도 그런 사실을 깨닫게 돼. 실제로 자네가 말한 그대로야. 결혼 실현은 그의 주된 문제지. 의식 내부에까지 줄곧 파고드는. 저서 『이것이냐 저것이냐』, 『공포와 전율』, 『반복』에서 그것을 보았네. 하지만 나는 그런 점을 정말이지 잊어버렸어. 어찌 됐든 키르케고르가 항상 나의 뇌리를 떠나지 않고 있었지만 말이야. 물론 그 문제와 완전히 무관한 영역은 아니지만 나는 다른 어디를 헤매고 있었어.

1918년 11월 11일. 오틀라에게

오틀라, 내 병은 꽤 참을 만하단다. 매일 아침 침대를 벗어나긴 하지만 아직 바깥에 나가지는 못해. 오늘이나 내일은 가능할지 몰라. 네 형편이 안 좋은 것을 알아. 굶주림에 시달리고[21] 자기만의 방도 없고 프라하에 가고 싶어도 공부할 양이 많아 가지 못하는 것 등은 하나의 큰 시련이지.

---

21   오틀라는 식량 사정 때문에 채식 위주의 생활이 힘들었는데도 오빠의 영향으로 채식주의자가 되었다.

1919년 11월 중순. 아버지에게 드리는 편지

저는 아버지의 평소 생각을 그르다고 생각하지 않습니다. 그래서 아버지와 저의 관계가 이렇게 멀어진 것이 아버지 탓이라고는 결코 생각하지 않습니다. 하지만 마찬가지로 저 역시 책임이 없습니다. 만약 아버지가 그 점을 인정하신다면 새로운 삶은 불가능하더라도 일종의 평화가 올 수는 있을 겁니다. 갈등이 아주 그치지는 않더라도 아버지의 끝없는 질책은 누그러지겠지요. (……)

그로부터 몇 년 후까지도 저는 고통스러운 생각에 시달려야 했습니다. '어느 날 밤 거인 모습의 아버지가 갑자기 최후의 심판관이 되어 나타나서는 나를 침대에서 끌어내 파블라치로 끌고 갈 수 있다. 그만큼 나란 존재는 아버지한테 아무것도 아닌 존재다.'라는 생각이었지요. (……) 저한테는 약간의 격려와 따스한 정, 그리고 제 길을 조금 열어 두는 정도면 되었을 텐데 아버지께선 오히려 제 길을 가로막으셨지요. 물론 제가 다른 길을 가야 한다는 좋은 뜻에서 그러셨지만 말입니다. 하지만 저는 아버지가 원하는 그 길을 가기에는 부적합한 아이였습니다. (……) 아버지께선 제게 "말대답하지 마!"라고 하셨고, 그럼으로써 아버지께 못마땅하던 제 안의 저항력을 침묵시키려고 하셨지요. 하지만 그 말의 효과가 너무 커서 저는 너무 순종적인 아이가 되었지요.

저는 벙어리처럼 완전히 입을 다물었고 아버지 앞에선
설설 기었습니다. (……) 이제 우울증 증세를 보이는 일은
시간문제였습니다. 그러다가 결혼하겠다는 엄청난
결심을 한 후 가히 초인적인 노력을 기울이게 되면서
그만 각혈을 하고 말았지요. (……) 저는 결혼을 할 수
있기에는 정신적으로 너무 무능력했습니다. 결혼하기로
결심한 순간부터 더 이상 잠을 이룰 수 없었습니다.
밤낮으로 머리가 지끈거렸고, 더 이상 사는 게 사는 것이
아니었어요.

1920년 4월. 밀레나 예센스카에게
따라서 제가 기대할 수 있는 회답은 두 가지입니다.
하나는 계속 침묵을 지키는 것입니다. 이는 '걱정 마세요.
잘 지내고 있으니까요.'라는 뜻입니다. 다른 하나는 편지에
몇 자 적어 보내는 것입니다.

1920년 4월. 밀레나 예센스카에게
친애하는 밀레나, 음울한 빈의 한복판에서
번역하시느라 수고 많습니다. 왠지 모르게
감동적이면서도 부끄러운 일이군요. 이미 볼프한테서 편지

한 통을 받았을 겁니다. 그는 이미 오래전에 제게 그 편지에 대해 쓴 적이 있지요.

1920년 4월. 밀레나 예센스카에게

그러니까 폐가 말썽이네요. 종일 머릿속에서 그 생각을 떨칠 수 없기 때문에 다른 생각은 할 수 없었습니다. 그렇다고 이 병 때문에 특별히 충격받은 것은 아닙니다. 당신의 언급에서 어렴풋이 드러나듯이 당신의 경우는 그 증세가 가벼운 것 같고, 또한 그러하기를 간절히 바라고 있습니다. 제가 삼 년 전부터 앓고 있는 진성 폐결핵조차도 (서유럽인의 절반이 다소간 폐에 문제가 있습니다.) 제게 나쁜 것보다는 좋은 것을 더 많이 가져다주었습니다.

삼 년 전쯤 한밤중에 각혈을 한 적이 있습니다. 폐결핵의 시작이었지요. 어떤 새로운 일이 있을 때면 흔히 그러듯이 저는 매우 흥분했으며, 물론 조금 놀라기도 했습니다. 침대에서 벌떡 일어나(계속 누워 있는 대신에 말입니다. 나중에야 그런 상황에서는 누워 있어야 한다는 지침을 알게 되었습니다.) 창가로 가서 창문에 몸을 기대기도 하고, 세면대로 다가가 기도도 하고, 방 안을 돌아다니기도 하고, 침대에 앉아 보기도 했지만 피는 멎지 않았습니다. 그러나 그때 저는 전혀 불행하다고 느끼지 않았습니다.

특별한 이유에서 각혈[22]만 그친다면 지난 삼사 년 동안 계속된 불면 후에 이제야 겨우 잠을 제대로 이룰 거라는 사실을 알아서입니다. 각혈은 멈추었고(그 후로 두 번 다시 나타나지 않았습니다.) 저는 그날 밤 아침까지 푹 잤습니다. 아침이 되자 선량하고 헌신적이었으나 무척 사무적인 하녀가 와서 피를 보더니 말했습니다. "박사님, 박사님은 오래 버티지 못하실 거예요."

1920년 4월/5월. 밀레나 예센스카에게

도스토옙스키가 처음 성공을 거두었을 때의 이야기를 아십니까? 많은 것을 함축하고 있는 이야기입니다. 저는 유명한 그의 이름 때문에 단지 손쉽다는 이유로 그 에피소드를 인용하곤 합니다. 이웃 사람이나 보다 가까운 주변 이야기도 이와 똑같은 의미를 가질 수 있을 테니까요. 그런데 이 이야기가 벌써 정확하게 기억나지는 않습니다. 심지어 등장하는 인물의 이름조차 말입니다. 도스토옙스키가 첫 번째 소설 『가난한 사람들』을 썼을 당시 그는 친구이자 작가인 그리고리예프와 함께 살고

---

22 카프카는 펠리체 바우어와 파혼한 심리적 충격 때문에 결핵이 발병했다고 여긴 듯하다.

있었습니다. 그리고리예프는 몇 달 동안 책상 위에 글씨가 적힌 많은 종이를 보긴 했지만 그 소설이 완성되었을 때에야 원고를 받았습니다. 소설을 읽고 매혹된 그는 도스토옙스키에게는 아무 말도 하지 않은 채 당시 유명 평론가였던 네크라소프에게 원고를 가져갔습니다. 이튿날 새벽 3시에 도스토옙스키의 집 초인종이 울립니다. 방문한 사람은 그리고리예프와 네크라소프였지요. 그들은 방으로 달려들어 도스토옙스키를 껴안고 입맞춤합니다. 그때까지 도스토옙스키와 일면식도 없었던 네크라소프는 그를 일컬어 러시아의 희망이라고 말합니다. 그들은 주로 그 소설에 관해 한두 시간 대화를 나누고는 아침 무렵이 되어서야 작별을 고합니다. 항상 이날 밤을 자기 생애 중 가장 행복한 밤이었다고 말했던 도스토옙스키는 돌아가는 그들의 모습을 창가에 기대어 물끄러미 바라보면서 벅찬 감정을 주체할 수 없어서 눈물을 흘리기 시작합니다.

1920년 5월 8일. 오틀라에게
오늘 클라인자이테에 있는 보로비 서점에서 《크멘》[23] 6호를 스무 권 사다 주겠니. 한 권당 가격이 겨우 60헬러[24]밖에 안 된단다. 나중에는 구하기 힘들 테니. 저렴하긴 하지만 선물용으로 좋을 거야. 그 안에 밀레나가 번역한 「화부」가 실려 있거든.

1920년 5월. 밀레나 예센스카에게

여하튼 편지를 쓴다는 것은 좋은 일입니다. 저는 두 시간 전에 당신 편지를 읽으며 바깥의 눕는 의자에 드러누웠을 때보다는 마음이 더 평온해졌습니다. 제가 의자에 누워 있을 때 바로 한 발짝 앞에서 딱정벌레 한 마리가 뒤로 벌렁 나자빠졌습니다. 그 녀석은 곤경에 빠져 몸을 일으킬 수가 없었습니다. 제가 도울 의사만 있었다면 돕는 것은 어렵지 않았습니다. 한 발짝 다가가 슬쩍 차기만 해도 분명히 도움을 줄 수 있었습니다. 그러나 저는 당신 편지를 읽느라 그 벌레를 잊고 있었고 그 벌레처럼 일어날 수 없었습니다. 문득 도마뱀 한 마리가 눈에 띄었을 때에야 비로소 주변의 생명체가 다시 내 주의를 끌었습니다. 도마뱀이 가는 길은 딱정벌레를 타고 넘어가게 되어 있었는데 그 딱정벌레는 꼼짝 못 하고 있었습니다. 그래서 저는 이것이 사고가 아니라 단말마의 고통, 즉 동물의

---

23 체코의 작가 스타니슬라프 K. 노이만이 발행한 잡지다.
24 30페니히에 해당하는 금액이다.

자연사라는 진귀한 광경이라고 생각했습니다. 그러나 딱정벌레 위를 스치고 지나감으로써 도마뱀은 뒤집힌 딱정벌레를 일으켜 세웠습니다. 딱정벌레는 잠시 죽은 듯이 가만히 누워 있다가 마치 당연한 것처럼 다시 담벼락 위로 기어올랐습니다. 저는 이 광경을 보고 다시 용기를 얻었고, 벌떡 일어나 우유를 마신 뒤 당신에게 편지를 썼습니다.

1920년 5월 중순. 오틀라에게

한동안 거의 눈치채지 못했던 불면증이 얼마 전부터 다시 끔찍하게 찾아왔어. 이 불면증을 극복하기 위해 때로는 맥주를, 때로는 쥐오줌풀[25] 차를 마셨지만 거의 성공하지 못했어, 오늘은 내 앞에 브롬정[26]을 갖다 두기도 했어. 이것으로 내 상태를 짐작할 수 있을 거야. 그나저나 한동안은 편지를 쓰지 못할 거야. 네게 훈계의 편지를 보내면서 네가 그 때문에 상처받을 수 있다는 생각은 하지 않았어. 그런데 그 편지는 훈계라기보다 질문에 불과해.

네가 아프다고 해서 순간 가슴이 철렁했어. 네 편지를

---

25 불면증 치료에 효과적인 천연 신경 안정제라 할 수 있는 약초다.
26 환각과 망상증을 감소시켜 정신의 흥분을 가라앉히는 약이다.

읽은 직후 프뢰리히 씨를 만났는데, 과장해서 말한 것이 분명하지만 프라하에 천연두가 돈다고 했기 때문이야. 난 자연에 순응하며 사는 생활 방식이 천연두를 이겨 낼 방법이라고 생각해. 하지만 네가 그 방법을 증명하기를 바라지는 않아. 7월에 결혼[27]한다는 네 말에 정말 놀랐어. 6월 말쯤으로 생각했거든. 너는 내게 부당한 일을 하는 것처럼 결혼에 대해 말했어. 사실은 그 반대야. 우리 둘 다 결혼하지 않는 것은 끔찍한 일일 거야. 그런데 둘 중 확실히 네가 결혼에 더 적합해. 그러니 너와 나를 위해서도 결혼해라. 결혼이 쉬운 일이란 것은 세상이 다 아는 일이야. 그 대신 난 우리 둘을 위해 독신으로 남겠어.

1920년 5월 말. 오틀라에게

사장[28]의 말에서 나를 퇴직시킬 준비가 되었음을 알 수 있어. 계속 휴가를 내줘야 할 정도로 요양이 필요하다고 판단되는 나 같은 관리를 붙잡아 두는 것은 어리석은 일이야. 그렇지 않다면 계속 세상이 망해 간다는 징후가 아니겠니?

27 오틀라는 1920년 7월 15일 요제프 다비트와 결혼했다.
28 노동자재해보험공사 사장 로베르트 마르쉬너를 말한다.

1920년 5월 31일. 밀레나 예센스카에게

저는 빈에 가고 싶지 않습니다. 정신적 긴장을 못 견딜 것 같아서입니다. 정신적인 병을 앓고 있습니다. 폐 질환은 단지 정신적인 병이 넘쳐흐른 것에 불과합니다. 이 병은 사오 년 사이에 두 번의 약혼을 겪으면서 생긴 것입니다.

1920년 6월 3일. 밀레나 예센스카에게

밀레나, 저는 지금 매우 위험한 길에 있습니다. 당신은 한 그루 나무 옆에 젊고 아름다운 모습으로 우뚝 서 있습니다. 당신의 눈은 세상의 고뇌를 비춥니다. 사람들은 "어린나무야, 어린나무야, 자리를 바꿔라." 놀이를 합니다. 저는 한 그루 나무에서 다른 나무 그늘로 살그머니 다가갑니다. (……) 제가 내면의 끔찍한 소리를 듣는 동시에 당신의 소리까지 들을 수는 없습니다. 그러나 내면의 소리를 듣고 당신에게 털어놓을 수는 있습니다. 이렇게 털어놓을 사람이 세상에 당신 말고 또 누가 있겠습니까.

1920년 6월 12일. 밀레나 예센스카에게

밀레나, 이 정신없는 편지 왕래는 그만둬야겠습니다. 그러다 우리 두 사람 모두 미쳐 버릴지도 모릅니다. 무슨 내용을 썼는지 알 수 없고, 무슨 대답이 올지 알 수 없으며, 항상 떨고 있습니다. 나는 그대[29]의 체코어를 잘 알아듣고 웃음소리까지 들을 수 있습니다. 그러나 나는 그대의 편지 속으로, 말과 웃음 사이로 들어가지만 결국 단 한 마디만 들을 뿐입니다. 즉 나의 본질, 즉 불안입니다. (……)

내게는 지금 엄청난 일이 벌어지고 있습니다. 내 세계가 무너지고, 새 세계가 지어지고 있습니다. 이때 그대가 어떤 모습으로 존립할지 지켜봐 주세요. 나는 붕괴하는 것에 탄식하지 않습니다. 세계가 붕괴하는 중이니까요. 나는 그 세계가 재건되는 것에 탄식합니다. 나는 내 약한 힘에 탄식하고, 세상에 태어난 것에 탄식합니다. 나는 햇빛에 탄식합니다.

1920년 6월 15일. 밀레나 예센스카에게

오늘 아침 다시 그대 꿈을 꾸었습니다. 꿈속에서 우리는 나란히 앉았는데 그대가 나를 밀어냈어요. 화가 나서가 아니고 다정하게 말입니다. 난 무척 슬펐어요. 그대가 밀어내서가 아니라 그대를 마음대로 할 수 있는

---

29 이때부터 카프카는 비인칭인 '당신(Sie)' 대신 인칭인 '그대(du)'를 사용한다.

벙어리 여인처럼 다문 자신이, 그대가 낸 목소리, 내게
한 말을 흘려들은 나 자신이 슬펐습니다. 아니 어쩌면
흘려들은 것이 아니라 내가 대답할 수 없었을지도
모릅니다. 첫 번째 꿈에서보다 더 암담한 심정으로 나는
그곳을 떠났습니다.

1920년 6월 23일. 밀레나 예센스카에게
 진실을 말하기란 쉽지 않습니다. 단 하나의 진실밖에
없기 때문입니다. 진실은 살아 있으므로 표정이 생생하게
변하기 때문입니다.(표정이 사실 아름답지는 않습니다. 결코
그렇지 않습니다. 혹시 가끔 귀여울지는 모르겠습니다.)

1920년 7월 4/5일. 밀레나 예센스카에게
 내일 '아버님께 보내는 편지'를 그대 집으로
보내겠습니다. 부디 그 편지를 잘 간직해 주세요. 언젠가
아버님께 보여 드리게 될지도 모르니까요. 되도록 아무도
그 편지를 읽지 못하게 해 주세요.

1920년 7월 6일. 밀레나 예센스카에게
밀레나, 나는 질투심이 많은 사람이 아닙니다. 세상이 아주 작거나 아니면 우리가 엄청나게 큰 것입니다. 하여튼 세상은 완전히 우리 둘로 가득 차 있습니다. 그러니 내가 누구에게 질투한단 말인가요?

1920년 7월 14일. 밀레나 예센스카에게
어제 의사를 만나 봤습니다. 그는 내 상태가 메란으로 가기 전과 대체로 같다고 합니다. 내 폐에 거의 아무런 흔적도 남기지 않고 석 달이 흘러간 것입니다. 왼쪽 폐 끝부분에 병이 예전처럼 활동하고 있습니다. 의사는 이런 결과를 절망적이라고 보고 있습니다. 나는 꽤 괜찮은 편이라고 생각합니다. 만약 이 기간에 프라하에서 지냈다면 어쩔 뻔했을까 하는 생각이 들었기 때문입니다.

1920년 7월 16일. 밀레나 예센스카에게
오늘 편지가 오지 않았습니다. 그러나 불안하지 않습니다. 밀레나, 제발 나를 오해하지 마세요. 결코 그대 때문에 불안한 것은 아닙니다. 설사 그렇게 보인다고 해도, 아니 종종 그렇게 보이기는 합니다. 하지만 그것은 단순히 하나의 약점일 뿐이지요. 변덕스러운 마음 때문입니다. 그럼에도 내 마음은 왜 그렇게 고동치는지 정확히 알고 있습니다. 거인도 약점은 있게 마련입니다. 헤라클레스도 한 번 실신한 적이 있다고 합니다. 그러나 나는 이를 악물고 환히 밝은 낮에라도 그대의 눈을 마주하고 바라보면 어떤 것도 참아 낼 수 있습니다. 멀리 떨어져 있는 것, 불안한 마음, 근심, 그리고 편지가 오지 않는 것까지도 말입니다. (……) 앞에서 말한 것의 계속입니다. 그대가 마음속에 있으면 모든 걸 견뎌 낼 수 있습니다. 내가 언젠가 그대의 편지가 없는 날은 끔찍하다고 썼다면 그 말은 사실이 아닙니다. 그런 날은 단지 끔찍할 정도로 힘들었을 뿐입니다. 삶이라는 배가 무거워서 깊은 물속에 잠겼습니다. 그렇지만 배는 그대의 물결 위를 떠다녔어요. 밀레나, 그대의 확실한 도움 없이는 견딜 수 없는 게 딱 한 가지 있어요. '불안'입니다. 난 불안에 너무 취약해서 이 괴물을 바라볼 수조차 없어요. 그 괴물은 나를 쓸어 가 버립니다.

1920년 7월 17일. 밀레나 예센스카에게

그대가 편지에서 쓰고 있듯이 나는 정말이지 강한 사람입니다. 내게는 어떤 강인한 힘이 있습니다. 간단히 대충 이름 붙인다면 비음악적 본성이라고 할 수 있습니다. 반면에 지금은 이 편지를 계속 쓸 정도로 힘이 강력하지는 않습니다. 슬픔과 사랑의 홍수에 떠밀려 더 이상 편지를 쓸 수 없습니다.

1920년 7월 21일. 밀레나 예센스카에게

나중에 어떻게 될지는 문제가 되지 않습니다. 다만 확실한 건 내가 그대에게서 멀리 떨어지면 완전히 불안에 사로잡혀 살아갈 수밖에 없다는 사실입니다. 불안이 요구하는 것 이상으로 말입니다. 하지만 나는 자발적으로 기쁜 마음에서 그렇게 할 것입니다. 불안에 나 자신을 쏟아부을 것입니다. (……) 어쩌면 그 결과 우리 두 사람이 결혼하게 될지도 모릅니다. 그대는 빈에, 나는 불안한 마음으로 프라하에 있게 되겠지요. 그리고 그대뿐 아니라 나 역시 결혼을 이루려고 헛되이 노력하겠지요.

1920년 7월 30일. 밀레나 예센스카에게

밀레나, 그대는 내가 그대를 사랑하는지 늘 알고 싶어 합니다. 하지만 편지(지난번 일요일 편지에서도)로는 답하기 어려운 질문입니다. 가까운 시일 내에 한번 만나게 되면 그때는 기필코 말씀드리겠습니다.(목소리가 제대로 나온다면 말입니다.)

1920년 8월 4일. 밀레나 예센스카에게

지난번에 《트리뷰나》의 한 독자는 내가 정신 병원에서 많은 습작을 썼을 것이라고 내게 말했어요. 나는 "단지 자신의 정신 병원에서만"이라고 말했지요. 그러자 그는 '자신의 정신 병원'이라는 표현 때문에 나를 또 칭찬하려고 했어요.(번역에 두세 군데 약간의 오해가 있습니다.)

1920년 8월 9일. 밀레나 예센스카에게

그대의 편지 중 가장 아름다운 편지들(그런데 이렇게 말하면 지나친 것이 되겠지요. 그대의 편지들은 전체적으로 한 줄 한 줄이 내 인생에서 일어난 가장 아름다운 것이기 때문입니다.)은 그대가 내 '불안'을 인정하는 동시에 내가 불안해할 필요가 없다고 설명하려고 하는 편지들입니다. 비록 내가 때때로 매수당해 내 '불안'을 옹호하는 것처럼 보일지라도 마음 깊은 곳에서는 분명 나의 불안을 인정하기 때문입니다. 그래요, 나는 불안으로 이루어져 있고, 어쩌면 그것이 내가 지닌 최상의 것일지도 모릅니다. 그리고 이 불안이 내가 지닌 최상의 것이기 때문에 그것은 어쩌면 그대가 사랑하는 유일한 것일지도 모릅니다. 그 외에 나한테 그리 사랑스러운 면이 뭐가 있겠습니까? 그러나 이건 사랑스럽다고 할 수 있습니다. (……) 내가 그대를 사랑하기에 (그래서 나는 이해력이 떨어지는 그대를 사랑합니다. 마치 바다가 바닥의 작은 조약돌을 사랑하듯이 그대를 향한 내 사랑이 넘쳐흐릅니다. —— 하늘이 허락한다면 나는 그대 곁에서 다시 조약돌이 되고 싶습니다.) 나는 온 세상을 사랑하고, 그 세계에는 그대의 왼쪽 어깨도 포함됩니다. 아니 처음에는 오른쪽 어깨였습니다. 그래서 마음이 내킬 때면 그곳에 입맞춤합니다. (그리고 사랑스럽게도 그대가 블라우스를 살짝 내릴 때면 말입니다.)

1920년 8월 12일. 밀레나 예센스카에게
    그대는 가끔 나를 시험해 보고 싶은 마음이 생긴다고 쓰셨지요. 설마 농담이겠지요? 제발 그러지 마세요. 인식하는 것만으로도 많은 에너지가 소모되는데 인식하지 못하는 경우는 얼마나 더 많은 에너지가 소모되겠어요!

1920년 8월 13일. 밀레나 예센스카에게

내가 왜 편지를 쓰는지 나도 잘 모르겠습니다. 아마 신경과민 탓일 것입니다. 어젯밤에 받은 속달 우편에 대해 아침 일찍 서투른 전보 답신을 보낸 것도 신경과민 탓일 것입니다. 오늘 오후 쉥커[30]에 문의한 뒤 오늘 오후에 긴급히 답신을 보내겠습니다.

1920년 8월 26일. 밀레나 예센스카에게

나는 더럽혀졌습니다. 밀레나, 한없이 더럽혀졌습니다. 그 때문에 순수한 마음으로 그처럼 외칠 수 있습니다. 가장 순수하게 노래하는 사람은 가장 깊은 지옥에 떨어진 자입니다. 우리가 천사들의 노래라고 생각하는 것은 사실 지옥에 떨어진 자들의 노래입니다.

1920년 8월 말. 밀레나 예센스카에게

내가 말한 것은 여전히 유효합니다. 나는 나 자신에게 그것을 강요할 수는 없습니다. 하지만 당신의 고통이 내게 좋은 것을 가져다주는 한에서만 그것은 다음의 사실과

---

30   운송회사 쉥커(Schenker & Co)를 말하는 것으로 보인다.

관련이 있습니다. 여전히 당신의 고통은 그럴 만한 보람이 있습니다. 그렇다고 내가 돈으로 어떻게 할 수는 없는 노릇입니다. (……) 고백하건대 그대 생각이 거의 나지 않을 정도입니다. 다시 그대 바로 가까이서 숨 쉴 수 있다고 생각하니 너무 행복해서입니다. 하지만 그 사실도 내가 한 말에 영향을 미치지는 않습니다.

1920년 9월 5일. 밀레나 예센스카에게

알다시피 로빈슨 크루소는 모집에 응해 위험한 여행을 감행하고 난파당하는 등 많은 일을 겪어야 했습니다. 나는 그대를 잃는 것만으로 이미 로빈슨 크루소가 되어 있을 겁니다. 아니 로빈슨 이상으로 더 로빈슨이 될지도 모릅니다. 그에게는 아직 섬과 금요일과 많은 것들이 있었고, 마침내 배도 있었습니다. 배는 그를 섬에서 구출해 거의 모든 걸 다시 꿈속의 일로 되돌려 놓았습니다. 그런데 내게는 아무것도 없으며 심지어 이름까지 그대에게 바치고 없습니다.

그 때문에 나는 그대로부터 어느 정도 독립되어 있다고 할 수 있습니다. 의존도가 이처럼 한도를 넘었기 때문입니다. 양자택일의 결단은 너무 엄청난 일입니다. 그대가 내 것이면 좋은 일입니다. 하지만 그대가 나한테서

사라진다면 나쁜 정도가 아니라 모든 것이 없어져 버리는
것입니다. 그러면 질투도 괴로움도 불안도 없고 아무것도
없게 됩니다. 이런 식으로 한 사람에게 의존하는 것은
확실히 수치스러운 일입니다. 그렇기 때문에 토대가
무너지지 않을까 하는 불안감이 슬며시 엄습합니다.
하지만 당신에 대한 불안이 아니라 과연 그런 식으로
의지하고 살아야 하는지에 대한 불안입니다. 그대의
사랑스러운 현세적인 얼굴에 그토록 많은 신적인 것이
섞인 것은 이를 방어하기(어쩌면 원래부터 그러했을지도
모릅니다만) 위해서입니다.

1920년 9월 14일. 밀레나 예센스카에게
    숲의 동물인 나는 당시 거의 숲에 있지 않고 더러운
구덩이 어딘가에 누워 있었습니다.(물론 단지 내 존재 때문에
그곳이 더러워졌지요.) 그때 바깥의 야외에 있는 그대를
보게 되었습니다. 내가 그때까지 본 것 중 가장 아름다운
모습이었습니다. 나는 모든 걸 잊고, 심지어 나 자신까지
완전히 잊은 채 몸을 일으켜서 더 가까이 다가갔습니다.
사실 새로우면서도 고향 같은 자유를 느끼며 불안스러운
심정으로 그대가 있는 곳까지 좀 더 가까이 다가갔습니다.
그대는 무척 친절했고, 나는 마치 허락이라도 받은 듯 그대

곁에 웅크리고 앉아 그대의 손에 얼굴을 파묻었지요. 나는 너무 행복하고 너무 자랑스럽고 너무 자유로웠으며 너무 힘이 솟아나 흡사 집에 있는 듯이 느껴졌습니다. 자꾸만 이처럼 집에 있는 듯이 느껴졌습니다. 그러나 기본적으로 나는 한낱 짐승에 불과했고, 숲에 속할 뿐이었습니다. 단지 그대의 은총에 의해서만 이 야외에서 살 수 있었습니다. 그런데 나도 모르는 새(나는 모든 걸 잊고 있었기 때문이지요.) 그대의 눈에서 내 운명을 읽어 냈습니다. 그런 상태가 지속될 수는 없었습니다. 비록 그대가 더없이 자비로운 손으로 내 머리를 쓰다듬는다 해도 그대는 숲을, 이 근원을, 이 진정한 고향을 암시하는 어떤 진기한 현상을 인식할 수밖에 없었습니다. 필연적으로 되풀이되는 필연적인 '불안'에 대한 얘기가 나왔지요. 그 말은 신경이 곤두서도록 내게(그리고 그대도, 아무 죄 없는 그대까지) 고통을 주었습니다. 내가 그대에게 얼마나 불결한 역병인가, 어디서나 그대를 방해하는 장애물 같은 존재가 아닌가 하는 생각이 점점 더 커졌습니다.

1920년 9월 18일. 밀레나 예센스카에게
   이는 하나의 돌발 사태입니다. 그것은 지나갈 테고 일부는 지나갔습니다. 하지만 그 일을 일으킨 힘은 내

안에서 줄곧 떨고 있습니다. 그 일 이전에도 이후에도
말입니다. 이 지하 세계의 위협이 내 삶, 내 존재를
구성하고 있습니다. 그 위협이 멈추면 내 삶도 멈춥니다.
이것이 삶에 대한 내 참여 방식입니다. 위협이 멈추면
나는 삶을 포기할 것입니다. 마치 눈을 감는 것처럼
쉽고 자연스럽게 말입니다. 우리가 서로 알게 된 이후
그러한 위협이 항상 존재하지 않았습니까? 그리고 만약
그 위협이 없었더라면 그대가 내 쪽을 단지 슬쩍이라도
쳐다보았겠습니까?

1920년 9월 20일. 밀레나 예센스카에게

오후에는 자리에서 일어날 수 없었습니다. 너무
피곤해서가 아니라 몸이 너무 '무거워'서입니다. 이 단어를
자꾸 사용하는 것은 그것이 내게 유일하게 적합한
단어이기 때문입니다. 내 말을 이해하시겠습니까? 이는
가령 방향타를 잃고 파도를 향해 이렇게 말하는 어떤 배의
'무게'와 같습니다. "나는 내게는 너무 무겁고 너희한테는
너무 가볍다네." 하지만 전적으로 그렇다고도 할 수
없습니다. 하지만 비유로는 표현할 수 없는 그런 것이
아닙니다.

1920년 9월. 밀레나 예센스카에게

　방금 파울 아들러[31]가 왔다 갔는데 그 사람을 아십니까? 방문객이 그만 끊어지면 좋겠는데요. 모든 사람은 영원토록 생기 있으며, 정말 불멸의 존재입니다. 어쩌면 진정한 불멸의 방향에서가 아니라 그들의 순간적인 삶의 깊은 심연으로 가라앉는 방향에서 그러합니다. 나는 그들이 두렵습니다. 두려움 때문에 나는 그들의 모든 소망을 들추어 내기 위해 그들의 눈을 읽고 싶습니다. 그들이 답방을 요구하지 않고 떠나려 한다면 불안감과 고마운 마음에서 그들의 발에 입맞춤이라도 하고 싶은 심정입니다. 나는 여전히 혼자 살고 있습니다. 그러나 어떤 방문객이 나를 찾아오면 그것은 말 그대로 나를 죽이는 것이나 마찬가지입니다. 그의 힘으로 나를 다시 살릴 수 있다고 생각해서겠지만 그에게는 그만한 힘이 없습니다. 월요일에 자기를 찾아오라는데 그 바람에 내 머릿속에서 윙윙거리는 소리가 납니다.

31　파울 아들러(Paul Adler, 1878~1946). 오스트리아-체코계 작가이자 저널리스트, 번역가로 폴 클로델, 귀스타브 플로베르, 카미유 르모니에 등의 작품을 집필했다.

1920년 9월. 밀레나 예센스카에게

그대는 죽음을 생각하면 불안해지나요? 나는 고통이 끔찍하게 두려울 뿐입니다. 나쁜 징조입니다. 죽음은 바라면서 고통을 바라지 않는 것, 그것은 나쁜 징조입니다. 하지만 그렇지 않으면 인간은 감히 죽을 수도 있습니다. 인간은 다름 아닌 성서의 비둘기로서 파견되었는데 푸른 초지는 찾지 못하고 이제 다시 노아의 컴컴한 방주로 미끄러져 들어가고 있습니다.

1920년 9월. 밀레나 예센스카에게

밀레나, 그대는 어찌하여 아직도 나를 두려워하거나 혐오하지 않나요? 또는 그 비슷한 감정을 느끼지 않나요? 그대의 진지함과 힘은 얼마나 깊은 곳까지 다가가는지요!

나는 중국의 『괴담집』을 읽고 있습니다. 그 때문에 이 책은 오직 죽음만을 다루고 있다는 기억이 납니다. 한 남자가 임종을 맞는데 죽음이 가까워졌다는 생각에 이렇게 말합니다. "나는 쾌락에 저항하며 그것을 끝내는 데 평생을 보냈다." 그러자 한 제자가 죽음 이야기만 하는 스승을 비웃으며 말합니다. "스승님은 줄곧 죽음 이야기만 하면서 죽지는 않으십니다." 그러자 스승이 대답합니다. "그렇지만 나는 죽을 것이야. 사실 최후의 노래를 읊고 있어. 어떤 사람의 노래는 좀 더 길고, 다른 사람의 노래는 좀 더 짧지. 하지만 그 차이란 늘 불과 몇 마디의 차이에 지나지 않아."

이 말은 옳습니다. 그러므로 치명상을 입고 무대 위에 누워 아리아를 부르는 주인공을 비웃는 건 옳지 않습니다. 우리는 여러 해 동안 누워서 노래 부르고 있거든요.

1920년 11월 중순. 밀레나 예센스카에게

오후 내내 거리를 돌아다니면서 유대인 증오를 귀에 따갑게 들었습니다. 지금 유대인을 "비루먹은 종족"이라고 부르는 소리를 들었습니다. 그렇게 미움받는 곳에서 떠나는 것이 당연하지 않을까요?(이에 대해 시오니즘이나 민족 감정은 전혀 필요하지 않습니다.) 그래도 머물러 있겠다는 영웅주의는 욕실에서도 근절되지 않는 바퀴벌레의 영웅주의에 지나지 않습니다. 지금 막 창문 밖을 내다보았습니다. 기마경찰과 총검을 장착한 헌병대와 고함을 지르며 흩어지는 군중을 보았습니다. 그런데 이 위 창문 안에서 줄곧 보호받고 살아가는 나 자신이 역겹고 수치스럽습니다.

1920년 11월. 밀레나 예센스카에게

예컨대 디오게네스는 어떤 의미에서 중병을 앓지 않았을까요? 알렉산드로스의 빛나는 시선이 마침내 자신에게 쏠리게 되었을 때 우리 중 행복하지 않을 사람이 누가 있겠습니까? 그러나 디오게네스는 그에게 태양을 가리지 말라고 절망적으로 애원했습니다. 즉 이 끔찍한, 변함없이 타오르며 사람을 미치게 하는 그리스의 태양을 말입니다. 그가 들었던 통에는 유령들이 가득 차 있었습니다.

1920년 11월. 밀레나 예센스카에게

우리는 두 개의 매우 특징적인 서구 유대인의 사례를 알고 있습니다. 내가 아는 한 나는 가장 서구 유대적인 인간입니다. 과장해서 말하자면 내게는 조용한 순간이 주어져 있지 않다는 뜻입니다. 내게 거저 주어진 것은 아무것도 없고, 모든 것을 스스로 획득해야 합니다. 현재와 미래는 물론이고 과거조차도 말입니다. 게다가 누구나 태어나면서부터 가지고 있는 것조차 스스로 획득해야만 합니다. 어쩌면 그것이 가장 힘든 일일지도 모릅니다. 만약 지구가 오른쪽으로 돈다면, 실제로 그런지는 모르겠습니다만, 나는 과거를 만회하기 위해 왼쪽으로 돌아야 합니다. 그러나 지금 이 모든 의무를 이행할 힘이 조금도 없습니다. 나는 세상을 내 어깨 위에 짊어지고 있을 수 없습니다. 겨울 상의조차 거의 견디지 못할 정도입니다. 그렇다고 이런 무기력이 반드시 한탄할 일은 아닙니다. 어떤 힘이 이런 임무를 맡기에 충분할까요! 이럴진대 자기 힘으로 이곳을 헤쳐 나가려는 모든 시도는 정신 착란이고, 정신 착란으로 보상받을 것입니다.

1920년 11월. 밀레나 예센스카에게
어쩌면 이러한 불안은 단순히 불안일 뿐 아니라 무언가에 대한 동경, 불안을 일으키는 어떤 것보다 더 큰 것에 대한 동경일지도 모릅니다. (……) 나는 약간이라도 진리를 고수하기 위해 입을 다물고 있습니다. 거짓은 끔찍한 것입니다. 그보다 더 심한 정신적 고통은 없습니다. 그래서 부탁합니다. 지금 편지에서, 그리고 빈에서 이야기할 때 말입니다. 나를 조용히 내버려 두세요. (……) "내게 부딪혀 산산이 부서지다." 이 말을 다시 생각하고 있습니다. 이는 가령 정반대의 가능성을 생각해 내는 것만큼이나 옳지 않습니다. 이것은 내 결함도 다른 사람들의 결함도 아닙니다. 더없이 고요한 적막함 속에 있는 것이 내게 잘 맞습니다.

1921년 3월 9일. 오틀라에게

내게 노동자재해보험공사는 깃털 이불 같은 존재야. 따뜻한 만큼 무겁기도 하거든. 거기에서 기어 나오는 즉시 감기에 걸릴 것 같아. 세상은 따뜻하지 않으니까.

1921년 3월 16일. 오틀라에게

내게 약간 위로가 되는 것은 남아프리카 계획[32]이야. 사장은 말했어. "멀리 떨어진 아름다운 나라로 휴가 가는 것을 허락합니다." 그러나 무식한 말이야. 사장은 믿을 수 없을 만큼 친절한 사람이야. 내가 객관적으로 없어도 정말 괜찮다는 말일까? 그렇다고 이것이 유일한 이유는 아닐 거야.

1921년 3월 중순. 막스 브로트에게

나의 병가는 3월 20일이면 끝나. 어떻게 해야 할지 너무 오랫동안 고심해 왔어. 순전히 불안감과 우려하는 마음으로 여태까지 이 마지막 날들을 기다려 왔네. 이젠

---

32 사장이 오틀라에게 카프카를 남아프리카로 보내라고 제안한 것으로 보인다. 당시 남쪽의 건조한 나라에 머무는 것이 폐결핵 퇴치 수단의 하나였다.

병가 연장을 해 달라는 청원이 거의 점잖지 못한 공갈 협박이 되고 있어.

1921년 3월 말. 민체[33]에게

그것 말고는 민체, 현재의 당신 생활을 너무나 아름답다고 생각한다면 내가 과장하는 것이라는 당신 말이 옳아요. 하지만 달리 어쩔 수 없어요. 철학자 쇼펜하우어가 어디에선가 이 문제를 언급한 적이 있는데 여기서 대략 재현하자면 이런 말입니다.

"인생을 아름답다고 생각하는 사람들은 그것을 매우 쉽게 입증하는 것 같다. 그들은 가령 발코니에서 세상을 가리키기만 하면 된다. 어찌 되었든, 맑은 날이든 흐린 날이든, 세상, 곧 인생은 항상 아름다울 것이다. 주변이 다양하든 단조롭든 항상 아름다울 것이다. 민족의 삶, 가족들과 개인의 삶은 쉽든지 어렵든지 항상 색다르고 아름다울 것이다. 그러나 이것으로 무엇이 입증되었는가?

---

33 민체 아이스너(Minze Eisner, 1901~1972). 카프카는 1919년 11월 초 율리와의 결혼이 수포로 돌아간 직후 열아홉 살의 민체를 만났다. 어머니와 이혼한 아버지가 돌아간 직후라서 그녀는 카프카에게 농사 계획 등 여러 조언을 구했다. 일과 관련된 대화를 하면서 친근해졌고, 카프카 쪽에서 새로운 용기를 불어넣는 편지를 보냈다. 1921년 가을에는 아이스너가 프라하를 방문하기도 했다.

세상이 다름 아닌 요지경에 불과하다면 정말로 무한히 아름다울 것이라는 그 사실뿐이다. 하지만 유감스럽게도 세상은 요지경이 아니다. 오히려 아름다운 세상에서 이 아름다운 삶은 매 순간 모든 개별적인 일을 실제로도 두루 체험하는 삶이라고 할 수 있다. 그렇게 보면 삶은 결코 더 이상 아름답지 않고 고행과 다름없다."

가령 쇼펜하우어가 이렇게 말했지요. 당신의 경우에 적용한다면 아마 이런 말이 될 겁니다. 민체가 몹시 추운 그곳 북쪽에 가서 자기 힘으로 밥벌이하고, 힘든 낮을 보낸 뒤 밤이면 말안장 덮개를 몸에 두르고 짚 매트리스 위에 눕는 것은 어쨌거나 아름답고 색다르며 대단한 일로 보입니다. 리슬은 옆에서 이미 잠들었어요. 밖에서는 눈보라가 치고, 습하고 추우며, 그리고 내일 다시 힘든 날이 옵니다. 이 모든 것은 타트라 산장의 발코니에서 보면 아름다워 보입니다. 그러나 밤에 옆의 석유 등잔 속을 들여다보면 삶은 더 이상 결코 아름답지 않고 거의 약간 눈물이 날 것 같아요. 당시에 이와 비슷하게 계속 쓰려고 했어요.

1921년 4월 중순. 막스 브로트에게
다시 하루하루가 피곤함과 무위 속에서 구름을

바라보는 것으로, 또한 화가 치미는 가운데 지나갔어.
자네들 모두는 어엿한 어른이 되었는데 말이야. 잘 눈에
띄지는 않지만 여기서 결혼이 결정적 요인은 아니네.
어쩌면 역사 발전이 있는 팔자가 있을지도 몰라. 역사
발전이 없는 그러한 팔자도 있겠지.

1921년 4월 말. 막스 브로트에게
오직 하나의 병만 있을 뿐 그 이상 다른 병은 없어.
그리고 의학은 이 하나의 병을 마치 한 마리 동물을
광활한 숲속으로 내몰 듯이 맹목적으로 쫓아다녀.

1921년 7월 28일. 오틀라에게
이곳[34] 역시 내가 걱정했던 것만큼 시끄럽지는 않아.
아이들 소음은 어른들 소음보다 듣기 좋거든. 그 이유는
아이들의 소음은 없어서는 안 되고, 아이들이 있는 것으로
소음에 대한 보상을 받기 때문이지.

34 타트란스카 롬니차를 말한다.

1921년 9월 중순. 로베르트 클롭슈토크[35]

최근에 구스타프 야누흐[36]가 단 하루 일정으로 시골에서 이곳에 왔었네. 편지로 오겠다고 알렸어. 전혀

---

35 로베르트 클롭슈토크(Robert Klopstock, 1899~1972). 헝가리 부다페스트 출생, 부모는 유대계. 의대 재학 중 징집되어 복무하는 동안 결핵에 걸려 요양원으로 갔다가 1921년 초 타트라산맥의 마틀리아리 요양원에서 동료 환자인 카프카를 알게 되었다. 카프카는 클롭슈토크가 프라하 대학교에 등록하는 것을 도운 동시에 그의 문학적 야망을 장려했다. 그는 한동안 프라하의 카프카 집에서 묵었으며, 키어링 요양원에서 마지막 몇 주간 도라 디아만트와 함께 카프카를 돌보았다. 클롭슈토크는 1928년 베를린에서 의학 공부를 마치고 이듬해 결핵 전문 병원 의사가 되었다. 그해 여교사 기젤레 도이치와 결혼해 1933년 베를린에서 부다페스트로 떠난 후 1938년 토마스 만과 아들 클라우스 만의 중개로 미국 이민에 성공했다. 전쟁이 끝난 후 폐 전문의로 성공을 거둔 그는 뉴욕에서 강의를 했고, 자기 병원도 소유했다. 1958년 기독교로 개종했고, 1972년 6월 사망했다.

36 구스타프 야누흐(Gustav Janouch, 1903~1968). 프라하의 한 동료의 아들로 열일곱 살 때인 1920년 3월 말 카프카의 사무실로 처음 찾아왔다. 카프카와 같은 건물에서 일했던 그의 아버지는 카프카를 높이 평가했다. 야누흐는 카프카와 사 년간 나눈 대화를 가지고 『카프카와의 대화』(초판은 1951년, 증보판은 1968년)를 출간했고, 이는 카프카 연구에 중요한 자료가 된다. 부모의 사이가 좋지 않아 갈등했던 야누흐는 이에 대해 카프카에게 조언을 구했다. 그의 아버지는 카프카가 사망하기 이십일 일 전 자살로 세상을 마감했다. 프라하, 엘보겐 등에서 공부한 야누흐는 대중음악 작곡가로서 음악과 음악가를 다룬 몇 권의 저자로 프라하에서 유명했다. 1929년에 카프카의 산문 「꿈」을 체코어로 번역해 출간했다. 반전주의자였던 그는 1946년 무고를 당해 심문을 받고 투옥됐다.

악하지 않고, 특히 자네 편지에 무척 기뻤다더군. 그는 울다가 웃고 소리치며 내 사무실로 찾아왔어. 그는 내가 읽어야 할 책을 한 무더기 가져왔어. 그다음에 사과를 가져왔고, 마침내 애인인 산림지기의 작고 친절한 딸을 데려왔어. 그는 교외의 그녀 부모님 집에서 살고 있어. 스스로를 행복하다고 하면서도 때때로 불안스럽게 혼동되는 인상을 주기도 해. 안색이 안 좋아 보이기도 하고. 그는 고등학교 졸업 시험을 본 다음 의학(그것이 조용하고 소박한 일이기 때문에)이나 법학(그것이 정치로 이끌기 때문에)을 전공하려고 해. 어떤 악마가 이런 불을 지피는 거지?

1921년 9월 말. 로베르트 클롭슈토크에게
    의지가 병에 어떤 작용을 하는지가 놀라워. 물론 병이 의지에 얼마나 끔찍한 작용을 하는지도 놀랍고. 이틀 동안 거의 기침을 하지 않았어. 그야 그리 이상하지 않을지도 몰라. 하지만 가래도 거의 나오지 않아. 많이 뱉었거든. 그런데 이런 '기흉술'을 지니는 대신 진짜로 기침하면 차라리 좋겠어.

1921년 가을. 여동생 엘리에게

이기주의에서 비롯한 부모의 두 가지 교육 방법이 있어. 독재와 굴종이야. 이때 독재는 무척 부드러운 표현으로 나올 수 있어.(넌 내 말을 믿어야 해, 난 네 어머니니까!) 그리고 굴종은 무척 거만한 표현으로 나올 수 있어.(넌 내 아들이야. 그러니 난 너를 내 구원자로 삼을 거야.) 그런데 이 두 가지 반교육적 수단은 모두 자식이 나왔던 바닥으로 다시 짓밟아 넣는 데 적당할 뿐이야.

1922년 3월 말. 밀레나 예센스카에게

편지를 쓸 수 있다는 쉬운 가능성이 단순히 이론적으로 보면 세상에 섬뜩한 영혼의 혼란을 초래했음에 틀림없습니다. 그것은 유령과의 교신인데 그것도 편지 수신자인 유령과의 교신일 뿐 아니라 자기 유령과의 교신이기도 합니다. 자기 유령은 편지 쓰는 사람의 손에 의해 편지 속에서 성장하거나 한 편지가 다른 편지의 증거가 되어 이 편지를 증거로 원용할 수 있는 일련의 편지 속에서 성장합니다. 어떻게 인간들은 편지를 매개로 서로 교류할 수 있다고 생각하게 됐을까요! 우리는 멀리 있는 사람을 생각할 수 있고, 가까이 있는 사람은 붙잡을 수 있지만, 그 외의 모든 것은 인간의 힘을 넘어섭니다. 그러나 편지를 쓴다는 것은 탐욕스럽게 편지를 기다리는 유령 앞에 자신을 노출하는 것을 의미합니다. 편지에 쓰인 입맞춤은 보내질 곳에 도달하지 못하고 유령이 도중에 다 마셔 버립니다. 이러한 풍성한 영양분으로 인해 유령들이 엄청나게 늘어납니다. 인류는 이를 느끼고 그에 맞서 싸웁니다. 인류는 인간들 사이의 유령 같은 요소를 되도록 쫓아내고 자연스러운 교류, 즉 영혼의 평화를 이룩하기 위해 철도와 자동차며 비행기를 발명했습니다. 하지만 더 이상 아무 소용이 없습니다. 분명 그것들은 이미 추락 중에 만들어진 발명품입니다. 상대편은 훨씬 더 침착하고 강력해져서 우편에 이어 전보와 전화, 무선 전신을 발명했습니다. 유령은 굶어 죽지 않겠지만 우리는 몰락할 것입니다.

1922년 7월 4일. 오스카 바움에게

다른 것은 모두 차치하고서라도 나는 게오르겐탈로 가야 할 지극히 중요한 이유가 있네, 불안 때문이야. 확실히 자넨 이런 불안을 어떻게든 상상할 수 있을 거야. 그러나 그 깊은 곳까지 다다르지 못할 거야. 그러기에는 자넨 너무 용감하거든. 솔직히 말하면 여행하기가 끔찍이도 겁나. 물론 이 여행이 겁나서가 아니야. 무릇 여행뿐만 아니라 모든 변화가 겁이 나. 변화가 클수록 사실 불안감도 그만큼 커지거든.

1922년 7월 5일. 막스 브로트에게

잠 못 이루는 오늘 밤에 고통스럽게 잠을 청하면서 이런저런 온갖 생각에 잠겨 있어. 그랬더니 옛날 아주 평온한 시기에 내가 거의 잊었던 것을 어두운 가운데 다시 의식하게 되었어. 즉 내가 얼마나 허약한 토대 또는 아예 존재하지도 않는 토대 위에서 사는지를 말이야. 그런데 그 어둠 속에서 어두운 힘이 제멋대로 나타나 내가 말을 더듬는 것은 아랑곳하지 않고 내 삶을 파괴해 버려.

글 쓰는 일이 나를 지탱해 줘. 하지만 글쓰기가 이런 종류의 삶을 지탱해 준다고 하는 것이 더 맞는 말이 아닐까? 그렇다고 글을 쓰지 않으면 내 삶이 더 낫다고 말하는 것은 물론 아니야. 오히려 그렇게 되면 훨씬 더 나쁘고, 도저히 참을 수 없고, 정신 착란으로 끝나 버릴 거야. 그러나 실제로 그러하듯이 글을 쓰지 않는다 해도 나는 작가이고, 그리고 글을 쓰지 않는 작가란 물론 정신 착란을 일으키는 기형적 존재라는 조건에서만 그렇다는 말이네. 하지만 그것이 작가라는 존재 자체와 어떤 관계란 말인가? 글쓰기는 달콤하고 놀라운 보상이긴 하지만

무엇에 대한 보상이란 말인가? 밤이면 나는 어린이를 위한
시청각 교육에서처럼 그것이 악마 숭배에 대한 보상임을
분명히 느꼈어. (……) 어쩌면 다른 글쓰기도 있겠지.
하지만 나는 이것만 알 뿐이야. 불안한 밤에 잠 못 이룰
때 나는 이것만 알 뿐이야. 그리고 그때 악마적인 것이
아주 분명히 느껴진 것 같아. 그건 줄곧 자신이나 타인의
형상 주위로 붕붕거리고 날면서 이를 즐기는 허영이고,
향락욕이야. 그렇게 되면 그 움직임은 다양해져서 허영의
태양계가 될 거야. 순진한 사람은 가끔 이렇게 바라지.
'난 죽어서 볼 테다, 사람들이 날 얼마나 애도하는지.'
그것을 작가는 계속 실현하며 죽어서 (또는 살지 않고)
자신을 계속 애도하는 거야. 죽음에 대한 극도의 공포가
생기는 것은 그 때문이야. 딱히 죽음에 대한 공포라고
말할 필요는 없고 변화에 대한 두려움으로, 게오르겐탈에
대한 두려움으로도 나타날 수 있어. 이 죽음의 공포를
느끼는 이유는 두 종류로 나뉘어. 첫째로 그가 죽음에
대한 끔찍한 공포를 느끼는 것은 아직 살아 보지 못했기
때문이야. 그렇다고 삶을 위해 처자식, 농토와 가축이
필요하다는 뜻은 아니야. 삶에 필요한 것은 자기 향락을
포기하는 것뿐이야. 집에 경탄하고 화환을 둘러 주는 대신
집에 들어가는 거야. 그에 반해 이렇게 말할 수도 있겠지.
그건 운명이고 누구의 손에도 주어진 것이 아니라고.

하지만 그렇다면 사람들은 왜 후회하는가, 왜 후회가 그치지 않는가? 자신을 더 아름답고 더 멋지게 만들기 위해서? 그렇기도 할 테지. 하지만 그걸 넘어서 맺는말이 왜 그러한 밤들에 항상 남아 있는 건가. 나는 살 수 있을지도, 없을지도 몰라. 두 번째 주요 이유는 — 어쩌면 그것도 하나에 불과할지 몰라. 이제 그 둘이 제대로 구분되려고 하지 않으니 말이야 — 다음과 같은 성찰 때문이야.

"내가 연기했던 것이 실제로 일어날 거야. 나는 글쓰기를 통해 자유의 몸이 되지 못했어. 평생 나는 죽어 있었고, 이제 정말로 죽을 거야. 내 삶은 다른 사람의 삶보다 더 달콤했어. 그런 만큼 내 죽음은 더 끔찍할 거야. 내 안의 작가는 당연히 곧바로 죽을 거야. 그러한 형상은 기반이 없고, 존속하지 않고, 슬쩍 도망치지도 못하기 때문이지. 그러한 형상은 더없이 어처구니없는 세속의 삶에서만 약간 가능하며, 단지 향락욕의 한 구성에 지나지 않아. 작가란 이런 존재야. 그러나 나 자신은 계속 살 수 없어. 말하자면 난 살지 않았기 때문이야. 난 찰흙으로 머물렀어. 난 섬광을 불로 만들지 못했고, 단지 내 시체를 비추기 위해 이용했을 뿐이야."

독특한 장례식이 될 거야. 작가, 즉 존재하지 않는 것은 옛날부터 시체를, 오래된 시체를 무덤에 넘겨줘.

나는 완전한 망아 상태에서 — 깨어 있음이 아니라
망아가 작가의 제일 조건이라네 — 모든 감각을 동원해
즐기거나, 같은 말이지만, 이야기하려는 작가란 말이야.
하지만 그런 일이 더 이상 일어나지 않을 거야. 그런데
내가 왜 실제의 죽음을 이야기하는지 모르겠어. 사실 삶
속에서 실제의 죽음은 삶과 같은 거야. 난 아름다운 모든
것에 대비하면서 편안한 작가의 입장에서 여기에 앉아
있어. 그리고 난 그저 지켜봐야만 하네. 글쓰기 말고 다른
것은 할 수 없기 때문이지. 내 실제의 자아, 이 불쌍한
무방비 상태의 자아(작가의 현존은 영혼에 대한 반증이야.
영혼은 분명 실제의 자아를 버렸지만 작가가 되었을 뿐 그 이상은
되지 못했기 때문이야. 영혼이 자아와의 분리를 그토록 무력하게
할 수 있단 말인가?)가 임의의 계기에 게오르겐탈로 짧은
여행을 하면서(나는 감히 이것을 견뎌 내라고 할 수 없어. 이런
방식은 옳지 않아.) 악마에게 괴롭힘당하고, 매 맞고, 거의
으스러지는 모습을 말이야. (……) 덧붙여 말하자면 여행에
대한 두려움에는 심지어 내가 적어도 며칠 동안 책상과
떨어져 있을지도 모른다는 생각도 한몫한다네. 그리고
이 우스꽝스러운 생각이야말로 실제로 유일하게 정당한
생각이야. 작가의 현존재는 책상에 의존해 있으니까.
그러니까 정신 착란을 피하려면 절대로 책상에서
떨어져서는 안 되고, 이로 꽉 물고 있어야 해. 작가에 대한

정의는, 그리고 그의 영향에 대한 설명은 이런 것이야.
도대체 영향이 있다고 한다면 말이야. 작가는 인류의
속죄양이야. 그는 인간에게 죄를 죄 없이, 거의 죄 없이
즐기도록 허락해 줘.

1922년 7월 초. 펠릭스 벨치에게

구스타프 말러를 생각해 보네. 그의 여름 생활이
어디엔가 묘사되었을 거야. 그는 매일 새벽 5시 30분이면
일어났어. 당시 무척 건강했고, 잠을 아주 잘 잤어.
야외에서 목욕한 다음 '작곡 오두막,'[37]이 있는(아침이 그곳에
이미 준비되어 있었지.) 숲속으로 달려갔지. 그리고 그곳에서
낮 1시까지 작업했다네.

1922년 7월 16일. 오스카 바움에게

플라나는 아름다운 곳이지. 하지만
아름다움으로부터 고요함을 찾고 있어. 그리고
그곳에서도 게오르겐탈로 상상 여행을 하기 전후에

---

37 지휘자 겸 작곡가 구스타프 말러(Gustav Mahler 1860~1911)는 1900년부터 1907년까지 오스트리아 남부 뵈르테제 호수 옆 오두막에서 지내며 교향곡 4번부터 8번까지 작곡했다.

이미 소음의 날들을 체험했어. 나는 내 인생을 저주했지.
소음에 대한 두려움, 이제나저제나 들려올 소음을 애타게
기다리는 마음, 머릿속의 혼란, 관자놀이의 통증에서
벗어나기 위해 여러 날이 필요했어. 물론 그런 다음 극히
신중한 오틀라가 취한 조처의 효과가 다시 약해졌고,
새로운 끔찍한 소음이 준비되었어.

1922년 7월 20일. 막스 브로트에게
 나에 대한 아버지의 호의는 날이 갈수록(아니, 이틀째
되는 날에 가장 컸고, 그다음에는 줄곧) 감소했어. 어제는
나를 막무가내로 방에서 내쫓았어. 반면에 어머니에게는
남아 있으라고 강요했어. 그런데 지금 어머니에게는
힘을 소모하는 특별하고 새로운 고통스러운 시간이
시작되고 있어. 비록 모든 게 지금까지처럼 좋은 방향으로
진행되고 있긴 하지만. 왜냐하면 아버지는 지금까지
끔찍한 기억의 압박으로 침대에 눕게 된 것을 어쨌거나
고맙게 받아들였는데, 아버지에게는 누워 있는 큰 고통이
이제부터 시작되고 있어.

1922년 9월 11일. 막스 브로트에게

여기 플라나에 돌아온 지 일주일이 되었고, 이번 주를 그리 즐겁게 보내지 못했어.(『성』을 사실상 영영 파기해야 했기 때문이야. 프라하에 가기 일주일 전부터 실신하기 시작한 이후로 소설을 다시 연결할 수 없었어. 자네가 보았듯이 플라나에서 쓴 부분이 그리 나쁘지 않았는데 말이야.) 내 방으로 통하는 층계를 오르는 중에 곧바로 '실신'했어. 이곳 플라나에서 네 번째야.(처음은 아이들이 떠들던 날, 두 번째는 오틀라의 편지가 왔을 때, 세 번째는 오틀라가 9월 1일이면 프라하로 떠나므로 내가 한 달 더 식당 밥을 먹어야 한다고 이야기되던 때였지.) 무엇보다도 나는 잠을 이룰 수 없으리라는 것을 알아. 수면 기능이 망가져서 이제 잠을 이루지 못해. 문자 그대로 불면증을 미리 경험하고 있다네. 간밤에 잠을 이루지 못하기라도 한 듯 고통당하고 있어. 그러면 나는 집을 나서. 다른 건 아무것도 생각할 수 없어. 오직 엄청난 불안에 사로잡힐 뿐이야.

1922년 가을. M. E.[38]

그대는 내 병에 대해 묻는데 그것은 닫힌 병실

---

38 민체 아이스너를 말한다.

문밖에서 보는 것처럼 그리 나쁘지는 않아요. 하지만 건물이 약간 파손될 것 같군요. 그래도 지금은 벌써 좋아지고 있고, 두 달 전만 해도 꽤 좋았지요. 실은 좀 혼란스러운 전시 상황이네요. 이 병 자체는 전투 부대로 보면 세상에서 가장 순종적인 녀석이랍니다. 두 눈은 본부만 향하고 있어요. 거기서 명령이 떨어지면 수행하지요. 그렇지만 가끔 상부의 결단이 불확실할 때가 있고, 심지어 오해가 발생할 때도 있어요. 본부와 부대 사이를 가르는 틈이 사라져야 하지요.

1923년 3월 말. 로베르트 클롭슈토크에게

마치 자네에게만 해당하는 것처럼 자네가 꼬치꼬치 캐묻는 이 모든 불안은 내게만 해당되는 것이야. 이 문제에서 뭔가 속죄나 그 비슷한 뭔가를 통해 도달할 수 있다면 내가 그 짐을 져야겠지. 그러나 이 불안에 그토록 색다른 무엇이 있단 말인가? 유대인이고, 또 독일어를 쓰고, 게다가 병자인 데다 악화하는 개인적 상황에 봉착해 있는데 — 이건 화학적인 힘들이네. 나는 그 힘들을 이용해 즉각 황금을 자갈로, 또는 자네의 편지를 내 편지로 변하게 해서 내 옳음을 주장하려네.

1923년 여름, 오스카 바움에게

친애하는 오스카, 바로 그날 저녁 무서움에 떨면서 그것을[39] 죄다 읽었네. 강철 같은 동물의 생김새, 그리고 그놈이 소파 위로 덮쳐 오는 무서움에 떨었지. 그러한 일은 아마 우리 모두의 가까이에 있을 거야. 그런데 누가 그렇게 해낸단 말인가? 나 역시 몇 년 전에 그런 일을 무력하게 시도했다네.[40] 그러나 나는 책상 앞으로 더듬으며 나아가는 대신 소파 밑으로 기어다니는 것을 선호했어.

1923년 8월 초. 로베르트 클롭슈토크에게

두통이 있고, 잠이 좋지 않아. 특히 최근 며칠간은. 벌써 오래전부터 머리가 맑지 않아. 처음에 잠만 자게 했던 이곳 뮈리츠가 이젠 잠을 앗아 가기도 하거든. 그러나 또다시 잠을 주겠지만 살아 있음이란 바로 그런 것이야.

1923년 10월 16일. 막스 브로트에게

날씨가 나쁘면 방에 틀어박혀 있어. 내가 그냥 우연히

---

39 오스카 바움의 「괴물」을 말한다.
40 카프카 자신의 『변신』을 두고 하는 말이다.

언급한 기침은 되풀이되지 않았어. 더 고약한 일은
무엇보다도 최근에 밤의 유령들에 시달렸다는 거야.
그렇다고 돌아갈 이유는 되지 않아. 내가 그 유령들에
굴복한다면 그곳보단 이곳이 낫거든. 그렇지만 아직 그
정도는 아니야. 그건 그렇고 자네를 곧 보게 될 거야.
겨울용품이 든 가방 하나를 같이 보내 주면 고맙겠어.

1923년 11월 18일. 펠릭스 벨치에게
   친애하는 펠릭스, 정기적으로 잡지를 보내 줘서 무척
고마워. 자네도 힘들 텐데 우리까지 돌봐 주니 고맙네.
그리고 내 빚이 얼마인지 부디 알려 주게. 그러면 누이가
곧바로 갚게 하겠네. 이 정신 나간 물가고에도 이곳에
얼마간 더 머물 거야.

1924년 1월 중순. 막스 브로트에게
   친애하는 막스, 우선 아파서 편지를 쓰지 않았어.(고열,
오한에다 후유증으로 의사가 딱 한 번 왕진하는 데 160크로네가
들었어. 나중에 D가 교섭해서 절반으로 깎았지만 말이야. 아무튼
그때부터 병나는 것이 열 배는 두려워. 유대인 병원의 이등실
병실비가 하루 64크로네라네. 그러나 그것은 간호 비용과

의사 비용을 제외한 숙박비와 식사비야.) 두 번째 이유로는
자네가 쾨니히스베르크 여행 중에 베를린에 들를 걸로
생각해서야.

1924년 3월 초. 로베르트 클롭슈토크에게
말이 나왔으니 말인데 함순[41]이 거기서
설명하더군. — 나를 위로하기 위한 것 같았어. 그러나 꽤
투박하고 서툴게 꾸며져 있었어 — 파리의 겨울에 그가
견디지 못했고, 그래서 옛 폐병[42]이 다시 도졌지. 그는
북쪽 노르웨이의 작은 요양원으로 가야 했어. 파리는
너무 비싸다는 거야. 이제 다보스[43]의 놀랄 만한 경치가
펼쳐지네. 이 모든 게 얼마나 힘들지, 또 사람들이 내게서
얼마나 쥐어짤지 걱정이네. 그런데 자네 로베르트는

---

41 카프카가 좋아하는 작가 중 하나가 1920년 노벨 문학상 수상 작가 크누트 함순(Knut Hamsun, 1859~1952)이었다. 특히 여행기 『코카서스』와 『터키』를 좋아했고, 초기 작품들과 『대지의 축복』을 좋아했다.

42 함순은 첫 미국 여행 중(1882~1884) 결핵에 걸렸고, 파리에 사는 동안(1893)~1896) 소모성 결핵을 앓았다. 이후 그는 회복되어 아흔세 살까지 살았다.

43 스위스 동부 그라우뷘덴주에 있는 도시이며 1860년대 이후 고급 휴양지로 각광받았다. 토마스 만이 이곳의 결핵 요양원을 배경으로 쓴 소설이 『마의 산』이다.

1000크로네 가지고 불평하는군. 자네는 참으로 버릇없는 독립적인 자유 귀족이야. 이제 우리는 서로 만나게 될 거야. 외삼촌이 나더러 이곳에서 곧장 인스부르크로 가라는군. 하지만 내가 프라하를 거쳐서 가는 쪽을 왜 선호하는지 오늘 그에게 설명했다네. 아마 외삼촌은 동의해 줄 거야.

1924년 4월 9일. 막스 브로트에게
친애하는 막스, 돈이 많이 들어. 경우에 따라서는 엄청난 돈이 들지도 몰라. 「요제피네」가 좀 도움이 되어야겠어. 달리 방도가 없네. 부디 오토 피크[44]에게 줘 보게.(물론 『관찰』에 수록된 것에서도 그가 원하는 것을 인쇄할 수 있을 거야.)

1924년 4월 13일. 로베르트 클롭슈토크에게
친애하는 로베르트, 나는 하예크 박사의 대학 병원으로 옮길 거야. 빈 IX 라자렛가세 14번지야. 후두가

---

44 오토 피크(Otto Pick, 1887~1940). 체코어로 된 작품을 독일어로 옮긴 번역가. 처음에 은행원이었으나 나중에는 《프라하 신문》 편집인으로 활동했다.

너무 부어올라서 음식을 먹을 수 없어. 신경에 알코올 주사를 해야 한대. 분명 절제하는 방식이겠지. 그래서 몇 주간 빈에 머물 거야.

1924년 4월 18일. 로베르트 클롭슈토크에게

사치스럽고 답답하고 속수무책인(물론 놀랄 만한 위치에 자리한) 그 요양원을 떠난 이래 점차 좋아지고 있어. 병원 운영은 (세세한 것에 이르기까지) 좋았어. 삼킬 때의 통증이나 목이 타는 듯한 증상도 줄어들었어. 지금까지는 주사도 없었어. 후두에 박하유를 뿌리기만 해. 토요일에는 그사이 특별한 불상사가 일어나지 않으면 호프만 박사의 요양원으로 갈 생각이야. 저지 오스트리아 클로스테르노이부르크 부근에 있는 키어링[45]이야.

1924년 4월 28일

친애하는 막스, 자네가 내게 얼마나 잘해 주는지, 그리고 내가 자네에게 최근 몇 주 동안 얼마나 고마워하는지. 의료 문제는 오틀라가 이야기해 줄 거네. 나는 무척 쇠약한

---

45 카프카가 마지막으로 머문 요양원이다.

상태야. 하지만 극진한 보살핌을 받고 있어.

1924년 5월 19일경, 부모님께

이곳[46]과 빈에서 제가 처음 겪었던 어려움들을 부모님께서도 알고 계시겠지만 이 때문에 어느 정도 건강에 타격을 입었습니다. 몸을 쇠약하게 하는 열이 빨리 내려가지 않는 것도 그 때문입니다. 후두 결핵으로 인한 충격이 실제의 후두 결핵보다 몸을 더 약화시켰습니다.

지금은 온갖 약화 요인들에서 벗어나 제 흐름을 찾기 시작합니다. 도라[47]와 로베르트의 도움으로요. 멀리 계시니 그들이 얼마나 큰 도움이 되는지 상상 못

---

46 키어링을 말한다.
47 도라 디아만트(Dora Diamant, 1898~1952). 카프카는 1923년 발트해의 뮈리츠에서 여동생 가족과 휴가를 보내던 중 그곳에서 어린이를 돌보던 스무 살의 도라를 만났다. 전통 유대식으로 교육받은 겸손하고 순진무구한 그녀에게 깊은 인상을 받은 카프카는 그녀와 함께 베를린으로 이주할 결심을 했다. 도라는 키어링 요양소에서 병석에 누운 카프카의 식사 시중까지 들며 그의 마지막을 지극 정성으로 돌보았다. 목격자들은 카프카가 중병에도 불구하고 도라와의 이 마지막 생활에서만큼 행복하고 구원받은 삶을 보지 못했다고 전한다. 카프카 사후 도라는 1920년대 후반 배우 생활을 하다가 공산당에 들어가 공산당 간부와 결혼하고 딸을 낳았다. 1936년 나치를 피해 시부모와 함께 소련으로 도망갔는데, 남편은 스탈린의 숙청에 희생된 반면 도라는 딸과 함께 런던으로 도망할 수 있었다고 한다.

하실 겁니다.(그들이 없었더라면 제가 어찌 되었을까요!) 지금 저에게는 장애가 있습니다. 지난 며칠 동안의 장 카타르 같은 것 말입니다. 아직 완전히 떨쳐 버리지는 못했어요. 결론은 아직 제대로 회복하지 못했다는 것입니다. 놀라운 조력자, 좋은 공기와 음식에도 불구하고, 거의 매일 일광욕을 하는데도 말입니다. 전체적으로 보아 최근 프라하에 있을 때만큼도 좋지 못합니다. 그리고 말은 속삭이는 수준으로밖에 할 수 없고, 더구나 그리 자주는 못 합니다. 이런 사정을 감안해서 방문을 미루는 게 좋을 겁니다. 모든 것은 최상의 시작 단계에 있습니다. 최근에는 한 전문의가 말하길 후두가 의미 있게 좋아졌다고 하더군요. 어쨌거나 그의 말은 무척 위안이 됩니다. (……)

이곳에 오셔서 혹시 제가 받는 치료를 개선하거나 충실하게 할 생각은 하지 마십시오. 요양원 주인은 늙고 병든 사람이라 많은 시간을 요양원 일에 바칠 수 없는 형편입니다. 치료의 도움을 받기 위해서라기보다는 인간의 도리상 마음에 들지 않는 의사와 접촉하고 있습니다. 가끔 찾아오는 전문의들 말고도 로베르트라는 의사가 본인의 시험 걱정은 하지 않고 저를 정성껏 돌봐 줍니다. 그 밖에도 제가 깊이 신뢰하는 젊은 의사가 있는데 겸손한 성품인 그는 자동차가 아니라 기차와 버스로 일주일에 세 번 왕진합니다.

1924년 5월 20일. 막스 브로트에게

내가 도라의 천진함을 이용해 단도직입적으로 또 뻔뻔하게 그 책을 '조달'해 달라고 했다니 그건 알코올에 취한 잔재가 틀림없을 거야. 나는 지금 매일 한두 번 주사를 맞는데 도취가 더해지다 보니 항상 잔재가 남는다네. 차라리 강력한 알코올 주사를 활용했더라면 좀 더 사람답게 굴었을 텐데. 자네의 방문을 그토록 고대했건만 너무나 울적하게 지나가 버렸지. 물론 그날이 예외적으로 나쁜 날은 아니었어. 그렇게 생각할 필요 없어, 그저 그 전날보다 나빴을 뿐이야. 하지만 이런 식으로 시간이 계속 가고, 열이 지속된다네.(지금은 로베르트가 피라미돈[48]으로 열을 내리려고 한다네.) 이런저런 불평거리들 말고 물론 몇 가지 사소한 즐거운 일도 있어. 하지만 그것을 전달하기란 불가능하네. 아니면 앞으로 있을 어떤 방문을 위해 보류해 두겠어. 저번 방문은 나 때문에 엉망으로 망쳐 버렸지. 잘 있어, 매사에 고맙네.

펠릭스와 오스카에게 안부 전해 줘.

---

[48] 해열 진통제다.

1924년 5월 26일, 부모님께

가장 사랑하는 부모님, 한 가지만 바로잡자면 물(우리 집에서는 맥주를 마시고 난 뒤 물이 큰 잔에 담겨 식탁에 오르지요!)과 과일에 대한 갈망이 맥주에 대한 갈망보다 덜하지 않지만 당분간은 갈증이 천천히 진행될 뿐입니다. 진심으로 인사를 올리면서.

마지막 편지

가장 친애하는 막스, 마지막 부탁이네.

내 유품에서(즉 책 상자, 세탁물 장, 책상, 집과 사무실에 있거나 그 밖의 모든 곳에 있고 또 자네 눈에 띄는) 일기, 원고, 편지, 다른 사람이 가진 것과 내가 가진 것, 스케치 등 발견되는 것을 읽지 말고 남김없이 불태워 줘. 마찬가지로 자네가 가진 모든 글과 스케치, 또는 다른 이들이 가진 것으로 자네가 달라고 요청해야 하는 모든 글이나 스케치를 남김없이 불태워 줘. 사람들이 자네에게 넘기지 않으려는 편지는 적어도 그들 스스로 불태우게 해 줘.

자네의 프란츠 카프카

카프카의 마지막 대화 메모지[49]

심지어 맥주마저 마시면 목이 탄다.

한 번이라도 물 한 모금 꿀꺽 삼키는 모험을 하고 싶은 생각이 든다.

아마 일주일은 더 버틸 것이다. 바라건대, 그런 뉘앙스.

이 통증을 일시적으로 멈출 수 있을까? 내 말은 상당 시간을?

매번 다시 불안이 생긴다.

물론 자네들이 내게 너무 잘해 주니까 그 때문에 더욱 고통스러워. 그런 의미에선 이 병원이 무척 좋아.

너무 슬플 뿐이야. 이처럼 미친 듯이 먹어 보았자 아무

---

49 후두결핵으로 카프카는 마지막에 가서 대화를 나누지 못해 메모지에 글을 써서 의사소통을 한다.

소용 없으니.

나쁜 것은 나쁜 대로 놓아두어야 해. 안 그러면 더 나빠질 테니까.

한 잔의 물도 마실 수 없다는 게 문제야. 그래도 욕구가 있다는 것만으로도 만족해.

에르고 비바무스[50]

그러니 우리 마시자.

몸이 조금 회복된다 해도 마취제 중독에서는 회복되지 못할 것 같아.

50 괴테의 동명 시 제목이기도 하다

그러니 우리 마시자(Ergo Bibamus)

칭찬할 만한 일을 위해 우리 여기 모였다.
그러니 벗들이여! 에르고 비바무스!

술잔은 부딪치고 대화는 그친다.
용감하게 에르고 비바무스!

연보

프란츠 카프카 연보

유대계 상인의 아들로 태어나 법학을 공부, 『실종자』를 구상하다

1883~1893년   1883년 7월 3일 유대계 상인 헤르만 카프카와 율리 뢰비의 장남으로 프라하에서 태어났다. 1889년부터 사 년간 독일계 플라이시마르크트 초등학교에 다녔다. 유년 시절 관련 인물로는 프랑스인 여자 가정 교사 바이이, 가정부 마리 베르너, 여자 요리사, 남자 교사 모리츠 벡 등이 있다. 1889년 9월 22일에 여동생 엘리가, 1890년 9월 25일에 여동생 발리가, 1892년 10월 29일에 여동생 오틀라가 태어났다.

1893~1906년   독일계 알트슈테터 김나지움에 다녔다. 루돌프 일로비, 오스카 폴라크와 교제했다. 1901년 여름에 아비투어를 취득했다. 1896년 6월 13일에 견진 성사를 받았다. 1899~1900년에 스피노자, 다윈, 니체의 책을 읽었다. 후고 베르크만과 사귀었다.

1899년부터 칠 년간 쓴 글이 모두 사라졌다.
1901년부터 육 년간 프라하의 페르디난트
대학에서 화학, 독문학, 예술사를 듣다가 법학으로
전공을 바꾸었다. 1891년 7월에 김나지움 졸업
자격 시험을 치렀다. 1902년에는 외삼촌인 의사
지크프리트 뢰비와 함께 셸레젠과 트리슈에서
방학을 보냈다. 이 시기 친구 막스 브로트와
알게 되었다. 프란츠 브렌타노의 강의를 듣고
'루브르 서클'에 다녔다. 바이런, 그릴파르처, 괴테,
에커만의 책을 읽었다. 1904년에 「어느 투쟁의
기록(Beschreibung eines Kampfes)」 집필을 시작했다.
1906년 6월에 대학에서 법학 박사 학위를
취득했다. 4월부터 9월까지 어머니의 이복 남동생
리하르트 뢰비의 변호사 사무실에서 변호사
보조로 근무했다. 6월 18일에 알프레트 베버
교수로부터 법학 박사 학위를 받았다. 10월부터 일
년간 법률 실습을 했다.

1907-1911년   연초에 「시골에서의 결혼 준비
(Hochzeitsvorbereitungen)」를 집필했다. 1907년
10월에 프라하의 이탈리아계 일반 보험
회사에 임시직으로 입사했다. 1908년 문예지
《휘페리온》에 '관찰(Betrachtung)'이라는 제목으로
여덟 편의 짧은 산문들이 실렸다. 7월 30일
프라하의 노동자재해보험공사에 임시 관리로
입사해 1922년 7월까지 다녔다. 1913년 부서기관,
1920년 서기관, 1922년 수석서기관으로 승진했다.

1909년 초여름부터 일기를 쓰기 시작했다. 9월에 막스, 오토 브로트와 함께 북이탈리아 가르다 호숫가 리바로 여행했다. 『어느 투쟁의 기록』 2판을 집필하기 시작했다. 3월 말 프라하의 일간지 《보헤미아》에 '관찰들(Betrachtungen)'이라는 제목으로 짧은 산문들이 실렸다. 10월에 막스, 오토 브로트와 함께 파리로 여행했다. 1911년 1월 말부터 2월 12일까지 프리트란트로, 4월에 바른스도르프로 출장을 갔다. 그곳에서 자연 치료법 전문가인 슈니츠를 만났다. 여름에 막스 브로트와 함께 스위스, 북이탈리아, 파리로 여행했다. 9월 말에 취리히 근교 에를렌바흐 소재 자연 요법 요양원에 머물었다. 유대인 극단 단원 이차크 뢰비와 알게 되었다. 『실종자(Der Verschollene)』를 구상했다.

펠리체 바우어를 만나다, 『변신』이 출판되다

1912년   2월 18일에 이차크 뢰비의 낭독의 밤이 열렸다. 유대교를 처음으로 연구하여 유대 언어에 대해 강연했다. 6월 체코의 사회주의 정치가 소우쿱 박사의 '미국과 관료 제도'라는 논제의 슬라이드 강연을 들었고, 이 강연이 『실종자』 집필에 영향을 주었다. 7월에 막스 브로트와 함께 라이프치히와 바이마르로 여행한 후 하르츠의 슈타펠부르크 근처에 있는 융보른 자연 요법 요양원에 체류했다. 이 시기 로볼트 출판사의 공동 경영인인 에른스트

로볼트와 쿠르트 볼프를 만났다. 8월 13일
프라하에서 베를린 출신인 펠리체 바우어와
막스 브로트의 집에서 처음으로 만나 9월 20일
편지 왕래를 시작하여 9월 28일 답장을 받았다.
9월 22일과 23일 사이에 「선고(Das Urteil)」를,
11월 말과 12월 초에 『변신(Die Verwandlung)』을
집필했다. 9월과 10월에 『실종자』 1장 「화부」
집필을 시작했다.(이 책은 1927년 막스 브로트가
'아메리카(Amerika)'라는 제목으로 출판한다.)
9월부터 이듬해 1월까지 7장 완성. 12월에
'관찰(Betrachtung)'이라는 제목으로 라이프치히의
에른스트 로볼트 출판사에서 카프카의 첫 번째
책이 출판되었다.

1913년 펠리체 바우어와 활발하게 편지를 교환했다.
부활절을 맞아 5월 11, 12일에 펠리체를 만나러
베를린으로 갔다. 5월 말에 「화부」가 쿠르트
볼프 출판사의 '최후 심판일' 시리즈 중 하나로
출간되었다. 6월 10~16일 펠리체에게 편지로
청혼했다. 6월에 「선고」가 《아르카디아》 연감에
실렸다. 8월 28일 펠리체의 아버지에게 편지를
보냈다. 9월 15~21일 빈, 베네치아, 베로나로
여행했다. 9월 22일~10월 13일 리바에 있는
하르퉁엔 박사의 요양원에 머물면서 스위스
여성과 친교를 맺었다. 펠리체 바우어의 친구인
그레테 블로흐와 만나 편지 왕래를 시작했다.
11월 카프카의 가족이 구시가 링 6번지의

오펠트하우스로 이사했다. 12월 11일 토인비
홀에서 클라이스트의 『미하엘 콜하스』를
낭독했다.

1914년　2월 말 로베르트 무질이 카프카에게 《신비평》에서
함께 일하자고 제의했다. 6월 1일 베를린에서
펠리체 바우어와 공식적으로 약혼했다가 7월
12일 파혼했다. 7월에 뤼베크를 거쳐 발트해의
마리엔리스트로 여행했다. 8월 초 전시 복무에서
해제되고 『소송(Der Prozeß)』을 집필하기 시작했다.
그사이 「유형지에서(In der Strafkolonie)」를
완성했다. 가을에 『소송』을 쓰기 시작해 겨울에 그
일부인 「법 앞에서」를 완성했다. 10월에 『실종자』
마지막 장까지 완성했다. 11월에 『변신』이
출판되었다.

1915년　1월 초 막스 브로트가 가르치고 있던 갈리치엔에서
온 동부 유대인 난민들과 접촉했다. 1월에 펠리체
바우어와 다시 만났다. 9월 14일 막스 브로트와
신비한 유대인 율법 학자를 찾아갔다. 레케
시켈레가 편집인으로 있는 잡지 《바이센블레터》
10월호에 『변신』이 실렸다. 카를 슈테른하임이
「화부」를 쓴 카프카에게 존경의 표시로 폰타네
문학상을 넘겨주고 상금을 전달했다.
폐결핵 진단, 『유형지에서』가 출판되었다.

1916년　4월 14일 로베르트 무질이 프라하로 카프카를

찾아왔다. 4월 중순 신경 쇠약 증세로 신경과
의사를 찾아갔다. 5월 9일 직장을 그만두겠다고
했으나 반려되었다. 펠리체 바우어와 다시
가까워져 7월에 마린바트의 성 발모랄 호텔에서
함께 휴가를 보냈다. 7월 말 쿠르트 볼프
출판사로부터 편집일을 맡아 달라는 제의를
받았다. 11월 '최후 심판일' 시리즈에 「선고」가
실렸다. 8월 20일 결혼에 찬성하고 반대하는
이유를 담은 목록을 작성했다. 9월 오틀라에게
플라톤의 『향연』과 스트라호프의 『도스토옙스키
문학 입문』을 읽어 주었다. 11월 10일 뮌헨
골츠 화랑에서 「유형지에서」를 낭독했다.
11월 11일 뮌헨에서 펠리체와 함께 지낸 후
프라하로 돌아왔다. 11월 26일 오틀라가 얻어
준 흐라드신성 근처 연금술사 골목의 작은 집에
들어가 1917년 4월까지 지냈다. 그곳에서 후에
'시골의사(Landarzt)'라는 제목으로 묶이는 짧은
단편들이 탄생했다.

1917년　　　　3월 1일 쇤브룬궁으로 방을 옮겼다. 봄에 「사냥꾼
그라쿠스」와 「중국의 만리장성」을 집필했다.
초여름에 히브리어를 배우기 시작했다. 7월에
펠리체 바우어와 두 번째로 약혼했다. 8월 12일,
13일 밤에 각혈을 하면서 처음으로 폐병의 징조가
나타나 9월 3일 뮐슈타인 박사가 폐결핵으로
진단했다. 잠언들을 집필했다. 9월 1일 부모님
집의 오틀라가 사용하던 방으로 이사했다. 9월 6일

의사의 소견서를 가지고 퇴직을 요구해 석 달의
병가를 얻어 냈다. 11월 22일 오틀라가 아버지에게
카프카의 병을 털어놓았다. 11월 23일 오틀라는
카프카의 부탁을 받고 노동자재해보험공사를
찾아갔다. 시골에서 농사지으며 여생을 보낼
계획을 한 카프카는 보험공사에 연금을
신청했지만 거부당했다. 12월 25일 카프카의
병 때문에 펠리체와 두 번째로 파혼했다. 펠리체
바우어는 카프카와 파혼하고 이 년 후 은행가와
결혼해 1936년 가족과 함께 미국으로 이주했다.
《유대인》에 「학술원에 보내는 보고서(Ein Bericht
für eine Akademie)」가 게재되었다. 12월 28일
병가가 만료되어 보험공사에 출근했다.

1918년
1월 1일 보험공사에 연금 지급을 요청했지만
거부당하고 그 대신 병가 기간이 연장되었다.
1월 6일경 장님 친구 오스카 바움과 함께
여동생 오틀라가 사는 보헤미아 북부 취라우로
갔으며, 그곳에서 많은 잠언이 생겨났다. 1월
12일 키르케고르의 『이것이냐 저것이냐』를 읽기
시작했다. 율리 보리체크와 알게 되었다. 여름에
프라하와 룸부르크에 체류하다가 9월에 취라우로
돌아갔다. 10월 오틀라는 취라우에서 프라하로
돌아갔다. 11월 30일 어머니는 카프카를 셀레젠의
슈튀들 여인숙으로 데려갔다.

1919년
1월 초 오틀라가 기독교인 요제프 다비트와

사귀는 것 때문에 부모 사이에 심각한 불화가 있었다. 봄에 펠리체 바우어가 결혼했다. 1월 22일 셸레젠에서 율리 보리체크를 만나 여름에 약혼하지만 가을에 결혼 계획이 수포로 돌아갔다. 가을에 『유형지에서』가 쿠르트 볼프 출판사에서 출판되었다. 11월에 민체 아이스너를 알게 되었다. 『아버지에게 드리는 편지(Brief an den Vater)』를 집필했다. 11월 21일 업무에 복귀하나 업무 능력을 상실했다.

병세가 악화하다, 미완성작을 불태워 달라는 유언을 남기다

1920년　　1월 1일 서기관으로 승진했다. 메란에서 요양 휴가를 보냈다. 유부녀로 언론인, 문필가, 번역가인 밀레나 예센스카와 만나 편지 왕래를 시작했다. 봄에 『시골의사』가 쿠르트 볼프 출판사에서 출판되었다. 3월 말 『카프카와 나눈 대화(Gespräche mit Kafka)』의 저자 구스타프 야누흐와 만났다. 4월 초 메란으로 가서 엠마 호텔에 머물다가 숙박비가 너무 비싼 운터마이스의 오토부르크 여인숙으로 옮겼다. 7월 율리 보리체크와 파혼했다. 8월 14일, 15일 체코의 국경 그뮌트에서 밀레나를 만났다. 8월 말 삼 년간의 공백기를 거친 뒤 문학 작업을 재개했다. 1920년 12월 18일부터 1921년 8월까지 요양차 타트라 산지의 미틀리아리 요양원에서 대기 안정 요법과 비만 요법을 시작했다.

1921년　　1월 밀레나가 일종의 작별 편지를 보냈다. 카프카는 답장에서 편지 왕래를 중단하고 다시 만나지 말자고 제안했다. 2월 3일 동료 환자이자 의대생인 로베르트 클롭슈토크와의 친교가 시작되었다. 3월 말부터 4월 초 고열을 동반한 장 카타르로 앓아누웠다. 10월 초 평소 존경해 온 낭독자 루트비히 하르트를 만났다. 『실종자』 원고와 일기를 밀레나 예센스카에게 넘겨주었다. 10월 29일 보험공사에서 요양을 계속 허가했다. 11월 프라하에서 체계적인 치료를 받았으며, 밀레나가 카프카를 계속 찾아왔다.

1922년　　1월 중순 신경 쇠약에 시달렸다. 1월 27일부터 2월 중순까지 고산 지대인 슈핀델뮬레에서 요양했다. 2월 3일 수석서기관으로 승진했다. 이 시기 장편 소설 『성(Das Schloß)』을 쓰기 시작했다. 「단식 광대」가 완성되었다. 7월 1일 보험공사를 그만두었다. 6월 말부터 9월까지 루시니츠 강변의 작은 마을 플라나에 머물렀다. 7월 14일 아버지가 프란츠 온천장에서 중병에 걸려 프라하로 후송되어 수술을 받았다. 8월 말 오틀라가 9월 1일에 프라하로 돌아가겠다면서 한 달 동안 혼자 여관에서 식사를 해결해야 한다는 말에 다시 신경 쇠약에 걸렸다. 12월 12일 루트비히 하르트가 프라하에서 카프카의 작품을 낭독했다.

1923년　　푸아 벤토빔에게 히브리어를 배웠다. 4월 말 후고

베르크만을 만나 팔레스타인 이주 계획을 세웠다.
6월 밀레나와 마지막으로 만났다. 7월 발트해
연안의 뮈리츠에서 스무 살가량의 임해 학교
보조 교사 도라 디아만트와 알게 되었다. 9월에
프라하에서 베를린으로 이주했다. 도라 디아만트와
같이 살면서 「작은 여자」를 집필했다. 11월 15일
그루네발트 13번지로 이사했다.

1924년　　2월 1일 도라와 함께 베를린의 첼렌도르프로
이사했다. 3월 17일 병세가 급속도로 악화해
막스 브로트와 함께 프라하로 돌아왔다. 질병이
후두에까지 퍼져 말하기 어려워졌다. 마지막
작품 「가수 요제피네, 또는 쥐들의 종족(Josefine,
die Sängerin oder Das Volk der Mäuse)」을 집필했다.
4월에는 오스트리아 남부의 비너발트 요양원에
머물다가 중순에 빈 대학 병원 하예크 교수의
진찰을 받아 후두암이 확실하다는 진단을 받았다.
4월 19일 클로스터노이부르크 근처 키어링 소재
호프만 박사 요양원으로 갔다. 『단식 광대』의
교정쇄를 수정하기 시작했다. 5월 12일 막스
브로트가 카프카를 찾아왔다. 6월 3일 사망하여
11일에 프라하 슈트라스니츠의 유대인 공동묘지에
안장되었다. 여름에 네 개의 단편을 모은 『단식
광대』가 출판되었다.

1931~1968년　　1931년에 아버지가, 1934년에 어머니가 사망했다.
1942년에 여동생 엘리와 발리가 헤움노 강제

수용소에서 처형당했다. 1943년 카프카의 막내 여동생 오틀라가 아우슈비츠 강제 수용소에서 살해되었다. 1944년 그레테 블로흐가 나치 군대에 의해 죽임을 당했다. 밀레나 예센스카는 라벤스브뤼크 수용소에서 신부전으로 사망했다. 1952년 9월에 도라 디아만트가 런던에서 사망했다. 1960년 펠리체 바우어가 미국에서 사망했다. 1968년 막스 브로트와 구스타프 야누흐가 사망했다.

옮긴이　홍성광

서울대학교 인문대 독문과 및 동 대학원 졸업, 토마스 만의 장편 소설 『마의 산』으로 박사학위를 취득했다. 저서로 『독일 명작 기행』, 『글 읽기와 길 잃기』가, 옮긴 책으로 쇼펜하우어의 『쇼펜하우어의 철학 이야기』, 『의지와 표상으로서의 세계』, 『쇼펜하우어의 행복론과 인생론』, 『쇼펜하우어와 니체의 책 읽기와 글쓰기』, 니체의 『비극의 탄생』, 『차라투스트라는 이렇게 말했다』, 『도덕의 계보학』, 괴테의 『이탈리아 기행』, 『젊은 베르터의 고뇌·노벨레』, 게오르크 루카치의 『영혼과 형식』, 헤세의 『헤세의 문장들』, 『청춘은 아름다워』, 『헤세의 여행』, 『헤세의 책 읽기와 글쓰기』, 『데미안』, 『수레바퀴 밑에』, 『싯다르타』, 『환상동화집』, 뷔히너의 『보이체크. 당통의 죽음』, 토마스 만의 『예술과 정치』, 『마의 산』, 『부덴브로크 가의 사람들』, 중단편 소설집 『베네치아에서의 죽음』, 카프카의 『성』, 『소송』, 중단편 소설집 『변신』, 실러의 『도적들』, 『빌헬름 텔. 간계와 사랑』, 페터 한트케의 『어느 작가의 오후』 등이 있다. 2001년 한독문학번역연구소 번역상, 2022년 한독문학번역연구소 창립 30주년 기념 특별 번역가 문학상을 수상했다.

디 에센셜
프란츠 카프카

1판 1쇄 펴냄   2024년 3월 15일
1판 2쇄 펴냄   2024년 4월 4일

지은이   프란츠 카프카
옮긴이   홍성광
발행인   박근섭, 박상준
펴낸곳   (주)민음사

출판등록   1966. 5. 19.(제16-490호)
주소   (우편번호 06027) 서울특별시 강남구 도산대로1길 62(신사동)
    강남출판문화센터 5층
    대표전화 02-515-2000 | 팩시밀리 02-515-2007

홈페이지   www.minumsa.com
ⓒ 홍성광, 2024. Printed in Seoul, Korea

ISBN 978-89-374-5639-8 03850

*잘못 만들어진 책은 구입처에서 교환해 드립니다.

소설x에세이로 만나는
'디 에센셜' 시리즈

#1 조지 오웰

코로나 시대 가장 많이 언급되는 고전 작가 오웰,
그가 예언한 감시 사회는 어디쯤 와 있나?
지금 우리가 해야 할 일은 무엇인가?
#1984 #나는_왜_쓰는가 #코끼리를_쏘다

#2 버지니아 울프

20세기 페미니즘 비평의 선구자 버지니아 울프,
가부장제와 성적 불평등에 맞선 '여성'이었다
여성 해방의 조건을 탐구하다
#자기만의_방 #큐_식물원 #유산

#3 다자이 오사무

청춘의 한 시기에 통과 의례처럼 거쳐야 하는
일본 데카당스 문학의 대표 작가
다자이 오사무의 가장 솔직한 자화상을 마주하다
#인간_실격 #비용의_아내 #여치

#4 어니스트 헤밍웨이

바다 한가운데 홀로 서서
인간의 고독과 삶의 본질을 바라보다
'길 잃은 세대'를 대표하는 작가, 어니스트 헤밍웨이
#노인과_바다 #깨끗하고_밝은_곳 #빗속의_고양이

#5 헤르만 헤세

내면에서 솟아 나오는 참된 지성,
진정한 '나'를 찾아 나선 구도의 여행자
헤르만 헤세가 들려주는 동화 같은 이야기
#데미안 #룰루 #밤의_유희들 #까마귀

#6 김수영

시를 향한 가차 없는 열정, 생활을 향한 진심 어린 애정
오늘 또다시 새로운 시인 김수영의 모든 것
#달나라의_장난 #애정지둔 #시인의_정신은_미지

#7 알베르 카뮈

반항하는 개인, 깨어 있는 연대, 진정한 대안인 사랑을 외친
실존하는 우리 시대 '청년' 알베르 카뮈의 '안과 겉'을 만나다
#이방인 #안과_겉 #결혼 #여름